W0400667

KNAUR

Von der Autorin ist im Knaur Taschenbuch bereits erschienen:
Hexenliebe

Über die Autorin:
Marita Spang hat in Psychologie promoviert und arbeitet als selbständige Beraterin überwiegend in der freien Wirtschaft. Sie ist Jahrgang 1959 und wuchs in Trier auf. Heute lebt sie in einem Weinort nahe Bingen am Rhein. Die Historie ist ihre ganz große Leidenschaft. »Blut und Seide« ist nach »Hexenliebe« ihr zweiter historischer Roman. Für »Hexenliebe« erhielt sie den HOMER-Preis 2015 für den besten historischen Roman in der Kategorie »Beziehungen und Gesellschaft«.
Mehr über die Autorin und ihre Bücher finden Sie unter:
www.blutundseide.de

Marita
Spang

Blut und Seide

Roman

KNAUR

Besuchen Sie uns im Internet:
www.knaur.de

FSC
www.fsc.org
MIX
Papier aus verantwortungsvollen Quellen
FSC® C083411

Originalausgabe November 2015
Knaur Taschenbuch
© 2015 Knaur Taschenbuch
Ein Imprint der Verlagsgruppe
Droemer Knaur GmbH & Co. KG, München
Alle Rechte vorbehalten. Das Werk darf – auch teilweise –
nur mit Genehmigung des Verlags wiedergegeben werden.
Redaktion: Dr. Heike Fischer
Umschlaggestaltung: ZERO Werbeagentur, München
Umschlagabbildung: Gettyimages / De Agostini / A. Dagli Orti;
akg-images / historic-maps; FinePic®, München
Karten: Computerkartographie Carrle
Satz: Adobe InDesign im Verlag
Druck und Bindung: CPI books GmbH, Leck
ISBN 978-3-426-51717-8

2 4 5 3 1

Für Jürgen, Viktoria und Tina

Diese Löwenskulptur von 1729 wurde im Jahr 1814 in den Ruinen der Kauzenburg in Bad Kreuznach aufgestellt. Sie erinnert an Michel Mort, den Lebensretter des Grafen von Sponheim in der Schlacht bei Sprendlingen im Jahr 1279 gegen den Erzbischof Werner von Mainz.

Kein Ritter darf mit einem falschen Gerichtsurteil einverstanden sein, noch sich an irgendeiner Art von Verrat beteiligen; er muss Frauen und Jungfrauen ehren und bereit sein, ihnen nach allen Kräften beizustehen.

Aus dem *L'Ordène de Chevalerie;*
zitiert nach Maurice Keen, *Das Rittertum*

Sieht man in der Fehde eine Urform des Krieges und nimmt die anderen Formen der Gewaltanwendung wie Raub und Überfall hinzu, herrschte das gesamte Mittelalter hindurch eigentlich immerfort Krieg.

Rolf Schneider, *Alltag im Mittelalter*

Grafschaft Holland
Pfalzgrafschaft Sachsen
Rhein
Landgrafschaft Thüringen
Pfalzgrafschaft Niederlothringen
Mainz
Kreuznach
Pfalzgrafschaft Franken
Pfalzgrafschaft Oberlothringen
Rhein
Pfalzgrafschaft Bayern
Pfalzgrafschaft Schwaben
Elsass
Donau
N
W
O
S
Grafschaft Tirol

Mark
Lausitz
KÖNIGREICH
POLEN
Herzogtum
Schlesien
Mark
Meißen
Prag
KÖNIGREICH
BÖHMEN
Markgrafschaft
Mähren
March
Dürnkrüt/Jedenspeigen
Donau
Herzogtum
Österreich
Wien
Herzogtum
Steiermark
KÖNIGREICH
UNGARN
Herzogtum
Kärnten

Rhein
Burg Sayn
Herzogtum Nieder-lothringen
Landgrafschaft Thüringen
Burg Rheinfels
Rhein
Ingel-heim
Mainz
Ockenheim
Abtei Schwaben-heim
Kauzen-burg
Sprendlingen
Burg Hunolstein
Drohn
Burg Sponheim
Burg Böckelheim
Burg Stein
Burg Montfort
Kloster Disibodenberg
Nahe
N
W
O
S
Herzogtum Ober-lothringen

Dramatis personae

Es werden nur die handlungstragenden Figuren aufgeführt. Historisch belegte Persönlichkeiten sind mit einem * gekennzeichnet.

Die Grafenfamilie von Sponheim in Kreuznach

*Johann von Sponheim**, regierender Graf
*Adelheid von Leiningen-Sponheim**, seine Gemahlin
*Margarete von Sponheim**, seine Mutter
*Heinrich von Sponheim**, sein jüngerer Bruder

Die Familie von Montfort

Simon von Montfort, Waise und Ziehsohn des Johann von Sponheim
Raimund und Irmhild von Montfort, Simons ermordete Eltern
Philipp von Montfort, Simons Onkel
Gisela von Sayn, Simons erste Gemahlin

Die Familie von Katzenelnbogen auf dem Rheinfels

*Eberhard von Katzenelnbogen**, regierender Graf
Christina von Katzenelnbogen, seine Tochter
Agathe von Hunolstein, eine ältliche Verwandte

Die Familie Michels von Kreuznach

*Michel**, Metzgersohn und Waffenknecht des Simon von Montfort
Adalbert, sein Vater
Gernot, sein jüngerer Bruder
Marie, seine Verlobte
Walter, Maries gebrechlicher Vater

Historisch belegte bedeutende Persönlichkeiten

*Rudolf I. von Habsburg**, deutscher König von 1273 bis 1291
*Ottokar Premysl II.**, König von Böhmen, geb. um 1232, gest. 1278
*Werner von Eppstein**, Kurfürst und Erzbischof von Mainz von 1259 bis 1284
*Rheingraf Siegfried**, Graf im Nahegau mit Besitztümern am Rhein
*Siegfried von Mahrenberg**, ein von Ottokar hingerichteter Adliger
*Offo von Emerberg**, ein Verwandter des Siegfried von Mahrenberg

Burgbesatzung und Gesinde

Hildebrand, Waffenmeister auf dem Rheinfels
Dankwart von Schmittburg, Knappe auf dem Rheinfels
Gisbert und Roland, Männer der Burgbesatzung des Rheinfels
Greta und Tilda, Mägde Christinas von Katzenelnbogen
Rutger, Burgvogt auf Montfort

Mitglieder der Geistlichkeit

Bruder Markus, Burgkaplan auf der Kauzenburg
Bruder Paulus, Burgkaplan auf dem Rheinfels
Bruder Pankratius, Burgkaplan auf Böckelheim
Gervasius, Abt des Klosters auf dem Disibodenberg
Bruder Basileus, Subprior der Abtei Himmerod
Bruder Damianus, ein entlaufener Mönch

Weitere handlungstragende Figuren

Graf Gerlach von Veldenz, Verbündeter des Erzbischofs von Mainz
Ida, Kräuterfrau im Hunsrück
Ein gelehrter Medicus aus Kreuznach

PROLOG

Juni 1259

Er sah die Raben schon von weitem. Sie kreisten unaufhörlich über der Stätte der Untat und stießen immer wieder hinab in die Tiefe.

Unwillkürlich verkrampfte sich Johanns Magen. Obwohl es noch früh am Tag war, brach ihm der Schweiß unter dem Kettenhemd aus. Darüber trug er wie seine Begleiter den mit dem blau-goldenen Wappen der Grafen von Sponheim geschmückten Waffenrock.

Der Burgvogt, der an der Spitze des kleinen Zuges durch den lichten Laubwald ritt, hielt seine Fuchsstute plötzlich an und hob den rechten Arm. Er drehte sich zu Graf Johann um, der ebenso wie seine Gefolgsleute sein Pferd zügelte.

»Dort muss es sein, Herr. Hier verengt sich der Weg und führt zwischen Felsen hindurch. Die Meuchelmörder werden sich dahinter verborgen haben.«

Johann nickte mühsam. Bittere Galle stieg ihm die Kehle hoch.

»Wenn Ihr wollt, reite ich mit zwei Mannen voraus«, erbot sich der Burgvogt. »Sie liegen jetzt schon zwei Tage in der Sommerhitze. Ich fürchte, der Anblick wird nicht sehr erbaulich sein.«

Mit einer heftigen Gebärde winkte Johann ab. Er gab seinem Pferd die Sporen und trabte voraus.

Noch ehe er um die letzte Biegung kam, stieg ihm unverkennbar süßlicher Verwesungsgeruch in die Nase. Er schluckte schwer, um den stärker werdenden Brechreiz zu bezwingen. Dann wappnete er sich für die Szenerie, die ihn dort erwarten mochte.

Was er sah, übertraf seine schlimmsten Vorstellungen. Der Weg war zertrampelt und aufgewühlt, getrocknetes Blut bedeckte den Boden und klebte an Grasbüscheln und zarten Sommerblumen. Überall lagen die nackten Leichen der Überfallenen. In der Sommerhitze hatten sie sich bereits schwärzlich verfärbt. Fliegen schwirrten um sie herum.

Auf den ersten Blick konnte er Raimund unter den toten Reisigen gar nicht ausmachen. Er erkannte ihn schließlich an der Narbe über dem Ellbogen, die er sich auf seinem ersten Turnier zugezogen hatte.

Fassungslos starrte er auf den verkrümmten Leichnam seines besten Freundes. Raimund, Graf von Montfort, und er selbst hatten dem Rheingrafen Siegfried gemeinsam als Knappen gedient. Während dieser Zeit waren sie unzertrennlich gewesen und besuchten sich auch danach regelmäßig auf ihren nicht weit voneinander entfernten Burgen.

Raimund musste sich wie ein Berserker gewehrt haben, um seine junge Frau Irmhild und seinen kleinen Sohn Simon zu verteidigen. Sein Körper starrte vor klaffenden Wunden. Rüstung, Waffen, selbst die leinene Unterwäsche hatten ihm die Strauchdiebe geraubt. Ob er schon tot gewesen war, als ihn die Mörder verstümmelten, ließ sich im Nachhinein nicht mehr ausmachen. Schleifspuren am Wegrand führten ihn zu Irmhild. Auch ihre Leiche war nackt, das wunderbare blonde Haar zerzaust und blutverkrustet. In ihrem zarten Gesicht mit den gebrochenen veilchenblauen Augen, deren Blick ehemals jedes Männerherz betört hatte, stand noch der Ausdruck von Entsetzen und Pein.

Offensichtlich hatte man sie vor ihrem Tod auf das Grausamste geschändet.
Einen Moment wurde Johann schwarz vor Augen. Unwillkürlich tauchten Bilder vor ihm auf. Raimund und er, wie sie jauchzend um die Wette ritten. Irmhild, die mit strahlendem Lächeln an seiner Seite den Tanz anführte. War das wirklich erst drei Tage her? Die beiden waren Gäste auf Burg Sponheim gewesen, wo man den Mittsommer mit einer prächtigen Jagdgesellschaft gefeiert hatte.
Ein Bauer hatte das Massaker am späten gestrigen Nachmittag entdeckt. Es war schon dunkel gewesen, als ihn die furchtbare Nachricht auf Burg Sponheim erreichte. Nur mit Mühe hatte sein Vater ihn daran hindern können, noch in der Nacht loszureiten.
Leises Gemurmel riss ihn aus seiner Erstarrung. Seine Begleiter, sechs Burgsoldaten, in zahlreichen Kämpfen gestählt, standen verstört um die Toten und bekreuzigten sich. Der saure Geruch von Erbrochenem mischte sich mit dem Gestank des Todes.
Mit einem heftigen Ruck riss sich Johann den Waffenrock vom Leib und bedeckte damit notdürftig Irmhilds Blöße. Dann wandte er sich an den Burgvogt.
»Habt Ihr den Leichnam des Knaben gefunden, Oswald?« Seine Stimme klang barscher, als ihm zumute war.
Der Mann schüttelte den Kopf. »Wir haben die ganze Umgebung abgesucht, Herr. Er ist nicht zu finden. Sicherlich haben ihn wilde Tiere verschleppt.«
Unwillkürlich entrang sich Johann ein Stöhnen. So war seinem Patenkind, Raimunds einzigem Sohn, nicht einmal ein Begräbnis in geweihter Erde vergönnt. Er spürte seine Augen feucht werden.
»Schafft die Leichen von Raimund und Irmhild in die Sänfte.« Er wies auf das an Stangen befestigte kastenförmige Sitzgestell, das umgestürzt unterhalb der Felsen lag. »Die Körper der Reisi-

gen zieht in den Schatten der Bäume und bedeckt sie vorläufig mit Steinen und Geäst. Wir holen sie morgen ab.«

Die Männer machten sich schweigend an ihr grausiges Werk. Ziellos wanderte Johann umher. Die Mörder hatten alles mitgenommen, was ihnen verwertbar vorgekommen war. Selbst die Vorhänge der Sänfte hatten sie abgerissen. Blicklos starrte Johann in die dunklen Fensterhöhlen. Da vernahm er plötzlich ein leises Wimmern.

Mit einem Satz sprang er auf die Sänfte zu und riss den Verschlag auf. Tatsächlich, wieder ein kläglicher Laut. Ratlos sah er sich um. Die Sänfte war leer. Natürlich hatten die Strauchdiebe auch Irmhilds Reisegepäck mitgenommen. Ein heftiges pochendes Geräusch schreckte ihn auf. Es schien aus dem Innern der hölzernen Sitzbank zu kommen. Natürlich, die Sitzbank war hohl! Irmhild hatte ihm einmal erzählt, dass sie über einen verborgenen Schließmechanismus verfügte. Zu ungeduldig, um danach zu suchen, riss Johann mit aller Kraft an dem massiven Brett. Doch es rührte sich nicht von der Stelle. Wieder ertönte das leise Jammern.

»Albrecht, komm her!«, rief Johann dem Soldaten zu, der ihm am nächsten stand. »Gib mir deine Streitaxt.« Verwundert löste der Mann sie vom Gürtel.

Mit kraftvollen und zugleich behutsamen Schlägen hieb Johann auf das hölzerne Sitzbrett ein. Das Wimmern wurde lauter. Endlich war das Loch groß genug, um hineinzugreifen.

»Der Herr sei gelobt. Es ist das Kind, und es lebt. Durchsucht den Proviant aus der Burgküche, ob er etwas enthält, womit wir es stärken können.«

Wenig später eilte der Burgvogt mit einem kleinen Schlauch Ziegenmilch herbei. Vorsichtig flößte Johann seinem Patensohn das Getränk ein. Der kleine Junge war sichtlich ausgezehrt und völlig erschöpft. Aber er trank durstig und fing danach kräftig zu schreien an.

Staunend umstanden die Burgmannen das Wunder. »Der Herrgott selbst muss seine Hand über Simon gehalten haben, dass er in der Hitze so lange ohne Nahrung und Flüssigkeit überlebt hat. Lasst uns niederknien und ein Dankgebet sprechen«. Johanns Stimme zitterte vor Rührung. Murmelnd stimmten seine Gefolgsleute in die vertrauten Worte ein.
»Der Sitzkasten war das Versteck für das Geschmeide der Gräfin, wenn sie auf Reisen war«, erklärte Johann, nachdem sich alle wieder erhoben hatten. »Sie hat ihren Sohn dort verborgen, als sie die Gefahr erkannte.«
»Und befindet sich auch ihr Schmuck noch dort?«, erkundigte sich der Burgvogt.
Johann ließ sich nicht anmerken, dass er die Frage ungebührlich fand. Auch seine Mannen waren von den Ereignissen mitgenommen.
»Nein, Oswald. Sie muss ihn herausgenommen haben, um die Mörder abzulenken.«
»So haben wir vielleicht eins ihrer Schmuckstücke gefunden.« Oswald winkte einem jungen Dienstmann, der darauf zögernd nach vorn trat. Auf seiner flachen Handfläche reichte er Johann einen silbernen Gegenstand.
Der betrachtete ihn prüfend im Sonnenlicht. »Nein, Oswald. Das gehörte nicht Irmhild. Keine christliche Frau würde so etwas tragen. Es ist ein heidnischer Anhänger, vielleicht ein Beutestück aus den Kreuzzügen. Es sind arabische Schriftzeichen darauf.«
Er hob das Schmuckstück an seiner Kette hoch und zeigte es herum. Zum ersten Mal an diesem furchtbaren Tag verspürte er so etwas wie Zuversicht.
»Doch es wird uns zu ihren Mördern führen. Auf dass sie wie die Ungläubigen, die es geschmiedet haben, auf ewig in der Hölle schmoren.«

Teil 1:

AUFMARSCH

Kapitel 1

Die Kauzenburg in Kreuznach, Sommer 1262

Die Angst schnürte ihm den Atem ab. Eiserne Klauen legten sich um seine Brust und drohten ihn zu ersticken. Vor seinen geschlossenen Augen tanzten rote Flecken. Sein Herz raste, das Blut rauschte in seinen Ohren. Kalter Schweiß bedeckte seinen ganzen Körper.

Hilflos presste sich Simon enger in die Mauernische, als die Geräusche von allen Seiten über ihn hereinbrachen. Rufe, Schmerzensschreie, Waffengeklirr. Er barg den Kopf tief in den Armen und senkte ihn zwischen die Knie. Die spitzen Mauervorsprünge stachen schmerzhaft in seinen Rücken.

Er zwang sich, tiefer und ruhiger zu atmen, wie es ihm sein Ziehvater Johann gezeigt hatte, nachdem er ihn schreiend aus der dunklen Vorratskammer befreit hatte, in die Simon von Heinrich gelockt worden war. Wie dumm von ihm, erneut auf den Schurken hereinzufallen. Der Zorn überflutete Simon wie eine Woge und wusch die Beklemmung für einen Moment mit sich fort.

Nicht lange genug, um ihm die Angst vor der Dunkelheit und den unheimlichen Geräuschen zu nehmen, die in seinen Ohren dröhnten. Aber lange genug, um sich zu erinnern.

»Die schwarz-weiße Katze hat im Weinkeller gejungt. Wenn du willst, zeige ich dir ihren Wurf. Sobald der Burgvogt ihn ent-

deckt, werden die Kleinen alle im Brunnen ertränkt. Vielleicht erlaubt dir mein Bruder ja, eins zu behalten.« Das Angebot war allzu verlockend gewesen. Dennoch hatte Simon gezögert. Heinrich war in der Regel nicht zu trauen.
»Oder bist du nicht mannhaft genug, in den Keller zu steigen?« Der Spott klang Simon noch immer in den Ohren. Er hatte an die Rede seines Ziehvaters gedacht, nachdem Heinrich ihn das letzte Mal eingesperrt hatte. »Ich habe meinen jüngeren Bruder gezüchtigt und ihm alsdann einen Eid abgenommen, dich liebevoll zu behandeln, wie es sich geziemt. Er bereut seine Tat aus ganzem Herzen. Du kannst ihm also nunmehr vertrauen.«
Simon war zwar nicht überzeugt gewesen, aber er kannte den Ort, an den Heinrich ihn heute führen wollte. Die Treppe in den Keller mit seinen mächtigen Fässern wurde wie dieser selbst bei Tag und Nacht von Fackeln erhellt, die in eisernen Halterungen an den Wänden des tonnenförmigen Gewölbes steckten. Sein Ziehvater hatte ihn des Öfteren hierhin mitgenommen, um ihm die Angst vor düsteren Orten zu nehmen, die Simon befiel, seitdem er denken konnte. Es gab eine Menge davon in der Kauzenburg, die sich mächtig über den Weinbergen von Kreuznach erhob, dem Wohnsitz der Grafen von Sponheim.
Und weil er sich vor dem fünf Jahre Älteren nicht hatte lächerlich machen wollen, war er ihm zwar misstrauisch, aber tapfer nach unten gefolgt.
Doch Heinrich hatte ihn wieder getäuscht. Kaum hatte Simon die Tür zum Weinkeller geöffnet, stülpte er ihm von hinten einen Mehlsack über den Kopf und stieß ihn brutal hinein, so dass er zu Boden fiel. Noch während er sich hilflos aufrappelte, hörte er, wie Heinrich laut lachend die schwere Eichentür zuwarf und verriegelte. Als Simon sich endlich aus dem stinkenden Sack befreit hatte, umgab ihn undurchdringliche Finsternis. Sein Schreien und Klopfen hatte ihm nur eine schmerzende Kehle

und blutige Fingerknöchel eingetragen. Und dann hatte ihn wieder die Angst gepackt …

Vorsichtig streckte Simon die verkrampften Glieder und öffnete die Augen. Heinrich musste den Streich von langer Hand geplant haben, denn Johann von Sponheim war gestern Morgen nach Burg Dill aufgebrochen, die zu seinen Besitztümern zählte. Vor morgen Abend würde er nicht zurückkehren.

Niemand würde den Weinkeller während seiner Abwesenheit betreten. Margarete von Sponheim, des Grafen verwitwete Mutter, lebte seit dem Tod ihres Gatten wie eine Einsiedlerin inmitten des geschäftigen Treibens auf der Burg und ernährte sich nahezu ausschließlich von Gemüse, Wasser und Brot.

Wieder griffen die Klauen der Angst nach ihm. »Ruhig Blut«, mahnte Simon sich selbst und tastete umher. Dann versuchte er, sich an das zu erinnern, was ihm sein Ziehvater noch vor wenigen Tagen über den Keller erzählt hatte. »Die Kauzenburg ist tief in den Berg gebaut. Dieses Gewölbe liegt zur Gänze unter der Erde. Hierhin können wir fliehen, wenn die Burg einmal erobert wird und die Feinde in den inneren Burghof eingedrungen sind. Am hinteren Ende gibt es einen geheimen Gang, verborgen in einer Nische rechter Hand. Er lässt sich nur kriechend durchqueren, doch er führt unter den Mauern hindurch geschützt in den Bergfried.«

Etwas krabbelte über Simons Hand. Der kaum fünfjährige Junge zuckte vor Ekel zurück. Die schwarzen Spinnen, die hier unten hausten, konnten so groß wie sein Handteller werden. Er musste hier heraus, koste es, was es wolle.

Vorsichtig stand er auf und tastete sich Fass um Fass in den hinteren Teil des Gewölbes. Mit seiner Angst und dem Rauschen des Blutes in seinen Ohren kamen auch die Töne der Hölle wieder zu ihm zurück. So hatte Simon den infernalischen Lärm genannt, der ihn in seinen Alpträumen und an stockdunklen Orten regelmäßig heimsuchte. Stimmen brüllten sich etwas zu, eine Frau schrie schrill in höchster Todesnot. Doch Simon konnte niemals sehen, was gerade geschah. Alles um ihn herum blieb schwarz.

Die Amme war totenblass geworden, als sich ihr der kleine Junge anvertraut hatte, nachdem sie den Tobenden aus einem Alptraum geweckt hatte. Sie schlug das Kreuz über ihm. »Bete ein Paternoster, mein Kind, wenn du dieses Getöse hörst. Es stammt nicht von dieser Welt.«

Unwillkürlich bewegten sich Simons Lippen auch jetzt im Gebet. Der Rat der Nährmutter zeitigte einmal mehr Wirkung. Wenn er sich auf die vertrauten Worte und seinen Weg konzentrierte, wurden die Geräusche zu einem dumpfen Gemurmel. Endlich ertasteten seine Finger die Wand am Ende des Gewölbes. Er wandte sich nach rechts und ließ sich auf die Knie hinab. Schon nach wenigen Ellen fand er den Gang. Es war so finster, dass er die Hand nicht vor Augen sehen konnte. Unablässig betend krabbelte er hinein. Vorsichtig schob er sich voran und merkte rasch, dass der Gang leicht, aber beständig abfiel. Ab und an machte er eine Biegung, und Simon schlug sich Fingerknöchel oder Stirn hart am Mauerwerk an. Schon bald hatte er jede Orientierung verloren.

Schließlich packte ihn Verzweiflung. Vielleicht führte dieser Weg ja nirgendwo hin. Vielleicht hatte er seinen Ziehvater falsch verstanden. Mit der Zunge fing er die salzigen Tränen auf, die ihm unwillkürlich über die Wangen liefen. Doch er kroch weiter.

Endlich schimmerte in der Ferne ein schwaches Licht. Mit neuem Mut strebte Simon darauf zu und erreichte nach einer Weile den Fuß einer engen Stiege, die sich in schmalen Kurven nach oben wand. Kaum handbreite Schießscharten warfen das erste Licht, das Simon seit Stunden gesehen hatte, auf die Stufen. Er

richtete sich auf und eilte die Treppe hinauf, so schnell es seine wunden Glieder erlaubten.
Nur kurze Zeit später schnürte ihm bittere Enttäuschung die Kehle zu. Er stand vor einer niedrigen Holztür. Sie war verschlossen. Wieder hörte niemand sein verzweifeltes Rufen und Klopfen. Tränenüberströmt sah er sich um.
Knapp fünf Fuß über ihm ließ ein kleiner Mauerdurchbruch das abendliche Dämmerlicht einfallen. Mit letzter Kraft zog Simon sich an der schartigen Mauer empor, der Schnitte und Kratzer nicht achtend, die seine blutigen Hände und Füße noch mehr aufschürften.
Endlich erreichte er den Sims. Die Mauer war so dick, dass er sich bäuchlings in seiner ganzen Länge durch die Öffnung zwängen konnte. Schließlich sah er durch den verengten, kaum einen Fuß breiten Spalt hinaus. Die ersten Sterne blinkten am wolkenlosen Himmel. Tief unter sich konnte er die Weinstöcke erkennen, die am Fuße der Kauzenburg wuchsen. Kein Mensch war zu sehen. Auf einmal spürte er seine Erschöpfung.
»Hilfe, so helfe mir doch jemand.« Seine Stimme war mittlerweile so heiser, dass sie sich wie das Krächzen eines Raben anhörte. Er verspürte brennenden Durst. Weit und breit rührte sich nichts.
Stöhnend vor Schmerz kroch Simon zurück, drehte seinen zerschundenen Körper in der engen Öffnung, schob sich dann auf dem Bauch mit den Füßen voran und zwängte sich durch den Spalt, bis er endlich mit den Beinen halb über der Mauer hing. Mit den Füßen suchte er Halt an den Mauervorsprüngen. Schließlich schwebte er mit seinem ganzen Gewicht über dem Abgrund, seine Fußspitzen in die Steinspalten geklemmt, seine blutigen Finger um die glatte obere Mauerkante geklammert. Er spürte, wie ihn seine Kräfte verließen.
»Heilige Jungfrau, beschütze mich«, murmelte er mit verkrus-

teten Lippen. Dann stieß er sich ab und sprang rücklings in die Tiefe hinab.

»So kann es nicht weitergehen, verehrte Frau Mutter.« Graf Johann von Sponheim konnte den Ärger in seiner Stimme nicht unterdrücken. »Diesmal hätte Heinrichs Bubenstreich, wie Ihr seine Missetat zu nennen beliebt, Simon das Leben kosten können.«

Margarete von Sponheims Augen füllten sich mit Tränen. Doch dieses Mal ließ sich Johann vom Schmerz seiner Mutter nicht berühren. Sie hatte seinen um siebzehn Jahre jüngeren Bruder, ihr letztes Kind, schon zu Lebzeiten des Vaters viel zu sehr verzärtelt.

»So schlage vor, was nun zu tun ist, mein Sohn.« Sie sprach so leise, dass Johann sie kaum verstand. Noch bevor er antworten konnte, fuhr sie fort. »Ehe du Heinrich weiter so schwer bestrafst, dass er Schaden an Leib und Seele zu nehmen droht, sage mir, was du im Sinn hast.«

Johann biss sich auf die Lippen. Simon war noch immer nicht aus dem Zustand der Bewusstlosigkeit erwacht, in dem ihn die Burgwachen am frühen Morgen gefunden hatten. Seine rechte Hand war gebrochen. Immerhin hatte seine Mutter dafür gesorgt, dass der Bader gerufen wurde, der Simon so gut wie möglich behandelt hatte.

»Ihr haltet mich also für zu streng und ungerecht gegenüber Heinrich?« Johann musterte seine Mutter. Seit dem Tod des Vaters im vergangenen Herbst schien sie um Jahre gealtert. Dennoch ersparte er ihr die harten Worte, die schon lange hätten gesagt werden müssen, nicht. »Es war Euer Wunsch, dass Heinrich den Dienst bei Graf Siegfried quittiert, wo er als Page zufrieden war. Ihr könntet es nach dem Tod unseres Vaters nicht ertragen, Eure Söhne in der Ferne zu wissen, war Eure Rede.

Doch seither verbringt Ihr Eure Tage mit Wehklagen und Beten, anstatt Euch in Gottes Willen zu fügen und Euch Eures jüngsten Sohnes anzunehmen. Ich selbst kann mich kaum um Heinrich kümmern und ihm schon gar nicht den Vater ersetzen. Die Regierung der Grafschaft verlangt in diesen rechtlosen Zeiten meine volle Aufmerksamkeit.«

Ein Funken Zorn flammte in den Augen seiner Mutter auf. In früheren Zeiten war Margarete für ihr aufbrausendes Temperament bekannt gewesen. Und selbst jetzt war trotz des unförmigen schwarzen Gewandes und des streng um den Kopf gebundenen Witwenschleiers eine Spur ihrer alten Lebendigkeit zu erahnen. »Auch du hast dich verändert, mein Sohn, seitdem es dem Herrn gefiel, deine Gemahlin Katharina in der Blüte ihrer Jugend zu sich zu nehmen. Mich dünkt, die Trauer um ihren Verlust ist der wahre Grund für deine beständige Rastlosigkeit.«

Der Hieb saß. Unwillkürlich zuckte Johann zusammen. In Margaretes Augen las er, dass sie ihn mit ihren Worten bewusst hatte treffen wollen. Doch bevor er zu einer heftigen Erwiderung ansetzen konnte, verschleierte sich auch schon ihr Blick.

»Du gleichst deinem Vater von Tag zu Tag mehr, Johann. Nicht nur vom Antlitz her. Ich erkenne in dir auch seine Strebsamkeit und Beharrlichkeit. Jedoch fehlt es dir noch an seiner Weisheit und Güte. Heinrich kommt eher nach mir. Er mag manchmal unbesonnen sein, aber schlecht ist er nicht.«

Wieder spürte Johann den brennenden Zorn, der ihn gepackt hielt, seitdem er von Simons Verletzungen erfahren hatte. Obwohl dies der Ehrerbietung zuwiderlief, die er seiner Mutter schuldete, wandte er ihr brüsk den Rücken zu und beobachtete das Treiben im Burghof durch die Bogenfenster des großen Saals im Palas.

Eine neue Gruppe blutjunger Dienstleute war aus der Stadt Kreuznach angekommen. Johann fiel ein ungefähr zwölfjähriger Junge auf, der die anderen um mehr als einen Kopf überragte. Das musste Michel, der Metzgersohn, sein. Sein Ruf als wackerer Kämpfer mit außergewöhnlichen Kräften eilte ihm trotz seiner Jugend voraus.

»Verzeiht, was habt Ihr gesagt?« Schuldbewusst drehte sich Johann zu seiner Mutter um, die wieder das Wort an ihn gerichtet hatte. Sein lahmes Bein, eine Folge der Kinderkrankheit, die ihn fast das Leben gekostet hatte, begann wieder zu schmerzen.

»Ich habe beschlossen, mich auf mein Wittum, die Burg Sponheim, zurückzuziehen«, wiederholte Frau Margarete. »Schicke Heinrich zum Rheingrafen Siegfried zurück. So wird er auf der Kauzenburg kein weiteres Unheil anrichten und Simon nicht wieder schaden. Vor allem wird er nicht erneut deinen Zorn erregen.«

Obwohl der Vorschlag Johann mehr als gelegen kam, hörte er den Vorwurf heraus. Er hatte den geständigen Heinrich mit der Hundepeitsche geschlagen, da er sein Wort gebrochen hatte, Simon nicht wieder zu drangsalieren. Nun schmachtete er mit wundem Rücken bei Wasser und Brot im Verlies. »So lange, bis Simon wieder genesen ist«, hatte er seiner entsetzten Mutter gesagt, die sich vergeblich für ihren Jüngsten eingesetzt hatte.

Mit ihrem Entschluss, die Kauzenburg zu verlassen, um fortan auf ihrem Witwengut zu leben, wollte sie zweifelsohne bewirken, dass er seine Härte gegenüber dem jüngeren Bruder bereute. Erneut befiel ihn der Zorn.

Doch bevor er sich über seine Antwort im Klaren war, wurde das schwere Portal des Saals aufgerissen. Eine Magd erschien auf der Schwelle und versank in einem tiefen Knicks. »Der Bader bittet Euch in aller Demut, ans Krankenbett Eures Ziehsohns zu kommen. Er ist soeben aus seiner Ohnmacht erwacht.«

Im Verlies tief unter dem Bergfried wälzte sich Heinrich stöhnend im schmutzigen Stroh. Kein Sonnenlicht drang durch die dicken, immer feuchten Mauern zu ihm hinab. Nur die blakende Pechfackel am Treppenaufgang spendete ein wenig Licht.
Sein Rücken fühlte sich an wie eine einzige offene Wunde. Noch nie hatte ihn Johann mit solcher Wucht und Erbarmungslosigkeit geschlagen. Hätte die Mutter nicht gefleht und gedroht, er wäre wohl nicht einmal verbunden worden. Die blutigen Striemen hätten sich entzünden und sogar seinen Tod herbeiführen können. So war es vor Jahren jedenfalls einem ungehorsamen Knecht ergangen, der nach der Peitsche elendiglich am Wundbrand verreckt war.
Wieder stiegen Heinrich vor Schmerz und Wut Tränen in die Augen. Was hatte er denn verbrochen? Den schwächlichen Patensohn seines Bruders eine Weile in den Keller gesperrt. Er hätte diese Memme schon wieder daraus befreit! Voller Genugtuung hatte er sich ausgemalt, wie er mit seinem Bruder den weinenden Feigling im Weinkeller gefunden hätte. Vielleicht hätte Johann dann endlich erkannt, dass er seine Liebe an einen Unwürdigen verschwendete, während er ihn, sein eigen Fleisch und Blut, schmählich missachtete. Und das, obwohl er sein Nachfolger auf dem Sessel des Grafen von Sponheim war, solange Johann kinderlos blieb.
Verbittert entsann sich Heinrich der Szene, die er vor wenigen Monaten hinter einem Wandschirm verborgen beobachtet hatte. Johann unterhielt sich mit dem Bruder seiner soeben an den Pocken verstorbenen Frau Katharina. »Ich entbiete Euch mein aufrichtiges Mitgefühl«, sagte Graf Eberhard von Katzenelnbogen, Herr der über dem Ort St. Goar liegenden Burg Rheinfels. »Ich kenne Euren Schmerz nur zu gut. Auch ich war meiner Gemahlin Sieglinde in aufrichtiger Liebe zugetan, bevor sie der Herrgott weit vor der Zeit zu sich rief. Dass Er nun gleicherma-

ßen mit meiner jungen Schwester verfuhr, gehört zu Seinen für uns Sterbliche unergründlichen Ratschlüssen.«
»Ich danke Euch für den Zuspruch, Eberhard.« Die Stimme seines Bruders klang belegt. »Lasst unsere Familien dem Sensenmann zum Trotz auch weiterhin eng miteinander verbunden bleiben.«
Eine Weile herrschte Schweigen, und Heinrich überlegte bereits, wie er den Rittersaal unbemerkt verlassen könnte, als plötzlich sein Name fiel.
»Ich möchte Euch einen Vorschlag machen, Johann, der unser beider Schmerz um Katharina lindern könnte. Meine einzige Tochter Christina wird nun mutterlos aufwachsen, denn ich gedenke nicht, mich noch einmal zu vermählen. Christina ist meiner verstorbenen Schwester schon jetzt wie aus dem Gesicht geschnitten. Ich entbiete sie Eurem Bruder Heinrich zur Frau, sobald sie das Jungfrauenalter erreicht hat. So weiß ich mein einziges lebendes Kind schon jetzt gut versorgt, und Ihr behaltet eine Erinnerung an Eure Gemahlin.«
»Ein trefflicher Vorschlag«, antwortete Johann zu Heinrichs Freude und Stolz. »Mein Bruder ist nur um fünf Jahre älter als Christina. Es ist mir eine Ehre, Euer Eheangebot anzunehmen.«
Trotz der Trauer um ihren Gemahl war auch Johanns und Heinrichs Mutter vor Freude schier außer sich, als sie von dem Verlöbnis erfuhr. »Damit wirst du der Erbe einer der reichsten und mächtigsten Grafschaften am Rhein«, eröffnete sie ihm. »Eberhards Söhne aus erster Ehe sind nicht aus dem Kreuzzug des französischen Königs Ludwig heimgekehrt. Somit ist Christina seine einzige Erbin. Manch einer wird dich um diese Verbindung beneiden.«
Beim Hochamt des darauffolgenden Sonntags besiegelten Johann und Eberhard ihren Pakt mit einem feierlichen Gelöbnis vor Gott und den Menschen. Niemals hatte sich Heinrich so

geehrt gefühlt wie an jenem Tag. Und nicht geglaubt, sich je wieder so elend zu fühlen wie jetzt.

Die schwere Tür, die zu den Verliesen führte, wurde quietschend geöffnet. Hölzerne Trippen klapperten die Stufen hinab. Heinrich richtete sich mühsam auf. Vor dem vergitterten Fensterloch erschien seine Mutter, gefolgt von zwei Wachen mit qualmenden Fackeln.

»Ich bringe dir gute Kunde, mein Sohn.« Margarete versuchte, ihrer Stimme einen fröhlichen Klang zu verleihen. »Ich habe soeben erfahren, dass Simon aus seiner Ohnmacht erwacht ist. Nun währt es nur noch eine Weile, bis dich Johann aus diesem Gefängnis entlässt.«

Heinrich rührte sich nicht. Derweil begann seine Mutter zu schnuppern. »Warum stinkt es wieder so unerträglich in diesem Loch?«, wandte sie sich hochfahrend an die Wachen. »Habe ich euch nicht persönlich befohlen, den Eimer mehrmals täglich zu leeren?«

Achselzuckend öffnete einer der Männer den Kerker und ergriff den übel riechenden Ledereimer. Demonstrativ schloss er hinter sich wieder ab.

»Und habe ich euch nicht befohlen, die Fußfessel zu lösen?« Margarete gab keine Ruhe.

Diesmal bot ihr die verbliebene Wache Paroli. »Graf Johann hat das ausdrücklich verboten, wohledle Herrin.« Er verbeugte sich knapp.

Schnaubend wandte Margarete ihm den Rücken zu. »Hab noch etwas Geduld, mein Sohn. Sicherlich wird dich dein Bruder schon bald befreien.«

Diesmal entschloss sich Heinrich zu antworten. »Weshalb seid Ihr Euch dessen so sicher, Frau Mutter?«

»Ich habe Johann persönlich darum gebeten.«

Heinrichs ohnehin winziger Hoffnungsfunke erlosch.

»Für mich gebeten habt Ihr meinen Bruder schon oft, Frau Mutter. Allein, in der Regel widersetzt er sich Euren Wünschen.«

»Diesmal ist es anders, Heinrich.« Er hörte den Ärger in ihrer Stimme. »Ich werde die Kauzenburg verlassen und nach Burg Sponheim übersiedeln. Damit erübrigt sich deine Gegenwart in Kreuznach, aus der ich so viel Trost nach dem Hinscheiden deines Vaters zog. Ich habe Johann gebeten, dich wieder in die Dienste des Rheingrafen Siegfried zu schicken.«

Anstatt der beabsichtigten Erleichterung spürte Heinrich Hass in sich aufsteigen.

»Hätte sich der Bankert bei dem Sprung aus dem Turm doch nur das Genick gebrochen«, stieß er wütend hervor.

Seine Mutter bekreuzigte sich erschrocken. »Heinrich, so darfst du um deiner ewigen Seligkeit willen nicht sprechen. Freut es dich nicht, auf Burg Stein zurückzukehren? Graf Siegfried war doch wie ein zweiter Vater für dich.«

»Mein Platz wäre hier auf der Kauzenburg«, knirschte Heinrich mit zusammengebissenen Zähnen. »Dort, wo sich jetzt dieser Feigling breitmachen wird, der mir die Zuneigung meines Bruders stiehlt.«

»Auch Simon wird die Kauzenburg in wenigen Jahren verlassen, um seine Ausbildung zum Ritter zu beginnen«, wandte Margarete mit schwacher Stimme ein.

Aber Heinrich hörte ihr gar nicht zu. »Nur Ihr habt mich jemals geliebt, Mutter. Für meinen Vater wie für meinen Bruder war ich immer nur eine Last.«

»Heinrich, da bist du im Irrtum. Dein Vater war dir von Herzen zugetan. Aber er war schon zu alt, um nachsichtig mit den Streichen der Jugend umzugehen. Und Johann eifert ihm in allem nach. Du wirst sehen, dass er seine Meinung ändern wird, wenn du erst einmal Herr der Grafschaft Katzenelnbogen bist.«

»Dies wird noch Jahre dauern. Und wer weiß, ob Johann die Erbtochter Christina am Ende nicht selbst zur Frau nehmen will.«

Hilflos streckte Margarete die Hand durch das Gitter, um ihren Sohn zu berühren. Doch er wich vor ihr zurück.

»Heinrich, so komme doch zur Besinnung. Johann hat einen heiligen Eid auf euer Verlöbnis geleistet. Nur der Erzbischof, wenn nicht sogar nur der Papst, könnte dieses Versprechen wieder lösen.«

Heinrich antwortete nicht. Stattdessen drehte er ihr den Rücken zu.

»So nehme ich denn jetzt Abschied, mein Sohn«, sagte Margarete mit trauriger Stimme. »Morgen breche ich schon nach der Frühmesse nach Burg Sponheim auf. Wenn der Rheingraf dich beurlaubt, bist du mir dort zu jeder Zeit willkommen. Willst du mir nicht wenigstens eine gute Reise wünschen?«

Heinrich gab keinen Laut von sich. Schließlich hörte er seine Mutter seufzen. »Ich segne dich, Heinrich, und hoffe mit dir auf bessere Zeiten. Lebe wohl.«

Als ihre Tritte auf der Treppe verklangen, loderte der Hass in ihm wie eine Feuersbrunst.

»Ich schwöre, du wirst es mir büßen, Simon, dass du mir die Liebe meines Bruders geraubt hast. Selbst wenn ich dafür einst in der Hölle schmore.«

Kapitel 2

Kauzenburg, Sommer 1262, einige Tage später

Der kleine Trupp Reiter näherte sich Kreuznach von der Osterburger Seite her. Kurz vor der hölzernen Brücke über die Nahe zügelte ihr Anführer sein Pferd und ließ seinen Blick zur Kauzenburg schweifen.

»Fürwahr eine prächtige Wohnstatt hat sich der Vater des jetzigen Grafen Johann von Sponheim da errichtet«, murmelte er in seinen buschigen schwarzen Bart, den bereits erste graue Fäden durchzogen.

Die beiden trutzigen Türme der Außenmauer, zwischen denen der klobige Bergfried zu sehen war, ermöglichten einen weiten Blick über das Städtchen, das sich beidseits der Nahe erstreckte, und das dahinterliegende Land. Eine mächtige Mauer mit einem Wehrgang, auf dem Wachen mit silberglänzenden Kettenhauben hin- und hergingen, zog sich von Turm zu Turm und machte die Burg von der Stadtseite her nahezu uneinnehmbar.

»Zum Glück muss ich mir mein Recht nicht mit Gewalt erzwingen«, setzte der Anführer sein Selbstgespräch fort. Während sie durch die schmalen Gassen unterhalb der Burg ritten, wandte er sich an den Mönch in der formlosen grauen Kutte an seiner Seite.

»Bruder Martin, habt Ihr die Abschrift der Urkunde wohl verwahrt bei Euch?«

Der Angesprochene nickte ungeduldig, als ob er die Frage schon öfter gehört hätte.

Schließlich erreichten die Reiter das Tor, das in den äußeren Burgbereich führte. Ein Wachhauptmann im Kettenhemd und dazugehöriger Haube trat ihnen entgegen. Auf seinem Waffen-

rock prangte das Wappen der Sponheimer mit dem blau-goldenen Schachbrettmuster.
Nach kurzem Wortwechsel ließ er die Gruppe passieren. Nachdenklich blickte er ihr nach, als sich die Pferde vorsichtig den gewundenen steilen Hang zum inneren Burgtor hinaufbewegten. Dann schüttelte er den Kopf und sagte leise zu sich selbst: »Alle Welt glaubte, er sei als Märtyrer im Kreuzzug gefallen. Ich wüsste zu gerne, ob Graf Johann dieser unerwartete Besuch willkommen ist.«

»Ich sehe, es geht dir schon viel besser, mein Sohn.« Ganz gegen seine Gewohnheit strich Johann Simon über die blonden schulterlangen Locken.
Je älter der Junge wurde, desto ähnlicher sah er Irmhild, seiner Mutter. Sie hatte ihm nicht nur die fein geschnittenen Gesichtszüge vererbt, sondern auch die Farbe ihres Haars, das wie gesponnenes Gold in der Sonne geleuchtet hatte. Wehmütig dachte Johann an die Zeit zurück, in der er und Raimund um die schöne Wildgrafentochter freiten. Sie hatte sich zwar für seinen besten Freund entschieden. Doch das bescherte ihm sein kurzes Glück mit Katharina von Katzenelnbogen, die er auf Irmhilds und Raimunds Hochzeit kennengelernt hatte. So waren Neid und Missgunst ihrer Freundschaft ferngeblieben.
Unwillig drehte Simon seinen Kopf zur Seite. »Nur Mädchen werden gestreichelt«, knurrte er. Johann musste lächeln. In diesem Verhalten erkannte er Raimund wieder, der Simon mehr mitgegeben hatte als nur die schlanken, drahtigen Glieder und die rehbraunen Augen. Der Junge war ein Kämpfer und ließ sich durch nichts unterkriegen. Das hatte er schon mehr als einmal bewiesen.
»Wann darf ich die Kemenate endlich verlassen?«, maulte Simon. »Draußen scheint seit Tagen die Sonne, und ich liege hier nutzlos herum.«

Johann bemühte sich krampfhaft um eine ernste Miene, bevor er antwortete. »Du warst schwer verletzt, mein Sohn. Solange dir immer noch schwindelt, wenn du aufstehst, musst du dich noch ein Weilchen gedulden. Auch deine Hand ist noch nicht zu gebrauchen. Der Bader sagt zwar, der Bruch verheilt gut, aber wenn du zu früh damit hebst oder greifst, kann der Arm steif bleiben.«

Missmutig warf sich Simon auf die andere Seite. »Aber es ist hier so öde und langweilig.«

Nun runzelte Johann die Stirn. »Erst gestern habe ich dir Gaukler geschickt, die eine ganze Stunde lang Späße und allerlei Kunststücke zu deiner Kurzweil getrieben haben. Glaub mir, mein Sohn, ich weiß, wie es ist, keine gesunden Gliedmaßen zu haben.«

Schuldbewusst blickte Simon auf. »Seid Ihr durch eine Krankheit lahm, Oheim?«, fragte er mit der rücksichtslosen Offenheit eines Kindes.

Johann nickte. »Als ich ungefähr so alt war wie du, warf mich ein heftiges Fieber danieder. Zwei meiner Geschwister sind daran gestorben. Auch ich wurde nie wieder ganz gesund. Das linke Bein blieb verkürzt und schlaff.«

»Aber Ihr könnt doch gehen, reiten und sogar kämpfen, Oheim«, warf Simon ein. Wieder benutzte der Junge die vertraute Anrede, um die Johann das Kind, seitdem es sprechen konnte, gebeten hatte. »Gevatter« war ihm zu förmlich erschienen und »Vater« wollte er sich im Gedenken an seinen ermordeten Freund nicht nennen lassen.

Er seufzte insgeheim, verzog aber keine Miene. »Dabei zählt allein der Wille, Simon. Jahrelang hatte ich große Schmerzen, doch ich wollte ein Ritter werden.« Er verschwieg, dass er bis heute keinen Schritt ohne Pein gehen konnte.

Simon richtete sich auf und stopfte ein großes Federkissen in seinen Rücken. Einen Moment verzerrte sich sein noch mädchenhaft zartes Gesicht mit den langen dunklen Wimpern und

Irmhilds sanft geschwungenem Mund. Der Kopf tut ihm also immer noch weh, dachte Johann grimmig. Doch Simon ließ sich nichts weiter anmerken. »Auch ich will kämpfen lernen, sobald ich aufstehen kann«, erklärte er trotzig. »Nie wieder …« Er stockte und biss sich auf die Lippen.

Johann erriet seine Gedanken. »Nie wieder soll dich Heinrich in einen Keller sperren«, ergänzte er den unvollendeten Satz.

Zorn flammte in den dunklen Augen des Jungen auf. »Das nächste Mal schlage ich ihn zu Boden«, stieß er heraus.

Johann war unwillkürlich gerührt. Was für ein tapferes Herz schlug doch in der Brust dieses erst fünfjährigen kleinen Jungen! Als »weibisch und feige«, hatte Heinrich Simon häufig verspottet. In der Tat war sein zehnjähriger Bruder grobknochig und ungeschlacht und überragte Simon um mehr als einen Fuß. Zwar war er kräftig und schien Talent zum Kämpfen zu haben, doch fürderhin war er nichts als ein Maulheld. Schließlich bedurfte es keinen Mutes, den kleineren Simon so zu traktieren! Wahrscheinlich neidete Heinrich dem Jungen nur, dass er ihm bereits in mancher Hinsicht an Geistesgaben überlegen war. Wieder fühlte Johann beim Gedanken an seinen Bruder das vertraute Gemisch aus Scham und Wut.

»Wo ist Heinrich jetzt?«, fragte Simon, als hätte er Johanns Gedanken erraten.

»Ich habe ihn zurück auf Burg Stein geschickt, nicht ohne Graf Siegfried seine strenge Erziehung ans Herz zu legen. Dort wird er bleiben, bis er seine Pagen- und Knappenzeit absolviert hat und zum Ritter geschlagen wird.«

Simon starrte trübe auf die leinene Bettdecke. »Auch ich würde dereinst gern ein Ritter werden«, murmelte er.

Johann musterte ihn erstaunt. »Was ficht dich nun wieder an, Patensohn? Natürlich wirst du zum Ritter geschlagen, sobald deine Ausbildung vollendet ist.«

Mit strahlenden Augen blickte Simon auf. »Ist das wirklich wahr, Oheim? Heinrich hat gesagt, ich sei viel zu arm, um die Ritterwürde bezahlen zu können.«

Brennender Ärger rötete Johanns Wangen. »Du bist der Erbe der Herrschaft Montfort, Simon. Ab deiner Volljährigkeit hättest du keine Mühe, aus den Einnahmen deiner Güter die Kosten der Ausbildung und Schwertleite zu bestreiten. Aber du wirst es nicht nötig haben. Ich werde selbst dafür einstehen.«

Zu seiner Verblüffung schien Simon sich nicht darüber zu freuen. »Dann ist es also wahr, dass ich Heinrich sein Erbe stehle?«

Schnaubend sprang Johann auf und trat ans offene Fenster. Die mit Pergament bespannten Rahmen, mit denen im Winter die Zugluft abgehalten wurde, waren für den Sommer entfernt worden. Gedankenvoll starrte er hinaus. Ein Trupp Reiter bewegte sich auf das Burgtor zu. Sicher die neuen Reisigen, die der Burgvogt rekrutiert hatte.

Mit einem Ruck wandte er sich wieder zu Simon um. »Was hat Heinrich dir sonst noch gesagt?«

Simons Gesicht verzog sich kurz, als wolle er weinen. Doch schnell hatte er sich wieder im Griff.

»Nichts weiter, Oheim.«

Doch nun war Johanns Argwohn geweckt. »Was?«, beharrte er unnachgiebig.

Simon wich seinem Blick aus. »Dass mein Vater kein edler Ritter gewesen ist. Sonst hätten die Meuchelmörder ihn nicht überwältigen können.« Johann musste sich niederbeugen, um das Kind zu verstehen. Seine Hände ballten sich zu Fäusten.

»Was noch?«

»Dass sie Unzucht mit meiner Mutter getrieben haben, wie es der Mattes mit der Bärbel getan hat.« Nun schwang ein Schluchzen in Simons Stimme mit.

Johann knirschte vor Wut mit den Zähnen. Die Vergewaltigung der Magd Bärbel durch einen Burgsoldaten hatte vor einiger Zeit großes Aufsehen auf der Kauzenburg erregt. Der Mann war zur Strafe öffentlich ausgepeitscht worden.

Bewahre dich Gott davor, mir in der nächsten Zeit in die Hände zu fallen, Heinrich, raste Johann stumm. Die Hundepeitsche wäre diesmal zu gut für dich.

Simon zuliebe riss er sich zusammen. »Dein Vater war einer der tapfersten Männer, die ich je gekannt habe. Er hat sich wie ein Löwe gewehrt, um deine Mutter und dich zu beschützen. Doch die Übermacht war einfach zu groß. Sie wurden alle niedergemacht.«

»Warum hat man die Mörder nie gefunden?«

Wieder raste Johanns Herz vor Zorn. »Wir haben Monat um Monat landauf und landab nach ihnen gesucht. Sie waren wie vom Erdboden verschluckt. Auch von der Beute ist kein einziges Stück je wieder aufgetaucht.«

»Manchmal höre ich ihre Schreie«, flüsterte Simon.

Johann fasste ihn hart an der Schulter. »Was sagst du da?« Er ließ sofort los, als er Simons verstörten Blick bemerkte.

»Wenn es dunkel ist und mir das Blut in den Ohren rauscht, höre ich Hilferufe und Waffengeklirr.«

Fassungslos starrte Johann ihn an. »Warum hast du mir nie davon erzählt?«

»Die Amme meint, die Geräusche kämen geradewegs aus dem Jenseits. Sie riet mir zu beten und meine Seele Gott zu empfehlen.«

»Strohdummes Weibsstück«, entfuhr es Johann.

»Aber es hilft tatsächlich, Oheim«, verteidigte Simon die alte Frau, die ihn bis vor wenigen Monaten betreut hatte. Dann lenkte er ab. »Gab es denn an der Stelle des Überfalls gar nichts, was auf die Mörder hindeutet?«

Johanns Hand fuhr an seinen Hals. Eine Weile kämpfte er mit sich. Doch der Junge war alt genug. Konnte er allein im Dunkeln die Schlachtgeräusche ertragen, so konnte er auch mit dem einzigen Zeugnis umgehen, das auf die Mörder verwies.
Er nestelte die silberne Kette unter seinem Wams hervor. »Schau her, Simon. Das fand man an der Stätte der Untat. Es ist ein heidnischer Anhänger mit den arabischen Schriftzeichen für Allah, den Gott der Ungläubigen. Einer der Schurken muss ihn im Kampf verloren haben.«
Simon streckte die Hand aus. »Darf ich ihn mir einmal ansehen?« Johann beobachtete, wie er das Schmuckstück von allen Seiten betrachtete. Es war ungefähr so groß wie ein Silberdukaten und mit winzigen Edelsteinsplittern besetzt, die, einer dicht neben dem anderen, fremdartige Schriftzüge bildeten. Sie glänzten auf der schwarzen polierten Scheibe, die das Zentrum des Anhängers bildete. »Onyx« hatte ein jüdischer Goldschmied den Stein genannt. Er war mit fein ziseliertem Silber umrahmt.
Johann fasste einen Entschluss. »Behalte den Anhänger, Simon. Er soll dich daran erinnern, dass der Tod deiner Eltern noch ungesühnt ist.« Eigenhändig legte er dem Jungen die silberne Kette um den Hals.
Simon umfasste den Anhänger mit beiden Händen. »Ich werde ihn tragen, bis ich den Mord an meinen Eltern gerächt habe. Und ich schwöre bei Gott, ich werde die Untäter finden und mit eigener Hand richten.«
Erschrocken fasste Johann nach Simons gesunder Hand. »Bedenke, was du sagst, mein Sohn. Du bist noch zu jung, um dich durch einen solch schwerwiegenden Eid zu binden.«
Trotz und Schmerz standen in Simons Augen, als er den Blick seines Ziehvaters erwiderte.
»Ich bin alt genug, um sie zu töten. Die Räuber hätten auch mich getötet, wenn meine Mutter mich nicht verborgen hätte.«

Johann lief unwillkürlich ein Schauer über den Rücken. War es richtig gewesen, den jungen Knaben mit solch schwerem Wissen zu belasten?
Plötzlich klopfte es an die Tür.
»Unerwartete Gäste sind eingetroffen, wohledler Herr.« Der Burgvogt Oswald war persönlich gekommen, um ihm die Kunde zu überbringen. Das war höchst ungewöhnlich.
Johann richtete sich zu voller Größe auf. Der Schmerz pochte in seinem Bein.
»Wen beliebt Ihr zu melden, Oswald?«
»Philipp von Montfort, hoher Herr. Er ist aus dem Morgenland heimgekehrt.«

Aufmerksam sah sich Philipp von Montfort im großen Saal des Palas der Kauzenburg um. »Prächtig, prächtig«, murmelte er in seinen Bart, als er die Wandbehänge aus gewebter Wolle und die Steinfliesen des Fußbodens unter den frischen Binsen betrachtete. »Kein gestampfter Lehm wie in der Halle von Montfort.« Er kostete einen Schluck des Weißweins, den man ihm kredenzt hatte. »Wahrlich ein herrlicher Tropfen. Ich wüsste zu gerne, aus welcher Lage er stammt.«
Rastlos schritt er in der weitläufigen Halle auf und ab. Mit der Zeit bildete sich eine steile Zornesfalte auf seiner Stirn. Graf Johann ließ auf sich warten. Augenscheinlich, um ihn mürbe zu machen. Aber woher sollte er von der Urkunde wissen?
Missmutig versetzte er seinem Knappen, der sich in einer Ecke des Saals die Zeit damit vertrieb, Philipps Schild zu polieren, einen Fußtritt. »Mach nicht solch einen Lärm, Bursche«, grollte er.
Von draußen klangen die Geräusche von Übungskämpfen in den Saal. Der Waffenmeister schrie seine Befehle, Holz stieß mit einem dumpfen Knall auf Holz. Müßig trat Philipp in eine

der Fensternischen, deren steinerne Sitzbänke mit bestickten Kissen belegt waren, und schaute hinaus.

Ein junger Bursche, noch ohne jede Spur von Flaum am Kinn, hatte gerade einem offensichtlich weit älteren Kämpfer das hölzerne Übungsschwert mit seiner Streitaxt zertrümmert, die ebenfalls aus Holz gefertigt war. Wütend eilte der Waffenmeister auf die beiden zu. Anstatt den siegreichen Knaben zu loben, blaffte er ihn an. »Michel, wenn du so weitermachst, haben wir bald keine einzige Waffe mehr in der Übungskammer. Mäßige dich, bevor du uns noch alles zerschlägst.« Der Michel genannte Junge nickte betreten und trollte sich auf einen Wink seines Meisters mit hängenden Schultern.

Verblüfft beobachtete Philipp die Szene. Diesen Burschen hätte man im Morgenland gut gebrauchen können. Da wäre er nicht gescholten worden, wenn er die Ungläubigen in Stücke gehauen hätte. Im Gegenteil. Philipp grinste bei der Erinnerung. Trotz der Niederlage der Kreuzfahrer hatte er so manches Scharmützel siegreich für sich entschieden und dabei prächtige Beute gemacht. Zimperlich war man dabei beileibe nicht vorgegangen.

Von draußen näherten sich schwere ungleichmäßige Schritte. Philipp horchte auf. Es wurde aber auch Zeit.

Johann beeilte sich tatsächlich nicht, nachdem er die Nachricht von dem unerwarteten Besuch erhalten hatte. Er schickte Oswald voraus, die Gäste willkommen zu heißen und ihnen einen Trunk seines besten Weißweins zur Erfrischung zu reichen.

Während er die steile Treppe hinabstieg, die von den Kemenaten zum Rittersaal führte, versuchte er sich an alles, was er über Raimunds Bruder wusste, zu erinnern. Zu Lebzeiten seines Freundes war er Philipp nur ein- oder zweimal begegnet. Er war nur ein Jahr jünger als Raimund. Vielleicht war das auch der

Grund dafür, dass zwischen den beiden schon früh eher Rivalität geherrscht hatte als brüderliche Verbundenheit.
Wie die beiden Söhne seines Schwagers Eberhard von Katzenelnbogen schloss sich Philipp schon als halbwüchsiger Knabe dem Kreuzzug Ludwigs IX. von Frankreich an. Ruhm und Ehre als Befreier der heiligen Stätten zu gewinnen stand dabei nicht im Vordergrund. Vielmehr gab sich Philipp der Hoffnung hin, in der Fremde ein Vermögen zu erwerben. Als zweitgeborenem Sohn stand ihm kein Anteil an den Gütern zu, die zur Herrschaft Montfort gehörten.
»Es wird ihm zupasskommen, mit Gottes Segen rauben, morden und plündern zu können«, erzählte Raimund Johann verächtlich, als er von Philipps Entschluss erfuhr. Sein Bruder hatte sich als Knappe bei einem Ritter verdingt, der mit anderen Gleichgesinnten als Nachzügler im Jahr des Herrn 1249 ins ferne Morgenland aufgebrochen war. Sie erreichten die ägyptische Hafenstadt Damiette gerade rechtzeitig genug, um mit in die verlustreichen Schlachten gegen den blutjungen Sultan Turan Schah zu ziehen. Diese endeten wenige Monate später mit der Gefangennahme des Königs und des größten Teils seines Heeres. Wie Eberhards Söhne galt auch Philipp seither als verschollen.
»Gebe der Herrgott, dass er in der Schlacht gefallen und nicht hernach enthauptet oder gar in die Sklaverei verschleppt worden ist.« Trotz seiner Abneigung gegen den Bruder war Raimund erschüttert, nachdem Rheingraf Siegfried seinem Knappen die Kunde überbracht hatte. »Man sagt, dass die Araber junge Gefangene als Lustknaben gebrauchen oder sie wie Ochsen kastrieren lassen, um sie zu Eunuchen für ihre Frauenhäuser zu machen.«
Nach Raimunds Tod war Philipps Schicksal in den Hintergrund getreten. Johann wusste weder Mittel noch Wege, nach ihm zu forschen, wie es Raimund gelegentlich vorgehabt hatte.

Vor dem Eingang zum Rittersaal straffte er sich. Wahrscheinlich war Philipp gekommen, um die Vormundschaft über seinen Neffen Simon zu fordern. Das stand ihm als einzigem leiblichen Verwandten zu. Also würde er bald Abschied von seinem geliebten Patensohn nehmen müssen. Der Schmerz darüber brach ihm schon jetzt das Herz.

Dessen ungeachtet ging er mit ausgestreckten Armen auf Philipp zu. »Was für eine große und freudvolle Überraschung«, heuchelte er, nachdem sich die Männer begrüßt und an dem Kastentisch Platz genommen hatten, der in der Nähe einer der Fensternischen stand. »Alle Welt dachte, Ihr säßet als Märtyrer längst zur Rechten des Allmächtigen im Paradies.«

Unverhohlener Spott zuckte über Philipps wettergegerbtes, von tiefen Falten durchfurchtes Gesicht. Johann bemerkte es wohl und musterte ihn verstohlen. Hätte er es nicht besser gewusst, er hätte Raimunds Bruder für weit älter gehalten als seinen toten Freund. Die Jahre in der Fremde hatten Philipp vorzeitig altern lassen, seiner gedrungenen Gestalt aber auch die Statur eines Ringkämpfers beschert. Die kräftigen Muskeln waren selbst unter dem schweren gesteppten Wams noch zu erkennen. Die schwarz behaarten Hände wirkten wie kleine Schaufeln.

Philipp verbeugte sich leicht. »Diese Ehre ist mir noch nicht zuteilgeworden, Herr Graf.« Auch in seiner Stimme schwang Spott. »Doch mein Beichtvater Bruder Martin versichert mir unentwegt, dass meine Heldentaten im Kreuzzug die Waagschale zu meinen Gunsten senken, wenn der Allerhöchste dereinst zum Jüngsten Gericht lädt.«

»Wie seid Ihr dem Gemetzel der Niederlage entronnen?«

Ein düsterer Ausdruck huschte über Philipps Gesicht. »Meinem Herrn, dem Ritter Otto von Schönberg, gelang mit ein paar Getreuen die Flucht. Wir verbargen uns halb verdurstet auf einem Hügel hinter Dornengestrüpp. Von dort aus beobachteten wir

am folgenden Tag, wie die Ausgeburt der Hölle, die sich Herr aller wahren Gläubigen schimpft, unzählige edle Ritter mit ihren Knappen und Dienstleuten enthaupten ließ. Die Ebene zu unseren Füßen färbte sich rot von ihrem Blut. Aber auch uns verschonte der Sensenmann nicht. Mein Herr starb am Wundbrand, als sich sein in der Schlacht verletztes Bein in der glühenden Hitze entzündete. Zwei weitere Gefährten verloren wir beim Marsch durch die Sümpfe des Nils durch Entkräftung und Fieber.«
Auch Johann war erschüttert. »Und wie habt Ihr überlebt?«
Jetzt entstellte ein unangenehmes Grinsen Philipps Gesicht. »Der Herrgott führte uns zu einem von erwachsenen Männern verlassenen Dorf. Ein paar Greise und halbwüchsige Knaben machten wir im Schlaf nieder. Wir tarnten uns mit ihrer Kleidung als Einheimische, versteckten uns über Tag und wanderten nur bei Nacht. Dank der dabei erbeuteten Maultiere konnten wir außerdem genügend Nahrung und Wasser mitnehmen, um schließlich das Meer zu erreichen. In Alexandria fand ich dann ein Schiff, das mich bis zur oströmischen Stadt Smyrna mitnahm.«
Johann war unangenehm berührt. Er verkniff sich die Frage, was aus den Frauen und Mädchen des Dorfes geworden war. Stattdessen konzentrierte er sich auf das Wesentliche.
»Eure Verwandten dachten, Ihr wäret gefallen. Warum kehrt Ihr erst nach so vielen Jahren in die Heimat zurück?«
Philipp zuckte die Achseln. »Ich verdingte mich auf dem Rückweg bei verschiedenen Herren als Söldner. Auf diese Weise verbrachte ich allein zwei Jahre in Byzanz. Hier zu Hause erwartete mich doch nichts als die Armut des Zweitgeborenen.«
»Und was änderte schließlich Euren Sinn?«
»Zuletzt stand ich in den Diensten des Erzbischofs von Köln. Dort erfuhr ich eines Nachts bei einem Saufgelage vom Tod meines Vaters und dem schändlichen Mord an meinem Bruder.

Da beschloss ich, in die Heimat zurückzukehren.« Wieder verzogen sich Philipps grobe Gesichtszüge zu dem eigentümlich verzerrten Grinsen. Johann beschlich ein mulmiges Gefühl. Trotzdem sagte er freundlich: »Ihr seid sicher um das Wohl Eures Neffen Simon besorgt und wollt ihn bei Euch aufnehmen.« Gleichermaßen zu seiner Erleichterung wie zu seiner Empörung winkte Philipp verächtlich ab. »Wie man mir mitteilte, ist das Balg gut bei Euch aufgehoben. Mir steht nicht der Sinn danach, ein unnützes Kind aufzuziehen. Nein, ich bin gekommen, um mein Erbe von Euch zu fordern.«

Johann war völlig verblüfft. »Wovon sprecht Ihr, Mann?« Auch er wählte nun eine gröbere Sprache.

Philipp winkte den Mönch in der fleckigen grauen Kutte herbei, der bislang schweigend in der Fensternische gesessen hatte. Der Mann stand auf und zog eine Pergamentrolle hervor. Ein unerträglicher Gestank entströmte seinem Gewand, als er sich Johann näherte und sie ihm überreichte. Unwillkürlich wich dieser etwas zurück.

»Es ist eine Abschrift aus den Archiven des Erzbischofs von Mainz«, erklärte Philipp. »Dort ließ unser Ahnherr diese Urkunde verwahren.«

Johann zog die dünne Schnur ab und entrollte das Dokument. Wie erwartet, war es in Latein abgefasst. Herrisch winkte er dem Burgvogt.

»Oswald, lasst sofort Bruder Markus kommen.«

Nur kurze Zeit später betrat der Burgkaplan den Saal. Johann streckte ihm brüsk die Pergamentrolle hin. »Lest mir vor, was diese Urkunde besagt.«

Ungläubig lauschte er den schwülstigen Worten und meinte dann: »So erbt der nächstgeborene Sohn die Güter von Montfort, auch wenn der Erstgeborene einen männlichen Nachkommen hinterlässt?«

Philipp nickte. »Sofern der Nachkomme noch nicht mündig ist.« Er nahm schmatzend einen Schluck Wein aus dem zinnernen Pokal. »Mein Großvater war ein weiser Mann. Er trachtete zu verhindern, dass schwache Weiber die Güter von Montfort verwalten oder sich gar eine fremde Hand auf sie legt, solange es noch einen erwachsenen Erben in direkter Linie gibt.«
»Was wollt Ihr damit sagen?« Johanns Hand zuckte unwillkürlich zu seinem Schwertgurt.
Philipp betrachtete ihn ungerührt. »Macht daraus, was Euch beliebt, wohledler Herr. Ihr hattet die Güter meines verstorbenen Bruders drei Jahre in Eurer Obhut. Ich lasse Euch Bruder Martin da. Er soll mit Eurem Rentmeister die Abrechnungen durchgehen, um nachzuprüfen, ob alles seine Ordnung hat. Die bereits eingetriebene Pacht mögt Ihr mir erstatten. Natürlich abzüglich des Kostgelds für meinen Neffen.«
Er grinste erneut und stand auf. »Ich selbst werde noch heute nach Montfort reiten und Wohnung auf meiner Burg nehmen.« Damit winkte er seinem Knappen und wandte sich zur Tür.
»Wollt Ihr Simon denn nicht einmal sehen?«, fragte Johann ungläubig. »Er liegt nach einem Unfall zu Bett und kann noch nicht aufstehen.«
Wieder winkte Philipp ab. »Bestellt ihm meinethalben Grüße von mir. Und Ihr, Bruder Martin, betet ein zusätzliches Paternoster für seine Genesung. Lebt wohl und seid bedankt für den Wein.«
Johann fehlten ob der Dreistigkeit des Mannes die Worte. Raimund hatte seinen Bruder schon in jungen Jahren Flegel und Raufbold geschimpft, doch dessen jetziges Verhalten übertraf Raimunds drastischste Beschreibungen bei weitem. Aber es kam noch schlimmer.
An der Tür drehte sich Philipp noch einmal um. »Ihr wisst, dass Montfort ein reichsunmittelbares Lehen ist. Doch in diesen unsicheren Zeiten werde ich Sorge tragen müssen, dass der Besitz

nicht bedroht wird. Und da es keinen rechtmäßigen deutschen König gibt, unter dessen Schutz ich mich stellen kann, habe ich beschlossen, Montfort dem Grafen von Veldenz als Lehen anzutragen.«

Johann stockte der Atem. Die Burgknechte sahen sich bestürzt an. Die Veldenzer waren seit Urzeiten mit den Sponheimern verfeindet. Jetzt würde Philipp von Montfort den Einfluss des Veldenzer Geschlechts also mitten in das Gebiet der Grafschaft Sponheim tragen, nur wenige Meilen von Kreuznach entfernt.

Erst eine geraume Weile nachdem Philipp den Saal verlassen hatte, fand Johann seine Fassung wieder. Während des Disputs hatte er unwillkürlich sein linkes Bein verkrampft, das nun höllisch zu schmerzen begann.

Durch das Fenster beobachtete er, wie Philipp mit seinen Begleitern die Pferde bestieg. »Ich hoffe, du schmorst dereinst in der Hölle, Schurke, anstatt zu Rechten des Herrgotts zu sitzen«, knirschte er ohne Rücksicht auf den verbliebenen Bruder Martin. »Sei versichert, wenn ich etwas dazu tun kann, so werde ich keinen Moment lang zögern.«

Kapitel 3

Burg Rheinfels, Mai 1269, sieben Jahre später

Gebannt beobachtete Christina von Katzenelnbogen das Geschehen im Burghof. Dort übten die Knappen an der Stechpuppe, im Galopp den Schild eines Gegners zu treffen.

Egbert von Leiningen war der nächste und ritt schon in Position. Christina mochte den Sechzehnjährigen nicht besonders,

dem man trotz seines jungen Alters schon nachsagte, dass er den Mägden nachstellte. Erst vor wenigen Tagen hatte er Eva, der Küchenmagd, ein blaues Auge geschlagen, weil sie ihm nicht in die Nische unter der Treppe folgen wollte, die im Palas in den Keller hinabführte.
Christina sah zu, wie Egbert die hölzerne Lanze mit der stumpfen Spitze sorgfältig in seine rechte Armbeuge legte. Dann gab er seinem kräftigen Braunen die Sporen und galoppierte auf den falschen Krieger zu, der einen Schild in der linken und einen Streitkolben in der rechten Faust hielt. Es galt, den Schild mit solcher Wucht zu treffen, dass die hölzerne Puppe auf dem Sockel, auf dem sie befestigt war, nach hinten kippte.
Doch heute war das Glück Egbert nicht hold. Im letzten Moment scheute sein Pferd, seine Lanze glitt am Schild der Puppe ab, versetzte ihr aber dennoch einen solchen Schwung, dass sie sich blitzschnell um die eigene Achse drehte. Mit lautem Krachen prallte ihr Streitkolben auf seinen Rücken und ließ Egbert beinahe von seinem Ross stürzen. Flach auf dem Pferdehals liegend sprengte er auf seinem erschrockenen Tier davon. Mit dem Waffenmeister und den beiden anderen Knappen lachte auch Christina aus vollem Halse.
»Christina!« Die schnarrende, missbilligende Stimme in ihrem Rücken ließ sie herumfahren. Wegen des Lärms, der aus dem Burghof durch die offenen Fenster in die Kemenate drang, hatte sie ihre Muhme nicht eintreten hören. Schuldbewusst machte sie einen flüchtigen Knicks.
»Christina!« Agathe von Hunolstein, eine ältliche Base ihrer verstorbenen Mutter, blickte ihr scharf in die Augen. »Wie oft muss ich dir noch sagen, dass es für eine junge Dame nicht schicklich ist, heimlich Männer zu beobachten.«
Ob des Vorwurfs blitzten Christinas tiefgrüne Augen verärgert auf, ihr schlechtes Gewissen war wie weggeblasen. Sie ballte die

in den Falten ihrer Cotte verborgenen Hände zu Fäusten. Mühsam verbiss sie sich eine patzige Antwort.

Was war die Alte nur für eine Plage! Aus reinem Mitgefühl hatte Graf Eberhard die verarmte Witwe, die aus einer unbedeutenden Seitenlinie der Familie ihrer Mutter stammte, auf Burg Rheinfels aufgenommen. Zu Christinas Entsetzen, aber zur Freude ihres Vaters erbot sie sich schon bald, Christina die höfischen Umgangsformen zu lehren, die sich für eine Jungfrau ihres Standes geziemten.

»Ich gestehe es wohl, liebste Base Agathe, dass ich meiner einzigen Tochter die früh verstorbene Mutter nicht habe ersetzen können.« Christina schüttelte sich noch heute in Gedanken an das Gespräch, das sie heimlich mit angehört hatte. »Umso mehr freue ich mich, dass Ihr Euch meines Augensterns annehmen wollt. Ich fürchte, ich habe meine Tochter zu sehr verwöhnt.«

»Seid versichert, teurer Vetter, dass ich mein Bestes tun werde, eine vollendete Dame aus ihr zu machen. Ihr werdet stolz auf sie sein.«

»Ich bin Euch von ganzem Herzen dankbar dafür.«

In falscher Bescheidenheit hatte Agathe ihr Haupt gesenkt, das mit einem dichten, um Kopf und Hals geschlungenen Tuch bedeckt war, das sie sommers wie winters nicht ablegte. Christina fragte sich oft, welche Farbe ihr Haar wohl hatte und ob sie es jemals wusch.

»Hörst du mir überhaupt zu?« Mit harter Hand schüttelte Agathe sie an der Schulter. Ihrem wollenen Gewand, das viel zu warm für die Jahreszeit war, entstieg ein säuerlicher Geruch. »Wie kannst du es wagen, halbnackt am Fenster zu stehen, ohne Surcotte! Man wird dich für unzüchtig halten, für eine Dirne, die sich jedermann an den Hals wirft.«

»Es ist draußen so warm, Muhme Agathe. Da wurde mir heiß in dem schweren Überkleid«, murmelte Christina.

Doch Agathe beachtete sie nicht weiter. Zielstrebig trat sie auf den verwaisten Stickrahmen zu und hob das zarte Leinengewebe anklagend in die Höhe. »Nicht einmal die Rosenknospen hast du fertig gearbeitet, obwohl eine volle Stunde vergangen ist, seitdem ich meine Andacht in der Kapelle begonnen habe.«
Trotzig starrte Christina zu Boden und blinzelte die Tränen weg, die ihr in die Augen stiegen. Einmal mehr wünschte sie sich sehnlichst, ein Junge zu sein. Dann könnte sie mit den Knappen über die Wiesen und Felder toben, Fecht- und Reitübungen machen, wann immer es ihr Herz begehrte! Doch seitdem Agathe sich ihrer »angenommen« hatte, war sie kaum mehr zum Reiten gekommen, geschweige denn dazu, den Falken, den ihr der Vater geschenkt hatte, zur Jagd abzurichten.
»Ich werde ein Wort mit Graf Eberhard sprechen müssen, Christina.« Selbst Agathes Seufzer klangen blechern. »Für den Rest des Tages verbleibst du hier in der Kammer, holst die säumige Arbeit an dem Altartuch nach und kommst erst zur Vesper hinunter.«
Christina rührte sich immer noch nicht.
»Nach der Messe gehst du sofort zu Bett und nimmst nicht am Nachtmahl teil. Heute Abend musst du dich mit der himmlischen Speise begnügen. Das wird dich Demut, Zucht und Gehorsam lehren.«

Als die Knappen die Pferde zurück in die Ställe brachten, schlich Simon aus seinem Versteck hinter dem Backhaus, wo er die Übungskämpfe verfolgt hatte. Vorsichtig blickte er sich nach allen Seiten um, bevor er die Tür zur Kammer neben der Scheune öffnete, in der die Knappen ihre Ausrüstung verwahrten.
Im Halbdunkel ergriff er eine hölzerne Streitaxt und verbarg sie unter dem losen kittelartigen Gewand, das er aufgrund des warmen Wetters mit seiner Pagentracht getauscht hatte. Blinzelnd trat er zurück ins grelle Sonnenlicht, das über dem Burghof lag.

Es war kaum um die vierte Stunde. Bis zum Nachtmahl, bei dem er aufwarten und den Knappen zur Hand gehen musste, würde ihn niemand vermissen. Hier auf Burg Rheinfels gab es zum Glück keine Herrin, der er zu Diensten sein musste.
Die alte verbitterte Vettel, die im letzten Jahr auf die Burg gekommen war, hatte Simons Dienste energisch zurückgewiesen, als Graf Eberhard sie ihr anbot. »Glaubt mir, wohledler Vetter, ich habe mit der Erziehung Eurer hochwohlgeborenen Tochter genug zu tun. Da kann ich mich nicht auch noch um einen halbwüchsigen Bengel kümmern.«
Simon grinste bei der Erinnerung. Ob die Alte mit dem Wissen, wie dankbar er ihr dafür war, wohl genauso entschieden hätte? Doch was scherte es ihn! Hauptsache, er behielt seine Freiheit. Und heute würde er die Axt ganz sicher ins Ziel bringen!
Leise pfeifend schlüpfte er durch das Tor, wo ihn die gutmütigen Wachen wie immer passieren ließen. Nicht weit von der Burg entfernt gab es ein kleines, mit dichtem Unterholz bewachsenes Wäldchen. Es lag zwischen den Rheinklippen und den schmalen Feldern der Bauern und Hörigen und war nicht geeignet, um darin Großwild zu jagen. Die Leute aus den Dörfern mieden es zudem, nachdem sich dort vor vielen Jahren ein Mann erhängt hatte, dessen ruheloser Geist angeblich seither darin umging.
Simon, der sich am helllichten Tag nicht vor Gespenstern fürchtete, hatte das Wäldchen schon bald nach seiner Ankunft auf dem Rheinfels als den idealen Ort entdeckt, an dem er ab und an mit sich allein sein und Niederwild jagen konnte. Eines Tages fand er bei der Verfolgung eines angeschossenen Hasen eine Lichtung inmitten eines undurchdringlich wirkenden Brombeergebüschs. Sie lag weitab von dem überwachsenen Pfad, der nur selten begangen wurde, und war groß genug, um dort heimlich Waffenübungen zu machen, was ihm als Pagen bis zur Knappenweihe verboten war.

Sollte ihn trotzdem jemand bei seinen Übungen hören, würde er wohl erst recht glauben, dass es in diesem Wäldchen nicht mit rechten Dingen zuging. Und so übte er hier mit den geborgten Waffen ungestört schon seit mehr als zwei Jahren und hatte es mit Schwert und Dolch schon zu erstaunlichen Fertigkeiten gebracht. Derzeit versuchte er sich mit Streitaxt und Morgenstern, obwohl diese Waffen nicht als ritterlich galten. Nur schade, dass er keinen Partner hatte, mit dem er sich im Zweikampf erproben konnte, und der Platz nicht ausreichte, um auch mit Lanze und Bogen zu üben.

Doch davon wollte er sich heute die Laune nicht trüben lassen. Vor ihm lagen zwei wundervolle Stunden.

Vom Fenster der Kemenate aus beobachtete Christina, wie Simon den Burghof verließ. Vor Neugier vergaß sie sogar ihr Elend und grübelte. Was hatte er nur in der Waffenkammer verloren? Er trug etwas unter dem Kittel, als er wieder herauskam. Wo wollte er wohl damit hin?

Bislang hatte sie sich über den blonden Jüngling, der jetzt schon seit fast fünf Jahren auf der Burg lebte, nur wenig Gedanken gemacht. Er mochte ungefähr so alt sein wie sie. Eine Magd hatte ihr einmal erzählt, dass er eine Waise und ein Mündel des Grafen Johann von Sponheim sei. Da es auf der Burg keine Herrin gab, verbrachte Simon seine Zeit nicht in den Frauengemächern, wie es die Pagen üblicherweise taten.

Als er ihren Blicken entschwunden war, überfiel Christina erneut hilflose Wut. An diesem strahlenden Frühlingstag war sie nun bis zum Abend eingesperrt. Aufgebracht warf sie sich auf ihr Lager. Sie sollte es einst mit Agathe teilen, hatte sich aber standhaft geweigert. Schließlich gab der Vater wie üblich nach und ließ der Alten ein eigenes Bett mit neuen Vorhängen aus blauem Wolltuch in die Kemenate stellen. Trotz ihres Gezeters, es zieme sich nicht, dem

Willen eines verwöhnten Kindes nachzugeben, hatte Agathe nicht lange gezögert, das großzügige Geschenk anzunehmen. Heuchlerin!, dachte Christina grimmig und biss in ihr Federkissen.
Ihr Vater war der reichste Graf weit und breit und Burg Rheinfels prächtiger ausgestattet als jede andere Burg, auf der sie zu Gast gewesen war. Nicht überall stand den Frauen eine eigene Kammer zur Verfügung. Doch hier nächtigten außer ihr und Agathe nur noch zwei Kammermägde auf ihren Strohsäcken in der Kemenate. Ihr Vater besaß sogar ein Zimmer für sich allein, desgleichen der Waffenmeister mit seinen Knappen und Pagen. Nur das niedere Gesinde und die Burgwachen schliefen des Nachts auf den Binsen des großen Burgsaals, Männlein und Weiblein wild durcheinander, und gar mancher trieb Unzucht, wie Muhme Agathe Graf Eberhard immer wieder zeternd klagte.
Wieder biss Christina vor Wut in ihr Kissen. Doch dann hob sie entschlossen den Kopf. »Ich lasse nicht zu, dass sie mir mein Leben vergällt, nur weil sie keine andere Freude mehr kennt, als auf den Knien in der Kapelle herumzurutschen«, sagte sie leise zu sich selbst. »Gleich morgen will ich herausfinden, was dieser Simon in der Waffenkammer zu suchen hatte und wohin er verschwunden ist.«

Prüfend sah Simon zum grau verhangenen Himmel empor. Wahrscheinlich würde es den ganzen Tag über regnen. Das kleine Dorf St. Goar zu Füßen des Felsens, auf dem die mächtige Burg thronte, war durch die Nebelschwaden hindurch nur undeutlich zu erkennen. Die gegenüberliegende Rheinseite konnte er schon jetzt nicht mehr sehen.
Heute machte es keinen Sinn, sich zur verborgenen Lichtung im Brombeergebüsch zu schleichen. Allerdings war Graf Eberhard mit seinen Knappen vor zwei Tagen zum Besuch eines Vetters in den Hunsrück aufgebrochen. Wahrscheinlich würden sie

aufgrund des schlechten Wetters einen Tag länger verweilen als geplant und erst übermorgen zurückkehren. Auch der alte Waffenmeister Hildebrand war mitgezogen.

Er beschloss daher, das Wagnis einzugehen, diesmal im Innern der Burg zu bleiben. Zu verlockend war die Aussicht, endlich einmal mit dem Schwert zu üben, selbst wenn der Gegner nur eine Strohpuppe war, die an einem Haken von der Decke der Waffenkammer hing. Er widerstand der Verlockung, gleich eines der Übungsschwerter aus Metall zu nehmen. Sie waren etwas leichter als die Kampfschwerter, aber weit schwerer als die hölzernen, die ordentlich aufgereiht an der Wand lehnten.

Eine halbe Stunde lang rannte er mit Inbrunst gegen die Strohpuppe an und versetzte ihr einen tödlichen Hieb nach dem anderen, musste aber auch manchen Puff einstecken, wenn er nicht schnell genug zurücksprang. Plötzlich schepperte etwas hinter seinem Rücken. Simon schnellte herum. Das Holzschwert in den erhobenen Händen, ging er auf den Winkel zu, aus dem das Geräusch gekommen war.

»Du brauchst dich gar nicht so aufzuplustern. Ich habe keine Furcht«, erklang eine kühle Mädchenstimme.

Verblüfft ließ Simon das Schwert sinken. »Wohledles Fräulein Christina? Was tut Ihr hier?« Mit aufwallendem Zorn fügte er hinzu: »Spioniert Ihr mir etwa nach?«

Mit hoch erhobenem Kopf trat sie aus der Nische. Sie trug ein schlichtes Gewand, Ober- und Unterkleid waren aus grünem Tuch und nur am Halsausschnitt und den Ärmeln mit schlichten Stickereien verziert. Die schwarzen Haare hatte sie zu einem schimmernden Zopf geflochten, der ihr bis zur Taille reichte. Ihre grünen Augen funkelten mutwillig wie die einer Katze.

»Das stünde mir schlecht zu Gesicht«, erklärte sie hochnäsig. »Schließlich ist dies die Burg meines Vaters, und du bist nur ein Page.«

Simons Zorn wuchs. Unwillkürlich wechselte er die Anrede. »Und was willst du hier? Die Waffenkammer ist kein Platz für kleine Mädchen.«

Doch Christina war nicht auf den Mund gefallen. »Auch kein Platz für Pagen. Es ist dir verboten, mit Waffen zu üben, bevor du zum Knappen geweiht bist.«

Ein ungutes Gefühl im Magen gesellte sich zu Simons Zorn. Wollte sie ihn etwa beim Waffenmeister oder gar ihrem Vater verpetzen? Die Tracht Prügel fürchtete er nicht, doch der Gedanke, nicht mehr üben zu dürfen, war ihm unerträglich.

»Also«, er funkelte sie an, »was begehrst du als Preis für dein Schweigen?«

Ihre Augen leuchteten auf. Die hochmütige Haltung fiel schlagartig von ihr ab. »Lass mich mitmachen, Simon.«

Vor Staunen stand ihm der Mund offen. Als wolle sie seiner Ablehnung zuvorkommen, sprudelte sie die nächsten Worte heraus. »Ich weiß, du willst einwenden, dass ich nur ein Mädchen bin. Doch ich bin kräftig und stark. Ich könnte dir eine weit bessere Kampfgefährtin sein als dieser alte Strohsack.«

Wider Willen rührte ihn das Flehen in ihrer Stimme. Während er noch überlegte, was er ihr antworten sollte, musterte er sie. Ihre Wangen waren jetzt leicht gerötet, die Hände krampften sich um ihren Gürtel, als wolle sie auf diese Weise die Wucht der erwarteten Abweisung auffangen. Das stimmte ihn milde.

»Wie stellst du dir das denn vor? Du müsstest dich heimlich aus deiner Kammer schleichen. Was willst du deiner Muhme oder gar deinem Vater sagen, wenn sie dein Verschwinden einmal bemerken?«

»So sagst du nicht nein?« Ungläubigkeit und Jubel mischten sich in ihrer Stimme. Ihre Augen funkelten wie Smaragde.

Simon hob die Hand. »Weder ja noch nein. Erst musst du mir erklären, warum du das Kämpfen erlernen willst.«

Sie ergriff spontan seine Hände und zog ihn auf die hölzerne Bank. »Oh, ich danke dir, danke.« Sie schien seine Zweifel gänzlich überhört zu haben. »Du kannst dir nicht vorstellen, wie grässlich langweilig mein Leben ist. Man lehrt mich tagein, tagaus nur beten, sticken und nähen. Wäre mein Vater nicht so ein duldsamer Mann, ich hätte nicht einmal das Reiten erlernen dürfen. Doch ich bin nicht für die Kemenate geschaffen. Ich sehne mich danach, hinaus in die Welt zu ziehen. Und dazu muss man kämpfen können.«

Kopfschüttelnd sah Simon Christina an. »Selbst wenn du das Waffenhandwerk erlernst, wird man dir niemals erlauben, in ein Turnier oder gar in eine Schlacht zu reiten.«

Einen Moment verdüsterte sich ihr Blick. »Das werden wir dann ja sehen«, erklärte sie patzig. Mit sanfterer Stimme fuhr sie fort: »Meine älteren Brüder sind nicht aus dem Heiligen Land zurückgekehrt. Vielleicht wird mein Vater ja anderen Sinnes, wenn ich es ihnen auf dem Felde gleichtun kann.«

Wieder schüttelte Simon den Kopf. Doch er behielt seine Zweifel für sich. Instinktiv spürte er, dass er Christina nur unnütz erzürnen würde.

»Wir müssten auch nicht mit diesen Holzschwertern kämpfen.« Nun klang ihre Stimme verschwörerisch. »Ich weiß, wo mein Vater die Kettenhemden und Kampfschwerter verwahrt, mit denen meine Brüder einst geübt haben.«

Sie sah prüfend an sich und Simon hinab. »Vielleicht sind sie uns noch ein wenig zu groß, aber wir werden schon noch in sie hineinwachsen.«

Dieses Angebot war wirklich verlockend. »Wird dein Vater die Sachen denn nicht vermissen?«

Sie lächelte schelmisch. In ihren Wangen bildeten sich kleine Grübchen. »Er sieht nie in die Truhe meiner Brüder. Sie steht in einer Kammer unter dem Dach.«

Sie schwieg einen Moment. Als sie weitersprach, klang ihre Stimme traurig. »Ich glaube, die Erinnerung schmerzt ihn zu sehr.«

»Und wird es dich nicht schmerzen, die Sachen deiner Brüder zu benutzen?«

»Ich habe sie nie gekannt. Sie sind weit vor meiner Geburt gestorben«, erklärte sie trotzig.

Fasziniert betrachtete Simon Christina. Was war das doch für ein seltsames Mädchen! Bislang hatte er sie nur sittsam, wie es sich für eine Maid ihres Alters gehörte, beim Mahl oder in der Kapelle gesehen. Doch hinter den halbgeschlossenen Lidern brodelte ein Vulkan. Sie war zudem nur wenige Zoll kleiner als er. Vielleicht war sie wirklich eine bessere Gegnerin als die leblose Strohpuppe, wenn sie mit Inbrunst kämpfte. Außerdem könnte er mit ihr auch auf der Lichtung den Zweikampf üben, ein Unterfangen, das ohne Kampfgefährten aussichtslos war.

»So lass uns beraten, wie wir es bewerkstelligen können, unbemerkt zu verschwinden. Mir fällt es leicht, denn zwischen den Mahlzeiten und den Lehrstunden bei Bruder Paulus kümmert sich niemand darum, was ich treibe.«

»Ich werde meiner unerträglichen Muhme sagen, dass ich mich ab sofort mehr der Kontemplation und dem Gebet widmen möchte. Sie lässt mich schon jetzt jeden Tag etliche Stunden allein, damit ich mich auf meine Pflichten besinne und an einem grässlichen Altartuch sticke.« Christinas Stimme klang verächtlich.

Simon war beunruhigt. »Aber wird sie nicht merken, wenn deine Stickerei keine Fortschritte zeigt? Und wie willst du die Kemenate verlassen? Was ist, wenn sie überraschend hereinkommt und du nicht da bist?«

Doch darüber hatte Christina schon nachgedacht. »Muhme Agathe verbringt täglich viele Stunden allein in der Kapelle. Da sie dies zwischen den Messen und Andachten tut, sind wir in dieser Zeit relativ sicher. Außerdem ist sie der Ansicht, dass mir

ihre Gesellschaft zum Vergnügen gereicht. Sie gedenkt mich zu strafen, indem sie mich allein lässt.«
Simon war noch nicht überzeugt. »Und das Altartuch?«
Wieder lächelte Christina verschmitzt. »Ich sticke weit besser, als meine Muhme vermutet. Die für eine Stunde gedachte Arbeit kann ich in einem Bruchteil der Zeit erledigen.«
»Du wirst dir gar manche Blessur bei den Übungen holen.«
Ungeduldig winkte Christina ab. »Auch als ich Reiten gelernt habe, bin ich des Öfteren vom Pferd gefallen. Das schreckt mich nicht.«
Simon zuckte die Schultern. »So lass es uns denn versuchen. Aber wir müssen nahezu täglich üben, wenn wir uns vervollkommnen wollen.« Ohne einzugestehen, dass er im Schwertkampf über keine nennenswerte Erfahrung verfügte, fuhr er fort: »Beginnen musst du ohnehin mit dem Holzschwert, bis du die ersten Schritte und Griffe beherrschst. Alles andere wäre viel zu gefährlich.«
Christina nickte mit strahlenden Augen.

Kapitel 4

Burg Stein, Anfang Oktober 1269

Edler Herr!« Der Diener verbeugte sich so tief vor Heinrich, dass der seinen ängstlichen Gesichtsausdruck nicht bemerkte. »Der hochwohlgeborene Graf Siegfried erwartet Euch im Palas.«
Heinrich runzelte finster die Stirn. Er hatte den Bauern mit seiner Tochter, die beim Gehen gestützt werden musste, am Nach-

mittag den steilen Weg zur Burg Stein hinaufsteigen sehen. Wollte Graf Siegfried ihn etwa wegen dieser Kleinigkeit zur Rede stellen? Ein ungutes Gefühl stieg in ihm auf.
Während der Diener mit gebeugtem Haupt drei Schritte zurückwich, ließ Heinrich seinen Blick über die grandiose Landschaft des Nahetals gleiten. Im Licht der tiefstehenden Oktobersonne schimmerten die Felsen auf der anderen Uferseite in tiefem Purpurrot. Das Laub der Bäume entfaltete seine Farbenpracht in allen Schattierungen von Grün, Gelb, Rot und Orange bis hin zu Braun. Glitzernd wie ein Strom aus Silber schlängelte sich der Fluss am Fuß des steilen Felsens entlang, an dessen höchster Stelle Burg Stein errichtet worden war.
Doch die Schönheit der Landschaft berührte Heinrich nicht. Stattdessen fiel ihm die Legende von der Entstehung der Burg ein und lenkte ihn für den Augenblick von dem ab, was ihn im Palas wohl erwarten mochte.
Da die Lage so unzugänglich und zumindest von der Flussseite her uneinnehmbar war, kursierte beim einfachen Volk noch immer die Mär, der Baumeister habe mit dem Teufel selbst einen Pakt geschlossen, um die Burg errichten zu können. Als Preis dafür habe er ihm die Seele des Erstbesten angeboten, der am Tag nach der Fertigstellung durch ein Fenster der Burg schaute. Der Teufel willigte ein. Doch der Baumeister war listig und ließ einen Esel, den er mit dem knöchellangen schwarzen Gewand und Käppchen des Burgkaplans ausstaffiert hatte, ans Fenster der Kapelle führen. Der Teufel stürzte sich auf sein Opfer und wollte mit ihm davonfliegen, als das Tier vor Entsetzen zu schreien begann. Da erst bemerkte der Teufel die Täuschung und warf den Esel in seiner Wut in die Tiefe, wo er an den Felsen im Fluss zerschmettert wurde.
Vielleicht hätte ich etwas Ähnliches auch mit dieser Dirne machen sollen!, sinnierte Heinrich grimmig. Nicht nur mit dem tumben Knecht, der ihr beisprang.

»Mein hoher Herr«, ließ sich der Knecht in seinem Rücken mit zögerlicher Stimme vernehmen. »Der Herr Graf hat mir befohlen, Euch unverzüglich herbeizuholen.«

Heinrich folgte dem Mann mit mürrischer Miene. Schon als er den Rittersaal betrat, verstärkte sich seine Ahnung kommenden Unheils. Anstatt auf den Binsen im Staub zu knien, saß das Bauerngesindel auf niedrigen Schemeln, die eigens herbeigeschafft worden waren. Der Rheingraf selbst thronte mit eisiger Miene in seinem Stuhl mit der geschnitzten Lehne.

Während Heinrich niederkniete, verfluchte er insgeheim sein Pech. Warum nur musste Graf Siegfried ausgerechnet heute Morgen auf Burg Stein eintreffen, nachdem er sich fast eine Woche auf seinen Ländereien am rechten Rheinufer aufgehalten hatte! Diesem durch Heirat erworbenen Besitz verdankte das stolze Geschlecht von der Nahe seinen heutigen Namen.

Ohne ihn aufzufordern, sich zu erheben, fixierte Siegfried seinen Knappen aus der imposanten Höhe seines Stuhls herab. Die Augenbrauen, eisengrau wie das immer noch volle Haar, waren drohend zusammen gezogen. Obwohl er so alt sein musste wie Heinrichs Vater bei seinem Tod, wirkte er noch so kräftig wie ein viel jüngerer Mann. Unter den enganliegenden Beinlingen, über denen der Graf einen eleganten Surkot aus braunem Samt trug, konnte Heinrich die Muskelstränge erkennen.

»Mein wohledler Herr. Ihr habt mich rufen lassen«, durchbrach Heinrich schließlich das lastende Schweigen. Die Miene des Grafen wurde daraufhin womöglich noch grimmiger.

»Hast du in nahezu sieben Jahren Ausbildung zum Ritter so wenig höfisches Benehmen erlernt, dass du nicht weißt, dass der Höhere das Wort an den Niedrigeren richtet?«

Heinrich schoss ob des Tadels vor den Ohren des Bauernpacks die Röte in die Wangen. Er biss sich auf die Lippen, um eine patzige Antwort zurückzuhalten.

Der Graf winkte dem alten Bauern. »Arnulf aus dem Dorf Münster, bring deine Klage gegen diesen Knappen vor.«
Der Mann sprang eilig auf und verneigte sich tief. »Am gestrigen Tag, es war ungefähr zwei Stunden vor Sonnenuntergang, kam der junge Herr«, er machte eine schüchterne Geste in Richtung des Beschuldigten, »mit zwei Begleitern auf meinen Hof geritten. Sie begehrten einen Trunk. Ich sandte meine Tochter Gerhild, ihnen frisches Wasser vom Brunnen zu schöpfen, denn Wein besitzen wir nicht, und das Bier war sauer geworden. Doch die Herren waren es nicht zufrieden, warfen die Becher in den Staub und begannen zu lärmen.« Er stockte.
»Und was geschah weiter, Arnulf?«
Der Bauer verneigte sich noch einmal. Seiner Kehle entrang sich ein tiefes Schluchzen. Ungeduldig fuhr Siegfried ihn an. »Plärre nicht wie ein Waschweib! Was geschehen ist, ist geschehen. Wenn ich dir zu deinem Recht verhelfen soll, sage, was du zu sagen hast.«
Der Bauer atmete tief durch und hob den Kopf. »Der junge Herr tat meiner Tochter Gewalt an. Sie zählt erst vierzehn Lenze und war noch unberührt. Die anderen Herren standen dabei und lachten. Als Walter, unser Knecht, meiner Tochter zu Hilfe eilte, schlugen sie ihn tot.«
Graf Siegfried richtete seinen stechenden Blick wieder auf Heinrich. »Nun, Knappe, was hast du dazu zu sagen?«
Trotzig erwiderte Heinrich seinen Blick. »Der Knecht wurde unverschämt und schlug mich sogar mit einem Knüttel. Ein blauer Striemen zieht sich meinen ganzen Rücken entlang. Es kann nicht geduldet werden, dass sich ein Bauernlümmel an einem Edelmann vergreift. Das ist gegen Gottes gewollte Ordnung.«
»Gegen Gottes gewollte Ordnung?« Siegfried brüllte so laut, dass selbst Heinrich zusammenzuckte. »Du meinst also, es entspricht Gottes gewollter Ordnung, dass du einem meiner Bau-

ern, der dir gastfreundlich begegnet ist, den Hof verwüstest, die Tochter schändest und den Knecht erschlägst?«
Nun war Heinrich wirklich erschrocken. So wütend hatte er den Rheingrafen noch nie erlebt.
»Ich werde beichten und Buße tun, hoher Herr. Und dem Bauern ein Wergeld für den toten Knecht bezahlen.«
Siegfried nickte mit finsterem Gesicht. »Drei Pfund Pfennige für den erschlagenen Knecht.« Heinrich zog entsetzt die Luft ein. Das war der Preis für drei gute Reitpferde. »Und nochmals drei Pfund Pfennige für die Schändung der Maid.« Er wandte sich an den Bauern. »Damit du ihr eine Mitgift geben kannst, die den Makel aufwiegt.«
Der Bauer und seine Tochter starrten den Rheingrafen staunend an. Heinrich war wie gelähmt.
»Aber mein hoher Herr«, stammelte er in dem verzweifelten Versuch, sich gegen dieses ungeheuerliche Urteil zu verwahren. »So viel Geld besitze ich nicht. Zudem hat auch Robert den Knecht geschlagen.«
Graf Siegfried blickte ihn ungerührt an. »Robert sitzt schon bei Wasser und Brot im Kerker und bedenkt seine Sünden. Doch er ist der jüngere Knappe, und du hättest ihm Lehrer und Vorbild sein sollen. Stattdessen hast du ihn zu Übeltaten verleitet. So wirst du seinen Anteil der Strafe mitbezahlen.«
Er hob gebieterisch die Hand, als Heinrich etwas entgegnen wollte. »Oder vielmehr dein bedauernswerter Bruder, der als Knappe auf dieser Burg meinem und seinem Namen nur Ehre bereitet hat und den ich selbst zur Schwertleite führte. Dich schicke ich dagegen noch heute in Schimpf und Schande zu ihm zurück. Er wird die Summe aus deinem Erbteil begleichen müssen.«
Voll Panik warf Heinrich sich vor Graf Siegfried zu Boden. »Oh, Herr, ich bitte Euch, ich flehe Euch an, entlasst mich nicht aus Euren Diensten. Ich will mich bessern und jeden Tag Buße tun.«

Graf Siegfried schüttelte verächtlich den Kopf.
»Dein Bruder hat mich vor deinem schlechten Charakter gewarnt, als du vor sieben Jahren in meine Dienste zurückkamst. Er bat mich, dich streng und ohne Nachsicht mit deinen Schwächen zu erziehen. Darum habe ich mich weidlich bemüht, doch sehe ich, dass es vergebens war. Aus Bubenstreichen und Faulheit sind jetzt Mord und Schändung geworden. Die Tugenden eines wahren Ritters wirst du niemals besitzen. Du bist vielleicht ein guter Kämpfer, doch Maß in allem zu halten, Gottes Schöpfung zu achten und Schwächere zu schützen, anstatt sie zu drangsalieren, ist dir nicht gegeben. So magst du auch niemals zur Schwertleite schreiten, auf dass unserem Stand Schande erspart bleibt.«
Er winkte herrisch. Zu Heinrichs Entsetzen traten der Waffenmeister und der Burgvogt aus einer Nische des Saals, wo sie das ganze Gespräch mitgehört hatten.
»Gerold, nehmt ihm Waffen und Rüstung ab und bringt alles zurück in die Übungskammer. Und Ihr, Wolfram, beaufsichtigt ihn, während er seine Sachen zusammenpackt. Dann geleitet diesen Ausbund an Niedertracht noch heute Abend nach Kreuznach zu Graf Johann von Sponheim zurück.«

Burg Rheinfels, Oktober 1269, drei Wochen später

»Getroffen!«, jubelte Christina. »Wären wir jetzt auf dem Felde, wärst du tot oder zumindest verwundet.«
Missmutig warf Simon Schwert und Schild beiseite. Die scharfe Antwort, dass er ihr absichtlich den Sieg überlassen habe, lag ihm schon auf der Zunge. Doch er verkniff sich die Bemerkung. Um der Wahrheit die Ehre zu geben, hatte Christina heute wirklich besser gekämpft als er. Seitdem ihn vor einigen Tagen

ein leichtes Fieber mit Halsschmerzen und Husten befallen hatte, war er nicht ganz bei Kräften.
Dennoch konnte er der Versuchung, es ihr heimzuzahlen, nicht ganz widerstehen. »Der heutige Sieg sei dein«, räumte er ein. »Doch wäre ich so ein schlechter Verlierer wie du, würde ich jetzt zetern und heulen und dich unlauterer Mittel beschuldigen.«
Statt des erwarteten Zornesausbruchs senkte Christina den Kopf. Zu Simons Überraschung stiegen ihr sogar Tränen in die Augen. »Ich gebe dir recht«, sagte sie mit erstickter Stimme. »Aber es schmerzt allzu sehr, immer die Unterlegene zu sein.«
Ihr Eingeständnis rührte ihn zu Großmut. »Du hast schon gewaltige Fortschritte gemacht, seitdem wir zu üben begonnen haben. Hättest du mehr Kraft in den Armen, würdest du noch weit häufiger siegen. Du bist wendig und geschickt wie eine Katze und mir darin eine ebenbürtige Gegnerin.«
Ob des Lobs leuchteten ihre Augen auf. Ihre Tränen versiegten und wichen dem strahlenden Lächeln, das Simon in jüngster Zeit Herzklopfen verursachte. Er drängte das Gefühl beiseite und ließ sich auf den weichen Moosboden am Rand der Lichtung fallen. Mit unter dem Kopf verschränkten Armen genoss er die letzten Strahlen der für die Jahreszeit ungewöhnlich milden Herbstsonne. Dabei ließ er die vergangenen Monate vor seinem inneren Auge vorbeiziehen.
Tatsächlich hatte sich das Wagnis, mit Christina zu üben, gelohnt. Seine eigene Kampfkunst wäre niemals so weit gediehen, hätte sie nicht mit Ausnahme der Sonn- und Feiertage, an denen auch den Knappen das Üben verboten war, nahezu täglich mit ihm gefochten.
Nur ein einziges Mal wären sie beinahe erwischt worden, als Graf Eberhards Jagdhunde sie vor dem Brombeergestrüpp heftig verbellten. Doch da Simon die losen Zweige jedes Mal sorgfältig ineinandersteckte, bevor sie die Lichtung betraten oder

verließen, hatte die Jagdgesellschaft den Einlass durch den dornigen Schutzwall nicht gefunden.

»Wahrscheinlich ein Feldhase oder ein Fasan, hoher Herr, der sich im Dickicht verborgen hat«, hörten sie einen der Knappen sagen, als sie atemlos vor Schreck verharrten. »Dafür lohnt es sich nicht, die Hecke durchzuhauen und sich eine Menge Kratzer zuzuziehen. Er ist längst über alle Berge.« So zog die Gesellschaft mit Treibern und Hunden, Falken und Reitern weiter in die großen Wälder des Hunsrück, ohne sie entdeckt zu haben.

Noch besser lief es mit der strengen Muhme. »Sie lobpreist mich von Tag zu Tag mehr bei meinem Vater«, berichtete Christina. »Natürlich nicht, ohne dabei die eigenen Verdienste gebührend zu erwähnen. Das Altartuch ist längst vollendet. Nun sticke ich an einem Wandbehang, der Christi Geburt zeigt und schon zum Weihnachtsfest in der Burgkapelle hängen soll. Derweil frönt Muhme Agathe ihren Bußübungen und liegt täglich über Stunden mit ausgebreiteten Armen auf dem Steinboden vor dem Altar. Sie bildet sich ein, damit dereinst ihre Zeit im Fegefeuer verkürzen zu können.« Bei dieser Vorstellung lachten sie Tränen.

Auch die Durchsicht der verwaisten Truhe mit den Sachen von Christinas verstorbenen Brüdern war ergiebiger ausgefallen als erhofft. Sie fanden neben Kettenhemden und Kurzschwertern auch die hölzernen Übungswaffen der beiden, zudem Streitäxte, Helme und Schilde. Auch zwei Gambesons, gesteppte und dick ausgestopfte Leinenwämser, die man unter der Rüstung trug, waren dabei, nebst Beinlingen in derselben Machart wie die Kettenhemden. Seither war Simon nicht mehr darauf angewiesen, heimlich Gegenstände aus der Waffenkammer zu borgen.

Ohne Christinas abwechselnde Wutanfälle und Weinkrämpfe, sobald sie ihm unterlag, wäre Simons Glück vollkommen gewesen. »Aber so sind eben die Frauen!«, seufzte er mehr als einmal vor sich hin. Ein Grund mehr, ihr den heutigen Sieg zu gönnen.

Jetzt setzte Christina sich neben ihn und reichte ihm einen Krug Apfelmost, den sie aus der Speisekammer stibitzt hatte. Er richtete sich auf und nahm einen tiefen Schluck.
»Wie hat dein Vater über deinen Wunsch entschieden, Lesen und Schreiben zu lernen?«, fragte er neugierig.
Ein Schatten glitt über ihre heiteren Züge. »Noch gar nicht. Mich dünkt, er hätte es wohl erlaubt, doch Bruder Paulus und Muhme Agathe sind dagegen. Es schickt sich nicht für eine Jungfrau, solche Fähigkeiten zu besitzen. Nicht einmal jeder Fürst beherrscht sie«, äffte sie die beiden mit gehässiger Stimme nach. »Bruder Paulus meint, eine Frau lohne die Mühe wegen ihrer geringen Geisteskraft nicht, zumal er mich dann auch in Latein unterrichten müsste, da Urkunden und gelehrte Bücher in dieser Sprache abgefasst sind. Muhme Agathe sagt dagegen, Bildung mache Frauen hoffärtig und eitel und gefährde ihr Seelenheil, denn es hindere sie, in Demut ihren Platz in Gottes Schöpfung einzunehmen.«
Plötzlich hob sie den Kopf. Noch bevor sie zu sprechen anhob, wusste Simon, was sie ihn fragen würde. »Kannst du mich nicht lehren, was Bruder Paulus dir beibringt?«
Simon seufzte. »Wie soll ich denn heimlich die Bücher entwenden, die der Burgkaplan stets wie einen kostbaren Schatz in seiner Truhe verwahrt?«
»Aber wir brauchen die Bücher doch gar nicht. Du schreibst die Buchstaben hier in den Staub und lehrst mich zumindest das Lesen.« Ihre Stimme vibrierte vor Aufregung. »Niemand würde es merken.«
Simon gab keine Antwort. Einerseits hatte es einen seltsamen Reiz, noch mehr Zeit mit Christina zu verbringen. Andererseits konnte sie mit ihren Wünschen und Ansinnen eine rechte Plage sein.
»Lass uns abwarten, wie dein Vater entscheidet«, schlug er schließlich vor. »Er hat dir schon so manchen Wunsch erfüllt und gilt als milde und nachgiebig.«

Christina funkelte ihn zornig an. »Das kann man wohl sagen, Simon. Sogar im Fall deines missratenen Ziehoheims Heinrich, der bald auf Burg Rheinfels als Knappe dienen wird.«
Das kam völlig unvermittelt. In seiner Erregung packte Simon sie grob am Arm. »Was sagst du da?« Christina schrak vor seinem Blick sichtlich zurück.
»Verzeih mir, ich wollte es dir schonender beibringen. Ich weiß ja, dass du Heinrich nicht magst.«
»Woher weißt du das?«
»Mein Vater hat es mir erzählt. Er hat dich als kleinen Knaben gar übel traktiert. Aber mein Vater sagt, Graf Johann habe Heinrichs vorigen Dienstherrn, den Rheingrafen Siegfried, deswegen zu sehr gegen deinen Ziehoheim aufgebracht. Es sei nicht gerecht, dass er Heinrich nun in Schimpf und Schande entlassen habe. Zumal es undenkbar sei, dass er als mein Verlobter niemals die Ritterwürde erlangen soll. Simon, du tust mir weh!«
Benommen löste er den Griff, mit dem er ihren Arm noch immer umklammert hielt.
»Heinrich ist dein Verlobter?«
Christina war verwundert. »Ich dachte, das wüsstest du. Alle Welt weiß doch, dass wir schon als Kinder einander versprochen wurden.«
Simon war wie betäubt. Der plötzliche Schmerz in seiner Brust nahm ihm fast den Atem.
»Ich selbst kenne ihn noch gar nicht«, plapperte Christina weiter. »Vater sagt, auch deshalb habe er sich bei Graf Johann dafür verwendet, dass Heinrich noch einmal die Gelegenheit erhält, sich zu bewähren. Damit wir nicht als Fremde zum Altar schreiten, wenn es dereinst so weit ist.«
»Aber … aber *willst* du ihn denn zum Manne nehmen?«
Christina blickte ihn mit einem merkwürdigen Ausdruck an.

»Mein Vater und dein Vormund haben ein Gelübde vor Gott und den Menschen abgelegt, diese Verbindung einzugehen. Ich glaube kaum, dass mein Wille dabei von Belang ist.«

Kapitel 5

Burg Rheinfels, November 1269,
zwei Tage vor Martini (Samstag)

Christina beobachtete den kleinen Reitertrupp, der sich von der Rheinseite her der Burg näherte, mit gemischten Gefühlen. Heute würde sie zum ersten Mal ihrem Verlobten begegnen.

Als die Reiter ihrem Blickfeld entschwanden, setzte sie sich rasch den goldenen Reif aufs Haar. Das Schappel war rings mit kleinen roten und blauen Edelsteinen besetzt und hatte einst zur Morgengabe ihrer Mutter gehört. Graf Eberhard hatte es ihr erst heute früh zur Feier des Tages überreicht.

Da es schon sehr kalt geworden war, trug sie über dem dunkelblauen Unter- und Oberkleid aus warmer Wolle noch eine mit Pelz gefütterte Surcotte aus kostbarem purpurfarbenem Samt. Auch das Überkleid hatte ihrer Mutter gehört. Christina war für ihre fast dreizehn Jahre groß gewachsen, deshalb hatte es nur leicht gekürzt werden müssen.

»Mädchen, so spute dich doch, die Gäste reiten schon in den Burghof ein. Dein Vater erwartet dich.« Auch Agathe hatte ein neues Unter- und Oberkleid aus maronenfarbener Wolle erhalten und einen dazu passenden Schleier aus Seidenstoff. Vor unterwürfiger Dankbarkeit hatte sie sich kaum zu fassen gewusst.

Christina, die nicht nur wegen der Kühle fröstelte, folgte ihrer Muhme die Treppe des Palas hinab und trat mit ihr hinaus in den Hof. Die Knechte hatten einen Steg aus grob behauenen Brettern durch den Morast gelegt, der ihre feinen Schuhe aus rotgefärbtem Leder vor der Feuchtigkeit schützte. Am Ende des Stegs stand Graf Eberhard mit einem kostbaren Silberpokal seines besten Rheinweins in der Hand.

»Sei mir auf Burg Rheinfels willkommen, mein zukünftiger Eidam.« Ihr Vater reichte dem vordersten der Reiter den Pokal. Der nahm einen tiefen Schluck, ehe er ihn an seine Begleiter weiterreichte. Dann richtete er seinen Blick auf Christina, die hinter ihrem Vater stand.

Mit einer für seine massige Statur behenden Bewegung sprang Heinrich von seinem schwarzen Ross und verneigte sich vor Graf Eberhard und ihr selbst. Als er sich wieder aufrichtete, überragte er Christina nahezu um Haupteslänge. Sie betrachtete ihn verstohlen. Alles an Heinrich wirkte ungeschlacht und zu groß geraten. Seine Füße steckten in Stiefeln, die nahezu eine Elle maßen, die riesigen Hände erinnerten sie an die Pranken eines Bären. Seine Gesichtszüge waren unregelmäßig. Die klobige Nase wollte nicht recht zu dem schmallippigen Mund und den kleinen, dicht beieinanderstehenden Augen passen, die von einem wässrigen Blau waren. Das strähnige hellbraune Haar begann sich oberhalb der Stirn bereits zu lichten, obwohl Heinrich gerade erst sein achtzehntes Jahr erreicht hatte.

Ohne es sich eingestehen zu wollen, war Christina enttäuscht. Unwillkürlich glitt ihr Blick zu Simon hinüber, der sich zum Gefolge des Grafen gesellt hatte. Um wie viel vertrauter und wohlgefälliger waren ihr seine schlanke Gestalt, das verschmitzte Lächeln, die dunkelbraunen mandelförmigen Augen. Die schulterlangen blonden Locken umspielten sein fein geschnittenes Gesicht, das mit der geradegewachsenen Nase und den vol-

len Lippen dem Fresko des Erzengels Michael an der Wand der Kirche von St. Goar glich. Wie beim Bezwinger Luzifers zeugte auch Simons Gesichtsausdruck von Willensstärke und Ausdauer, wenn er sich etwas in den Kopf gesetzt hatte.
Jetzt zog er die Augenbrauen zusammen und stand so kerzengerade, als hätte er einen Stock verschluckt. Trotz seiner geringeren Körpergröße stach er ebenso wie Heinrich ins Auge. Einen Moment lang trafen sich die Blicke der beiden jungen Männer. Sie musterten sich kühl, ohne ein Zeichen des Wiedererkennens.
»Christina, wo bleiben deine Umgangsformen?« Graf Eberhard pflegte seine Tochter nur äußerst selten zu tadeln. »So antworte doch, wenn dein Bräutigam mit dir spricht.«
Errötend versank Christina in einen Knicks. »Verzeiht mir meine Unaufmerksamkeit, Vater. Ich bitte auch Euch um Vergebung, Herr Heinrich. Beliebt Ihr zu wiederholen, was Ihr gesagt habt?«
Heinrich zog spöttisch eine Braue in die Höhe. Nun glich sein Gesicht dem eines Satyrs, jenem heidnischen Wesen, dessen Abbild die Römer im Rhein hinterlassen hatten. Fischer hatten die Statue aus dem Wasser gezogen und zur Burg gebracht. Entgegen dem Wunsch des Kaplans ließ Graf Eberhard sie in einer Ecke des Burggärtleins aufstellen.
Ihr Verlobter neigte den Kopf und bot Christina seine riesige Hand. Schüchtern legte sie ihre eigene darauf. Die borstigen Haare auf seinem Handrücken kitzelten unangenehm.
»Ich sagte, Ihr seid bezaubernd wie der junge Tag und dass ich mich unendlich glücklich schätzen darf, Euch als meine Braut heimzuführen.«
Nicht nur, weil man es sie so gelehrt hatte, schlug Christina sittsam die Augen nieder. Da war etwas in seinem Blick, das sie beunruhigte. Etwas Zügelloses und Gieriges.
Doch schien sie als Einzige unangenehm berührt zu sein. Hinter sich hörte sie ihren Vater flüstern, während er Muhme Agathe

in den großen Saal geleitete. »Ich sagte Euch doch, mein Schwager ist zu hart mit seinem Bruder gewesen. Sein Benehmen erscheint mir untadelig. Er wird zweifelsohne ein Ritter werden, der seinem Namen Ehre macht.«

Es ging schon auf Mitternacht zu, als es Simon endlich gelang, der stickig gewordenen Luft im Rittersaal zu entfliehen. Obwohl draußen schon Frost war, atmete er dankbar die erfrischende Brise der Nacht ein. Er trat an die Brüstung des Wehrgangs und ließ sich die feinen Tropfen, die der Wind vom Rhein herauftrug, ins erhitzte Gesicht sprühen.

Die Tafel war aufgehoben worden und er damit seiner Pflichten ledig, Fleisch aufzuschneiden, Platten mit Käse und Süßigkeiten zu reichen und immer frischen Wein in die Pokale zu füllen, wie es zum Dienst eines Knappen gehörte. Die Damen hatten sich längst in ihre Gemächer zurückgezogen. Inmitten der Speisereste auf den Binsen schnarchten die ersten Zecher.

Da hörte er ein Geräusch hinter sich. Simon fuhr mit der Hand am Kurzschwert herum. Er hatte die Waffe erst vor einer Woche bei seiner Knappenweihe erhalten. Simon war diese Ehre ein Jahr früher als üblich zuteilgeworden.

Zwar war er der jüngste der Knappen, die mit Heinrich jetzt fünf an der Zahl waren, und daher wie in seiner Pagenzeit weiterhin verpflichtet, seinen älteren Kameraden zu Diensten zu sein. Doch er durfte jetzt an den Waffenübungen teilnehmen, anstatt sich bei Wind und Wetter im Brombeergebüsch tummeln zu müssen.

Seine Freude wurde nur dadurch getrübt, dass Christina ihm jeden Tag damit in den Ohren lag, ihre heimlichen Übungstreffen fortzusetzen.

»Wer da?«, zischte er grob. Daraufhin trat eine riesige Gestalt auf ihn zu und verneigte sich.

»Verzeiht die Störung, wohledler Herr. Ich bin Michel aus Kreuznach und heute mit dem jungen Grafen Heinrich eingetroffen.«

»Michel aus Kreuznach? Etwa derjenige, der den Ritter Isenhard von Daun in den Sack gesteckt hat?«

Der Hüne verneigte sich noch einmal. »Der bin ich, Herr.«

Staunend erkannte Simon im schwachen Licht der Sterne den jungen Mann, den er bereits flüchtig im Gefolge Heinrichs gesehen hatte. Er schien noch keine zwanzig Jahre alt zu sein. Landauf, landab hatte sich die Kunde verbreitet, wie Michel aus Kreuznach für Graf Johann von Sponheim eine Wette gegen den großmäuligen Ritter gewann, der für seine Körperkraft und Brutalität berüchtigt war. Isenhard setzte eines seiner Güter darauf, dass ihn niemand im Ringen besiegen könne. Als Michel sich erbot, es zu versuchen, hielt Graf Johann dagegen. Tatsächlich bezwang Michel den Ritter in nur zwei Runden und steckte ihn danach kopfüber in einen Sack, wie es die Wette vorsah.

»Du bist ja noch größer als mein Vetter«, sagte Simon bewundernd. Michel maß wohl an die sechseinhalb Fuß, wirkte aber trotz seiner riesigen Gestalt geschmeidig und wendig in seinen Bewegungen.

»So seid Ihr Simon, das Mündel meines Herrn? Mein edler Gönner unterrichtete mich davon, dass ich Euch hier antreffen würde.«

»Warum bist du dann in die Dienste Heinrichs getreten, wenn du die Gunst meines Ziehvaters besitzt?«

Michel neigte den Kopf. »Graf Johann bat mich darum, ein Auge darauf zu haben, dass es seinem Bruder wohl ergeht.«

Simon lachte spöttisch. »Du meinst wohl, ein Auge darauf zu haben, dass dieser seinem Namen nicht wieder Unehre macht?«

Selbst im Dunkeln konnte Simon sehen, dass Michel erschrocken zusammenzuckte. »Darüber steht mir kein Urteil zu, jun-

ger Herr. Ich entbiete Euch eine gesegnete Nacht.« Er drehte sich um und verschwand in der Finsternis.
Simon spürte die schlechte Laune zurückkommen, die ihn seit der Ankunft Heinrichs befallen hatte. Mürrisch machte er sich auf den Weg in die Knappenkammer, die neben den Ställen lag. Er hoffte, bereits auf seinem Strohsack zu liegen, bevor Heinrich sein prächtiges Bett bezog, das zu jedermanns Verdruss auf Geheiß des Grafen in die Kammer gestellt worden war. Doch das Glück war ihm nicht gewogen.
»Holla, du Wicht!«, rief ihn kurz vor den Ställen eine Stimme aus dem Dunkeln an, die Simon unter Tausenden heraus erkannt hätte. »Wie man hört, hast du es bereits zum Knappen gebracht.«
Ohne ein Wort wollte Simon sich an Heinrich vorbeidrängen. Doch der verstellte ihm den Weg. »Wo bleibt dein höfisches Benehmen, Waisenknabe? Hat man dich nicht gelehrt, Älteren ehrerbietig gegenüberzutreten?«
»Nur, wenn sie der Ehre würdig sind.« Die Worte waren Simon entschlüpft, ehe er es sich versah.
»Was soll das heißen, du Strolch?« Heinrich packte ihn grob am Arm. Mit einer geschickten Bewegung schlug Simon ihm von unten gegen das Handgelenk und wich dann drei Schritte zurück.
Heinrich rieb sich den schmerzenden Arm. »Ich sehe, der Feigling von einst hat gelernt, sich zu wehren. Ich hätte nie gedacht, dass aus einem so weibischen Wesen einmal ein Kämpfer würde.« Heinrichs Stimme troff nur so von Spott.
»Du hättest so manches nicht gedacht, Vetter.« Simon blieb kühl wie Eis. Die Zeiten, in denen ihn allein schon der Gedanke an Heinrich mit Schrecken erfüllt hatte, waren vorbei. »Vor allem nicht, dass dich der Rheingraf persönlich mit Schande bedeckt nach Hause schickt, weil dich nicht dein Gewissen regiert,

sondern dein zweifellos imposantes Gemächt. Hat Graf Johann dir wieder die Hundepeitsche zu kosten gegeben? Es hat deiner Männlichkeit hoffentlich keinen Abbruch getan.«
»Du unverschämter Lümmel.« Mit einem Wutschrei griff Heinrich nach Simon. Der wich geschickt aus.
»Was geht hier vor?« Von der Burgmauer herkommend trat Hildebrand, der Waffenmeister, gefolgt von Michel aus Kreuznach zu ihnen. »Geratet Ihr schon am ersten Tag Eures Aufenthaltes in Händel, Heinrich? Ich dachte, Ihr wolltet Euch hier in Demut und Mäßigung üben. Und du«, er wandte sich zu Simon um, »machst auch du deinem neuen Stand schon Unehre? War es ein Fehler, dich vorzeitig zur Knappenweihe zuzulassen?« Simon senkte scheinbar beschämt den Kopf. Er war froh, dass Hildebrand im Dunkeln den Trotz in seinen Augen nicht sehen konnte.
»So begebt euch nun unverzüglich zu Bett, meine Herren, und kühlt euer Mütchen durch Schlaf. Sonst dürft ihr die nächsten Tage die Nachtwache übernehmen, damit ihr Gelegenheit habt, über ritterliche Tugenden zu sinnieren.« Er ging den beiden voran und hielt ihnen demonstrativ die Tür zur Schlafkammer auf. Michel wandte sich seitwärts zu seinem Nachtlager in den Ställen.
»Gute Nacht und gehabt euch wohl, edle Herren.« Der Spott in Hildebrands Stimme traf Simon tiefer als Heinrichs Schmähungen.

Burg Rheinfels, Ende November 1269

»Aber mein Leben ist so öde wie Brachland, wenn wir uns nicht mehr zu den Übungen treffen!«
Simon legte warnend einen Finger auf den Mund. »Pst! Schrei doch nicht so laut. Es könnte uns jemand hören!«

Unwillig warf Christina den Kopf so heftig zurück, dass ihr der dunkle Zopf, zu dem sie ihr Haar bei den Übungen flocht, über die Schulter flog. »Als wir eben gekämpft haben, machte das viel mehr Lärm«, entgegnete sie. Kleine Schweißperlen glänzten auf ihrer Stirn. Einige Haarsträhnen hatten sich gelöst und umspielten im auffrischenden Wind ihre Wangen. Simon spürte das seltsame Ziehen in der Magengrube, das ihn in jüngster Zeit in Christinas Gegenwart immer häufiger befiel.

»Deswegen sage ich ja, dass es gefährlich ist, uns weiter zu treffen.« Mit barschem Ton versuchte er, seine Befangenheit zu überspielen.

Unvermittelt brach Christina in Tränen aus. Trotz der Feuchtigkeit ließ sie sich auf den Boden hinab, barg den Kopf in den Armen und begann, herzzerreißend zu schluchzen. Ratlos setzte sich Simon neben sie. Nach einer Weile strich er ihr zaghaft über den Rücken, ohne zu wissen, ob sie es durch das Kettenhemd hindurch überhaupt spürte.

Genau in diesem Moment begann es wieder, heftig zu regnen. Durch die gewachste Leinwand, die Simon zu einem provisorischen Unterstand über vier dicke Äste hinweg gespannt hatte, drangen dicke Tropfen und platschten in die Pfützen, die sich hier und da schon gebildet hatten. Der kühle Spätherbstwind tat ein Übriges. Simon begann, heftig zu frösteln.

»Wir sollten aufbrechen, bevor es zu dunkel wird und man uns auf der Burg vermisst«, sagte er hilflos. Christinas Schluchzen verstärkte sich noch. Ihre Schultern zuckten heftig auf und nieder.

Simon verfluchte sich dafür, dass er Christinas beständigem Drängen nachgegeben und sich nach Wochen wieder zu einem Treffen eingefunden hatte. Seitdem er zum Knappen geweiht worden war, verfügte er nur noch über wenig freie Zeit. Wäre Hildebrand heute nicht ins Hospiz der Benediktiner am Rhein-

ufer geritten, um seine auf den Tod kranke Schwester zu besuchen, hätte er Christina wohl weiter vertrösten müssen.
So schützte er unter dem Spott der übrigen Knappen vor, seine jüngste Lateinlektion memorieren zu wollen, während diese mit Heinrich an der Spitze in die nächste Schenke ritten. Zwar legte Simon wenig Wert auf Heinrichs Gesellschaft, dennoch ließ es ihn nicht kalt, schon wieder zum Außenseiter geworden zu sein.
Den Gedanken, dass es auch ihn selbst nach Christinas Gesellschaft verlangt hatte, drängte er beiseite. So jedenfalls hatte er sich ihre Begegnung nicht vorgestellt. Zwar kämpfte sie tapfer und verbissen. Doch unter der Anleitung Hildebrands hatte Simon schon in wenigen Wochen so viel gelernt, dass Christina ihm unterlegener denn je war. Wie üblich machte sie ihm in ihrer Enttäuschung heftige Vorwürfe, was Simon darin bestärkte, die heimlichen Treffen ein für alle Mal zu beenden.
Zumal es dafür sehr gute Gründe gab. Es war nicht auszudenken, was geschehen würde, wenn man sie beide eines Tages trotz des verrufenen Wäldchens im Brombeergebüsch entdeckte. Jetzt, da sich Christinas Verlobter auf Burg Rheinfels aufhielt, hatte Simon weit mehr zu befürchten als eine tüchtige Tracht Prügel. Schlimmstenfalls würde Graf Eberhard ihn aus seinen Diensten entlassen, um die Ehre seiner Tochter und seines zukünftigen Eidams wiederherzustellen.
Dies schien Simon ein treffliches Argument, dem sich auch Christina nicht verschließen konnte. Als ihr Schluchzen schließlich verebbte, fasste er sich daher ein Herz und sprach seine Zweifel aus. »Christina, bitte höre mir zu. Ich bin erst vor wenigen Wochen weit vor der Zeit zum Knappen geweiht worden. Damit ließ dein Vater mir höchste Ehre zuteilwerden. Auch der Waffenmeister lobt mich über die Maßen. Er glaubt, dass ich äußerst gelehrig bin.« Er machte eine Pause.

Christina hob den Kopf. Ihr zartes Gesicht war vom Weinen gerötet.

»Ich weiß, dass ich das auch unseren heimlichen Übungen verdanke. Ohne sie hätte ich mich noch lange plagen müssen, um mit den anderen Knappen mithalten zu können. So habe ich gestern schon Dankwart im Zweikampf geschlagen. Er hat es mir zwar verübelt, ich war aber trotzdem stolz darauf. Das kann ich nicht alles aufs Spiel setzen.«

»Warum nicht? Ich dachte, ich wäre dir eine Freundin geworden und es dir wert.« Sie blickte ihn trotzig an. »Ich habe außerdem die Waffen besorgt, die dir zu deinen Fertigkeiten verholfen haben.«

Ihre Uneinsichtigkeit machte ihn genauso wütend wie die Tatsache, dass sie recht hatte.

»Aber du kannst doch jetzt schon nicht mehr mithalten«, antwortete er grob. »Was nutzen mir unsere Übungen, da du doch immer nur heulst und klagst, wenn du unterliegst. Ich dagegen riskiere, dass man mich wieder zum Pagen degradiert oder sogar meine Ehre in Frage stellt.«

Wieder stiegen Christina Tränen in die rot verweinten Augen. Doch sie hielt seinem Blick stand.

»Unehrenhaft dünkt es mich, eine Freundin zu verstoßen, die dir lästig geworden ist.«

Simon holte tief Luft. »Was glaubst du, würde deine Muhme behaupten, wenn sie von diesen Treffen erführe? Uns beide eines sträflichen Leichtsinns und Ungehorsams zu zeihen wäre noch das Geringste. Befürchtest du nicht, dass dein Verlobter dich verstößt, wenn er glaubt, dass du seinen Namen schon vor der Eheschließung befleckst?«

»Aber ich will gar nicht Heinrichs Gemahlin werden! Ich finde ihn abstoßend und abscheulich!«

Völlig verblüfft starrte Simon sie an.

»Hast du mir nicht vor wenigen Wochen erklärt, dass dein Wille in dieser Angelegenheit nicht von Belang ist?«

Christina reagierte mit einer heftigen Bewegung. »Da kannte ich ihn ja noch nicht. Er prahlt beständig mit seinen Waffenkünsten, beleidigt jeden, der unter ihm steht, und stinkt aus dem Maul wie ein toter Fisch.«

Unwillkürlich musste Simon lachen.

»Wahrlich, trefflicher hätte ich Heinrich auch nicht beschreiben können. Doch was sagt dein Vater dazu?«

Unglücklich zuckte Christina die Schultern. »Er will von meinen Zweifeln nichts hören.« Sie machte eine kleine Pause. »Immerhin hat er nun erlaubt, dass ich das Lesen und Schreiben erlernen darf.«

»Wie hängt das denn zusammen?«

Ein spöttisches Lächeln zuckte um ihren Mund. »Nun, als er Heinrich vor einigen Tagen bat, uns am Feuer der Kemenate aus der Artussage vorzulesen, musste er erkennen, dass dein Zieh-oheim diese Kunst nur sehr unzulänglich beherrscht. Der Abend war nur dadurch zu retten, dass mein Vater selbst das Vorlesen übernahm.«

»Und was geschah dann?«

Wieder zuckte sie mit den Schultern. »Am folgenden Morgen bestellte mein Vater Heinrich und Bruder Paulus zu einer Unterredung ein. Danach teilte er mir mit, dass Heinrich ihm versprochen habe, sich auch um diesen Teil seiner Ausbildung mehr zu kümmern.«

»Doch das glaubst du ihm nicht?«

Der Spott ließ die Funken, die Simon so mochte, in ihren grünen Augen aufblitzen. »Wir werden sehen. Immerhin darf ich nun Lektionen bei Bruder Paulus nehmen. Obwohl Muhme Agathe mich ausführlich darüber belehrte, dass es einem Ritter nicht zwingend zur Ehre gereicht, Lesen und Schreiben zu können.«

Ihre offensichtlich bessere Laune machte Simon leichtsinnig. »Dann hat dein Vater dir ja einen Herzenswunsch erfüllt, Christina. Es wird dir helfen, die Waffenübungen zu entbehren.«
Sofort verdüsterte sich ihr Gesichtsausdruck wieder. Trotzdem war er auf ihre Antwort nicht gefasst.
»Das eine hat mit dem anderen gar nichts zu tun. Aber vielleicht hat Heinrich in einem recht. Im Grunde deines Herzens bist du ein Feigling.«
Brennende Röte schoss Simon in die Wangen. Wortlos stand er auf, steckte sein Kurzschwert in die Scheide und begann die Zweige zu lösen, die den Durchlass im Brombeergebüsch verbargen.
Erschrocken lief Christina ihm nach. »Verzeih mir meine Worte, Simon. Sie waren ungerecht und gemein.«
Er beachtete sie nicht und löste weitere Zweige aus ihren Verflechtungen.
»Bitte«, flehte sie in seinem Rücken. »Lass uns wenigstens nicht so auseinandergehen.«
Sein Herz pochte noch immer vor Wut, als er sich umwandte. »Mich dünkt, dass du eine passende Gemahlin für Heinrich bist.« Sein Wunsch, sie gleichfalls zu verletzen, war stärker als seine Traurigkeit über dieses Ende ihrer Beziehung. »Auch du urteilst nur nach Augenschein anstatt nach Herz und Verstand.«
»So erkläre mir wenigstens, warum dein Ziehoheim solches behauptet.«
»Was kümmert es dich?«
»Bitte.« Sie fasste sich ein Herz. »Hat es damit zu tun, dass du als Waise aufgewachsen bist?«
Er war selbst erstaunt, wie heftig der Schmerz immer noch war. Seitdem er seine heimlichen Waffenübungen kurz nach seiner Ankunft auf Burg Rheinfels aufgenommen hatte, bekämpfte er ihn mit jedem Lanzenstoß, jedem Schwertstreich und jedem Hieb mit dem Streitkolben.

Auf einen Schlag aller Kraft beraubt, gab er nach und folgte Christina zurück zum Unterstand. Der Regen hatte nachgelassen, doch die Dämmerung zog schon herauf.

»Was hat er dir angetan, Simon?«

Wortlos und mit ungläubig aufgerissenen Augen lauschte sie seinem Bericht.

»Woher kamen die Stimmen, die dir im Finsteren solche Angst machten?«, fragte sie schließlich, als er aufgehört hatte zu sprechen.

»Meine Mutter versteckte mich im Sitzkasten ihrer Sänfte, als die Räuber sie überfielen. Dort war es finster und eng. Ich war zwar noch ein winziger Knabe, aber ich habe mit angehört, wie meine Eltern ermordet wurden.«

»Kannst du dich denn daran erinnern?«

Simon schüttelte den Kopf. »Nein, nicht bewusst. Aber eine andere Erklärung für meine Ängste im Dunkeln und die Geräusche, die mich zu Tode erschrecken, habe ich nicht gefunden.«

Sie schwiegen eine Weile.

»Was sagte dein Ziehvater Johann dazu?«

»Ich habe nur einmal mit ihm darüber gesprochen. Danach gab er mir das hier.« Simon nestelte den silbernen Anhänger unter seinem Gambeson und Kettenhemd hervor.

Christina betrachtete ihn neugierig. »Was ist das?«

»Das ließen die Mörder am Ort ihrer Untat zurück. Eines Tages wird mich das Schmuckstück zu ihnen führen.«

»Und was wird dann geschehen?«

Ein harter Zug trat um Simons Mund, sein Blick wurde kühl, seine Gesichtszüge starr.

»Dann werde ich jeden Einzelnen von ihnen zur Hölle schicken.« Er krampfte die Hand um den Schwertknauf. »Nur darum übe ich Tag für Tag an den Waffen, seitdem ich als kleiner Page von sieben Jahren auf diese Burg kam. Um es jedem von ihnen heimzuzahlen. Und um mich gegen Schufte wie Heinrich wehren zu können.«

Unwillkürlich wich Christina vor ihm zurück. So musste der Erzengel Michael ausgesehen haben, als er Satan zurück in die Finsternis stieß.

»Das also treibt dich so unermüdlich an? Nicht der Wunsch nach Ehre und Ruhm, sondern nach Rache?«

Er schüttelte heftig den Kopf. Jeder Muskel in seinem Körper war angespannt. »Ruhm oder Rache bedeuten mir nichts. Mich treibt vor allem der Wunsch nach Gerechtigkeit. Ich will alle vernichten, die entgegen Gottes Ordnung Schaden und Chaos anrichten. Die Wehrlose quälen, Schwache berauben und tapfere Männer aus dem Hinterhalt morden. Diesem Ziel will ich mein Leben weihen. Die Ehre kommt dabei ganz von allein.«

Plötzlich begriff Christina. »Ist das der Grund, warum du mich nicht mehr treffen willst?«

Simon zögerte, doch dann nickte er. Er griff nach ihrer Hand. »Christina, du musst das verstehen. Wenn ich in Schande aus deines Vaters Diensten entlassen werde, habe ich keine Möglichkeit mehr, ein Ritter zu werden. Ich habe kein Erbe zu erwarten, seitdem mein Oheim Philipp als rechtmäßiger Nachfolger meines Vaters aus dem Kreuzzug nach Montfort zurückgekehrt ist, und kann die Schwertleite nicht bezahlen. Verliere ich meines Ziehvaters Gunst, kann ich niemals der Gerechtigkeit zum Sieg verhelfen und auch nicht den Tod meiner Eltern sühnen.«

Sie zog ihre Hand zurück. »Und diesem Ziel würdest du auch unsere Freundschaft opfern?«

Er ballte die Hände zu Fäusten. »Diesem Ziel würde ich alles opfern.«

Kapitel 6

Burg Rheinfels, Frühling 1270

Mit schnellen Schritten eilte Graf Eberhard zu den Ställen. Er war so sehr gespannt, dass er am liebsten gerannt wäre, doch angesichts der Knappen, die sich im Burghof im Zweikampf übten, hätte dies seiner Würde Abbruch getan. Seine Lieblingsjagdhündin Rhea war endlich niedergekommen und hatte sechs kräftige Welpen geboren.

Wenig später stand er am Lager der Hündin und beobachtete fasziniert, wie die noch blinden Jungen übereinander krabbelten, um an die Zitzen zu gelangen. »Wie viele Rüden sind dabei, Bertram?«, fragte er den Stallmeister.

»Es sind vier an der Zahl, edler Herr.« Bertrams Stimme klang so stolz, als ob er selbst Vater von vier strammen Söhnen geworden wäre. »Das gibt uns glänzende Möglichkeiten für die Zucht. Eure Meute wird weit über die Grenzen der Grafschaft hinaus bekannt werden.«

Ohne auf seine Surcotte aus feiner dunkelbrauner Wolle zu achten, kniete sich Eberhard ins feuchte Stroh und strich der Hündin über den Kopf. Trotz ihrer Erschöpfung leckte sie ihm die Hände.

»Brav gemacht, meine Gute«, lobte Eberhard. Als er sich weiter hinabbeugte, um die Welpen zu betrachten, schoss plötzlich ein stechender Schmerz durch seinen unteren Rücken. Ächzend richtete er sich auf. Den besorgten Stallmeister wehrte er mit einer ungeduldigen Geste ab. »Es ist nur mein bekanntes Zipperlein, Bertram. Nach dem feuchten Winter haben sich meine alten Knochen noch nicht erholt.«

Insgeheim war Graf Eberhard weit mehr besorgt, als er zugeben wollte. In jüngster Zeit fühlte er die Last der Jahre immer deutlicher. Vorbei waren die Tage, an denen er im gestreckten Galopp über die Weiden der Hochebene geprescht war, die sich eine Meile landeinwärts bis zu den Ausläufern des Hunsrück erstreckte. Vorbei die Tage, an denen sein Pfeil jedes Wild getroffen hatte. Seine Augen waren trübe geworden, und seine Gelenke knirschten an manchen Tagen wie nicht geschmierte Scharniere.

Er unterdrückte ein Stöhnen, als er die dünn gewordenen grauen Haarsträhnen zurückstrich, die ihm in die Stirn gefallen waren. Wäre doch nur Christina schon gut versorgt, überlegte er bei sich. Er liebte dieses Kind seiner späten Jahre aus ganzem Herzen, nicht nur im Gedenken an seine viel zu früh gestorbene zweite Frau, die seine große Liebe gewesen war.

Die Zeiten waren unsicher und hart. Seit dem Tod des letzten Stauferkaisers Friedrich vor nunmehr zwei Jahrzehnten herrschten Chaos und Rechtlosigkeit im Heiligen Römischen Reich Deutscher Nation. Die Kurfürsten hatten sich nicht mehr auf die Wahl eines Königs einigen können und nutzten die Schwäche der beiden miteinander konkurrierenden Kandidaten, um ihre eigene Macht zu stärken. Derweil bekriegte der Nachbar den Nachbarn, und allerorten machten Räuberbanden die Straßen unsicher. Letztere wurden zur Schande der ganzen Ritterschaft oft von den Burgherren selbst angeführt, durch deren Gebiet die Reisenden zogen. Ungeachtet des Eides, den sie bei der Schwertleite abgelegt hatten, bereicherten sie sich gewissenlos und gewaltsam am Hab und Gut der Überfallenen und nahmen ihnen nicht selten sogar das Leben.

Gelegentlich bereitete es Eberhard Unbehagen, dass auch er von der Unsicherheit der Landstraßen profitierte. Denn seinen Reichtum verdankte er hauptsächlich der Zollstation in St. Goar am Fuße der Burg, an der jedes Boot einen Schiffszoll für die vergleichsweise größere Sicherheit der Reise zu Wasser entrichten musste. Als getreuem Anhänger der Staufer war dem Ge-

schlecht derer von Katzenelnbogen dieses Privileg schon vor vielen Jahrzehnten verliehen worden.
Eberhard seufzte erneut, während er die saugenden Welpen beobachtete. Sein Reichtum rief zweifellos auch Neider auf den Plan. Stürbe er, bevor seine Tochter Christina einem starken Geschlecht anvermählt war, würden sich diese wie die Wölfe auf seinen Besitz stürzen. Deshalb war es ihm auch vor Jahren als eine glänzende Idee erschienen, durch das Heiratsgelöbnis zwischen Heinrich von Sponheim und seiner Tochter die Bande zum mächtigsten Grafengeschlecht an der Nahe zu festigen.
Doch die Dinge entwickelten sich nicht so, wie er gehofft hatte. Unwillkürlich runzelte Eberhard die Stirn. Graf Johann hatte darauf bestanden, dass Eberhard Heinrich zwei Jahre seiner Knappenzeit auf Burg Stein aberkannte, bevor er zum Ritter geschlagen wurde. Heinrich würde noch über vier Jahre auf seine Schwertleite warten müssen, die die Voraussetzung für seine Vermählung mit Christina war. Erst dann wäre seine Tochter sicher versorgt.
In seiner Ohnmacht stöhnte Eberhard leise auf. Graf Johann war einfach zu streng. Bislang machte sich Heinrich gut auf Burg Rheinfels. Er war ein mutiger Kämpfer und ließ es ihm und Christina gegenüber nie an höfischen Umgangsformen fehlen. Dass er ab und zu in die Schenken ritt und die ein oder andere kleine Rauferei angezettelt hatte, war seiner Jugend geschuldet. Soll er sich meinethalben die Hörner abstoßen, bevor er Christina zum Altar führt. Das kann der Ehe nur zugutekommen. Graf Johann scheint vergessen zu haben, dass auch er einmal jung war!, dachte sich Eberhard oft.
Nur das Verhältnis zwischen Heinrich und Simon bereitete ihm gelegentlich Kopfzerbrechen. Auch Simon entwickelte sich prächtig, doch ließ er es Heinrich gegenüber oft an Respekt fehlen, den er dem Älteren schuldete, zumal dieser der Bruder sei-

nes Ziehvaters war. Heinrich wiederum behandelte Simon oft hochmütig von oben herab. Schon mehrmals hatte er den beiden ins Gewissen geredet.
Plötzlich ertönte von draußen lautes Geschrei. Als Eberhard die Stalltür erreichte, sah er, wie Heinrich gerade zu einem gewaltigen Backenstreich ausholte, den Simon geschickt mit dem Schild abfing, so dass Heinrichs Hand schmerzhaft aufschlug. Sein künftiger Eidam brüllte vor Wut auf und machte Anstalten, sich mit gezogenem Schwert auf Simon zu stürzen. Da sprang der Waffenmeister im letzten Moment dazwischen.
»Diesmal wird es ein Nachspiel haben, wohledle Herren«, hörte Eberhard den alten Hildebrand sagen, als er, so schnell es ihm sein schmerzender Rücken erlaubte, über den Burghof hinkte. »Ich werde die Angelegenheit nach dem Nachtmahl dem Grafen vortragen.«
»Das wird nicht nötig sein, Waffenmeister. Ich möchte gleich hier und jetzt in Erfahrung bringen, was dieses ungebührliche Betragen bedeutet.«

Durch das Geschrei im Burghof aufmerksam geworden, eilte Christina ans Fenster. Gerade versuchte der Waffenmeister, Heinrich und Simon zu trennen, die offensichtlich wieder einmal aneinandergeraten waren. Von den Ställen sah sie ihren Vater herankommen.
Der andauernde Konflikt der Knappen war mittlerweile zu einem Ärgernis für die ganze Burggesellschaft geworden. Kaum eine Woche verging, ohne dass sich Heinrich über Simon beschwerte. Er benehme sich ihm gegenüber unverschämt und habe ein loses Mundwerk. Obwohl Christinas Zorn über Simon noch immer nicht ganz verraucht war, verstärkten die Klagen ihres Verlobten ihre Abneigung gegen ihn, die von Tag zu Tag wuchs. Simon dagegen schwieg sich über Heinrichs Verhalten aus.

Sonst hatte niemand etwas an Simon auszusetzen. »Der Jüngling kämpft tapfer und geschickt weit über sein Alter hinaus«, erklärte Hildebrand, als Graf Eberhard ihn befragte. Auch Bruder Paulus war des Lobes voll. »Simon ist überaus gelehrig und der weitaus beste meiner Schüler. Schon jetzt spricht er fließend Latein.«

Eher ausweichend äußerten sich beide über Heinrich. »Zweifellos ein begabter Kämpfer mit großer Kraft. Leider greift er manchmal zu Finten, die kaum mit der Ritterehre vereinbar sind«, meinte Hildebrand.

»Euer Eidam ist eher ein Mann der Tat als des Wortes«, sagte Bruder Paulus salomonisch zu seinem Herrn, während Christina stumm mit ihrer Stickerei in einer Fensternische gesessen und sich ihren Teil dazu gedacht hatte.

Mit liebevoller Besorgnis betrachtete sie jetzt ihren Vater, der soeben die Walstatt erreicht hatte. An seinem gebeugten Rücken und hinkenden Gang erkannte sie, dass ihn wieder die Schmerzen plagten, die ihn seit dem vergangenen feuchten Winter öfter befielen. Überhaupt schien er in den letzten Monaten schwer gealtert zu sein. Sein ehemals sandfarbenes Haar war nun vollends ergraut, tiefe Furchen durchzogen sein Gesicht. Aber noch blickten seine Augen so wach wie immer.

Ich kenne keinen klügeren Mann als meinen Vater!, dachte Christina. Wie kann er daher nur so blind gegenüber Heinrichs Verfehlungen sein?

Gespannt lugte sie in den Burghof und lauschte dem weiteren Geschehen. »Was ist der Anlass eures unritterlichen Streites?« Graf Eberhards tiefe, volltönende Stimme, die nun im ganzen Hof zu hören war, hatte schon so manchen beeindruckt.

Heinrich und Simon machten Anstalten niederzuknien. Unwirsch winkte Eberhard ab. »Spart euch das höfische Getue und erklärt, was hier vor sich geht.«

Heinrich ergriff als Erster das Wort. »Ich habe Simon als dem jüngsten Knappen befohlen, meine Rüstung von Staub und Schmutz zu reinigen und hernach in die Waffenkammer zu bringen. Doch er hat sich geweigert und mich beleidigt.«
»Was hast du gesagt?« Eberhard wandte sich an Simon. Der senkte den Kopf und schwieg. »Nun? Ich höre.«
Simon straffte sich. »Ich habe geantwortet, dass ich nicht sein Leibeigener bin.« Er stockte.
»Hast du noch etwas gesagt?«
Simon erwiderte trotzig Eberhards strengen Blick. »Zunächst nicht, bis Heinrich die Ehre meiner Eltern verunglimpft hat. Er schimpfte mich einen Bastard.«
Eberhard zog scharf die Luft ein. »Was hast du entgegnet?«
Das Schweigen lastete wie eine bleischwere Decke über dem Hof. Christina spitzte die Ohren und beugte sich so weit vor, wie sie es nur wagen konnte, ohne gesehen zu werden. Es wäre nicht nötig gewesen.
»Er nannte meine Mutter eine Hure«, brüllte Heinrich plötzlich.
Nun färbte sich Graf Eberhards Gesicht rot vor Zorn. Er trat einen Schritt auf Simon zu. »Ist es wahr, was Heinrich behauptet?«
Simon schüttelte den Kopf. »Das habe ich nicht gesagt. Ich entgegnete, es nähme mich wunder, dass ein so edler Mann wie Graf Johann denselben Vater hat wie mein Ziehoheim.«
Eberhard atmete hörbar aus. »Simon, du bist ein fleißiger, tüchtiger Knappe, und ich schätze deine Dienste. Dennoch habe ich dir schon öfter gesagt, dass ich nicht dulde, wenn du Heinrich, dem Bruder deines Ziehvaters, auf solche Weise begegnest. Du schuldest ihm Respekt, denn er ist der Ältere.«
Christinas schadenfrohes Grinsen verflog. Doch diesmal täuschte sie sich in ihrem Vater.

»Aber ich bin auch in väterlicher Sorge um dich, Heinrich. Du solltest als künftiger Gemahl meiner viellieben Tochter in jeder Hinsicht ein untadeliges Benehmen zeigen. Es ist nicht recht, Simon zu behandeln, als sei er dein Knecht. Er ist wie du selbst von Adel. Lass Michel deine Rüstung reinigen, das gehört zu seinen Aufgaben. Als Knappen seid ihr beide nur mir zu solchen Diensten verpflichtet. Und habe ich sie je von einem von euch verlangt?«

Nun sah auch Heinrich betreten aus. Doch Eberhard war noch nicht fertig. »Vollends tadelnswert ist es, den Burgfrieden zu brechen und die blanke Waffe gegen einen Kameraden zu ziehen.«

Christina horchte auf. In ihrer Brust keimte ein Funken Hoffnung auf. Es war in der Tat unverzeihlich, was Heinrich getan hatte. Würde ihr Vater ihn von der Burg jagen?

Aber schon seine nächsten Worte belehrten sie eines Besseren. »Doch ich will noch einmal Gnade vor Recht ergehen lassen. Da ihr beide einen solchen Mangel an ritterlicher Tugend bewiesen habt, will ich euren Ehrgeiz in dieser Hinsicht anstacheln. Heute in einer Woche werde ich persönlich prüfen, wie gut ihr mit den Gepflogenheiten des Rittertums vertraut seid. Und wie bei jedem Wettstreit setze ich einen Preis für den Sieger aus.«

Er machte eine bedeutungsvolle Pause.

»Derjenige von euch, der meine und Bruder Paulus' Fragen am trefflichsten zu beantworten weiß, darf sich als Lohn einen Welpen aussuchen. Meine Jagdhündin Rhea hat heute geworfen. Landauf, landab ist meine Zucht bekannt, und die Welpen sind heiß begehrt. Das möge euch Ansporn genug sein, euch nach Kräften um den Sieg zu bemühen.«

Mit breitem Lächeln sah Eberhard in die ungläubigen Gesichter der Umstehenden. Auch Christina konnte es kaum glauben. Die Hunde ihres Vaters waren außerordentlich wertvoll. Wahrlich ein königlicher Preis für einen Knappen.

Als Erster fand Heinrich seine Sprache wieder. Er verneigte sich tief vor ihrem Vater. »Ich bewundere Eure Weisheit und Güte, wohledler Herr. Ich verspreche, Euch nicht zu enttäuschen.«

Eine Woche später

Nach dem Vespergottesdienst, den Bruder Paulus besonders feierlich gestaltete, versammelte sich die Burggesellschaft im Palas. Heute sollte der Wettstreit ausgetragen und der Sieger mit einem Festmahl geehrt werden. Zwei Wochen nach dem Ende der Fastenzeit freuten sich alle auf den üppigen Schmaus, den sie so rasch nach dem Ostermahl nicht erwartet hatten.

Christina betrat am Arm ihres Vaters den Saal, gefolgt von Bruder Paulus, der eine Art Urne trug. Am Vortag hatte sich Eberhard viele Stunden mit dem Burgkaplan im Studierzimmer eingeschlossen, um sich über die Auswahl der Fragen zu beraten. Sie wurden säuberlich auf kleine Pergamentstückchen notiert, die sich nun in der Urne befanden.

Später erklärte Eberhard seiner Tochter die Spielregeln. »Damit es untadelig gerecht zugeht, soll jeder Kandidat die Fragen für den jeweils anderen aus der Urne ziehen. Gibt ein Wettstreiter die falsche oder eine unvollständige Antwort, hat der andere die Gelegenheit, an seiner statt die richtige Lösung zu nennen. Der Punkt wird ihm gutgeschrieben. Wer nach je fünf Fragen einen Vorsprung vor dem anderen hat, wird zum Sieger erklärt.«

Trotz aller Mühe gelang es Christina nicht, ihrem Vater auch nur ein Sterbenswörtchen über den Inhalt der Fragen zu entlocken. Nun war sie so aufgeregt, als nähme sie selbst an dem Wettstreit teil.

Nachdem sie neben ihrem Vater auf einem mit Samt bezogenen Schemel Platz genommen hatte, beobachtete sie verstohlen die

Kandidaten, die mit gesenktem Haupt vor dem Stuhl ihres Vaters niederknieten. Bruder Paulus erteilte ihnen den Segen für einen gerechten Wettkampf.

Beide trugen ihr bestes Gewand. Heinrich hatte den prächtigen mit Goldfäden bestickten purpurfarbenen Überrock gewählt, den ihm Graf Eberhard zum letzten Christfest geschenkt hatte. Dagegen nahm sich Simons Surcotte aus fein gewebter dunkelblauer Wolle eher bescheiden aus. Dennoch kleidete es ihn hervorragend und brachte seine schlanke Gestalt und hellblonden Locken voll zur Geltung, so dass er mehr denn je einem Cherub glich. Christina spürte, wie ihr Herz schneller zu schlagen begann.

Auf einen Wink Eberhards erhoben sich die beiden Knappen. Auch der Graf trug ein kostbares Gewand aus dunkelgrünem silberdurchwirktem Damast, das eines Königs würdig war. Christina bemerkte, dass die Ader an seiner Schläfe pochte, ein untrügliches Zeichen dafür, dass auch ihr Vater aufgeregt war. Schließlich ging es heute um die Ehre seines zukünftigen Eidams.

Bruder Paulus trat mit den zuvor präparierten Holzstäbchen heran. Wer das längere von beiden zog, durfte die erste Frage beantworten. Doch Simon verneigte sich. »Möge der Ältere von uns beiden den Vortritt haben.« Dann nahm er mit einer eleganten Bewegung ein Pergamentstück aus der Urne und entfaltete es. »Benenne die sieben Todsünden«, las er laut vor.

Einen Augenblick runzelte Heinrich die Stirn, dann hellte sich sein Gesichtsausdruck auf. »Das sind die Wollust, die Habgier, der Zorn, die Völlerei, der Neid und die Trägheit.«

Graf Eberhards väterlich stolzes Lächeln wich einer betroffenen Miene. Christina blickte zu Boden, um ihre Genugtuung zu verbergen.

»Das sind nur sechs Todsünden, mein Sohn«, mahnte Bruder Paulus. Heinrich schlug sich in gespieltem Eifer an die Stirn. »Verzeiht, Herr Kaplan. Ich vergaß den Geiz.«
Bruder Paulus schüttelte bedächtig den Kopf. Dann wandte er sich an Simon. »Weißt du die richtige Antwort, mein Sohn?«
Simon beugte den Kopf. Hätte Christina seine Gesichtszüge nicht so oft während ihrer Kämpfe studiert, wäre auch ihr der Triumph entgangen, der einen Wimpernschlag lang in seinen Augen aufleuchtete. »Die siebte Todsünde ist der Hochmut, frommer Herr.«
Bruder Paulus nickte freundlich. Auch der größte Teil der Burggesellschaft lächelte Simon zu. Wegen seiner Höflichkeit und Hilfsbereitschaft war er allseits beliebt. Nur Muhme Agathe blickte säuerlich drein.
Mürrisch zog Heinrich ein Pergament für seinen Rivalen. »Was soll ein Edelmann bei Tische beachten? Nenne drei gute Sitten.«
Simon lächelte. »Man trinke nicht mit vollem Munde aus seinem Becher. Ein angebissenes Brot soll nicht wieder in die Schüssel getunkt werden. Man schiebe die Speise nie mit den Fingern auf den Löffel.«
Bruder Paulus nickte zustimmend. Gerade wollte er Simon das Zeichen geben, das nächste Pergament für Heinrich zu ziehen, da mischte sich Graf Eberhard ein.
»Weißt du drei weitere Tischsitten, Eidam?«, fragte er.
Christina zog empört die Luft ein. Auch die restlichen Zuhörer wirkten verblüfft. Doch Heinrich nutzte seinen unerwarteten Vorteil. »Kein Ritter soll mit einem anderen den Löffel teilen. Auch lege man einen abgenagten Knochen nicht in die Suppe zurück. Man schneuze sich nicht ins Tischtuch und rülpse nicht während des Mahls.«
Eberhard lächelte. »Trefflich gesprochen, Heinrich.« Er blickte ungerührt ob der allgemein herrschenden Missbilligung in die Runde. »Damit wäre der Gleichstand wiederhergestellt.«

Die Beantwortung der nächsten Fragen brachte keinem Wettstreiter einen Vorsprung. Dennoch gewann Christina den Eindruck, dass sich Fortuna in ihrer Blindheit auf die Seite ihres Verlobten schlug. Die Legende von Parsifal, die Heinrich erzählte, hatte ihr Vater erst vorgestern Abend in der Kemenate vorgelesen. Dagegen hatte sie die Geschichte des edlen Ritters Iwein noch nie gehört, die Simon zu deuten wusste.

Dass es Heinrich keinerlei Mühe machte, die Waffen und Kampfkünste zu nennen, die ein Ritter beherrschen musste, wunderte niemanden. Dagegen hätte kaum jemand all die altmodischen Turnierregeln aufzählen können, zumal sie in dieser Form schon längst nicht mehr angewandt wurden.

So waren schließlich jedem Kandidaten fünf Fragen gestellt worden, ohne dass es einen Sieger gab. Wie Christina wusste, hatte Graf Eberhard für diesen Fall ein Stechen vorgesehen. Wer die Lösung der nächsten Frage als Erster nannte, hatte gewonnen.

Diesmal zog Bruder Paulus selbst ein Pergament aus der Urne. »Was sind die …« Er hatte kaum die ersten Worte gelesen, da schnellte Heinrichs Hand schon in die Höhe. Der Burgkaplan runzelte die Stirn, als Eberhard erneut zu Heinrichs Gunsten eingriff.

»Überaus mutig von dir, mein Sohn.« Er nickte Heinrich mit einem breiten Lächeln zu. »Dich bereits der Frage zu stellen, bevor du den Inhalt kennst.« Christina errötete vor Zorn. Was war nur mit ihrem Vater los? Im ganzen Land galt er als weise und gerecht.

Bruder Paulus räusperte sich. »Was sind die vier wichtigsten Tugenden eines Ritters?«

Heinrich strahlte über das ganze Gesicht. »Es sind die Tapferkeit und die Treue, die Standhaftigkeit und die Höflichkeit gegenüber den Damen.« Er verneigte sich kurz in Christinas Richtung. Sie senkte den Kopf, um ihren Ärger zu verbergen.

Bruder Paulus sah ihn mit unbewegtem Gesicht an. Die Ader an Graf Eberhards Schläfe pochte nun sichtbar. »Wohl gesprochen, Heinrich. Doch die wichtigste Tugend fehlt noch.«
Plötzlich durchschaute Christina das ganze Spiel. Ihr Vater wollte seinen zukünftigen Schwiegersohn vor aller Welt rehabilitieren, indem er ihn zum Sieger des Wettstreits kürte. Gleichzeitig sollte der vorlaute Simon in seine Schranken gewiesen werden. Einen Moment spielte sie mit dem Gedanken, selbst das Wort zu ergreifen, verwarf ihn dann aber. So viel Dreistigkeit würde ihr mit Sicherheit eine schwere Strafe einbringen. Also schwieg sie und bohrte stattdessen ihre Fingernägel so tief in die Handflächen, dass es schmerzte.
Heinrich wirkte verwirrt. »Meint Ihr die Heiterkeit und die Sanftmut, edler Herr Graf? Dies scheinen mir eher die Tugenden eines Weibes zu sein.«
Der Angesprochene sah zum ersten Mal unwillig aus. »Auch diese Tugenden stehen einem Ritter wohl an, zählen jedoch keineswegs zu den höchsten.«
Lastendes Schweigen senkte sich über den Saal. Unter halbgesenkten Lidern erkannte Christina, dass Simon die Antwort wusste. Ein feines Lächeln zuckte um seine Mundwinkel.
Schließlich seufzte Graf Eberhard vernehmlich und richtete seinen Blick auf Simon. »Dann zu dir, mein getreuer Knappe. Kannst du uns die Antwort geben?«
Simon trat vor und verneigte sich. »Ich kann es, hochwohlgeborener Herr.« Er machte eine winzige Pause. »Die wichtigste Rittertugend ist Mäßigung und Bescheidenheit in allen Dingen.«
Der alte Waffenmeister Hildebrand sprang als Erster auf und klatschte laut in die Hände. Eberhards Ritter und Ministeriale, die sich vollzählig mit ihren Damen versammelt hatten, taten es ihm nach. Auch die Knappen zollten Simon Beifall. Bruder Paulus lächelte ihm wohlwollend zu.

Graf Eberhard erhob sich mühsam aus seinem Sessel. Seine leutselige Laune war verflogen. Christina erkannte, dass ihn wieder Rückenschmerzen plagten. Doch er bewahrte Haltung. Mit ausgestreckten Händen trat er auf Simon zu. »Du hast dir den Sieg trotz deiner Jugend mit ehrlichen Mitteln und großem Wissen verdient. Dazu gratuliere ich dir von ganzem Herzen. Aus dir wird ein prächtiger Ritter werden.«

Er wandte sich zur Tür. »Nun folge mir zu den Stallungen, um dir deinen Preis auszuwählen. Den besten Welpen aus meinem Wurf weiß ich bei dir in guten Händen. Erziehe ihn tüchtig, auf dass er deiner würdig wird.«

Christinas Zorn auf den Vater verflog. Zärtlich blickte sie ihm nach. Mochten ihn auch ab und zu seltsame Anwandlungen ankommen, wenn es um Heinrich ging, im Grunde seines Herzens war er ein aufrichtiger und ehrenhafter Mann. Sie gönnte Simon aus ganzem Herzen den Sieg trotz ihres Streits.

Die Mägde betraten bereits den Saal, um Wein nachzuschenken und die ersten Speisen aufzutragen, als ihr Blick auf Heinrich fiel, der regungslos an seinem Platz verharrte und ihrem Vater und Simon nachsah. Sie erschrak zutiefst. Auf seinem verzerrten Gesicht lag blanker Hass.

Kapitel 7

Burg Rheinfels, Spätsommer 1270

»Ajax. Komm her zu mir. Gleich!«

Der braun-weiß gescheckte Welpe stoppte in vollem Lauf, als wäre er gegen eine unsichtbare Mauer geprallt. Einen winzigen Moment sah er der Katze, die sich auf einen nahen Baum flüchtete, bedauernd nach. Dann drehte er um und trottete mit hängenden Ohren auf Simon zu.

Der empfing ihn freundlich. »Braver Hund.« Er zauste ihm das Fell und gab ihm ein kleines Stück Wurst, das Ajax gierig verschlang.

»Bravo!« Die Stimme in seinem Rücken bewirkte, dass Simon eine Gänsehaut bekam und sein Herz schneller schlug. »Er gehorcht dir aufs Wort. Aber ich fürchte, du verwöhnst ihn zu sehr. Am Ende wird er noch zu fett für die Jagd.«

»Unsinn!« Mit barschem Tonfall versuchte Simon, seine Befangenheit zu überspielen. Er drehte sich mit demonstrativer Gelassenheit um. »Ein guter Jagdhund wird niemals fett. Dazu ist er viel zu sehr in Bewegung.«

Christina kam näher. Sie trug ein leichtes Gewand aus hellgrünem Leinen, das die Farbe ihrer Augen betonte. Die schwarzen Haare flossen ihr seidig über die Schultern. Sie sah hinreißend aus.

»Nun, wie lässt sich die Erziehung deines neuen Gefährten an?« Nur an der gleichen, sich immer wiederholenden Frage, mit der Christina ihre Begegnungen einleitete, erkannte Simon, dass auch sie verlegen war.

Seitdem er den Wettstreit gewonnen hatte, sahen sie sich wieder öfter. Christina schützte Interesse an der Ausbildung des Welpen vor, um Simons Gesellschaft zu suchen. Anfangs befürchtete er, sie wolle ihn wieder zu heimlichen Waffenübungen drängen. Aber zu seiner Freude war es Christina zufrieden, mit ihm über Ajax' Entwicklung und mancherlei andere Themen zu sprechen, die sie beschäftigten.

»Der Hund macht sich prächtig.« Simon platzte schier vor Stolz über die Fortschritte des Welpen. »Schon im Herbst werde ich ihn mit zur Kleinwildjagd nehmen. Sieh her.«

Mit Schwung warf er ein pelziges Knäuel über die ganze Länge des kleinen Burggartens. Wie der Blitz rannte Ajax ihm nach und legte seine Beute wenig später schwanzwedelnd vor Simons Füßen ab.
»Er rührt das Wild schon seit Tagen nicht mehr an.«
Etwas angeekelt wich Christina zurück. Der mumifizierte Hasenkopf war bei der Abrichtung des Welpen schon viele Male verwendet worden. Er wies zahlreiche Bissspuren auf.
»In der nächsten Woche will ich beginnen, das Herbeibringen von frischem Fleisch mit ihm zu üben. Sobald er diese Kunst beherrscht, ohne seine Gier an der Beute zu stillen, ist er so weit.«
Simon reichte Ajax ein weiteres Stückchen Wurst. Der Welpe nahm es vorsichtig, schluckte es und leckte Simons Hände. Mit einem herzhaften Gähnen ließ er sich zu Füßen seines Gebieters ins Gras fallen. Christina streichelte ihm über das seidenweiche Fell.
»Ich bin froh, dass du Ajax gewonnen hast«, sagte sie unvermittelt. »Heinrich hätte ihn nicht verdient.«
Simon schwieg zu dem heiklen Thema. Seit dem verlorenen Wettstreit war Heinrich noch launischer und unleidlicher geworden.
»Hast du Michel heute schon gesehen?«
Simon schüttelte den Kopf. »Warum fragst du?«
»Er hat eine blutige Strieme auf der Wange. Heinrich hat ihn mit der Gerte geschlagen, weil er ihm sein Pferd nicht rechtzeitig brachte.«
Simon schnaubte. »Warum lässt dein Vater das zu? Michel ist kein Leibeigener deines Verlobten, sondern ein besoldeter Waffenknecht.«
Christina zuckte zusammen. »Ich habe dir schon viele Male gesagt, dass ich Heinrich nicht heiraten werde.«

Simon schwieg auch dazu. Er wollte sich unter keinen Umständen die Zunge verbrennen. »Wie geht es Muhme Agathe?«, lenkte er ab.

»Sie erholt sich nur langsam von ihrem Sommerfieber. Mein Vater verbietet mir immer noch, sie zu besuchen, um mich vor der Krankheit zu schützen.«

»Das kommt dir doch sicher zupass.« Simon grinste spöttisch und zwinkerte Christina zu.

Als sie einander ansahen, durchfuhr es ihn plötzlich heiß und kalt. Christinas Blick war von einer betörenden Intensität. Unwillkürlich griff er nach ihrer Hand. »Du wirst einmal eine wunderschöne Frau, Christina.« Die Worte waren heraus, bevor er darüber nachgedacht hatte. Ein zartes Rot überzog ihre Wangen. Schweigend betrachteten sie sich und vergaßen darüber die Zeit.

»Rawau, rawau.« Mit einem lauten, gefährlich klingenden Bellen sprang Ajax auf und stürzte auf das kleine hölzerne Gatter zu, das in den Burggarten führte. Noch bevor sie ihn sehen konnten, hörten sie Michels Stimme.

»Gut, gut, beruhige dich, ich bin es doch nur.« Mit dem nun freundlich wedelnden Hund an seiner Seite betrat Michel den Garten.

Er verneigte sich vor Christina und Simon. »Euer Vater schickt mich, Herrin. Er bittet Euch, ihm und Eurem zukünftigen Gatten Gesellschaft zu leisten. Kaufleute aus Venedig sind eingetroffen und haben kostbare Stoffe mitgebracht.«

Zu Simons Überraschung rümpfte Christina verächtlich die Nase. »Ich danke dir, Michel.« Sogar ihre Stimme klang alles andere als begeistert. »Nein, bleib«, hielt sie den Waffenknecht zurück, als er Anstalten machte, ihr zu folgen. »Ich finde den Weg allein. Leb wohl, Simon.«

Achselzuckend sah der ihr nach. »Da verstehe einer die Frauen, Michel. Ich dachte, Stoffe für neue Gewänder auszuwählen gehört zu ihren liebsten irdischen Freuden.«

»Ich glaube, der hochwohlgeborene Herr Graf wünscht, dass sie das Tuch für ihr Hochzeitskleid aussucht.«
»Jetzt schon?«, entfuhr es Simon.
Michel sah ihn mit einem unergründlichen Ausdruck an. Der rote Striemen hob sich grell von der sonst blassen Haut seiner angeschwollenen Wange ab. Simon presste die Lippen aufeinander. Es hatte keinen Zweck, Michel auf Heinrichs Brutalität anzusprechen. Er würde ihn abweisen, wie er es auch schon bei anderen Gelegenheiten getan hatte.
»Der Welpe ist ein herrliches Tier«, unterbrach Michel das drückende Schweigen und streichelte den Hund. Ajax blickte ihn treuherzig an. »Er ist klug und geschwind wie der Wind und Euch zudem ergeben bis in den Tod. Noch bevor er mich kommen sah, war er bereit, Euch zu verteidigen.«
Michels Lob verfehlte seine Wirkung nicht. »Du hast recht, Michel. Er ist gelehrig und willig in allen Dingen. Obwohl er erst wenige Monde zählt.«
Michel verneigte sich. »So erlaubt mir einen wohlgemeinten Rat, junger Herr. Achtet darauf, was er frisst, und erlaubt ihm nicht, Leckerbissen von jedermann anzunehmen.«
Simon fuhr auf. »Wie meinst du das?«
Michel zögerte einen Moment. »Mein Vater hält Hunde, Herr Simon. Daher kenne ich mich mit ihrer Aufzucht ein wenig aus. Beliebt selbst zu entscheiden, ob Ihr meinen Ratschlag beherzigen wollt.«
Damit drehte er sich um und verließ den Garten. Simon sah ihm stirnrunzelnd nach.

Drei Wochen später

»Ajax! Ajax! Wo treibst du dich denn herum?« Beunruhigt suchte Simon Burghof und Wehrgänge ab. Der Hund war seit dem Mittagsmahl verschwunden. Das war bislang noch nie vorgekommen. Verlässlich wie ein treuer Leibwächter erwartete der Welpe ihn stets vor der Tür zum Palas, seitdem Graf Eberhard die Jagdhunde auf Bitten seiner Damen während der Mahlzeiten aus dem Saal verbannt hatte.

Endlich erblickte Simon das braun-weiße Fell in einer Mauernische. »Ajax!«, rief er erleichtert. »Da bist du ja. Wieso kommst du nicht, wenn ich dich rufe?«

Zu seinem Erstaunen sprang der Hund nicht auf, um ihn zu begrüßen. Simons Sorge verstärkte sich. Als er herankam, sah er, dass Ajax auf der Seite lag. Sein Leib war merkwürdig aufgetrieben. Mit mattem Blick hob der Welpe den Kopf und leckte ihm unbeholfen die Hand, als er sich neben ihn kniete.

»Ajax, was ist mit dir? Bist du krank?« Die Angst schnürte Simon den Atem ab. Noch vor wenigen Stunden war der Hund gesund und munter gewesen. Was war in der Zwischenzeit geschehen?

Ratlos sah er sich um und erblickte Christina, die mit ihrer Kammermagd Greta im Schlepptau über das Burggelände spazierte. Sie freute sich sichtlich, Simon zu treffen, und strebte eilig auf ihn zu. Ihr freundliches Lächeln schlug in Bestürzung um, als sie Ajax erblickte. Mitfühlend strich sie dem Hund über den Kopf.

»Simon!« Sie zog die Hand zurück, als hätte sie sich verbrannt. »Fühl doch nur! Sein Kopf ist ganz heiß, als würde er fiebern.«

In diesem Moment begann Ajax zu würgen. Er schnappte jaulend nach Luft und krümmte sich in einem heftigen Krampf. Schließlich erbrach er eine übelriechende blutige Masse.

Entschlossen sprang Christina auf. »Komm, Greta, wir holen Bertram. Er wird am besten wissen, was Ajax fehlt.« Bevor Simon sie zurückhalten konnte, waren sie schon auf und davon.
Es waren kaum zehn Minuten vergangen, da kehrten sie mit dem Stallmeister zurück. Mit erfahrenen Händen tastete Bertram dem jungen Hund über den Leib. Er öffnete ihm vorsichtig das Maul, roch an seinem Atem und besah seine Zunge. Schließlich blickte er Simon an. Sein faltiges Gesicht wirkte noch zerfurchter als sonst.
»Er hat sich vergiftet. Was habt Ihr ihm heute zu fressen gegeben?«
Simon kämpfte gegen die aufsteigenden Tränen an. Trotz seiner brennenden Augen versuchte er, seiner Stimme einen männlichen Klang zu verleihen. »Das Gleiche wie immer. Reste der Mahlzeiten in der Halle. Heute Morgen habe ich ihm Gerstenbrei und einen Schinkenknochen gebracht. Noch vor zwei Stunden war er putzmunter und gesund.«
Bertram zuckte die Achseln. »Gebt ihm etwas Wasser und achtet darauf, dass er nichts Festes zu sich nimmt, bevor er wieder wohlauf ist. Das Tier ist jung und kräftig. Vielleicht erholt es sich ja.« Aber Simon hörte den Zweifel in der Stimme des Stallmeisters.

Einige Stunden später hatte sich Ajax' Zustand weiter verschlechtert. Das eilig vom Brunnen geholte Wasser hatte er durstig geschleckt, aber unter heftigen Krämpfen sofort wieder erbrochen. Längst hatte das Glöckchen der Burgkapelle zur Vesper geschlagen. Bald würde das Nachtmahl beginnen. Christina hatte sich schon vor einiger Zeit entfernt, wenn auch widerstrebend, da sie der Andacht nicht fernbleiben durfte.
Hilflos streichelte Simon das japsende Tier. Sein Atem ging keuchend, seine Augen glänzten fiebrig. Der kleine Hundekörper

glühte. Dennoch leckte Ajax seinem jungen Herrn noch immer ab und an mit rauher Zunge die Hände.

Simon ergriff Verzweiflung. Ajax war das einzige Wesen, das ihm ganz und gar ergeben war. Sosehr er mittlerweile die Gesellschaft Christinas wieder genoss, war ihre Freundschaft doch nicht ohne Spannungen. Seit seinem Sieg über Heinrich achteten ihn die anderen Knappen, aber sie luden ihn niemals ein, sie auf ihren Ausflügen nach St. Goar zu begleiten. Auch auf der Kauzenburg in Kreuznach hatte er sich trotz der Fürsorge seines Ziehvaters immer als Fremdling gefühlt.

Plötzlich näherten sich Schritte. Christina konnte es nicht sein, obwohl sie versprochen hatte, vor dem Mahl noch einmal nach Ajax zu sehen. Ihren leichten Tritt erkannte er mittlerweile, lange bevor er sie sah. Zu seinem Entsetzen kam Heinrich den Wehrgang entlang. Obwohl er die Rüstung abgelegt hatte, trug er Schwert und Dolch am Gürtel.

Simons schwache Hoffnung, Heinrich würde seines Weges gehen, ohne ihn weiter zu beachten, wurde rasch enttäuscht. Er blieb vor dem kranken Hund stehen. »Was ist mit dem Köter?«

Simon heftete seinen Blick beharrlich auf Heinrichs graugrüne Beinlinge.

»Das muss Euch nicht kümmern.« Die förmliche Anrede, auf der Heinrich neuerdings bestand, kam Simon nur schwer über die Lippen. Aber er wollte nicht noch einmal die Missbilligung des Grafen herausfordern.

Heinrich wich nicht von der Stelle. Stattdessen stieß er dem Hund die Spitze seines Stiefels in den schmerzenden Leib. Ajax heulte auf.

Wie der Blitz sprang Simon auf die Füße, die Hände zu Fäusten geballt. »Lasst meinen Hund in Frieden! Seht Ihr denn nicht, dass er krank ist und leidet?«

Heinrichs Gesicht verzog sich zu einem spöttischen Lächeln. »Du hättest besser auf ihn aufpassen sollen. Ich habe selten ein Jungtier gesehen, das derart verfressen ist.«
Eine furchtbare Ahnung überfiel Simon. »Was hast du mit meinem Hund zu schaffen?« In seiner Aufregung fiel er ins Du zurück.
»Oh, einiges.« Heinrich kratzte genüsslich seinen spärlich sprießenden Bart. »Schließlich sollte er mir gehören, wie du ja weißt. Doch es ist recht, dass du ihn erhalten hast. Ein Tier ohne jede Disziplin. Es hätte niemals zur Jagd getaugt.« Er wandte sich mit einer verächtlichen Geste zum Gehen.
Simons Ahnung wurde zur Gewissheit. »Du warst es, gottloser Schurke. Du hast Ajax vergiftet.«
Heinrich schnellte herum. Trotz der steilen Zornesfalte auf seiner Stirn blieb seine Stimme gefährlich ruhig. »Es ist nicht meine Schuld, dass das Biest fraß, was ihm vor die Schnauze kam. Einen Hund muss man abrichten, nicht verzärteln. Sei froh, dass du ihn loswirst. Schon bei der ersten Jagd hätte er jämmerlich versagt.«
Mit einem heiseren Schrei stürzte sich Simon auf den verhassten Gegner.
Anfangs verlieh ihm die Wut Riesenkräfte. Mit voller Wucht trat er Heinrich in den Unterleib und entriss ihm den Dolch, als dieser sich stöhnend krümmte. Anschließend durchtrennte er Heinrichs Waffengürtel mit einem raschen Schnitt und stieß so heftig mit dem Fuß gegen das scheppernd zu Boden gefallene Schwert, dass es nahezu zehn Ellen den Wehrgang entlangschlitterte. Dann stach er zu.
Wäre er überlegter zu Werke gegangen und hätte sich auf die Kniffe besonnen, die er mittlerweile gelernt hatte, wäre es ihm ein Leichtes gewesen, die Waffe in Heinrichs ungeschützten Hals zu rammen. So aber verfehlte er sein Ziel. Der Dolch glitt

an Heinrichs Gambeson ab, über den sein Gegner zum Nachtmahl nur einen Kittel aus feinem Wollstoff geworfen hatte.
Heinrich erkannte sofort, dass Simon es darauf anlegte, ihn zu töten. Geschickt wich er ihm aus, drehte sich einmal um die eigene Achse und stellte ihm ein Bein. Obwohl Simon diese Finte schon viele Male gesehen und auch selbst geübt hatte, verfehlte sie ihre Wirkung nicht. Im Schwung aus dem Gleichgewicht gebracht, stürzte er zu Boden. Sofort warf sich Heinrich auf ihn. Wie Klammern umschlossen seine Pranken den Hals seines Widersachers und schnürten ihm die Luft ab.
Hilflos auf dem Rücken liegend, hatte Simon seinem viel größeren und schwereren Gegner kaum etwas entgegenzusetzen. Obwohl er ihn zu treten und zu beißen versuchte und seine Nägel tief in Heinrichs Nacken schlug, rührte der sich nicht von der Stelle. Die Luftnot verursachte Simon zunehmend Todesangst. Nur undeutlich hörte er Christina schreien, die vergeblich versuchte, Heinrich von ihm wegzuzerren. Bunte Flecken tanzten vor seinen Augen. Plötzlich sah er sich selbst von weit oben mit blaurot verfärbtem Gesicht auf den Bohlen des Wehrgangs liegen. So fühlte sich also das Sterben an.
Da wurde Heinrich plötzlich zurückgerissen. Mit schmerzender Kehle schnappte Simon nach Luft.

Es ging schon auf Mitternacht zu, als die Magd, die Graf Eberhard mit kalten Kräuterkompressen für seinen geschundenen Hals gesandt hatte, leise die Kerze ausblies und die Kammer verließ. Endlich war Simon mit seinen düsteren Gedanken allein. Schlaflos wälzte er sich auf dem harten Bett hin und her, neben der Truhe mit dem Vermächtnis von Christinas verstorbenen Brüdern das einzige Möbel in dem winzigen Raum unter dem Dach, in den Simon auf Geheiß des Grafen gebracht worden war.

Wüste Bilder schossen durch seinen Kopf. Heinrich, wild um sich schlagend und tretend, während Michel ihn im Schwitzkasten hielt. Christina, die ihren Verlobten beschimpfte, das hübsche Gesicht verzerrt vor Wut. Ajax, der unter heftigen Krämpfen starb, die treuen Augen gebrochen, Schaum vor dem Maul. Graf Eberhard, wie er Heinrich zur Rede stellte, der natürlich seine Unschuld am Tod des Hundes beteuerte und Simon beschuldigte, ihn grundlos angegriffen zu haben. Und Michel, der ihn leicht wie eine Feder aufnahm und in die Kammer trug, als er schluchzend über der Leiche des Welpen zusammenbrach. Schließlich das furchtbare Klatschen der Peitsche, das aus dem Burghof zu ihm heraufdrang.

Als Simon aufstehen wollte, um Michel Beistand zu leisten, warf ihn ein heftiger Schwindel zurück aufs Lager. Hilflos in seiner Schwäche verfluchte er Heinrich und den Grafen.

Bei der Unterredung im Palas hatte Eberhard, wie erwartet, zu Heinrichs Gunsten entschieden. Michel empfahl er dessen Großmut. Heinrich solle wie ein Ritter entscheiden, ob die Handgreiflichkeit des Waffenknechts seinem Herrn gegenüber Strafe verdiene.

Und Heinrich verhielt sich erwartungsgemäß wie der niedrigste Lump. Nach dem dreißigsten Peitschenhieb griff der alte Hildebrand ein, sonst hätte Heinrich Michel noch umgebracht, erzählte die Magd, flüsternd vor Angst. Nun lag der treue Knecht mehr tot als lebendig auf seinem Lager im Stall, notdürftig von dem alten Kräuterweib verbunden, das man noch nach Einbruch der Nacht aus dem Dorf geholt hatte.

Stöhnend wälzte sich Simon auf die andere Seite. Noch schmerzte ihn jeder Atemzug, sein Kopf dröhnte, als würde er mit Schmiedehämmern bearbeitet. Doch er durchschaute die Intrige. Heinrich hatte den Mord an Ajax von langer Hand geplant und den Hund in den wenigen Momenten, die dieser unbewacht gewesen war, immer wieder mit Leckerbissen verführt. Bis er ihm heute den vergifteten Brocken gab. Michel hatte ihn zu warnen versucht, aus Loyalität aber seinen schurkischen Dienstherrn nicht verraten. Und bezahlte nun einen hohen Preis dafür, dass er Simon das Leben gerettet hatte.

Er spürte, wie heiße Tränen der Wut das Federkissen durchnässten, und biss die Zähne so fest zusammen, dass seine Kiefermuskeln schmerzten. Den einzigen Trost fand er darin, dass ihm außer Michel auch Christina uneingeschränkt zur Seite gestanden hatte.

Christina! Plötzlich verstand Simon, warum sein Herz schneller schlug, wenn er ihr begegnete. Er hatte sich in sie verliebt. Trotz ihres Jähzorns und leichten Kränkbarkeit war sie ein guter und ehrenhafter Mensch und wuchs zu einer begehrenswerten jungen Frau heran. Und ausgerechnet sie sollte das Eheweib dieses Ungeheuers werden?

Alles in Simon lehnte sich dagegen auf. Niemals sollte das geschehen! Heinrich hatte Christina nicht verdient. Stattdessen wollte er, Simon, Christina für sich gewinnen. Als Erstes würde er ihr ihren brennendsten Wunsch erfüllen und die heimlichen Waffenübungen mit ihr wieder aufnehmen. Irgendwie würden sie einen Weg dazu finden. Auf Heinrich musste er wahrlich keine Rücksicht mehr nehmen.

Die Dämmerung zog schon herauf, als Simon sich endlich aufsetzen konnte. Er zog den Anhänger unter seinem Hemd hervor und umklammerte ihn. »Beim ungesühnten Tod meiner Mutter schwöre ich dir Gerechtigkeit, Schweinehund. Du wirst wie dereinst die Mörder meiner Eltern für deine Schandtaten büßen. Mit dem Segen des Allmächtigen werde ich triumphieren.«

Am nächsten Tag

»Vater, ich bitte Euch um eine dringende Unterredung.« Christina ignorierte Eberhards bekümmerten Blick. »Vertraulich, unter vier Augen.«
Heinrich und Muhme Agathe, die heute als Einzige am Frühmahl teilnahmen, musterten sie finster. Agathe öffnete schon den Mund, als der Graf nachgab.
»So sei es denn, Tochter.« Mürrisch verließen die beiden den kleinen Saal neben der großen Halle, in dem die Familie speiste, wenn sie unter sich war.
Sie hatten kaum die Tür hinter sich geschlossen, da sprudelten die Worte auch schon aus Christina heraus. »Vater, ich verlange von Euch, dass Ihr Heinrich straft und für seine Untaten zur Rechenschaft zieht. Er hat den wertvollen Welpen vergiftet, den Ihr Simon geschenkt habt. Hernach hat er Simon fast umgebracht und seinen Waffenknecht Michel, der Simon das Leben gerettet hat, beinahe totgeschlagen. Ich möchte, dass Ihr Heinrich aus Euren Diensten entlasst und mit Schimpf und Schande von unserer Burg jagt.«
Graf Eberhards Gesicht färbte sich dunkelrot. Mit mühsam beherrschter Stimme antwortete er: »Christina, du vergisst dich und weißt nicht mehr, was du sagst. Heinrich ist dein zukünftiger Gatte.«
»Ehe ich ihn zum Gemahl nehme, stürze ich mich von den Klippen hinab in den Rhein.« Nachdem Graf Eberhard immer ein milder Vater gewesen war, hatte Christina noch niemals zuvor die Stimme gegen ihn erhoben.
Über ihre eigene Tollkühnheit erschrocken, hielt sie inne. Eberhards Gesichtsfarbe wechselte nun in ein käsiges Weiß. Hastig schlug er das Kreuzzeichen über ihr. »Der Herrgott möge dir deine lästerliche Rede verzeihen. Du bist noch sehr jung und kannst die Folgen deiner Worte nicht überblicken.«

Christina senkte den Kopf. »Verzeiht mir, Vater. Ihr wart immer gerecht und gütig zu mir. Ich bitte Euch deshalb, hört mich an.«
Eberhard schwieg und kämpfte sichtlich mit sich. Schließlich gab er wieder nach. »So sprich. Welche Beweise hast du dafür, dass Heinrich den Welpen vergiftet hat?«
Christinas Magen zog sich zusammen. »Keine Beweise, Vater. Aber Heinrich hat es gegenüber Simon angedeutet. Ich weiß, dass es so ist.«
Eberhard schnaubte ärgerlich. »So, so, du weißt es. Ist es nicht so, dass Ajax Leckerbissen von jedermann annahm? Räumten nicht Hildebrand und Dankwart, der Knappe, ein, dass auch sie dem Welpen gelegentlich etwas zusteckten? Sie haben sogar beobachtet, wie er nach den Mahlzeiten die Abfälle durchwühlte. Simon hat ihn nicht richtig erzogen. Der Tadel gebührt ihm allein, dass sich der Hund am Ende vergiftet hat.«
»Ajax war Simon treu ergeben und schon weit in seiner Ausbildung fortgeschritten. Er gehorchte ihm aufs Wort. Davon konnte ich mich viele Male selbst überzeugen.«
Eberhard runzelte die Stirn. »Viele Male? Du warst viele Male mit Simon zusammen, während er den Welpen erzog?«
Christina biss sich auf die Lippen. Das Gespräch nahm eine andere Wendung als erwartet.
»Ich traf Simon gelegentlich, wenn ich mich im Burggarten erging. Greta war immer dabei.« Sie hoffte inständig, dass Eberhard die Magd später nicht danach befragen würde. Schnell lenkte sie ab.
»Heinrich hat Simon beinahe umgebracht. Selbst wenn er am Tod des Welpen unschuldig wäre, ist das durch nichts zu rechtfertigen.«
»Hat nicht Simon Heinrich zuerst angegriffen, und zwar mit dem Dolch? Offensichtlich, um ihm das Leben zu nehmen oder ihn zumindest schwer zu verletzen. Er hat ihm sogar den Waf-

fengürtel zerschnitten, so dass Heinrich sich nur mit den bloßen Händen verteidigen konnte.«

Christina suchte verzweifelt nach einer Antwort. Bevor ihr eine Erwiderung einfiel, fuhr ihr Vater fort.

»Christina, du bist eine Jungfrau und verstehst nichts vom Kämpfen. Wenn ein Mann sein Leben verteidigen muss, unterschätzt er schon einmal seine Kräfte, die er dabei einsetzt. Ich bin sicher, dass Heinrich Simon nicht töten, sondern nur in Schach halten wollte.«

»Und was wäre geschehen, wenn ich Michel nicht zu Hilfe gerufen hätte? Heinrich ließ nicht von Simon ab, selbst als ich ihn anschrie und mit den Fäusten auf seinen Rücken trommelte.«

Graf Eberhards Blick verfinsterte sich. »Ich will es deiner jugendlichen Unbesonnenheit zuschreiben, Tochter, dass du dich so unziemlich benommen hast. Niemand weiß, was geschehen wäre. Du gehst davon aus, dass Heinrich Simon getötet hätte. Er selbst hat beteuert, dass er gerade von Simon ablassen wollte, als Michel eingriff.«

Christinas Zorn gewann wieder die Oberhand. »Heinrich lügt, sobald er den Mund aufmacht.«

Sofort bereute sie ihre Worte. Graf Eberhards Blick wurde eisig. »Ich hoffe, du beichtest derart infame Anschuldigungen, Christina, auf dass keine Flecken auf deiner Seele lasten. Sicher hat Michel es gut gemeint, als er Simon zu Hilfe eilte. In diesem einen Punkt bin auch ich nicht mit deinem künftigen Gatten einverstanden. Er hätte den Waffenknecht nicht so grausam züchtigen dürfen. Das habe ich ihm noch am gestrigen Abend gesagt.«

»Und was hat er geantwortet?«

»Er wird sich in Zukunft mäßigen und Michel sogar den Sold erhöhen. Ich heiße Michels Bestrafung zwar nicht für gut, habe aber auch Verständnis für Heinrichs Wut auf ihn. Er fühlte sich vor dir als seinem künftigen Eheweib gedemütigt.«

Eberhard stockte. Die nächsten Worte kamen ihm offensichtlich nur schwer über die Lippen.

»Er deutete sogar an, dass du ihn beschimpft hättest, Tochter. Du sollst ihn Schurke und Mörder genannt haben.«

Christinas Gesicht wurde heiß. »Er petzt also auch noch!«

»Das hat er mir erst auf meine eindringlichen Fragen gestanden.« Graf Eberhard musterte sie scharf.

»Zu meiner Bekümmerung stelle ich fest, dass Heinrich auch in diesem Punkt die Wahrheit spricht. Wie konntest du dich nur so weit vergessen? Diese Schande ließ er Michel büßen, auch wenn es nicht recht war.«

Christina fehlten die Worte. In ihren Zorn mischten sich Zweifel. Hatte sie tatsächlich selbst Anteil an der schrecklichen Bestrafung des Waffenknechts?

»Nun, was hast du dazu zu sagen, Tochter?« Ihr Vater blieb unerbittlich.

Christina hasste sich für ihre nächsten Worte. Aber was blieb ihr anderes übrig? »Ich war in Sorge um Simon und trauerte um den Hund. Das löste meine Zunge in unschicklicher Weise. Doch ich wollte helfen und niemandem schaden.« Tränen stiegen ihr in die Augen.

Eberhard seufzte. »So bereue dein Verhalten und beichte es, Tochter. Danach lass uns diesen schrecklichen Tag vergessen. Michel ist kräftig und wird wieder genesen, zumal ihn das Kräuterweib versorgt und ich ihm nahrhafte Speisen schicken lasse. Auch Simon wird sich erholen. Wenn er sich weiter als Knappe bewährt, schenke ich ihm vielleicht einen neuen Welpen aus Rheas nächstem Wurf.«

Er fasste ihr unters Kinn und hob ihren Kopf an. »Und ich will vergessen, was du über deinen Verlobten gesagt hast. Auch Heinrich hat mir versprochen, dir zu verzeihen. Er ist ungestüm und heißblütig, aber genau das sind die Eigenschaften, die dein

Gemahl braucht, um dein Erbe verteidigen zu können, wenn ich nicht mehr bin. Ich wusste nicht, wie sich Heinrich entwickeln würde, als wir euch als Kinder einander versprochen haben. Aber du hättest es nicht besser treffen können.«
Christina senkte die Lider und schwieg. Eberhard seufzte erneut. »Nun geh und lass mich mein Tagwerk beginnen. Der Rentmeister wartet sicher schon, um die Zolleinnahmen abzurechnen.«
Mit tiefer Verzweiflung im Herzen verließ Christina den Saal.

Erst gegen Abend war Simon kräftig genug, um Michel im Stall zu besuchen. Sein Lager bestand aus einem dünnen Strohsack mit einem schweißigen Laken samt einer kratzigen Decke und war nur durch eine dünne Holzwand von den Boxen der Pferde getrennt. Es roch durchdringend nach Dung.
Michel lag auf dem Bauch. Als er mühsam den Kopf hob, erkannte Simon sofort, dass der Waffenknecht fieberte. Obwohl das Kräuterweib seinen Rücken verbunden und mit einer schmerzstillenden Salbe bestrichen hatte, bluteten einige Striemen noch immer.
Wieder schossen Simon Tränen der Wut und Scham in die Augen. Er kniete sich ins Stroh und öffnete den Korb, den er mitgebracht hatte. »Ich bringe dir Speisen und Wein von der Tafel des Grafen.« Er packte knuspriges Brot und kalten Braten aus.
»Ich danke Euch, Herr. Doch im Moment habe ich keinen Hunger. Ich hätte nur gerne etwas frisches Wasser vom Brunnen.«
Eilfertig sprang Simon auf. Während er den schweren Holzeimer heraufzog und Wasser in einen Tonkrug füllte, brannte die Schuld wie Feuer in ihm. Nur seinetwegen musste der treue Knecht so leiden.
Stöhnend richtete Michel sich auf seinem Lager auf und trank gierig aus dem Becher, den Simon ihm reichte. »Nenne mich

nicht länger Herr, Michel«, bat er. »Zweifellos verdanke ich dir mein Leben, während dir dieser Schurke sein Seelenheil verdankt. Es hätte nicht viel gefehlt, und er hätte mich gemordet.«

Michel setzte den Becher ab. »Seid bedankt für die gute Absicht, Herr. Doch ich habe nur getan, was getan werden musste. Hätte Heinrich Euch ein Leids getan, hätte ich meinem edlen Herrn, dem Grafen Johann, nicht mehr unter die Augen treten können. Es wäre nicht schicklich, Euch die Anrede zu verweigern, die Euch von Geburt her zusteht.«

Zu allem Schmerz spürte Simon nun auch noch Enttäuschung über sein zurückgewiesenes Angebot. »So hast du mein Leben nur um der Gunst meines Ziehvaters wegen gerettet?« Der Zorn machte ihn ungerecht.

Michel schüttelte den Kopf. »Ich habe Graf Johann gelobt, auf seinen Bruder achtzugeben. Daran fühle ich mich gebunden.«

»Auch wenn diese Ausgeburt der Hölle immer neue Untaten begeht?«

Mit fieberglänzenden Augen sah Michel Simon direkt ins Gesicht. »Es war eine große Ehre, als Graf Johann mich zum Waffenknecht seines Bruders berief. Ich höre seine Worte noch immer in meinem Ohr. ›Michel aus Kreuznach‹, sagte er. ›Du bist zwar noch jung an Jahren, doch ich habe dich als verständigen und treu ergebenen Dienstmann erkannt. Dir will ich das Geschick meines Bruders anvertrauen, auf dass du ihm hilfst, auf dem rechten Weg zu bleiben.‹ Ich habe es dem edlen Herrn Grafen in die Hand versprochen. Wir haben ihm alles zu verdanken. Mein Vater war ein unfreier Höriger, bevor er nach Kreuznach kam und sich als Metzgergeselle verdingte. Graf Johann schenkte ihm und damit uns allen die Freiheit.«

»Allein, Heinrich dankt dir deine Treue gar schlecht.«

Michel senkte den Blick. »Das ist wohl wahr, Herr.« Seine Stimme war jetzt so leise, dass Simon ihn kaum noch verstand.

»Und warum wehrst du dich nicht, sondern lässt dich stattdessen fast zum Krüppel peitschen?« Kaum waren die Worte heraus, hätte Simon sich am liebsten die Zunge abgebissen.
Doch Michel nahm es ihm nicht übel. »Ich verstehe sehr gut, wie traurig Ihr über den Tod von Ajax seid. Der Welpe war wirklich ein außergewöhnlich schönes und kluges Tier. Es war ein großes Unrecht an Euch, dem Tier und an Gottes Schöpfung, was Euer Oheim getan hat.«
Allein schon der Gedanke widerstrebte Simon. »Für mich ist er nicht mein Oheim, Michel«, fuhr er den Knecht an. »Er ist der missratene Bruder des Mannes, der mich als sein Mündel erzogen hat. Ich habe schon einen Oheim, mit dem ich wenig Ehre einlegen kann. Zum Glück ist Heinrich zumindest kein weiterer Schandfleck von meinem eigenen Blut.«
Michel ließ sich wieder auf den Strohsack sinken. Erschöpft schloss er die Augen. »Verzeiht, wenn ich Euch erzürnt habe, Herr. Doch ich bin schwach und elend. Bitte lasst mich nun allein.«
Mit brennender Scham erkannte Simon, dass er Michel gekränkt hatte. Anstatt ihm ein wenig Erleichterung zu verschaffen, hatte er dem Misshandelten noch weiteres Leid zugefügt.
»Ich habe dich um Verzeihung zu bitten, Michel. Es steht mir nicht zu, deine Treue zu schmähen.«
Michel nickte. »So lasst mich nun ruhen, Herr. Ich fühle mich matt und kraftlos. Vielleicht gebt Ihr mir zuvor doch noch einen Schluck Wein. Die Schmerzen sind gerade recht arg.«
Mit einem Stein im Magen half Simon dem Stöhnenden auf und führte ihm selbst den Becher an die Lippen. Dann ließ er den Korb mit den Speisen neben seinem Lager stehen und schlich sich auf Zehenspitzen hinaus.
Draußen sandte er ein Stoßgebet zum Himmel. »Allmächtiger Gott, lass Michel genesen. Und gib mir die Kraft und den Mut, das Unrecht zu sühnen, das Heinrich ihm angetan hat.«

Teil 2:
ANGRIFF

Kapitel 8

Burg Rheinfels, August 1274

Christina, wach auf. Wir sollten vor der Vesper zurück sein.« Simon rüttelte die schlafende junge Frau sanft an der Schulter. Statt einer Antwort rollte sie sich auf die Seite und schmiegte sich mit dem Rücken an ihn.

Simon betrachtete sie lächelnd. Wie wunderschön sie war! Und wie begehrenswert! Seit fast vier Jahren waren sie nun schon ein heimliches Paar.

Es hatte in der Tat nicht lange gedauert, bis aus der gemeinsamen Trauer um Ajax und dem Abscheu gegen Heinrich eine tiefere Verbindung zwischen ihnen entstanden war. Nur allzu willig gab Christina Simons schüchternem Werben nach. Hier auf dieser Lichtung hatten sie sich das erste Mal geküsst, atemlos und verschwitzt nach einem heftigen Kampf mit den Holzschwertern. Seither sehnte Simon jedes ihrer verschwiegenen Treffen herbei.

»Christina, nun komm schon.« Er hob ihren schweren Zopf und küsste sie zärtlich in den Nacken. Als sie sich noch immer nicht rührte, biss er vorsichtig zu.

»Autsch, du Grobian.« Endlich öffnete sie die Augen, räkelte und streckte sich wie eine Katze. Dann zog sie Simons Kopf zu sich hinunter und küsste ihn mit leicht geöffneten Lippen. Sie schmeckte nach der wilden Minze, die sie beide zuvor gekaut hatten.

Simon spürte, wie seine Männlichkeit sich aufrichtete und schmerzhaft gegen die Bruche drückte, an deren Gürtel er die engen Beinlinge befestigt hatte. Leidenschaftlich presste er sich gegen ihre Hüften und liebkoste ihre festen Brüste. Längst begehrte er mehr von Christina als nur Küsse. Bislang allerdings vergeblich.

Zu seiner Enttäuschung versteifte sich ihr Körper auch jetzt. Mit einem nervösen Lachen schob sie ihn zur Seite und rollte sich geschickt von ihm weg. Dann setzte sie sich auf und blickte sich um. Das Gras auf der kleinen Lichtung im Brombeergebüsch war mit Gänseblümchen und Butterblumen gesprenkelt. Dazwischen wuchsen roter Klee und zarte Glockenblumen.

Gedankenvoll pflückte Christina ein Gänseblümchen und begann, die weißen Blütenblätter nacheinander abzuzupfen. »Wir tun es, wir tun es nicht.« Das letzte Blütenblatt fiel ins Gras. »Siehst du, Simon, das Schicksal gibt mir recht.« Sie lächelte halb schelmisch, halb verlegen. »Lass uns damit warten, bis wir einander als Mann und Weib verbunden sind.«

»Ja, ja, das sagst du andauernd«, erwiderte Simon gereizt. »Doch wann wird das je der Fall sein, wenn du weder mit deinem Vater noch mit Heinrich darüber sprichst?«

Ob des Vorwurfs stieg eine leichte Röte in Christinas Wangen. »Du weißt selbst, dass mein Vater sich kaum auf dem Rheinfels aufhält, seit König Rudolf von Habsburg ihn auf Empfehlung des Mainzer Kurfürsten in den Kreis seiner Berater aufgenommen hat. Wie soll ich mit ihm sprechen, wenn er doch gar nicht da ist?«

Simon seufzte. Wer hätte gedacht, dass Graf Eberhard in seinem Alter noch einmal ein solch ehrenvolles Amt angetragen werden würde? Alle Welt sprach von Werner von Eppstein, dem Mainzer Erzbischof, als dem Königsmacher. Nach allem, was man hörte, hatte vor allem er dafür gesorgt, dass eine Mehrheit

der Kurfürsten ihre Stimme einem unbekannten Grafen aus dem Aargau gab.
Doch viele neideten dem Habsburger Rudolf die Königswürde, allen voran Ottokar, der mächtige König von Böhmen. Rudolf war daher auf loyale Berater angewiesen und vertraute auf die Empfehlungen des Kurfürsten, dem er die Krone verdankte. Eberhard wiederum war ein alter Freund des Mainzer Erzbischofs und weithin bekannt für sein Verhandlungsgeschick. Er galt als klug und zuverlässig. Auch jetzt war er Werner von Eppstein ein treuer Freund und hatte sofort zugesagt, als dieser ihn um seinen Beistand bat.
»Es nimmt mich wunder, dass deinem Vater die vielen Reisen nicht zu beschwerlich sind«, sinnierte Simon laut.
Christina lachte. »Ganz im Gegenteil, sein Amt scheint ihn zu verjüngen. Und uns beiden kann es doch nur recht sein, dass er so lange fort ist, nicht wahr?« Sie küsste Simon schelmisch auf die Nasenspitze.
Der machte einen letzten Versuch. »Bald ist Heinrichs Schwertleite. Da wird dein Vater gewiss nicht fehlen wollen. Er kann jeden Tag eintreffen. Wirst du dann mit ihm sprechen?«
Christina nickte. »Sobald Heinrich zum Ritter geweiht ist, werde ich mich ihm und meinem Vater erklären.«
»Warum erst danach?«
Christina zog einen Schmollmund. »Vorher wäre es nicht recht. Heinrich sehnt den Tag seiner Schwertleite seit Jahren herbei. Würde ich zuvor die Verlobung lösen, wäre dieser Ehrentag für ihn eine Schande. Alle Welt würde mir Vorwürfe machen.«
»Alle Welt würde über ihn lachen«, hielt Simon verbittert dagegen. »Und das hätte er wahrlich mehr als verdient.«
Christina gab keine Antwort, und Simon insistierte nicht länger. Diesen Disput hatten sie wieder und wieder geführt. Auch heute würden sie zu keinem greifbaren Ergebnis kommen.

Christina fand immer neue Ausflüchte, ebenso wie sie immer wieder seinen Versuchen widerstand, sie zu verführen. Auch das verstand Simon nicht. Nach so langer Zeit hatte er mehr Vertrauen erwartet. Zumal es ihm um weit mehr ging als um rasche körperliche Erfüllung.

Eines Tages hatte er sogar den Mut aufgebracht, ihr seine Beweggründe zu gestehen. »Es ist nicht nur Begierde, meine Liebste, obwohl ich mich Tag und Nacht nach dir verzehre. Heinrich wird dich nicht mehr zur Gattin haben wollen, wenn du mir deine Jungfräulichkeit schenkst. Was bleibt deinem Vater dann anderes übrig, als mich zu deinem Gemahl zu machen, auch wenn ich keinen Besitz habe?«

Doch zu seiner Enttäuschung wich ihm Christina einmal mehr aus. »Noch bist du nicht einmal ein Ritter, Simon. Mein Vater könnte versucht sein, mich ins Kloster zu schicken, wenn ich mich seinen Wünschen auf diese Weise widersetze.« Seither quälte ihn immer wieder der Verdacht, dass seine Mittellosigkeit Christina vor dem letzten Schritt zurückschrecken ließ.

Vor dem Gebüsch ertönte ein schriller Pfiff. Während sie hastig ihre Kleider richteten, hörten sie, wie sich Michel seinen Weg durch den schmalen Durchgang bahnte, der auf die Lichtung führte und dabei die Zweige rascheln ließ. Da tauchte seine braune Mähne, die ihm in wirren Locken auf die Schultern hing, auch schon vor ihnen auf.

»Beliebt, die Störung zu entschuldigen, edle Herrschaften.« Michel verbeugte sich spöttisch, seine braunen Augen blitzten mutwillig. »Doch erschien es mir angeraten, das als Waffenübung getarnte Schäferstündchen zu unterbrechen. Euer Vater ist auf dem Weg in die Burg, wohledle Dame. Sein Schiff hat gerade in St. Goar angelegt.«

»Heute schon? Bei allen Heiligen, dann muss ich mich sputen. Rasch, Michel, halte mir die Zweige auseinander. Und ihr beide bleibt besser noch eine Weile hier, damit man uns nicht zusammen zurückkommen sieht. Der halbe Haushalt wird schon auf den Beinen sein.« Damit zwängte Christina sich durch den schmalen Spalt, ohne auf die Dornen zu achten, die ihr die Haare zausten.

Seufzend blickte Simon ihr nach. Dann ließ er sich ins Gras fallen und gab Michel ein Zeichen, sich zu ihm zu setzen.

Selbst im Sitzen überragte ihn der Riese um mehr als eine Haupteslänge. Michel war in den letzten Jahren womöglich noch größer und stärker geworden als bei seiner Ankunft auf der Burg. Seine ehrerbietige Scheu vor Christina und Simon hatte er größtenteils abgelegt, sobald sie unbeobachtet waren.

Nach wie vor diente er Heinrich mit der Zuverlässigkeit, die ihm eigen war. Doch auch hier hatte eine Veränderung stattgefunden. Seitdem Michel Heinrich eines Tages die Peitsche entwunden und sie wie einen dürren Ast über seinem Knie zerbrochen hatte, versuchte sein jähzorniger Herr nicht mehr, ihn zu misshandeln.

»Das hättest du schon viel früher tun sollen«, bemerkte Simon halb bewundernd, halb tadelnd, als Michel ihm von dem Vorfall berichtete. Der zuckte die Achseln. »Die Zeit war noch nicht reif dafür, Herr.«

Nachdenklich betrachtete Simon jetzt den hünenhaften Waffenknecht. Michel war ihm und Christina nach seiner Genesung ein treuer Gefährte geworden. Schon kurz nach Ajax' Tod beobachtete er die beiden dabei, wie sie geradewegs ins Brombeerdickicht eindrangen. Heinrich war wieder einmal mit seinen Saufkumpanen in die Schenke gezogen.

Mittlerweile war Simon sicher, dass Michel ihnen damals absichtlich nachgegangen war. Doch er hatte keine finsteren Absichten verfolgt. »Lasst mich ab und an mit Euch üben, Herr. Ich weiß so manche Kniffe und Finten, die ich Euch lehren könnte.«

In der Tat war Michel sehr geschickt mit dem Schwert und beherrschte darüber hinaus den Kampf mit Streitaxt und Morgenstern wie kein Zweiter. Simon zögerte nicht, sich auch im Gebrauch dieser Waffen unterrichten zu lassen, deren Einsatz als unritterlich galt. Denn wer vermochte schon zu sagen, ob ihm diese Kunst nicht einmal nützlich sein würde.

Zudem war Michel ein ausgezeichneter Ringer und lehrte nach anfänglicher Scheu selbst Christina die Grundzüge dieser Verteidigungsart. Von Michels Können profitierte Simon so sehr, dass er nunmehr fast alle älteren Knappen weit überflügelte. Nur Heinrich blieb ihm vorerst noch ein ebenbürtiger Gegner.

Michel fand auch die verlassene Schäferhütte, die eine halbe Meile landeinwärts am Rand einer sumpfigen, nicht mehr genutzten Weide lag. Sie bot im Winter zumindest ein Dach über dem Kopf und war groß genug, um in ihr den Nahkampf zu proben.

»Findest du es nicht seltsam, dass eine Frau zu kämpfen begehrt?«, hatte Simon ihn nach ihrem ersten Treffen gefragt. Michel schüttelte den Kopf. »Es steht mir nicht zu, über die Wünsche des edlen Fräuleins zu befinden. Doch wenn sie als Frau nicht schutz- und wehrlos sein will, bin ich ihr gerne dabei behilflich.«

Gelegenheiten zu ihren heimlichen Treffen boten sich nach anfänglichen Schwierigkeiten bald mehr als genug. Noch während Michels Wunden ausheilten, eilte Graf Eberhard mit seinen Rittern und älteren Knappen, darunter auch Heinrich, dem befreundeten Landgrafen von Hessen zu Hilfe, der mit einem räuberischen Nachbarn in Streit geraten war. Nach dem Ende der Fehde nahm er auch an den Friedensverhandlungen teil und blieb dem Rheinfels über Monate fern.

Dann berief ihn Werner von Eppstein noch vor der Wahl Rudolfs zum König in den engsten Beraterkreis des Habsburgers. Seither hielt sich Eberhard fast beständig in der Nähe des Königs auf.

Auch Muhme Agathe stand ihnen immer seltener im Weg. Sie hütete entweder kränklich das Bett oder betete in der Kapelle. Zudem war Christina nie um Ausreden verlegen, wenn sie sich unbemerkt entfernen wollte. »Ich behaupte zum Beispiel, dass ich ausreiten möchte und Michel als Begleitung mitnehme.« Das war ein schlagendes Argument, denn Michel galt in der ganzen Burg als absolut zuverlässig und treu.

Selbst Heinrich hatte nach seiner Rückkehr aus Hessen nie etwas bemerkt. Christina schrieb dies einem ausgeklügelten Tagesplan zu: »Ich bin bei den Mahlzeiten und zur Vesper anwesend, wie es sich für eine Jungfrau meines Alters geziemt. Außerdem nehme ich an den langweiligen Abenden mit ihm und Muhme Agathe teil. Dieser Preis für meine Freiheit untertags dünkt mich gering. Denn zwischendurch begegnen wir uns nie. Da wähnt mich Heinrich über dem Stickrahmen in meiner Kemenate.«

»Ist es wahr, dass Ihr beim Buhurt mitmachen dürft, Herr?« Michels Stimme riss Simon aus seinen Gedanken. Er nickte. »Es ist wahr. Ich habe gestern den Wettbewerb der Knappen gewonnen, den Hildebrand zu diesem Zweck veranstaltet hat. Da Graf Eberhard zu alt ist, um mit zu streiten, wird Hildebrand ihn vertreten. Ich bin sein Knappe.«

»Auf welcher Seite werdet Ihr kämpfen?«

»Die Teilnehmer werden vor dem Kampf durch das Los bestimmt. Auf wessen Seite der Ritter kämpft, auf dessen Seite kämpft auch der ihm zugehörige Knappe.«

»Ich habe gehört, dass Herr Heinrich ebenfalls am Buhurt teilnehmen wird.«

»Das ist wahr. Er durfte sich einen Knappen wählen und hat sich für Egbert von Leiningen entschieden.«

Michel krauste verächtlich die Nase. »Egbert ist kein guter Kämpfer.«

Simon grinste. »Aber dafür ein umso besserer Saufkumpan.«

Auf den Rheinwiesen, Anfang September 1274

Am Tag von Heinrichs Schwertleite lachte die Sonne von einem wolkenlosen tiefblauen Septemberhimmel. Christina stieg aus der Sänfte, die sie auf Drängen Agathes benutzt hatte, und sah sich mit klopfendem Herzen um.

Auf dem Turnierplatz unterhalb der Burg wimmelte es nur so von festlich gekleideten Menschen. Damen mit Schleier und Gebende wandelten am Arm ihrer Gatten und Väter an den Zelten mit Erfrischungen und den Buden mit allerlei Krimskrams entlang, die den breiten, mit Kies bestreuten Weg auf den Rheinwiesen säumten. Ihre Gewänder aus kostbaren Samt- und Seidenstoffen schillerten in allen Farben des Regenbogens.

Jenseits des gekiesten Pfades, der den Herrschaften vorbehalten war, tummelte sich das einfache Volk, die Männer in waidblauen sauberen Kitteln, die Frauen in grauen und erdbraunen Kleidern aus grobem Leinen, und begaffte die Auslagen der nach beiden Seiten offenen Buden. Fliegende Händler boten Schmalzgebackenes und Getränke feil. Gaukler mischten sich unter die Menge und jonglierten mit Bällen und Keulen.

In der Ferne sah Christina die Zelte der Ritter. Sie waren von nah und fern herbeigeströmt, um sich zu Ehren des jüngsten Sprösslings aus dem altehrwürdigen Geschlecht der Sponheimer im edlen Wettstreit zu messen. Nur die vornehmsten Gäste waren auf Burg Rheinfels untergekommen, obwohl auch dort drangvolle Enge herrschte. Allein in Christinas Kammer waren sechs Strohsäcke gepfercht worden, auf denen adlige Damen nebst ihren Dienstmägden auf dem Boden nächtigten.

Heinrich verbrachte die Nacht in der Burgkapelle, um seine Seele für den heutigen Tag zu läutern. Am Morgen war er in einer feierlichen Zeremonie eingekleidet worden. Graf Eberhard persönlich hatte ihm das Wehrgehänge mit dem kostbaren

neuen Schwert und Dolch umgelegt. Es waren sarazenische Schmiedearbeiten, die ihren Vater den Gegenwert einer kleinen Rinderherde gekostet hatten.
Trotz ihrer Vorfreude auf den Höhepunkt des Festes verspürte Christina tief in der Magengrube ein mulmiges Gefühl. Morgen würde sie ihr Versprechen einlösen und Heinrich, Graf Johann und ihrem Vater sagen müssen, dass sie das Ehegelöbnis aufzulösen wünschte. Es würde ein schwerer Gang werden.
Jetzt zwängte sich auch Muhme Agathe aus der Sänfte. »Pass doch auf, du Tölpel«, herrschte sie einen der Träger an, der ihr im Weg stand. Christina riss sich von ihren bangen Gedanken los. Heute wollte sie das Fest und die strahlende Spätsommersonne genießen. Morgen würde sie weitersehen.
Stolz blickte sie an sich hinab. Das mit Goldfäden durchwirkte azurblaue Überkleid, das ihr der Vater gestern geschenkt hatte, umschmeichelte ihren Leib. Es war nach der neuesten französischen Mode gefertigt, am Oberkörper bis zur Taille eng anliegend mit angesetztem, weit schwingendem Rock aus keilförmig geschnittenen Stoffbahnen, und musste wie Heinrichs Wehrgehänge ein kleines Vermögen gekostet haben. Darunter trug sie eine gelbe Cotte aus feinstem Seidenstoff.
Das Schappel mit den blauen und roten Edelsteinen auf ihrem frisch gewaschenen Haar und weißseidene Handschuhe vervollständigten das Ensemble.
Der Herold blies dreimal in sein Horn. Sofort begann das Volk in Richtung des Turnierfelds zu strömen, um einen möglichst guten Platz auf den Brettern der einfachen Holztribünen zu ergattern, die seinem Stand vorbehalten waren.
Muhme Agathe griff nach Christinas Arm. »Spute dich, Mädchen. Schon bald werden die Ritter auf den Turnierplatz einziehen. Wir sollten zusehen, dass wir unsere Plätze einnehmen.«

Christina befolgte ausnahmsweise Agathes Rat willig. Überall teilte sich die Menschenmenge, um der prachtvoll gekleideten Tochter des Gastgebers die gebührende Ehre zu erweisen. Vornehme Herren verneigten sich, kostbar gewandete Damen versanken in einen Knicks, als sie mit Agathe im Schlepptau vorbeischritt. Die Muhme grüßte huldvoll nach allen Seiten, während Christina mit hoch erhobenem Kopf und kerzengeradem Rücken voranging, auf den Lippen ein strahlendes Lächeln ob der ungewohnten Achtung, die man ihr bezeigte.

Schließlich erreichten sie ihre Plätze in der Mitte der Ehrentribüne. Von ihrem erhöhten, mit Samtkissen gepolsterten Sitz aus konnte Christina das Geschehen auf dem gesamten, mit feinem Rheinsand bedeckten Turnierplatz überschauen.

»Sieh doch nur die prächtigen Wappen.« Muhme Agathe deutete aufgeregt auf die gegenüberliegende Längsseite des Platzes. In üppiger Farbenpracht wehten die zahlreichen Banner der Turnierteilnehmer im leichten Wind. Christina erkannte das blau-goldene Schachbrettmuster der Sponheimer, das Heinrich zu Ehren am Anfang der Reihe aufgepflanzt war. Gleich daneben prangte der rote Löwe von Katzenelnbogen.

»Was ist das für ein Wappen, der silberne Löwe auf schwarzem Grund? Er sieht sehr wehrhaft aus.«

Christina kniff die Augen gegen die Sonne zusammen. »Das ist das Wappen des Rheingrafen. Gleich neben den drei rot bewehrten Adlern der Ritter von Leiningen und dem goldenen Löwen der Grafschaft Sayn. Man erkennt ihn an der blauen Zunge und dem gespaltenen Schwanz.«

»Wohl gesprochen, Tochter.« Inzwischen war Graf Eberhard eingetroffen. Auch er trug sein bestes Gewand aus silberdurchwirktem grünem Damast. »Was gäbe ich darum, heute noch einmal mitreiten zu können. Allein, ich bin zu alt und gebrechlich.« Mit einer komischen Grimasse griff er sich an den Rü-

cken. Christina lächelte ihm zu, das Herz plötzlich überquellend vor Zärtlichkeit.
Der Herold blies erneut in sein Horn. Mit Heinrich und Graf Johann an der Spitze zogen die Ritter ein, alle mit Waffenrock und Schabracke in ihren Farben. Hinter ihnen folgten die Knappen, die am Buhurt teilnehmen würden.
Christinas Herz schlug schneller, als sie Simon erblickte. Er trug die Farben von Katzenelnbogen. Plötzlich schweiften ihre Gedanken ab.
Das Wappen von Montfort stand nun seinem Oheim zu. Simon hatte ihr einmal erzählt, dass es dem Wappen der Sponheimer ein wenig ähnelte. Doch der schräge rot-weiße Schachbrettstreifen auf blauem Grund war nirgends zu sehen. Als Lehnsmann des Grafen von Veldenz war Philipp von Montfort nicht geladen worden. Ob es Simon wohl schmerzte, kein eigenes Wappen zu haben? Christina hatte noch nie darüber nachgedacht.
»Wie schade, dass Philipp von Montfort Graf Johann alleweil Ärger macht.« Es war, als hätte Eberhard die Gedanken seiner Tochter erraten. »Dieser Tage zankt er sich mit dem Grafen um eine Handbreit Boden am Ufer der Nahe. Ich konnte ihn unmöglich zu Heinrichs Fest bitten.«
Die Ritter hatten die Arena umrundet und machten nun vor der Tribüne halt, um der Grafenfamilie die Ehre zu erweisen. In der linken Hand hielten sie die mit ihren Wappenzeichen geschmückten topfartigen Helme, die sie nach der Verbeugung an ihre Waffenknechte weiterreichten, die zu Fuß neben ihnen hergelaufen waren. Christina erkannte Michel an Heinrichs Seite und nickte ihm zu.
Nun verkündete der Herold die Auslosung der Teilnehmer am Buhurt. Simon und Heinrich würden auf verschiedenen Seiten kämpfen. Christina spürte, wie erneut Unruhe von ihr Besitz

ergriff. Im Buhurt wurde nur mit leichten Lanzen und der flachen Seite der Schwerter gekämpft. Trotzdem gab es bei fast jedem Turnier Verletzte und manchmal sogar Tote. Lautlos betete sie ein Ave Maria für Simons Unversehrtheit.

Nachdem die Ritter und Knappen ihre Lanzen erhalten hatten, lösten sie sich aus der Formation, um von der Dame ihres Herzens ein Unterpfand für den Sieg zu erbitten. Auch Heinrich lenkte seinen Rappen vor die Ehrentribüne und senkte die Lanze vor Christina.

Zögernd erhob sie sich von ihrem Sitz. Noch ehe sie die Balustrade erreicht hatte, ritt Simon an Heinrichs Seite. Auch er senkte die Turnierlanze aus Fichtenholz. »Ich erbitte ein Unterpfand von Euch, Herrin Christina.« Simons Stimme schallte klar über den Platz. Die Menge ringsum wurde aufmerksam. Es war zwar nicht ungewöhnlich, dass der Knappe die Dame des Hauses verehrte, in dem er seine Ausbildung machte. Doch heute hätte Simon Heinrich den Vortritt lassen müssen.

Hinter sich hörte Christina Agathes empörtes Schnauben und ahnte den missbilligenden Blick ihres Vaters. Das Herz schlug ihr bis zum Hals. Langsam zog sie den linken Handschuh aus. Was sollte sie jetzt nur tun?

Heinrichs Verhalten nahm ihr die Entscheidung ab. Mit einem heftigen Hieb schlug er Simon vor aller Augen die Lanze aus der Hand. Dann drängte er seinen Rappen vor Simons Apfelschimmel, der aus den Ställen ihres Vaters stammte.

»Das Unterpfand gebührt mir, Herrin von Katzenelnbogen.« Auch Heinrichs fordernde Stimme war deutlich zu hören.

Unwillkürlich stieg Zorn in Christina auf. Wenn Heinrich es darauf anlegte, Simon vor der ganzen Festgesellschaft zu demütigen, sollte er sich getäuscht haben.

Entschlossen hob sie den Kopf und richtete den Blick auf ihren Geliebten. »Gebt mir Eure Lanze, wohledler Herr von Montfort.

Ich will meinen Handschuh darum winden, als Zeichen meiner Gewogenheit.«
Michel sprang herbei und reichte Simon die im Staub liegende Waffe. Christina schlang die Finger des Handschuhs um den Schaft unterhalb der Spitze. Triumphierend wendete Simon den Apfelschimmel und zeigte dem gaffenden Volk die Lanze. Durch die Menge zog ein verblüfftes Raunen.
Dann begann er langsam, zum Startplatz zurückzureiten, wo sich die Kämpfer für den Buhurt versammelten. So sah er nicht, was hinter seinem Rücken geschah.
Mit hochrotem Kopf übergab Heinrich Michel die Lanze und trieb seinen Rappen erneut dicht an die Tribüne. »Welches Unterpfand habt Ihr für mich, vielliebe Herrin?«
Christina betrachtete ihn kühl. Demonstrativ langsam zog sie den rechten Handschuh aus und ließ ihn dann wie aus Versehen in den Staub der Arena fallen. Heinrichs Pferd scheute leicht zurück, als er ihm vor die Vorderhufe flatterte. Beim Versuch, ihn zu zügeln, trat der Rappe mit dem rechten Huf auf das zarte Stück Stoff.
Fassungslos starrte Heinrich auf das graue Klümpchen, das von Christinas Handschuh geblieben war. Die Umstehenden hielten den Atem an.
»Ich fürchte, mein Herr, Euer Unterpfand ist verlorengegangen.« Christina genoss jedes Wort, das sie sagte. Ihre jahrelange Erbitterung über die erzwungene Verbindung mit diesem Grobian brach sich Bahn. »Ein überaus bedauerliches Missgeschick.«
Danach ging alles sehr schnell. Mit einem jähen Sporenhieb trieb Heinrich den Rappen voran. Dann beugte er sich zu Christina hinunter, griff mit beiden Händen nach dem Tüchlein an ihrem Ärmel und riss es ihr mit einem hässlich ratschenden Geräusch ab. Die Menge verdrehte die Köpfe, um das Geschehen

zu verfolgen. Doch nur die am nächsten Stehenden sahen, was passierte.
Heinrich lenkte sein Pferd ein Stück zurück und verneigte sich vor Christina. »So werde ich gerne mit diesem Tuch vorliebnehmen, edle Herrin. Habt Dank und wünscht mir Glück für den Sieg.« Er band den Fetzen an seine Lanze und schwenkte sie. Die Menge applaudierte.
Dann ritt er zu seiner Partei in die Mitte des Platzes.

»Welcher Dämon ist in dich gefahren, Tochter, dass du unserem Haus ausgerechnet an diesem Tag solche Schande machst?«
Christina konnte sich nicht erinnern, ihren Vater jemals so zornig erlebt zu haben. Gleich nach dem Eklat hatte er sie und Muhme Agathe mit barschen Worten in sein Turnierzelt befohlen. Die Angst schnürte ihr schier die Kehle zu.
Bevor sie eine passende Antwort gefunden hatte, wandte sich Eberhard zu Agathe um, die ungewohnt eingeschüchtert auf einem Schemel in der Ecke des Zeltes hockte.
»Auch Euch gebührt Tadel, Base Agathe. Ich habe Euch das Wohl und Seelenheil meiner einzigen Tochter anvertraut, auf dass Ihr sie zu einem gehorsamen, gottesfürchtigen Weib erzieht.«
Hässliche rote Flecken bildeten sich auf Agathes Wangen. Zu Christinas Glück nahm sie in ihrer Not Zuflucht zu einer Lüge.
»Ich habe sie nie aus den Augen gelassen, werter Vetter. Selbst wenn ich sie in der Kemenate zurückließ, um in der Kapelle zu beten, stickte sie voller Eifer an den Wandbehängen für unser Gotteshaus.«
»So könnt Ihr beschwören, dass sie nie traulich mit Simon von Montfort verkehrte?«
Die roten Flecken vertieften sich. »Ab und an bat sie darum, in Begleitung von Michel aus Kreuznach auszureiten. Ob sie dabei auf Simon gestoßen ist, vermag ich nicht zu sagen. Die Erge-

benheit und Treue des Knechts hielt ich für über jeden Zweifel erhaben. Sonst hätte ich meine Zustimmung zu diesen Ausflügen verweigert.«

Eberhard drehte sich wieder zu Christina um, die sich mittlerweile ein wenig gefasst hatte. »So erkläre dich, Tochter. Warum hast du Simon den Vorzug vor deinem Verlobten gegeben, noch dazu am Tag seiner Schwertleite?«

Auch Christina entschloss sich zu einer Lüge. »Ich habe ihm nicht den Vorzug gegeben, Vater, sondern gestand ihm nur den linken Handschuh zu. Den wertvolleren rechten wollte ich dagegen um Heinrichs Lanze winden. Doch ein Windstoß blies ihn mir aus der Hand.«

»Bleib bei der Wahrheit, Christina. Kein Hauch bewegte die Luft in diesem Moment. Du hast den Handschuh mit voller Absicht in den Staub fallen lassen.«

Brennende Röte schoss Christina ins Gesicht. Sie senkte den Blick.

»Verzeiht mir mein törichtes Handeln, Vater. Ich war voller Zorn auf Heinrich, weil er Simon die Lanze heruntergeschlagen hat.«

Eberhards Züge wurden ein wenig milder. »Dies war in der Tat wenig ehrenvoll. Doch Simon hat Heinrich öffentlich provoziert. Du hättest ihm niemals den Vorzug geben dürfen.«

Er fasste ihr unters Kinn und hob ihren Kopf.

»Sieh mir in die Augen, Christina, und sage mir die lautere Wahrheit. Gibt es unredliche Beziehungen zwischen dir und Simon von Montfort? Oder hast du gar deine Tugend aufs Spiel gesetzt und ihm ein Versprechen gegeben?«

Christina schlug das Herz bis zum Hals. Dies war die Gelegenheit, ihrem Vater alles zu gestehen. Doch eine innere Stimme warnte sie davor.

»Es gibt kein Versprechen zwischen Simon und mir«, log sie mit erstickter Stimme. »Doch seine Bitte nach einem Unterpfand freute mich. Die Eitelkeit, dass zwei edle Herren den Wettkampf mit meinem Zeichen bestreiten wollten, trübte mir die Sinne und den Verstand.«

Im Bemühen, sich von Eberhards Vorwurf reinzuwaschen, kam ihr Muhme Agathe unerwartet erneut zu Hilfe. »Simon hat unbesonnen und töricht gehandelt. Doch es ist guter Brauch, die Dame zu minnen, die dem Haushalt des Dienstherrn vorsteht. Wahrscheinlich hat er einfach nicht bedacht, was er tat.«

Eberhard schüttelte den Kopf. »Das glaube ich nicht. Dafür ist seine Abneigung gegen Heinrich zu stark.«

Er wandte sich an Christina. »Doch wenn du beteuerst, ihn nicht ermutigt zu haben, will ich noch einmal Gnade vor Recht ergehen lassen. Hätte er sich dir in unziemlicher Weise genähert, müsste ich ihn aus meinen Diensten entlassen.«

Christina stockte der Atem. Ihr Vater sagte genau das, was Simon ihr gegenüber befürchtet hatte. Wie gut, dass sie vorhin nichts gestanden hatte.

Unerbittlich fuhr ihr Vater fort. »Und bedenke auch du, Tochter, was dein Verhalten zur Folge gehabt haben könnte. Außer Graf Johann von Sponheim und mir hat Simon keine Gönner. Sein Oheim Philipp hat ihn nicht ein einziges Mal auf Burg Montfort eingeladen. Von ihm hat er nichts zu erwarten. Er stünde mittellos in der Welt, wenn er meine und Johanns Gunst verlöre. Ich müsste sie ihm entziehen, um deinen Ruf zu schützen, und Graf Johann, um die Ehre seines Geschlechts zu wahren. Willst du dein Gewissen mit dem Unglück eines vielversprechenden jungen Mannes beschweren, um nichtiger Hoffart willen?«

Bis ins Mark getroffen, schüttelte Christina den Kopf.

»So nimm noch einen Rat von mir an, Tochter. Dein künftiger Gemahl ist ein stolzer Mann, der Gehorsam von seiner Gattin erwartet, wie es die Pflicht eines Eheweibs ist. Seit heute weißt du, dass er sich nimmt, was du ihm verwehrst. Ich möchte dich glücklich se-

hen, beschützt und geborgen vor den Gefahren der Welt. Das ist der Grund für mein Eheversprechen. Reize Heinrich nicht mehr unnötig, sonst mag es sein, dass du es zu büßen hast.«
Ob dieser Ungerechtigkeit empörte sich Christina erneut. »So billigt Ihr es, verehrter Vater, dass er mir vor aller Augen das Tuch abriss?«
Einen Moment wirkte Eberhard unschlüssig. Dann straffte er sich. »Er nahm sich das Unterpfand, das du ihm verweigert hast. Wie sonst hätte er seine Ehre bewahren können? Sicherlich wollte er nicht so grob sein. Doch du hast ihn bis aufs Blut gedemütigt.«
»Und Ihr erwartet, dass ich einen solchen Mann lieben soll?« Christina konnte nicht fassen, dass ihr Vater zum ersten Mal in ihrem Leben ihre Wünsche nicht berücksichtigte.
Graf Eberhard schnaubte unwillig. »Liebe ist kein notwendiges Beiwerk für eine Ehe. Sie blendet nur die Sinne und verursacht Gram und unendliche Pein. Glaub mir, ich weiß, wovon ich spreche. Noch Jahre nach dem Tod deiner Mutter verzehrte ich mich in Kummer. Die Welt erschien mir farblos und düster. Doch als mein erstes Weib starb, dem ich nicht in Liebe, sondern in gegenseitiger Achtung verbunden war, schickte ich mich in Gottes Ratschluss und lebte mein eigenes Leben weiter.«
Christina nahm all ihren Mut zusammen und ging aufs Ganze. »Was würdet Ihr tun, wenn ich die Ehe mit Heinrich verweigerte? Ich fürchte nämlich, dass in ihr auch die Achtung nicht gedeihen wird.«
Die Antwort ihres Vaters kam so schnell, als hätte er sie schon bedacht. »Dann muss ich dich anders beschützen, mein einziges und geliebtes Kind. Hinterlasse ich dich eltern- und wehrlos ohne Gemahl, werden sich Landräuber wie die Wölfe auf dein Erbe stürzen. Die erzwungene Ehe mit einem solchen Schurken wäre noch das Beste, was du erwarten könntest. Doch es gäbe weit Schlimmeres.«

Er holte tief Luft. »Daher höre meinen Entschluss. Verweigerst du die Ehe mit Heinrich, kann nur noch die Kirche dir Obdach und Schutz bieten. Für diesen Fall vermache ich den größten Teil meiner Besitztümer König Rudolf von Habsburg. Nur der Gebieter des römisch-deutschen Reiches ist mächtig genug, meine Länder und ihre Bewohner zu schützen. Dich aber entsende ich mit reichlicher Mitgift auf den Rupertsberg zu den Benediktinerinnen, auf dass du dein Leben in der Abgeschiedenheit und dem Frieden eines Klosters verbringen kannst. So weiß ich dich auch nach meinem Tod in guten Händen.«

Das war noch weit schlimmer, als Christina befürchtet hatte. Verzweifelt setzte sie sich zur Wehr. »Aber ich verspüre keine Neigung zu einem geistlichen Leben.«

Eberhard seufzte. »Ich erkenne jeden Tag mehr, dass ich für meine Nachsicht dir gegenüber zu büßen habe. Steht nicht schon in der Heiligen Schrift geschrieben, dass die höchste Tugend des Weibes Gehorsam ist? Du kannst wählen zwischen dem Gehorsam in einer Ehe oder dem in einem Kloster. Das ist mehr, als den meisten Töchtern aus gutem Hause zugestanden wird.«

Auf dem Turnierplatz ertönte ein Hornsignal, welches das nahende Ende des Buhurts anzeigte. »Doch nun spute dich, Tochter, und richte dein Haar, auf dass du den Gewinnern den Preis überreichen kannst. Nur wenige haben gesehen, was Heinrich getan hat, und die kann ich mit einem gefüllten Beutel zum Schweigen verpflichten. Fehlen wir aber bei der Ehrung der Sieger, wird es jedermann auffallen. Über die Strafe für deine Hoffart werde ich später entscheiden.«

Christina war noch wie gelähmt vor Schreck, als sich Agathe an Eberhard wandte.

»Ihr habt gütig und weise gesprochen und zu Recht angemerkt, dass wir Tadel verdienen. Ich, da ich trotz aller Sorgfalt meiner Pflicht nicht genügt habe, und Eure Tochter wegen ihrer Leichtfertigkeit. Daher möchte ich Euch demütigst einen Vorschlag unterbreiten.«

Eberhard sah sie neugierig an. »So sprecht!«

»Lasst mich mit Christina einige Wochen auf dem Rupertsberg verweilen. Die Stille und Kontemplation im Kloster wird uns beiden zur Läuterung und Erbauung gereichen. Und Eure Tochter kann entscheiden, ob sie eine irdische oder eine Braut Jesu zu werden gedenkt.«

Zu Christinas Entsetzen nickte ihr Vater begeistert. »Das dünkt mich eine vortreffliche Idee, Dame Agathe. Schon in wenigen Wochen muss ich Burg Rheinfels wieder verlassen und mich zum Gefolge des Königs begeben. Bis zu meiner Rückkehr entsende ich Euch und Christina auf den Rupertsberg. So weiß ich meine Tochter aufs Beste untergebracht und vor jeder Anfechtung gefeit. Ich werde der Äbtissin gleich morgen schreiben.« Er wandte sich an Christina. »Nach meiner Rückkehr erwarte ich deinen Entschluss, Christina. Wählst du die Ehe mit Heinrich, vereinbare ich mit Graf Johann den Zeitpunkt eurer Vermählung. Sagt dir das Leben im Kloster mehr zu, als du heute ermessen kannst, achte ich auch diese Entscheidung. So magst du denn selbst über dein Schicksal bestimmen.«

Kapitel 9

Während Graf Eberhard seine Tochter und Muhme Agathe in sein Zelt befahl, formierte sich Simons Partei für den Buhurt. Die Septembersonne stand schon hoch am Himmel und blendete ihn so stark, dass er blinzeln musste. Das Los hatte ihnen bei der Wahl für den ersten Durchgang die schlechtere

Seite zugeteilt. Zum Glück wurde der Buhurt ohne Helm geritten. Durch das schmale Visier des topfartigen Kopfschutzes wäre das Gesichtsfeld der Kämpfer noch mehr eingeschränkt worden.
Sorgfältig plazierte Simon die hölzerne Lanze in der Beuge des rechten Ellbogens. Anders als der Tjost wurde der Buhurt nur mit Lanzen aus Fichtenholz geritten, die leicht zerbrachen und in der Regel weniger schwere Verletzungen verursachten, wenn ein Stoß danebenging.
Der Herold verlas mit lauter Stimme die Regeln. Jeder Reiter, der so heftig getroffen wurde, dass die Lanze des Angreifers zersplitterte, oder der gar aus dem Sattel gehoben wurde, schied aus dem Turnier aus.
Erst kurz vor dem Kampf hatte Graf Eberhard den Einsatz der Schwerter untersagt. Simon ahnte den Grund. Er und Heinrich waren den gegnerischen Parteien zugelost worden. Eberhard wollte wohl nicht riskieren, dass sich beide im Schutze des Kampfgetümmels ernsthaften Schaden zufügten.
Zu seiner Enttäuschung hatte Christina die Ehrentribüne verlassen. Auch Graf Eberhard und Muhme Agathe waren nirgends mehr zu sehen. Bevor er der Frage nachgehen konnte, ob dies eine Folge von Heinrichs Brüskierung war, blies der Herold schon zum ersten Angriff.
Die Hand fest um die Lanze geklammert, gab Simon seinem Hengst die Sporen und preschte los. So gut es gegen die Sonne möglich war, fasste er seinen Gegner ins Auge und zielte auf dessen Schild, die einzige erlaubte Angriffsfläche. Mit einem lauten Krachen prallten die Reiter aufeinander. Simon fühlte den Stoß gegen seinen Schild schmerzhaft bis in die Schulter. Doch der Gegner hatte schlecht getroffen. Während Simons Lanze splitterte, fiel dessen Lanze unversehrt zu Boden. Mit gesenktem Kopf lenkte der Reiter sein Ross an den Rand der Are-

na, nachdem der Herold mit einem Stoß ins Horn die erste Runde des Kampfes beendet hatte.
In der kurzen Zeit, in der sich die Reihen neu formierten, musterte Simon die Seinen. Fünf Reiter waren ausgeschieden, während der Gegner nur zwei Kämpfer verloren hatte. Die blendende Sonne hatte ihren Tribut gefordert. Doch nun wurden die Seiten gewechselt.
Simon erkannte genau ihm gegenüber Egbert von Leiningen, den Heinrich zu seinem Knappen gewählt hatte. Der hochnäsige Erbe des alten Adelsgeschlechts ließ Simon häufig spüren, dass er ein landloser Niemand war. Das hatte ihm Heinrichs Sympathie und seine Wahl zum Gefährten im Buhurt eingetragen.
Wäre es nach den Fertigkeiten im Kampf gegangen, hätte Dankwart von Schmittburg aus dem Geschlecht der Wildgrafen an Heinrichs Seite reiten müssen. Doch der war leer ausgegangen und durfte heute nur den Waffendienst verrichten.
Obwohl auch Dankwart im Alltag Abstand zu Simon hielt, war er nie unhöflich zu ihm gewesen. Nun kam er auf Simon zu, um ihm eine neue Lanze zu reichen.
»Gib Obacht, Dankwart«, raunte Simon. »Im nächsten Durchgang werde ich beweisen, was Egbert als Lanzenreiter taugt.«
»Gott mit dir«, erwiderte Dankwart mit einem schiefen Lächeln. Heinrichs Wahl schien ihn noch immer zu wurmen.
Wieder rannten die Reiter gegeneinander an. Den Blick fest auf Egberts Schild gerichtet, fühlte Simon seine Lanze mit voller Wucht treffen. In hohem Bogen flog Egbert aus dem Sattel. Dessen Lanze hatte Simon nicht einmal gestreift.
Mit schmerzverzerrtem Gesicht hielt sich Egbert die Schulter. Die wütende Bewegung, mit der er Dankwarts Hilfe ablehnte, schien ihm weitere Pein zu bereiten. Simon hörte ihn fluchen. Nachdem er mühsam aufgestanden war, humpelte er geradewegs auf das Zelt der Wundärzte und Bader zu, das vor dem

Einlass zum Kampfplatz aufgestellt worden war. Mit breitem Grinsen sahen Dankwart und Simon ihm nach

Der Buhurt nahm seinen Lauf. Nach sechs weiteren Runden standen sich auf jeder Seite nur noch zwei Kämpfer gegenüber. Außer Simon hielt sich noch der wackere Hildebrand im Sattel, auf der anderen Seite waren Heinrich und ein Lehnsmann des Rheingrafen übrig geblieben.

Simon atmete tief durch. Der nächste Ritt konnte über Sieg oder Niederlage entscheiden. Und die Auswahl der Gegner stand fest. Hildebrand würde nicht gegen Heinrich reiten, da er ihn ausgebildet hatte. Das oblag also Simon.

Sein Herz schlug vor Aufregung schneller. Er versuchte, sich zu sammeln. Die vielen erfolgreichen Treffer, die er gelandet hatte, forderten ihren Tribut genauso wie die abgewehrten Angriffe. Beide Arme schmerzten höllisch bis hinauf in die Schultern und den Nacken. Dankwart reichte ihm die Lanze und hielt sie am Schaft, während Simon die sperrige Waffe an der richtigen Stelle plazierte. Dann fasste er den Schild mit dem roten Löwen von Katzenelnbogen fest mit der linken Hand.

Der Herold blies in sein Horn. Die Reiter preschten aufeinander zu. Heinrichs Lanze traf Simons Schild, ohne zu zersplittern. Auch seine eigene fand ihr Ziel unversehrt. Ein Umstand, der ihn weit mehr schmerzte als die linke Schulter. »Jetzt habe ich vielleicht unseren Sieg verspielt«, murmelte er leise vor sich hin. »Gebe St. Georg, dass Hildebrand mehr Glück beschieden war als mir.«

Langsam wendete er den Apfelschimmel, der am Rand des Turnierplatzes zum Stehen gekommen war. Sein Schildarm fühlte sich merkwürdig taub an. Eine weitere Runde würde er schwerlich unverletzt überstehen.

Der Staub verzog sich nur langsam, und die Sonne blendete Simon erneut. Nur noch zwei Reiter hielten sich auf ihren Pferden. Der dritte humpelte an den Rand der Arena, gestützt von einem Waffenknecht. Simons Herz tat einen Sprung. Das Wappen des Besiegten war nicht der rote Löwe von Katzenelnbogen. Hildebrand hatte seinen Gegner also aus dem Sattel gehoben.

Der Herold trat vor. »Hochwohlgeborene Damen und Herren, Männer und Weiber von nah und fern. Ich künde euch den Ausgang des Buhurts. Gesiegt hat der ehrwürdige Hildebrand, Edelknecht und seines Zeichens Waffenmeister unseres verehrten Herrn Grafen Eberhard auf Burg Rheinfels, den er auf diesem prächtigen Fest auch als Kämpfer vertreten hat. An seiner Seite erfolgreich gekämpft hat der junge Knappe Simon von Montfort, ebenfalls in Diensten des Grafen von Katzenelnbogen. Ebenso hat Heinrich von Sponheim überaus tapfer gestritten. Ehrt ihn und die Sieger mit lautem Jubel!«

Beifall aus vielen hundert Mündern und Händen brandete durch das Rheintal. Wie betäubt ritt Simon an Hildebrands Seite auf die Ehrentribüne zu. Sie stiegen ab und beugten das Knie vor dem Grafen.

»Erhebt euch, meine Getreuen, die ihr meinem Haus so viel Ehre bereitet habt! Nehmt den Siegespreis aus der Hand meiner liebreizenden Tochter entgegen.«

Voll Freude schaute Simon auf. Erst jetzt bemerkte er, dass Christina auf die Tribüne zurückgekehrt war. Doch sie mied Simons Blick, als sie ihm den kostbaren Silberpokal überreichte, den ihr Vater als Lohn für jeden siegreichen Kämpfer ausgesetzt hatte.

»Dein Unterpfand hat mir Glück gebracht«, raunte Simon ihr zu. Ihre Antwort war leiser als ein Windhauch. Während seiner Ehrenrunde um den Turnierplatz überlegte Simon, ob er sich wohl verhört hatte. Doch es gab nichts an ihren Worten zu deuten.

»Mir leider nicht, Simon. Mein Unglück hat sich vermehrt.«

Die Bitterkeit der Niederlage brannte noch in Heinrichs Kehle, als er mit Michels Hilfe den silberglänzenden Kettenpanzer, die Beinlinge und den metallenen Handschutz anlegte, um sich auf den Tjost vorzubereiten. Sein Gegner im Zweikampf war Bernhard von Ingelheim, ein Lehnsmann des Mainzer Kurfürsten. Zwar hatte der Papst schon vor vielen Jahrzehnten Turniere verboten. Doch Werner von Eppstein tolerierte die Kampfspiele und erlaubte seinen Rittern die Teilnahme.

»Was hört man von der Waffenfertigkeit des Ingelheimers?« Obwohl Heinrich es wusste, störte ihn Michels Schweigsamkeit.

»Er soll ein guter, solider Kämpfer sein«, antwortete Michel bedächtig. »Erfahren in vielen Turnieren, aber nicht ungeschlagen.«

Heinrich nickte mit einer Mischung aus Grimm und Zufriedenheit. Also würde er doch noch zu den Siegern des heutigen Tages gehören. Sein Zweikampf mit Bernhard von Ingelheim war der letzte des Turniers und gleichzeitig dessen Höhepunkt.

Michel reichte ihm den Helm mit dem auffälligen Putz. Die Helmzier war über einen Fuß hoch und zeigte das Wappen von Sponheim. Das Schachbrettmuster war beidseitig auf eine dünne Holzplatte gemalt, die mit einem eisernen Stift befestigt war. In der aufgesetzten Halterung steckten blau und golden gefärbte Federn.

Den weithin erkennbaren Sponheimer Farben hatte Graf Johann trotz seines lahmen Beins bereits alle Ehre gemacht. Schon im ersten Durchgang hatte er Robert von Sayn aus dem Sattel gehoben und großmütig auf dessen Ross und Rüstung verzichtet, die ihm als Siegespreis zustanden.

So großzügig wollte Heinrich nicht sein, sobald er seinen Gegner besiegt hatte. Was kümmerte es ihn, dass der Ingelheimer nicht reich war und sich keine neue Ausrüstung leisten konnte. Auch er selbst würde nach der Hochzeit noch jahrelang von den

Wohltaten seines Schwiegervaters abhängig sein. Da kamen ihm die paar Pfund Pfennige, die er für Ross und Rüstung erlösen würde, gerade recht.
Mit Michels Hilfe bestieg er den Rappen, der nach dem Buhurt trockengerieben worden war und wieder die Schabracke mit dem Sponheimer Wappen trug.
»Wo ist die Lanze?«, herrschte er den Waffenknecht an. Michel reichte sie ihm hinauf. Sie war aus massivem Eschenholz gefertigt und viel schwerer als die Lanzen für den Buhurt. Doch Heinrich warf sie wütend zu Boden. »Dummkopf, du hast versäumt, mein Unterpfand anzubringen.«
Schweigend nahm Michel die Lanze auf und kehrte wenig später damit zurück. Christinas rund um den Schaft gebundenes Tuch war bereits ausgefranst.
Heinrich brummte ungeduldig, als Michel ihm half, die schwere Waffe in der Ellbogenbeuge zu plazieren. Um die Gefahr von Verletzungen zu mildern, trug sie anstelle der Spitze ein Krönchen.
Die nur einen Zoll breiten Schlitze des Topfhelms schränkten Heinrichs Sichtfeld ein, so dass er nur sehen konnte, was unmittelbar vor ihm lag. Während er im Schritt auf das Kampffeld ritt, spürte er, wie ihm in der aufgeheizten Luft der Schweiß unter Gambeson und Kettenhemd ausbrach. Schon bald lief er ihm unter dem Helm brennend in die Augen.
Auch dieser Unannehmlichkeiten halber brannte er vor Unrast. Die Zeremonien, die den Zweikampf einleiteten, fand er lästiger denn je. Als er vor der Ehrentribüne hielt, um seine Referenz zu erweisen, bemerkte er mit grimmiger Genugtuung, dass Christina nun den Blick züchtig gesenkt hielt. So habe ich sogar ein gottesfürchtiges Werk getan und sie Demut und Bescheidenheit gelehrt, wie es sich für ein Weib geziemt!, dachte er voller Hohn.

Wieder begünstigte ihn das Los bei der Wahl der Seiten. Wie schon beim ersten Durchgang des Buhurts würde die Sonne seinen Gegner blenden und seine Zielgenauigkeit in Mitleidenschaft ziehen. Diesmal lag es an ihm allein, diese Gunst Fortunas zu nutzen.

Endlich blies der Herold zur ersten Aufstellung. Michel reichte Heinrich den Schild und half ihm, die Lanze ein letztes Mal auszurichten. Von nun an würde er den Rappen nur mit den Waden und Sporen lenken. Doch das Tier gehorchte ihm auf den leisesten Druck. Triumphierend musterte Heinrich seinen Gegner. Mit der Sonne im Rücken würde er ihn gleich beim ersten Durchgang niederwerfen.

Der Herold gab das Signal zum Angriff. Wie der Wind preschte der Rappe auf den anstürmenden Gegner zu. Heinrich kniff die Augen zusammen und konzentrierte sich auf die Mitte des gegnerischen Schildes. Dort lag die schwächste Stelle, denn dort war an der Innenseite der Haltegriff befestigt. Sie galt es zu treffen.

Mit rasender Geschwindigkeit näherten sich die Reiter einander. Doch im letzten Moment scherte Heinrichs Ross seitwärts aus. Die Pferde rannten aneinander vorbei, beide Lanzen stießen ins Leere. Die Menge schrie vor Aufregung auf.

Wütend lenkte Heinrich sein Pferd an den Rand der Arena. »Was ist geschehen?«, fuhr er den herbeieilenden Michel an.

»Das Wappensymbol hat sich von Eurer Helmzier gelöst und ist auf das Ross gefallen.«

»Hilf mir herunter und nimm mir den verfluchten Helm ab.«

Kaum war Heinrich von dem Eisengehäuse befreit, riss er die verbliebenen Federn vor den Augen der erstaunten Zuschauer wütend vom Helm und stampfte sie in den Staub der Arena. Den herbeieilenden Herold stieß er rüde zur Seite.

»Es ist mir gleich, ob dies den Regeln entspricht oder nicht. Blase zum nächsten Durchgang.«

Eingeschüchtert blickte der Ausrufer zur Ehrentribüne. Graf Eberhard gab das Zeichen zur Fortsetzung des Kampfes. Wieder nahmen die Ritter Aufstellung.
Nun schien die tiefstehende Sonne Heinrich geradewegs in die brennenden Augen. Blinzelnd versuchte er, den Schild des Gegners zu fixieren. Doch die Sonne spiegelte sich auf dem glänzenden Metall. So verfehlte er sein Ziel erneut, während Bernhard einen gewaltigen Stoß gegen seinen Schild führte, der ihn beinahe vom Pferd riss. Die Menge jubelte.
Vor Wut knirschte Heinrich mit den Zähnen, während er auf den dritten Durchgang wartete. Seine Schildhand schmerzte unerträglich. Da Bernhards Lanze nicht zerbrochen war und er selbst sich im Sattel gehalten hatte, war der Kampf noch nicht verloren, obwohl Bernhard nun einen Vorsprung an Treffern hatte.
Sein schwarzes Ross tänzelte unruhig, während Heinrich darauf wartete, dass Bernhard seine Vorbereitungen endlich abschloss. Er hatte die Lanzenhand erhoben und schien sich irgendetwas auf die Handfläche schmieren zu lassen. Der Handschutz mit den feingliedrigen Stahlfingern bedeckte nur den Handrücken und wurde mit Lederriemen unter der nackten Handfläche festgezurrt, damit die Waffe sicher gehalten werden konnte.
»Herr, wollt auch Ihr etwas Kreidepulver auftragen, um Euren Griff zu stärken?«
Unwirsch blickte Heinrich auf Michel herab, der mit einer hölzernen Schale neben ihm stand. »Verschwinde«, knurrte er. »So ein Zeug brauchen nur Weichlinge.« Achselzuckend verschwand Michel hinter den Rand der Kampfbahn.
Endlich blies der Herold zum dritten Angriff. Die Sonne nun wieder im Rücken, konzentrierte sich Heinrich auf die Mitte des gegnerischen Schildes. Dann rammte er dem Rappen die Sporen so stark in die Flanken, dass das Ross mit einem gewaltigen Satz

nach vorn sprang. So würde er den Gegner nicht erst in der Mitte der Kampfbahn treffen, sondern mit dem Schwung des größeren Anlaufs noch in dessen eigener Hälfte.

Doch im Moment des Aufpralls geschah das Unfassbare. Die Lanze glitt Heinrich durch die Wucht des Stoßes aus der schweißnassen Hand, während die seines Gegners an seinem eigenen Schild mit einem lauten Knall in viele Teile zersplitterte. Hildebrand hätte ihm erklären können, dass sein rasender Ritt auch den Aufprall der gegnerischen Lanze auf seinen Schild um ein Vielfaches verstärkt hatte, zumal Bernhard durch den kürzeren Anritt die eigene Lanze zielsicherer halten konnte. Somit hatte sich Heinrich, in seinem brennenden Wunsch zu siegen, selbst ein Bein gestellt.

Wie betäubt wendete er sein Pferd. Unter dem Beifall der Zuschauer rief der Herold Bernhard von Ingelheim zum Sieger aus. Michel kam heran, half ihm schweigend vom Pferd und nahm ihm Helm, Schild und Handschutz ab. Erst vor der Ehrentribüne merkte Heinrich, dass seine Schildhand heftig blutete. Alle Knöchel waren aufgeschürft. Er kniete neben Bernhard von Ingelheim nieder.

Diesmal trat Graf Eberhard selbst an die Brüstung der Tribüne, an seiner Seite Graf Johann von Sponheim. Heinrich wagte einen raschen Blick. Eberhards Miene wirkte bekümmert, die seines Bruders erwartungsgemäß verächtlich. Saure Galle stieg vom Magen her in ihm auf und verursachte ihm Brechreiz. Den Blick starr zu Boden gerichtet, versuchte er verzweifelt, seine Gedärme unter Kontrolle zu halten. Wenn er sich nun vor der Ehrentribüne auch noch in den Sand der Arena erbrach, bliebe ihm ob der Schande nur mehr der Sturz in sein eigenes Schwert.

Wieder bewahrte Graf Eberhard trotz seiner Enttäuschung Haltung. Sobald sich Bernhard auf seinen Wink hin erhoben hatte, setzte er ein strahlendes Lächeln auf.

»Edler Ritter Bernhard von Ingelheim. Ihr habt in einem tapferen Zweikampf bewiesen, dass Ihr heute der Bessere wart. Nehmt neben Rüstung und Ross des Unterlegenen diesen Edelstein als Preis Eures Sieges.«

Heinrich wurde schwarz vor Augen. Ganz mit der Schmach des verlorenen Tjosts beschäftigt, hatte er bislang gar nicht bedacht, dass er auch seine wertvolle Ausrüstung verloren hatte. Mühsam hielt er sich aufrecht.

So bemerkte er erst, dass es ihm ebenfalls erlaubt war, sich zu erheben, als Bernhard ihn am Arm fasste. Das Gesicht des Ingelheimers strahlte mit der untergehenden Sonne um die Wette. Er sah rings in die Runde und sprach hernach Heinrich mit erhobener Stimme an.

»Edler Herr Heinrich von Sponheim. Heute habt Ihr überaus wacker gekämpft und Euch in allen Belangen als tapferer Ritter erwiesen. Zu Ehren Eurer Schwertleite verzichte ich auf meinen Lohn. Ross und Rüstung verbleiben Euch, auf dass Ihr viele ruhmreiche Taten damit vollbringen mögt.«

Brandender Applaus belohnte Bernhards Großmütigkeit. Viele Zuschauer wussten, dass der Ritter nicht reich war, und vermochten seine hochherzige Tat zu würdigen.

Nun hob Graf Johann die Hand. Die Menge verstummte. »Eure Tat zeigt mir den wahren Ritter, edler Bernhard von Ingelheim. Nehmt als Dank dieses Unterpfand aus meinen Händen entgegen.«

Auf einen Wink führte ein Pferdeknecht einen prächtigen Schimmelhengst herbei, ausgestattet mit Sattel und Zaumzeug aus feinstem Leder, besetzt mit wertvollen Steinen. Instinktiv wusste Heinrich, dass sein Bruder ursprünglich ihm dieses überaus kostbare Geschenk anlässlich seiner Schwertleite hatte überreichen wollen. Die Menge bejubelte Johanns großzügige Geste.

Während Heinrich an der Seite von Bernhard, der den herrlichen Schimmel führte, eine letzte Runde über das Turnierfeld ritt, schlug sein Herz wie ein Hammer in seiner Brust. Mühsam grüßte er in die Menge, der erhobene Arm schwer wie Blei, und lächelte mit gefrorenen Lippen den Damen zu.
Plötzlich nahm ein Gedanke Gestalt an. Heute war Bernhard von Ingelheim der von Fortuna begünstigte Liebling des Publikums. Doch die Göttin des Glücks war wankelmütig und blind, und Heinrich schwor sich, dass Bernhard sich seines Sieges nicht lange erfreuen würde. Dafür wollte er beizeiten Sorge tragen.

Burg Rheinfels

Nachdenklich musterte Graf Johann die Gäste, die Eberhard von Katzenelnbogen zum abschließenden Festmahl in den Palas des Rheinfels geladen hatte. Ringsum sah er nur fröhliche Mienen. Gelächter und Applaus für die Spielleute und Gaukler erfüllten den Saal. Alle sprachen den köstlichen Speisen zu und ließen sich den besten Rheinwein schmecken, den die Keller der Burg hergaben.
Nur an der hohen Tafel war die Stimmung den ganzen Abend schon seltsam gedämpft. Heinrich trug eine wilde Fröhlichkeit zur Schau und sprach eifrig dem Wein zu. Dagegen wirkte Christina bleich und zerstreut. Unlustig stocherte sie in den Speisen, die die Knappen ihr vorlegten, und ließ sie immer wieder nahezu unberührt abräumen. Johanns Versuche, sie in ein Gespräch zu ziehen, hatte er ob ihrer einsilbigen Antworten bald wieder aufgegeben.
Den Ehrentanz mit Heinrich absolvierte sie steif und ohne ein Lächeln für ihren Verlobten oder das Beifall spendende Publi-

kum. Dann bat sie ihren Vater, sich zurückziehen zu dürfen. »Die monatliche weibliche Unpässlichkeit«, raunte ihm Eberhard achselzuckend zu, als seine Tochter in Begleitung ihrer ältlichen Gesellschafterin, der dies sichtlich missfiel, das Fest vorzeitig verließ. »Leider richtet sich Gottes Natur nicht nach den Festen der Menschen.«

Johann wollte dies nicht so recht glauben. Er grübelte über die Gerüchte nach, die ihm zu Ohren gekommen waren. Zwar hatte Michel nur ausweichend Antwort gegeben, als er ihn kurz vor dem Mahl befragte. Doch auch Simon, der ihm noch nach dem Buhurt freudestrahlend aus der Arena zugewinkt hatte, verrichtete seinen Tafeldienst jetzt ernst und in sich gekehrt.

Stirnrunzelnd beobachtete Johann, wie sich Heinrich ans untere Ende der Tafel begab, wo Eberhards Ministeriale mit ihren Familien saßen. Schnell bildeten die gleichaltrigen Söhne einen Kreis um seinen Bruder. Auch Gisbert und Roland, die Söhne des Rentmeisters, waren unter ihnen. Sie gehörten als Wachmänner zur Besatzung der Burg und genossen einen zweifelhaften Ruf als gewaltige Zecher und Weiberhelden.

Sein Groll auf den jüngeren Bruder war ungebrochen. Seitdem er vor aller Augen das Sponheimer Wappen geschändet hatte, zweifelte Johann wieder, ob Heinrich der Schwertleite würdig gewesen war. Spontan hatte er beschlossen, ihm den Schimmel vorzuenthalten, den er ihm als Geschenk zugedacht hatte.

Jetzt näherte sich Egbert von Leiningen auf einen Wink Heinrichs mit einem neuen Krug Wein der Gruppe. Der Knappe bewegte sich linkisch, um seine im Buhurt verletzte Schulter zu schonen. Prompt stieß er beim Versuch, die Pokale zu füllen, ein Trinkgefäß um. Der Wein ergoss sich über das Tischtuch und die Beinlinge seines Bruders. »Verfluchter Tölpel.« Heinrich sprang auf und versetzte Egbert unter dem grölenden Gelächter seiner Trinkgenossen einen Backenstreich, der ihn zurücktaumeln ließ.

»Kannst du jetzt nicht einmal mehr einen Krug halten? Kein Wunder, dass es beim Buhurt nur eines Windstoßes bedurfte, um dich aus dem Sattel zu werfen.«
Das gab den Ausschlag. Augenscheinlich trug Heinrich dem Knappen nach, dass Simon ihn im Buhurt besiegt hatte. Nun nutzte er die Gelegenheit, nicht nur Egbert, sondern auch Simon öffentlich zu beleidigen.
Johann fasste einen Entschluss. Er beugte sich zu Eberhard hinüber, der die Szene offenbar nicht gesehen hatte und sich angelegentlich mit dem Rheingrafen Siegfried, seinem Tischnachbarn, unterhielt. »Auf ein vertrauliches Wort, Schwager.«
Eberhard blickte verblüfft auf. »Was ficht Euch an, werter Johann? Jetzt, inmitten des Fests? Kann die Sache nicht noch bis morgen warten?«
Johann schüttelte heftig den Kopf. »Sie duldet in der Tat keinen Aufschub.«
Stirnrunzelnd erhob sich Eberhard und bedeutete Johann, ihm in den kleinen Saal zu folgen, der gleich nebenan lag.
»Nun, Ihr seht mich verwirrt, Johann. Was gibt es so Eiliges zu bereden, dass ich darob meine Pflichten als Gastgeber vernachlässigen muss?«
Johann straffte sich angesichts des unverhohlenen Tadels. »Mich dünkt, ich habe einen schweren Fehler begangen, als ich auf Euer Drängen meine Zustimmung zu Heinrichs Schwertleite gab. Alles, was ich heute gehört und gesehen habe, zeigt mir, dass er des Ritterstandes nicht würdig ist.«
Johann entging nicht, dass Eberhard erbleichte. Schwer ließ sich der Graf in einen Sessel sinken. Dann räusperte er sich.
»Bedenkt, werter Johann, was Ihr da sagt. Auf Euer Begehr hin haben wir Heinrichs Schwertleite zwei Jahre später als üblich begangen. Euer Bruder hat dies nur schwer ertragen. Heute glaubt er sich endlich am Ziel. Auch wenn er nicht zu den Sie-

gern zählte, hat er tapfer gekämpft. Was veranlasst Euch also zu dieser Anklage?«

»Er hat das Sponheimer Wappen in aller Öffentlichkeit entehrt.«

Eberhard seufzte. »In der Tat ist Euer Bruder ein heißblütiger Mann. Doch alle Welt hat gesehen, dass er das Wappenzeichen bereits beim Anritt verlor. Nur dadurch verfehlte er Bernhards Schild und womöglich den schnellen Sieg. Dass er hernach die restliche Helmzier herunterriss, war der Sorge geschuldet, erneut ohne eigenes Zutun ins Hintertreffen zu geraten, zumal beim Anritt gegen die Sonne.«

Bevor Johann antworten konnte, hob Eberhard die Hand. »Und habt Ihr ihn nicht genug gestraft, indem Ihr Bernhard von Ingelheim den Schimmel überlassen habt? Es war das Heinrich zugedachte Geschenk. Nun fragt sich jedermann, was er von Euch, seinem mächtigen Bruder, als Gabe zur Schwertleite erhalten hat.«

»Ich habe die Gebühr für die Ritterwürde bezahlt.« Trotzig sah Johann Eberhard an. »Den Schimmel hat er wahrhaftig nicht auch noch verdient.«

Doch Eberhard blieb beharrlich. »Dennoch hattet Ihr anfangs vor, Euch nach Sitte und Brauch zu richten und Heinrich zudem noch ein Geschenk zu machen. Seht Ihr nicht, dass Eure ständige Missachtung den Stolz dieses jungen Mannes aufs Schwerste verletzt? Sät Ihr nicht selbst, was Ihr später erntet?«

Johann fühlte sich in der Defensive. Er beschloss, rücksichtslos offen zu sein.

»Man munkelt, er habe Eurer Tochter ein Tuch zerrissen, als sie ihm kein Unterpfand geben wollte.«

»Das ist blanker Unsinn und übles Gewäsch«, polterte Eberhard. »Heinrichs Handschutz verfing sich in Christinas Taschentuch, als sie es ihm reichte. Es war nichts als ein dummes Missgeschick.« Johann entging die Betretenheit nicht, die einen Wimpernschlag lang über Eberhards Züge huschte.

Er seufzte. »Graf Eberhard, lasst es gut sein mit der Verteidigung meines Bruders. Er hat einen schlechten Charakter und zeigt es jeden Tag aufs Neue. Soeben hat er an Eurer eigenen Tafel den Knappen misshandelt, den er sich selbst für den Buhurt gewählt und den Simon von Montfort aus dem Sattel gehoben hat. Es war ein Fehler, die Ehe zwischen Heinrich und Eurer liebreizenden Tochter zu vereinbaren. Eine unglücklichere Braut als sie habe ich noch nie gesehen.«

Diesmal erbleichte Eberhard bis unter die Haarspitzen. »Wollt Ihr andeuten, werter Schwager, dass Ihr Euer Gelübde zu brechen gedenkt?«

»Glaubt Ihr denn wirklich, dass Eure Tochter mit diesem Grobian glücklich wird?«

Ein Ausdruck der Furcht trat in Eberhards Augen. »Was soll nach meinem Tod aus ihr und meinem Erbe werden, wenn Ihr Christina den Beistand und Schutz Eures Geschlechts entzieht?«

»Wer sagt, dass ich ihr Beistand und Schutz entziehe? Außerdem gibt es andere einflussreiche Geschlechter, aus denen Ihr Eurer Tochter einen Gatten erwählen könnt.«

»An wen beliebt Ihr zu denken, Johann?« Nun verdrängte offenbar Zorn Eberhards Angst. »Des Rheingrafen Siegfrieds Söhne sind wie meine eigenen auf den Schlachtfeldern Palästinas geblieben. Ihr selbst habt Euch vor einigen Jahren wieder vermählt, Eure Söhne sind noch im Kindesalter. Wer bliebe also als Gatte für meine Tochter? Soll ich sie am Ende den Veldenzern andienen? Wäre das Euch zu Gefallen?«

Johann erschrak. Diese Lösung war in der Tat noch weit schlechter als die Ehe mit Heinrich. »Ihr wisst selbst, dass es endlose Fehden mit den Veldenzern gäbe, wenn sie über Euren Reichtum und Einfluss verfügen würden. Sie ließen nichts unversucht, ihre Macht an der Nahe auf Kosten der anderen Grafengeschlechter auszuweiten.«

»Ihr sagt es, Schwager. Doch Fehde und Streit ziehen auch über meine Lande, wenn ich meine Tochter schutzlos zurücklasse. Mir bliebe nichts, als sie in ein Kloster zu schicken.«
Johann schien dieser Gedanke gar nicht so abwegig.
»Vielleicht zieht sie ja ein geistliches Leben der Ehe mit Heinrich vor. Habt Ihr sie einmal dazu befragt?«
Eberhard nickte. »Ich habe sie schon vor die Wahl gestellt.« Damit bestätigte er ungewollt Johanns Vermutung, dass Christina die Ehe mit Heinrich nicht eingehen wollte. »Sie wird in Kürze einige Wochen auf dem Rupertsberg bei Bingen verbringen.«
Johann schöpfte neue Hoffnung. »Das dünkt mich eine ausgezeichnete Idee. Ich habe gehört, Eure Tochter ist des Lesens und Schreibens kundig. Auf dem Rupertsberg kann sie auf den Spuren der heiligmäßigen Hildegard wandeln, die das Kloster dereinst gegründet hat. Sie kann sich als Weib mit den Wissenschaften beschäftigen und es dank Eurer Macht gar zur Äbtissin bringen. Selbst der Dispens des Erzbischofs zur Auflösung des Ehegelübdes wäre in diesem Fall leicht zu erlangen. Glaubt Ihr, dass Christina eine solche Lebensbahn reizen würde?«
Eberhard schüttelte den Kopf. »Die Zeit wird es weisen, doch ich bezweifle es. Trotz ihrer Bildung ist meine Tochter eher dem weltlichen Leben zugetan.«
Eine kurze Weile schwiegen die Männer. Dann hellte sich Eberhards Miene auf.
»Lasst mich Euch einen Vorschlag machen, Johann. Gleich morgen rede ich Heinrich noch einmal ins Gewissen und ermahne ihn, sein Temperament zu zügeln und ein gottesfürchtiges Leben zu führen. Anstatt zum Christfest, wie ich es vorhatte, wird die Vermählung erst zu Ostern gefeiert, sollte Heinrich sich bis dahin bewähren. Schlägt der Versuch jedoch fehl, gebe ich meine Tochter als Novizin zu den Benediktinerinnen.«

Johanns Zweifel waren keineswegs ausgeräumt. Doch Eberhard war noch nicht fertig.

»Ihr wisst jetzt, dass meine Tochter im Kloster nicht glücklich sein würde. Also ist mir überaus daran gelegen, dass Heinrich die Probe besteht. Dazu bedarf es jedoch auch eines Anreizes von Euch. Gebt Heinrich endlich einen Beweis dafür, dass Ihr ihn achtet und ihm vertraut. Euer Vater hat Euch die Entscheidung überlassen, ob Ihr einen Teil des Erbes an Euren jüngeren Bruder gebt. Es ist ein ständiger Stachel in Heinrichs Fleisch, dass er land- und mittellos ist. Das vor allem macht ihn bitter und zornig. Belehnt ihn als Hochzeitsgeschenk mit einer Burg aus Eurem Besitz, auf dass er noch zu meinen Lebzeiten Verantwortung für Bauern und Herrschaft übernehmen kann und sich nicht mehr abhängig von meiner und Eurer Großmut fühlt.«

Johanns Zweifel verstärkten sich noch. »Ich werde es in Erwägung ziehen«, antwortete er vorsichtig.

Eberhard schlug ihm mit sichtlicher Erleichterung auf die Schulter. »So ist es also beschlossen, mein Freund. Doch jetzt erlaubt mir, in den Festsaal zurückzukehren. Es geziemt sich nicht, meine Gäste noch länger allein zu lassen.«

Kapitel 10

Burg Rheinfels, Ende September 1274

»Ihr habt mich rufen lassen, verehrter Vater?«

Ängstlich beobachtete Christina, wie Graf Eberhard seufzend eines der Pergamente aufnahm, die vor ihm auf dem Tisch des kleinen Saals lagen. Seit gestern hatte sich ein berittener Bote nach dem anderen auf dem Rheinfels eingestellt. Ob sie gute oder schlechte Kunde gebracht hatten, wusste sie bislang nicht.

»Hier ist ein Brief der ehrwürdigen Äbtissin Richardis aus dem Kloster Rupertsberg. Ein bösartiges Fieber grassiert unter den Nonnen und hat schon mehrere Todesopfer gefordert. Wahrscheinlich haben es Pilger eingeschleppt, die auf ihrem Weg nach Spanien gastliche Aufnahme fanden. Sie sieht sich daher um deiner Sicherheit willen nicht in der Lage, dich und Dame Agathe derzeit bei sich aufzunehmen.«

Christinas Herz machte einen Sprung. Sie schaute zu Boden, um ihre Freude zu verbergen. Trotzdem spürte sie den prüfenden Blick ihres Vaters auf sich ruhen.

»Nun, meine Tochter. Aufgeschoben ist nicht aufgehoben. Jedoch kann ich nicht warten, bis die Seuche im Kloster erloschen ist.« Er wies auf eine Pergamentrolle, die ein mächtiges rotes Siegel zierte. »König Rudolf befiehlt mich bereits in wenigen Tagen nach Boppard. Dort will er mit uns über die Unbotmäßigkeit König Ottokars von Böhmen beraten, der ihm den Lehnseid verweigert. Möglicherweise gibt es sogar Krieg.«

Christina sah ihn erschrocken an.

»Nicht in unseren Landen, so der Herrgott es will«, beruhigte sie ihr Vater. »Kommt es zum Kampf, dann in den südlichen Teilen des Reiches. Dort liegen die Besitztümer, die sich Ottokar unrechtmäßig während der kaiserlosen Zeit angeeignet hat und die der König nun als Lehen zurückfordert.«

»Aber Ihr seid zu alt, um in die Schlacht zu ziehen.«

Milde lächelnd winkte Eberhard ab.

»Davon kann keine Rede sein, Tochter. Der König sucht nur meinen Rat und lässt sich das einiges kosten. Gerade hat er unser Zollprivileg bestätigt, die Grundlage unseres Wohlstands.«

Er nahm eine dritte Rolle auf und entfaltete sie. »Dies ist eine Nachricht meines Schwagers Burkhard von Hunolstein. Seine

Tochter Griselda wird am dritten Sonntag im Oktober mit dem Ritter Konrad von Grimburg vermählt. Er lädt uns alle zum Hochzeitsfest.«

In der kurzen Pause, die ihr Vater machte, ahnte Christina, was er ihr vorschlagen würde.

»Leider hindern mich meine Pflichten gegenüber dem König, der Einladung Folge zu leisten. Doch du selbst kannst in Begleitung deines Anverlobten der Hochzeit beiwohnen. Heinrich wird dich sicher über die wilden Straßen des Hunsrück geleiten. So habt ihr zum einen Gelegenheit, gemeinsam das Fest zu genießen, zum anderen kann sich Heinrich bewähren, indem er für deinen Schutz einsteht.«

In ihrem Schreck rang Christina die Hände. »Vater, lasst ab von diesem Ansinnen, ich bitte Euch von ganzem Herzen. In Eurer Begleitung hätte ich die Hochzeit mit Freuden besucht. Ich habe Griselda zuletzt als kleines Mädchen getroffen und würde mich freuen, sie an ihrem Ehrentag wiederzusehen. Doch ich fürchte mich allein mit Heinrich auf dieser Reise.«

Unwillig zog Eberhard die Augenbrauen zusammen.

»Was für ein törichter Gedanke, Tochter! Wer spricht denn davon, dass ihr allein reisen sollt? Selbstverständlich wird euch Dame Agathe begleiten, um der Schicklichkeit Genüge zu tun. Sie ist zudem mit der Braut verwandt. Zu eurer Annehmlichkeit könnt ihr meinethalben noch deine Magd Greta mitnehmen.«

Er hob die Hand, um Christina an einem Einspruch zu hindern.

»Außerdem werde ich Heinrich zu deinem Schutz die zuverlässigsten und tapfersten Dienstmannen der Burgbesatzung mitgeben. Ich weiß, dass heuer die Straßen unsicher sind und die Wälder von Räuberbanden wimmeln. Doch gegen geharnischte Waffenknechte können sie in der Regel nichts ausrichten.«

»So lasst auch Simon und Michel mitreiten, Vater. Dann wäre ich ruhigeren Herzens.«

»Michel wird euch als Waffenknecht Heinrichs ohnehin begleiten. Er ist ein wackerer Kämpe und wird sein Leben einsetzen, um dich zu beschützen. Doch Simon von Montfort wird nicht mitkommen. Selbst wenn dein eigenes Herz dann ruhiger schlüge, was ich heftig bezweifle, wäre ich in beständiger Sorge. Ich wüsste kaum, worum ich mehr fürchten müsste, um deine Tugend oder die Unversehrtheit der beiden Streithähne.«
»Aber …«
Ihr Vater hob die Hand. »Christina, füge dich in meinen Willen. So ist es beschlossen, und das ist mein letztes Wort.«

»Christina! Endlich! Ich habe mich vor Sehnsucht und Ungeduld nach dir verzehrt! Warum fliehst du mich seit dem Turnier, als wäre ich an den Pocken erkrankt?«
Freude über das Wiedersehen, Erleichterung, dass Michel Christina mitgebracht hatte, und Vorwurf über ihr Fernbleiben in den letzten Wochen setzten Simon einem Wechselbad der Gefühle aus.
Auch Christinas Augen leuchteten auf, als sie Simon erblickte. Leidenschaftlich erwiderte sie seinen Kuss, obwohl das Treffen in der kleinen Sakristei der Burgkapelle stattfand.
Michel räusperte sich diskret. »Erlaubt mir, mich zu entfernen. Ich werde draußen ein paar Gebete sprechen und gleichzeitig Wache stehen, damit Euch niemand stört.«
Gerührt sah Simon ihm nach. Der Waffenknecht entwickelte sich immer mehr zu einem wahren Freund.
Er zog Christina auf das einzige Sitzmöbel, eine kleine harte Bank, und ergriff ihre Hände. »Also sprich! Hast du dich endlich deinem Vater eröffnet? Was hat er gesagt? Gehst du mir aus dem Weg, weil er deinen Wunsch abschlägig beschieden hat?«
Sein Herz klopfte ihm vor Aufregung heftig in der Brust.

Zu seiner Enttäuschung schüttelte sie mit trauriger Miene den Kopf. »Ich habe noch nicht mit meinem Vater gesprochen. Er hätte der Bitte auch kein Gehör geschenkt. Im Gegenteil hat er mich hart getadelt, weil ich dir das Unterpfand für das Turnier überließ und dich damit Heinrich öffentlich vorgezogen habe.«

Ihre Antwort übertraf seine schlimmsten Befürchtungen. »Obwohl dich Heinrich vor seinen Augen misshandelt hat?«

Erst nach langem Zögern hatte ihm Michel erzählt, was sich vor der Ehrentribüne abgespielt hatte, als er selbst schon voller Triumph auf dem Weg zum Buhurt gewesen war.

Seither war Simon in beständigem Aufruhr. Hoffnung und Verzweiflung hielten sich dabei die Waage. War Heinrichs Tat nicht der beste Beweis dafür, dass er Christinas nicht würdig war? Oder wollte Eberhard erneut seine Augen verschließen, selbst angesichts dieses ungeheuerlichen Verstoßes gegen jede Ritterlichkeit? Michel konnte ihm darüber keine Auskunft geben. Umso mehr begehrte er sie jetzt von Christina.

»So sprich doch um der Barmherzigkeit willen mit mir! Ich leide Höllenqualen vor Ungewissheit.«

Trotz seiner dringlichen Bitte hielt Christina ihren Blick beharrlich gesenkt. Ihre Hände lagen schlaff in den seinen. Als sie endlich sprach, verstand er ihre gemurmelten Worte kaum.

»Auch ich habe mich sehr nach dir gesehnt, Simon. Doch mein Vater hat mir nur die Wahl zwischen der Ehe mit Heinrich und dem Kloster gelassen. Es ist genau so, wie ich es befürchtet hatte. Deshalb habe ich dich gemieden.«

Simon kannte sich nicht mehr aus. War das wirklich ein und derselbe Mann, der Christina sein Lebtag verwöhnt hatte und ihm jederzeit ein milder, gütiger Dienstherr gewesen war?

»Aber warum denn nur? Was ficht deinen Vater an, so grausam zu dir zu sein?«

Jetzt hob sie endlich den Kopf. Tränen schimmerten in ihren smaragdgrünen Augen. Er liebte und begehrte sie so sehr, dass es ihn schon fast schmerzte.

»Mein Vater ist kein grausamer Mann, Simon. Er ist in Sorge um mich, wenn er dereinst stirbt und mich schutzlos zurücklässt. Er glaubt mich in der Ehe mit Heinrich in Sicherheit, da allein die Macht der Sponheimer groß genug ist, um mein Erbe zu schützen.«

Simon atmete aus. Er war unendlich erleichtert. Wenn das der einzige Hinderungsgrund war, gab es einen einfachen Ausweg. Er küsste sie zärtlich auf die Stirn.

»Mein Dummchen, also darum sorgst du dich so! Es gibt zum Glück keinen Grund dafür. Ich bin Graf Johann von Sponheim so lieb wie ein eigener Sohn. Das hat er mir selbst immer wieder versichert. Daher weiß ich, dass er mir, so sicher ich hier neben dir sitze, zu Hilfe käme, wenn Räuber nach dem Tod deines Vaters unsere Herrschaft bedrohten.«

Als sie nicht reagierte, sprach er mit erneuter Heftigkeit auf sie ein. »Aber du musst dich deinem Vater und Graf Johann endlich eröffnen. Beide werden nicht wollen, dass du und ich unglücklich werden. Es gibt sogar Anzeichen, dass auch Graf Johann bereit sein könnte, das gegebene Ehegelübde aufzulösen.«

Simon war sich keineswegs sicher, dass er mit dieser Behauptung recht hatte. Sein einziger Hinweis war Michels Eingeständnis, dass auch sein Ziehvater von dem zerrissenen Tuch wusste.

Doch Christina schüttelte verzweifelt den Kopf. »Simon, bitte glaub mir. Es gibt nicht die geringste Aussicht auf Erfolg. Sonst würde ich meinem Vater alles gestehen. Aber ich weiß genau, dass es zu unser beider Schaden ausgehen würde.«

Ihre Weigerung und die wochenlange Qual der Ungewissheit machten ihn wütend. »Das kannst du gar nicht wissen, da du es nicht einmal versucht hast. Was könnte er mir und dir denn schon anhaben?«

Christina sah ihn bittend an. »Dich könnte er aus seinen Diensten entlassen und mich in ein Kloster sperren.«

Obwohl dies dereinst seine eigene Sorge gewesen war, schürte ihr Widerspruch seinen Zorn und machte ihn vollends ungerecht. »Könnte, hätte, würde …«, warf er höhnisch ein. »Wir haben uns bislang nichts zuschulden kommen lassen. Graf Johann findet bis zu meiner Schwertleite auch einen anderen Dienstherrn für mich. Oder er nimmt mich sogar bei sich selbst für den Rest meiner Knappenzeit auf. Ich bin der Sohn seines besten Freundes. Warum soll er mir seine Gunst entziehen, nur weil ich dich freie? Du dagegen bist, wie ich sehe, zu feige, um zu unserer Liebe zu stehen!«

Nun blitzte auch in Christinas Augen Zorn auf. »Wenn wir uns nichts zuschulden kommen ließen, dann nur, weil *ich* immer wieder auf Mäßigung drang. Du selbst hättest mich schon lange entehrt, ohne an die Folgen zu denken. Ich will mein Leben nicht in der Ödnis eines Klosters verbringen, weil ich das Liebchen des landlosen Knappen Simon war.«

Ihr Vorwurf traf ihn bis ins innerste Mark. So bedachte er seine nächsten Worte nicht. »Dann vermähle dich meinethalben mit dem landlosen Ritter Heinrich. Mir bleibt immerhin der Triumph, ihm zum Tort schon mit dir getändelt zu haben, bevor er dich bekommt. Eigentlich müsste ich es ihm bekennen, nicht deinem Vater.«

Sie blickte ihn ungläubig an.

»Soll das heißen, du hast nur mit mir angebandelt, um Heinrich eins auszuwischen?«

Obwohl eine innere Stimme ihn warnte, konnte Simon sich nicht beherrschen. »Er nahm mir Ajax, ich nahm mir seine Verlobte.«

Ihr fassungsloser Aufschrei rief Michel auf den Plan. Er streckte den Kopf durch die Tür der Sakristei. »Was Ihr auch immer hier disputiert, ich mahne Euch, leiser zu sein. Man könnte Euch leicht bis in den Burghof hören.«
Christina sprang auf. Mit hochrotem Kopf sah sie Michel an. »Dank dir, mein treuer Freund. Doch der Disput ist bereits zu Ende. Ich bin eine ehrbare Frau, Herr von Montfort. Daher haltet Euch zukünftig von mir fern. Sonst müsste ich bei meinem Vater Beschwerde über Euch führen.«
Die Tür der Sakristei schlug mit einem heftigen Knall hinter ihr zu. Auf Michels Gesicht spiegelte sich Ratlosigkeit.
Ihre Schritte waren kaum in der Kapelle verklungen, da ergriff tiefe Verzweiflung von Simon Besitz. »Der Herrgott stehe mir bei, Michel. Was habe ich nur getan?«

Blind vor Tränen stürmte Christina aus der Kapelle und in den Palas. Wie konnte Simon nur so gemein sein! Ahnte er nicht einmal, dass sie ihn nur vor den schlimmen Folgen bewahren wollte, die ihm drohten, sobald ihre Liebelei offenkundig wurde? War er das überhaupt wert? Hatte er sie wirklich nur umgarnt, um sich an Heinrich zu rächen? Das würde sie ihm nie verzeihen. Niemand durfte sie so behandeln!
Erst kurz vor dem Eingang zum Nebenraum, in dem sie ihren Vater wusste, hielt sie inne, um sich die Tränen abzuwischen und in ihren Ärmel zu schneuzen. Dann richtete sie sich kerzengerade auf und öffnete nach einem kurzen Klopfen die Tür, ohne die Erlaubnis zum Eintritt abzuwarten.
Ihr Vater, der sich gerade mit dem Burghauptmann besprach, hob unwillig den Kopf. Doch bevor er sie ob der unziemlichen Störung tadeln konnte, versank Christina in einen Knicks.
»Ich habe Eure mahnenden Worte wohl bedacht, gütiger Vater.« Sie scherte sich nicht um die Verblüffung des Hauptmanns.

»Euer Rat war wie immer treffend und weise. Mit großer Freude besuche ich die Hochzeit meiner geliebten Base Griselda von Hunolstein. Es ist mir dabei eine Ehre, mich auf der Reise unter den Schutz meines zukünftigen Gatten Heinrichs von Sponheim zu stellen.«

Ein Waldweg bei Ingelheim, Anfang Oktober 1274

Bernhard von Ingelheim ließ auf sich warten.

Vorsichtig rutschte Heinrich auf dem zwar breiten, aber unbequemen Ast hin und her und massierte dabei seine steif gewordenen Glieder. Dabei achtete er darauf, die gespannte Armbrust nicht zu berühren, die er an den dicken Stamm der uralten Eiche gelehnt hatte, auf der er saß. Würde sich der Bolzen jetzt lösen, fiele es ihm in der hereinbrechenden Dämmerung schwer, die sperrige Waffe aufs Neue zu laden. Bernhard konnte jeden Moment kommen.

Flüchtig dachte Heinrich an sein Pferd, das er zweihundert Schritt entfernt abseits des Pfades im dichten Unterholz angebunden hatte. Hoffentlich näherten sich ihm weder Raubtiere noch Strauchdiebe. Alles hing davon ab, dass ihn keine Menschenseele in diesem Waldstück erblickte.

Er seufzte mürrisch. Lange konnte er nicht mehr ausharren, sei es, weil die Gefahr zu groß wurde, dass seinem Ross etwas zustieß, sei es, weil er in der Dunkelheit sein Ziel nicht mehr sicher anvisieren könnte.

Trotz seiner zunehmenden Ungeduld grinste er hämisch bei der Vorstellung, auf Bernhard zu schießen. Der Gebrauch von Waffen wie Pfeil und Bogen oder gar der Armbrust galt als unritterlich. Die Ehre seines neuen Standes gebot ihm, sich dem Feind im ehrlichen Zweikampf von Angesicht zu Angesicht zu stellen.

Heinrich hörte noch die polternde Stimme des Rheingrafen Siegfried, als er ihn einst mit einer Armbrust erwischt hatte. »Ein Mann von adliger Herkunft, der etwas auf sich hält, wird seinen Gegner niemals feige aus der Entfernung angreifen und sich dabei im Schutz eines Dickichts oder einer Mauer verbergen. Das überlässt man allenfalls Bauern und Reisigen. Die Waffen des Ritters sind Lanze und Schwert.«

Narrenpossen! War nicht auch Richard Löwenherz, Englands gefeierter König, seinerzeit einem Pfeil zum Opfer gefallen? Ein lächerlicher Bediensteter schoss ihn von der Mauer der Burg ab, die Richard gerade in einem gottverlassenen Winkel Aquitaniens belagerte. Er traf den berühmten Recken in den Hals, der berüchtigten Schwachstelle jeder Rüstung. Und durch diesen Schuss war der Thron endlich frei für seinen jüngeren Bruder geworden.

Was gäbe ich darum, auf diese Weise auch meinen Bruder loszuwerden, dachte sich Heinrich. Langsam begann er trotz seines dicken wollenen Gambesons zu frieren. Der Herbst zog ins Land. Wo blieb der verflixte Ritter denn nur?

Heinrich hatte in Erfahrung gebracht, dass Bernhard diesen Weg regelmäßig entlangkam, auf dem Rückweg von seiner alten Mutter, die eine Pfründe im Kloster auf dem Rupertsberg besaß. An jedem zweiten Freitag besuchte er sie.

Seit Tagen hatte sich Heinrich mit Gisbert und Roland, seinen verschwiegensten Saufkumpanen, im Gebrauch der Armbrust geübt. Obwohl er nach Siegfrieds damaligem Tadel eine Woche lang Ställe ausmisten musste, gab er seine Versuche mit dieser Waffe schon auf Burg Stein nie auf. Und seit seiner Ankunft auf dem Rheinfels hatte er seine Treffsicherheit noch weiter vervollkommnet. Weder Hildebrand noch Graf Eberhard bemerkten, dass er die Schusswaffe häufig für ein paar lumpige Kupfermünzen aus dem Arsenal der Burgwache entlieh.

Nun war er bereit. Die Armbrust war eine furchtbare Waffe. Ihr Bolzen flog viele Fuß weiter als jeder Pfeil und durchschlug selbst den härtesten Stahl. Es war zwar unwahrscheinlich, dass Bernhard in voller Rüstung ins Kloster ritt. Aber Heinrich wollte kein Risiko eingehen.

Plötzlich bekam er einen heftigen Krampf im rechten Unterschenkel. Mit zusammengebissenen Zähnen strich er sich mit der Hand über die Wade. Seine Muskeln fühlten sich hart wie Stein an. Mit einem Fluch schob er die Zweige auseinander. Die Sonne war längst untergegangen, die ersten Sterne tauchten am fahlblauen Himmel auf. Es musste um die Vesperzeit herum sein. Noch eine halbe Stunde und das schwindende Licht würde keinen Schuss mehr erlauben.

Sollte er heute nicht ans Ziel kommen, würde er seine Pläne wegen dieser unnützen Reise nach Hunolstein vier oder sogar sechs Wochen aufschieben müssen. Vielleicht wäre dann sogar schon ein früher Winter hereingebrochen und dieser Weg unpassierbar. Er ballte die Hände vor Wut zu Fäusten.

Allerdings zeigte sich seine widerspenstige Verlobte in den letzten Tagen überraschend fügsam. Ihre Begleitung auf die langweilige Hochzeit eines unbedeutenden Geschlechts von Hinterwäldlern war eine der sogenannten Bewährungsproben, die sein verhasster Bruder und Graf Eberhard ihm auferlegt hatten.

Gestern war sein zukünftiger Schwiegervater nach Boppard aufgebrochen, um dort König Rudolf zu treffen. Vor dem versammelten Hof erteilte er Christina und ihm den Segen.

»Ich vertraue Euch das leibliche und seelische Wohl meiner einzig geliebten Tochter an, Eidam. Geleitet sie sicher über die dunklen Straßen des Hunsrück und bringt sie wohlbehalten nach Hause zurück. Dazwischen mögt ihr das Hochzeitsfest genießen! Ich gelobe, eure eigene Vermählung noch einmal so prächtig auszurichten.«

Heinrich senkte in geheuchelter Demut das Haupt und war in diesem Moment sogar froh zu knien, damit der alte Schwätzer weder seine Genugtuung noch seinen Hohn bemerkte, den er nur mühsam verbergen konnte.

»Und du, meine Tochter«, salbaderte der Alte weiter. »Zeige deinem künftigen Gatten, dass du dich in allen Dingen von ihm führen und leiten lässt. Gehorche seinen Anordnungen um deiner eigenen Sicherheit willen und erweise dich damit als reif für die Stellung der Gattin eines mächtigen Mannes.«

Mit niedergeschlagenen Augen und gezwungenem Lächeln hatte Christina genickt. Nun, auf der Reise werde ich die Gelegenheit weidlich nutzen, sie Gehorsam zu lehren, sinnierte Heinrich vor sich hin und grinste wölfisch. Die alte Vettel wird mir dabei nicht im Wege stehen, es mir im Gegenteil sogar danken. Auf Gisbert und Roland ist Verlass. Bleiben nur Dankwart, dieser lästige Knappe, und Michel! Eberhard hatte darauf bestanden, dass beide zum Begleitschutz gehörten.

Immerhin hat sie den Bastard noch schlechter behandelt als mich. Gestern schritt sie an ihm vorbei, als wäre er Luft. Was hat der Alte nach dem Turnier wohl mit ihr gemacht? Sie vielleicht endlich einmal übers Knie gelegt? Gar mit dem blanken Hinterteil? Heinrich spürte, wie sich seine Männlichkeit bei dieser Vorstellung trotz der beißenden Kälte aufzurichten begann. Doch bevor er sich auf seinem Ast weiteren lüsternen Gedanken hingeben konnte, hörte er Hufgetrappel aus der Ferne. Gespannt richtete er sich auf und griff nach der Armbrust.

Tatsächlich, da kam der Kerl endlich des Weges daher, nur begleitet von seinem Schildknappen. Er ritt sogar den weißen Hengst, den Johann ihm zum Geschenk gemacht hatte. Umso besser, so führt ihn die Gabe meines hoffärtigen Bruders geradewegs in den Tod, dachte Heinrich. Nun galt es, keinen Fehler zu machen.

Kaltblütig ließ Heinrich die Reiter passieren. Die Pferde spürten seine Nähe und scheuten leicht, als sie an der Eiche vorbeitrabten. »Hoh, hoh, ruhig. Was mag wohl im Dickicht verborgen sein?«
»Sicher ein Wolf oder ein Bär, Herr.« Die Stimme des Knappen klang noch sehr jung. »Lasst uns schnell weiterreiten, damit wir sicher nach Hause gelangen.«
»Ruhig Blut, Dieter. Der Weg ist eng und voller Steine und Wurzeln. Niemandem ist gedient, wenn eins der Pferde stolpert und sich ein Bein bricht.«
Just in diesem Moment erschien ein blasser Mond hinter den Wolken und erleuchtete die Szene mit seinem matten Licht. Wie es ihn Gisbert gelehrt hatte, legte Heinrich die Armbrust an, zielte und begann lautlos zu zählen. Bei zehn löste er den Mechanismus. Leise sirrte der Bolzen durch die Dämmerung.
Wie vom Blitz getroffen, kippte Bernhard von Ingelheim mit dem Oberkörper nach vorne und seitlich über den Pferdehals nach unten. Der Schuss musste ihn zwischen den Schulterblättern erwischt haben. Heinrich hätte am liebsten lauthals gejubelt.
»Herr, Herr, um Christi willen, was ist Euch?« In seiner Panik griff der Knappe dem weißen Gaul in die Zügel und riss heftig daran, um ihn zum Stehen zu bringen. Doch er erreichte damit das Gegenteil. Das nervöse Tier preschte in vollem Galopp davon, seinen toten Herrn am Steigbügel mit sich schleifend. Der weinende Knappe folgte, so rasch er konnte.
Triumphierend sah Heinrich ihnen nach. »So wird es jedem gehen, der mich beleidigt.«

Burg Rheinfels, Mitte Oktober 1274

»Herr, es tut mir aufrichtig leid. Ich habe alles versucht, was mir zu Gebote stand. Aber sie will Euch weder sehen noch sprechen.«

»Nicht einmal, um mir Lebewohl zu sagen? Hat sie denn wenigstens meine Botschaft gelesen?«

Michel schüttelte traurig den Kopf. Er griff unter sein Wams und reichte Simon ein gefaltetes Pergament. »Auch das nicht, Herr.« Er spürte Simons Verzweiflung und fühlte sich hilflos.

»Nicht ein einziges Wort für mich? Spricht sie denn auch nicht mehr mit dir?«

Michel überlegte einen Moment zu lange, ob er Simon weiteren Schmerz zufügen sollte.

»Also hat sie dir etwas gesagt. Bei deiner Treue zu mir, sprich.«

Michel fühlte tiefes Bedauern für Simon. Er unternahm einen letzten Versuch, ihn zu schonen. »Herr, ihre Worte waren sehr hart und werden Euch treffen.«

Trotz des diffusen Lichts in den Ställen sah Michel, dass Simon bis zum Haaransatz hinauf erbleichte. Als müsse er sich stützen, griff er an einen Balken.

»Sage sie mir trotzdem.«

Michel seufzte und holte tief Luft. »Sie bat mich, Euch auszurichten, dass sie Euch niemals verzeihen wird.«

Obwohl ihn diese Nachricht bereits zusammenzucken ließ, spürte Simon, dass das noch nicht alles war. Er schwieg und sah Michel auffordernd an.

»Herr, ich habe getan, was ich konnte. Aber Dame Christina ist zu sehr verletzt. Ihr hättet ihr niemals sagen dürfen, dass Ihr nur wegen Ajax' Tod um sie gefreit habt.«

Simon machte eine müde Handbewegung. »Das hast du mir schon oft genug vorgehalten.«

Betreten sah Michel zu Boden. Was geschehen war, war geschehen. Keineswegs wollte er Simon Vorwürfe machen.
»Also, heraus mit dem Rest.«
Michel schluckte schwer. »Sie sagte, dass sie glücklich sei, gemeinsam mit Heinrich die Hochzeit zu besuchen. So könne sie sich wunderbar auf ihre eigene Vermählung vorbereiten.«
Zu seiner Verblüffung begann Simon zu lachen und schlug ihm begütigend auf die Schulter. »Das hat sie wirklich gesagt?«
Michel nickte verwirrt.
»Und das glaubst du?«
Auf einmal ging Michel ein Licht auf. »Nein, Herr. Ich glaube es eigentlich nicht.« Er überlegte kurz. Die Winkelzüge der adligen Herrschaften waren ihm fremd. »Ich denke, sie will Euch büßen lassen, dass Ihr sie gekränkt habt. Vielleicht hat sie sich nach ihrer Rückkehr wieder beruhigt und verzeiht Euch.«
»Das gebe Gott, Michel.« Offenbar gewann bei Simon jetzt wieder die Hoffnung die Oberhand. »Gib gut auf sie acht. Die Wälder wimmeln nur so vor Gesindel.«
Michel nickte düster. Wie alle anderen war er noch immer entsetzt über den Meuchelmord an Bernhard von Ingelheim. Die Kunde von seinem Tod hatte sich wie ein Lauffeuer verbreitet.
Er tippte auf seine mächtige Streitaxt, die er am Sattelgurt seines Pferdes, eines kräftigen braunen Wallachs, befestigt hatte. Sie reichte Simon bis an die Hüfte. Es bedurfte eines Hünen wie Michel, um diese schwere Waffe zu führen.
Von draußen erscholl ein schriller Pfiff. »Herr, ich muss mich eilen. Sie brechen schon auf.« Er zerrte den Sattelgurt fest. Dann führte er das Tier in den Burghof.
Tatsächlich war die ganze Reisegesellschaft bereits versammelt. Dame Agathe und Christina hatten schwere Reiseumhänge angelegt und saßen im Damensattel zweier friedlicher Zelter.

Michel wusste, dass Christina viel lieber die feurige Stute geritten hätte, mit der sie so oft über die Höhen hinter der Burg geprescht war. Doch Heinrich hatte darauf bestanden, dass sie ein Pferd wählte, »das einer Dame wohl ansteht«. Obwohl Christina ihrem Vater versprochen hatte, Heinrich in allem zu gehorchen, war Michel der Zorn in ihren Augen ob dieser Forderung nicht entgangen.

Hinter den Damen hockte die Magd Greta wie ein Häufchen Elend auf einem hoch bepackten Maultier. Michel wusste, dass die Frau panische Angst vor dem Reiten hatte. Er nahm sich vor, sich auf der Reise ein wenig um sie zu kümmern.

Gerade kamen auch Heinrich, Gisbert und Roland aus der Waffenkammer. Sie waren in voller Rüstung. Über das Kettenhemd und die eisernen Beinlinge hatte Heinrich den Waffenrock mit dem roten Löwen von Katzenelnbogen gezogen. Die enganliegende Kettenhaube betonte unvorteilhaft seine groben Gesichtszüge.

Auch seine Begleiter trugen Waffenröcke in den Farben von Katzenelnbogen über ihren ledernen Panzern. Aufgrund der eisernen Helme mit dem Nasenschutz waren die beiden Söhne des Rentmeisters nicht mehr voneinander zu unterscheiden. Im Alter nur ein Jahr auseinander, hatten sie die gleiche untersetzte Statur, stechende, tiefliegende Augen und trotz ihrer Jugend einen brutalen Zug um den Mund. Tatsächlich waren die »groben Zwillinge«, wie sie hinter vorgehaltener Hand genannt wurden, im weiten Umkreis des Rheinfels berüchtigt. Als Angehörige des niederen Adels gingen sie in der Regel straffrei aus, wenn sie wieder einmal über die Stränge schlugen, zumal in Heinrichs Begleitung.

»Sind alle bereit?« Herrisch sah Heinrich sich um. »Wo bleibt Dankwart, der säumige Lümmel?«

Eben führte der Knappe sein Pferd und ein zweites, schwer beladenes Maultier herbei. Es trug alles, was eine Gesellschaft mit zwei adligen Damen für eine Reise durch die Wildnis benötigte.

»Ihr werdet nur recht langsam vorankommen.« Leise war Simon hinter Michels Pferd getreten und nestelte an dessen Sattel, als wolle er etwas richten. Sollte er das allerdings in der Hoffnung getan haben, doch noch einen Blick von Christina zu erhalten, war es vergebens. Michel bemerkte, dass sie hoch erhobenen Hauptes an ihm vorbeisah.
»Eine leichte Beute für einen Hinterhalt«, fuhr Simon fort, und trotz Christinas Affront hörte Michel die Sorge in seiner Stimme.
Weiber! Einen Moment fühlte er Zorn über die Unnachgiebigkeit der jungen Frau. Doch bevor er diesen Gedanken weiterspinnen konnte, gab Heinrich bereits das Zeichen zum Aufbruch.

Schon als Michel seinen kräftigen Wallach bestieg, spürte er, dass etwas nicht stimmte. Das Tier zuckte zusammen und gab einen schnaubenden Laut von sich.
Kaum eine Viertelmeile hinter der Burg lahmte das Pferd auf dem linken Hinterhuf. Michel sprang ab und hob das Bein vorsichtig an.
»Heda!«, schrie Heinrich von der Spitze des Zuges zu ihm nach hinten. »Was soll das?«
Als Michel nicht reagierte, sprengte er auf ihn zu. »Was ist mit dem Gaul?«
Michel zuckte die Schultern. »Ich kann nichts erkennen, Herr. Gestern bin ich noch ohne Schwierigkeiten auf ihm geritten.«
»Steig wieder auf und reite weiter.«
Michel richtete sich zu voller Größe auf. »Cato hat große Schmerzen, Herr. Seht her, selbst ohne Reiter hebt er beständig den Huf.«
Täuschte er sich, oder zog da der Anflug eines hämischen Lächelns über Heinrichs Gesicht?

»Entweder du schließt dich uns an, oder du bleibst hier zurück.« Ohne ein weiteres Wort ritt Heinrich wieder an die Spitze des Zuges. Michel warf Dankwart die Zügel des Wallachs zu und lief hinter Heinrich her.
»Ich kann Cato zurück in die Burg führen und gegen ein gesundes Pferd austauschen. Binnen weniger als einer Stunde wäre ich wieder bei Euch, wenn Ihr hier auf mich warten würdet. Oder beschreibt mir den Weg, den Ihr nehmen werdet. Dann folge ich Euch, so schnell ich kann.«
Heinrich würdigte ihn nicht einmal einer Antwort. Er hob den Arm. »Wir reiten weiter.«
Der Zug setzte sich in Bewegung. Als Christina Anstalten machte, ihr Pferd zu zügeln, ritt Heinrich an ihre Seite. Nach einem kurzen geflüsterten Wortwechsel, den Michel nicht verstand, versetzte Heinrich ihrem Zelter einen heftigen Hieb, so dass er mit einem Satz nach vorne sprang und anzutraben begann.
Mit einer Mischung aus Hilflosigkeit und Wut sah Michel den Reitern nach, die sich schnell entfernten. Er ärgerte sich auch über sich selbst, weil er die groben Zwillinge, die die Gruppe über die engen und schlechten Straßen durch den Hunsrück zum Hunolstein führen sollten, nicht vor der Abreise nach dem Weg gefragt hatte. Schließlich drehte er sich um und führte den Wallach zurück zur Burg.
Die Zeit, die das in Anspruch nahm, hatte er gewaltig unterschätzt, denn dreimal verweigerte Cato weiterzugehen, so dass Michel sogar zu leichten Schlägen auf die Kruppe greifen musste, als gutes Zureden nichts mehr nutzte. Als Mann und Pferd die Burg schließlich erreichten, waren sie schweißbedeckt.
»Michel! Was ist geschehen? Warum kommst du allein zurück? Sind die anderen wohlauf?« Schreckensbleich stürzte Simon ihm entgegen.

Michel nickte grimmig. »Der Reisegesellschaft geht es gut. Es hat, wie es scheint, nur mein Pferd erwischt. Gestern war es noch kerngesund.«

»Ich hole sofort den Stallmeister.«

Während Bertram den Huf untersuchte, mussten Michel und Simon den Wallach zu zweit bändigen. »Irgendetwas muss ihm furchtbare Pein bereiten. Je öfter er auftritt, umso stärker wird sie. Da seht«, der Stallmeister wies auf den Huf, »er blutet ja.« Ein dünnes Rinnsal quoll unter dem Hufeisen hervor.

Bertram löste die Hufnägel und riss das Eisen mit einem energischen Ruck ab. Das Pferd wieherte laut auf vor Schmerz. Dann pulte der Stallmeister mit spitzen Fingern einen Gegenstand hervor.

Fassungslos starrten Simon und Michel auf den Huf. Genau an der Stelle, wo das Eisen gesessen hatte, steckte ein dünner Nagel. Er war schräg in die Hornhaut getrieben worden und hatte sich immer tiefer eingegraben. Ein seltsamer säuerlicher Geruch lag in der Luft. Bertram schnupperte.

»Nun, Stallmeister«, sprach Simon ihn an. »Wie kann sich das Pferd so verletzt haben?«

Bertram sah die beiden mit einem merkwürdigen Blick an. »Das Ross hat sich nicht selbst verletzt. Auch wenn es sich durch einen unglaublichen Zufall den Nagel an dieser unzugänglichen Stelle eingetreten hätte, wäre es wohl kaum an den scharfen Essig gekommen, mit dem der Huf getränkt wurde. Je tiefer der Nagel eindrang, desto höllischer brannte die Wunde.«

Er wandte sich an Michel. »Gibt es jemanden, der eine Rechnung mit dir offen hat, Freund, aber zu feige ist, sie mit dir selbst auszutragen, und sich deshalb an deinem Tier vergreift?«

Die Gedanken rasten durch Michels Kopf. Schließlich fasste er sich.

»Keinen Feind mit einer offenen Rechnung. Aber vielleicht jemanden, der mich nicht auf einer Reise dabeihaben wollte.« Bertram blickte verständnislos drein. Michel und Simon sahen sich dagegen voller böser Vorahnungen an.

Kapitel 11

Im Hunsrück, Ende Oktober 1274

Besorgt betrachtete Christina die drei Männer, die sich grölend auf die Schultern klopften und dabei die Branntweinbecher schwenkten, dass es nur so spritzte. Waren sie um diese frühe Abendstunde tatsächlich schon wieder betrunken?

Erst gestern waren sie im strömenden Regen von Burg Hunolstein aufgebrochen, wo sie eine Woche lang an den Hochzeitsfeierlichkeiten für Christinas Cousine Griselda teilgenommen hatten. Wie es das Unglück wollte, hatte sich Muhme Agathe am letzten Tag vor ihrer Abreise an einem Fischgericht vergiftet und lag krank danieder. Da das Jahr bereits weit fortgeschritten war und die Wege durch den wilden Hunsrück bald unpassierbar sein würden, blieb Griseldas Vater nichts anderes übrig, als seine entfernte Verwandte einzuladen, bis zum Frühjahr auf Hunolstein zu verweilen.

»Ganz schlau hat sie das eingefädelt«, murrte Greta, als sie von der Sache erfuhr. »Dreißig Personen haben von den in Mandelbutter gebratenen Bachforellen gegessen. Allein Dame Agathe klagt über Leibschmerzen und Übelkeit. Kommt Euch das nicht merkwürdig vor?«

»Was willst du damit sagen?«

»Die feine Dame ist nur zu bequem, um bei dem schlechten Wetter auf den schlammigen Pfaden der Hunsrückwälder den Heimweg anzutreten.«

Zunächst zuckte Christina nur gleichgültig mit den Schultern. Was focht es sie an, wenn der alte Drache den Winter über auf der zugigen Burg verbringen wollte?

Als Reisebegleitung hatte ihr Agathe auf dem ganzen Hinweg das Leben schwergemacht. Abends zankte sie sich darum, auf welchem Lager die Frauen nächtigten, morgens, wer welchen Zelter ritt. Was auch immer Agathe begehrte, die weicheren Kissen, die wärmeren Decken, das Ross mit der gleichmäßigeren Gangart, Heinrich hatte es ihr gewährt. Und Christina ein ums andere Mal an ihr Versprechen erinnert, ihm in allem gehorsam zu sein.

Auch als Agathe darum bat, dass der Knappe Dankwart mit ihr auf Burg Hunolstein bleiben möge, um sie im Frühling zurück zum Rheinfels zu geleiten, scherte Christina sich nicht weiter darum. Sie verharrte in der Niedergeschlagenheit, die über sie gekommen war, seitdem sie die väterliche Burg und Simon verlassen hatte. Anfangs versuchte sie noch, freundlich und entgegenkommend zu Heinrich zu sein. Doch er nahm es gar nicht zur Kenntnis. Noch immer ließ er sie die Kränkung anlässlich seiner Schwertleite büßen.

Erst in den vielen schlaflosen Stunden, die Christina zitternd vor Kälte auf dem harten Waldboden lag, hatte sie ihren kindischen Trotz erkannt und bitter bereut. Während Regen und Wind die dünne Zeltplane umtosten, stellte sie sich wieder und wieder vor, was gewesen wäre, wenn sie Simon vergeben und den Rheinfels nicht verlassen hätte. Nur ihr verletzter Stolz hatte sie mitten in dieses Niemandsland geführt, auf Schritt und Tritt dem Mann ausgeliefert, den sie mit jeder Stunde, die verging, noch mehr verabscheute. Denn Heinrich ließ kaum eine Gelegenheit aus, sie zu schikanieren.

So waren ihr die vier Tage der Hinreise auf den schlechten Straßen geradezu endlos vorgekommen. Wie gerädert vor Erschöpfung war sie schließlich auf dem Hunolstein eingetroffen. Dort genoss sie anfangs den Luxus einer festen Behausung und die guten Speisen, die zu jeder Stunde in Hülle und Fülle zur Verfügung standen. Doch dann ergriff die Schlange des Neides von ihr Besitz und zerfraß ihr Herz.

»Ich freue mich so für dich, liebste Freundin, dass dir bald das gleiche Glück zuteilwerden wird wie mir.« In ihrer Hochstimmung schwärmte Griselda unablässig von ihrem Bräutigam. »Konrad ist ein gar stattlicher Mann und mir ganz und gar ergeben.«

Schon bald erkannte Christina, dass ihre Kusine recht hatte. »Ein überaus feiner und höflicher Herr, ohne Hochmut und leutselig zu jedermann.« Selbst Greta war von Konrad begeistert. »Er wird seine Ehegattin auf Händen tragen. Mögen sie allezeit einträchtig leben und viele Kinder bekommen.«

Griseldas Glück vermehrte Christinas Unglück. Kein Mitglied der fröhlichen Hochzeitsgesellschaft ahnte, wie es um sie stand. In der Öffentlichkeit verhielt sich Heinrich untadelig und behandelte sie mit großer Ehrerbietung. Doch ihr wurde mehr und mehr bewusst, dass seine Freundlichkeit nur vorgetäuscht war.

Am Tag der Vermählung ihrer Cousine erkannte sie endgültig, dass ihr Bräutigam sie ebenso wenig liebte und achtete wie sie ihn. Mit gesenktem Blick saß sie an der hohen Tafel und grübelte über ihr Schicksal. Da erhob sich Heinrich zu einem Trinkspruch auf die Brautleute. »Konrad von Grimburg, möge Euch allezeit Ruhm und Ehre beschieden sein. Nur der Mann ist mächtig, der seinen Acker beizeiten bestellt und viele Nachkommen zeugt. Daher schenkt ihm viele Söhne, liebreizende Griselda, und gehorcht ihm in allen Belangen, auf dass er Euer Erbe bewahrt und vermehrt. Das ist die wahre Bestimmung der

Ehe und die wahre Bestimmung des Weibes.« Während Griselda errötete, klatschte die ganze Hochzeitsgesellschaft dröhnenden Beifall, allen voran der alte Burgherr. Er würde wie Graf Eberhard seiner Tochter hinterlassen, was er besaß. Seine drei Söhne hatte er schon im Kindesalter verloren.

Heinrich trank ihr mit einem höhnischen Lächeln zu und warf einen anzüglichen Blick auf ihre Brust. In diesem Moment wurde Christinas vage Furcht zur Gewissheit. Er wollte sie nur besitzen, um an ihr Erbe zu kommen und eine mächtige Dynastie zu begründen. Sie war einzig und allein Mittel zum Zweck. Sie könnte von schlechtem Charakter und unansehnlichem Äußeren sein, es hätte ihn nicht weiter gestört. Ihm ging es nur um Macht, nicht um Liebe oder wenigstens um gegenseitige Achtung, die ihr Vater für die Grundlage einer guten Ehe hielt.

Seither dachte sie jede Nacht an Simon und leistete ihm tausendmal Abbitte. Doch in ihren Träumen wies er sie mit steinerner Miene zurück. Jedes Mal erwachte sie tränenüberströmt und wälzte sich schlaflos auf ihrem Lager hin und her, bis der Morgen graute. Tag um Tag wurden die Ringe unter ihren Augen dunkler. Doch außer der treuen Greta bemerkte niemand, was Christina durchmachte.

»Wäre Michel doch bei uns«, seufzte sie am Tag vor der Abreise.

»Ja, Herrin, das wäre auch mir sehr lieb«, antwortete Greta. Erstaunt sah Christina sie an.

»Fürchtet Ihr Euch denn nicht, tagelang allein in der Wildnis mit diesen drei Grobianen zu sein?«

Erst in diesem Augenblick wurde Christina klar, dass Muhme Agathe zwar eine rechte Plage, aber auch ein sicherer Schutz auf der Hinreise gewesen war. Zum ersten Mal grübelte sie, ob es mit rechten Dingen zugegangen war, als sich Michels Ross schon kurz nach dem Aufbruch einen Dorn eingetreten hatte. Zwar war sie ärgerlich auf Heinrich gewesen, weil er nicht auf den Waffenknecht warten wollte, aber sie hatte bislang keinen Verdacht geschöpft.

Schließlich rang sie sich zu einer Unterredung mit ihrem Verlobten durch. »Vielleicht sollten auch wir den Winter auf dem Hunolstein verbringen? Man munkelt, die Herbststürme hätten viele Straßen und Wege schon unpassierbar gemacht.«

»Müßiges Weibergeschwätz.« Heinrich fuhr ihr grob über den Mund, denn außer Greta war niemand in Hörweite. »Ich habe Eurem Vater versprochen, Euch sicher nach Hause zu geleiten. Was würde er von mir halten, wenn Ihr das Christfest in diesem baufälligen Gemäuer verbringt? Daher müssen wir uns sputen. Morgen brechen wir mit dem ersten Hahnenschrei auf.«

Schon bald stellte sich heraus, dass weder Heinrich noch seine Kumpane Gisbert und Roland die geringste Rücksicht auf die Frauen nahmen. Bei jedem Halt musste Greta den Herren zu Diensten sein, wurde herumgeschubst, betatscht und nicht selten misshandelt. Die Männer halfen den Frauen auch nicht dabei, das Zelt für ihr Nachtlager aufzustellen. Und allein fehlte ihnen die Kraft, um die Stangen und Pflöcke in den Boden zu rammen und das Zelt darüberzuziehen und zu befestigen.

Und so saßen sie nun schon den zweiten Abend dicht aneinandergedrängt und möglichst weit weg vom Lagerplatz der Männer. Die Zeltplane hatten sie über die niedrigen Äste eines Baumes gespannt, bis zum Boden gezogen und an herausragenden Wurzeln befestigt, so dass sie ein behelfsmäßiges Schutzdach bildete. Fünfzehn Schritt von ihnen entfernt hatten die Männer unter einer dichten Tanne ein blakendes Feuer entzündet und sprachen dem scharfen Fusel zu, den sie schon kurz nach dem Aufbruch einem wandernden Krämer abgenommen hatten.

Entmutigt und frierend knabberten die Frauen an hartem Brot und einer geräucherten Wurst aus dem Reiseproviant. Ans Kochen war heute nicht zu denken, denn der feine Nieselregen hatte erst vor wenigen Minuten aufgehört. Immerhin ersparte der Verzicht auf eine warme Mahlzeit Greta bislang die Nähe der groben Zwillinge, die ihr immer wieder an die Brüste und unter die Röcke zu fassen versuchten.

»Heda, Schlampe, komm her!« Christina spürte, wie sich Greta verkrampfte. Herrisch winkte Gisbert die Magd zu sich heran. »Bewege deinen faulen Hintern und sieh zu, dass du mehr trockenes Reisig heranschaffst! Die Flammen sind schon beinahe niedergebrannt.«

»Ich helfe dir.« Entschlossen sprang Christina auf. »Wenn ich in deiner Nähe bleibe, werden sie nicht wagen, dir etwas anzutun.«

Zweifelnd wies Greta auf die zarten Lederschuhe, die ihre Herrin trug. »Ihr werdet sie Euch auf dem rauhen Waldboden ruinieren.«

Christina winkte ab. »Ich habe sie mir schon auf dem Hinweg verdorben.« Sie rang sich mühsam ein Lächeln ab. »Doch es geschieht mir recht. Jedermann riet mir, grobe Stiefel zu tragen, doch dafür war ich zu eitel.«

Sie wandte den Säufern den Rücken zu. »Komm, Greta! Lass uns da drüben im dichten Unterholz suchen. Vielleicht hat der Regen dort noch ein paar trockene Plätzchen übrig gelassen.«

»Das Weibsstück hat ein gar feistes Hinterteil. Ich wüsste zu gerne, wie es sich anfühlt, in es hineinzustoßen.«

Lüstern leckte sich Gisbert über die Lippen. Heinrich und Roland grinsten.

»Einer in die Möse, einer in den Arsch, das wäre ein Spaß. Kannst du dich noch an die fette Hure erinnern, der wir es auf diese Weise beide zugleich besorgt haben?« Roland stieß seinen Bruder in die Seite.

»Oh ja. Und es geht noch besser«, sagte der zu Heinrich. »Wenn wir es richtig anstellen, kann sie es Euch sogar gleichzeitig mit dem Mund machen. Der Herrgott hat die Weiber schon richtig erschaffen.« Auffordernd blickte Gisbert Heinrich an. Doch der schüttelte bedauernd den Kopf.

»Nur zu, Freunde, probiert euer Glück.« Er nahm einen tiefen Schluck aus der Korbflasche. »Ihr müsst ja nicht leben wie die Mönche, nur weil ich auf dieser Reise dazu verdammt bin. Verfluchter Katzengraf.« Er rülpste vernehmlich.

»Aber wird Eure Anverlobte es denn nicht übelnehmen, wenn wir uns ein wenig mit ihrer Magd vergnügen?«

Heinrich zuckte die Achseln. »Und wenn schon. Die Zimperliese hat mir in allem gehorsam zu sein. Ich werde schon dafür sorgen, dass sie nichts ausplaudert. So kann sie immerhin lernen, wie vielfältig die Pflichten eines Eheweibs sind.« Die drei Männer grölten vor Lachen.

»Doch nehmt die Metze nicht zu hart ran, damit sie morgen noch reiten kann. Wir haben keine Zeit zu verlieren. Heuer gibt es einen frühen Winter. Wir müssen vor dem ersten Schnee aus diesem verfluchten Wald sein.«

Er hob in gespielter Drohung den Finger. »Denn ich habe nicht die geringste Lust, den Katzengraf zu verärgern, weil ihr eurer Wollust gefrönt habt. *Meine* Belohnung erhalte ich erst, wenn ich sein Goldstück wieder sicher heimgebracht habe.«

Die Arme voll Brennholz näherten sich die Frauen erschöpft und durchnässt dem Lagerfeuer der Männer. Greta bückte sich, um ihre Last neben der nur noch schwach glimmenden Glut abzusetzen. Da griff ihr Gisbert brutal zwischen die Beine. Vor Schmerz und Abscheu schrie sie auf und wich so hastig zurück, dass sich ihr grober Holzschuh an einer Wurzel verfing und sie der Länge nach hinschlug. Wimmernd umklammerte sie ihren Fuß, der nun seltsam verdreht aussah.

Jetzt war es genug. Wie heißes Öl schoss die Wut durch Christinas Adern und spülte jegliche Furcht davon. Sie warf Gisbert das Holz vor die Füße, trat mit einem raschen Schritt auf ihn zu und schlug ihm mit aller Kraft ins Gesicht. »Was unterstehst du dich, widerwärtiger Lümmel? Wenn wir wieder zu Hause sind, werde ich mich bei meinem Vater beschweren und dafür sorgen, dass er dich aus seinen Diensten entlässt.«

Einen kurzen Moment lang herrschte verblüfftes Schweigen. Dann begannen Roland und Heinrich, brüllend zu lachen. »Nun haben also die Weiber das Regiment übernommen«, spottete Heinrich. »Doch das muss man meiner Liebsten lassen. Sie hat einen tüchtigen Schlag.« Trotz der Dämmerung konnte man sehen, dass sich alle fünf Finger von Christinas Hand auf Gisberts Wange abzeichneten.

Später grübelte sie immer wieder darüber nach, ob nicht alles anders gekommen wäre, wenn sie jetzt ihre Zunge im Zaum gehalten hätte. Vielleicht wären Greta und sie unbehelligt wieder unter ihre Plane gekrochen und letztlich unbeschadet auf den Rheinfels zurückgekehrt.

Doch stattdessen schoss sie zu Heinrich herum. »Was seid Ihr doch für ein prächtiger Edelmann, liebwerter Gemahl«, sagte sie mit bissig spöttischem Tonfall. Die Demütigungen und Enttäuschungen der letzten Wochen brachen sich Bahn. »Wahrlich ein echter Ritter und Held. Besauft Euch mit Gesindel, wie es schlimmer in keiner Gosse zu finden ist, und lasst es ungestraft freveln. Aber Pack zieht es eben zu seinesgleichen.«

Wieder herrschte einen Moment lang Schweigen. Der geschlagene Gisbert fasste sich als Erster. »Hört, hört!«, lachte er. »Da werdet Ihr in der Schlafkammer noch einiges zu richten haben, wohledler Herr, bis Ihr dieser kleinen Teufelin Gehorsam und Demut eingebleut habt.«

Heinrichs Gesicht färbte sich puterrot, auf seiner Stirn bildete sich eine steile Zornesfalte. Grob riss er Christina zu sich heran. Überrumpelt versuchte sie, sich mit den Kniffen, die Michel sie

gelehrt hatte, zu befreien. Doch sie kam nicht gegen ihn an. Er zwang sie herum und drehte ihr die Arme mit solch roher Gewalt auf den Rücken, dass sie glaubte, er bräche ihr alle Knochen.
»So lasst uns gleich mit der ersten Lektion beginnen. Ihre Magd soll für ihre Frechheit büßen, und sie wird dabei zusehen. Tut mit dem Weib, was ihr wollt.«
Greta schrie vor Entsetzen auf und versuchte, kriechend zu entkommen. Wieder sträubte Christina sich aus Leibeskräften. Doch Heinrich hielt sie wie mit eisernen Fängen umklammert. Hilflos musste sie mit ansehen, wie Roland und Gisbert sich auf Greta stürzten und ihr die Kleider vom Leib rissen. Dann drehten sie die verzweifelt Strampelnde auf den Bauch. Während sich Roland auf ihre Schultern stützte, hob Gisbert ihr Hinterteil an und drang brutal in sie ein. Greta weinte und schrie. Doch das stachelte ihre Peiniger nur noch mehr an. Christina schien es wie eine Ewigkeit, bis Gisbert mit ihr fertig war.
»Bitte, Heinrich«, flehte sie. »Lasst es jetzt genug sein. Ich habe die Strafe für meinen Ungehorsam erhalten. Macht der Qual meiner Magd ein Ende, um Eurer Seligkeit willen.«
Sie hätte genauso gut in den Wind sprechen können. Ungerührt ließ Heinrich zu, dass die Dienstmannen die Magd auf den Rücken zerrten. Gisbert zog ihr die Arme über den Kopf und kniete sich darauf. Derweil drückte Roland der Magd die Beine auseinander und dann nach oben gegen ihre Brust, wo sie Gisbert unter den Kniekehlen ergriff und gespreizt hielt.
Das Ganze wirkte routiniert und aufeinander eingespielt. Zweifellos hatten diese Schweine Erfahrung darin, Frauen auf diese Weise Gewalt anzutun. Während Roland wieder und wieder in Greta hineinstieß, spürte Christina voller Ekel Heinrichs Geschlecht an ihrem Rücken. Es war hart wie Stein.
Angesichts der Pein ihrer Magd schloss sie die Augen und begann zu weinen. Doch Heinrich riss sie brutal an den Haaren.

»Sieh genau hin und lass das Geflenne«, zischte er. »Sonst dauert es noch einmal so lange. Das soll dir eine Lehre sein, mich nie wieder vor meinen Gefolgsleuten zu beleidigen.«

Endlich ließ auch Roland von Greta ab. Die Frau drehte sich auf die Seite und barg den Kopf in den Armen. Ihr Weinen war in ein leises Wimmern übergegangen. Christina sah, dass sie heftig blutete.

Grinsend wandte sich Gisbert an Heinrich. »Erlaubt Ihr uns noch eine Runde, Herr?« Endlich lockerte der den Griff um Christina und winkte ab. »Ich sagte euch doch, dass ihr sie nicht so hart rannehmen sollt. Schon jetzt wird sie Mühe haben, sich morgen im Sattel zu halten.«

Achselzuckend band Gisbert die Schnüre seiner Bruche zu. »Es sei, wie Ihr sagt, Herr. Schließlich habt Ihr ja ganz auf Euer Vergnügen verzichten müssen.«

»Fast ganz.« Zu Christinas Entsetzen zog Heinrich sie erneut zu sich herum. »Nur einen einzigen Kuss will ich meiner zukünftigen Gattin rauben.« Schon drückte er seinen Mund auf den ihren. Sein Atem roch faulig. Nicht einmal der Branntwein konnte ihn überdecken. Übelkeit stieg in Christina auf, als er seine Zunge zwischen ihre Zähne presste. Ohne nachzudenken, biss sie mit aller Kraft zu. Heinrich brüllte vor Schmerz auf.

Die Schrecksekunde nutzte sie geistesgegenwärtig, um sich aus seinem Griff zu winden. Doch bevor sie drei Schritt weit gekommen war, fing Roland sie auch schon wieder ein, indem er sie hart am Arm nach hinten riss. Sie stolperte und stürzte auf die Knie. Starr vor Angst sah sie, wie Heinrich blutigen Geifer spuckte und langsam auf sie zukam. In seinen Augen stand pure Mordlust.

»Mich deucht, die Lektion war noch nicht eindringlich genug, Freunde.« Seine Stimme jagte ihr einen eiskalten Schauer über den Rücken. »So helft mir, sie ein für alle Male zu lehren, wie sie sich zu benehmen hat.« Er packte sie brutal an den Haaren

und zog sie hoch. Dann riss er ihr das Gewand mit einem einzigen Griff bis zur Taille herunter.
Er umfasste ihre Brüste so hart, dass sie vor Schmerz aufschrie.
»Zwingt sie nieder und zieht ihr den Rock hoch. Dann haltet sie fest. So ist es gut. Nun will ich einmal fühlen, wie eng sie ist.«
Brutal zwängte er zwei Finger in sie hinein. Etwas in ihr riss entzwei. Sie stöhnte vor Pein.
»Schön keusch und unberührt. Das wird ein rechter Spaß werden. Und damit sie nicht auf den Gedanken kommt, mich bei ihrem Vater zu verpetzen, dürft ihr sie danach bespringen. Die Schande wird ihr den Mund verschließen. Sie wird froh und dankbar sein, wenn ich sie trotzdem zum Weib nehme.«
Verzweifelt bäumte Christina sich auf. Doch gegen die beiden Männer, die ihr keuchend vor Lust Arme und Beine auseinander zwangen, konnte sie nichts ausrichten.
Und dann war er über ihr. Sie schrie vor Schmerz und Erniedrigung, bis sie schließlich eine Ohnmacht von ihren Qualen erlöste.

Sie war tot. Schwerelos schwebte ihr Körper durch Zeit und Raum. Erinnerungsfetzen zogen in einer bunten Bilderfolge an ihr vorbei. Ihr Vater, jünger und kraftvoller als heute, der das jauchzende Mädchen hochhob und herumschwang. Die gute Berthe, ihre Amme, die ihr kalte Umschläge machte und warme, mit Honig gesüßte Milch zu trinken gab, während sie fiebernd im Bett lag. Griselda und sie, wie sie mit Gänseblümchen bekränzt über die Wiesen vor dem Wallgraben tollten. Ceres, ihr sanftes Pony, auf dem sie das Reiten lernte.
Und Simon, immer wieder Simon. Er lachte und scherzte mit ihr, seine Hände strichen sanft über ihr Gesicht, er hauchte einen zarten Kuss auf ihren Nacken. »Also hast du mir am Ende doch noch verziehen!« Ein großer Frieden breitete sich in ihr aus. So war es gut.

Plötzlich störte etwas ihre Ruhe. Etwas zog und zerrte an ihr, klopfte ihr unsanft auf die Wangen. »Lass mich ruhen, ich fühle mich hier geborgen.« Ihr schwacher Protest verhallte ungehört, die Griffe wurden kräftiger und heftiger, jemand packte sie an den Schultern und schüttelte sie.
Auf einmal spürte sie wieder die durchdringende Kälte, die Nässe des Bodens und vor allem den stechenden, brennenden Schmerz. Wie Feuer fraß er sich, vom Unterleib ausgehend, durch jede einzelne Faser ihres Körpers.
Schluchzend vor Pein blinzelte Christina in das fahle Licht eines trüben Herbsttages.

»Dem Herrgott sei Dank, du lebst.« Christina blickte in ein von tiefen Falten um Mund und Nase durchzogenes Gesicht. Eine ältere Frau beugte sich über sie, die Haare unter einer groben, aber sauberen Haube verborgen.
»Wer bist du?« Ihre wunde Kehle vermochte kaum, einen Laut hervorzubringen.
»Pst. Lieg ganz still. Ich bin Ida, die Kräutermuhme. Hier trink das, es wird dich ein wenig zu Kräften kommen lassen.« Die Frau hielt ihr einen Holzbecher mit einer heißen Flüssigkeit an die Lippen. Christina verschluckte sich fast an dem bitteren Gebräu, fühlte sich, nachdem sie es getrunken hatte, aber augenblicklich besser.
»Was ist das?«
»Tee aus Johanniskraut und Hirtentäschel, mit Schlafmohn versetzt. Er hilft, die Blutung zu stillen und den Schmerz zu lindern.«
Mühsam hob Christina den Kopf. Zu ihrem Erstaunen lag sie unter einem dicken wollenen Umhang, der dicht um ihren gepeinigten Leib geschlungen war. An ihrer noch immer wie Feuer brennenden Scham spürte sie etwas Weiches, Kühlendes.
»Ich habe dir einen Umschlag mit Ringelblume und Schafgarbe aufgelegt.« Es war, als hätte Ida ihre Gedanken erraten. »Er wird

das zerfetzte Fleisch nicht gleich heilen, aber zumindest verhindern, dass sich der Wundbrand darin einnistet.«

Mit einem Schlag kehrten die furchtbaren Erinnerungen zurück. Aufstöhnend barg Christina den Kopf in den Armen. »Warum lässt du mich nicht einfach hier liegen und sterben? Geh deiner Wege oder, besser noch, gib mir ein Mittel, das all dem ein Ende macht.«

Sie spürte die Hand des Kräuterweibs leicht wie eine Feder auf ihrer Schulter. »Versündige dich nicht, meine Tochter. Alles Leben ist heilig. Mein Werk besteht darin, es zu bewahren, nicht, es zu beenden.«

Christina schluchzte auf. »Aber siehst du denn nicht, was mit mir geschehen ist? Ich wurde geschändet!«

Die Hand streichelte sie sacht. »Ich sehe es, und ich weiß, wie du jetzt leidest. Man findet kaum ein junges Weib, das in diesen schlechten Zeiten nicht einem solchen Los anheimfällt. Der Herrgott in seinem unendlichen Ratschluss sendet uns Weibern gar manche Bürde. Doch du bist jung und kräftig. Wenn wir es bis in meine Hütte schaffen, kann ich dich pflegen und wieder gesund machen. Aber du musst mithelfen.«

Jäh schoss Christina ein Gedanke durch den Kopf. »Was ist mit Greta?« Sie stützte sich mühsam auf einen Ellbogen auf und sah sich um.

Die Alte schüttelte traurig den Kopf. »Deine Gefährtin hat weniger Glück gehabt als du. Die Kerle haben auch sie vergewaltigt und ihr hernach die Kehle durchgeschnitten.«

Christina schrie laut auf und versuchte, sich aufzurichten. »Wo ist sie? Wir können sie doch nicht hier zurücklassen, den wilden Tieren zum Fraß.«

Die Alte drückte sie sanft zurück und machte eine unbestimmte Geste in Richtung des Unterholzes. »Ich habe ihren Leichnam vorläufig mit Zweigen bedeckt. Sobald ich dich sicher in meine

Hütte gebracht habe, kehre ich zurück und häufe so viel Reisig und Gestein über sie, dass sie unbeschadet vor das Antlitz ihres Schöpfers treten wird.«

Sie machte eine winzige Pause. »War sie deine ältere Schwester?«

Einen Moment war Christina versucht zu widersprechen. Doch dann fiel ihr ein, dass Gretas Leib genauso nackt war wie ihr eigener. Woher sollte die Alte wissen, dass die Frau ihre treue Magd gewesen war, die durch ihre Schuld auf diese elende Weise das Leben verloren hatte. Es würgte sie im Hals. Die Alte fuhr fort, sie sanft zu streicheln. Anscheinend nahm sie Christinas Reaktion für ein »Ja«.

»Du wirst sie dereinst im Himmelreich wiedersehen.«

Erneut war Christina versucht, einfach auf dem Boden liegen zu bleiben und zu sterben. Doch Idas Griff wurde stärker. So behutsam wie möglich fasste sie Christina um die Schultern und zog sie in eine sitzende Stellung.

»Wir müssen uns sputen, mein Kind. Bald wird es dunkel. Wölfe und Bären lauern in diesem Wald.«

Kraftlos ließ sich Christina auf die Beine helfen. Jede Bewegung ihres geschundenen Leibes bereitete ihr trotz der Sanftheit der alten Frau Höllenqualen.

Als sie endlich aufrecht stand, pfiff Ida kurz durch die Zähne. Sofort trottete eine betagte Eselin heran. Über ihren Rücken war statt eines Sattels eine weiche Decke gebreitet.

»Schau her, ich habe diesen kleinen Holzschemel mitgebracht. Du wirst eine Weile weder gehen noch sitzen können. Versuche, hinaufzusteigen und dich dann bäuchlings quer über Glaukes Rücken zu legen. Meine Hütte liegt nur eine Viertelmeile von hier entfernt.«

Trotz ihrer Erschöpfung bemerkte Christina, dass die alte Ida nach einem festen Plan handelte. »Hast du mich schon früher gefunden?«

Ida nickte. Ein leichtes Lächeln huschte über ihr zerfurchtes Gesicht. »Ich entdeckte dich um die elfte Stunde, als ich Pilze und Nüsse sammeln wollte. Anfangs hielt ich dich wie deine Schwester für tot. Doch dann sah ich, dass noch Leben in dir war. Also wickelte ich dich in meinen Umhang und eilte, meine Salben, den Aufguss und Glauke zu holen. Als du bei meiner Rückkehr noch immer geatmet hast, wusste ich, dass unser Herrgott nicht möchte, dass du schon heute stirbst.«
Sie half der Stöhnenden auf den Schemel und schob sie auf den Rücken des Esels. Christina vermeinte vor Pein zu vergehen. Schwarze Flecken tanzten vor ihren Augen. Nur undeutlich hörte sie Idas Worte.
»Das Schlimmste hast du jetzt überstanden. Wenn du erst auf weichen Decken am warmen Feuer liegst, wird es dir Tag für Tag besser gehen. Spätestens mit dem Frühling wird dein Lebensmut wiederkehren. Dann brechen lichtere Zeiten an.«
Apathisch ließ Christina zu, dass die Alte ihre Hände in zwei Schlaufen legte, die sie der Eselin wiederum mit einem Lederriemen fest um den Leib band.
»So, nun halte dich fest. Bald sind wir zu Hause.«
»Zu Hause«. Die Worte hallten durch Christinas Kopf. Aus dem Nebel vor ihren Augen stieg das Bild des trutzigen Rheinfels auf. Auf immer und ewig verloren, klagte sie wortlos, mein Zuhause werde ich niemals wiedersehen.

Kapitel 12

Auf einem Waldweg im Hunsrück

Als Heinrich erwachte, fühlte sich sein Schädel doppelt so schwer an wie sonst, auch schmerzte er höllisch.

»Verdammter Fusel«, brummte er verdrießlich und richtete sich mühsam auf. Sofort überfielen ihn Schwindel und würgende Übelkeit. In hohem Bogen erbrach er sich über Wams und Beinlinge.

Voller Ekel starrte er auf die Bescherung. »Greta. Komm her und bring mir ein Leintuch.« Suchend blickte er sich um. Doch er konnte die Magd nirgends entdecken.

»Wo treibt sich das faule Weibsstück denn nun schon wieder herum? Greta!« Das Brüllen jagte eine neue Schmerzwelle durch seinen Kopf.

Neben ihm regte sich eine flach auf dem Bauch liegende Gestalt. Erst bei näherem Hinsehen erkannte Heinrich seinen Gefolgsmann Gisbert. Ein übler Gestank stieg ihm in die Nase und mischte sich in den sauren Geruch des Erbrochenen.

»Gisbert, du elendes Schwein. Du hast dir im Suff in die Bruche gemacht wie ein Säugling.« Er rückte ein Stück von ihm ab.

»Wo sind die Weiber geblieben?«

Gisbert hob ein graues, von hässlichen Bartstoppeln überzogenes Gesicht und starrte Heinrich verständnislos an.

»Nun mach endlich dein Maul auf. Wo ist die verfluchte Magd?«

»Da, wo wir sie zurückgelassen haben, Herr. Ihr habt selbst befohlen, ihr die Kehle durchzuschneiden.«

Mit einem Mal erinnerte er sich. Heinrich erstarrte vor Schreck.

»Und Christina, meine Verlobte?«

»Sie war schon tot, als wir aufgebrochen sind.«

»Tot.« Seine Stimme wurde zu einem Flüstern. Wie konnte das geschehen?, überlegte er entsetzt. Was sage ich nun ihrem Vater? Was wird jetzt aus meinem Erbe?
Vorsichtig zog sich Gisbert ein wenig zurück. Es war keine Sekunde zu früh.
Unerträgliche Bilder tanzten vor Heinrichs innerem Auge. »Tot«, brüllte er. Seine Faust verfehlte den Mann nur um Haaresbreite. »Du, du bist schuld! Du hast sie zu Tode gevögelt!« Saurer Geifer troff ihm aus dem Mund.
Gisbert wich noch weiter vor ihm zurück. Mittlerweile war auch sein Bruder Roland erwacht und glotzte mit tumbem Blick auf die Szene. Heinrich hob einen Stein. Er traf Roland mit einem dumpfen Laut mitten auf die Brust.
»Und du bist auch schuld! Ihr beide habt sie gerammelt, bis sie den Geist aufgab!«
»Aber Herr.« Aus sicherer Entfernung wagte Roland einen Einwand. »Ihr habt uns doch selbst angefeuert und angestachelt. Außerdem wart Ihr der Letzte, der sie noch mal besprungen hat. Da gab sie schon keinen Mucks mehr von sich.«
Mit einer heftigen Bewegung wischte sich Heinrich das Erbrochene ab und stand auf. Am Wegrand rupfte er die letzten Blätter von einem dürren Busch und säuberte notdürftig seine Kleidung. Dann stapfte er zu dem Bächlein, das nicht weit von ihnen entfernt dahinplätscherte. Plötzlich überfiel ihn brennender Durst. Er trank gierig und steckte schließlich den ganzen Kopf in das kühle Nass.
Die Kälte verhalf ihm dazu, klarer zu denken. Erinnerungsfetzen verdichteten sich zu Bildern und Szenen. Er drehte sich zu Gisbert um.
»Geh und wasch dich dort, widerlicher Drecksack. Wir müssen umkehren und die Leichen verscharren. Wenn sie gefunden werden, wird man uns zur Verantwortung ziehen.«

Missmutig und schweigend machten sich die drei wenig später auf den Weg zurück. Die Pferde zogen sie anfangs hinter sich her, da sie sich wegen ihrer Kopfschmerzen und des immer wieder aufsteigenden Schwindels nicht im Sattel zu halten vermochten. Doch Heinrich wurde rasch unruhig. Wo war der Lagerplatz? Weit konnten sie in der vergangenen Nacht, voll mit billigem Branntwein, doch nicht mehr gekommen sein.
Auf seinen Befehl saßen die Männer schließlich auf. Die Angst vertrieb den Rest von Heinrichs Trunkenheit. Was war, wenn jemand die nackten Frauen gefunden hatte? Obwohl es unwahrscheinlich war, dass man sie selbst verdächtigen würde, gälte er fortan als ein Schwächling, der Ehre und Leben seiner Anverlobten nicht verteidigt hatte. Landauf, landab würde man ihn verspotten.
Mittlerweile waren sie sicher schon fast eine Stunde unterwegs. Der verfluchte Wald sah überall gleich aus. Konnte es diese Lichtung gewesen sein, auf der sie gestern gelagert hatten? Nein, dort unter der Tanne gab es keine Spuren eines Lagerfeuers. Sie mussten sich verirrt haben.
Zunehmend verzweifelt, gab Heinrich das Zeichen zur Umkehr. Am letzten Kreuzweg mussten sie die falsche Richtung genommen haben. Es begann schon zu dämmern. Wie lange hatten sie denn besinnungslos berauscht in der Wildnis gelegen? Zu allem Unglück fing es jetzt auch wieder heftig zu regnen an.
Endlich stieß Gisbert, der vorausritt, einen Ruf aus. »Hier ist es, Herr. Seht her, da ist noch die Zeltplane, die die Weibsbilder über den Baum gehängt haben. Und hier, cin paar Fetzen ihrer Kleidung.«
»Wo sind die Reittiere?«
Gisbert zuckte die Achseln. »Wir haben sie mit dem Reisegepäck der Frauen beladen und in den Wald getrieben. So hattet Ihr es befohlen.«

»Und wo liegen die Leichen?«

Ratlos blickte sich Roland um. »Ich kann sie nirgends entdecken, Herr. Wilde Tiere müssen sie fortgeschleift haben.«

»Unsinn, es sind keine Spuren zu sehen.«

»Vielleicht hat der Regen sie schon verwischt.«

Die Männer schwiegen. Aufs Neue wandelte sich Heinrichs Furcht in Wut gegen seine Spießgesellen. »An allem seid ihr allein schuld«, zischte er. »Ihr seid meine bösen Geister, die mich zum Saufen und Huren verleitet haben.«

»Herr, Ihr seid ungerecht«, protestierte Roland. »Ihr habt dem Kleinkrämer den Branntwein abgenommen und uns aufgefordert, Eure Verlobte zu ficken.«

»Sprich nicht so ungehobelt, Kerl!«, brüllte Heinrich ihn an. »Ihr hättet niemals die Tochter eines Grafen bespringen dürfen. Das ist gegen Gottes gewollte Ordnung.«

»Aber Ihr habt es uns ausdrücklich befohlen, Herr.« Gisbert mischte sich ein.

»Nur eure Geilheit hat mich dazu gebracht. Hättet ihr die Finger von der Magd gelassen, wäre gar nichts passiert.« Mit zu Fäusten geballten Händen trat Heinrich einen Schritt auf sie zu. Die beiden wichen mit bleichen Gesichtern vor ihm zurück. Trotzig starrten sie ihn aus sicherer Entfernung an, die Hände am Schwertknauf.

Verzweifelt sank Heinrich zu Boden und barg das Gesicht in den Händen. Was sollte er jetzt nur tun? Eine Weile herrschte Schweigen.

Schließlich sprach Roland ihn an. »Herr, mir kommt da ein Gedanke.« Der Jüngere war schon immer der Pfiffigere der beiden Saukerle gewesen.

»So sprich!«

»Hier in der Gegend treibt sich viel Gesindel herum. Warum behaupten wir nicht, Raubritter hätten Christina entführt? Obwohl wir tapfer gekämpft haben, wären wir ihrer Überzahl nicht gewachsen gewesen. Ihr Vater wird sie darauf gar nicht für tot halten, sondern auf die Lösegeldforderung warten.«

Heinrich merkte auf. Das war gar kein übler Gedanke. »Doch wird man uns das glauben, wenn wir vollkommen unverletzt sind?« Gisbert, der Bedenkenträger. Doch auch er hatte nicht unrecht. Eine Idee nahm Gestalt an.

Heinrich zog sein Schwert. »Wir müssen uns eben selbst ein paar Kratzer und Schrammen zufügen. Kommt her, ich bin euch dabei behilflich.«

Roland und Gisbert sahen sich an. »Doch die Wunden dürfen nicht allzu schwer sein, Herr.« Schwang da in Gisberts Stimme ein kläglicher Unterton mit? Nun musste er es geschickt anstellen.

»Nur ein Ritzer in den Arm. Komm her und schließe die Augen.«

Zögernd trat Gisbert auf Heinrich zu. »Dreh dich um … und fahr zur Hölle!«

Mit einem einzigen Hieb trennte Heinrich Gisbert den Kopf vom Rumpf. Roland stand wie gelähmt vor Schreck. Bevor er sein eigenes Schwert ziehen konnte, war Heinrich schon zu ihm herumgeschnellt. Mit voller Wucht trieb er die Waffe in den Bauch seines Kumpanen und drehte sie herum.

Roland brüllte wie ein verwundeter Stier. Blutig hing ihm das Gedärm aus der furchtbaren Wunde. Mit schon brechenden Augen fiel er schwer auf den Rücken.

Heinrich betrachtete sein Werk mit grimmiger Befriedigung. »Das wäre also erledigt. Zukünftig werdet ihr keinen schlechten Einfluss mehr auf mich ausüben und euch unterstehen, mein Weib zu schänden. Nun muss ich nur noch dafür sorgen, dass alles echt wirkt.«

Mit einem angeekelten Ausdruck trat Heinrich auf Rolands Leiche zu. Dann griff er mit beiden Händen in die blutige Wunde.

Burg Rheinfels, zwei Tage später

»Ihr müsst wahrlich gar tapfer gekämpft haben, wenn diese Schrammen Eure einzigen Wunden sind«, höhnte Simon. Seit Heinrich allein auf den Rheinfels zurückgekehrt war, war er vor Schmerz, Sorge und Wut schier außer sich.

Graf Eberhard gebot ihm mit einer Geste zu schweigen. Auch er sah mitgenommen aus und hatte sichtlich Mühe, die Fassung zu bewahren. Ein Eilkurier hatte ihn in Boppard von dem Unglück unterrichtet. Trotz der fortgeschrittenen Stunde brach er sofort auf und preschte in gestrecktem Galopp auf die Burg. Nun saß er mit schmutzverkrusteter Kleidung auf seinem hohen Lehnstuhl im großen Rittersaal und umklammerte einen Becher mit heißem Würzwein.

»Ihr konntet nicht erkennen, wer die Angreifer waren?«

Heinrich schüttelte den Kopf. »Es war schon düster im Wald und das Feuer wegen des Regens nur klein. Die Anführer waren gerüstet und hatten ihr Antlitz unter den Helmen verborgen.«

»Es war kein Wappen- oder Heerzeichen zu erkennen?«

»Nein, edler Herr.«

Simon trat unruhig von einem Fuß auf den anderen. Das hatten sie doch schon alles erörtert. Heinrichs Geschichte hatte für ihn weder Hand noch Fuß.

»Warum hattet Ihr keine Wache aufgestellt, um Euch zu schützen?«

Heinrich blickte ihn finster an. Doch auch Eberhard und seine versammelten Gefolgsleute warteten auf die Antwort.

Heinrich wandte sich wieder an den Grafen. »Wir waren nur noch zu dritt, edler Herr. Die Abenddämmerung brach schon herein. Alle waren erschöpft von dem langen Ritt. Wir waren gerade dabei, das Zelt für die Damen zu errichten, als die Räuber uns überfielen. In der Nacht hätten wir uns selbstverständlich die Wache geteilt.«

»Aber, wie Ihr sagt, Ihr wart nur noch zu dritt.« Simon konnte seine Wut nicht beherrschen. »Den fähigsten und tapfersten Dienstmann habt Ihr gleich nach dem Aufbruch unter einem Vorwand zurückgeschickt. Wäre Michel von Kreuznach dabei gewesen, hätten die Schurken kein derart leichtes Spiel mit euch gehabt.«

Heinrich wich Simons durchdringendem Blick aus. »Auch Gisbert und Roland waren erfahrene und tapfere Kämpfer«, murmelte er.

»Und haben nun mit ihrem Leben für Eure Leichtfertigkeit bezahlt. Also, wie kommt es, dass Ihr als Einziger nahezu unversehrt entkommen seid?«

Bevor Eberhard Simon erneut zum Schweigen bringen konnte, trat der alte Rentmeister vor. »Herr Graf, meine beiden einzigen Söhne sind auf der Walstatt geblieben. Auch ich bitte Herrn Heinrich, uns den Verlauf des Kampfes zu schildern.«

Graf Eberhard nickte müde. Heinrich schien kurz zu überlegen. »Die Räuber schlichen sich im Schutz der Dämmerung an unser Lager heran. Sie waren in großer Überzahl, es müssen ungefähr fünfzehn Kerle gewesen sein, in voller Rüstung und bis an die Zähne bewaffnet. Die Weiber, äh, die Damen, waren zu einem nahen Bächlein gegangen, um sich zu erfrischen und Wasser zu holen. Sie wurden als Erste ergriffen und fortgeschleppt. Ihr Schreien machte uns aufmerksam. Gisbert und Roland kämpften tapfer an meiner Seite, gar mancher der Angreifer ließ dabei sein Leben. Doch die Übermacht war zu groß. Erst fiel Gisbert, wenig später dann Roland. Trotzdem gab ich nicht auf und tötete noch zwei Kerle. Doch als ich meine aussichtslose Lage erkannte, entschloss ich mich, im Schutz der Dunkelheit zu entfliehen, um die Kunde von dem Verbrechen auf den Rheinfels zu tragen.«

»Aber trotz dieser Übermacht trugt Ihr nur ein paar Kratzer an Armen und Beinen davon?« Simon ließ nicht locker.

»Der Herr hielt seine schützende Hand über mich. Willst du mir das vorwerfen? Sieh dir meine Kleidung an. Sie ist über und über mit dem Blut der Feinde bespritzt.« Seine Stimme wurde drohend. »Wenn du es allerdings wagen willst zu behaupten, ich hätte meine zukünftige Gemahlin feige im Stich gelassen, fordere ich dich zum Zweikampf. Möge ein Gottesurteil dann meine Unschuld beweisen.«
»Simon, lass es gut sein. Hader und Zank unter meinen Getreuen sind das Letzte, was jetzt zu Gebote steht. Ich hege keinen Zweifel, dass Heinrich alles getan hat, um mein Kind zu verteidigen. So lasst uns denn morgen aufbrechen, um die Leichen der treuen Dienstmannen zu bergen, auf dass sie ein Begräbnis in geweihter Erde erhalten. Hat ein Raubritter sich meines Augensterns bemächtigt, wird seine Lösegeldforderung nicht lange auf sich warten lassen.« Unwillkürlich entrang sich seiner Kehle ein tiefes Stöhnen. »Wenigstens ist ihre treue Magd Greta bei ihr. So wird sie sich nicht gar zu einsam und verlassen fühlen. Lasst uns nun alle ein Gebet für ihre unversehrte Heimkehr sprechen.«

Idas Kate, Ende Oktober 1274

Am vierten Tag nach der Vergewaltigung wachte Christina mitten in der Nacht auf. Auf dem Lager an der gegenüberliegenden Wand der Kate hörte sie die Kräuterfrau leise schnarchen.
Seitdem sie mit letzter Kraft Idas Hütte erreicht hatte, war sie in einen Dämmerschlaf gefallen, teils, weil ihr die Kräuterfrau beruhigende Tränke verabreichte, teils, weil sich ihr Verstand verweigerte, sich der entsetzlichen Wirklichkeit zu stellen. Doch nun war sie hellwach.
Behutsam, um die Alte nicht zu stören, versuchte sie, sich etwas aufzurichten und in eine bequemere Lage zu bringen. Doch sie

gab es schnell auf. Ihr ganzer Körper schmerzte, besonders ihr Unterleib brannte noch immer bei der kleinsten Bewegung wie Feuer. Hilflos schluchzte sie leise. Was sollte nun werden?

Bilder von Gretas Vergewaltigung suchten sie heim, die Schreie der Magd gellten in ihren Ohren. Dazwischen schoben sich die Erinnerungen an ihre eigenen Qualen. Die schwitzenden stinkenden Körper der groben Zwillinge, ihr abscheulich riechender Atem. Heinrichs Gelächter. Sein eigener massiger Leib, unter dem sie schier zu ersticken glaubte. Die furchtbare Pein, die Demütigung. Ihre geheimsten Körperstellen den gierigen Blicken und tatschenden Pranken der Schänder preisgegeben. Sie würgte vor Ekel, doch sie konnte nicht weinen.

Plötzlich packte sie eine unbändige Wut. Sie musste so schnell wie möglich zurück auf den Rheinfels, um Gretas Mörder zur Rechenschaft zu ziehen. Wenn ihr Vater sie in all ihrem Elend sähe, würde er ihr sicher Glauben schenken und die Täter zu einer schrecklichen Strafe verdammen.

Nie zuvor war Christina bei einer Hinrichtung zugegen gewesen. Von den furchtbaren Todesstrafen, dem Rädern, dem Pfählen, dem Vierteilen hatte sie bislang immer nur gehört, und selbst das nur mit größtem Widerwillen. Nun starrte sie mit brennenden Augen in die Dunkelheit und stellte sich vor, wie die Kerle um Erbarmen winselten, während ihre Glieder zerschlagen und zerrissen wurden.

Allen voran sollte Heinrich leiden, der seine beiden Begleiter angestachelt und ihnen das verwerflichste Vorbild gewesen war – jenseits aller Tugenden, die auszuüben er als Ritter nur wenige Wochen zuvor bei seiner Schwertleite geschworen hatte. Christinas Phantasie formte die Szene, wie man den um Gnade Flehenden zwischen vier wilde Ochsen spannte, um ihn in Stücke zu reißen. Dabei glitt sogar ein Lächeln über ihr Gesicht.

Draußen herrschte weiterhin tiefste Nacht. Die betäubende Wirkung von Idas Kräutertrank ließ zunehmend nach. Je stärker die Schmerzen sie plagten, umso heftiger wurden Christinas Zweifel. Sie konnte nicht einmal aufrecht sitzen, wie sollte sie da zurück auf den Rheinfels gelangen? Idas einziges Transportmittel war die betagte Eselin, aber an Reiten war noch monatelang nicht zu denken.

Doch diese Gedanken waren ohnehin eitel. Sie würde niemals so schnell auf den Rheinfels gelangen, wie es die Gesetze forderten, nach denen eine Frau ihre Schändung zur Anzeige bringen musste. Ungewaschen, mit blutigen Wunden und zerrissenen Kleidern hatte man vor dem Richter zu erscheinen. Das musste binnen drei Tagen nach der Tat geschehen. Waren diese drei Tage nicht schon längst vorbei? Christina hatte jedes Zeitgefühl verloren.

Und wenn sie Ida mit einer Botschaft zu ihrem Vater sandte? Die alte Frau hatte sie gefunden und Gretas Leiche gesehen. Doch würde die Kräuterfrau überhaupt gehen wollen und, falls ja, wer sollte sie weiterhin pflegen? Sie konnte ja nicht einmal aufstehen. Wenn man Hilfe aus dem nahe gelegenen Dorf holen würde, wüssten bald alle Bewohner von ihrer Schande. Vergewaltigte Frauen wurden häufig wie Huren behandelt. Man würde sie ächten und meiden. Sie könnte auf keinen Fall bei Ida bleiben, wenn ihr Vater der Alten nicht glaubte.

Doch auch wenn ihr Vater sie auf Idas Anzeige hin holen ließ und ihr die Gewalttat glaubte, konnte er Heinrich überhaupt für seine Tat bestrafen? Unterstand dieser nicht allein der Gerichtsbarkeit des Grafen von Sponheim? In jedem Fall würde auch Graf Johann alle widerwärtigen Einzelheiten erfahren müssen. Immerhin war Heinrich sein Bruder.

Und wurde ein Mann von solch hoher Geburt überhaupt jemals gerichtet? Christina zermarterte sich den Kopf, doch sie hatte noch nie zuvor von einem ähnlichen Fall gehört. Stattdessen fielen ihr die Erzählungen von Muhme Agathe ein, die diese immer an den langen Abenden zum Besten gab, an denen die Frauen in der Kemenate stickten und spannen. Selbst für schlimmste Greueltaten konnte ein Edelmann Vergebung durch eine Pilgerfahrt ins Heilige Land erlangen. Einst hatte Agathe von einem Ritter erzählt, der im Rausch Weib und Kind erschlagen hatte. Ihm war eine solche Buße auferlegt worden.

Sie grübelte weiter. Graf Johann wäre vielleicht sogar ein strengerer Richter als ihr eigener Vater. Er hatte den schlechten Charakter seines Bruders bereits früh erkannt, wie sie mehr als einmal von Simon gehört hatte. Aber käme es wirklich zur Hinrichtung, würden die Menschen von nah und fern herbeiströmen, um das Spektakel mitzuerleben. Ihr Schicksal würde damit sogar weit über die Grenzen der Grafschaften Sponheim und Katzenelnbogen hinaus bekannt werden. Nie wieder könnte sie sich in der Öffentlichkeit sehen lassen. Der einzige Weg, der ihr blieb, führte geradewegs in ein Kloster. Das würde jedermann von ihr erwarten, nicht nur ihr Vater. Selbst im günstigsten Fall würde ihr also das Los beschieden sein, das sie am meisten verabscheute: ein trostloses Leben als Nonne.

Am allerwichtigsten war jedoch die Frage, ob ihr Vater angesichts all dieser ungeheuerlichen Folgen überhaupt glauben würde, was sein zukünftiger Eidam getan hatte? Er behandelte Heinrich seit jeher wie einen seiner beiden Söhne, die er so früh verloren hatte.

Heinrich dagegen war ebenso hinterlistig wie schlau. Er wusste sehr wohl, dass er hoch in der Gunst von Graf Eberhard stand. Vielleicht würde er sogar behaupten, Christina hätte den Verstand verloren. Oder er würde alles Greta in die Schuhe schieben und behaupten, sie hätte die groben Zwillinge durch ihr leichtfertiges Verhalten ermutigt. Er selbst sei betrunken und

nicht mehr in der Lage gewesen, einzuschreiten, als die Zwillinge dann auch ihr Gewalt angetan hatten. Seiner Ehre würde er damit verlustig gehen, aber nicht seines Lebens.
Sofern es überhaupt zur Anklage gegen ihn käme. Christina fuhr der Schreck siedend heiß durch alle Glieder. Was, wenn Heinrich auch Ida umbringen würde? Sicher hätte er in ihrem Fall noch weit weniger Skrupel als bei Greta. Dieser Ausweg, so wenig erfolgversprechend er überhaupt gewesen war, fiel damit weg. Sie konnte es nicht auf ihr Gewissen nehmen, das Leben der Frau zu gefährden, die ihr das Leben gerettet hatte.
Mit ausgedörrter Kehle lachte sie schmerzlich auf und merkte, dass sie quälenden Durst litt. Alle Bemühungen, den Becher zu erreichen, den Ida fürsorglich neben ihr Lager gestellt hatte, verursachten jedoch rasende Schmerzen. Schon war sie versucht, die Alte zu wecken, als sie endlich den Rand des Bechers greifen konnte. In ihrer Gier verschüttete sie die Hälfte des Wassers über ihr Lager. Erst als der brennendste Durst gelöscht war, fühlte sie sich etwas besser. Mit großer Pein drehte sie sich auf die Seite und glättete das kleine Federkissen, das von Idas eigenem Lager stammte und völlig zerknautscht war.
Die wenigen Kräfte, die die Wut in ihr geweckt hatte, verließen sie. Sie fühlte sich unendlich schwach. Es gab keinen Ausweg. Es war völlig gleichgültig, ob ihr Vater ihr Glauben schenkte oder nicht, wenn sie Wochen nach der Tat auf den Rheinfels zurückkehrte. Ihre zerstörte Jungfräulichkeit konnte jede Wehmutter bestätigen, unabhängig davon, wer Christina das angetan hatte. Folglich würde Graf Eberhard so oder so nichts anderes übrigbleiben, als sie sofort in ein Kloster zu schicken. Er konnte sie keinem Mann von Stand mehr als Gemahlin andienen. Nur Jesus als himmlischer Bräutigam nähme keinen Anstoß an ihrer verlorenen Unschuld, zumindest nicht, wenn ihr Vater mit einer reichlichen Mitgift nachhalf. Hatte sie Glück, nahm sie ein

Kloster von hohem Ruf wie das auf dem Rupertsberg auf. Doch nicht einmal das war sicher.
Verzweifelt starrte sie in die Dunkelheit. Die Schmerzen in ihrem Körper waren einem unbestimmten Gefühl von Taubheit gewichen. Sie merkte kaum, dass ihr nun Tränen über die Wangen liefen. Alles, was sie liebte, war zu Ende. Nie mehr würde sie lachen und fröhlich sein, nie mehr laufen und springen, reiten und tanzen dürfen. Heinrich bliebe immer der Sieger. Ihr Leben wäre selbst dann zerstört, wenn sie heimkehrte, ihn anklagte und er gepfählt würde.
Draußen begann langsam ein trüber Morgen zu grauen. Von ferne hörte Christina die ersten Hahnenschreie. Bald würde Ida erwachen und ihr Tagwerk beginnen.
Als das erste Licht durch die Ritzen in den Wänden der Kate fiel, hatte sie ihren Entschluss gefasst. Sie wollte leben.

Idas Kate, am nächsten Tag

Neugierig sah Christina sich um, so gut sie es auf dem Rücken liegend vermochte. Nach ihrem Entschluss am gestrigen Morgen war sie in einen tiefen Schlaf gefallen, aus dem sie erst vor wenigen Minuten erwacht war.
Idas Hütte bestand nur aus einem einzigen länglichen Raum. Die Wände und der kleine abgetrennte Verschlag für die Eselin bestanden aus Flechtwerk, das mit Lehm beworfen, abgedichtet und danach wahrscheinlich im Frühjahr weiß gekalkt worden war. Mittlerweile hatte sich die Farbe in ein rußiges Grau verwandelt. In der Mitte des Raumes befand sich die offene Feuerstelle, von der der Rauch durch ein Loch im strohgedeckten Dach abzog.
Christina kannte solche Behausungen nur von gelegentlichen Ausritten, die sie an den Hütten der Tagelöhner ohne eigenes

Land vorbeiführten. Sie waren ihr immer armselig erschienen, und jedes Mal sprach sie im Vorbeireiten ein Paternoster, um den Herrgott für ihr eigenes Heim zu preisen. Nun war sie dankbar für diese einfache Kate.

Der Raum war reinlich gehalten, weder Schmutz noch Abfall verbargen sich auf oder unter den Binsen, die den Boden aus festgestampftem Lehm bedeckten. Aus dem brodelnden eisernen Kessel, der an einem Dreifuß über dem Feuer hing, stieg ein verführerischer Duft auf. Auf einmal merkte Christina, dass sie hungrig war.

Die Tür, die wie die Wände aus Flechtwerk gefertigt war, öffnete sich mit einem leisen Knarren. Ida trat ein, auf dem Rücken eine Kiepe mit Feuerholz. Ihre dunklen Augen, die Christina an ein Eichhörnchen erinnerten, strahlten, als sie ihren Schützling wach vorfand.

»Wie geht es dir heute, Mädchen?«, fragte sie. »Willst du etwas essen?«

Christina nickte stumm. Wenig später ließ sie sich bereitwillig füttern. Noch immer konnte sie vor Schmerzen nicht sitzen. Daher schob ihr die Alte einen kleinen Strohsack in den Rücken, mit dessen Hilfe sie sich so weit aufrichtete, dass Ida ihr den Löffel zum Mund führen konnte.

»Was ist da drin? Es mundet vorzüglich.« Ihre vom Schreien geschundene Kehle war noch immer rauh. Ida strahlte erneut.

»Ein in der Schlinge gefangenes Kaninchen, dazu wilde Zwiebeln und Pilze. Gewürzt mit den letzten frischen Kräutern des Jahres. Ich freue mich, wenn es dir schmeckt. Das ist ein gutes Zeichen. Dein Körper beginnt sich bereits zu erholen.«

Unwillkürlich schossen Christina Tränen in die Augen. »Warum hast du mich mitgenommen? Der Winter steht vor der Tür, und sicherlich reichen deine Vorräte bei weitem nicht für zwei.«

Zu ihrer grenzenlosen Erleichterung winkte Ida freundlich ab. »Mach dir darüber keine Sorgen, mein Kind. Meine Dienste werden von den Dörflern und Waldbewohnern ringsum auch im Winter gebraucht. Kinder kommen zu jeder Jahreszeit auf die Welt. Meine Kräuter lassen sich in den kalten Monden sogar besser gegen Lebensmittel eintauschen als im Sommer. Fieber, Schnupfen und schlimme Katarrhe plagen die Menschen. Besonders die Alten leiden in der feuchten Kälte an Schmerzen in den Gelenken und schätzen meine lindernden Salben. Du kannst hier also ohne weiteres gesunden und mir in den langen Winternächten Gesellschaft leisten.«

Sie hielt kurz inne. Dann holte sie tief Luft, als ob die nächste Frage sie Überwindung kosten würde. »Willst du mir sagen, wie du heißt und woher du kommst?«

Christina zögerte einen Moment. Dann beschloss sie, ihr altes Leben endgültig hinter sich zu lassen.

»Mein Name ist Agnes. Ich war die Kammermagd meiner gütigen Herrin Margareta von Zell. Sie stammt nicht aus dieser Gegend, sondern lebte auf einer Burg an der Mosel.« Sie schluchzte trotz ihrer Lügen laut auf. Zu deutlich stand ihr die quirlige, immer fröhliche Greta vor Augen.

Ida schwieg geduldig und wartete, bis sich Christina wieder beruhigte.

»Wir waren auf dem Weg an den Rhein. Der Vetter meiner Herrin hatte uns zu seiner Hochzeit geladen. Zu ihrem Schutz dingte die Gräfin einige Männer, die ihr vom Gemahl ihrer jüngeren Schwester angedient worden waren. Wir verließen die Burg in Begleitung dieser Burschen. Die ersten Tage ging alles gut. Doch je weiter wir uns von der Heimat entfernten, desto frecher wurden die Kerle. Schließlich fielen sie über uns her. Den Rest weißt du.« Wieder schüttelte sie ein Weinkrampf.

»Und nun fragst du dich, ob der Verrat von Anbeginn an geplant war.« Ungewollt kam Ida ihr beim Erfinden ihrer Geschichte zu Hilfe.

Christina packte die Gelegenheit beim Schopf und nickte heftig. »So ist es. Ich hatte den Schwager meiner Herrin schon lange im Verdacht, sich ihren Besitz aneignen zu wollen, nachdem ihr Gatte im vorigen Herbst gestorben war. Er verunglückte bei der Jagd. Doch Margareta war zu gut für diese Welt. In ihrem Herzen war kein Platz für Argwohn gegenüber ihren eigenen Verwandten.«
»Das hat sie nun das Leben gekostet«, fügte sie mit tränenerstickter Stimme hinzu.
»Also kannst du nicht in deine Heimat zurückkehren.« Obwohl Ida sich mühte, eine ernste Miene aufzusetzen, schwang ein fröhlicher Unterton in ihrer Stimme mit. Christina musterte sie verblüfft.
»Wenn du willst, kannst du für immer bei mir bleiben, Agnes.«
Christina spürte gleichermaßen Misstrauen und Freude. »Warum liegt dir so sehr daran, eine Fremde aufzunehmen?«
Nun stahlen sich auch in Idas Augen ein paar Tränen. »Einst hatte ich zwei prächtige Töchter, mein Kind. Es waren Zwillinge, ungefähr so alt, wie du es jetzt bist, wenn auch verschieden von Gestalt und Charakter. Die eine verlor ich durch das gleiche Schicksal, das auch dir widerfahren ist. Ein Trupp marodierender Söldner ergriff und schändete sie. Drei Tage und Nächte befand sie sich in deren Gewalt, bis sie endlich von ihren Leiden erlöst wurde. Als ich sie fand, war sie schon kalt und starr.«
Ida starrte blicklos in die Ferne. »Sie hatte schwarze Haare. Du erinnerst mich sehr an sie.«
Christina schwieg erschüttert. Voll Mitgefühl streichelte sie Idas Hand. Von der harten Arbeit bei jeder Witterung fühlte sie sich rissig an wie die Rinde eines alten Baumes.
Als ob Ida ihre unausgesprochene Frage gehört hätte, fuhr sie fort. »Die andere brannte mit einem vorbeiziehenden Kleinkrämer durch. Sie war schon immer rast- und ruheloser gewesen als ihre Schwester und wollte den Wald schon weit vor deren

Tod verlassen. Als sich ihr die Gelegenheit bot, griff sie zu. Ich weiß nicht, was aus ihr geworden ist, denn ich habe nie wieder von ihr gehört.« Ihre Stimme klang bitter. »Wahrscheinlich ist sie als Hübschlerin in einem Frauenhaus geendet, um dort ihr Leben zu fristen. Für die Heilkunst hat sie sich nie begeistern können, sosehr ich mich auch bemüht habe.«

»Und was war mit ihrem Vater, deinem Mann?«

Ein verächtlicher Ausdruck huschte über Idas Gesicht. »Einen Ehemann habe ich nie gehabt und nie gebraucht. Ich weiß nicht einmal genau, wer der Vater meiner Töchter ist. Es hat mich auch nie geschert. Die Männer waren Mittel zum Zweck. Ich habe meine Töchter alleine zur Welt gebracht und aufgezogen. Seitdem ich mit ihnen schwanger ging, hielt ich mich von allen Kerlen fern. Sie bringen uns Weibern nichts als Unglück. Das weißt auch du jetzt nur zu gut.«

Christina staunte. Eine so ungewöhnliche Frau wie Ida war ihr noch nie begegnet.

»Also darf ich wirklich für immer bleiben?« Ihre Stimme war so leise, dass sich Ida zu ihren Lippen hinabbeugen musste.

»Solange ich lebe und darüber hinaus, wenn du willst. Ich gebe mein Wissen um die Heilkraft der Pflanzen gern an dich weiter, so wie ich es einst von meiner Mutter erfahren habe. Außerdem werde ich alt. Da sind mir zwei zusätzliche kräftige Hände mehr als willkommen.«

Christina nickte. So war es denn beschlossen. Sie, die einzige Tochter des mächtigsten Grafen am Mittelrhein, würde die nächsten Jahre, vielleicht ihr ganzes weiteres Leben hier im Wald in dieser Hütte aus Flechtwerk zubringen. Gar seltsam waren die Wege des Schicksals.

Plötzlich fiel ihr etwas ein. »Hast du Greta begraben?« Im selben Moment hätte sie sich am liebsten auf den Mund geschlagen. Doch Ida schien ihren Versprecher nicht bemerkt zu haben.

Sie nickte. »Ich habe ihren Leib mit Geäst und Steinen bedeckt, so wie ich es dir versprochen habe. Kein wildes Getier kann ihr etwas anhaben.«
Sie stand auf. »Doch nun will ich dir einen Schlaftrunk bereiten. Du musst noch viel ruhen, ehe ich dich zu lehren beginnen kann.«

Im Hunsrück, November 1274

»Ich glaube dem Kerl kein einziges Wort, Michel. Sag endlich selbst, was du von der ganzen Sache hältst.«
Michel hatte bislang geschwiegen und ausführlich überlegt, was er aus dem schließen sollte, was er gehört und gesehen hatte. Seine Zweifel behielt er vorerst für sich, denn sie legten allzu Ungeheuerliches nahe.
Doch als Simon ihn gestern bei Anbruch der Morgendämmerung gebeten hatte, mit ihm zurück an die Stelle des Überfalls zu reiten, um sich dort noch einmal gründlich umzusehen, zögerte er keine Minute. Nun konnte die Lichtung, auf der sie vor einigen Tagen die Leichen der Zwillinge geborgen hatten, nicht mehr allzu weit entfernt sein.
Er entschloss sich, Simon zu antworten. »Es ist wahr, was Ihr sagt, Herr. Hätten Gisbert und Roland so heftig gekämpft, wie Heinrich behauptet, hätten sie viele Wunden an ihrem Körper davontragen müssen, nicht nur die eine, an der sie jeweils gestorben sind.«
Simon nickte mit grimmigem Gesicht. »Auch fanden wir keine Spuren im Unterholz, wo die fremden Reiter vorgeblich die Frauen geraubt haben. Ohnehin ist es kaum denkbar, dass sich ein Trupp von fünfzehn Schurken in voller Rüstung im Wald heranpirscht, ohne bemerkt zu werden. Dies hätten nur leicht bewaffnete Strauchdiebe vermocht.«

Michel wiegte den Kopf. »Vielleicht ist es dem Bruder Eures Ziehvaters peinlich, dass sie von gesetzlosen Vogelfreien überfallen wurden. Vielleicht hat man sie auch im Schlaf überrascht und die Frauen geraubt, bevor sie vollkommen wach waren.«
Simon zischte verächtlich. »Das würde schon eher zu ihm passen als sein Geschwafel von Kampfgeist und Heldenmut. Dass sie besoffen am Feuer lagen, als das Gesindel aus dem Hinterhalt brach.«
»So dass Gisbert und Roland schon von den ersten Streichen tödlich verwundet wurden …«
»Und Heinrich wie ein Hase geflohen ist, anstatt die Frauen zu schützen.«
Aber davon war Michel nicht überzeugt. »Euer Verwandter ist kein Feigling, Herr«, gab er zu bedenken. »Tut ihm kein Unrecht in Eurem Schmerz.«
Es wunderte ihn außerdem, dass Simon nicht erkannte, was sein Verdacht an möglichen Folgen für Christina bedeutete. War es vogelfreies Gesindel, das den Überfall ausgeführt hatte, könnte es ihr weit schlechter ergangen sein als in der Gefangenschaft eines Raubritters. Denn der konnte erwarten, ein ansehnliches Lösegeld zu erhalten, wenn seine menschliche Beute einigermaßen unversehrt blieb.
Er entschloss sich, Simon nichts von diesen Gedanken zu verraten. Der Jüngling war ohnehin wegen Christinas Verschwinden kaum mehr Herr seiner selbst. Das war auch der eigentliche Grund, warum er Simon begleitet hatte. Er glaubte nicht, dass sie neue Hinweise auf den Verbleib der Frauen entdecken würden. Zu sorgfältig hatten Eberhards Männer die Lichtung abgesucht und die wenigen Dinge, die dort zurückgelassen worden waren, geborgen. Zu sorgfältig hatten auch die Täter ihre Spuren verwischt und ihre Toten samt und sonders mitgenommen.

Ihm kam ein neuer Gedanke. »Strauchdiebe hätten sicherlich alles gestohlen, was noch verwendbar war – samt der Zeltplane, die wir gefunden haben. Zudem hätten sie den Getöteten auch die Kleider, nicht nur die Waffen geraubt.«

Simon schwieg und ließ sich das Gesagte durch den Kopf gehen. »Das mag sein, Michel«, antwortete er nach einer Weile. »Aber es bringt mich nur auf eine neue Ungereimtheit. Warum hing die Plane über den Ästen des Baumes anstatt über den Zeltstangen? Heinrich hat doch behauptet, sie seien beim Aufbau des Zelts überrascht worden.«

Bevor Michel über diese Frage nachdenken konnte, sah er, dass sie sich dem Ort des Überfalls näherten. Der trübe Herbsttag ließ nur wenig Tageslicht durch die dicht nebeneinanderstehenden Nadelbäume dringen, die den Platz umstanden. So war er sich nicht sicher, ob sich vor ihm nicht gerade etwas bewegt hatte und in die Büsche am Wegrand gehuscht war. Vorsichtshalber griff er nach der Streitaxt an seinem Sattel. Doch als sie weiter herankamen, lag die Lichtung ruhig und verlassen.

Eine halbe Stunde umrundeten sie den kleinen Platz Elle um Elle, ohne irgendetwas Neues zu entdecken. Schließlich ließ sich Michel trotz der Feuchtigkeit des Bodens unter einer Tanne nieder und lehnte sich an deren Stamm.

»Herr, wir sollten uns auf den Rückweg machen. Ich würde nur ungern die Nacht am Ort dieser Untat verbringen.«

»Michel, sag nur, du fürchtest dich.« In Simons Stimme schwangen Spott und Ungeduld.

Michel seufzte. Dann entschloss er sich, ehrlich zu antworten. »Man sagt, die Geister gewaltsam Gemeuchelter kehren nachts an den Ort zurück, an dem sie ihr Leben ließen. Mich gelüstet nicht danach, herauszufinden, ob es ein Ammenmärchen oder die Wahrheit ist.«

Ein plötzliches Scharren ließ beide aufhorchen. »Was war das?«, flüsterte Simon.
Michel spähte durch das Halbdunkel. Etwas huschte davon.
»Da hinten, jenseits des Baches, habe ich etwas gesehen, Herr. Wahrscheinlich nur ein Fuchs oder ein Wolf, aber …«, er zögerte.
»Bist du dir sicher, dass es kein Mensch war?« Simon klang alarmiert. »Vielleicht war es einer der Strauchdiebe, die ihr Lager nicht weit von hier mitten im Wald haben. Lass uns der Spur folgen, solange wir noch etwas sehen können.«
Michel nickte. Auch er war misstrauisch geworden.
Eine Weile streiften sie durch das niedrige Unterholz, ohne eine weitere Bewegung zu bemerken. Plötzlich stolperte Michel. Die Erde unter seinen Füßen hatte plötzlich nachgegeben. Stirnrunzelnd zog er den Fuß aus dem Loch und betrachtete die Stelle im trüben Licht.
Der Waldboden war auf einer Fläche von ein mal zwei Schritt dicht mit Reisig und Steinen bedeckt. Bei flüchtigem Hinsehen wäre ihm nichts aufgefallen, doch nun erschien Michel das Muster aus Gezweig und Geröll seltsam. Hatte hier jemand etwas vergraben und die Stelle danach absichtlich zugedeckt?
Mittlerweile war auch Simon herangekommen. »Herr, lasst uns hier einmal suchen«, schlug Michel vor. »Dies dünkt mir Menschenwerk zu sein.«
Simon nickte. Selbst im schwachen Licht konnte Michel erkennen, dass er bleich wurde wie eine frisch gekalkte Wand. Schweigend begannen die Männer, die Äste und Steinbrocken beiseitezuräumen. Schon nach kurzer Zeit wurden sie fündig. Eine Hand ragte zwischen dem toten Gehölz hervor.
Simon wandte sich ab. Michel hörte, wie er sich würgend erbrach. Auch er selbst starrte vor Furcht, was sie nun erwarten mochte, auf das Grab, das sie gefunden hatten.

»Bitte, Michel, getreuer Freund.« Simons Stimme klang brüchig. »Sieh nach, wessen Leichnam hier liegt.«
Schweigend räumte Michel Ast um Ast beiseite und scharrte die lockere Erde mit bloßen Händen weg. Es roch ekelerregend süßlich. Schließlich hatte er den nackten Körper einer Frau freigelegt, die auf dem Bauch lag. Die Verwesung hatte schon eingesetzt. Michel richtete sich auf und atmete tief durch.
»Nun?« Simons Stimme war tonlos vor Angst.
»Es ist in der Tat die Leiche eines Weibes, Herr. Doch es kann nicht Christina von Katzenelnbogen sein. Die Haare sind hellbraun, nicht schwarz.«
Nun kam Simon heran. »Lasst sie uns umdrehen.« Wenig später starrten sie in die gebrochenen Augen von Greta, der Magd. Man hatte ihr die Kehle mit einem tiefen Schnitt durchtrennt. Wieder wandte Simon sich ab und würgte. Auch Michel verspürte heftige Übelkeit. Der Leichnam war schrecklich zugerichtet. Der ganze Unterleib der Frau war mit getrocknetem Blut bedeckt.
»Man hat sie geschändet, Herr, bevor man sie mordete. Sie muss vor ihrem Tod furchtbar gelitten haben.« Er atmete nochmals tief gegen die Übelkeit an.
»Doch ihre Herrin ist hier nicht begraben.« Er drehte sich einmal um die eigene Achse und erforschte die unmittelbare Umgebung. »Soweit ich sehen kann, gibt es ringsum keine ähnliche Stelle.«
Simon riss sich sichtlich zusammen. »Lass uns trotzdem weitersuchen.«
Eine Stunde später hatten sie das Gelände zu beiden Seiten des Baches abgeschritten, ohne ein weiteres Grab zu finden. Schweigend machten sie sich daran, Gretas Leib wieder mit Erde zu bedecken und Steine und Geäst darauf zu häufen. Dann sprachen sie ein Paternoster für ihre Seele.

Mittlerweile war es nahezu vollkommen dunkel geworden. »Mehr können wir nicht tun, Herr. Lasst uns nach Hause reiten!«
Simon nickte schweigend. Michel ließ sich die Entdeckung und den Anblick von Gretas Leichnam auf dem Weg zu den Pferden durch den Kopf gehen. Dann ergriff er das Wort. »Es tut mir sehr leid um die Magd, Herr. Sie hatte immer ein freundliches Wort für jedermann, und ich mochte sie gern. Doch ihr Tod spricht dafür, dass Heinrich recht hat und Raubritter für die Untat verantwortlich sind.«
»Wieso glaubst du das?«
»Hätten sie nicht zwischen der Magd und ihrer Herrin zu unterscheiden gewusst, wäre auch Christinas Leichnam hier irgendwo begraben. So mag es sein, dass der Anführer seinen Knechten die Magd überlassen hat, das Edelfräulein aber unversehrt mit sich nahm.«
»Wieso hat man Greta begraben und die Leichen von Gisbert und Roland liegen gelassen?«
»Möglicherweise wollte man bei Graf Eberhard den Eindruck erwecken, dass man die Magd zur Bedienung seiner Tochter mitgenommen hat. So sorgt er sich weniger um ihr Wohlergehen. Je mehr er glaubt, dass Christina wohlauf und unversehrt in der Gewalt der Raubritter wartet, umso eher wird er bereit sein, ein hohes Lösegeld für ihre Freilassung zu bezahlen.«
Er zögerte kurz. »Deshalb denke ich, wir sollten ihm nichts von unserer Entdeckung sagen. Es würde ihn nur noch mehr bekümmern.«
Simon drehte Michel den Rücken zu. Seine Schultern zuckten, er weinte lautlos. Es schnitt Michel ins Herz.
Im Wunsch, seinen Herrn zu trösten, fuhr er fort. »Ihr dürft die Hoffnung nicht fahrenlassen, Herr. Solange man Christinas Leichnam nicht gefunden hat, ist noch nichts verloren.« Im Stillen wünschte er sich, er würde an seine eigenen Worte glauben.

Vorsichtig lugte Ida durch die Zweige des Schlehenbuschs, hinter dem sie sich nun schon seit Stunden verbarg. Endlich ritten die Männer weg, zum Glück entgegengesetzt zu der Richtung, in der ihre Hütte lag.
Ihr Gespräch hatte Ida aus der Entfernung nicht belauschen können. Doch an den Bewegungen und Gesten hatte sie erkannt, wie erschüttert die Männer über den Fund der Leiche gewesen waren. Besonders die Trauer des Kleineren war unübersehbar. Seine Kleidung und Haltung deuteten auf edle Abstammung hin. Vielleicht war die Tote seine Verwandte gewesen.
Dann hatten die Männer ganz offensichtlich lange nach einer zweiten Leiche gesucht. Einen kurzen Moment waren Ida Zweifel gekommen, ob Agnes ihr die Wahrheit gesagt hatte. Doch der größere Mann schien seiner Aufmachung und seiner Waffen nach nicht von Adel zu sein. Vielleicht war Agnes sein Liebchen gewesen, und sein Herr hatte ihm bei der Suche nach ihrem Verbleib geholfen.
Doch was nutzte das Grübeln? Zu ihrer Erleichterung hatten die Männer die Leiche wieder begraben. Vielleicht wollten sie später wiederkommen, um sie zu holen. Doch heute Nacht oder spätestens morgen würde es zu schneien beginnen. Es war unwahrscheinlich, dass die Wege passierbar blieben und der Ort unter der dichten Schneedecke wiederzufinden war.
Sie beschloss, Agnes nichts von ihren Beobachtungen zu sagen. Das Mädchen wollte ja gar nicht zurück. Es hatte darum gebeten, bei ihr bleiben zu dürfen.
Und das war mehr, als sie sich in ihren flehentlichsten Gebeten erhofft hatte. Gott hatte ihr eine neue Tochter geschenkt.

Teil 3:

RÜCKSCHLAG

Kapitel 13

Im Hunsrück, März 1275

»Schau, liebes Kind. Das sind Duftveilchen, die ersten Heilpflanzen des Frühjahrs. Zwar ist die Zeit der bösen Katarrhe bald vorbei, aber Blüten, Blätter und Wurzeln ergeben getrocknet einen wirksamen Tee gegen Husten und Schleim in der Brust. So haben wir schon einen Vorrat für den kommenden Herbst.«

Ida und Christina saßen im ersten Sonnenschein des Jahres vor der Kate und beugten sich über das Körbchen mit den dunkelvioletten, zierlichen Blumen, die die beiden Frauen am Morgen gesammelt hatten.

»Warum sind weiße Blüten darunter?« Christina hob eine davon in die Höhe.

»Manchmal blühen die Veilchen auch weiß. Der Herrgott hat seine Natur gar herrlich und vielfältig geschaffen.«

»Aber kann man sie denn dann nicht mit anderen, vielleicht sogar giftigen Pflanzen verwechseln?«

Ida schüttelte lächelnd den Kopf und hielt Christina die Blüte entgegen. »Rieche einmal daran!«

Die schnupperte und krauste leicht die Nase. »Sie duften sehr intensiv, fast schon ein wenig zu stark.«

Ida nickte. »Daran erkennt man, ob es sich um die gleiche Veilchenart handelt. Ähnliche Blüten ohne Duft verwenden wir

nicht, selbst wenn sie violett sind. Ein Aufguss bliebe ohne Wirkung oder wäre vielleicht sogar schädlich.«
Sie strich dem Mädchen zärtlich über die Wange.
»Ich freue mich, wie eifrig du lernst, liebste Agnes.«
Christina zuckte leicht zusammen. Noch immer hatte sie sich nicht völlig an ihren neuen Namen gewöhnt.
»Was bleibt mir auch anderes übrig, bei einer so guten Lehrmeisterin«, sagte sie leichthin, um ihre kurzzeitige Verwirrung zu überspielen.
Doch Ida schien wie immer nichts bemerkt zu haben. »Nun kommt die Zeit, dich zu den ersten Behandlungen mitzunehmen«, antwortete sie. »Die Frau des Müllers wird bald niederkommen.«
Christina horchte auf. »Ist das die Frau, die kürzlich ihr Kind fast verloren hat?«
»Ja, genau die. Ihr Gemahl wird meinen Lohn verdoppeln, wenn sein Erstgeborenes gesund zur Welt kommt. Vielleicht sogar vervierfachen, wenn es ein Sohn ist.« Sie seufzte ein wenig. »Die Groschen wären mir mehr als willkommen nach diesem harten Winter.«
Schuldbewusst blickte Christina zu Boden. Seit Wochen aßen die Frauen nur noch Grütze, Fladenbrot und ab und zu getrocknetes Fleisch. Es waren die Reste eines Rehs, das Ida verendet gefunden und entgegen dem Gesetz heimlich in ihre Kate gebracht hatte.
»So bin ich dir am Ende doch eine Last geworden«, murmelte sie.
Ida fasste ihr unter das Kinn. »Was redest du da daher, liebes Kind. Selbst wenn ich Hunger gelitten hätte, würde ich keine Minute bereuen, dich aufgenommen zu haben. Ich wusste zuvor nicht einmal, wie einsam ich all die langen Jahre gelebt habe. Doch nun sollten wir uns sputen, das Mittagsmahl zu bereiten.«

Sie stand auf und streckte ihren aufgrund des Alters verkrümmten Rücken. Dann reichte sie Christina die Hand und zog sie hoch.

»Du siehst, das Leben erscheint auch dir wieder lebenswert. Mit dem Schicksal der Frauen ist es wie mit den Jahreszeiten. War der Winter besonders streng, folgt oft ein milder Frühling.«

Kaum stand Christina auf ihren Füßen, erfasste sie jedoch wie aus heiterem Himmel ein Schwindel. Ihr wurde schwarz vor Augen. Der intensive Veilchenduft verursachte ihr Brechreiz. Und ehe sie sich's versah, hatte sich der Inhalt ihres Magens auch schon auf das weiche Moos neben dem Eingang der Kate entleert.

Ida hielt ihr den Kopf und reichte ihr einen sauberen Leinenfetzen. Christina wischte sich den Mund und den Schweiß von der Stirn, während die Kräuterfrau die Bescherung mit zwei Handvoll Heu aufnahm, die sie ins nahe Gebüsch warf.

Christina fühlte sich immer noch sterbenselend. »Ach, Ida«, stöhnte sie. »Ich glaube, ich bin noch gar nicht gesund.«

Zwar waren die schrecklichen Wunden verheilt, und sie konnte längst wieder sitzen, gehen und sogar laufen. Doch in den letzten Wochen hatte sie sich merkwürdig matt und unwohl gefühlt.

Die Kräuterfrau sah sie mit einem seltsamen Lächeln an. »Woran du leidest, ist keine Krankheit, liebe Tochter. Es ist im Gegenteil sogar ein Beweis dafür, wie gesund du bist. Kaum eine Frau empfängt, wenn ihr Gewalt angetan wird.«

Christina sah Ida verwundert an. »Was soll ich empfangen haben?«

Ida seufzte und zog Christina zurück auf die Bank. »Wann hattest du deine letzte Monatsblutung?«, fragte sie sanft.

Der Schrecken legte sich wie eine eiskalte Hand auf Christinas Herz. Tatsächlich war ihre Regel seit den Vergewaltigungen

ausgeblieben. Doch sie hatte sich bislang nichts dabei gedacht und diesen Umstand für eine Folge des Schocks und der Schmerzen gehalten.
Die Angst schnürte ihr schier die Kehle zu. Fassungslos starrte sie die Kräuterfrau an.
Ida missverstand ihre Angst. »Du musst dich nicht fürchten, Agnes.« Liebevoll streichelte sie Christinas Arm. »Bei mir bist du in den besten Händen. Deshalb will ich dich auch zur Entbindung der Müllersfrau mitnehmen. Eine bessere Wehmutter als mich wirst du im ganzen Hunsrück nicht finden.«

Burg Rheinfels, März 1275

Atemlos stürzte Simon in den großen Rittersaal, dicht gefolgt von Michel. Heinrich war schon da und hatte auf einem niedrigen Schemel Platz genommen. Graf Eberhard saß auf seinem hohen Lehnstuhl mit dem eingestickten Wappen von Katzenelnbogen und studierte eine Pergamentrolle.
»Habt Ihr endlich Nachricht über Christina erhalten?« In seiner Aufregung vergaß Simon jedwede Form der Ehrerbietung.
Heinrich musterte ihn finster, Graf Eberhard irritiert. Er war seit dem spurlosen Verschwinden seiner Tochter um Jahre gealtert. Dunkle Ringe lagen unter seinen Augen, sein graues Haar war schlohweiß geworden. Mehr denn je plagten ihn Schmerzen im Rücken und in allen Gliedern. Dennoch hielt er sich aufrecht und beklagte sich nie.
»Sei gegrüßt, mein Sohn«, sagte er förmlich, ohne auf Simons Frage einzugehen. Der errötete und beeilte sich, vor Graf Eberhard niederzuknien.
»Seid auch Ihr gegrüßt, edler Herr. Ich bitte um Vergebung für meine Unbotmäßigkeit. Es war nur, weil …«

»Erhebe dich und nimm Platz«, unterbrach ihn der Graf. Er wies auf einen freien Schemel neben Heinrich und hielt einen Moment inne, als kämpfe er mit sich. Dann fuhr er fort:
»Deine Sorge um meine Tochter ehrt dich, Simon. Doch leider gibt es noch immer keine Kunde von ihrem Entführer.«
Schon Michel hatte ihn vorgewarnt, dass Graf Eberhard nicht nach ihm schicken ließe, weil endlich die Lösegeldforderung eingetroffen war. Trotzdem schwindelte ihm nun vor Enttäuschung.
Die erzwungene Untätigkeit der endlosen Wintermonate hatte Simon schier wahnsinnig gemacht. Wie ein Besessener übte er täglich mit Schwert, Lanze und Streitaxt und hatte sich in der Kunst des Kampfes weit über seine Jahre hinaus entwickelt, wie ihm Waffenmeister Hildebrand versicherte.
Immer wieder war er zu einer aussichtslosen Suche nach Christina aufgebrochen, getrieben von der Reue, sie bei ihrer letzten Begegnung so grob behandelt zu haben, und der Furcht, sie in diesem Leben nie wiederzusehen. Als der Schnee die Wege in den Hunsrück unpassierbar machte, ritt er den Rhein hinab bis Koblenz und hinauf bis Bingen. In jedem Dorf, in jedem Gasthaus am Wegrand forschte er nach ihr.
Sooft es Heinrich erlaubte, kam Michel mit. Bei ihm fand Simon Trost und schämte sich nicht für seine Tränen, wenn ihn die Trauer übermannte. Michel hielt ihn auch zurück, als er einen Wirt niederschlagen wollte, weil der eine leichtfertige Bemerkung über die Vermisste gemacht hatte.
Doch alle Mühe war vergebens. Nun war es endlich Frühjahr geworden. Mit jedem Tag schwand die verzweifelte Hoffnung, dass ein Lebenszeichen von der Entführten eintraf, ein wenig mehr. Der milde März hatte längst dafür gesorgt, dass die Wege wieder frei waren. Aber noch immer ließ der Entführer nichts von sich hören.

Eberhards sonore Stimme riss ihn aus seiner Apathie. »Ich habe eine Nachricht von deinem Ziehvater, Graf Johann, erhalten. Er lädt Heinrich und dich zum Osterfest auf die Kauzenburg ein.« Er hob die Hand, um Simons Einspruch zu unterbinden. »Ich halte dies für einen sehr guten Einfall. Es wird euch ablenken und auf andere Gedanken bringen. Das Osterfest auf dem Rheinfels wäre gar zu trübselig. Daher werde auch ich nicht hierbleiben, sondern schließe mich dem Gefolge des Königs an, der einen neuen Hoftag in Augsburg vorbereitet.«
Simon nickte geistesabwesend. In der Tat war ihm schon das vergangene Weihnachtsfest ohne Christina eine einzige Qual gewesen. Besonders bei solchen Anlässen plagten ihn die Erinnerungen an die Geliebte ohne Unterlass. Hätte er nur mehr Geduld und Sanftmut bewiesen, anstatt sie so hart zu bedrängen und so heftig zu kränken. Vielleicht hätte sie sich dann niemals auf diese unselige Reise begeben.
»Doch ich sehe, die hohe Politik ist nicht von Interesse für dich.« Wieder schreckte Simon aus seinen Gedanken auf und errötete leicht. »Verzeiht, hoher Herr. Ich war abgelenkt. Was habt Ihr gesagt?«
Eberhard seufzte. »Ich habe beschlossen, König Rudolf wieder als Berater zu dienen. Allzu lange habe ich jetzt vergeblich auf dem Rheinfels ausgeharrt.« Er schluckte schwer. »Es gilt, das Wohl des römisch-deutschen Reiches zu sichern.«
»Wird Ottokar von Böhmen König Rudolf in Augsburg endlich den Lehnseid leisten?«, fragte Heinrich.
Eberhard seufzte erneut. »Ich hoffe es, mein Sohn. Die Langmut des Königs wird nicht ewig währen. Folgt Ottokar der Einladung wieder nicht, so wie er es beim letzten Hoftag zu Würzburg getan hat, bleibt Rudolf als letzter Ausweg nur der Krieg. Er kann nicht länger dulden, dass sich einer seiner Vasallen gegen ihn auflehnt und ihm die Gefolgschaft verweigert.«

Er wandte sich an Simon. »Also, mein Junge. Willst du dich Heinrich anschließen und Graf Johann zum Osterfest in Kreuznach besuchen?«
Simon zögerte. »Wird uns Michel begleiten?«
Heinrich fuhr zu ihm herum, als habe ihn eine Schlange gebissen. »Selbstverständlich wird Michel *mich* begleiten.« Er sprach in scharfem Ton. »Schließlich steht er als Waffenknecht in *meinen* Diensten. Du magst als mein Knappe dazustoßen.«
Einen Moment herrschte Schweigen. Dann nickte Simon ergeben. »So sei es, mein Herr.« Seine unverbindliche Anrede ließ offen, ob er Graf Eberhard oder Heinrich antwortete. Alles war besser, als allein auf dem Rheinfels zu bleiben.

Im Hunsrück, April 1275

Als die zweite Nacht langsam der Morgendämmerung wich, war aus den Schreien der Müllersfrau ein leises Wimmern geworden. Kraftlos warf sie den Kopf hin und her, ihren Qualen ohnmächtig ausgeliefert. Doch noch immer wollte das Kind nicht kommen.
»Ihr Becken muss inwendig schmaler sein, als es von außen aussieht«, murmelte Ida. Wieder fettete sie sich die Hände und Unterarme mit reinem Schmalz ein und fuhr mit den Fingern ihrer Rechten dann ganz vorsichtig in den klaffenden Geburtskanal der Frau. Obwohl sie sehr behutsam vorging, stieß die Müllersfrau einen spitzen Schrei aus.
Zum ersten Mal, seitdem sie Ida kannte, nahm Christina einen sorgenvollen Ausdruck in ihrem Gesicht wahr. Sie selbst war schon lange der muffigen, süßlich nach Blut riechenden Kammer überdrüssig. Seit der vergangenen Nacht harrte sie in ihr aus, um Ida zur Hand zu gehen. Das kleine Fensterloch war mit

einer dicken Wolldecke verhangen, so dass kein Lüftchen nach innen dringen und der jungen Mutter Schaden zufügen konnte. Gerade als Christina vermeinte, es keine Minute länger aushalten zu können, winkte Ida. »In meinem Korb ist ganz unten ein kleiner irdener Tiegel. Bring ihn mir.«

Christina fischte ein graues Gefäß aus den Tiefen der Kiepe, nicht viel größer als ein Hühnerei. Es war mit einem Wachspfropfen verschlossen.

Ida nickte. Dann wandte sie sich an die junge Magd, die verschüchtert in einer Ecke saß. »Bring uns kochendes Wasser, mein Kind. Ich möchte deiner Herrin einen stärkenden Aufguss bereiten.«

Als das Mädchen zurückkehrte, maß Ida mit einem winzigen Löffel eine Dosis des grauschwarzen Pulvers ab, das sich in dem Tiegel befand. Sie gab es in einen Becher, goss es mit heißem Wasser auf und gab reichlich Honig hinzu. Dann hob sie der erschöpften Gebärenden den Kopf und flößte ihr das Gebräu vorsichtig ein. Trotz ihrer Schmerzen verzog diese vor Ekel den Mund.

»Sehr gut, Liese«, beruhigte sie Ida. »Der Trank ist bitter, ich weiß, aber er wird dir Erleichterung bringen.«

Nur kurze Zeit später kehrten die Wehen zurück. Liese begann erneut, markerschütternd zu schreien. »Rasch, rasch, Agnes, spute dich. Wir müssen sie wieder auf den Gebärstuhl schaffen, um die Gunst des Augenblicks zu nutzen.« Mit Hilfe der Magd trugen sie die Müllerin mehr, als dass sie sie stützten.

»Endlich, das Mittel wirkt! Ich sehe schon den Kopf des Kindes.« Triumph und Erleichterung schwangen in Idas Stimme. Nur wenige Minuten später zog sie das Kind an den Schultern aus dem Mutterschoß. Mit einem Schwall Blut erblickte das kleine Wesen das Licht der Welt und begann sogleich, herzhaft zu krähen.

»Dem Himmel sei Dank, Liese. Du hast einen prächtigen Sohn. Und schau nur, wie kräftig er ist trotz der schweren Geburt.« Die Müllersfrau lächelte unter Tränen.

Zwei Stunden später verließen die Frauen endlich die Mühle. Der Müller hatte Ida und ihre Ziehtochter reich beschenkt. Außer den Silbermünzen, die die Kräuterfrau in ihrer Gürteltasche verwahrt hatte, trug Christina eine ganze Speckseite in ihrer Kiepe, die außerdem Mehl, Schmalz, Butter, zwölf Eier und ein Suppenhuhn enthielt.

»Er war ja vor Glück geradezu närrisch.« Selbstzufrieden lächelte Ida in sich hinein. »Aber wer will es ihm verdenken. Das Kind ist sein Erstgeborenes und noch dazu ein Junge.«

»Was für ein Pulver hast du Liese verabreicht?« Christina brannte die Frage schon die ganze Zeit auf der Zunge.

Einen Moment verdunkelten sich Idas Züge. »Es ist ein gefährliches Mittel, dessen Gebrauch uns Wehmüttern von der heiligen Kirche verboten ist.« Unwillkürlich schaute sie sich nach allen Richtungen hin um, als ob verborgene Lauscher zu fürchten seien.

»Aber warum denn verboten?«, wunderte sich Christina. »Die Arznei hat der Frau binnen kurzer Zeit geholfen, ein gesundes Kind zu gebären.«

Ida seufzte. »Genau darin liegt einer der Gründe, warum sie verboten ist. In der Heiligen Schrift steht geschrieben, dass Evas Töchter ihre Kinder unter Schmerzen gebären sollen, als Strafe für das Böse, das Eva auf die Welt gebracht hat.«

Christina schnaubte. »Schmerzen hatte die Müllerin wahrlich genug.«

Ida fuhr unbeirrt fort. »Zudem ist das Pulver sehr giftig. Schon ein Quentchen zu viel kann der Leibesfrucht tödlichen Schaden zufügen oder sie gar vorzeitig austreiben.«

Christina horchte auf. »Man kann das Mittel verwenden, um eine ungewollte Schwangerschaft abzubrechen?«
Noch ahnte Ida nicht, worauf sie hinauswollte. »So ist es, mein Kind. Es gibt unselige Weiber, die damit das Gottesgeschenk abtöten, das sie empfangen haben.«
»Woraus besteht die Arznei?«
»Aus einer Wucherung des Roggens, einer bohnenähnlichen Frucht, die zu Pulver zerrieben wird. Sie fördert die Wehen.«
»Woher hast du das Mittel?«
»Ich entdeckte es im letzten Sommer in einem abgelegenen Feld und erntete im Morgengrauen einige Bohnen davon für meinen Vorrat. Die Familie des Bauern, dem das Feld gehört, erkrankte nach der Ernte gar heftig. Wahrscheinlich haben sie die giftige Frucht zu Mehl zermahlen und mit ihrem Brot gegessen.«
Christina trottete eine Weile schweigend neben der Kräuterfrau her. Dann fasste sie sich ein Herz.
»So würde das Pulver auch mich von der Last meiner Schande befreien?«
Abrupt blieb Ida stehen und fasste Christina hart am Arm.
»Was redest du da, Mädchen?« Ihre Eichhörnchen-Augen funkelten zornig.
Plötzlich brach es aus Christina heraus. »Ich will kein Kind gebären, das auf diese Weise gezeugt wurde. Ich weiß ja nicht einmal, wer der Vater ist.« Sie schluchzte so heftig, dass sie am ganzen Körper zitterte.
Seitdem Ida ihr eröffnet hatte, dass sie schwanger war, grübelte sie ununterbrochen, was mit dem Kind geschehen sollte, wenn es zur Welt kam. Wem würde es gleichen? Trüge es Heinrichs ungeschlachte Züge oder den verschlagenen Ausdruck der groben Zwillinge? Niemals wieder würde sie Frieden finden, wenn dieses Wesen geboren wurde.

Doch zum ersten Mal, seitdem sie in der Obhut der Kräuterfrau weilte, spendete Ida ihr keinen Trost. Stattdessen sprach sie mit harter Stimme:
»Ein Kind gehört der Mutter, die es in ihrem Leib trägt und mit ihrem eigenen Fleisch und Blut nährt. Der Vater hat nichts damit zu schaffen. Also höre zu flennen auf und schicke dich in dein Los. Ist das Kleine erst geboren, wirst du dich für deine heutigen Worte schämen.«
Doch so leicht gab Christina nicht auf. »Aber ich will es nicht haben. Um der Barmherzigkeit Christi willen, gib mir von dem Pulver und hilf mir, dass ich nicht sterbe. Ich werde dir ewiglich dankbar sein.« In ihrer Verzweiflung warf sie sich auf die Knie und hob flehend die Hände.
Aber Ida blieb ungerührt. »Was du von mir verlangst, wird mit irdischer und himmlischer Verdammnis bestraft. Christus, den du gerade zum Zeugen für deine Niedertracht angerufen hast, würde dir niemals vergeben, wenn du das Leben vernichtest, das er dir anvertraut hat.«
Christina schluchzte verzweifelt. Plötzlich veränderten sich Idas Züge und wurden weicher.
Sie strich der Weinenden sanft über das dunkle Haar. »Du bist müde und erschöpft von der langen Wache, mein Kind«, sagte sie mit ihrer vertrauten freundlichen Stimme. »Du weißt nicht mehr, was du sagst. Die schwere Geburt hat dir eine Todesangst eingejagt.«
Christina schüttelte heftig den Kopf.
»Nun beruhige dich«, sagte Ida beschwichtigend. »Du wirst sehen, alles wird sich zum Besten wenden. Ich leiste dir Beistand in deiner schweren Stunde. Denn ich freue mich viel zu sehr, nach all der Zeit wieder einen Säugling im Haus zu haben. Sprich ein Gebet zur Gottesmutter, die ihren Sohn für uns alle geopfert hat. Das wird dir Kraft und Trost spenden.«

»Ich fürchte, wohledle Herrin, dass Euer Schwager Heinrich nicht zum Aufbruch bereit ist.«

»Was soll das heißen?«

Auf ihren Wink erhob sich Simon, der vor ihr auf den Binsen des Rittersaals gekniet hatte, und blieb mit gesenktem Blick vor Adelheid von Sponheim stehen. Er wollte vermeiden, dass Johanns Gattin den Hohn in seinen Augen bemerkte.

»Es scheint, hohe Herrin, dass er sich gestern gleich nach der Abreise Eures Gatten in einer Kreuznacher Spelunke betrank. Soeben haben ihn zwei Schankknechte auf die Burg gebracht. Er schläft und ist nicht bei Sinnen. Selbst ein Eimer eiskaltes Brunnenwasser konnte keine Abhilfe schaffen.«

Adelheids dunkle Brauen, die sich in einem makellos geschwungenen Bogen über ihren grauen Augen wölbten, zogen sich leicht nach oben. Nur wer sie kannte, wusste, dass dies ein Zeichen großen Unmuts war. Graf Johanns zweite Gemahlin legte sehr viel Wert auf ritterliche Umgangsformen und war stets darauf bedacht, als formvollendete Dame aufzutreten. Zehn Jahre jünger als ihr Gatte, stand sie, trotz ihres jugendlichen Aussehens, mit knapp dreißig Jahren in der Mitte ihres Lebens. Vergangene Schicksalsschläge hatten keine Spuren auf ihrem zarten Antlitz mit den fein geschnittenen Zügen und der etwas zu großen Nase derer von Leiningen hinterlassen. Ihre erste Ehe war kinderlos geblieben. Schon wenige Monate nach der Hochzeit hatte sich ihr junger Gemahl bei einem Turnier tödlich verletzt.

All das ging Simon durch den Kopf, als er die Frau seines Ziehvaters verstohlen betrachtete. Sie galt als Schönheit und hatte seinen Ziehvater, zwei Jahre nachdem Simon seine Ausbildung bei Graf Eberhard angetreten hatte, geheiratet. Mittlerweile

hatte sie ihm zwei Söhne und eine Tochter geboren. Alle Kinder lebten und waren gesund. Trotz der rasch aufeinanderfolgenden Schwangerschaften war Adelheids Gestalt gertenschlank geblieben.
»Ist zumindest Michel von Kreuznach nüchtern und reisefähig?«
Simon verbeugte sich, diesmal, um seinen Unmut zu verbergen. »Er ist es, Herrin. Kein Mann im Dienste des edlen Grafen Johann könnte treuer und zuverlässiger sein.«
»Nun, nun, Simon von Montfort.« Obwohl er sich bemüht hatte, seiner Stimme einen gleichmütigen Klang zu verleihen, schien Adelheid seinen Ärger bemerkt zu haben. »Ich zweifle nicht an dem Waffenknecht. Mich dünkt es nur seltsam, dass das Gescherr so ganz anders ist als der Herr, in dessen Dienst mein Gemahl Michel gestellt hat.«
Simon zuckte die Achseln. »So war es schon immer, edle Herrin.«
Adelheid spielte mit einer der silbernen, kunstvoll gearbeiteten Tassel-Scheiben, die ihren weiten Mantel aus feinem Wollstoff mittels einer Schnur über der Brust zusammenhielt. Sie war bereits für die kurze Reise nach Burg Sponheim, der Stammburg des Adelsgeschlechts ihres Gatten, gekleidet. Reit- und Packpferde standen gesattelt im Hof.
Schließlich seufzte sie. »So werde ich wohl auf den Besuch meiner kranken Schwiegermutter verzichten müssen. Auch das Familienheiligtum, die Reliquie mit dem Splitter vom wahren Kreuz, wird vorerst in der Kauzenburger Kapelle verbleiben müssen. Dame Margareta wird ihre wundertätige Heilkraft schmerzlich vermissen. Sie hat sie nur ungern verliehen, als sie zum Osterfest nicht auf die Kauzenburg reisen konnte. Sei so gut und rufe Marie, damit sie mir hilft, die Kleidung zu wechseln. Sie wird schon draußen bei den Pferden warten.«

Simon kam ein kühner Gedanke. »Warum darf ich Euch nicht anstelle von Heinrich begleiten, hohe Herrin? Mit Michel an meiner Seite sind wir gewöhnlichem Räuberpack wohl gewachsen.«

Adelheid sah ihn zweifelnd an. »Ich danke dir für dein Angebot, Simon. Doch du hast die Schwertleite noch nicht empfangen. Mein Gatte würde es sicher nicht gutheißen, wenn ich ohne den Schutz eines Ritters reise.«

Simon krauste verächtlich die Nase. »Heinrich von Sponheim hat nicht einmal vermocht, seine eigene Verlobte vor einer Entführung zu bewahren.« In seine Bitterkeit mischte sich der wohlbekannte Schmerz über Christinas Verlust.

Adelheids Blick ruhte auf ihm. Mit ihrer guten Beobachtungsgabe und ihrem Feinsinn für die innersten Gefühle eines Menschen spürte sie, dass Simon um mehr als die Tochter seines Dienstherrn trauerte. Doch sie war zu taktvoll, um ihn darauf anzusprechen.

»In den letzten Wochen hat immer wieder Gesindel die Straßen an der Nahe unsicher gemacht«, wandte sie stattdessen ein. »Mein Gemahl hat jeden verfügbaren Mann der Burgbesatzung mit auf die Reise zu König Rudolfs Hoftag nach Augsburg mitgenommen. Ich kann keine weitere Wache abziehen. Sie wird zum Schutz von Burg und Stadt gebraucht.«

»Doch andererseits«, überlegte sie laut, »sagt man von Michel, er kämpfe für drei. Und auch von dir habe ich bislang nur Gutes gehört. Zudem liegt meines Gatten Mutter schwerkrank danieder, und Johann bat mich dringend, sie an seiner statt zu besuchen. Natürlich in Begleitung ihres zweiten Sohnes.« Nun schwang trotz aller Beherrschung doch ein wenig Spott in ihrer Stimme.

Schließlich gab sie sich einen Ruck. »Burg Sponheim ist nur eine halbe Tagesreise entfernt. Das Wetter ist freundlich, und die Straßen sind vom Schlamm des Winters getrocknet. Also brechen wir auf.«

Mit einem feinen Lächeln auf ihren Lippen neigte sie leicht den Kopf. »Simon von Montfort, ich vertraue dir mein Schicksal und das meiner Magd Marie an. Mögest du uns wohlbehalten zum Ziel unserer Reise geleiten.«

Christina blickte Ida so lange nach, bis die Kräuterfrau im dichten Gebüsch am Waldrand verschwunden war. Heute wollte sie Bärlauch ernten, der sich zum Würzen von Speisen ebenso eignete wie zur Behandlung eines rebellischen Magens. So frisch und zart gab es ihn nur im April.

Trotz ihres Vorhabens lief Christina das Wasser im Munde zusammen, als sie an die Suppe dachte, die Ida ihr zum Nachtmahl versprochen hatte. Damit gedachte die alte Frau, die beständige Übelkeit, die Christina quälte, zu lindern.

Doch an diesem Tag war sie längst nicht so matt und elend wie in den vergangenen Wochen. Wäre da nicht die leichte Wölbung ihres Leibes gewesen und die ständig schwellenden Brüste, sie hätte sich leicht und frei wie ein Vogel gefühlt. Der sonnige warme Tag war eigentlich viel zu schade, um ihn mit Schmerzen und Blut zu beenden. Christina wäre viel lieber mit der Kräuterfrau durch die frühlingsgrünen Wälder gestreift.

Doch sie wusste, dass es so schnell keine Gelegenheit mehr für ihr Vorhaben geben würde. Außerdem könnte Ida, wenn sie das geheimnisvolle graue Pulver nicht rasch aus seinem Versteck holte und anwandte, es vielleicht bei der nächsten Geburt gebrauchen, und damit wäre jede weitere Möglichkeit dahin.

Christina hatte sich schlafend gestellt, als Ida das kleine Gefäß im Lehmboden unter der noch glimmenden Asche der Feuerstelle vergrub. Nun scharrte sie die lockere Erde hastig zur Seite, bis sie auf den irdenen Tiegel stieß. Er war dick in ein Stück

festes Leder gewickelt, um das Pulver vor der Hitze des Herdes zu schützen.
Obwohl niemand in der Nähe war, blickte sie sich vorsichtig um, bevor sie das Gefäß öffnete. Was mochte wohl die richtige Dosis sein? Ida hatte der Müllersfrau nur eine winzige Prise verabreicht. Doch deren Kind sollte auch leben und keinen Schaden nehmen. Zudem hatte die Frau bereits stundenlang in den Wehen gelegen. Folgerichtig musste sie eine höhere Dosis wählen, um der Frucht ihrer Schande ein für alle Mal den Garaus zu machen. Es war nicht auszudenken, was geschehen würde, wenn Ida sie fände, bevor der Fötus geboren war. Sicher würde sie sie keine Minute mehr aus den Augen lassen, vielleicht sogar in der Kate einsperren. Die alte Frau freute sich so auf die Geburt ihres Kindes, dass sie bereits begann, Kinderkleidchen zu nähen. Lustlos und nur, um keinen Verdacht zu erregen, hatte Christina sich daran beteiligt.
Nun füllte sie einen ganzen Löffel mit dem Pulver und wollte ihn schon in die bereitgestellte Schale mit frischem Quellwasser tauchen, als sie auf einmal Furcht überkam. »Wenn die Dosis zu stark ist, kann auch die Mutter sterben«, hatte Ida gesagt. Vorsichtig schob Christina daher die Hälfte des Pulvers wieder vom Löffel. Dann verquirlte sie den Rest im Wasser, fügte Honig hinzu und leerte das Gefäß entschlossen mit einem Zug.
Der bittere Geschmack benahm ihr den Atem. Sie musste würgen und spuckte eine Mundvoll des Gebräus auf die sauberen Binsen. Dann legte sie sich auf ihr Lager aus weichen Kaninchenfellen und wartete.

Eine ganze Weile geschah nichts. Zuerst verspürte sie ein leichtes Ziehen im Unterleib, das aber sehr rasch in heftige Krämpfe überging. Schon bald wich der erste Triumph über ihren Erfolg immer unerträglicher werdenden Schmerzen. Erst begann Christina zu keuchen, dann zu stöhnen und schließlich hilflos

zu weinen. Ihr Bauch fühlte sich so hart wie ein Stück Holz an. In ihren schlimmsten Phantasien hatte sie sich nicht vorgestellt, dass es so furchtbar sein würde.
Nach einem besonders heftigen Krampf spürte sie plötzlich, dass eine warme Flüssigkeit zwischen ihren Beinen austrat und ihre Oberschenkel nässte. Mühsam richtete sie sich auf. Es war hellrotes Blut, durchsetzt mit dunkleren Klumpen. Ununterbrochen strömte es aus ihrem Leib. Bald waren die Kaninchenfelle völlig blutgetränkt. Sie schwamm buchstäblich darin.
Schließlich dämmerte ihr, dass sie sterben würde, wenn die Blutung nicht bald zum Stillstand kam. Mit letzter Kraft versuchte sie aufzustehen. Ein heftiger Schwindel warf sie aber sofort zurück auf ihr Lager, und der Raum verschwamm vor ihren Augen. In ihrer Pein und Todesangst begann sie Idas Namen zu rufen, doch ihren trockenen, rissigen Lippen entrang sich nur ein heiseres Krächzen.
Noch immer hörten die Schmerzen nicht auf. Die Kräuterfrau hatte recht gehabt. Der Herrgott forderte ihr Leben für den Mord an ihrem ungeborenen Kind. Ohne Beichte und Absolution würde sie der ewigen Verdammnis anheimfallen.
In ihrem Fieberwahn vermeinte sie auf einmal Idas Stimme zu hören. Doch es musste ein Trugbild sein. Wahrscheinlich war sie schon in der Hölle, und es waren Teufel, die sie stachen und aufspießten. Sie drückten ihren schmerzenden Leib zusammen, als wollten sie ihn mit eisernen Platten zerquetschen. Eine grobe Hand fasste ihr in die Haare, zog ihren Kopf hoch und flößte ihr gewaltsam einen widerlich schmeckenden Trank ein.
Sie verschluckte sich, bekam keine Luft mehr und hustete. Dabei öffnete sie für einen Moment die Augen. Über sich erblickte sie Idas Gesicht. Die vormals so gütigen Züge waren vor Schrecken und fassungsloser Wut verzerrt.
Dann verlor Christina die Besinnung.

Kapitel 14

Im Naheland, drei Wochen später, Mai 1275

Die kleine Gruppe schlängelte sich gemächlich den gewundenen Weg entlang. An ihrer Spitze ritten Michel und Marie auf ihrem Maultier. Simon beobachtete sie schmunzelnd. In den Wochen, die sie auf Burg Sponheim verbracht hatten, schienen sich die beiden nähergekommen zu sein. Was auch nicht weiter erstaunlich war. Marie war eine fröhliche junge Frau von achtzehn Jahren, die Tochter eines Bauern aus dem Dorf Schwabenheim, das an der Grenze zwischen den Sponheimer Ländereien und dem Herrschaftsgebiet des Mainzer Kurfürsten lag.
Von klein auf an ein hartes Tagwerk gewöhnt, konnte sie trotz ihrer zierlichen Gestalt kräftig zupacken und scheute sich vor keiner Arbeit. Als Kammermagd der Gräfin war ihr Los allerdings zweifellos leichter als das anderer Bauernmädchen.
In ihrem hübschen Gesicht bestachen vor allem die haselnussbraunen Augen. Sie waren von kleinen goldenen Pünktchen gesprenkelt und leuchteten auf, sobald sie der Schalk überkam. Sie lachte gerne und laut, was reizende Grübchen auf ihre Wangen zauberte.
Michel war fast eineinhalb Ellen größer als sie. Trotzdem hatte sie den Hünen völlig in ihrer Gewalt, wenn sie mit ihm scherzte. Noch nie zuvor hatte Simon diesen Ausdruck auf Michels Gesicht gesehen, wenn er Marie verstohlen betrachtete. Es war eine Mischung aus Hingabe und Zärtlichkeit, die bei jedem anderen Recken seiner Größe lächerlich gewirkt hätte. Doch im Fall Michels verschönte sie seine sonst eher groben Züge und machte sie weich, beinahe verwundbar, auch die harte Linie um den Mund herum, die vor allem im Kampf deutlich hervortrat, verschwand dann fast vollends. Große Künstler vermochten ih-

ren Heiligenstatuen diesen Gesichtsausdruck zu verleihen, wenn sie den Moment darstellen wollten, in dem diese Gottes Herrlichkeit schauten.

»Ich hoffe doch sehr, meines Schwagers Waffenknecht beraubt mich nicht meiner Magd.« Adelheid von Sponheim klang gleichzeitig amüsiert und beunruhigt. Auch ihr war die Tändelei der beiden offensichtlich nicht entgangen.

Simon schmunzelte. »Sie führt ihn zweifelsohne an ihrem Gängelband, edle Dame. Doch Michel ist viel zu ehrbar und scheu, um eine Frau in Schande zu bringen. Und heiraten kann er sie nicht. Sein Lohn reicht nicht aus, um eine Familie zu ernähren. Also könnt Ihr ganz beruhigt sein. Marie wird Euch noch lange zu Diensten stehen.«

Eine Weile ritten sie schweigend nebeneinander her. Es war ein herrlicher Frühlingstag. Eine milde Sonne strahlte vom wolkenlosen Himmel und zeichnete filigrane Schattenmuster auf den Weg zu ihren Füßen. Sie ritten durch einen lichten Laubwald, der bis an die leise rauschende Nahe reichte und auf der anderen Seite von schroffen Felsen begrenzt war.

»Hoffentlich hat der Eilbote meinen Gatten noch rechtzeitig erreicht, um ihm die frohe Kunde von der plötzlichen Genesung seiner Mutter zu überbringen.« Adelheid sah jetzt sorgenvoll aus. »Es wäre gar zu arg, wenn er nun ohne Not den Hoftag in Augsburg versäumen würde.«

»Es konnte doch beileibe niemand ahnen, dass Eure Schwiegermutter sich noch einmal vom Krankenlager erheben wird, edle Herrin«, wandte Simon ein. »Bei unserer Ankunft schien es, als habe sie nur noch wenige Tage zu leben. Ihr tatet recht daran, Euren Gatten an ihr vermeintliches Sterbebett zu rufen.«

Adelheid seufzte. »Wenn der erste Bote ihn beizeiten in Augsburg erreicht hat und mein Gatte unmittelbar danach aufgebrochen ist, müsste er ungefähr schon bis Speyer gekommen sein, als ich den zweiten entsandte. Doch es gibt mehrere Straßen den Rhein hinauf, und vielleicht ist der zweite Bote an ihm vorbei gen Augsburg geritten. Haben Sie sich solcherart verfehlt, kann mein Gemahl jede Stunde auf der Kauzenburg eintreffen. Und dann ist es auch zu spät, erneut nach Augsburg zu reisen. Der Hoftag beginnt bereits in drei Tagen.«

»Was wäre so schlimm, wenn Euer Gemahl nicht daran teilnimmt?«

Adelheid überlegte kurz, bevor sie antwortete. »König Rudolf von Habsburg hat sich keineswegs als der Schwächling entpuppt, den viele in ihm vermuteten, als er die Krone erhielt. Er ist außerordentlich darauf bedacht, dass ihm niemand seinen Rang streitig macht und jeder Fürst in seinem Reich ihn uneingeschränkt als seinen König achtet. Wenn Ottokar von Böhmen auch diesmal den Lehnseid verweigert, wird Rudolf die Reichsacht über ihn verhängen. Das bedeutet Krieg. Jeder, der dann zur Stelle ist, um dem König die Treue zu schwören, wird reich belohnt werden. Jeder, der fehlt, läuft dagegen Gefahr, in Ungnade zu fallen. Die Grafen von Veldenz werden sich die Gelegenheit nicht entgehen lassen, sich auf Kosten meines Gatten beim König einzuschmeicheln und Johann zu schaden.«

»Kann denn nicht Werner von Eppstein ein Wort für Euren Gatten einlegen? Als Kurfürst von Mainz und enger Berater des Königs dürfte seine Fürsprache ausreichend Gewicht haben. Es heißt doch sogar, dass Rudolf hauptsächlich ihm seine Wahl zu verdanken habe.«

Ein verächtliches Lächeln zuckte um Adelheids schmale Lippen. »In der Tat hält mein Gemahl große Stücke auf diese Freundschaft.« Sie stockte.

»Aber Ihr nicht?«, bohrte Simon nach. Die Dispute über die hohe Politik am Krankenbett der genesenden Alten hatten seine Neugier geweckt.

Adelheid zuckte die Schultern. »Ich kann meine Meinung nicht stichhaltig begründen, aber ich glaube, Werner von Eppstein ist nur an seinem eigenen Wohlergehen interessiert.«

Simon ließ ihre Antwort auf sich wirken. Doch bevor er die nächste Frage stellen konnte, wechselte Adelheid das Thema.

»Aber was nutzt all dieses Grübeln? Ich gelte meinem Gatten ohnehin schon als ständige Bedenkenträgerin«, sagte sie mit leichtem Ton. »Es leuchtet mir auch nicht ein, dass der Splitter vom wahren Kreuz die Genesung seiner Mutter bewirkt haben soll. Vielleicht wurde diese nur durch ihren festen Glauben an seine Heilkraft herbeigeführt.«

»Ist es wirklich ein Splitter vom wahren Kreuz?«, fragte Simon.

Adelheid nickte. »So heißt es allgemein.«

»Wie kam er in den Besitz der Sponheimer?«

»Es ist eine alte Legende. Einst hatte ein Graf von Vianden im Streit einen Verwandten seiner Verlobten erschlagen. Dame Hedwig, so hieß sie, verweigerte ihm daraufhin so lange die Ehe, bis er im Heiligen Land Buße getan und eine Reliquie gewonnen hätte, die seine Schuld tilgen könnte. Der Graf zog nach Palästina und erwarb dort einen Span vom heiligen Kreuz. Voll Freude ließ er ein goldenes Kästchen schmieden, um den Splitter würdig nach Hause zu bringen. Da er ihn seiner Verlobten zum Geschenk machen wollte, ließ er ihren Namen auf dem Deckel eingravieren.

Auf der Rückfahrt erlitt er jedoch Schiffbruch und konnte nicht mehr als sein nacktes Leben retten. So kehrte er ohne die Reliquie zu Dame Hedwig zurück und erzählte ihr von seinem Ungemach. Zu seiner Überraschung wies sie ihn nicht ab, sondern strahlte vor Freude. Sie brachte das goldene Kästchen herbei, das der Graf für immer im Meer versunken glaubte. Erst an diesem Morgen hatte es ihr ein Pilger übergeben.

Angesichts dieses göttlichen Wunders schlossen die beiden nicht nur die Ehe, sondern nannten fortan ihr ganzes Geschlecht

nach dem Splitter vom wahren Kreuz: Die Grafen von ›Spanheim‹. Noch heute gibt es Verwandte unserer Familie im fernen Kärnten, die diesen Namen führen. Hier an der Nahe wandelte er sich im Lauf der Jahrhunderte zu ›Sponheim‹.
Der Reliquie wird bis zum heutigen Tage Wundertätigkeit zugeschrieben. Ihr zu Ehren wurde das Kloster Sponheim gegründet, in dem sie in der Regel aufbewahrt wird.«
Während Adelheid erzählte und Simon fasziniert lauschte, hatte sich die Gruppe einer Stelle genähert, wo die schroffen Felsen zu beiden Seiten so dicht an den Weg heranreichten, dass man auf diesem nur mehr einzeln hintereinander herreiten konnte. Danach verbreiterte sich der Pfad zu einer kleinen Lichtung, bis er sich erneut verengte.
Schon auf dem Hinweg hatte sich Simon beklommen gefühlt, als sie diese Stelle passierten. Seine Aufmerksamkeit war jedoch durch die Ehre, die Damen an Heinrichs statt begleiten zu dürfen, so in Anspruch genommen gewesen, dass er das Gefühl verdrängte. Nun fiel sein Blick auf ein kleines verwittertes Kreuz, das grün von Moos und halb von Unkraut überwuchert am Rand der Lichtung unter einer Buche stand.
Plötzlich fiel es ihm wie Schuppen von den Augen. Dies musste die Stelle sein, an der seine Eltern ermordet worden waren. Auch sie hatten sich damals auf dem Rückweg von Burg Sponheim befunden. Schon immer hatte er den Ort der Greueltat aufsuchen wollen. Doch sein Ziehvater schlug ihm diesen Wunsch immer wieder ab, wahrscheinlich aus Sorge, die Ängste des Knaben dadurch noch zu verstärken.
»Was für ein lieblicher Ort«, sagte die ahnungslose Marie genau in diesem Moment und drehte sich zu ihrer Herrin um. »Wie geschaffen für unsere Mittagsrast.«
»Du hast recht«, wollte Adelheid schon zustimmen, als Simon ihr rüde ins Wort fiel.

»Verzeiht, Herrin, aber hier kann ich nicht verweilen. Zumindest nicht länger, als nötig ist, um ein Paternoster zu sprechen.«
Noch bevor Adelheid antworten konnte, brach die Horde mit gezückten Waffen aus dem Hinterhalt hervor.

Im Hunsrück, Mai 1275

»Ich sehe, dass es dir heute besser geht, Agnes.« Ida näherte sich der Kate, die Kiepe beladen mit Reisig und frischen Kräutern. Christina saß vor der Tür in der Sonne. Hoffnungsvoll schaute sie der Kräuterfrau entgegen. Doch Idas Gesichtsausdruck war unverändert. Die liebevolle Fürsorge und Freundlichkeit der Alten war seit der Abtreibung einer gleichgültigen Haltung gewichen, in die sich ab und zu sogar Verachtung schlich.
Entmutigt stand Christina auf. »Ich habe in der Kate sauber gemacht und einen Eintopf aus Hirse und Dörrfleisch zubereitet.«
Ida nickte trotz des verführerischen Dufts nur kurz. »Danke, das war gut.«
»Was hast du heute gesammelt?« Verzweifelt bemühte sich Christina, das lastende Schweigen, das seit Wochen immer wieder zwischen ihnen herrschte, nicht aufkommen zu lassen.
»Maiglöckchen und Waldmeister. Die Maiglöckchen sind giftig, doch in kleiner Dosis stärken sie ein schwaches Herz. Waldmeister fördert einen ruhigen Schlaf und gibt Wein einen angenehm würzigen Geschmack. Doch warum erzähle ich dir das, wo du mich ohnehin bald verlassen wirst.«
Christina fuhr der Schreck in alle Glieder. »Was meinst du damit?«, fragte sie ängstlich.
Ida sah sie mit dem unnachgiebigen Ausdruck an, den ihre Augen stets annahmen, seitdem Christina versucht hatte, sich

ihrer Leibesfrucht zu entledigen. »Sobald es dir so gutgeht, dass du wandern kannst, musst du in dein Zuhause zurückkehren.«

Nackte Furcht ergriff von Christina Besitz. »Aber ich habe kein anderes Zuhause mehr als dieses hier«, wandte sie kläglich ein. »Und du sagtest doch, ich dürfte für immer bei dir bleiben.«

Ida musterte sie mit gerunzelter Stirn. »Das war, bevor ich wusste, dass ich einer Mörderin Obdach gewähren würde.«

Christina fehlten ob dieses Vorwurfs die Worte. Ida hatte ihr zum zweiten Mal das Leben gerettet, das stand außer Frage. Als erfahrene Hebamme brachte sie die Blutung, an der Christina beinahe gestorben wäre, zum Stillstand und behandelte das Fieber mit ihren Kräutern. Doch jenseits dieser Pflege war sie im Umgang mit ihr kalt und lieblos gewesen.

Anfangs hoffte Christina, dass diese Gefühle sich mit der Zeit legen und wieder der alten vertrauten Herzlichkeit weichen würden. Nun aber erkannte sie voller Bitternis, dass sie sich geirrt hatte.

»Und sage mir nicht, du hättest kein Zuhause, Agnes, oder wie immer du heißen magst«, fuhr Ida fort. »Ich habe dich als Gottes Geschenk für meine verlorenen Töchter aufgenommen. Daher habe ich dich nie nach deinem wahren Namen und deiner Herkunft gefragt. Doch ich habe schon rasch erkannt, dass du keine einfache Magd bist. Deine Hände waren zu weich und zu weiß, und du wusstest nicht einmal, wie man mit Stein und Zunder ein Feuer entfacht.«

»Warum hast du nie etwas gesagt?«

Ida sah sie ungeduldig an. »Ich wollte es eben nicht wissen. Du hattest dich entschieden, bei mir zu bleiben, und ich war es von Herzen zufrieden. Als sich dann noch dein Kind ankündigte, jubelte ich innerlich vor Freude. Vielleicht wäre es ja ein Mädchen geworden, und wir hätten zu dritt friedlich im Walde gelebt, bis ich zum Schöpfer gerufen werde.« Nun übermannte sie doch der Schmerz. Sie unterdrückte ein Schluchzen.

Christina war erschüttert. »Verzeih mir, Ida, ich wollte dir nicht weh tun.«

Die Alte zuckte betont gleichgültig die Achseln. »Was geschehen ist, ist geschehen und kann nicht rückgängig gemacht werden. In deines Vaters Haus oder Burg, wo immer sie ist, wirst du ohne Kind gewiss leichter willkommen geheißen werden. Und obwohl unser Schöpfer dir das Leben gelassen hat, bist du genug gestraft.«

Bevor Christina den Mund öffnen und Ida fragen konnte, was sie damit meinte, fuhr diese auch schon fort.

»Eine Frau, die ihr Erstgeborenes mit einer solch starken Dosis Mutterkorn abtötet, fügt sich inwendig großen Schaden zu. Du wirst nie wieder ein Kind empfangen können.«

Christina stand vor Schreck wie erstarrt. Eine große Traurigkeit überkam sie. Es war keine Reue um das verlorene Kind, sondern die Endgültigkeit, die Idas Spruch für ihr weiteres Leben bedeutete. Selbst wenn Simon auf sie wartete und sie trotz der Schändung noch wollte, könnte sie nun niemals mehr seine Frau werden. Denn ohne einen Erben würde sein Geschlecht aussterben und sein Eigentum oder Lehen, sei es von ihres Vaters oder Graf Johanns Gnaden, nicht verteidigen können. Er müsste sie verstoßen, sobald er die furchtbare Wahrheit entdeckte.

Sie begann stumm zu weinen. Tränen liefen ihr über die Wangen und tropften auf ihren Rock aus grobem Leinen. Eine Spur Mitgefühl stahl sich in Idas Blick.

»Du bist noch so jung, Mädchen«, seufzte sie. »Zu jung, um zu ermessen, was du getan hast.«

Ein winziger Hoffnungsschimmer keimte in Christina auf. »So lass mich um der Jungfrau Maria Barmherzigkeit willen bei dir bleiben, Ida. Ich will dir allezeit treu zu Diensten sein.«

Idas Blick verhärtete sich wieder. »Nimm den Namen der Schmerzensmutter nicht in den Mund. Dieses Recht hast du auf immer verwirkt.«
Sie drehte sich mit der Schöpfkelle zu dem Dreifuß um, der über dem offenen Feuer dampfte. »Nun setz dich und iss. Sobald die Tage der Eisheiligen vorüber sind, musst du gehen.«

An der Nahe

Noch ehe Michel erkannt hatte, wie viele Kerle es waren, stürzten zwei mit Gebrüll auf ihn zu. Sie trugen Kettenhemden und -hauben, doch keine Wappen oder Feldzeichen. Ihre Gesichter hatten sie unter schwarzen Stoffmasken verborgen, die nur die Augen freiließen. Einer schwenkte einen spitzzackigen Morgenstern, der andere hatte das Schwert gezückt.
Geistesgegenwärtig versetzte Michel dem Maultier einen kräftigen Hieb, so dass es mit der aufschreienden Marie davonstob. Dann sprang er blitzschnell vom Pferd, die Streitaxt schon in der Faust.
Während er die Axt mit Wucht gegen die Angreifer führte, sah er aus dem Augenwinkel, dass Simon mit bloßem Schwert gegen zwei Wegelagerer kämpfte. Waren das alle? Michel war sicher, dass er mehr als vier Banditen gesehen hatte. Um ein Haar bezahlte er die kleine Unachtsamkeit teuer. Sirrend fuhr die mit Stahlspitzen gespickte Kugel des Morgensterns an seinem Kopf vorbei. Ein weiterer Räuber stürmte herbei und machte Anstalten, ihm in den Rücken zu fallen.
Unbändige Wut verdoppelte seine Kräfte. Diese feige Mordbande! In dieser Überzahl eine Gruppe mit wehrlosen Frauen zu überfallen! Er wich dem Schwert des Angreifers geschickt aus, den der eigene Schwung leicht aus dem Tritt brachte. Michel

nutzte den winzigen Moment der Verwirrung. Er schwang die Axt mit beiden Händen und ließ sie auf den anderen niedersausen. Die mächtige Waffe durchschlug Kettenhaube und Schädel des Räubers so leicht, als führe sie durch Butter. »Da hast du!«, brüllte er dabei wie ein Stier, ohne es überhaupt zu bemerken. Mit einer einzigen Bewegung zog er die blutige Streitaxt heraus, drehte sich einmal um die eigene Achse und schlug dem nächsten mit der breiten, messerscharf geschliffenen Klinge den Kopf ab. Die Wucht des Schlags war so groß, dass der Schädel gegen die Brust des dritten Mannes prallte. Der wich entsetzt zurück und verschwand in den Büschen am Wegrand.

»Michel, so hilf mir doch.« Er hatte kaum Zeit zum Luftholen, da hörte er Maries Schrei und fuhr herum. Mit einem Blick erfasste er die Szene. Das störrische Maultier war nur bis an den Rand der Lichtung gelaufen und hatte dort augenscheinlich gescheut. Nun hielt einer der Kerle das um sich schnappende Tier am Halfter gepackt.

Noch bevor Michel einen Fuß heben konnte, schwang sich der Strauchdieb hinter Marie in den Sattel, hielt die junge Frau mit einem Arm gepackt und hieb dem Maultier die Sporen in die Seiten. Zu Maries Glück gehorchte das störrische Tier immer noch nicht. Wie besessen schlug der Mann mit der Hand auf es ein.

Verzweifelt schätzte Michel die Entfernung. Es waren mehr als dreißig Schritt. Wenn es dem Kerl gelang, das Tier in den engen Weg aus der Lichtung hinauszutreiben, konnte er ihm nicht nachsetzen, wenn er die Gräfin und Simon nicht gegen die Übermacht der Angreifer im Stich lassen wollte. Jetzt war es dem Räuber gelungen, das Maultier herumzureißen. Er wandte ihm den Rücken zu, die schreiende, um sich schlagende Marie vor sich im Sattel.

Später wusste Michel nicht mehr zu sagen, was in diesen Bruchteilen eines Lidschlages in ihm vorgegangen war. Seine Streitaxt war nicht zum Werfen gedacht. Dafür war sie viel zu schwer

und zu lang. Zudem hatte er außer dem Dolch keine weitere Waffe am Gürtel.
Doch in diesem Augenblick, in dem die Frau, die er liebte, in höchster Gefahr schwebte, trieb ihn nur der Instinkt. Ohne nachzudenken, wirbelte er die Axt dreimal im Kreis und warf sie dann quer über die Lichtung. Der Schwung beim Abwurf war so stark, dass es ihn fast von den Füßen riss. Sirrend traf die gewaltige Schneide den Räuber mitten in den Rücken.
Mit einem grässlichen Schrei stürzte er vom Pferd und zog im Fallen Marie mit sich zu Boden. Noch bevor Michel die zappelnde Magd von dem röchelnden Mann befreien konnte, der sie halb unter sich begraben hatte, hauchte dieser sein Leben aus.
Der Kampf hatte bislang nur einige Minuten gedauert. »Bist du unverletzt?«, rief Michel, während er Marie ungewollt grob in den Stand zog und in Richtung der Büsche stieß, die die Lichtung säumten. »Verbirg dich hier und rühre dich nicht.« Dann fuhr er herum, die Streitaxt wieder fest in der Faust. Was war mit Simon und der Gräfin?
Die Kerle waren immer noch in der Überzahl. Zwei drangen auf Simon ein, der mit Schwert und Morgenstern zugleich focht. Den Morgenstern musste er dem Burschen entwendet haben, der tot zu seinen Füßen lag. Das Pferd der Gräfin, ein üblicherweise sanfter Zelter, stürmte in Panik an ihm vorbei, den abgerissenen Damensattel hinter sich herschleifend.
Hinter dem kämpfenden Simon hielt ein untersetzter Kerl, an seiner guten Rüstung als Ritter und Anführer der Bande erkennbar, die Gräfin gepackt, die er vor sich auf sein Pferd gezerrt hatte. Er war ebenfalls schwarz maskiert.
Anders als Marie schrie Adelheid nicht, obwohl auch sie sich aus Leibeskräften wehrte. Mit einem hässlichen Ratschen zerriss ihr feiner Überwurf, ihren Schleier hatte sie längst verloren. Sie fuhr dem Räuber mit allen zehn Fingern ins Gesicht und riss

ihm dabei die schwarze Stoffmaske herunter. Doch genau in diesem Moment tänzelte das Pferd zur Seite, so dass Michel die Züge des Ritters nicht erkennen konnte.

Der Schurke schlug Adelheid brutal ins Gesicht und hieb dem Braunen gleichzeitig die Sporen in die Weichen. Bevor das Ross lospreschen konnte, brach es jedoch zum Glück plötzlich mit der Vorderhand ein. Noch während Michel auf die Gruppe zurannte, stürzten Adelheid und ihr Entführer in hohem Bogen aus dem Sattel.

Neben dem vor Schmerz schreienden und um sich tretenden Ross tauchte Simon auf, das Gesicht weiß vor Wut, mit einem mörderischen Ausdruck in den Augen. Er warf den blutigen Dolch weg, mit dem er dem Pferd die Sehnen der Vorderbeine durchtrennt hatte. Ohne einen Laut hieb er auf den Anführer ein und drängte ihn mit heftigen Schwertstreichen an den Rand der Lichtung. »Nein, er gehört mir«, wehrte er Michel ab, der ihm zu Hilfe eilen wollte.

Der Morgenstern steckte tief in der Brust eines Räubers. Der zweite Bandit, der Simon bedrängt hatte, war verschwunden.

Mittlerweile hatte der Anführer wieder an Boden gewonnen. Simon war gezwungen, ein Stück zurückzuweichen. Da brach der Räuber, der zuvor vor Michel geflohen war, urplötzlich aus dem Gebüsch. Er holte aus, um Simon von hinten einen Streitkolben in den Nacken zu schlagen.

»So nicht, Freundchen.« Mit einem mächtigen Satz sprang Michel vor, fing mit dem langen Stiel seiner Streitaxt den Hieb der Waffe ab und riss sie dem Kerl mit solcher Wucht aus der Hand, dass sie quer über die Lichtung flog und das verletzte Pferd traf. Er hatte schon die Axt erhoben, um dem Kerl den Garaus zu machen, da warnte ihn Maries Schrei. Wie der Blitz wirbelte er herum, gerade rechtzeitig, um den Schwertstreich zu parieren, den ein weiterer Bandit gegen seinen Rücken führte.

Wieder verdoppelte die Wut über den feigen Angriff aus dem Hinterhalt seine Kräfte. Wieder kamen ihm seine Schnelligkeit und Beweglichkeit zu Hilfe, die niemand bei einem Mann seiner Größe vermutet hätte. Nur dreimal widerstand sein Gegner der Wucht seiner Schläge. Dann sprang Michel in einem Scheinangriff nach vorn, wich im letzten Augenblick zurück und schien ins Stolpern zu geraten. Als der andere sein Schwert mit beiden Händen über den Kopf hob, um seinen scheinbaren Vorteil zu nutzen, trieb ihm Michel die Axt von unten in die Kehle. Mit zerschmettertem Kiefer kippte der Mann wie ein gefällter Baum zu Boden.

Schwer atmend fuhr Michel herum, um Simon und der Gräfin Beistand zu leisten. Doch der Kampf war zu Ende. »Gute Finte«, keuchte Simon. Jetzt erst bemerkte Michel, dass sie beide über und über mit Blut bespritzt waren. Zu Simons Füßen lag das Schwert, das er dem Anführer der Bande aus der Hand geschlagen hatte. Michel sah den Kerl durch die Büsche in Richtung der Nahe brechen. Er hatte schon einen erklecklichen Vorsprung.

Trotzdem machte Simon Anstalten, ihm nachzusetzen. »Ich verfolge und stelle ihn. Bleib du hier bei den Frauen.«

»Halt«, hielt Michel ihn auf. »Lasst es gut sein, Herr.« Er sah sich rasch um. Sechs Leichen lagen auf dem blutgetränkten Boden der Lichtung. »Es ist noch ein zweiter Strauchdieb entkommen. Vielleicht wollen sie Hilfe holen. Wir müssen die Frauen in Sicherheit bringen.«

Einen Moment lang kämpfte Simon mit sich. Dann fiel sein Blick auf die Gräfin, deren Wange bereits rot und geschwollen war. Marie kniete vor ihr und wischte mit einem Tuch das Blut ab, das ihr aus der Nase lief.

»Du hast recht, Michel«, knirschte er. »Die Unversehrtheit der Damen ist wichtiger als der Tod dieses Abschaums. Wir müssen das feige Pack an einem anderen Tag zur Hölle schicken.«

Kapitel 15

Kauzenburg, am gleichen Abend

»Wie soll ich dir und Michel diese Heldentat jemals vergelten?« Noch immer durchmaß Graf Johann mit langen Schritten den großen Saal im Palas der Kauzenburg, seines lahmen Beines nicht achtend, das er hinter sich herzog. Er war nur eine Stunde vor ihrer Rückkehr eingetroffen. »Ihr habt mein geliebtes Eheweib vor Schmach und Schande, vielleicht sogar vor einem furchtbaren Tode bewahrt.«

»Wir taten nichts als unsere Pflicht«, antwortete Simon bescheiden, während der schweigsame Michel nur mit dem Kopf nickte.

In diesem Moment betrat der Burgvogt den Saal. »Habt Ihr die Waffenknechte losgeschickt, Oswald?«

Der Mann verbeugte sich tief. »Zehn Männer sind unterwegs, um die Spuren der Räuber zu sichern. Vielleicht finden wir doch noch einen Hinweis auf ihre Herkunft.«

Graf Johann wandte sich erregt an seine Gemahlin. »Ihr habt das Gesicht des Anführers gesehen, ihn aber nicht erkannt?«

Adelheid, bleich, aber gefasst, beantwortete die Frage aufs Neue. »Als er mich packte und auf sein Pferd zerrte, gelang es mir, ihm die Maske herunterzureißen, hinter der er sein Gesicht verbarg. Ich versichere Euch: Ich bin dem Mann noch nie zuvor begegnet.«

»Also ist es zumindest kein Ritter aus dieser Gegend«, überlegte Graf Johann laut. »Obwohl er Euch schlug, glaubt Ihr, es war ein Edelmann?« Adelheids Wange hatte sich mittlerweile bläulich verfärbt, ihr linkes Auge war zugeschwollen.

Simon meldete sich zu Wort. »Die Übeltäter trugen Kettenhemden und -hauben und waren mit Schwertern und Streitkolben bewaffnet. Der Anführer war sogar mit einem Schuppenpanzer gerüstet. Strauchdiebe verfügen nicht über solch eine Ausrüstung.«

»Also hatte ich recht«, mischte sich Heinrich ein, der in einer Fensternische saß. »Ein fremder Raubritter macht unsere Gegend unsicher. Es mag derselbe sein, der uns im Hunsrück überfallen hat.«

Graf Johann fuhr zu ihm herum. »Dann kann ich nur unserem Schöpfer danken, dass du dich am Tag der Abreise meiner Gattin sinnlos betrunken hast, Bruder«, sagte er mit ätzendem Spott. »Sonst wüsste ich meine Gemahlin am selben finsteren Ort wie deine Verlobte.«

Heinrichs Gesicht verfärbte sich puterrot, doch er verkniff sich jede Antwort. Was sollte er auch darauf erwidern?, dachte Simon voll heimlicher Schadenfreude. Trotz Heinrichs Demütigung konnte er der Versuchung nicht widerstehen, Öl ins Feuer zu gießen.

»Die Errettung der Damen ist vor allem Michels Verdienst«, betonte er. »Er mähte vier der Angreifer mit der Streitaxt nieder. Ohne seine Hilfe wäre ich wie Euer Bruder der Übermacht erlegen.«

Heinrich verzog den Mund, als hätte er einen Pokal voll Essig geleert. Doch er schwieg aufs Neue.

»Also waren es insgesamt acht Banditen?«, wiederholte Graf Johann.

Simon nickte. »So ist es, Herr. Sechs haben wir niedergemacht, Michel vier, ich zwei. Der Anführer und ein weiterer Bursche konnten entkommen.«

»Und du hast das Gesicht des Raubritters gleichfalls nicht gesehen?«

»Leider nicht, Herr. Er hat sich die Maske sofort wieder übergezogen. Als ich ihm dann das Schwert aus der Hand schlug, rettete er sich mit einem mächtigen Sprung ins Unterholz. Aus Sorge um die Damen verzichteten wir auf die Verfolgung.«

Graf Johann nickte. »Daran habt ihr recht getan, Simon. Das Leben und die Unversehrtheit der Frauen sind das höchste Gut. Aber was ist mit den Toten? War ein Bursche aus unserer Gegend darunter?«

Simon schüttelte den Kopf. »Wir haben niemanden erkannt. Die Bande führte auch kein Wappen bei sich.«

»Habt ihr die Gegenstände untersucht, die die Strauchdiebe zurückließen?«

»Das haben wir, Herr. Die Satteltaschen des verletzten Pferdes waren leer. Es trug kein Brandzeichen. Die anderen Kämpfer kamen zu Fuß. Auch die erbeuteten Waffen gaben uns keinen Hinweis auf ihre Besitzer. Da wir sie bis auf das Schwert des Anführers zurücklassen mussten, zerschlug Michel sie mit der Streitaxt an Ort und Stelle, damit die Räuber diese, sollten sie später zurückkommen, um sie zu holen, nicht mehr verwenden können.«

Johann nahm das Schwert auf, das auf den Binsen am Boden lag. Er drehte es hin und her. Dann seufzte er. »Nicht einmal ein Zeichen des Schmieds, der die Waffe gefertigt hat. Woher mögen die Schurken nur stammen?«

»Simon glaubt, der Ort des Überfalls ist der gleiche, an dem seine Eltern ermordet wurden. Ihr müsstet ihn daher kennen, mein Gemahl.«

Johann wandte sich zu Adelheid um. »Eine Engstelle zwischen zwei Felsen, die in eine kleine Lichtung mündet?«, fragte er betroffen.

»Ja, Herr, so ist es«, antwortete Simon an ihrer statt.

»Dann ist es zweifelsohne derselbe Platz. Es müssen Ortskundige sein, die die Tat verübten, damals wie heute.« Er drehte sich zu Heinrich um, der verdrossen in seiner Nische hockte.

»Also unwahrscheinlich, dass es dasselbe Gesindel ist, das deine Verlobte entführt hat.« Heinrich blickte starr geradeaus und vermied Johanns Blick.

»Aber es sei, wie es sei. Welche Wohltaten kann ich euch beiden erweisen, um euch meinen Dank auszudrücken?«

Simon holte tief Luft. Es war an der Zeit, zwei Fliegen mit einer Klappe zu schlagen.

»Entlasst Michel aus den Diensten Eures Bruders und stellt ihn mir zur Seite. Ich kann ihn nicht entlohnen, da ich über den Sold eines Knappen hinaus kein Geld besitze. Lasst ihm Waffen und Pferd und erhöht sein Entgelt, auf dass er etwas für seine Heirat zurücklegen kann. Das soll mir Lohn und Dank genug sein.«

Heinrich schnaubte empört. Graf Johann brachte ihn mit erhobener Hand zum Schweigen.

»Ist das auch dein Wunsch, getreuer Michel?« Der Knecht war so überwältigt, dass er nur ein stummes Nicken zustande brachte.

»So sei es gewährt. Ab sofort trittst du in die Dienste meines Ziehsohns Simon von Montfort und wirst ihm die gleiche Treue erweisen wie meinem missratenen Bruder. Ich verdoppele deinen Sold und überlasse dir außerdem das erbeutete Schwert und zusätzlich ein Wehrgehänge und einen Dolch.«

Michel zog hörbar den Atem ein. Obwohl er auch den Schwertkampf meisterlich beherrschte, gehörte es zu den Privilegien des Adels, ein Wehrgehänge zu tragen, und wurde einfachen Dienstleuten nur selten gestattet. Noch bevor er seinen Dank ausdrücken konnte, richtete der Graf seinen Blick auf Simon.

»Auch du, mein treuer Ziehsohn, sollst nicht ohne Lohn bleiben. Ich gewähre dir bis zum Tag deiner Schwertleite eine jährliche Leibrente in Höhe von drei Pfund Pfennigen, zusätzlich zu dem, was dir Graf Eberhard gibt. Dass ich für deine Ritterweihe aufkommen werde, steht schon lange fest und stellt keine Belohnung für deine heutige Heldentat dar. Doch an deinem Ehrentag wirst du eine volle Rüstung und ein prächtiges Pferd dein Eigen nennen dürfen.«

Auch Simon stockte der Atem ob dieser Großzügigkeit. Bislang stammten Waffen und Pferd aus dem Besitz des Grafen Eberhard und waren ihm nur leihweise zur Verfügung gestellt worden. Schon seit jeher war ihm der Gedanke ein Greuel, dem ersten unterlegenen Gegner auf einem Turnier Ross und Rüstung nehmen zu müssen, da er selbst kein Vermögen besaß, um sich beides leisten zu können. Nun war ihm diese Last von der Seele genommen. Er verneigte sich tief vor Graf Johann und Adelheid.

»So lasst uns nun vor der Vesper und dem Nachtmahl ein wenig der Ruhe pflegen«, beendete Johann das Gespräch. »Das Geschehen hat uns alle erschöpft.« Simon und Michel verneigten sich ein letztes Mal und wandten sich zur Tür.

Sie hatten den Palas kaum verlassen, da vertrat ihnen Heinrich den Weg. Sein Gesicht war vor Hass und Wut verzerrt. Er ignorierte Simon und starrte in Michels Gesicht.

»Das wirst du noch büßen, treuloser Knecht. Der Tag wird kommen, wo du es bitter bereuen wirst, mich heute im Stich gelassen zu haben.«

Kreuznach, am selben Abend

Nach der Vesper, in der der Burgkaplan Gott ausführlich für die Rettung der Frauen dankte, schlenderten Simon und Michel langsam den Weg nach Kreuznach hinab. Simon hatte um die Erlaubnis gebeten, dem Nachtmahl fernbleiben zu dürfen, um das neue Dienstverhältnis mit Michel zu feiern.

Sie passierten die Burgmannshäuser im *Zwingel*, einer engen Gasse, und erreichten rasch die Schlagpforte über dem Ellerbach, die noch im Hoheitsbereich der Burg lag und diesen von der Neustadt trennte. Die Wache winkte sie gutmütig durch. Sie schlugen die Richtung zum Marktplatz ein, wo es einige gut beleumundete Weinschenken gab.

Vor einer bereits geschlossenen Holzbude blieb Michel stehen. »Dies ist die Fleischbank meines Vaters Adalbert, hinter der er an Markttagen seine Ware feilbietet.«

»Er wohnt zusammen mit meiner Stiefmutter und meinen jüngeren Geschwistern dort drüben in der Metzgergasse«, fügte er anschließend hinzu und beantwortete damit Simons unausgesprochene Frage. »Meine Mutter ist kurz nach der Geburt meiner Schwester gestorben.«

Simon überlegte. »Du hast mir einmal erzählt, dein Vater sei als Unfreier nach Kreuznach gekommen«, erinnerte er sich.

Michel nickte. »Er war ein höriger Bauer im Dorf Münster, das zur Herrschaft des Rheingrafen Siegfried gehört. Nach dem Tod meiner Mutter hielt es ihn nicht mehr auf seinem kleinen Hof, und so zog er mit uns Kindern nach Kreuznach. Dort verdingte er sich als Tagelöhner bei einem Metzgermeister. Er wäre niemals zu einem hiesigen Bürger geworden, wenn sich Graf Johann nicht mit Graf Siegfried geeinigt hätte, alle Hörigen aus dessen Herrschaft auszulösen. Gar viele Bauern und Knechte des Rheingrafen zog es damals in die Stadt, wo sie sich ein leichteres Auskommen als auf dem Lande versprachen.«

»Heißt das, dass Graf Johann allen Hörigen die Freiheit schenkte?«

»So ist es. Der edle Herr Graf brauchte strebsame Bewohner für das aufblühende Kreuznach. Bewohner, die bereit waren, hart für ihren Aufstieg und Wohlstand zu arbeiten. Um Handel und Wandel zu fördern, hob er die Steuer auf, die ihm jeder Bürger bis dahin entrichten musste. Auch heute fordert er nur einen festgelegten Betrag von der gesamten Einwohnerschaft, der bedeutend niedriger ist als die frühere Steuersumme. Zudem legt der Rat des Schöffengerichts fest, wie viel jeder Bürger dazu beisteuern muss. Es richtet sich nach dem Vermögen des Einzelnen. So wird keiner über Gebühr belastet.«

»Wie hat es dein Vater vom Tagelöhner zum Metzgermeister gebracht?«, fragte Simon neugierig. »Die Regeln der Zünfte sind sehr streng. Mich dünkt es seltsam, dass ihm die Aufnahme in so kurzer Zeit gelungen ist.«

»Ihr habt recht, Herr, es ist außergewöhnlich. Doch die Wege des Allmächtigen sind wundersam. Vor Jahren wüteten die Blattern in der Stadt. Der Metzgermeister, bei dem mein Vater im Dienst stand, und fast seine ganze Familie starben daran. Nur eine Tochter überlebte. Auch andere Metzger hatte die Krankheit dahingerafft. So gab es niemanden, der ältere Rechte als mein Vater gehabt hätte, und die Zunft war nur allzu froh, dass er die Tochter seines früheren Herrn ehelichte und das Geschäft übernahm.«

Simon nickte betroffen. »Die Blattern sind eine furchtbare Krankheit. Auch die erste Frau meines Ziehvaters Johann starb daran.«

»Der Herrgott hielt in der Tat seine schützende Hand über uns. Mein Vater litt schon als Knabe an der Seuche, überlebte sie jedoch und wurde nicht wieder krank. Er verbot uns Kindern, das Haus zu verlassen, solange die Blattern in Kreuznach wüteten. So blieben auch wir davon verschont.«

Mittlerweile hatten sie die Marktschenke betreten und nahmen an einem der weiß gescheuerten Tische Platz. Das Gasthaus war weithin bekannt für seine Reinlichkeit. Eine adrette Magd brachte ihnen Wein, Brot und geräucherte Wurst.

»Doch, sage mir, Michel«, fuhr Simon fort, »warum hast du nicht das Metzgerhandwerk erlernt, um deines Vaters Geschäft später zu übernehmen?«

Michel zuckte mit einem merkwürdigen Ausdruck die Schultern. »Zu den Pflichten der Bürger gehört es, dem Grafen Johann Waffenknechte für seine Heerschar zu stellen. Schon als kleiner Knabe begeisterte ich mich für Waffen und focht mit dem Stecken besser als so mancher Knappe mit seinem Schwert. Dagegen taugte mein jüngerer Bruder gar nicht für dieses Handwerk. Da war es rasch ausgemacht, welchen seiner Söhne mein Vater zum Grafen entsenden würde. Ich diene ihm seit meinem zwölften Jahr. Allerdings habe ich nie bedacht ...« Er stockte.

Simon versetzte ihm einen kameradschaftlichen Puff. »Was hast du nie bedacht, Freund?«

Michel schluckte. »Ich habe nie bedacht, dass es schwierig werden würde, einen Hausstand zu gründen, Herr. Dank Euch verfüge ich nun über einen Sold, der es mir erlaubt, etwas dafür zu sparen. Doch welches Weib will einen Soldaten zum Mann, der niemals zu Hause ist und alleweil ums Leben gebracht werden kann?«

Simon grinste. »So hast du wahrhaftig dein Herz an die kleine Marie verloren?«

Michel sah ihn überrascht an. »Woher wisst Ihr das, Herr?«

Fast hätte Simon laut aufgelacht. Doch er bezwang sich im letzten Moment. »Nun, es ist nicht zu übersehen, Michel. Selbst die Gräfin ist schon bange, dass du ihr die Kammermagd entführst.«

Michels großes Gesicht mit der markanten Nase verfärbte sich dunkelrot, was Simon noch mehr zum Lachen reizte. Der Waffenknecht starrte verlegen auf den Tisch.

Unbarmherzig fuhr Simon fort. »Außerdem wird es langsam Zeit für dich, Michel. Schließlich zählst du schon fünfundzwanzig Lenze, wenn mich nicht alles täuscht.«

Michel nickte kurz.

»Also, mein Freund. Dann mache dich nicht länger zum Narren wie ein Knappe beim ersten Minnedienst, sondern schreite zur

Tat. Ich erkenne dich ja kaum wieder, sobald von Marie die Rede ist.«

Michel vermied Simons Blick. »Ihr wisst doch selbst nur zu gut, wie die Liebe einen Mann verändern kann«, murmelte er.

Schlagartig verging Simon der Spott. Er schluckte. »Du hast recht, Michel. Möge dir der Herrgott ersparen, was ich durchmachen muss.«

Betroffen sah Michel auf. »Verzeiht mir, Herr, dass ich Euch so rüde an Euer Unglück erinnert habe. Ich wollte Euch beileibe nicht kränken.«

Simon winkte ab. »Du kränkst mich nicht, Michel. Ich wünsche dir von Herzen alles Glück dieser Erde. Hast du dich Marie denn schon erklärt?«

Wieder rötete sich das Antlitz des Knechts. Er schüttelte stumm den Kopf.

»Warum nicht?«, beharrte Simon. »Sie scheint dich doch gleichfalls zu mögen.«

Das Strahlen, das er schon auf dem Rückweg von Burg Sponheim beobachtet hatte, erhellte Michels Gesicht. Erneut ließ es seine sonst eher groben Züge beinahe schön wirken.

Er fasste unwillkürlich nach Simons Hand. »Glaubt Ihr das wirklich, Herr?«

Simon versuchte vergeblich, die in ihm aufsteigende Traurigkeit zu bezwingen. »Ich weiß es gewiss. Auch mir war das Antlitz einer liebenden Frau einmal vertraut.«

Michel verstärkte den Händedruck. Das Strahlen in seinem Gesicht wich einer bemühten Zuversicht. »Ihr werdet Christina wiedersehen, das weiß ich, Herr. Sie ist nicht tot.«

Simon starrte auf den blank gescheuerten Tisch. »Sei bedankt für deine gute Absicht, getreuer Knecht. Aber es scheint mein Schicksal zu sein, diejenigen zu verlieren, die ich am meisten liebe.«

Eine Weile herrschte Schweigen. »Ihr denkt wohl an Eure Eltern?«, fragte Michel schließlich zaghaft.
Simon nickte stumm. Er spürte ein Würgen im Hals.
»Es muss furchtbar für Euch gewesen sein, die Stätte der Untat zu sehen.«
Simon schüttelte heftig den Kopf. »Nein, Michel, das war es nicht. Ich hätte diesen Ort im Gegenteil schon viel früher aufsuchen sollen. Die Geister der Toten besiedeln ihn und gemahnen mich daran, dass die Morde noch ungesühnt sind.«
»So hofft Ihr nach all den Jahren noch immer, die Täter zu finden?« Michels Stimme klang ungläubig.
Eine plötzliche, kalte Ruhe breitete sich in Simons Brust aus. »Ich bin mir dessen gewiss, Michel. Eines Tages wird mir der Herrgott einen Fingerzeig geben. Dann werden die Schurken ihrer Strafe nicht entgehen.« Angesichts Michels Zweifel wechselte er das Thema und schlug ihm heftig auf die Schulter. »Doch nun wollen wir feiern und alles Traurige für heute vergessen. Trink den Becher aus bis zum Grund, Michel, und lass es dir wohl ergehen.«
Er rang sich ein spitzbübisches Lächeln ab. »Und schon morgen erklärst du dich deinem Schatz. Sonst tue ich es für dich.«

Idas Kate, Mitte Mai 1275

Mit Tränen in den Augen stand Christina vor dem Lager, das ihr so lange Wärme und Schutz geboten hatte, und beobachtete Ida, die einen Leinensack für sie füllte.
»Diese Kräuter packe ich auch noch dazu. Sie mögen dich vor bösem Brustkatarrh schützen. Diese Salbe ist gut gegen Wundschmerz. Ich habe sie im letzten Sommer aus Ringelblumenblüten gefertigt.« Die Kräuterfrau drehte sich um und pflückte ein

weiteres Büschel getrockneter Pflanzen von der Schnur über ihrem Kopf. »Und hier, diese Wurzeln. Sie vertreiben Leibschmerzen aller Art.«

Ida bückte sich und schnürte den prall gefüllten Beutel zu. »So, ich denke, mehr kannst du nicht tragen, ohne dich wund zu scheuern. Der Rhein ist nur zwei Tagesmärsche von hier entfernt. Bis dahin werden die Vorräte reichen und noch darüber hinaus, falls du einmal in die Irre gehst. Richte dich nur immer nach dem Stand der Sonne, dann kannst du den Weg nicht verfehlen.«

Sie reichte Christina den Sack. Die blieb mit hängenden Armen vor ihr stehen. »Ida, ich bitte dich«, versuchte sie es ein letztes Mal. »Sei barmherzig und jage mich nicht fort in die grausame Welt. Lass mich hierbleiben, und sei es nur noch für eine kleine Weile.«

Ida sah sie mit einer Mischung aus Mitleid und Traurigkeit an. »Das haben wir doch schon so viele Male besprochen, mein Kind«, sagte sie sanft. »Du gehörst nicht zu mir in den Wald. Du gleichst meiner zweiten Tochter. Dein Hunger nach Leben ist weit stärker als dein Wunsch nach Geborgenheit. Auch ohne das verlorene Kind wären wir nicht miteinander glücklich geworden, das wurde mir in letzter Zeit klar. Also beugen wir beide uns Gottes unergründlichem Ratschluss.«

Christina griff nach dem Sack. »Ist das wirklich dein letztes Wort?«

»Ja«, sagte Ida kurz und begann angelegentlich, einige Rüben zu schrappen. »Nun geh, damit du vor Einbruch der Nacht eine gute Strecke Weges zurücklegen kannst.«

Mit Beinen, an denen Bleigewichte zu hängen schienen, wandte sich Christina zur Tür und schleppte sich hinaus. Als sie ungefähr hundert Schritte gegangen war, drehte sie sich noch einmal um. Ida saß auf der Bank vor der Kate und schalte die Rüben. Sie blickte nicht auf.

Kapitel 16

In der Nähe von Burg Rheinfels, Ende Mai 1275

Die Sonne näherte sich schon dem Horizont, als Christina sich endlich aufraffte. Ihre Vorräte waren bis auf den letzten Krümel des hart gewordenen Brotes verzehrt. Weder Wälder noch Felder boten um diese Jahreszeit genügend Nahrung. Auf Dauer konnte sie nicht von den wenigen Wildkräutern leben, die sie fand.

Ihr Arm schmerzte noch immer an der Stelle, wo sie der Stein des Bauern getroffen hatte, in dessen Hühnerstall sie vor zwei Tagen einige Eier gestohlen hatte. Wahrscheinlich konnte sie von Glück sagen, dass es mit dem hässlichen blauen Fleck abgegangen war. Mit Dieben kannte man nirgendwo Gnade. Die Schande wäre nicht auszudenken gewesen, wenn man sie, die Tochter des Grafen, dafür vor den Burgvogt des Rheinfels geschleppt hätte, der in Vertretung ihres Vaters die Gerichtstage abhielt.

In der letzten Nacht regnete es zudem heftig durch das morsche Dach der alten Schäferhütte, in der sie sich im vorletzten Winter mit Simon und Michel zum Waffentraining getroffen hatte. Dort hauste sie nun schon seit über einer Woche. Während des letzten strengen Winters war die Hütte mehr und mehr verfallen. Der Wind pfiff durch alle Ritzen. In den vergangenen Stunden war der Boden vom Regen völlig aufgeweicht worden, so dass in dieser Nacht kein trockenes Plätzchen mehr für ihr Lager zu finden gewesen war.

Also hatte sie sich am Morgen schweren Herzens und mit knurrendem Magen entschlossen, auf den Rheinfels zurückzukehren. Doch schon bald verließ sie der Mut.

Das Banner zeigte an, dass ihr Vater wie üblich auf Reisen war. Wen würde sie dort vorfinden? Vermutlich war Dame Agathe schon längst vom Hunolstein zurückgekehrt, aber sicher war es nicht. Was geschähe, wenn auch Simon nicht da wäre? Wer würde sie dann vor neuen Gewalttätigkeiten durch Heinrich und die groben Zwillinge schützen? Würden sie sich gar damit brüsten, ihr beigewohnt zu haben?

Christina wusste seit jener Nacht in Idas Hütte, dass sie vor keinem irdischen Richter Gerechtigkeit zu erwarten hatte. Heinrich war ihr Anverlobter, stammte aus einem alten Geschlecht von edlem Geblüt und galt als ein Ritter von hoher Ehre. Mittlerweile war ihr sogar noch klarer als unmittelbar nach der Tat, dass ihr nicht einmal ihr Vater geglaubt hätte.

Für Graf Eberhard war es undenkbar, dass Heinrich sie nicht nur selbst geschändet, sondern sogar die Söhne seines Rentmeisters dazu aufgefordert hatte. Ihr Wort hätte gegen das dreier Männer gestanden, zudem dreier Adliger, obwohl die groben Zwillinge als Söhne eines Ministerialen nur Edelknechte waren. Wieder schnürten zurückgehaltene Tränen Christina die Kehle zu. Die Sonne war inzwischen weiter gesunken. Es stand zu befürchten, dass sie nach Einbruch der Dunkelheit niemand mehr in die Burg einlassen würde. Schon zogen neue Gewitterwolken über dem Rhein auf, und sie hatte kein festes Dach über dem Kopf.

Was sollte sie bloß auf dem Rheinfels erzählen? Würde man ihr die Geschichte abnehmen, dass sie den Winter über bei einer alten Kräuterfrau verbracht hatte, nachdem sie sich bei der Rückreise von der Hochzeit im Wald verlaufen hatte? Selbst in ihren eigenen Ohren klang dies allzu phantastisch. Und was war mit Greta? Wie hatte Heinrich ihrer beider Verschwinden erklärt?

Seitdem Ida sie ihrer Kate verwiesen hatte, zermarterte sie sich den Kopf, wie sie diese Fragen am besten erklären konnte. Doch eine schlüssige Antwort war ihr bislang nicht eingefallen.

Also blieb ihr vorläufig nur die Flucht in den Hochmut. Am besten wäre wohl, wenn sie gar nichts erzählen würde. Solange ihr Vater nicht zurückgekehrt war, brauchte sie niemandem Rede und Antwort zu stehen. Die Kemenate würde sie nur in Begleitung von Dame Agathe oder einer Dienstmagd verlassen und Heinrich nach Möglichkeit aus dem Weg gehen.

Doch wie sollte sie ihr Schweigen gegenüber Simon und Michel begründen? Wie würden die beiden reagieren? Setzte sie damit nicht ihre einzigen Freundschaften aufs Spiel? Wieder stiegen ihr Tränen in die Augen.

Von ferne grollte leise der erste Donner. Es half alles nichts, heute musste sie den von ihr so sehr gefürchteten Schritt tun. Erschöpft und verzagt griff sie nach ihrem dünn gewordenen Bündel und bog auf den Pfad ein, der zur Burg führte.

Da hörte sie plötzlich Hufgetrappel in ihrem Rücken. Ein einzelner Reiter näherte sich in raschem Galopp. Auch ohne den Rappen hätte Christina ihn auf der Stelle erkannt. Sie blieb wie angewurzelt stehen. Panik durchflutete und lähmte sie. Es war Heinrich.

Heinrich fluchte, als sein Pferd unvermittelt in ein tiefes Schlammloch trat, stolperte und ihn beinahe abgeworfen hätte. Das schwere Gewitter der vergangenen Nacht hatte alle Pfade rings um den Rheinfels aufgeweicht.

Seitdem er vor einigen Tagen ohne ein Wort des Abschieds von der Kauzenburg aufgebrochen war, quälten ihn abwechselnd Sorge über sein weiteres Schicksal und Wut auf Johann, Simon und vor allem Michel, der ihm so treulos den Dienst quittiert hatte. Nachdem die beiden gestern ebenfalls auf dem Rheinfels eingetroffen waren, hielt ihn dort seit heute Morgen nichts mehr. Schon vor dem Frühmahl brach er auf, um ziellos über die Rheinhöhen zu preschen.

Jetzt gemahnte ihn der Fehltritt seines Pferdes daran, dass seine Pechsträhne womöglich immer noch anhielt. Zum Glück hatte sich das Tier keine Verletzung zugezogen. Wie leicht hätte es sich das Sprunggelenk brechen können! Dann wäre ihm auch der letzte Ausweg versperrt gewesen, über den er grübelte, seitdem er vor zwei Tagen Graf Eberhards Schreiben erhalten hatte.

»Ich fürchte, so bald nicht an den Rhein zurückkehren zu können«, teilte Eberhard ihm darin mit. »Ottokar von Böhmen ist der Einladung König Rudolfs erneut nicht gefolgt, sondern hat sich auf dem Hoftag zu Augsburg durch eine Gesandtschaft vertreten lassen. Seine Boten waren dermaßen unverschämt, dass der König sie höchstpersönlich vor der Wut seines Gefolges schützen musste, das sie am liebsten in Stücke gerissen hätte. Noch am selben Tag erkannte er Ottokar alle Lehen und Besitztümer ab und verhängte die Reichsacht über ihn. Nun rüstet der König ein Heer zum Marsch gegen den Böhmen. Wüsste ich Euch nicht in der gleichen Sorge um meine Tochter Christina, die auch mich unablässig quält, würde ich Euch unverzüglich auffordern, Euch Rudolf anzuschließen. Doch so bin ich in all meinem Schmerz dankbar, dass Ihr weiterhin auf dem Rheinfels ausharrt, falls doch noch eine Nachricht über ihren Verbleib eintrifft.«

Heinrich behielt zwar den Inhalt des an ihn gerichteten Schreibens für sich, doch zeitgleich brachte der Kurier auch dem Burgvogt eine Nachricht, die er der versammelten Burggesellschaft gestern Abend nach dem Nachtmahl vorlas. So wusste jedermann auf dem Rheinfels, dass Eberhard Heinrich weiterhin mit seiner Vertretung betraut hatte.

Trotzdem überlegte er seither ununterbrochen, unter welchem Vorwand er sich den Truppen König Rudolfs anschließen könnte. Denn welche Möglichkeit gäbe es sonst noch für ihn, nach dem Tod Christinas und dem Zerwürfnis mit seinem älteren

Bruder zu Wohlstand und Ansehen zu gelangen? Niemals würde Johann das väterliche Erbe mit ihm teilen. Nicht eine einzige Burg gäbe er freiwillig heraus.
Auch Graf Eberhard könnte er ohne die Heirat mit Christina nicht beerben. Der würde seine Ländereien König Rudolf überantworten, so dass die Grafschaft Katzenelnbogen zum Reichslehen würde. Das hatte ihm der Graf in einer Stunde der Verzweiflung vor seiner Abreise anvertraut. Deshalb waren für ihn einzig im Krieg noch Ländereien und Reichtümer zu gewinnen, sofern Rudolf siegreich gegen Ottokar war. Eine andere Möglichkeit wagte Heinrich erst gar nicht in Erwägung zu ziehen.
In seiner Wut gab er dem Rappen ungeachtet des schlechten Weges erneut die Sporen. Am Horizont zog schon das nächste Gewitter auf. Sein Entschluss war gefasst. Angesichts des höhnischen Simon und des treulosen Michel wollte er nicht länger auf dem Rheinfels bleiben. Schon in wenigen Tagen wollte er nach Augsburg aufbrechen, um sich dem König anzuschließen. Mochte dies Eberhard auch betrüben, was scherte ihn das! Wer wusste schließlich besser als er, dass nie eine Nachricht von Christina kommen würde?
Sein Ross galoppierte um die letzte Biegung, als er eine schmale Gestalt auf dem Pfad vor sich erblickte. Es schien eine Frau zu sein, die dort allein ihres Weges ging. Eine einfache Bäuerin, dünkte ihn, in grobes Leinen und Schafwolle gekleidet.
Wie schade, dass sie schon in Sichtweite der Burgmannen ist. Ein wenig Ablenkung käme mir jetzt gerade recht, dachte er bei sich. Doch er wusste, dass man ihn längst von der Burgmauer aus erkannt hatte. Und Schwierigkeiten hatte er wahrlich schon genug.
Mit leisem Bedauern zügelte er sein Pferd, um das Weib nicht über den Haufen zu reiten. Als er näher kam, begann er zu stutzen. Irgendetwas an der Gestalt kam ihm bekannt vor. Die Hal-

tung des Kopfes, das schwarze Haar, das ihr bis zur Taille fiel. Jetzt drehte die Frau sich um.
Heinrich riss so heftig an den Zügeln, dass sein Pferd vor Schmerz stieg und laut wieherte. Die Frau rührte sich nicht vom Fleck. Grüne Augen wie die einer Katze starrten ihn an, mit der Mischung aus Angst und Trotz, die ihm nur allzu vertraut war. Sein Mund wurde trocken. Hastig schlug er das Kreuz über sich. Doch die Erscheinung löste sich nicht in Luft auf. Sollte Fortuna ihm ein weiteres Mal ihre Huld schenken?
»Christina, bist du es leibhaftig, oder narrt mich ein Trugbild?« Noch während er sprach, ärgerte er sich über das Zittern in seiner Stimme.

Mit Erstaunen stellte Christina fest, dass Heinrich ebenso erschrocken war wie sie selbst. Ein Quentchen ihres alten Muts kehrte zurück und ließ sie die Schultern straffen.
»Du täuschst dich nicht, Heinrich. Ich bin es wahrhaftig.« Selbst in ihren eigenen Ohren klang ihre Stimme kühl und hochmütig. Gut so! Heinrich sollte nicht merken, dass ihr das Herz bis zum Halse schlug.
Er musterte sie von der imposanten Höhe seines Rappens aus. Doch Christina ließ sich nicht einschüchtern. Trotzig erwiderte sie seinen Blick.
»Wo kommst du her?«
»Das muss dich nicht kümmern«, gab sie zurück, wobei ihr auffiel, dass sie wie Heinrich ins vertrauliche »Du« gefallen war. Vor der Vergewaltigung hatten sie die förmliche Anrede gepflegt und hätten dies wahrscheinlich auch nach der Hochzeit beibehalten, wie viele Ehepaare von Adel.
Ein bitteres Lächeln verzog ihre Mundwinkel. Er hatte sie auf grausame Weise verletzt und so gut wie tot im Wald liegen lassen. Sie hatte das Kind getötet, das sie unter dem Herzen trug.

Vielleicht war es seines gewesen. Gewalt schuf also auch eine Art von Vertrautheit.
Er sprang vom Pferd und machte Anstalten, sie am Arm zu packen. Sie wich zurück. »Wage nicht, mich anzurühren. Ich schreie sonst die ganze Burg zusammen«, zischte sie.
Frohlockend bemerkte sie, dass er tatsächlich mitten in der Bewegung innehielt. Wieder musterte er sie mit diesem seltsamen Blick. Die übliche Hoffart lag darin, aber noch etwas anderes. Konnte es wirklich …? Ja, wahrhaftig, da war Furcht in seinen Augen.
»Dein Vater ist nicht auf der Burg.«
Sie nickte kühl. »Ich habe es schon am Banner gesehen. Es ist nur auf halbe Höhe gehisst.«
»Also, was gedenkst du jetzt zu tun?«
Ein Teil ihres Triumphes wich den Ängsten der vergangenen Tage. »Die Wahrheit sagen, was sonst?«
Er musterte sie scharf. Dann verzog ein spöttisches Lächeln sein Gesicht.
»Es wird dir niemand Glauben schenken.«
Mit dem Mut der Verzweiflung sprudelte nun aus ihr heraus, was sie noch vor wenigen Minuten verworfen hatte. »Ich werde dich und deine Spießgesellen zwingen, eure Unschuld auf die Bibel zu schwören. Auch wenn du die ewige Verdammnis nicht fürchtest, so womöglich doch deine Saufkumpane.«
Das spöttische Lächeln verstärkte sich. »Du meinst, Gisbert und Roland ziehen einen elenden Tod auf dem Rad dem Höllenfeuer vor?«
Ihr Mut sank. »Ich werde ein Gottesurteil verlangen.«
Demonstrativ langsam band Heinrich den Rappen an einen Strauch am Wegrand und setzte sich auf das weiche Moos unter einer Buche, die den Pfad überschattete. Er wies einladend auf den Platz neben sich. Christina schüttelte den Kopf und blieb stehen.

»Gisbert und Roland sind tot«, sagte Heinrich unvermittelt.
Wie betäubt starrte Christina ihn an. »Tot? Wie sind …?«
Heinrich fiel ihr ins Wort. »Sie haben ihr Leben gelassen, als sie versuchten, dich vor der Entführung durch die Raubritter zu schützen, die uns im Wald überfielen.«
Langsam begriff Christina. »Ist dies die Geschichte, mit der du mein Verschwinden erklärt hast?«
Heinrich nickte wortlos. Er blickte sie weiter durchdringend an.
»Und du hast sie getötet?«
Er grinste. »Sie hatten sich immerhin an der zukünftigen Gemahlin ihres Gebieters vergriffen.«
Im ersten Moment war Christina fassungslos angesichts dieses Ungeheuers in Menschengestalt, das dort lässig mit dem Rücken am Stamm der Buche lehnte. Dann kam die Erkenntnis, und unbändige Freude mischte sich in ihre Abscheu.
»Dann haben zumindest zwei für ihre Schandtat gebüßt und schmoren nun in der Hölle.«
Er nickte, noch immer das widerwärtige Grinsen im Gesicht.
»Du siehst, es ist alles zum Besten bestellt. Du bist auch ohne Gottesurteil gerächt.«
Plötzlich wurde Christina schwindlig. Die Entbehrungen der vergangenen Tage forderten ihren Tribut. So weit von Heinrich entfernt, wie es nur irgend ging, setzte sie sich an den Rand des Pfades.
»Und was ist mit deiner Schandtat?«
»Ich werde sie in der Nacht vor unserer Vermählung beichten. Es ist eine lässliche Sünde, vor der Hochzeit mit seinem Weib zu verkehren.«
Fassungslos blickte Christina auf. »Vor welcher Hochzeit?«
»Christina, nun höre mir einmal zu.« Seine Stimme klang jetzt so nachsichtig, als spräche er mit einem unmündigen Kind.
»Was für eine Wahl hast du denn? Welche Geschichte möchtest

du deinem Vater erzählen? Selbst wenn er dir glauben würde, was wird er dir vorschlagen? Ich habe dich vor der Ehe genommen, wenn auch …«, er stockte kurz, »zugegebenermaßen ein wenig grob.«

Sie schnaubte empört. Doch Heinrich ließ sich nicht beirren. »Jedermann weiß, dass du jungfräulich warst, bevor wir nach dem Hunolstein aufbrachen. Auf eine Jungfer wirkt das erste Mal immer ein wenig grob. Das wird auch dein Vater so sehen und deine Schilderung für eine Übertreibung halten, die mit dem Ungestüm eines leidenschaftlichen Mannes …«

Der Zorn überflutete sie wie eine Woge. »Wie passt denn deine Geschichte vom Raubritter zu deinem Ungestüm?«, schnitt sie ihm das Wort ab. »Wie willst du erklären, dass du mich nackt und halbtot im Wald zurückgelassen hast? Und was ist mit Greta?« Unwillkürlich schluchzte sie auf.

Der erneute Anflug von Furcht auf seinen Zügen tröstete sie ein wenig. Doch seine nächsten Worte klangen nur allzu plausibel. »Du vergisst Gisbert und Roland.« Heinrich machte eine kurze Pause, denn Christinas Einwand war mehr als berechtigt. Ihm blieb deshalb nur, sie mit einer Finte von seiner Sicht der Geschehnisse zu überzeugen. »Sie haben Greta ermordet und dich geschändet«, fuhr er daher fort. »Zur Strafe habe ich sie gerichtet, als ich aus dem Rausch erwacht bin, in den sie mich mit ihrem billigen Fusel versetzt haben. Dich hielt ich für tot und floh voller Entsetzen über die Untat. Hernach schämte mich viel zu sehr, um alles einzugestehen. Sei gewiss, dein Vater wird diese Version allemal lieber glauben als die wahre Geschichte.« Christina war Zeugin, wie die neue Variante der Ereignisse Gestalt annahm. Vor allem wusste sie nun, dass Heinrich tatsächlich genau so lügen würde, wie sie es sich in Idas Hütte vorgestellt hatte.

»Natürlich wird mich dein Vater unehrenhaft entlassen.« Er zuckte die Achseln. »Aber dann trete ich eben in die Dienste von

König Rudolf. Es heißt, er führt bald Krieg gegen Ottokar von Böhmen. Da wird er jeden Ritter brauchen können.«
»Das wird mein Vater zu verhindern wissen. Er ist einer der angesehensten Berater des Königs.«
Ohne ihren Einwand zu beachten, fuhr Heinrich fort. »Hast du außerdem schon bedacht, welches Los dir beschieden ist, wenn du mich verschmähst? Dir wird nichts anderes übrigbleiben, als in ein Kloster zu gehen.« Er grinste verächtlich. »Nicht einmal dieser Weichling Simon wird dich noch haben wollen, wenn du eingestehst, es gleich mit drei Kerlen getrieben zu haben.«
Angesichts der grausamen Wahrheit hinter seiner Unverschämtheit stockte ihr der Atem. Wieder sah er ihr scharf in die Augen.
»Also überlege gut, was dir besser frommt, mein Liebchen. Wenn du meine Gemahlin wirst … und ich nehme dich trotz deiner verlorenen Ehre«, er lachte laut auf ob der Empörung in ihrem Gesicht, »dann werden wir beide glücklich in Frieden und Wohlstand leben. Wir begründen eine mächtigere Dynastie, als es die Sponheimer von Kreuznach und die Grafen von Katzenelnbogen je gewesen sind. Du wirst die Stammmutter des edelsten Geschlechts am Mittelrhein werden. Ist dies nicht eine weit angenehmere Aussicht, als tagtäglich im härenen Gewand auf kalten Steinfliesen um Vergebung für deine Schande zu flehen?«
Christina versuchte, seinen Worten zu folgen. Mit gnadenloser Logik führte ihr Heinrich ihre ausweglose Lage vor Augen. Heirat oder Kloster. Die Wahl fiel ihr dennoch leicht.
Das Kloster widerstand ihr weit mehr als die Vermählung mit diesem Schurken. Schließlich konnte er sterben, im Kampf, bei einem Turnier oder an einer Seuche. Auf jeden Fall hätte sie als Ehefrau immerhin die Chance, irgendwann ihre Freiheit zurückzuerlangen. Während sie als Nonne auf ewig zum Gefängnis hinter Klostermauern verdammt wäre.

Zudem drohte ihr nicht mehr der allgegenwärtige Tod im Kindbett. Denn Kinder würde sie keine mehr bekommen. Heinrichs Vision von der mächtigen Dynastie würde sich schnell als Trugbild herausstellen. Als Trugbild?

Plötzlich begann ein verlockender Gedanke in ihr Gestalt anzunehmen. Bot ihr die Hochzeit mit Heinrich nicht auch die beste Gelegenheit zur Rache? »Stammmutter des mächtigsten Geschlechts am Mittelrhein«, murmelte sie.

Er grinste erneut. »Ich wusste doch, dass dich das reizen würde.« Er rückte näher. Trotz ihres Schauderns ließ sie zu, dass er ihre Hand ergriff. »Wir werden viele Nachkommen zeugen, die uns unsterblich machen.« Er glühte vor Begierde nach solchem Ruhm.

Die gleiche Mischung aus Freude und Abscheu, die sie bereits bei der Kunde vom Tod der groben Zwillinge verspürt hatte, ergriff erneut von ihr Besitz. Der Preis war hoch, aber mit der Heirat konnte sie Heinrich für das büßen lassen, was er ihr angetan hatte.

Sie senkte die Augen, um ihren Triumph zu verbergen. Eine kleine Weile gab sie vor, noch darüber nachzudenken.

»Du hast recht, Heinrich«, sagte sie schließlich mit demütiger Stimme. »Dieser Weg dünkt auch mich der beste zu sein.«

Der Donner grollte bedrohlich, die ersten schweren Tropfen fielen zur Erde. Trübsinnig warf Simon einen Blick gen Himmel, bevor er sich unter das schützende Vordach zurückzog, das den Eingang zur Wachstube beschirmte.

Das Wetter entsprach ganz seiner Stimmung, seitdem er die Kauzenburg vor einigen Tagen schweren Herzens verlassen hatte, um auf den Rheinfels zurückzukehren. Kurz vor seiner Abreise traf die Nachricht ein, dass Ottokar von Böhmen dem Hoftag zu Augsburg wieder ferngeblieben war und es nun zum

Krieg kommen würde. Das bedeutete, dass Graf Eberhard noch monate-, vielleicht sogar jahrelang nicht nach Hause käme. Heinrich würde auf dem Rheinfels das Sagen haben und seine Macht weidlich auskosten.

»Warum seufzt Ihr, Herr?« Unbemerkt war Michel aus der Wachstube getreten.

Simon fuhr zusammen. »Was machst du denn hier?«

Michel sah ihn halb verwundert, halb spöttisch an. »Auch als Euer Waffenknecht bin ich nicht vom Wachdienst befreit. Die heutige Nacht werde ich mir um die Ohren schlagen müssen.«

»Dann hast du wenigstens etwas Sinnvolles zu tun. Ich würde gern mit dir tauschen.« Knappen war der Dienst auf den Mauern untersagt, galt diese Aufgabe doch als nicht standesgemäß.

»Ihr seid undankbar, Herr.« Manchmal konnte Simon kaum glauben, wie sehr Michel seine frühere Schüchternheit abgelegt hatte. »Ihr habt Euer weiches Lager, während ich draußen bei diesem Gewittersturm ausharren muss.«

Simon zuckte die Schultern. »Hast du endlich mit Marie gesprochen?«, wechselte er abrupt das Thema. Mit Genugtuung sah er, dass Michel noch immer errötete, sobald die Rede auf das Mädchen kam.

»Das habe ich«, antwortete er einsilbig.

»Und? Was hat sie gesagt?«

Michels Röte vertiefte sich. »Sie will auf mich warten.« Die Worte waren so einfach wie klar.

Unwillkürlich fuhr Simon ein Stich durchs Herz. Nicht, dass er dem treuen Gefährten sein Glück missgönnte. Aber sein eigenes Leben schien ihm dadurch noch leerer zu sein.

»Ich gratuliere dir, Michel«, sagte er so herzlich, wie er es vermochte. »Wie lange willst du Marie denn warten lassen?«

Bestürzt sah Simon, dass Michels Miene sich trübte. »Ich weiß es nicht, Herr. Wohl so lange, bis ich zu genügend Geld gekommen bin, um einen kleinen Hof zu erstehen und sie ernähren zu können.«

»Aber das kann ja noch Jahre dauern.« Die Worte waren kaum ausgesprochen, als Simon sie schon bereute. Michel nickte stumm. Lastendes Schweigen breitete sich zwischen ihnen aus. Nur der Regen schlug mit zunehmender Wucht auf das hölzerne Dach.

»Wenn wir doch nur mit König Rudolf in den Krieg ziehen könnten«, versuchte Simon die Kluft zwischen ihnen zu überbrücken. »Aber wer nimmt schon einen landlosen Knappen in seine Dienste. Graf Eberhard ist zu alt, und Heinrich ...« Er spuckte die Silben des Namens geradezu heraus.

»Kommt Zeit, kommt Rat, Herr«, versuchte Michel, ihn zu trösten. »Vielleicht beruft uns ja Graf Johann in seine Dienste? Nach wie vor macht Gesindel die Straßen seiner Herrschaft unsicher. Erst einen Tag vor unserer Abreise wurde ein Kaufmannszug überfallen.«

»Aber niemand weiß, wo nach den Räubern zu suchen ist«, wandte Simon ein. »Nach dem Überfall auf die Gräfin war das Mordgesindel auch schneller als Johanns Männer und beseitigte alle Spuren.«

»Umso wahrscheinlicher ist es, dass ein Raubritter dahintersteckt. Er verbirgt sich nach den Schandtaten in irgendeiner abgelegenen Burg. Früher oder später wird man ihn stellen und seinen Schlupfwinkel ausräuchern. Vielleicht lässt der Graf dann nach uns schicken.«

»Ja, vielleicht ...« Wieder verfielen beide in trübsinniges Schweigen.

Ein plötzlicher Lärm vom Burgtor her ließ sie aufhorchen. Es war Heinrich, der auf seinem schnaubenden Rappen durch den nun sintflutartigen Regen einritt. Hinter ihm saß eine schmale Gestalt auf dem Pferd.

»Was für ein Liebchen hat er denn da aufgegabelt?«, spöttelte Simon. »Das Weib gleicht einer nassen Katze.«
Er wollte sich schon umdrehen, als ihm Michel schwer die Hand auf die Schulter legte. Er drückte so fest zu, dass es schmerzte, und beschattete seine Augen, um durch den Regendunst besser sehen zu können. »Der Herr sei gepriesen«, stammelte er.
Nun schaute auch Simon genauer hin. Im nächsten Moment rannte er auf die Gruppe zu. »Mein Gott, Michel«, schrie er über die Schulter. »Es ist Christina.«

Kapitel 17

Burg Rheinfels, am nächsten Abend

»Endlich, endlich kann ich dich in die Arme schließen, Geliebte.« Simon umklammerte Christina so fest, als wolle er sie nie wieder loslassen. »Seitdem du zurück bist, bin ich wie im Fieber. Ich hätte es keine Sekunde länger ausgehalten. Nur Michel ist es zu verdanken, dass ich nicht schon gestern Abend in deine Kammer eingedrungen bin.«
»Muhme Agathe wäre darob nicht erfreut gewesen.« Christina hatte den Satz kaum gegen Simons Schulter gemurmelt, als er ihren Kopf zurückbog und ihr die Lippen mit einem leidenschaftlichen Kuss verschloss. Einen zeitlosen Augenblick gab sie sich Simons Zärtlichkeit hin und genoss das Gefühl der Geborgenheit in seinen Armen. Es war, als hätte es den bösen Streit zwischen ihnen nie gegeben.
Dann holte sie die grausame Wirklichkeit ein. Noch bevor sie sich selbst zurückziehen konnte, ließ Simon sie los. »Nun musst

du erzählen, wie es dir ergangen ist, Liebste. Wer hat dich entführt, und wie konntest du den Räubern entkommen? Was ist mit Greta geschehen?« Simons Fragen sprudelten wie Wasser aus einem Quell.

»Doch halt«, hielt er inne. »Bevor du beginnst, möchte ich Michel dazuholen, der draußen Wache steht. Auch er hat sich in Sorge um dich verzehrt und ein Recht zu erfahren, was geschah. Seit einigen Tagen steht er in *meinen* Diensten«, fügte er mit sichtlichem Stolz hinzu.

Christina nickte stumm. Heinrich hatte es ihr bereits erzählt, und sie war sehr besorgt um das Wohlergehen des Knechts. Doch sie wollte die Wiedersehensfreude nicht noch mehr trüben. Es war schon schwer genug, den beiden die Lügengeschichte aufzutischen, die sie sich auf Heinrichs Geheiß überlegt hatte.

Simon kehrte mit Michel zurück, den sie im gestrigen Trubel nur flüchtig begrüßt hatte. Er ergriff ihre beiden Hände mit seinen riesigen Pranken und strahlte sie mit einem breiten Lächeln an.

»Wie schön, dass Ihr wohlbehalten zurückgekehrt seid, Herrin.«

Sorgsam stemmten die beiden den Stiel einer Streitaxt gegen die Tür, auch wenn es unwahrscheinlich war, dass nach der Vesper noch jemand die Waffenkammer betreten würde. Trotzdem zogen sie sich in den hintersten Winkel zurück. Christina setzte sich auf den dreibeinigen Schemel, auf dem die Knappen und Knechte saßen, wenn sie die Waffen reinigten. Simon und Michel ließen sich zu ihren Füßen auf dem gestampften Lehmboden nieder.

»Also, erzähle uns, wie es dir ergangen ist.«

Christina holte tief Luft. »Ich wurde auf eine abgelegene Burg im tiefsten Hunsrück entführt.«

»Wo war das genau?«, fiel ihr Simon ins Wort.

Sie hob abwehrend die Hand. »Mir wurden die Augen verbunden, so dass ich den Weg nicht beschreiben kann. Jetzt lasst mich erst einmal erzählen, ohne Fragen zu stellen.« Geflissentlich übersah sie den verdutzten Ausdruck auf den Gesichtern der beiden Männer.

»Die Burg war ein schmutziges Loch voller Unrat und Ungeziefer. Es war überall kalt und zugig. Als wir eingeschneit wurden und die Wege monatelang nicht passierbar waren, wurden Nahrung und Brennholz knapp. Wir litten schon bald nach dem ärmlichen Christfest Hunger.«

Die jungen Männer seufzten voll Mitgefühl, schwiegen aber weiterhin.

»Außer einer Köchin und ein paar Stallmägden gab es keine Frauen auf der Burg. Das Weib des Ritters war erst einige Wochen vor der Entführung gestorben. Ich durfte in ihrer Kemenate wohnen, die als einziger Raum einen kleinen Kamin hatte. Aber als das Holz ausging, froren wir erbärmlich.«

Sie schluckte.

»Bevor der Januar um war, holte sich Greta beim Wasserholen am eisigen Brunnen eine schlimme Erkältung. Es gab weder ein Kräuterweib noch einen Bader. So starb sie nach wenigen Tagen an heftigem Fieber.« Die Tränen, die ihr die Wangen hinabrollten, waren noch immer der Trauer um die Magd geschuldet. So entgingen ihr die entgeisterten Blicke, mit denen Simon und Michel sie anstarrten.

»Aber Greta wurde am Tag der Entführung ermordet«, platzte Simon heraus. »Wir haben ihre geschändete Leiche im Wald gefunden. Warum belügst du uns?«

Christina starrte ihn zu Tode erschrocken an. Warum hatte Heinrich ihr das nicht gesagt? Wusste er es etwa nicht? Ehe ihr eine passende Antwort darauf einfiel, sprang Simon auf und begann, mit großen Schritten im Raum auf und ab zu gehen.

»Was ist das für ein elender Schuft, dem du in die Hände gefallen bist? Wie ist sein Name, und wie konntest du ihm entkommen?«

Christina nahm all ihren verbliebenen Mut zusammen. »Ich habe bei meinem Seelenheil geschworen, seinen Namen nicht zu verraten.«

Simon schnaubte empört. Auch Michel starrte sie ungläubig an.

»Bitte, lass mich erzählen«, unterbrach sie Simon, der schon den Mund zum Protest geöffnet hatte. »Mein Entführer erkrankte gegen Ende des Winters an einem Fieber. Als er sich schon auf dem Sterbebett wähnte und glaubte, ohne Beichte und Absolution ins Jenseits gehen zu müssen, da es weit und breit keinen Priester gab, legte er ein Gelübde ab. Sollte er wieder gesund werden, würde er mir im Frühjahr die Freiheit schenken, ohne ein Lösegeld von meinem Vater zu fordern.«

»Also wurde er wieder gesund, Herrin?« Michel sah sie forschend an. In seiner Stimme schwang Zweifel mit. Derweil rannte Simon weiterhin auf und ab. Furcht stieg in Christina auf. Beide glaubten ihr nicht. Sie mied Michels Blick, als sie fortfuhr.

»Ja, das Wunder geschah. Er genas und nahm mir das Schweigegelöbnis ab und auch den Schwur, keine Vergeltung für Gretas Tod zu suchen. Das ist der Grund, warum ich euch nichts davon erzählt habe.« Sie holte tief Luft. »Warum weiß Heinrich nicht, dass ihr die Leiche gefunden habt?«

Simon blieb mit funkelnden Augen vor ihr stehen. »Wir haben es allen verschwiegen, um deinen Vater nicht noch mehr in Sorge zu stürzen. Er zog den einzigen Trost aus dem Gedanken, dass Greta bei dir ist.«

Wieder liefen Christina die Tränen über die Wangen. Drückendes Schweigen breitete sich aus, nur unterbrochen von ihrem leisen Schluchzen. »Und wie weiter?«, fragte Simon schließlich brüsk.

Christina riss sich zusammen. »Vor einigen Tagen, als das Wetter warm genug war, verbanden sie mir erneut die Augen und ritten mit mir an den Ort der Entführung. Von dort fand ich den Weg auf den Rheinfels zurück.«

»Wie lange bist du bis dorthin geritten? Wie sah es rings um die Burg aus? Gibt es irgendein markantes Merkmal, eine Besonderheit, an der du den Ort wiedererkennen würdest?«

Christina schüttelte müde den Kopf. »Ich kann mich an nichts Auffälliges erinnern. Die Burg lag weitab jeder größeren Straße. Der Wald sah überall gleich aus.«

Erregt schlug Simon mit der flachen Hand gegen die Wand. »Also soll diese Tat ungesühnt bleiben? Was wird dein Vater sagen, wenn du ihm die Geschichte erzählst? Glaubst du, der Graf von Katzenelnbogen lässt ein solch dreistes Verbrechen ungestraft?«

»Ich werde auch ihm nichts anderes sagen können als euch.« Aus dem Augenwinkel bemerkte Christina, dass Michel sie nach wie vor unverwandt ansah. Unwillkürlich errötete sie.

Plötzlich blieb Simon abrupt stehen und packte Christina hart am Arm. »Hat der Schuft dir etwas angetan?«

Die vertraute Übelkeit stieg in Christina auf. Mühsam schüttelte sie den Kopf.

»Schwörst du auch das bei deinem Seelenheil?«

Vor Angst und Schmerz wurde ihr schwarz vor Augen. Die Gedanken rasten durch ihren Kopf. Was sollte sie antworten?

Zu ihrer Überraschung kam Michel ihr zu Hilfe. »Herr, Ihr tut ihr weh.«

Sofort ließ Simon sie los. »Verzeih mir, Christina.« Auch ohne ihn anzusehen, hörte sie die Beschämung in seiner Stimme. »Aber der Gedanke wäre mir unerträglich …«

»Sie haben Greta Gewalt angetan, damals im Wald, als sie uns überfielen«, unterbrach sie ihn. »Der Ritter überließ sie seinen Knechten. Ich dagegen stand unter seinem Schutz. So geschah mir nichts.«

Simon fasste sie wieder am Arm. »Schwörst du es?«

Plötzlich verlor sie den Rest ihrer Beherrschung. Die Bilder von Gretas geschundenem Körper und die Erinnerung an ihr eigenes Martyrium brachen über sie herein. Ein heftiger Weinkrampf schüttelte sie.

»Herr, so quält sie doch nicht so sehr.« Wieder griff Michel ein. »Als wir Gretas Leiche fanden, dachten wir uns die Ereignisse genau so, wie die Herrin Christina sie nun geschildert hat. Lasst sie ein wenig zur Ruhe kommen. Die Hauptsache ist doch, dass sie wieder zu Hause ist.«

Wieder ließ Simon Christina los. Er versuchte, sie tröstend in die Arme zu schließen. Doch sie versteifte sich und schüttelte ihn heftig ab.

»Verzeih mir meine Grobheit, Geliebte.« Hilflos streichelte er ihr über den Rücken. Langsam beruhigte sie sich und versuchte, wieder einen klaren Gedanken zu fassen. Mit einem letzten Schluchzer straffte sie sich und sah ihm so klar in die Augen, wie es ihr möglich war.

»Er hat meine Ehre nicht angetastet, Simon. Das bitte ich dich, mir zu glauben.« Später wusste sie nicht mehr, woher sie die Kraft dazu genommen hatte.

Schließlich gab er nach und senkte den Blick. »Ich glaube dir, Christina. Doch es peinigt mich, dass anscheinend jeder Schuft, der den Meinen etwas zuleide tut, ungestraft davonkommt. Das liegt wie ein Fluch auf meinem Leben.«

Christina nickte. Sie fühlte sich auf einmal völlig erschöpft. Mühsam stand sie auf.

»Es ist spät. Lasst uns nun gehen, ehe sie uns beim Nachtmahl vermissen und nach uns suchen. Bitte geh vor, Simon. Man sollte uns nicht zusammen sehen. Michel und ich folgen dir nach einer kleinen Weile.«

»Warum soll man uns nicht zusammen sehen?«, protestierte Simon. Michel griff ein drittes Mal ein.

»So tut ihr doch den Gefallen, Herr. Sie ist müde und entkräftet.«
Mit mürrischer Miene wandte Simon sich ab, löste den Stiel der Streitaxt und stürmte mit großen Schritten aus der Waffenkammer.
Dankbar blickte Christina den Riesen an. »Und du, Michel, glaubst du mir auch?«
Betroffen sah sie den Ausdruck auf dem Gesicht des Getreuen. Er kämpfte sichtlich mit sich. Schließlich seufzte er tief.
»Nein, Herrin, ich glaube Euch nicht. Aber ich sehe, dass Ihr gewichtige Gründe habt, die Wahrheit zu verschweigen. Deshalb werde ich nicht in Euch dringen und auch meinen Herrn Simon daran zu hindern suchen, soweit es in meiner Macht steht. Ihr habt wahrlich genug gelitten.«
Wieder schossen Christina die Tränen in die Augen. »Ich danke dir, Michel«, murmelte sie mit erstickter Stimme.
»Dankt nicht mir, sondern dem Schöpfer, dass Ihr dies überstanden habt, Herrin. Ich für meinen Teil bin überglücklich, dass Ihr wieder zurück seid.«

Burg Rheinfels, im Juni 1275

»Ihr seid also ganz sicher, Heinrich, dass Ihr das Eheversprechen einlösen möchtet?« Graf Eberhard stellte die Frage bereits zum zweiten Mal.
Heinrich bemühte sich um einen demütigen Gesichtsausdruck und nickte. »Ich bin dem Herrgott viel zu dankbar, dass er meine Braut körperlich unversehrt zu mir zurückgebracht hat, um diese Gnade mit einer unehrenhaften Auflösung des Verlöbnisses zu vergelten.«
»Es war nicht Euer Gelübde, sondern das Eures Bruders Johann.«

Heinrich winkte ab. »Es gilt mir, als hätte ich es selbst geschworen.«
Eberhard seufzte und lehnte sich in seinem Sessel zurück. »Ich kann für die Unversehrtheit meiner Tochter nicht garantieren, Heinrich. Sie weigert sich, Auskunft über ihren Entführer und den Ort ihres Verbleibs zu geben, und beruft sich auf dieses unsinnige Schweigegelöbnis. Weilte mein Freund Werner von Eppstein nicht noch bei König Rudolf im fernen Bayern, ich hätte ihn längst gebeten, Christina von diesem erzwungenen Versprechen zu entbinden. Das könnte er als Erzbischof tun, ohne Christinas Seelenheil zu gefährden.«
Langsam wurde Heinrich ungeduldig. Seitdem Graf Eberhard vor einer Woche auf den Rheinfels zurückgekehrt war, hatte er mehrere Unterredungen unter vier Augen mit Christina gehabt. Des Vaters anfängliche Freude und Erleichterung über die Rückkehr der Tochter schien mit jedem dieser Gespräche mehr und mehr in Besorgnis und Zweifel umzuschlagen. Und heute wurde sein Bruder Johann auf dem Rheinfels erwartet. Jeden Moment konnte er eintreffen, um die Hochzeitsfeierlichkeiten zu besprechen. Heinrich selbst hatte mit dieser dringenden Bitte nach ihm geschickt. Und nun zögerte und zauderte dieser Tattergreis, als ginge es um die Ehre seines eigenen Eheweibs.
»Ich versichere Euch, mein Vater«, Heinrich wählte diese Anrede mit Bedacht, »dass ich Eure Tochter auch lieben und ehren würde, wenn man ihr Gewalt angetan hätte. Doch sie beteuert, noch unberührt zu sein. Aus welchem Grund soll ich ihre Worte in Zweifel ziehen?«
Graf Eberhard sah ihn forschend an. »Ihr seid Sprössling eines edlen Geschlechts, mein Sohn.« Auch er wählte nun die vertraute Anrede früherer Tage. »Eure Gemahlin muss über jeden Verdacht erhaben sein, um Euch Nachkommen gebären zu können, die Euch zur Ehre gereichen.«

Aus dem Fenster des Palas sah Heinrich, dass sich am Rheinufer ein Reitertrupp näherte. Er erkannte das Wappen von Sponheim. Bald würde Johann einreiten und Eberhards Zweifel womöglich teilen, wenn er von diesen erfuhr. Was, wenn sich beide an Werner von Eppstein wandten, um das Eheversprechen aufzulösen? Sollte er so kurz vor dem Ziel doch noch scheitern?

Mit mühsam unterdrücktem Zorn versuchte er es ein weiteres Mal. »Ich versichere Euch, Vater, dass ich Christina vertraue.«

Eberhard war noch nicht überzeugt. »Was ist, wenn ihr Entführer ihr auch das Gelübde abgepresst hat, ihre Schande zu verschweigen? Aus dem wenigen, was sie berichtet hat, geht hervor, dass der Ritter in ärmlichsten Verhältnissen lebte. Zudem war er Witwer. Vielleicht wollte er meine Tochter nach der Lösegeldzahlung sogar zur Ehe zwingen und hat sich sein Anrecht darauf auch ohne den Segen der Kirche vorzeitig gesichert.«

Diesmal blieb Heinrich die Antwort schuldig. Verstockt blickte er zu Boden. Was hätte er auch sagen sollen? Eberhards Gedanken waren nur allzu logisch. Dies hatten Christina und er nicht vorhergesehen, als sie das Lügengespinst um ihre Rückkehr woben.

»Ich könnte sie durch eine Hebamme untersuchen lassen, wenn Ihr oder Euer Bruder es wünscht«, schlug Eberhard vor. Heinrich fuhr der Schrecken in alle Glieder.

»Es wäre das letztmögliche Mittel und mir überaus furchtbar«, fuhr Eberhard fort. »Christina hat schon genug gelitten. Lieber wüsste ich sie gleich im Schutz eines Klosters.«

Heinrich griff nach dem Strohhalm. »Auch mir wäre diese Demütigung meiner zukünftigen Gattin unerträglich, Vater. Doch warum wollt Ihr Christina nicht glauben?«

Graf Eberhard schien zu zögern. Dann überwand er sich. »Was ist, wenn sie das Kind eines anderen unter dem Herzen trägt?«

Vor Erleichterung wurden Heinrich die Knie weich. Das also plagte den ältlichen Tugendbold. Nun, darauf wusste er eine Antwort.
»So lasst uns mit der Heirat noch eine kurze Zeit warten, Vater«, schlug Heinrich vor. »Schon in wenigen Wochen wird sich ihre Unschuld erwiesen haben.«
Graf Eberhards Miene hellte sich auf. Heinrich konnte beobachten, wie er rechnete. »Das ist ein ausgezeichneter Vorschlag, mein Sohn. Christina ist jetzt fast drei Wochen zurück. Spätestens Ende August wird sich herausgestellt haben, ob ihre Entführung Folgen gezeitigt hat. Dann ist Euer Brautbett über jeden Zweifel erhaben.«

Die Straße am Rheinufer machte eine letzte Biegung. Im Licht der Spätnachmittagssonne konnte Graf Johann die mächtige Burg schon von weitem erkennen. Majestätisch thronte der Rheinfels hoch über dem Strom, dem er seinen Namen verdankte.
Mit gemischten Gefühlen blickte Johann zu dem trutzigen Bauwerk empor. Die Burg galt als uneinnehmbar. Auf dem steilen Pfad die Uferfelsen hinan konnten die Pferde nur einzeln hintereinandergehen. Ringsum war der Rheinfels zudem von einem tiefen Wassergraben umgeben, so dass er auch von der Landseite her kaum erobert werden konnte.
Hier würde also einmal sein missratener Bruder Heinrich residieren. Selbst die Hauptburg der Sponheimer, die erst vor einigen Jahrzehnten erbaute Kauzenburg über Kreuznach, wirkte schmächtig gegenüber dem Rheinfels mit seinen zahlreichen Vorburgen und Bollwerken.
Auch der Reichtum seines Bruders würde seinen eigenen nach dem Tod des Grafen Eberhard übertreffen. Die Zölle von St. Goar, die von jedem Handelsschiff, das rheinauf oder rheinab

fuhr, entrichtet werden mussten, waren eine nie versiegende Quelle beständigen Wohlstands. Irritiert über sich selbst suchte Johann den Anflug von Neid zu verscheuchen, der ihn plötzlich anfiel.

Er hoffte inständig, dass sein Schwager nicht auf den Vorschlag zurückkommen würde, er möge Heinrich als Hochzeitsgabe doch eine Burg aus dem väterlichen Erbe der Sponheimer übertragen. Immerhin, tröstete er sich, hatte er diesem Anliegen auf dem Fest anlässlich der Schwertleite Heinrichs nicht sofort zugestimmt, sondern seine Entscheidung offengelassen. Wahrscheinlich hatte Graf Eberhard die Episode längst wieder vergessen.

Denn in den letzten Monden beschäftigten seinen Schwager genügend andere Sorgen. War ihm doch nicht nur die Tochter entführt worden, sondern er selbst zwischenzeitlich auch zu einem der wichtigsten Berater des Habsburger Königs Rudolf geworden. Was wahrlich kein leichtes Amt war. Schon in friedlichen Zeiten galt Rudolf als launisch und wankelmütig in seiner Gunst. Wehe dem Berater, der ihm in Zeiten drohenden Krieges die falschen Ratschläge erteilte.

Nun war Christina wohlbehalten zurückgekehrt, was nach all der Zeit einem Wunder glich. Allerdings war sie offenbar nicht sehr mitteilsam, was ihre Entführung betraf. Diese Kunde war sogar schon bis nach Kreuznach gedrungen. Dass Heinrich so dringend daran gelegen war, das Mädchen dennoch so rasch wie möglich zu ehelichen, konnte kaum seiner großen Zuneigung geschuldet sein. Es dürstete ihn wohl vielmehr nach dem Reichtum und Einfluss seines zukünftigen Schwiegervaters.

Wohl zum tausendsten Mal verfluchte Johann den Tag, an dem er in sentimentaler Erinnerung an seine jung verstorbene erste Gattin Eberhards Vorschlag zugestimmt hatte, die beiden damals noch unmündigen Kinder miteinander zu vermählen. Obwohl er sie sehr geliebt hatte, war die Ehe mit Eberhards junger Schwester Katharina für Johann längst Geschichte. Er lebte zufrieden mit Adelheid von Leiningen auf der Kauzenburg, die ihm zudem den Erben geschenkt hatte, den Katharina nicht mehr gebären konnte. Da war es umso verdrießlicher, dass ihn die Vergangenheit immer wieder einholte.

Ohnehin hatte auch er genug andere Sorgen. Unwillkürlich presste Johann die Augen zusammen und suchte die grässlichen Bilder zu vertreiben, die er jüngst ertragen musste. Im Abstand von nur wenigen Wochen hatte die Mordbande, die im Mai seine Gemahlin angriffen hatte, zwei weitere Male zugeschlagen. Ein Kaufmannszug war trotz des Geleits einiger Söldner überfallen worden. Die verstümmelten und ausgeraubten Leichen erinnerten ihn an die Weise, in der er einst Simons Eltern aufgefunden hatte. Schlimmer und weitaus beunruhigender war jedoch, dass die Meuchelmörder das abseits gelegene Gehöft eines reichen Bauern geplündert hatten, das zum Dorf Monzingen gehörte. Dort hauste die Bande schrecklicher als weiland die Vandalen. Frauen und junge Mädchen wurden geschändet und hernach gespießt. Das jüngste zählte gerade einmal zwölf Lenze. Kleinkindern und Säuglingen zerschmetterten die Unholde die zarten Köpfchen an den Mauern.

Am schrecklichsten erging es dem Bauern. Er wurde grausam gefoltert, wohl um das Versteck seines Geldes in Erfahrung zu bringen. In einem Loch unter einem alten Birnbaum fand man zwischen den Scherben eines zerschlagenen Kruges ein übersehenes Goldstück. Johann schauderte es noch immer bei der Erinnerung an die furchtbar zugerichtete Leiche des Mannes. Er atmete tief, um den Anflug von Übelkeit zurückzudrängen, der ihn unwillkürlich überfiel.

Eigentlich hatte er alle Hände voll zu tun, um die Schutzmaßnahmen in seiner Grafschaft zu verstärken. Doch dann erreichte

ihn die Nachricht seines Bruders. Man wolle die Hochzeitsfeierlichkeiten besprechen und erwarte ihn zu diesem Behufe so bald als möglich auf dem Rheinfels. Johann konnte sich diesem Ansinnen nicht verschließen, zumal allein die wundersame Rückkehr Christinas Grund genug war, seinem Schwager und dessen Tochter seine Aufwartung zu machen.
Aber gelegen kommt es mir dennoch nicht, seufzte er still in sich hinein, als sein Trupp am Burgtor angelangt war. Immerhin will ich Eberhard bitten, mir einige seiner Burgmänner zur Verfügung zu stellen, wenn er sie entbehren kann. Ich brauche jede Verstärkung bei der Verfolgung des Mordgesindels, die ich bekommen kann.

»Seid nochmals herzlich willkommen auf dem Rheinfels, getreuer Schwager und Freund.« Graf Eberhard kam Johann überschwenglich entgegen, als dieser den großen Rittersaal betrat, und ergriff seine beiden Hände. »Habt Ihr Euch ein wenig erfrischen und den Staub der Reise abwaschen können?«
Johann nickte. »Das habe ich.« Sein linkes Bein schmerzte wie üblich nach einem langen Ritt. Eberhards Verhalten, der ihn schon im Burghof mit einem Trunk begrüßt hatte, befremdete ihn. Es verhieß nichts Gutes.
Auch Heinrich erhob sich bei seinem Eintritt und verneigte sich so knapp, wie es die Höflichkeit zuließ. Christina war nirgends zu sehen.
Als ob Eberhard seine Gedanken erriet, kam er seiner Frage zuvor. »Meine Tochter Christina ist nach ihrer langen Gefangenschaft leider immer noch unpässlich. Sie entbietet Euch ihren herzlichen Gruß, fühlt sich aber noch zu schwach, um in Gesellschaft zu erscheinen. Oh, körperlich ist sie gesund«, beeilte er sich hinzuzufügen, als er Johanns Stirnrunzeln bemerkte. »Nur seelisch ist sie noch angegriffen. Sie verbringt

ihre Tage vorzugsweise in der Kemenate oder beim Gebet in der Kapelle.«

Johann nahm auf dem ihm angebotenen Lehnstuhl Platz und empfing aus der Hand eines Dieners einen Pokal mit dem herrlichen Rheinwein, den er schon im Burghof genossen hatte. »Aber ist Eure Tochter denn schon in der Lage und willens, sich zu vermählen?«, fiel er mit der Tür ins Haus. Angesichts der Dringlichkeit, mit der er in Kreuznach gebraucht wurde, war ihm nicht nach Diplomatie zumute.

Eberhard zögerte kurz, bevor er antwortete. »Sie ist der Ehe mit Eurem Bruder von Herzen zugetan …«

»So, so«, unterbrach ihn Johann unhöflich. »Woher dieser Sinneswandel?«

Ohne den Einwurf zu beachten, fuhr Eberhard fort. »Doch sie möchte noch bis zum Anbruch der milden Herbsttage warten, um bis dahin der Erholung und Ruhe zu pflegen. Die Hochzeit soll am ersten Sonntag im September gefeiert werden.«

Johann ließ sich das durch den Kopf gehen. »Wann wollt Ihr den Termin bekanntgeben und die Gäste laden?« Es entging ihm nicht, dass sich Heinrich und Eberhard einen Moment lang betroffen ansahen.

»Wir wollen die Gäste erst vier Wochen vor dem Fest unterrichten«, gab Heinrich zur Antwort. »Sollte sich meine Anverlobte bis dahin noch immer zu schwach fühlen, kann die Hochzeit noch einmal verschoben werden.«

Johann fixierte ihn scharf. »Man munkelt, Christina deckt ihren Entführer durch ein Schweigegelöbnis«, sagte er mit brutaler Offenheit. »Kommt Euch dies nicht seltsam vor, Bruder?«

Heinrich sprang auf, seine Hand zuckte zum Schwertknauf. »Was wollt Ihr damit andeuten, Johann?«

Der lächelte spöttisch. »Nichts, liebwerter Bruder. Was Euch nicht beunruhigt, soll auch mich nicht anfechten.«

Heinrichs Gesicht verfärbte sich dunkelrot. Begütigend hob Graf Eberhard die Hand. »Setzt Euch wieder, Heinrich. Und Euch, Schwager Johann, bitte ich von Herzen um Mäßigung. Es ist überaus edel von Eurem Bruder, die Ehre meiner Tochter nicht in Frage zu stellen, sondern stattdessen am Eheversprechen festzuhalten.«

Was Ihr ihm zweifelsohne reichlich zu lohnen gedenkt!, dachte Johann sarkastisch, hielt aber diesmal den Mund.

»So sei es denn«, sagte er laut. »Meinen Segen zur Hochzeit habt Ihr, Bruder. Doch um dies zu besprechen, hätte ich nicht herkommen müssen. Die Erlaubnis hätte ich Euch auch von Kreuznach aus erteilt.«

Nun griff Graf Eberhard ein. »Da wäre noch die Hochzeitsgabe zu besprechen, Schwager Johann, die Ihr mir für Euren Bruder im Falle der Heirat zugesagt habt.«

Johann fühlte, wie er erbleichte. »Was meint Ihr damit?«, stellte er sich dumm.

Doch Eberhard ließ sich nicht beirren. »Am Abend von Heinrichs Schwertleite gabt Ihr mir das Versprechen, Euren Bruder mit einer Burg aus Eurem väterlichen Erbe zu belehnen, sofern er Christina ehelicht.«

»Ich kann mich nicht erinnern, das versprochen zu haben. Ihr habt es erwähnt, doch ich hielt es für einen Scherz.«

Eberhards Brauen zogen sich unheilverkündend zusammen. »So wollt Ihr Euren eigenen Bruder als landlosen Ritter in die Ehe mit meiner Tochter entsenden? Schämt Ihr Euch dessen nicht?«

Johann blieb stur. »Ihr kennt meine Gründe.«

»Lasst ab, Vater, es hat doch keinen Zweck.« Heinrich sprang wieder auf, das Gesicht verzerrt vor Wut. »Mein Leben lang hat mich mein Bruder gehasst und geschmäht. Er neidete mir die Liebe unserer Mutter, die mir mehr zugetan war als ihm.«

Über den Stich, den ihm diese Bemerkung versetzte, war Johann genauso erstaunt wie über das Neidgefühl, das ihn auf dem Hinweg überfallen hatte. Er kämpfte mit sich.
»So überlasse ich Euch die Rosenburg als Hochzeitsgeschenk«, gab er schließlich nach.
Heinrich lachte höhnisch auf. »Ein verfallenes Gemäuer, mitten im Soonwald und abseits von jeder Straße.«
Bevor Johann zornig widersprechen konnte, fragte Eberhard: »Welche Burg würde Euch besser frommen, Eidam Heinrich?«
Die Antwort kam so schnell wie ein Pfeil. »Zum Beispiel Burg Böckelheim. Sie liegt hoch über der Nahe, umgeben von einem schmucken Dorf. Aber ich nähme auch unsere Stammburg in Sponheim oder Burg Dill.«
Nun konnte Johann nicht mehr an sich halten. »Das habt Ihr Euch fein ausgedacht, Bruder. Unsere Stammburg kann ich Euch nicht überlassen. Sie muss beim ältesten Bruder verbleiben, das ist seit alters Brauch, wie Ihr wohl wisst. Und zu Burg Dill gehört die Schirmherrschaft über das Augustiner-Chorherrenstift in Schwabenheim. Auch darauf kann ich nicht verzichten.«
»Also bliebe Burg Böckelheim«, konstatierte Graf Eberhard trocken. »Was spricht dagegen, sie Eurem Bruder zu übereignen?«
»Nichts, Vater, außer seinem Geiz«, warf Heinrich mit ätzendem Spott ein.
»So biete ich an, die Burg zu kaufen, Graf Johann. Unter der Bedingung, dass niemand davon erfährt und Ihr sie hernach in Eurem Namen Heinrich zu Lehen gebt.«
Johann schoss das Blut ins Gesicht. »Haltet Ihr mich für einen solchen Schacherer, Eberhard? Es ist mir nicht um den Besitz zu tun, sondern um die Burg und die Menschen im Dorf. Wer garantiert mir, dass Heinrich das Anwesen instand hält und die Ländereien ordnungsgemäß verwaltet, anstatt die Leute auszupressen und die Burg mit Schulden zu überhäufen?«

»Ich garantiere es.« Graf Eberhard sah Johann mit festem Blick ins Gesicht. »Im Gegensatz zu Euch bin ich von der Ehrenhaftigkeit und Lauterkeit meines Schwiegersohns überzeugt.«
Eine Weile starrten sich die beiden schweigend an. »Und wer verbürgt sich dafür, dass Heinrich die Burg nicht an die Veldenzer verkauft? Sie wären nur allzu dankbar für einen solchen Vorposten mitten in meinem Gebiet.«
»Auch dafür verbürge ich mich. Ich schlage vor, dass Euch ein Vertrag das Vorkaufsrecht zuspricht, sollte Heinrich die Burg jemals veräußern wollen. So seid Ihr auf alle Zeit sicher, dass kein Missbrauch mit dem Besitz getrieben werden kann.«
Johann erkannte, dass er in die Enge getrieben worden war und seine Ehre ihm nur noch einen Ausweg ließ. »Es sei, wie Ihr sagt, Eberhard. Doch ich nehme keinen Heller für Böckelheim von Euch an. Ich übertrage Burg und Dorf am Tag der Hochzeit als Lehen an meinen Bruder, verbunden mit der Verpflichtung, den Besitz nicht zu veräußern, es sei denn mit meiner Zustimmung.«
»So lasst uns darauf anstoßen, Freunde.« Eberhard strahlte, hob seinen Pokal und winkte dem Diener, die Becher aufs Neue zu füllen. »Ihr werdet sehen, alles wird sich zum Guten wenden.«
Im Bemühen, ihre alte Freundschaft zu erneuern, blickten sich Johann und Eberhard fest in die Augen, während sie sich zutranken. So entging beiden der Ausdruck auf Heinrichs Gesicht, in dem sich eine Mischung aus Verschlagenheit und Triumph spiegelte.

Simon riss die Tür zur Kapelle so ungestüm auf, dass der schwere Flügel laut krachend gegen die Wand schlug. Christina schreckte von dem Betschemel hoch, auf dem sie gekniet hatte.
»Herr, so mäßigt Euch doch!« Michels Stimme klang beschwörend. Ganz entgegen seiner Art fuhr Simon ihn hart an: »Schweig und trag Sorge, dass niemand uns stört.«

Betont langsam glättete Christina ihr zerknittertes Gewand. Sie rang um jeden Augenblick Zeit. Obwohl sie sich seit Tagen auf diesen Moment vorbereitet hatte, schnürte ihr jetzt die Aufregung die Kehle zu. Es galt, ruhig und besonnen zu bleiben, um ihrer Rache an Heinrich willen, aber vor allem Simon zuliebe, der nie erfahren durfte, welches Opfer sie jetzt brachte.
»Warum störst du mich im Gebet, Simon?«, fragte sie. »Und was erregt deinen Unmut so sehr, dass du des heiligen Ortes nicht achtest, an dem wir uns befinden?« Die Worte klangen sogar in ihren Ohren aufgesetzt, die Stimme hohl.
Ihr Verhalten schien Simons Wut nur noch mehr anzufachen. Er trat auf sie zu und packte sie hart am Arm. »Ist es wahr, dass du zugestimmt hast, diesen Kretin Heinrich zum Gatten zu nehmen?«
Einen kurzen Moment fürchtete Christina sich vor ihm. Dann siegte ihr Stolz und machte sie zornig. Was auch immer ihn bewog, sie so zu behandeln, sie war es leid, dass alle Männer sich anmaßten, über sie zu verfügen. Nun auch noch Simon. Mit einem Ruck riss sie ihren Arm zurück. Der leichte Stoff ihres Ärmels zerriss.
»Was verwundert dich so daran? Ich bin ihm seit meinen Kindertagen versprochen. Das hast du immer gewusst.« Nun klang ihre Stimme schnippisch.
Simons Reaktion überraschte und erschreckte sie. Als hätte ihn alle Kraft plötzlich verlassen, sank er auf die harte hölzerne Bank. Seine nächsten Worte schnitten ihr ins Herz.
»Als du verschwunden warst, ging ich durch die Hölle, Christina. Es verging kein Tag und keine Nacht, in der ich mich nicht in Sorge um dich verzehrte und unseren Streit aus tiefstem Herzen bereute. Dann kamst du plötzlich zurück. Ich jubelte vor Freude und Glück. Doch seit unserer ersten Begegnung am Tag nach deiner Rückkehr meidest du mich wieder, als wäre ich vom

Aussatz befallen. Niemandem willst du sagen, wo du all die Monde gewesen bist.«

Hilflos wehrte sie ab. »Ich habe ein Schweigegelübde ablegen müssen, um meine Freiheit …«

Er fiel ihr ins Wort. »Wo auch immer du warst, dort bist du ein anderer Mensch geworden. Eine junge, fröhliche Frau ritt zu einer Hochzeit, eine verhärmte, unnahbare kehrte zurück. Mit einem Herzen kälter als Eis.«

Sie zuckte zusammen und senkte den Blick. Seine Worte trafen sie bis ins Innerste. »Ich möchte dich nicht verletzen, Simon. Um keinen Preis will ich dir weh tun.« Sie konnte nicht verhindern, dass ihre Stimme zitterte.

»Doch ich habe keine andere Wahl.« Entsetzt spürte sie, wie ihre Augen feucht wurden. Sie hatte sich doch so fest vorgenommen, Haltung zu bewahren und ihn nicht merken zu lassen, wie viel Kraft und Überwindung ihre Entscheidung sie kostete.

Simon entging ihre Rührung nicht. Ein Hoffnungsstrahl blitzte in seinen Augen auf.

»Christina!« Nun griff er behutsam nach ihrer Hand. Sie brachte nicht die Kraft auf, sie ihm zu entziehen.

»Ich liebe dich aus ganzem Herzen, das weißt du seit langem. Niemals würde ich dich verstoßen, auch«, seine Stimme zitterte, und er stockte einen Moment, »auch, wenn dir Schlimmes widerfahren wäre, während du fort warst.«

Nun schossen ihr die Tränen mit Macht in die Augen. Simon ergriff die Möglichkeit beim Schopf und nahm sie sanft in die Arme. Sie ließ es geschehen. Alle Widerstandskraft war plötzlich von ihr gewichen.

Er streichelte ihren Rücken und küsste sie sanft auf den Kopf. Sie spürte die Berührung mit einer Intensität, die sie vollkommen erfüllte.

Hatte sie unter den brutalen Pranken der Schurken im Wald vergessen, wie sich Zärtlichkeit anfühlte? Würde Heinrich sie jemals so berühren, wie es Simon jetzt tat? Er liebte sie nicht, das wusste sie schon seit der Reise zum Hunolstein. Wie würde es ihr ergehen, wenn er irgendwann erkannte, dass sie ihm niemals den Sohn gebären konnte, den er brauchte, um die Herrschaft am Rhein zu erlangen?

Als Simon ihren Kopf sanft zurückbog, um sie zu küssen, spürte sie ihre ganze Liebe zu ihm. Sie verdrängte all ihre Vorsätze, standhaft und unnahbar zu bleiben. Dies war das Leben, das sie sich wünschte, an der Seite eines Mannes, den sie lieben und achten konnte.

Mit zunehmender Leidenschaft erwiderte sie Simons Kuss, und bedauerte es, als er sich schließlich von ihr löste, ihre Hände ergriff und einen Schritt zurücktrat, um ihr in die Augen sehen zu können. Seine eigenen strahlten vor Freude.

»Ich wusste doch, dass du mich noch liebst, meine Herzenskönigin.« Seine Stimme klang rauh vor Rührung. »Ich wusste es doch. Heinrich dagegen hast du seit jeher verachtet. Schon als er Ajax vergiftet hat, hast du geschworen, bei deinem Vater für uns zu bitten und ihn niemals zu heiraten.«

Sie nickte unwillkürlich. Simon sprach die Wahrheit. Schon damals hatte sie gespürt, dass sie nicht glücklich mit Heinrich werden würde. Simons nächste Worte klangen daher nur allzu folgerichtig.

»Dein Vater liebt dich von Herzen, Christina. Er wird nicht wollen, dass du dein Leben lang unglücklich bist. Lass uns vor ihn hintreten, vor ihm auf die Knie fallen und ihn um seinen Segen bitten.«

Der Gedanke war überaus verlockend. Trotzdem kamen ihr plötzlich die alten Zweifel. »Er hat vor Gott und den Menschen geschworen, mich mit Heinrich zu vermählen. Als Mann von Ehre wird er dieses Gelöbnis nicht leichtfertig brechen.«

Simons Antwort zeigte ihr, dass er gründlich über einen Ausweg nachgedacht hatte. »Dein Vater ist ein guter Freund des Mainzer Erzbischofs Werner von Eppstein. Ich habe mich erkundigt. Ein solch hoher Kirchenfürst kann ihn von seinem gegebenen Eheversprechen entbinden.«

Christina merkte auf. Dies könnte tatsächlich ein Ausweg sein, an den sie noch nie gedacht hatte. Sie wusste, dass Werner von Eppstein ihrem Vater maßgeblich zu der Stellung verholfen hatte, die er nun unter König Rudolfs Beratern einnahm. Doch dann fiel ihr wieder das Gespräch mit ihrem Vater beim Turnier anlässlich Heinrichs Schwertleite ein. Erneut sank ihr der Mut.

»Mein Vater befürchtet, dass Landräuber sein Gebiet nach seinem Tod verwüsten, wenn er mir keinen Gemahl aus einem starken Geschlecht an die Seite stellt.«

Sie spürte, wie sich Simons Griff um ihre Hände einen Augenblick lang verstärkte. Trauer umschattete seine Augen, als er ihr antwortete.

»Auch ich stamme aus einem edlen und starken Geschlecht, Christina. Nur das Erbrecht meiner Ahnen hat mich zu einem landlosen Ritter verdammt.« Er holte tief Luft. »Doch ich könnte mit meinem Ziehvater sprechen. Wenn dein Vater darauf hofft, dass die Sponheimer Grafen Heinrich zu Hilfe eilen, wenn Landräuber seine Grafschaft bedrohen, was sollte Johann oder seine Nachkommen daran hindern, auch mir zu Hilfe zu kommen?«

Christina war überrascht. Auch daran hatte sie noch nie gedacht. Einen Moment lang schämte sie sich. War auch sie dem Glauben ihrer Zeit aufgesessen, dass eine Waise rechtlos war? Hatte auch sie Simon unbewusst verachtet, weil die Menschen das harte Los, elternlos aufzuwachsen, allgemein für eine Strafe Gottes hielten, obwohl die unschuldigen Kinder nichts für ihr Schicksal konnten? Und hatte andererseits Graf Johann nicht zu jeder Zeit bewiesen, dass er diese Vorurteile nicht teilte und sein Mündel wie einen eigenen Sohn liebte?

Simon verwechselte ihr Schweigen mit Zögern. Er fasste unter ihr Kinn und hob ihren Kopf, den sie unwillkürlich gesenkt hatte. »Wenn du es willst, spreche ich mit meinem Ziehvater über unsere Pläne, bevor wir uns deinem Vater eröffnen. Und …«, sie konnte sehen, wie schwer ihm die nächsten Worte fielen, »und … ich verspreche dir zu entsagen, wenn er unseren Plan nicht gutheißt.«

Der feuchte Schimmer in seinen dunklen Augen fegte ihre letzten Zweifel hinweg. Sie merkte, dass sie fest davon überzeugt war, dass Graf Johann ihnen Beistand leisten würde. Spontan warf sie sich wieder in Simons Arme und genoss es, gehalten zu werden und sich geliebt zu fühlen.

Wieder strich Simon ihr zärtlich über den Kopf. Er löste sanft den schlichten Kupferreif von ihrem Haupt und presste seine Lippen auf ihren Scheitel.

»Ich verspreche dir, dass ich dich zur glücklichsten Frau unter Gottes Sonne mache«, flüsterte er. »Mein ganzes Leben habe ich mich nach einer eigenen Familie gesehnt. Nun sehe ich unsere Kinder vor mir, wie sie die Höfe der Burg bevölkern.«

Eine eisige Hand griff nach Christinas Herz. Simon bemerkte es nicht und fuhr in seiner Schwärmerei fort.

»Ich habe mir immer vorgestellt, wie unsere Kinder wohl aussehen mögen. Werden sie deine grünen Augen haben oder meine braunen? Werden sie schwarzhaarig oder blond sein? Ach«, er küsste sie sanft auf das Ohrläppchen, »lass uns am besten so viele zeugen, dass von jeder Art eines dabei ist. Ein schwarzhaariger Jüngling mit braunen und ein blondes Mädchen mit grünen Augen. Obwohl …«, er bemerkte noch immer nicht, dass Christina in seinen Armen zur Salzsäule erstarrt war, »mindestens ein Mägdelein muss dabei sein, das aussieht wie du, meine

Liebste. Ich kann es kaum erwarten, damit zu beginnen. Zumal«, er atmete nun schwerer, »jedes dieser Kinder in Lust und Liebe gezeugt werden wird.«
Aller Zauber war verflogen. Stattdessen traten Christina wieder die schrecklichen Bilder der letzten Monate vor Augen. Greta, hilflos schreiend und sich windend unter dem brutalen Zugriff der groben Zwillinge, Heinrich über ihr, so heftig in sie hineinstoßend, dass sie meinte, innerlich zu zerreißen, die Blutlache nach der Einnahme des dunklen Pulvers, die unerträgliche Pein der Austreibung.
Der Schmerz drohte sie fast zu überwältigen. So strafte sie der Herrgott also für ihre Wankelmütigkeit. Tausendmal hatte sie sich ausgemalt, wie Simon wohl reagieren würde, wenn er von ihrer bevorstehenden Heirat mit Heinrich erfuhr. Tausendmal hatte sie sich vorgenommen, ihm besonnen und gefasst zu begegnen und ihm die Unmöglichkeit eines anderen Weges vor Augen zu führen. Nun hätte sie beinahe versagt.
Plötzlich überkam sie eine große innere Klarheit. Sie würde mit Heinrich nicht glücklich werden, so viel stand fest. Aber mit Simon, der sich so sehr nach einer Familie sehnte, würde sie es erst recht nicht. Denn mit ihm würde nicht nur das Geschlecht derer von Katzenelnbogen nach ihrem Tode aussterben, sondern das derer von Montfort noch mit dazu. Simons zunehmende Enttäuschung über ihre Kinderlosigkeit würde ihre Liebe vergiften. Zumal wenn er irgendwann erfuhr, wie es zu ihrer Unfruchtbarkeit gekommen war. Dafür sollte nur Heinrich büßen, der all dies verschuldet hatte.
Sie löste sich sanft aus Simons Umarmung und blickte ihm in die Augen.
Beunruhigt sah er sie an. »Was ist mit dir, meine Liebste?«
Sie holte tief Luft. »Verzeiht mir meine unverzeihliche Schwäche, edler Herr von Montfort.« Unwillkürlich versuchte sie Di-

stanz durch die förmliche Anrede zwischen ihnen zu schaffen.
Zu ihrem Erstaunen klang ihre Stimme fest. »Der Traum, den wir uns vorgegaukelt haben, war allzu schön und verlockend. Doch mein Schicksal ist bereits vorherbestimmt. Ich muss und will die Gemahlin Heinrichs von Sponheim werden. Euch aber wünsche ich von ganzem Herzen, dass Ihr das Glück mit einer Frau findet, die Eurer würdiger ist, als ich es je sein kann.«
Simon starrte sie verständnislos an. »Was redest du da?«
Sie wusste, dass sie nun fest bleiben musste, sollte ihr Vorhaben nicht zunichtewerden. Trotzdem zerriss es ihr fast das Herz, Simon nun verletzen zu müssen, um ihn endgültig von sich fortzutreiben.
»Ich hatte viel Muße während meiner Gefangenschaft, um gründlich nachzudenken, Simon.« Sie bemühte sich, weiterhin sanft, aber bestimmt zu sprechen. »Immer wieder fragte ich mich, wofür Gott mich mit dieser Entführung bestrafen möchte. Und ich erkannte, dass es der Ungehorsam gegenüber meinem Vater war. Er hatte mir schon vorher prophezeit, dass mich einst ein landräuberischer Ritter zur Heirat zwingen würde, fände ich nicht Zuflucht in einem Kloster oder einer Ehe mit einem mächtigen Mann. Und wäre der Mann, der mich geraubt hat, nicht so krank geworden«, spann sie ihre Lüge vom Tag nach ihrer Rückkehr weiter, »wäre das tatsächlich mein Los geworden. So legte ich das Gelübde ab, meinem Vater in allem gehorsam zu sein, sollte mich der Allerhöchste vor diesem Schicksal bewahren.«
Simon wich einen Schritt von ihr zurück.
»Schon wieder ein Gelübde, meine Teuerste?« Spott und Zorn lagen in seiner Stimme. »Dies dünkt mir eine wohlfeile Ausrede zu sein.«
Keinen Lidschlag später zeigten seine verhärteten Züge erneut Mitgefühl und Besorgnis. Er griff wieder nach ihrer Hand.

»Wenn du mich am Tag nach deiner Rückkehr belogen hast, Christina, so sei noch einmal versichert, es macht mir nichts aus. Auch wenn du nicht mehr unberührt bist, achte ich dessen nicht, Geliebte.«

Christina schwieg. Ob der Großmütigkeit Simons fehlten ihr die Worte.

»Oder«, seine Stimme wurde eindringlich, »trägst du etwa ein Kind dieses Bastards unter dem Herzen und hoffst, es verbergen zu können, bis du mit Heinrich verheiratet bist?«

Sie zuckte zusammen. Simon missverstand die Geste. »In diesem Fall flehe ich dich an, *mich* zu heiraten, Christina. Heinrich wird dir diese Verletzung seiner Ehre niemals verzeihen. Ich aber«, sie sah, wie viel ihn die nächsten Worte kosteten, »ich aber werde dein Kind beschützen und einen guten Platz für es suchen.« Er zögerte. »Vielleicht in einer Bauernfamilie, wo die Leute gegen beständigen Lohn auf es achten und es gut halten werden.«

Christina war gleichermaßen überwältigt von Simons Großherzigkeit und ihrer Verzweiflung ob der Aussichtslosigkeit ihrer Lage. Sie fühlte sich wie gelähmt. Und wieder deutete Simon ihr Schweigen falsch.

»Oder wenn du es willst«, sie konnte sehen, wie er sich noch einmal mehr überwand, »wenn du es willst, kannst du das Kind auch behalten. Vielleicht ist die Mutterliebe eines Weibes ja stärker als sein Abscheu vor dem gewaltsamen Erzeuger.« Seine Stimme überschlug sich jetzt, er mied ihren Blick. »Ich liebe dich so sehr, dass ich selbst das in Kauf nähme.«

Die Tränen strömten ihr nun ununterbrochen über die Wangen. Was wollte Simon um ihrer Liebe willen nicht alles für Opfer bringen! Er war sogar bereit, landauf, landab das Gespött und die Verachtung der Leute dafür in Kauf zu nehmen.

Aber was würde er von ihr halten, wenn er die Wahrheit erführe? Könnte sie ihm jemals sagen, was damals im Wald geschehen war? Er glaubte, dass Angst um das Schicksal eines Ungeborenen ihr Zögern verursachte. Würde er verstehen, dass sie ganz im Gegenteil ihr Kind abgetötet hatte und damit selbst schuld an ihrer Unfruchtbarkeit war? Zudem hatte sie ihre Seele damit der ewigen Verdammnis anheimgegeben, fände sie dereinst keine Gnade vor ihrem himmlischen Richter. Sogar die gütige Ida hatte sie eine Kindsmörderin geschimpft.

Mit unwiderlegbarer Klarheit erkannte Christina, dass sie Simons nicht wert war. Ihr blieb nur die Rache an Heinrich. Doch die würde sie Tag für Tag auskosten.

Entschlossen zog sie ihre Hand zurück und richtete sich auf. »Ich danke Euch noch einmal für Eure Großmut, Herr von Montfort.« Das Herz lag ihr wie ein Klumpen Blei in der Brust. »Doch mein Entschluss ist gefasst.«

Er starrte sie ungläubig an. »Ich lege dir meine Ehre zu Füßen, und du spuckst darauf?« Nun lag mörderischer Zorn in seinen Augen. Wieder erinnerte er sie an ihre Vorstellung vom Erzengel Michael.

Sie sammelte ihre letzten Kräfte. »Es tut mir leid, dass Ihr das so empfindet, Herr von Montfort.« Sie hasste sich selbst dafür, wie kühl ihre Stimme klang. »Doch ich habe nichts weiter dazu zu sagen. Nun bitte ich Euch zu gehen, ich möchte meine Gebete zu Ende sprechen.«

Simon wurde bleich wie eine gekalkte Wand. Sie sah geradezu, wie er sich auf seinen letzten Rest Stolz besann. Linkisch verbeugte er sich vor ihr. »So verzeiht, dass ich Euch belästigt habe, Dame Christina. Es wird nicht mehr vorkommen.«

Damit drehte er sich um und ging zur Tür. Seine Bewegungen wirkten schwerfällig wie die eines uralten Mannes.

Kraftlos sank Christina auf die harte hölzerne Bank. Eine Ewigkeit starrte sie blicklos auf die steinernen Fliesen. Tiefe Verzweiflung erfüllte sie. Niemals sollte Simon erfahren, was sie

diese Zurückweisung gekostet hatte. Von nun an würde er sie verachten und meiden.
Sie raffte sich erst auf, als das Vesperglöckchen zu läuten begann. Es hing im Dachstuhl der kleinen Kapelle, der über eine Außenstiege erreichbar war. Jeden Moment konnte der Burgkaplan hereinkommen und mit ihm die ganze Burggemeinschaft. Niemand sollte sie hier in ihrem Elend vorfinden.
Hastig setzte sie sich den Kupferreif wieder aufs Haupt und trat mit hoch erhobenem Kopf vor die Tür in den Burghof. Geflissentlich übersah sie Michels besorgten Blick, der augenscheinlich auf sie gewartet hatte, und schritt ohne ein Wort an ihm vorbei.

Kapitel 18

Kreuznach, Ende August 1275

Prüfend ließ Michel einen letzten Blick über die festlich gedeckte Tafel schweifen, die die ganze Diele seines Vaterhauses in der Kreuznacher Metzgergasse ausfüllte. Dann lächelte er Mechthild, seiner Stiefmutter, zufrieden zu. Sie erwiderte das Lächeln erleichtert.
»Glaubst du, dass wir Ehre bei deinem hochwohlgeborenen Dienstherrn einlegen werden, wenn er sich zu unserem bescheidenen Fest einfindet?«
Michel nickte überzeugt. »Simon von Montfort neigt nicht zur Hoffart, Frau Mechthild, wie es mein voriger Gebieter Heinrich von Sponheim tat. Obwohl er noch nicht zum Ritter geweiht ist, hat er doch das Herz eines rechten Edelmanns.«

Wieder betrachtete er die Tafel mit heimlichem Stolz. Für das junge Paar, seine Eltern und die Ehrengäste standen zinnerne Teller und Becher auf dem gestärkten weißen Tischtuch. Auf Simons Platz prangte sogar ein kostbarer Pokal aus venezianischem Glas, den sein Vater beim Würfelspiel von einem betrunkenen Kaufmann gewonnen hatte. Die übrigen Gäste würden allerdings von einfachen Holztellern speisen müssen. Schließlich hatte Adalbert, Michels Vater, über dreißig Personen geladen, in der Mehrzahl Mitglieder der Metzgerzunft.

Es pochte an der Außentür. Michels Herz tat einen Sprung, als er voller Erwartung öffnete. Draußen stand Marie, gefolgt von ihrem schon gebrechlichen Vater Walter. Sie sah bezaubernd aus.

Über einem zartgelben Unterkleid trug sie ein ärmelloses Obergewand, gefertigt aus dem feinen grünen Leinenstoff, den er ihr zur Verlobung geschenkt hatte. Die dunkelblonden Haare fielen ihr gescheitelt über Schultern und Rücken. Darüber hatte sie einen hauchzarten Schleier gelegt, der von einem Kranz gelber Rosen gehalten wurde. Auch im Gürtel steckten zwei zarte Stengel mit Rosenknospen. In ihren hellbraunen Augen tanzten goldene Funken vor Stolz über das ungewohnt vornehme Gewand und Vorfreude auf das Fest.

»Seid von Herzen willkommen«, begrüßte Michel die Ankömmlinge. Er verbeugte sich vor ihrem alten Vater. Dann ergriff er Maries Hände und zog ihre rechte an seine Lippen. Obwohl er seine Verlobte am liebsten in die Arme genommen hätte, wahrte er angesichts der Gegenwart ihres Vaters und seiner Stiefmutter die Form.

»Dies ist Mechthild, meines Vaters zweite Gattin. Ihr verdanken wir das köstliche Mahl, das in Bälde aufgetragen wird. Mein Vater Adalbert wird jeden Augenblick eintreffen. Er wurde noch in Geschäften in der Stadt aufgehalten. In Kürze erwarten wir auch die geladenen Gäste. Darf ich euch derweil einen Trunk zu eurer Erfrischung anbieten?«

Michel entgingen die staunenden Blicke nicht, mit denen Marie und ihr Vater sich umsahen. In der Tat hatte es Adalbert durch Geschäftstüchtigkeit und unermüdlichen Fleiß zu einigem Wohlstand gebracht, insbesondere nach der Heirat mit Mechthild. Deren Vater war einer der einflussreichsten Meister der Kreuznacher Metzgerzunft gewesen.

Das Haus besaß ein gemauertes Erdgeschoss, auf das ein weiteres Geschoss aus Fachwerk mit spitzem Dach aufgesetzt war, zu dem eine schmale Außentreppe führte. Von der geräumigen Diele, in der die gedeckte Tafel stand, zweigten zwei weitere Zimmer ab. Das größere diente dem Vater und Bruder als Arbeitskammer, das kleinere wurde als Vorratsraum genutzt. Darunter lag der kühle, tief in die Erde gegrabene Keller, in dem sich Fleisch auch im Sommer einige Tage frisch halten ließ. Man stieg mittels einer Leiter unter einer Falltür in ihn hinab. Soweit Michel wusste, war der Keller einzigartig in Kreuznach.

Hinter der Diele befand sich noch die geräumige Küche, die in einen kleinen Hof und Gemüsegarten führte und aus der nun verlockende Düfte zu ihnen drangen.

Im oberen Stockwerk lagen die Schlafräume seiner Eltern und Geschwister und gleich unter dem Giebeldach eine kleine Kammer für die Magd. Einen kurzen Moment überkam Michel Wehmut bei dem Gedanken, dass er dieses großzügige Anwesen einmal geerbt hätte, wenn er als ältester Sohn das Metzger- anstelle des Kriegshandwerks gewählt hätte. Nun würde sein jüngerer Bruder Gernot als des Vaters Nachfolger Fleischbank und Haus übernehmen und Letzteres wahrscheinlich, lange bevor Michel einen Hausstand begründen konnte, mit seinen Nachkommen bewohnen.

Soeben kam Gernot herein, bereits in sein bestes Wams aus feinem zimtfarbenem Wollstoff gekleidet. Er überreichte seiner Stiefmutter einen dicken Strauß Astern und Zinnien, die er im Garten gepflückt hatte. Während Mechthild die bunten Blumen in einem bemalten irdenen Krug anordnete, den sie danach auf die Tafel stellte, begrüßte auch Gernot die Gäste.

»Was tragt Ihr für ein feines Gewand, liebste Schwägerin Marie«, bemerkte er in seiner leutseligen Art, die gewährleistete, dass auch er einmal ein erfolgreicher Geschäftsmann sein würde. Marie knickste entzückt. »Ich danke Euch, Schwager Gernot«, zwitscherte sie. »Euer Bruder hat bislang nicht ein Wort darüber verloren. Dabei habe ich tage- und nächtelang daran gearbeitet.« Sie zeigte auf die zarte gelbe Stickerei, mit der sie Ausschnitt und Säume des grünen Kleides versehen hatte.

Michel spürte, wie er errötete. »Das Gewand steht dir wunderbar zu Gesicht, Marie«, beeilte er sich zu versichern.

»Hast du auch den kostbaren Schleier bemerkt?«, antwortete sie mit einer Spur Vorwurf in der Stimme. Sie nahm ein Stück des feinen, hauchdünnen Gewebes zwischen die Finger. »Es ist das Verlobungsgeschenk meiner Herrin, der Gräfin Adelheid.«

Noch bevor Michel antworten konnte, wurde die Vordertür mit Schwung aufgerissen. Herein stürmte Adalbert, Michels Vater. Obwohl nahezu zwei Kopf kleiner als sein ältester Sohn, füllte er den Raum mit seiner lebhaften Präsenz. Mit ausgestreckten Händen ging er auf Marie zu. »Lass dich einmal ansehen, Mädchen«, polterte er, ein breites Lächeln in seinem roten Gesicht. »Eine feine Maid hat sich mein Ältester da erwählt, wahrlich, so ist es. Ihr werdet einmal gar hübsche Kinder haben.«

Während Marie und Michel beide erröteten, wandte er sich an ihren Vater, der im unmittelbaren Vergleich mit Adalberts strotzenden Lebenskraft noch gebeugter und gebrechlicher wirkte. »Seid auch Ihr von Herzen willkommen in meinem bescheidenem Heim, Walter.« Wenn er den fadenscheinigen Kittel des Brautvaters bemerkte, so ließ er es sich jedenfalls nicht anmerken.

»Bald wird auch unser Ehrengast Simon von Montfort eintreffen. Ich sah ihn bereits auf dem Pfad vor der Burg.« Er wandte sich an seine Frau. »Spute dich, Mechthild, und bringe den guten Weißen herbei. Es ist der feinste Tropfen, den meine Weingärten zu bieten haben.« Wie fast alle Kreuznacher Bürger bewirtschaftete auch Adalbert einige Morgen Land mit Reben.

»Da kommen schon die Zunftbrüder mit ihren Weibern die Gasse herauf. Achte darauf, dass noch etwas für unseren Ehrengast übrig bleibt.« Er drehte sich mit strahlendem Gesicht zu den Anwesenden um. »Möge der Herrgott uns allen ein fröhliches Fest bescheren.«

Mit gemischten Gefühlen stieg Simon den steilen Pfad von der Kauzenburg hinab in den Zwingel, durchquerte das Tor zur Neustadt und schlug den Weg zur Metzgergasse ein.

Einerseits gönnte er Michel sein Glück mit Marie von Herzen und hatte ihn sogar selbst ermutigt, das Band der Verlobung noch vor ihrer bevorstehenden Abreise zu knüpfen. Andererseits zog sich sein Magen vor Wehmut und Bitterkeit zusammen, wenn er an Christinas Hochzeit mit Heinrich am kommenden Sonntag dachte. Schon morgen würden sie aufbrechen müssen.

Tagelang hatte er sich den Kopf zerbrochen, um einen geeigneten Vorwand zu finden, der Feier fernbleiben zu können. Doch vergeblich. Selbst Graf Johann, der sich ebenfalls nicht auf das Fest freute, fand Simons Vorschlag befremdlich, ausgerechnet zum Zeitpunkt der Hochzeit mit einigen Männern ein weiteres Mal nach den plündernden Banditen zu suchen. Simon war sein Ziehsohn und damit Anverwandter des Bräutigams. Die Braut

war die Tochter seines Dienstherrn. Also war Simons Anwesenheit bei der Feier unerlässlich.
So blieb ihm nichts anderes übrig, als sich in sein Schicksal zu fügen. Doch je näher die Hochzeit rückte, desto schwerer wurde ihm ums Herz. Alle Freude schien aus seinem Leben gewichen zu sein. Weder die strahlenden Spätsommertage noch Michels Gesellschaft konnten ihn aufmuntern. Ganz besonders machte ihm die Erkenntnis zu schaffen, dass Christina keineswegs schwanger von ihrem Entführer gewesen war, als sie ihn abwies. So konnte er sich nicht einmal damit trösten, dass sie ihm diese furchtbare Verletzung seiner Ehre hatte ersparen wollen. Obwohl es ihn unerträglich schmerzte, blieb ihm letztlich nur die Vermutung, sein Status als landloser Ritter habe sie abgeschreckt. In seinen dunkelsten Stunden quälte ihn darüber hinaus der Gedanke, sie habe ihn niemals wirklich geliebt.
Anfangs versuchte er, seinen Kummer im Wein zu ertränken, doch das gab er schnell wieder auf. Außer einem mächtigen Kater brachte ihm der übermäßige Alkoholgenuss nicht das gewünschte Vergessen. Im Gegenteil fühlte er sich danach noch elender. Wenn er nicht wie besessen mit seinen Waffen übte, war er am liebsten allein und streifte ziellos durch die Weinberge rings um die Kauzenburg.
Christina hatte er seit ihrem Treffen in der Kapelle nicht wiedergesehen. Schon am Tag danach war er in aller Frühe mit Graf Johann nach Kreuznach aufgebrochen, um das Gesindel zur Strecke zu bringen, das die Grafschaft heimsuchte. Dass all ihre Bemühungen bislang fruchtlos geblieben waren, trug nicht dazu bei, seine Laune zu heben.
Immer wieder versuchte der treue Michel, Simon aufzuheitern und auf andere Gedanken zu bringen. Bislang war seine Mühe vergebens gewesen, und Simon hatte ihn mehr als einmal schroff zurückgewiesen. Doch der heutigen Einladung musste

er Folge leisten, so schwer es ihm auch fiel. Sein Fernbleiben hätte Michel aufs Tiefste gekränkt, und das hatte der brave Knecht nicht verdient.
Seufzend bog Simon in die Metzgergasse ab. Schon von weitem erkannte er das mit Blumengirlanden geschmückte Haus, zu dem gutgekleidete Gäste strebten, zweifelsohne die Zunftgenossen von Michels Vater. Prüfend blickte Simon an sich hinab. In seinem leuchtend blauen Obergewand, das er über den Beinlingen aus feinem Hirschleder trug, machte er wenigstens äußerlich eine gute Figur.
Michel erwartete ihn schon vor der Haustür. »Seid willkommen, edler Herr«, begrüßte er ihn förmlich. »Ihr verleiht unserem bescheidenen Fest Glanz.« An seiner Seite versank Marie in einem tiefen Knicks. Sie wirkte zierlich wie eine Elfe in ihrem vornehmen Kleid.
Trotz des herzlichen Willkommens entging Simon nicht, dass Michel ihn besorgt musterte. Doch bevor er sich darüber ärgern konnte, eilte auch schon ein vierschrötiger Mann auf ihn zu. Obwohl er Michel kaum bis an die Schulter reichte, wies ihn die Ähnlichkeit der Gesichtszüge unzweifelhaft als dessen Vater aus.
»Was für eine hohe Ehre für mein ärmliches Heim.« Mit einer tiefen Verbeugung kredenzte ihm Adalbert einen kostbaren Pokal aus geschliffenem Glas, gefüllt mit schimmerndem Weißwein. Nur aus Höflichkeit nahm Simon einen Schluck. Der Wein war kühl und stammte sicherlich aus der besten Lage von Michels Vater. Trotzdem schmeckte er ihm schal.
Drinnen hatte sich bereits eine überschäumend fröhliche Gesellschaft um die mit Speisen beladene Tafel versammelt. Schalen mit Sommerfrüchten, Schüsseln mit verschiedenen Gemüsen, Platten mit Geflügel und feinem Gebäck reihten sich dicht an dicht. Mit einer Handbewegung forderte Simon die Gäste

auf, Platz zu behalten, als sie Anstalten machten, ihm ihre Reverenz zu erweisen. Dann ließ er sich von Adalbert zum Ehrenplatz am Kopfende der Tafel geleiten.
Während Michel und Marie sich an seiner linken Seite niederließen und Adalbert den rechten Platz neben ihm einnahm, ließ Simon seinen Blick durch den Raum schweifen. Zwei dunkle geschnitzte Truhen aus schwerem Eichenholz standen an den Wänden und zeugten wie das Wandbord, in dem wohl die wertvollen zinnernen Teller und Platten aufbewahrt wurden, vom Wohlstand ihres Besitzers.
Auch Michels jüngeren Bruder Gernot erkannte Simon sofort, besaß dieser doch gleichfalls große Ähnlichkeit mit ihm und dem Vater. Das Mädchen, das nun gemeinsam mit der Hausfrau weitere Platten mit gebratenem und gesottenem Schweine- und Lammfleisch herbeischleppte, musste Elisabeth sein, Michels halbwüchsige Schwester. Sie war wie ihre Stiefmutter in ihre Festgewänder gekleidet und mühte sich sichtlich, ihren Rock nicht mit den fetten Soßen zu verderben, in denen die Fleischstücke schwammen.
»Esst, edler Herr Simon, esst mit Freude und nach Herzenslust«, drängte ihn Adalbert. »Euch und meinem Sohn Michel zu Ehren habe ich meine fetteste Sau und meinen besten Hammel geschlachtet.« Er neigte sich mit verschwörerischer Miene zu Simon. »Die Speisen vor Euch sind mit Pfeffer gewürzt. Greift zu, ehe nur die minderen Gerichte übrig bleiben.«
Obwohl Simon keinen Hunger verspürte, ließ er sich von Adalbert einige fett- und soßentriefende Fleischstücke auf die dicke Brotscheibe auf seinem Zinnteller legen.
»Und nehmt auch von dem Blaukraut. Es ist mit Zimt und Ingwer bereitet.«
Mit widerwilliger Bewunderung erkannte Simon, dass Adalbert keine Kosten gescheut hatte, um das Verlobungsfest seines Soh-

nes mit aller Pracht auszurichten. Anfangs kostete er nur zögerlich einige Bissen. Dann griff er wie die übrigen Gäste immer herzhafter zu. Die Speisen waren in der Tat von köstlichem Geschmack. Mechthild, die Hausfrau, war eine hervorragende Köchin. Sie platzte schier vor Stolz, als Simon die Gerichte lobte und ihr zutrank.

Das Festmahl nahm seinen Lauf. Adalbert ließ es sich nicht nehmen, seinen Sohn und Marie vor allen Gästen zu beglückwünschen. Ihm schlossen sich die anwesenden Zunftmeister an. Wein und Bier flossen in Strömen. Nur Maries Vater saß schüchtern und bescheiden vor seinem Teller und sagte kaum ein Wort.

Immer mehr Blicke richteten sich erwartungsvoll auf Simon. Würde auch er dem Brautpaar öffentlich seine Segenswünsche entbieten? Simon spürte die ihm beinahe schon vertraute Bitterkeit zurückkehren. Anfangs hatten ihn die köstlichen Speisen und das fröhliche Geplauder um sich herum abgelenkt. Doch je länger das Fest dauerte, desto mehr brannte der Schmerz über Christinas Zurückweisung wieder wie Galle in seinen Eingeweiden. Endlich erhob er sich und trank dem Brautpaar mit einem gezwungenen Lächeln zu.

»Michel, getreuer Knecht und Freund. Du kannst dich wahrhaftig glücklich schätzen. Eine wunderbare Familie nennst du dein Eigen und dazu bald ein prächtiges Weib. Möget ihr allezeit in Frieden und Wohlstand miteinander leben.« Simon hoffte, dass sein Ton herzlich genug klang, um Michel zu überzeugen, dass er seine Segenswünsche ernst meinte. Ein weiteres Mal hob er den kostbaren Glaspokal. Dann ließ er sich erschöpft zurück auf den Stuhl sinken. Die kurze Ansprache hatte ihn weit mehr angestrengt als so manch harte Waffenübung.

Ehe er sich erneut trübsinnigen Gedanken hingeben konnte, riss ihn Adalberts kräftige Stimme aus seiner Teilnahmslosigkeit. »Ich hörte von Michel, dass Ihr gleich nach der Hochzeit auf dem Rheinfels aufbrechen wollt, um Euch König Rudolfs Heer anzuschließen, hoher Herr.«

Simon nickte. »So ist es, Meister Adalbert. Graf Eberhard wird mich als seinen Knappen mitnehmen.« Er verschwieg, dass auch Heinrich mit von der Partie sein würde. »Ich wiederum nehme Michel mit, auf dass er rasch die Mittel für die Heirat erwerben kann. Ist der Böhme erst besiegt, wird Rudolf uns mit reicher Beute entlohnen.«

Ein Schatten verdüsterte Adalberts joviale Züge. Er seufzte. »Doch davor stehen Kampf und Gefahr. Ich wünschte, mein Vermögen würde ausreichen, um beiden Söhnen die Gründung eines Hausstandes zu ermöglichen. Doch ich will das Erbe nicht sinnlos aufteilen, denn dann reicht es für keinen der beiden mehr zu einem Leben in Wohlstand. Also werde ich das Geschäft meinem jüngeren Sohn überlassen. Zumal ich auch noch die Mitgift für meine Tochter aufbringen muss.«

Er beugte sich erneut zu Simon hinüber. »Leider bringt Marie keinen Heller mit in die Ehe«, raunte er. »Ihr Vater ist zwar ein freier Bauer, aber sein Siechtum währt bereits einige Jahre. Er kann das kleine Gut schon lange nicht mehr bewirtschaften. Deshalb hat er das Land den Augustiner Chorherren aus dem Stift Schwabenheim verpfändet. Im Gegenzug erhält er dort bis ans Ende seiner Tage sein Gnadenbrot.«

Adalbert seufzte erneut. »Es ist jammerschade um das gute Land. Hätte Marie nicht ihre Stellung bei der Gräfin und meinen Sohn zum Verlobten, es könnte ihr gar übel ergehen.«

Simon nickte knapp. Er wusste, dass Michels Vater anfangs wegen der Verlobung seines Ältesten mit der mittellosen Bauerntochter gezetert hatte. Trotz des protzigen Festes schien Adalbert immer noch nicht ganz darüber hinweggekommen zu sein. »Aber das schert mich nicht«, hatte Michel trotzig erklärt. »Da auch ich kein Erbteil von meinem Vater zu erwarten habe, muss ihn nicht kümmern, dass Marie arm ist. Ich kann schon selbst für sie sorgen.«

Obwohl er für eine unbestimmt lange Zeit Abschied von der Geliebten nehmen musste, zögerte Michel nicht, sich Simon anzuschließen, als er von dessen Plänen erfuhr, Graf Eberhard zu begleiten. Am Mittwoch der nächsten Woche würden sie aufbrechen.

Adalbert seufzte erneut. »Gebe Gott, dass mein Sohn wohlbehalten zurückkehrt. Die Wege des Herrn sind unergründlich, edler Herr Simon. Ihr seid wahrlich zu beneiden, wenn ich mir die Freiheit herausnehmen darf, dies zu sagen. Die Sorgen der kleinen Leute fechten den Adel nicht an.«

Obwohl er wusste, dass es ihm nicht bekam, hob Simon voller Bitterkeit seinen Pokal und leerte ihn in einem einzigen Zug.

Kapitel 19

Am Rheinufer, erster Sonntag im September 1275

Trotz der vorherbstlichen Kühle fühlte Rutger, wie ihm unter dem Lederwams, das er zur Feier des Tages anstatt des Kettenhemds trug, der Schweiß in Strömen den Rücken hinablief. Es war unwahrscheinlich, dass sich jemand dem Trupp bewaffneter Reisiger in feindlicher Absicht nähern würde. Deshalb hatte der Herr befohlen, keine schwere Rüstung anzulegen.

Schließlich war er der Überraschungsgast bei der Hochzeit auf dem Rheinfels, die heute gefeiert wurde. Rutger dröhnte noch immer das grölende Lachen Heinrichs von Sponheim in den

Ohren, als dieser seinen Dienstherrn Philipp bei seinem Antrittsbesuch auf der Burg Montfort persönlich geladen hatte. »Das wird eine rechte Überraschung für meinen hochwohlgeborenen Bruder Johann sein. Doch wir sind demnächst Nachbarn auf unseren Burgen. Da ist es nur recht und billig, auch Euch zu meiner Vermählung zu laden.«

Rutger war darob der Schreck in alle Glieder gefahren. Nach dem missglückten Überfall auf das Weib des Sponheimers und dem Verlust von sechs guten Kämpfern hatte ihm der Herr die Hölle schon heiß genug gemacht. Um keinen Preis der Welt wollte Rutger ihm daher zudem noch gestehen, dass das Weib sein Gesicht gesehen hatte, wenn auch nur für einen Augenblick.

Es hätte ihn den Kopf kosten können. Denn sein Herr legte allergrößten Wert darauf, dass seine Mannen, die er von Söldnertruppen aus allen Gegenden des Reiches anwarb, in der Gegend unbekannt blieben. Selbst ihm als Burgvogt war es nur in Ausnahmefällen gestattet, die Burg zu verlassen.

Zum Ausgleich zahlte der Herr einen fürstlichen Lohn aus der reichen Beute, die man ihm brachte. Zudem sorgte er dafür, dass es allezeit genug Weiber und Wein gab. Jeder Söldner hatte sich für drei Jahre zum Dienst auf der Burg verpflichtet. Danach würde er reich an Schätzen entlassen werden. So war es ausgemacht.

Doch nun hatte die Eitelkeit obsiegt und seinen sonst so vorsichtigen Dienstherrn zum Leichtsinn verführt. Auf dieser Hochzeit zu erscheinen hieß, allen, die ihn ansonsten verachteten, ein Schnippchen zu schlagen. Was sich als eine zu große Verlockung erwiesen hatte.

Als Anverwandte des Bräutigams wird das Weib an der hohen Tafel speisen. Die ist weit entfernt von den Tischen der Ministerialen, sprach sich Rutger in Gedanken erneut Mut zu. Außer-

dem habe ich mir den Bart stehen lassen. Sie wird mich auf die Entfernung sicherlich nicht erkennen. Wenn sie überhaupt für etwas anderes Sinn hat als für das Gastmahl und die Lustbarkeiten – töricht, wie Weiber nun einmal sind!
Doch die nagende Unruhe in seiner Magengrube wollte nicht weichen.

Burg Rheinfels, am selben Abend

Trübsinnig stocherte Simon in den erlesenen Speisen auf seinem Teller herum. Mühsam kämpfte er gegen den Drang an, einfach zu verschwinden und auf dem Rücken seines Pferdes alles hinter sich zu lassen.
Doch am heutigen Tage galt es, Haltung zu bewahren. Wenn er Graf Eberhard anlässlich der Vermählung seiner einzigen Tochter derart brüskierte, würde der sich möglicherweise weigern, ihn als Knappen mit an den Hof König Rudolfs zu nehmen. Womit die einzige Gelegenheit, seinem trostlosen Dasein zu entfliehen, dahin wäre.
Also blieb ihm nur, so lange zu warten, bis auch dieses Festmahl irgendwann sein Ende fände. Schließlich hatte er den größten Teil des Tages ja bereits überstanden.
Mit grimmiger Befriedigung bemerkte er am frühen Morgen, dass sich der Himmel über Nacht zugezogen hatte. Das wunderbare Spätsommerwetter des Vortags war einem Dauerregen gewichen, der von empfindlicher Kühle und einem scharfen Wind begleitet war.
Als der Sturm die Baldachine und Schirme, die man zum Schutz des Brautpaars und der Ehrengäste gespannt hatte, zum zweiten Mal wegriss, war dem Priester nichts anderes übriggeblieben, als die Einsegnung in das Innere der Kirche zu verlegen, was als

schlechtes Omen für die Ehe galt. Der Brauch verlangte, die Trauung vor der Kirchentür vorzunehmen.

Christina zitterte wie Espenlaub in ihrem dünnen grünen Gewand aus kostbarer Atlasseide, als Graf Eberhard ihre zarte Hand in Heinrichs Pranke legte. Damit gab er sie vor Gott und der Welt aus seiner Obhut in die ihres Gemahls. Von nun an bestimmte Heinrich über Christinas Schicksal. Wenn es ihm beliebte, konnte er sie betrügen, misshandeln oder sogar verstoßen. Auch ein Eheweib von Adel war ihrem Gatten auf Gedeih und Verderb ausgeliefert. So wollte es das Gesetz.

Wie schon den ganzen Tag über mied Christina Simons Blick, als er sich widerwillig in die Menge der Gratulanten einreihte. Es schmerzte ihn wie eine offene Wunde, als er einmal mehr feststellte, wie wunderschön sie war. Das grüne Gewand betonte ihre zarte Gestalt und die Farbe ihrer Augen, die mit den Smaragden auf ihrem Schappel um die Wette glitzerten. Sie hielt sich kerzengerade. Auf ihrem Gesicht lag ein seltsamer Ausdruck, eine Mischung aus Angst, Entschlossenheit und Triumph. Simon konnte sich keinen Reim darauf machen.

Heinrichs Blick war da schon leichter einzuordnen. Der blanke Hohn stand in seinen Augen, als er Simons undeutlich gemurmelten Glückwunsch entgegennahm. Doch die Aussicht, in Rudolfs Heer all dem bald entfliehen zu können, ließ Simon hohle Phrasen formulieren und so lange lächeln, bis ihn die Mundwinkel schmerzten. Dennoch ballte er unbewusst die Hände zu Fäusten.

»Simon, ist dir nicht wohl?« Er schreckte auf, als ihn Adelheid von Sponheim, die neben ihm saß, leicht an der Hand berührte.

»Herrin, verzeiht mir. Ich war in Gedanken.« Er wich ihrem Blick aus, der mitfühlend auf ihm ruhte. »Womit kann ich Euch dienen?«

»Wie ich schon sagte, mich dürstet nach all dem Wein nach einem Trunk frischen Wassers. Darf ich dich bitten, mir einen Becher zu holen?«
Mit rotem Kopf sprang Simon eilfertig auf. »Verzeiht mir, edle Herrin, wenn ich Euer Anliegen überhört habe. Ich spute mich, Euren Wunsch zu erfüllen.«
Während er einen Diener herbeiwinkte und ihm befahl, frisches Wasser am Brunnen zu schöpfen, ärgerte sich Simon über sich selbst. Als Verwandter des Bräutigams war er heute Abend vom Tischdienst befreit, den die Knappen üblicherweise verrichten mussten. Er hatte lediglich Adelheid von Sponheim zu bedienen. Doch nicht einmal das gelang ihm ohne Beanstandung.
Während er das Wasser kostete und eigenhändig Adelheids Becher füllte, kündete ein Trommelwirbel der Spielleute einen weiteren Höhepunkt des Festmahls an. Auf mächtigen Platten wurden Pfauen und Schwäne herbeigeschleppt, die in ihrem eigenen Federkleid gegart worden waren. Ferkel und Zicklein folgten, im Ganzen am Spieß gebraten und auf buntes Gemüse gebettet. Kräuterbüschel steckten ihnen in Maul und Ohren.
Während die Diener Platz für die neuen Speisen auf den überladenen Tafeln schafften, bemerkte Simon, wie einer von ihnen Heinrich etwas ins Ohr flüsterte. Dieser sprang auf und schlug mit seinem Essmesser an den silbernen Weinkrug, der vor ihm stand. Die Spielleute unterbrachen ihre Musik. Langsam verstummte auch die Festgesellschaft und blickte neugierig zu Heinrich hinüber. Da die Reden auf das Wohl des Brautpaars längst gehalten waren, war jedermann gespannt, was jetzt noch folgen mochte. Selbst Christina sah von ihrem nahezu unberührten Teller auf.
»Hochverehrter Vater, verehrter älterer Bruder, vielliebe Gemahlin, edle Damen, hochwohlgeborene Herren.« Heinrich verbeugte sich jeweils in Richtung der Angesprochenen. Seine Augen funkelten verdächtig.

»Ihr alle wart heute Zeugen, wie mir mein geliebter Bruder, Graf Johann von Sponheim, anlässlich meiner Hochzeit die Burg Böckelheim zu Lehen gab. Gleich nach meiner Rückkehr aus dem Krieg gegen Böhmen werde ich mit meiner Gattin dort Wohnsitz nehmen.« Er machte eine Pause und schaute sich im Saal um. Die Gäste hingen gebannt an seinen Lippen.
»Da erschien es mir nur recht und billig, einen meiner nächsten Nachbarn als Ehrengast zu diesem Festmahl zu laden. Seine Burg liegt nur wenige Meilen entfernt in den Hügeln am anderen Ufer der Nahe.«
Simon hörte, wie Adelheid neben ihm scharf den Atem einzog. Graf Johanns Hände umfassten den Rand der Tafel. Sein Gesicht nahm die Farbe des Tischtuchs an. Christina und ihr Vater, der Rheingraf Siegfried und Adelheids Leininger Verwandte starrten Heinrich ungläubig an. Die übrigen Ehrengäste an der hohen Tafel wirkten neugierig oder ratlos.
Heinrich blieb ungerührt. Noch ehe Simon begriff, was eigentlich vor sich ging, fuhr er fort. »Erhebt Eure Becher und begrüßt den edlen Kreuzritter Philipp von Montfort mit seinem Gefolge.«
Fassungslos erblickte Simon die gedrungene Gestalt seines Oheims, den er seit vielen Jahren nicht mehr gesehen hatte. Er war mittlerweile vollkommen ergraut. Seine Gesichtszüge wiesen noch immer die gleiche Mischung aus Verschlagenheit und Brutalität auf, die den kleinen Simon bei den seltenen Begegnungen mit ihm so erschreckt hatte. Ein hämisches Grinsen zog sich von einem Ohr zum anderen, als Philipp sich spöttisch nach allen Seiten hin verneigte. Hinter ihm standen fünf Reisige in voller Bewaffnung.
Heinrich ging Philipp mit einem Willkommensbecher entgegen. Beide tauschten den Bruderkuss, bevor Philipp den Becher nahm und in einem einzigen Zug leerte. »Habt Dank, Heinrich von Sponheim, für die Einladung zu diesem herrlichen Fest. Ich

weiß diese Ehre wohl zu schätzen. Und auch Euch gebührt Dank, edler Graf von Katzenelnbogen, für die gastliche Aufnahme in Eurem Haus.« Eberhard machte gute Miene zum bösen Spiel und lächelte säuerlich.

Mit herrischer Geste winkte Philipp seinen Leuten, ihm zu folgen, während er zwischen den seitlich aufgestellten Tischen auf die hohe Tafel am Kopfende des Saals zuschritt. Dort wiederholte er seine spöttische Verbeugung vor den Grafen und ihren Gemahlinnen, während die Männer seines Gefolges niederknieten.

Wieder hörte Simon, wie Adelheid die Luft einzog. Mittlerweile platzte er schier vor Grimm über die öffentliche Demütigung seines Ziehvaters vor den Augen und Ohren aller Geladenen. Graf Eberhard hieß die ungebetenen Gäste mit kaum verhohlenem Widerwillen willkommen.

Plötzlich spürte Simon, wie Adelheid seine Hand umklammerte. Überrascht sah er auf. »Herrin, was ist Euch? Seid Ihr nicht wohl? Soll ich Euch hinaus an die Luft geleiten?«

Totenblass starrte Adelheid auf einen von Philipps Männern. Es war ein vierschrötiger Mann in mittleren Jahren mit schütterem braunem Haupthaar und einem dichten dunklen Bart. Simon fiel auf, dass er hartnäckig zu Boden blickte.

Auf einmal ging ein Ruck durch Adelheids schmale Gestalt. Sie bedeutete Simon, einen Pokal zu füllen. »Bring den Becher zu dem Mann dort, der hinter Philipp von Montfort steht. Ich möchte ihm zutrinken.«

Verständnislos starrte Simon Adelheid an.

»Rasch, um Christi willen tu, was ich dir sage.«

Verwirrt beeilte sich Simon, Adelheids Wunsch zu erfüllen. Während Graf Eberhard Philipp einen Platz an der hohen Tafel zuwies, ging er auf den Mann zu, der sich mittlerweile erhoben hatte.

»Meine Herrin entbietet Euch ihren Gruß und schickt Euch diesen Becher mit Wein.« Der Kerl stand stocksteif vor ihm und machte keinerlei Anstalten, den Trunk entgegenzunehmen.
Simon wurde wütend. Die Anspannungen des Tages brachen sich Bahn. »Meine Herrin, die Euch diese Ehre erweist, ist die wohledle Gräfin von Sponheim. Wollt Ihr sie öffentlich beleidigen, indem Ihr ihr nicht zutrinkt? Dann fordere ich noch in der gleichen Stunde Genugtuung von Euch, wer auch immer Ihr seid.«
Widerwillig nahm der ungehobelte Bursche den kostbaren Pokal und blickte auf. Adelheid sah ihn lange mit erhobenem Becher an, ehe sie das Getränk zum Munde führte. Rasch trank der Mann Adelheid zu. Dann gab er Simon den Becher zurück und machte eine tiefe Verbeugung.
Achselzuckend kehrte Simon an die Seite der Gräfin zurück. Ein seltsames Lächeln lag auf ihrem leichenblassen Gesicht. Wieder überkam ihn Sorge.
»Herrin, was ficht Euch an? Ich bin sehr in Unruhe.«
Ihre Antwort verwirrte ihn noch mehr.
»Das musst du nicht sein, getreuer Simon. Jetzt bin ich ganz sicher, dass er es ist.«

Burg Rheinfels, einige Stunden später

Mit einer Mischung aus Ingrimm und Angst vor dem, was in der Schlafkammer auf sie wartete, ließ sich Christina Schappel und Schleier abnehmen und die Bänder des kostbaren Brautkleides lösen. Entsprechend Sitte und Brauch bei der Brautlege waren zahlreiche Zeugen anwesend, als ihr die Kammermägde auch das Unterkleid über den Kopf zogen. Im dünnen durchscheinenden Hemd aus feinstem Linnen den Augen aller Fest-

gäste ausgesetzt, gewann die Furcht vor dem, was auf sie zukam, zum ersten Mal die Oberhand.
Instinktiv spürte sie Simons Blick und hielt hartnäckig den Kopf gesenkt, um ihm nicht begegnen zu müssen. Sie ahnte den Schmerz auf seinem Gesicht und verbot sich erneut jeden Gedanken an ihn. Nur auf diese Weise, einzig mit purer Willenskraft, hatte sie die letzten furchtbaren Monate überstanden. Immer wieder überdachte sie ihren Entschluss, doch es schien keinen anderen Ausweg zu geben.
Auf der ihr gegenüberliegenden Seite des Brautbettes, das inmitten der großen Kemenate aufgestellt worden war, wurde auch Heinrich von Knechten bis aufs Hemd entkleidet. Unter halbgesenkten Lidern warf Christina einen flüchtigen Blick auf sein Gesicht. Zu ihrer Überraschung wirkte ihr Gemahl weder lüstern noch selbstzufrieden, wie sie es nach dem Tort, den er seinem Bruder angetan hatte, erwartete, sondern eher verlegen und trotzig.
Während der Burgkaplan vortrat, um das Brautbett zu segnen und mit Weihwasser zu besprengen, zog der Tag an Christinas innerem Auge vorbei.
Noch vor dem Morgengrauen war sie von Muhme Agathe geweckt worden. Das heiße Bad, in dem duftende Rosenblätter schwammen, hätte sie unter anderen Umständen als seltenen Luxus genossen. Doch heute nahm sie es teilnahmslos hin, ebenso wie die kostbaren Öle, mit denen die Mägde ihren Körper salbten, nachdem sie ihn zuvor in einer schmerzhaften Prozedur enthaart hatten.
Gleichgültig ließ sie sich in das kostbare Atlasgewand aus schillernder grüner Seide kleiden, für das ihr Vater den Preis eines Reitpferdes bezahlt hatte. Auch für das über und über mit Smaragden besetzte Schappel, die Hochzeitsgabe Eberhards, hatte sie kaum einen Blick. Heute begann endgültig die Zeit ihres Un-

glücks und ihrer Rache. Was scherte sie da all dieser nutzlose Tand!

Selbst der Himmel schien ob ihrer Hochzeit zu grollen, denn der Wind unterbrach die Trauungszeremonie mehrmals, die schließlich sogar ins Innere der Kirche verlegt werden musste. Mit grimmiger Befriedigung hörte Christina später die Mägde murmeln, über dieser Verbindung läge kein Segen. Wohl wahr.

Dann sorgte Heinrich für einen unfassbaren Affront, indem er ausgerechnet Philipp von Montfort, einen Lehnsmann der Grafen von Veldenz und erklärten Gegner seines Bruders zum Festmahl einlud und als Ehrengast begrüßte. Jetzt war auch ihrem Vater, der sie in diese Ehe gedrängt hatte, die Freude am Fest vergällt. Bis dahin hatte er sie den ganzen Tag über mit dieser Mischung aus Fürsorge und Wohlwollen behandelt, die sie einst so geliebt hatte, heute aber nur noch verachtete. Er war ein starrköpfiger alter Mann. Seit Philipps Ankunft wirkte seine Miene düster. Vielleicht ahnte er jetzt endlich, was für eine Art Mann er sich da zum Eidam erkoren hatte.

Schon kurz nach Philipps Ankunft gab es an der hohen Tafel ein beständiges Kommen und Gehen. Vordergründig wirkte es, als ob Johann von Sponheim, den Rheingrafen Siegfried und weitere Ehrengäste ein menschliches Bedürfnis zum Abort in den Ställen trieb oder sie dem stickigen Saal einen Moment in die frische Luft der mittlerweile klaren und kühlen Nacht entfliehen wollten. Doch Christina ahnte, dass sie darüber berieten, wie sie mit Philipp von Montfort verfahren sollten, der nun den Schutz des Gastrechts genoss und Speisen und Wein hemmungslos zusprach.

Schließlich winkte ihr Vater Heinrich herbei und verschwand eine Weile mit ihm und Graf Johann sowie zu Christinas Überraschung auch mit Simon und der Gräfin Adelheid. Mit hochrotem Kopf, aber deutlich ernüchtert, kehrte Heinrich einige Zeit später zurück und trank seither nur noch wenig Wein. Da er den Tag über kaum das Wort an sie gerichtet hatte, verzichtete sie darauf, ihn zu fragen, was denn geschehen sei. Sie ahnte auch so, dass es mit der Anwesenheit des Montforters zusammenhing.

Schließlich gab ihr Vater dem Burgkaplan das Zeichen, das Paar zum Brautlager zu führen, um damit den Ehebund endgültig zu besiegeln. Schon vorher hatte Christina sich als einzigen Wunsch für ihren Hochzeitstag ausbedungen, dass nur die engsten Verwandten und Ehrengäste bei der Brautlege anwesend waren. Als sich Heinrich erhob und Christina einladend die Hand reichte, waren es dennoch nahezu zwanzig Personen, die sich dem Brautzug anschlossen.

Am Fuß der steilen Treppe, die zu den oberen Gemächern des Wohnturms führten, gab es einen kleinen Zwischenfall. »Das ist gegen Sitte und Brauch«, protestierte Philipp von Montfort, bereits schwer betrunken. Essensreste hingen in seinem Bart, er roch abscheulich. »Bei einer Brautlege darf jeder geladene Gast anwesend sein und einen Blick auf das zarte Vöglein erhaschen, bevor es zum Weib gemacht wird.« Sein Blick glitt lüstern über Christinas Gestalt und jagte ihr einen Schauer über den Rücken. So hatten die groben Zwillinge ausgesehen, bevor sie sich auf Greta stürzten.

Zu ihrer Überraschung blieb Heinrich diesmal unbeugsam und wies Philipp ab. »Was Sitte und Brauch auf dem Rheinfels ist, habt nicht Ihr zu bestimmen, Herr Philipp. Fügt Euch in unseren Beschluss und sprecht weiter dem Wein und den köstlichen Speisen zu.« Mürrisch wandte Philipp sich ab.

»So führt die Braut nun ihrem Gatten zu, edler Herr Graf, auf dass die Verbindung vor Gott und den Menschen unauflösbar werde.« Die Stimme des Burgkaplans schreckte Christina aus ihren Gedanken auf und brachte sie in die Gegenwart zurück. Ihr Vater nahm sanft ihre Hand und geleitete sie auf die linke Seite des hohen Bettes aus edlem Kirschholz, einem weiteren Hochzeitsgeschenk. Sie erwiderte seinen Händedruck nicht, sondern legte sich nieder und ließ sich mit dem Daunenbett, gefüllt mit feinsten Schwanenfedern, zudecken. Jetzt erst bemerkte sie, dass sie am ganzen Körper Gänsehaut hatte.

Aus dem Augenwinkel sah sie, wie auch Graf Johann seinen Bruder mit verkniffenem Gesicht zu seiner Seite des Lagers führte. Trotz des Affronts hieß es, die Form zu wahren. Dann zogen die Mägde die Bettvorhänge aus blauem Samtstoff zu und entzogen das Paar den Blicken der Gäste, die mit einem letzten Segensgebet das Gemach verließen.

Mit angehaltenem Atem lag Christina stocksteif auf ihrer Seite des Bettes. Um ihrer Rache willen musste sie die folgende Prozedur wohl oder übel ertragen. Vergeblich kämpfte sie gegen die Panik an, die sie am ganzen Körper zittern ließ und ihr Brechreiz verursachte. Würde er wieder so brutal mit ihr verfahren wie weiland im Wald?

Zu ihrem Erstaunen machte Heinrich keinerlei Anstalten, sich zu nähern. Stattdessen schien er auf etwas zu lauschen. Schließlich hörte sie von fern das Klosterglöcklein im Tal zum Nachtgebet rufen.

Abrupt setzte Heinrich sich auf. Rasch beugte er sich zu Christina hinüber und presste ihr den Mund auf die Lippen. Er roch nach Wein und den mit Pfeffer gewürzten Speisen, die er überreichlich genossen hatte. Als er ihre Brust unter dem dünnen Hemd ergriff, zuckte sie unwillkürlich zurück.

»Nun, nun, mein tugendhaftes Eheweib.« Im Halbdämmer erahnte sie sein Grinsen mehr, als dass sie es sah. »Wer wird denn so spröde sein? Schließlich liegt das erste Mal doch längst hinter dir.«

Er zog seine Hand zurück. »Doch ich will dir die Vorfreude auf die Zeugung unseres ersten Sohnes noch eine Weile lassen.« Zu ihrer Verblüffung schob er die Bettvorhänge zurück, sprang auf den mit Binsen bedeckten Boden und war schon dabei, seine Beinlinge an die Bruche festzubinden, als sie den Kopf zwischen den Samtbahnen herausstreckte.
»Ich muss noch zu einer kleinen Unterredung, mein Schatz. Schlafe derweil schon ein bisschen. Hernach wirst du in dieser Nacht nur noch wenig Gelegenheit dazu haben.«
Sprach's und war aus der Tür, bevor Christina es sich recht versah. Ratlos und erleichtert zugleich blickte sie ihm nach.

»Und es besteht wirklich keinerlei Zweifel, dass Rutger, seines Zeichens Burgvogt von Montfort, die Bande anführte, die Euch überfallen hat?«
Erregt schritt Graf Eberhard in der engen Kammer auf und ab, die Adelheid und ihren Mägden als Nachtquartier zugewiesen worden war. Nach und nach und so unauffällig wie möglich hatten die Männer den Festsaal verlassen, in dem die übrigen Gäste hemmungslos weiterzechten. Hier würde sie niemand suchen.
Die Gräfin, die neben Marie in einer Ecke der Kammer hockte, nickte entschieden. »Er ist es, Herr Graf. Ich habe ihn an seiner Gestalt und der Narbe über der rechten Braue erkannt.«
Unmittelbar nach ihrer Entdeckung hatte sich Adelheid Simon anvertraut, der die Kunde sofort den Grafen Johann und Eberhard überbrachte. Nun befanden sich außer diesen beiden und Adelheid noch der Rheingraf Siegfried, Adelheids Bruder Otto von Leiningen, Simon und Michel in der engen Kammer.
Selbst Heinrich hatte das Brautlager gleich wieder verlassen, um der Versammlung beizuwohnen. Er wirkte reichlich lächerlich in seinem hastig übergeworfenen Festgewand, unter dem

das lange Leinenhemd hervorlugte, das ihm zur Brautlege übergezogen worden war. Simon kämpfte vergeblich gegen den irrationalen Wunsch an, man würde Philipp von Montfort und seine Bande noch in dieser Nacht stellen, damit Heinrich keine Gelegenheit mehr hätte, die Ehe mit Christina zu vollziehen. Um sich abzulenken, ergriff er das Wort. »Der Kerl benahm sich in der Tat außerordentlich seltsam, als ich ihm den Becher der edlen Herrin brachte. Jeder andere Gast, der wie er niederen Standes ist, hätte es als unverhoffte Gunst verstanden, auf solche Weise geehrt zu werden. Doch er wollte den Weinpokal zunächst nicht annehmen, um der Frau Gräfin zuzutrinken.«

»Das ist wirklich merkwürdig«, ließ sich der Rheingraf vernehmen. Er fuhr sich über seinen grauen Bart und wandte sich an Michel. »Auch du warst bei dem Überfall zugegen und hast dein Leben eingesetzt, um die Bande zu verjagen. Was sagst du dazu?«

Michel wiegte bedächtig den Kopf. »Ich habe das Gesicht des Anführers nicht gesehen, edler Herr. Allein, von der Statur her könnte er es sein. Der Angreifer der hochwohlgeborenen Gräfin war klein, aber von sehr kräftiger Gestalt.«

»Was sagt Ihr dazu, Johann?«, fragte Graf Eberhard. Auch Simon war aufgefallen, dass der Sponheimer bislang beharrlich geschwiegen hatte. Nun blickte er auf. In seinen Augen stand mörderische Wut.

»Mir fehlen die Worte bei der Vorstellung, dass mein eigenes Fleisch und Blut mir zum Tort einen Straßenräuber zu seiner Vermählung geladen hat.« Heinrich zuckte zusammen, als sich aller Augen auf ihn richteten.

»Ich sagte doch schon, wir werden Nachbarn sein, wenn ich die Burg Böckelheim beziehe«, versuchte er, sich zu verteidigen. »Da erschien es mir nur recht und billig«, fügte er lahm hinzu. Simon schnaubte verächtlich. Auch die übrigen Männer fixier-

ten Heinrich mit eisigen Blicken. Nur der Rheingraf musterte ihn nachdenklich. Dann meinte er:
»Weshalb sollten wir uns, da Ihr nun schon einmal diesen Abschaum zum Fest geladen habt, dies nicht zunutze machen? Hört meinen Plan.«

Fröstelnd zog Christina die Daunendecke noch enger um ihren Körper. Mittlerweile war ihr eiskalt, obwohl die Mägde zum Schutz vor der vorherbstlichen Kühle zwei Kohlebecken in die Kemenate gestellt hatten. Wann würde Heinrich zurückkehren? Das lange Warten zermürbte sie. Obwohl sie sich wieder und wieder auf diesen Augenblick vorbereitet hatte, zitterte sie mittlerweile am ganzen Körper vor Angst und Abscheu beim Gedanken an den bevorstehenden Beischlaf.
Plötzlich hörte sie vom Burghof her Lärm. Es war sicher schon weit nach Mitternacht. Was mochte das bedeuten? Neugierig und beunruhigt zugleich stand sie auf und lugte durch das schmale Fenster.
Eine Gruppe Männer stand im Kreis, gestikulierte heftig und sprach wild durcheinander. Inmitten der Gruppe erkannte Christina Philipp von Montfort. Gerade trat ihr Vater ins Licht der flackernden Fackeln und hob die Hand. Der Lärm ebbte ab.
»Da Ihr den Schutz meiner Gastfreundschaft genießt, solange Ihr Euch auf dem Rheinfels befindet, mögt Ihr für heute mit Eurer Bande unbeschadet von hinnen ziehen. Doch seid versichert, dass Eure Verbrechen nicht ungesühnt bleiben werden.«
Philipp starrte ihren Vater wütend an und spuckte auf den Boden. Als Simon daraufhin seinen Dolch zückte, hielt ihn Michel am Arm zurück.
Stattdessen trat Graf Johann vor. Er warf seinen Handschuh vor Philipp in den Matsch des Burghofs. »Damit erkläre ich Euch die Fehde, Herr auf Montfort.« Seine Stimme schallte laut durch

die Nacht. Schemenhaft nahm Christina eine Menschenmenge wahr, die sich vor dem Eingang zum Palas drängte und die Szene gebannt beobachtete.
»Eure Burg werde ich dem Erdboden gleichmachen und Euch samt Eurem Gefolge für die begangenen Untaten hängen lassen, solltet Ihr es nicht vorziehen, im ehrlichen Kampf zu sterben.«
Im Schein der Fackeln erkannte Christina, dass sich Philipps Gesicht zu einem höhnischen Lächeln verzog. »Ein schönes Früchtchen ist Euer Bruder, edler Herr von Sponheim.« Er machte eine spöttische Verbeugung. »Seht Euch gut vor, dass er seine Tücke nicht eines Tages gegen Euch selbst richtet.«
Heinrich wollte auf ihn losgehen, doch der Rheingraf hielt ihn zurück, während Philipp weiter ungerührt blieb. Herrisch winkte er seinem Gefolge. Als die Männer zu den Ställen gingen, sah Christina, dass einer von ihnen heftig aus Mund und Nase blutete. Es war der Rutger genannte Burgvogt, dem die Gräfin Adelheid auf dem Festmahl zugetrunken hatte. Was mochte all das bedeuten?
Noch bevor sie sich aus dem Geschehen einen Reim machen konnte, sah sie, wie sich Heinrich vor ihrem Vater und seinem Bruder verbeugte und alsbald aus ihrem Blickfeld verschwand. Rasch schlüpfte sie zurück ins Bett und stellte sich schlafend.

Schon kurze Zeit später hörte sie seine polternden Schritte auf der Stiege. Keuchend trat Heinrich ein. Er ließ sich schwer auf einen Schemel sinken und sprach Christina herrisch an.
»Steh auf und entzünde ein Talglicht. Sicher hast du wie alle Weiber gelauscht. Danach hilf mir aus den Stiefeln.«
Zögernd entflammte Christina ein kleines Binsenlicht an der Glut eines Kohlenbeckens. Im schwachen Schein erkannte sie, dass Heinrichs Stiefel über und über mit dem Matsch des Burghofs bedeckt waren. Sie musste sich überwinden, sie anzufassen.

Um sich ihren Ekel nicht anmerken zu lassen, stellte sie eine Frage. »Ich habe wohl Lärm und Getöse gehört und mich darüber gewundert. Was hat es damit auf sich, mein Gemahl?«
Versöhnt durch ihre ehrerbietige Ansprache entspannte sich Heinrich, griff nach dem Weinkrug, der auf einem niedrigen Tischchen stand, und tat einen tiefen Zug, während Christina am zweiten Stiefel zerrte.
»Ich habe den Schuft überführt, der die Gräfin von Sponheim überfallen hat. Es ist der Burgvogt von Montfort. Er tat es auf Geheiß seines Herrn.«
Einen Moment vergaß Christina ob dieser unerwarteten Kunde ihre Angst vor dem, was ihr bevorstand.
»Wie hast du das in Erfahrung gebracht?«
»Das Weib meines Bruders hat ihn erkannt. Doch es war meine Schlauheit, die ihn überführte.« Er warf sich stolz in die Brust.
»Wie das, mein Gemahl?« Sie bemühte sich, ihrer Stimme einen bewundernden Klang zu verleihen. Vielleicht gäbe er sich ja zufrieden damit, sich vor ihr zu brüsten, und wollte danach nur noch schlafen.
»Ich sandte einen Knecht in den Festsaal und bat Philipp, mit seinen Mannen in die Kapelle zu kommen. Dort erzählte ich ihm von der Anklage meiner Schwägerin. Ich gab vor, dein Vater und mein Bruder schmiedeten ein Komplott gegen ihn. Sie würden planen, ihn des Nachts zu ermorden, wenn er und sein Gefolge ihren Rausch ausschliefen.«
»Du hast ihn belogen?« Christina war fassungslos. Für einen Augenblick vergaß sie ihre Vorsicht. »Mein Vater hätte einen solchen Frevel an der Gastfreundschaft niemals befohlen. Wie konntest du seinen Namen derart entehren?« Sofort bereute sie ihre Worte. Doch für diesmal ging es glimpflich ab.
Heinrich schnaubte nur. »Was wissen törichte Weiber schon von Taktik und Kriegslist! Jedenfalls wirkte meine Täuschung

sofort. Als hätte ihn eine Schlange gebissen, fuhr Philipp zu seinem Burgvogt herum und stellte ihn zur Rede. Der Tölpel fiel auf die Knie und bat um Vergebung. Nicht für seine Missetat, sondern dafür, dass man ihn dabei erkannt hat.«

Er nahm einen weiteren Schluck aus dem Krug. Als er fortfuhr, schwang widerwillige Bewunderung in seiner Stimme mit.

»Meines Bruders Weib kann eine wahre Wildkatze sein. Als Rutger sie auf sein Pferd zerrte, riss sie ihm die Maske vom Gesicht. Das hatte er seinem Dienstherrn wohlweislich verschwiegen. Anstatt seine Mitwisserschaft abzustreiten, verlor Philipp vor Wut die Beherrschung und schrie Rutger an: ›Sechs gute Männer hast du verloren, du Schwachkopf, und bist ohne einen Heller zurückgekehrt. Nun hat uns deine Feigheit mitten in dieses Wespennest geführt. Niemals wäre ich zu dieser elenden Feier aufgebrochen, hätte ich geahnt, was auf dem Spiel steht.‹ Dann schlug er ihn mit einem einzigen Fausthieb zu Boden.«

Heinrich grinste. »Der Kerl hat einen mächtigen Haken, das muss man ihm lassen. Rutger stürzte wie ein gefällter Baum zu Boden.«

Wider Willen lauschte Christina gebannt. »So hat er die Untat wahrhaftig eingestanden? Und wie ging es danach weiter?«

Auf Heinrichs Züge trat ein Ausdruck großer Selbstzufriedenheit. »Nun, ich erbot mich, ihn unbeschadet durch einen Geheimgang aus der Burg zu führen. Schau her!« Er zog einen prall gefüllten Beutel aus der Gürteltasche und klimperte mit seinem Inhalt. »Das hat er mir zur Belohnung gegeben.«

Erneut war Christina fassungslos. Ihre Spannung schlug in Entsetzen und Abscheu um. Erneut konnte sie sich nicht beherrschen. »Du hast dich von ihm für deinen Verrat bezahlen lassen? Mit Gold, an dem das Blut der Beraubten klebt?«

Heinrich fixierte sie finster. »Was kümmert das dich, Weib? Die, denen das Gold gehört hat, sind tot. Es werden Pfeffersäcke oder gar Juden gewesen sein, die es ohnehin nicht auf redliche Weise erworben haben.«

Christina lenkte ab. »So wurden die Raubzüge, die die Grafschaft Sponheim unsicher machten, wahrlich von der Burg Montfort aus unternommen?«

Heinrich zuckte die Achseln. »Allem Anschein nach ja, mein Lieb. Jedenfalls führte ich Philipp geradewegs von der Kapelle in den Weinkeller, wo schon dein Vater und mein Bruder mit den Burgwachen auf sie warteten. Dort offenbarte ich ihnen Philipps Geständnis.«

Er lächelte wieder selbstzufrieden. »Ohne meine List wäre Philipp von Montfort nicht überführt worden. Schon in wenigen Wochen werden wir aufbrechen, um seine Burg zu schleifen und das Gesindel zu vernichten.« Mit diesen Worten griff er nach Christina und machte Anstalten, sie an sich zu ziehen. »Nun gib deinem Gatten den wohlverdienten Lohn für seine Heldentat.«

Sein Atem stank nach Wein. Christina graute, ihr ekelte vor ihm und seinen Berührungen. Er würde sein Recht als Ehemann fordern, es sei denn … es sei denn, sie fände einen Ausweg. Verzweifelt riss sie sich los und trat die Flucht nach vorn an.

»Für welche Heldentat begehrst du Lohn, Heinrich? Erst bittest du diesen Abschaum an unsere Hochzeitstafel, dann machst du dich mit ihm gemein und lässt dich für deinen Verrat auch noch wie Judas entlohnen! Das Haus meines Vaters ist entehrt, dein Bruder vor aller Augen gedemütigt und Simons Name …«, sie hielt inne und biss sich auf die Lippen.

Doch es war zu spät. In Heinrichs Augen begann es, gefährlich zu glimmen. »Sprich nur weiter, mein Lieb. Was wolltest du in Bezug auf Simon sagen?«

Christina starrte voller Furcht zu Boden. »Nichts, mein Gemahl.«

Doch Heinrich ließ nicht locker. »Warum nimmst du den Namen dieses Kretins in unserer Hochzeitsnacht in den Mund? Glaubst du, mir wäre entgangen, dass du mit ihm getändelt hast, als du mir schon versprochen warst? Verzehrst du dich etwa in Sehnsucht nach ihm, anstatt deine Pflicht gegenüber mir, deinem Gemahl, zu erfüllen?«
Heinrichs Worte trafen sie bis ins Mark. Es war nur zu wahr, was er ihr vorhielt. Unwillkürlich füllten sich ihre Augen mit Tränen.
Heinrich beobachtete sie scharf. Plötzlich packte er sie hart am Arm. Wie ein Schraubstock umklammerte er ihr Handgelenk.
»Hast du etwa auch in den letzten Monden mit ihm getändelt, Weib? Ihm gar angehört, während ich mich auf unsere Hochzeit freute? Deine und meine Ehre in den Staub getreten?«
Schmerz, Wut und Trauer überwältigten sie. Wie eine Springflut brachen sich ihre unterdrückten Gefühle Bahn. Vergeblich versuchte sie, sich loszureißen.
»Ich habe niemandem angehört als dir und den Schuften, die du auf mich gehetzt hast«, schluchzte sie auf. »Nur du selbst hast mir meine Ehre und meine Unschuld geraubt.«
Anstatt betroffen zu sein, drehte Heinrich ihr die Worte im Munde herum. »Das mag dir erst recht zum Vorwand gedient haben. Kein Weib widersteht der Versuchung, das steht schon in der Bibel.«
Plötzlich trat ein Ausdruck wahnwitziger Wut auf sein Gesicht. »Trägst du gar seinen Bastard unter dem Herzen und willst ihn mir als mein eigen Fleisch und Blut unterschieben?«
Der Hass brannte wie Feuer in ihrem Inneren. Schon öffnete sie den Mund, um ihm ihre Unfruchtbarkeit ins Gesicht zu schleudern. Da schob sich das Bild ihrer ermordeten Magd Greta vor ihre Augen. Es war ihr, als ob diese lautlos zu ihr spräche:
Sei klug und besonnen! Willst du ihn so einfach davonkommen lassen? Schon heute die Macht verspielen, die du über ihn hast?

Christina biss sich auf die Lippen und atmete tief durch, um sich zu beruhigen. Nein, Heinrich sollte erst langsam erkennen, dass sie ihm nie einen Erben gebären würde. Tag für Tag sollte er hoffen und bangen, ohne je endgültige Gewissheit zu erlangen. Denn der Erb- und Ehevertrag ihres Vaters war eindeutig. Nur sie, Christina, war die *alleinige* Erbin seiner Lande und besaß als solche auch das *alleinige* Recht, dieses ihren eigenen Kindern zu vermachen. Heinrich, ihr Gemahl, konnte sie nicht beerben. Er war zeit seines Lebens nur Nutznießer der reichen Einkünfte. Verstieß er sie oder starb sie kinderlos vor ihm, verlor er den Grafentitel und ging aller Ländereien verlustig. Sie würden an die deutsche Krone fallen.

Vollkommene Ruhe breitete sich in ihrem Inneren aus und verwandelte ihre Empörung in eisige Rachsucht. Sie hob den Kopf und sah ihm geradewegs in die Augen. Ihre Stimme klang kalt und beherrscht. »Lass mich los.« Zu ihrer Genugtuung war Heinrich so verblüfft, dass er seinen Griff löste.

Sie unterdrückte den Impuls, ihr schmerzendes Handgelenk zu reiben. »Nein, mein Gemahl, dass ich dir das Kind eines anderen unterschiebe, hast du wahrlich nicht zu befürchten.« Sie genoss die Doppelbödigkeit ihrer Rede. »Doch wenn du dies glaubst, so erhebe schon morgen Klage gegen mich vor meinem Vater und deinem Bruder. Verstoße mich, wenn du mich für noch ehrloser hältst, als du und deine Kumpane mich gemacht haben.«

Sie machte eine dramatische Pause.

»Doch sei versichert. Bleibt mir dann als Ausweg nur noch das Kloster, soll alle Welt wissen, was du mir angetan hast.« Sie lächelte triumphierend. »Du aber wirst wieder von der Gnade deines Bruders abhängig sein, der dich aus tiefstem Herzen verachtet genauso wie ich.«

Kaum waren die Worte heraus, bereute sie sie. Heinrichs Gesicht verzerrte sich vor Wut. Entsetzt wurde ihr klar, dass sie zu weit gegangen war. Unwillkürlich wich sie vor ihm zurück. Doch es war zu spät.

»Was soll diese freche Rede, mein Täubchen? Hast du damals im Wald deine Lektion nicht gelernt? Und hast du heute nicht dem Priester gelauscht, der den Platz der Weiber in der göttlichen Schöpfung so trefflich beschrieben hat? Eine gute Ehefrau sei sittsam, gehorsam und bescheiden und erhebe niemals die Stimme gegen ihren Eheherrn. Sonst ist der gezwungen, sie zu lehren, wo ihr Platz ist. Sei versichert, ich werde es dich lehren.«

Instinktiv hob Christina die Arme schützend vor ihr Gesicht. Der Schlag traf sie hart an der Brust, schleuderte sie gegen die Kante des Bettes und nahm ihr den Atem. Keuchend vor Schmerz sank sie zu Boden.

Heinrich starrte bedrohlich auf sie herunter. »Zieh dein Hemd aus«, befahl er grob. Er hatte den gleichen Blick wie im Wald. Zitternd und wie gelähmt vor Angst starrte Christina zu ihm empor.

»Wirst du mir wohl gehorchen?« Heinrich riss sie an den Haaren nach oben und warf sie aufs Bett. Mit einem einzigen Ruck zerfetzte er das zarte Leinengewebe und spreizte ihr grob die Beine. Dann stieß er zwei Finger in sie hinein. Sie schrie auf.

»Trocken wie eine Wüste.« Er zog mit der anderen Hand seine Bruche aus. Wie schon im Wald kniff Christina die Augen zu. Er schlug ihr mit der flachen Hand ins Gesicht.

»Schau mich an, Zimperliese!« Zum ersten Mal sah Christina sein hoch aufgerichtetes Gemächt. Es schien ihr riesig zu sein.

»Bitte«, ihre trockenen Lippen formten leise Worte. »Bitte, tu mir nicht weh!«

Entsetzt spürte sie, dass ihre Angst ihn nur noch mehr anstachelte. Er grinste diabolisch. »Nicht mehr, als nötig ist, um unseren Sohn zu zeugen.«

Dann war er über ihr.

»Wir haben keinen Tag Zeit zu verlieren.« Erregt schritt Rheingraf Siegfried im kleinen Rittersaal auf und ab. »Wenn wir die Burg nicht vor Einbruch des Winters erstürmen, werden wir unverrichteter Dinge wieder abziehen müssen.«

»Bis zum ersten Schneefall sind es noch mindestens zwei Mondläufe«, versuchte Eberhard, ihn zu beruhigen. »Ich sende Euch fünfzig Männer aus meinen Ländern zur Unterstützung. Mit Euren eigenen Leuten und Graf Johanns Truppen sind wir der Montforter Burgbesatzung weit überlegen.«

»Auch ich werde Euch Hilfe senden, Schwager«, bot Otto von Leiningen an.

Graf Johann schüttelte den Kopf. »Das wird nicht nötig sein, obwohl ich Euer Angebot sehr zu schätzen weiß. Ihr habt selbst genug um die Ohren.«

Mit seinem vor Müdigkeit und Erschöpfung schweren Kopf grübelte Simon darüber nach, was sein Ziehvater damit meinen mochte. Dann entsann er sich, von einer Fehde des Leiningers wegen einer Grenzmarke gehört zu haben.

Seitdem Heinrich verschwunden war, zweifellos um die Ehe mit Christina zu vollziehen, fühlte er sich wie ausgelaugt. Obwohl es eine Ehre für ihn und Michel war, an diesem Kriegsrat teilnehmen zu dürfen, konnte er sich nicht darüber freuen.

»Überlegt Euch gut, Graf Johann, ob Ihr das Angebot Eures Leininger Schwagers nicht doch annehmen wollt. Ich kenne die Burg Montfort. Nicht umsonst heißt sie in unserer Sprache ›Starkenburg‹. Sie steht auf einem Felssporn mitten im Wald und ist an drei Seiten von einem natürlichen Graben umgeben. Mit Katapulten und Rammböcken kann man sie nicht einnehmen, ist die Zugbrücke erst einmal hochgezogen.«

»Habt Dank für Eure Besorgnis um unseren Sieg, Rheingraf.« Trotz der freundlichen Worte klang Graf Johann ein wenig ungeduldig. »Auch ich kenne die Burg. Raimund von Montfort,

Philipps älterer Bruder und Simons Vater, war der Freund meiner Jugendtage. Viele Abende saßen wir auf den Burgmauern und genossen den Sonnenuntergang über den Nahewäldern. Dabei hat mir Raimund eines Tages verraten, wie man die Festung einnehmen kann.«

Die versammelten Männer sahen Johann erstaunt an. Selbst Simon überwand für einen Moment seine Lethargie. In der gespannten Stille war das Schnarchen der Zecher zu hören, die auf den Binsen im benachbarten Festsaal ihren Rausch ausschliefen.

»Nun sprecht endlich, wir platzen vor Neugier«, unterbrach der Rheingraf schließlich das Schweigen.

»Raimunds Großvater hat die Feste nach einer Kreuzritterburg in Palästina benannt, auf der er sich während des fünften Kreuzzuges im Gefolge Kaiser Friedrichs II. aufhielt. Auch die Kriegstaktik, die mir Raimund verriet, lernte sein Großvater im Heiligen Land kennen. Die Angreifer graben an einer nicht einsehbaren Stelle einen Gang unter der Burgmauer hindurch und bringen sie solcherart zum Einsturz.«

Er machte eine Pause und trank einen Schluck Wein. Gebannt warteten die Zuhörer, bis er weitererzählte.

»Raimund hat mir die Stelle gezeigt, an der man den Stollen graben könnte. Der Platz befindet sich in einer kleinen Senke am Hang und ist von den Mauern aus nicht zu sehen. Raimund wollte dort immer eine Vorburg erbauen, um den Platz zu befestigen. Er war ein gar kluger und umsichtiger Mann, den der Tod leider viel zu früh ereilte.«

Simon bemerkte, dass Johanns Stimme bei der Erinnerung an seinen Freund leicht zu zittern begann. Auch ihn überkam tiefe Traurigkeit beim Gedanken an den Vater, den er nie gekannt hatte.

Diesmal war es Graf Eberhard, der die Schwere des Augenblicks mit einer Frage unterbrach. »Aber wird nicht auch Philipp von Montfort von dieser Schwachstelle wissen?«

Johann schüttelte den Kopf. »Philipp war schon im Morgenland, als ich mit Raimund darüber sprach.« Er wandte sich an Simon. »Er hatte die Stelle erst ein paar Wochen vor der Niederkunft deiner Mutter entdeckt. Dein Vater sorgte sich um nichts mehr als um euer beider Wohlergehen.« Wieder zitterte seine Stimme.

»Das ist eine wahrhaft gute Nachricht, Freunde«, polterte der Rheingraf, als wollte er verhindern, dass sich erneut Trübsinn auf die Versammlung legte. »Doch nun lasst uns eine Mütze voll Schlaf nehmen. Mitternacht ist längst vorüber. Es war ein bewegter Tag.«

Ohne Widerworte standen die Männer auf und verließen den kleinen Rittersaal. Auch Simon und Michel erhoben sich, um ihr Nachtlager in den Pferdeställen aufzusuchen, denn jede Kammer der Burg war mit Hochzeitsgästen belegt. Hinter ihnen folgte Graf Siegfried mit zwei seiner Männer, die als Wachposten vor der Tür gestanden hatten.

Als sie ins Freie traten, hörten sie plötzlich einen durchdringenden Schrei. Er kam aus der Kemenate, in der Christina und Heinrich schliefen. Mit einem Schlag war Simons Müdigkeit wie weggeblasen. Er packte Michel am Arm.

»Hör doch, was war das?« Sie lauschten.

Diesmal hörten sie ein ersticktes Stöhnen, als würde jemandem der Mund zugehalten. Simon ballte die Hände zu Fäusten. Das Blut schoss ihm durch seine Adern. »Das Schwein misshandelt sie, Michel. Komm rasch, wir müssen ihr zu Hilfe eilen.«

Der Knecht machte keine Anstalten, ihm zu folgen. Rasend vor Ungeduld drehte Simon sich um. Auf Michels Gesicht malten sich Verwirrung und Schuldbewusstsein. Doch er rührte sich nicht.

»Also bist du zu feige, um Christina beizustehen«, fuhr Simon ihn an. Hilflose Wut machte ihn grob und ungerecht. »Dann gehe ich eben allein.«

Er fasste sein Schwert am Knauf, um es aus der Scheide zu ziehen, als er unsanft an der Schulter gepackt wurde. »Lass mich los, Michel«, zischte Simon. »Sonst kündige ich dir den Dienst und die Freundschaft.«
Doch es war der Rheingraf, der ihn ergriffen hatte. »Was ficht dich an, Simon? Willst du ein frisch vermähltes Paar in der Hochzeitsnacht stören?«
»Er tut ihr weh. Habt Ihr den Schrei nicht gehört?«
Der Rheingraf sah Simon mit festem Blick in die Augen. »Auch ich billige nicht, was ich vernommen habe. Ein Mann sollte seinem Weib mit Respekt und Sanftmut begegnen. Doch es ist Heinrichs Sache, wie er mit seiner Angetrauten verfährt. Was er als Eheherr in der Schlafkammer zu tun beliebt, obliegt ihm allein. Kein anderer Mann darf sich einmischen, nicht einmal der eigene Vater. So entspricht es Gottes gewollter Ordnung.«
Simon ließ die Hand am Schwertknauf und starrte den Rheingrafen trotzig an. »Lasst mich los, Herr. Ihr habt mir nichts zu befehlen.«
Doch der ließ sich nicht beeindrucken.
»Ich sage es dir nur noch einmal, Simon von Montfort. Die Grafen Johann und Eberhard, seit alters meine treuen Freunde, sind heute schon genug entehrt worden. Du wirst diesem schmachvollen Tag nicht noch weitere Schande hinzufügen. Andernfalls lasse ich dich von meinen Männern ergreifen und bis zum Morgengrauen in Ketten legen. Was auch immer in dieser Kammer geschieht, geht dich nichts an.«

Teil 4:

HINTERHALT

Kapitel 20

Burg Montfort, Oktober 1275

»Wie lange wird es noch dauern, Herr?«

Simon zuckte mit den Schultern. »Die Männer graben unentwegt, Michel. Der Baumeister sagt, sie müssten jeden Augenblick auf die Fundamente der Mauer stoßen.«

Wenn Graf Johann recht behält und die Burg an der besagten Stelle tatsächlich nicht auf Fels gebaut ist, fügte er in Gedanken hinzu. Er war davon überzeugt, dass die meisten Verbündeten und Gefolgsleute des Sponheimers seine Zweifel teilten. Doch seitdem die Grabungen begonnen hatten, äußerte sich niemand mehr laut über das Unterfangen.

Alles hing davon ab, dass Johanns Jugendfreund Raimund tatsächlich eine Schwachstelle im Fundament entdeckt und der Graf sie richtig in Erinnerung behalten hatte. Bereits am Tag des Aufmarsches vor der erwartungsgemäß verschlossenen Burg Montfort führte Johann ein Häuflein Vertrauter an jene ihm von Raimund genannte Stelle der Senke auf der Rückseite des trutzigen Bauwerks. Auf den ersten Blick konnte Simon nicht erkennen, wo der Unterschied zu den restlichen Burgfundamenten liegen sollte. Schroff ragten die Felsen, auf denen die Burg einst errichtet worden war, vor ihnen empor. Anstatt des natürlichen Grabens, der die Feste an den anderen Seiten umschloss, fiel das Gelände an der Rückseite steil ab. Der Hang war

mit schier undurchdringlichem Unterholz und hohen Buchen und Birken bewachsen.
Hier wie dort waren weder Katapulte noch Belagerungstürme in Stellung zu bringen. Auch mit Sturmleitern war die Burg nicht zu bezwingen. Sie fanden keinen Halt in den verschlammten Gräben oder am Steilhang auf der Rückseite. Jeden Versuch, die Mauern zu erklimmen, konnte die Besatzung zudem leicht mit Steinbewurf und dem Wegstoßen der Leitern abwehren. Wer dann noch nicht gefällt war, dem würden die Bogen- und Armbrustschützen den Garaus machen.
Doch der mühsame Aufstieg am ersten Tag der Belagerung endete plötzlich in der kleinen Senke, die Johann ihnen beschrieben hatte und die durch den dichten Bewuchs weder von den Burgmauern noch von unten her einsehbar war. Von dort aus schlichen sich Simon und Michel an den Fuß der Mauer. Und tatsächlich, je näher sie kamen, umso deutlicher wurde, dass die Felsen hier nicht bis an die Burg heranreichten. Auf einer Länge von ungefähr zwanzig Fuß wies das Gestein eine natürliche Lücke auf, so dass die Mauer dort unmittelbar im Erdreich stand.
»Und wenn die Felsen, auf denen die Fundamente ruhen, hier nur nicht aus dem Erdreich ragen, sondern einfach tiefer liegen?« Es war der Rheingraf, der sich an jenem ersten Tag zu Wort meldete, als Simon und Michel die Senke wieder erreicht hatten.
Graf Johann sah ihm und seinen Begleitern gerade in die Augen. »Ihr wisst, tapfere Ritter, dass es unsere einzige Möglichkeit ist, die Burg vor dem Winter einzunehmen. Philipp von Montfort hatte reichlich Zeit, die Vorräte aufzufüllen. Sie werden reichen, bis uns der erste Schnee zum Rückzug zwingt. Wir können sie also weder aushungern noch auf andere Art bezwingen.«
Er blickte in die Runde. »Mein Freund Raimund von Montfort kannte die Stelle selbst nicht, bevor er in einer alten vergesse-

nen Truhe Zeichnungen des Baumeisters fand. Sie zeigten, dass der Boden an dieser einen Stelle kein Felsgestein enthält. Mit den Jahren war dies in Vergessenheit geraten. Raimund vernichtete die Zeichnungen, damit sie nicht in unbefugte Hände gelangen konnten, und nahm sich vor, den Abhang roden zu lassen und darauf eine Vorburg mit mächtigen Bollwerken zu errichten.«

»Und warum tat er es nicht?«

Graf Johann drehte sich zu Simon um. »Dein Vater lebte damals mit all seinen Nachbarn in Frieden und Freundschaft. Er hatte keinen Anlass, eine Belagerung zu befürchten. Zudem gab es im Jahr deiner Geburt eine schwere Missernte, und die Bauern litten im Winter große Not. Graf Raimund wollte ihnen im Folgejahr nicht mehr Fronarbeit auferlegen, als für die Bestellung seiner eigenen Felder vonnöten war. So verschob er das Vorhaben und nahm das Geheimnis schließlich mit sich ins Grab.«

Also hatten die Männer noch am selben Tag zu graben begonnen. Um die Besatzung nicht misstrauisch zu machen, führten Johanns Truppen derweil immer wieder Scheinangriffe mit Brandpfeilen gegen die Frontseite der Burg, wobei der Graf streng darauf bedacht war, das Leben seiner Männer nicht unnötig zu gefährden. Da viele Geschosse schon an den Mauern abprallten, reagierten Philipps Männer anfangs mit Hohn und Spott. Auch sie sandten brennende Pfeile von den Burgmauern, die aber ebenfalls keinen großen Schaden anrichteten, zumal sie der Wind häufig abtrieb. Mittlerweile schienen beide Seiten des sinnlosen Kampfes müde. Die Tage vergingen immer häufiger ohne ein einziges Scharmützel.

In der Zwischenzeit schritt die Arbeit am Gang zwar mühsam, aber stetig voran. Graf Johann hatte den bekanntesten Baumeister der ganzen Gegend unter Vertrag genommen. Er leitete die Arbeiten und berechnete den Verlauf des Stollens, der in der

Senke begann. Schaufel für Schaufel bewegten sich die Grabenden auf die Burgmauer zu. Es war sehr harte Arbeit. Wurzeln und kleine Felsbrocken mussten beseitigt, Bäume gefällt und behauen werden, um die Stollenwände zu stützen. Zweimal war die Decke des Ganges schon eingestürzt, zum Glück, ohne einen Mann unter sich zu begraben. Wenn es wirklich kein Gestein gab, das ihnen auf einmal den Weg verstellte, musste die Röhre geradewegs unter die Burgmauer führen.

Die Männer der verbündeten Grafen arbeiteten jeden Tag vom Morgengrauen bis zur Abenddämmerung in wechselnden Schichten, unterstützt von hörigen Bauern aus den umliegenden Ortschaften. Auch Simon und Michel trugen ihren Anteil dazu bei und schufteten im Schein der blakenden Fackeln im Schweiße ihres Angesichts unter der Erde. Während Michel zu diesem Dienst verpflichtet war, half Simon freiwillig mit. Die Untätigkeit vor den Toren der Burg hielt er nicht aus. Zu schwer trug er an der Schande seines Onkels und damit seines eigenen Namens – und am Verlust Christinas. Doch nun musste es jeden Tag so weit sein.

»Glaubt Ihr, Herr, dass die Burgbesatzung noch immer nichts ahnt?«

Simon grinste. »Es sieht so aus, Michel. Vielleicht wundern sie sich über das viele Holz, das wir schlagen. Doch sowenig wir die Wachsoldaten hinter den Zinnen von der Senke aus sehen können, so wenig sehen sie uns von oben. Sie merken vielleicht, dass sich etwas bewegt, wenn wir die Erde den Abhang hinabschütten, aber sie können nicht erkennen, was wir tun.«

»Und auch keinen Ausfall machen, da an dieser Seite kein Tor ist«, dachte Michel laut.

Simon grinste wieder. »Du hast recht, Michel. Wir können nicht hinein, aber sie können auch nicht hinaus. Im Moment, in dem sie die Zugbrücke herablassen würden, um einen Ausfall zu wagen, wären sie verloren. Unsere Truppen sind mindestens dreimal so stark wie die der Besatzer.«

In diesem Augenblick erschien einer der Kämpfer im Tunneleingang. Sein nackter Oberkörper glänzte vor Schweiß und war mit Erde verschmiert. Aber er lachte über das ganze Gesicht.

»Was ist, Bursche?« Ungeduldig stürzte Simon auf den Mann zu. Der vergaß in der Aufregung sogar, sich zu verneigen. »Holt den Baumeister, Herr, und sagt ihm, er solle sich sputen.« Auch die Anrede ließ es an der gewohnten Ehrerbietung fehlen. Simon scherte es nicht. Das Herz schlug ihm vor Erregung bis zum Hals.

»Seid ihr endlich am Ziel?«

»Ja, Herr, es gibt keinen Zweifel. Wir haben die Mauer erreicht.«

Burg Montfort, Rittersaal

»Nun, Rutger, warum stört Ihr mich schon wieder?«

Unwirsch blickte Philipp von Montfort von seinem Nachtmahl auf. Er hielt einen Hühnerschlegel in der Hand. Vor ihm stand ein Krug Bier.

Rutger bemühte sich, weder seinen Zorn über die unfreundliche Begrüßung noch seinen Hunger zu zeigen. Während sein Herr weiter jeden Tag schlemmte und prasste, war die Besatzung längst auf Grütze, Kohlgemüse und steinhartes Brot gesetzt worden. Zu trinken gab es nur das brackige Wasser aus der Zisterne.

»Wir haben schon wieder Fackeln am Fuße des Abhangs gesehen, Herr. Mit Sicherheit treiben sich dort Truppen des Grafen von Sponheim herum.«

Philipp wedelte ungeduldig mit dem Huhnerbein. »Sie werden Holz für ihre Lagerfeuer schlagen. Schließlich gibt es in den

Nächten schon Frost.« Er hob den Krug und nahm einen großen Schluck.

Unschlüssig trat Rutger von einem Fuß auf den anderen. Er wusste, dass er noch immer in Ungnade stand und sein Herr ihn für die ganze Misere verantwortlich machte. Doch er spürte jeden Tag stärker, dass die Belagerer etwas im Schilde führten. Es war sowohl seine Pflicht, den Burgherrn zu warnen, als auch eine Gelegenheit, seine Gunst wieder zurückzugewinnen.

»Edler Herr, ich glaube nicht, dass sie nur Feuerholz schlagen. Dazu werden zu viele Bäume gefällt. Vielleicht erbauen sie einen Belagerungsturm.«

Philipp schnaubte. »Und wo wollen sie den plazieren, Herr Simpel? Unser Halsgraben ist mehr als fünfzehn Fuß tief. Sie müssten ihn trockenlegen, um einen Turm darin aufzustellen. Derweil hätten wir sie alle längst mit der Armbrust erlegt.«

Er biss das restliche Fleisch vom Knochen und warf ihn in die schmutzigen Binsen. Dann wedelte er erneut mit der Hand, diesmal unmissverständlich, um Rutger zu entlassen.

»Nun geht und sagt der Küchenmagd, sie soll mir noch ein Stück von der geräucherten Hirschlende bringen. Von diesem mageren Vogel kann kein gestandener Mann satt werden. Und macht gefälligst nicht so ein trübsinniges Gesicht, wenn ich mit Euch rede.«

Rutger holte tief Luft und unternahm einen letzten Versuch. »Vielleicht graben sie einen Gang, edler Herr.«

Philipp sah ihn einen Moment erstaunt an und begann dann brüllend zu lachen. »Das wäre ein wirklicher Spaß, Tölpel. Sie würden sich vergeblich die Köpfe an den Felsen einrennen.«

Er verschluckte sich und hustete heftig. Es dauerte eine Weile, bis er sich wieder beruhigt hatte. »Lasst meinethalben ein paar Wachen mehr an der Rückseite aufstellen, Rutger. Aber sorgt

Euch nicht. Diese Burg ist auf solidem Gestein erbaut. Nicht einmal der Herrgott selbst könnte sie mit Hilfe eines Stollens erobern.«

Rutger schlug erschrocken das Kreuz. Gotteslästerung war das schlechteste aller Omen. Philipps Gelächter dröhnte ihm noch in den Ohren, als er in die Wachstube eilte, um ein paar Burgmannen mehr in die eisige Nacht zu schicken.

Burg Montfort, einige Tage später

»Also, Ihr wohledlen Ritter, lasst uns noch einmal zusammenfassen, wie wir vorgehen wollen.«

Johann sah in die Runde und winkte der Magd, den Männern, die sich in seinem Zelt versammelt hatten, Wein nachzuschenken. Aufgrund der fortgeschrittenen Stunde schlugen die meisten das Angebot aus. Auch Simon war darunter. Wie üblich, wenn er sich unbeobachtet glaubte, blickte er trübsinnig vor sich hin.

Flüchtig schoss Graf Johann der Gedanke durch den Kopf, dass er Simon seit Heinrichs Vermählung kaum mehr fröhlich erlebt hatte. Machte ihm die Schande seines Oheims so sehr zu schaffen? Oder war doch etwas dran an den Gerüchten, dass er sein Herz an Graf Eberhards Tochter verloren hatte? Jedenfalls schien ihr offensichtliches Unglück ihm noch mehr zu Herzen zu gehen als ihm selbst oder Christinas Vater.

Als die junge Frau am Morgen nach der Vermählung die Frühmesse besuchte, war selbst dem oberflächlichsten Beobachter nicht entgangen, dass ihr Gesicht unter dem Schleier geschwollen war. Ein Auge konnte sie nicht einmal mehr öffnen, es war blau, ihre Lippe aufgeplatzt. Sie atmete mühsam und sprach nur leise, als ob jeder Laut sie schmerzte.

Peinlich berührt begannen die verbliebenen Gäste, Christina zu meiden. Niemand wagte, sich ihr zu nähern oder sie gar anzusprechen. Es war keineswegs ungewöhnlich, dass ein frischgebackener Ehemann sich seine Rechte in der Hochzeitsnacht mit Gewalt erzwang. Dies war in der einfachen Bauernkate ebenso gang und gäbe wie im hochherrschaftlichen Schlafgemach. Dennoch war es etwas anderes, davon zu hören, als es unmittelbar mitzuerleben. Zumal wenn der gewalttätige Gatte auch noch der eigene Bruder war. Doch das Thema galt als tabu, selbst für ihn als regierenden Grafen von Sponheim.

»Herr, hört Ihr mir überhaupt zu?«

Schuldbewusst blickte Johann auf, als Simon ihn ansprach. Der Jüngling wirkte klar und entschlossen. Nur seine Augen glänzten verdächtig, als ob ein verborgenes Fieber darin brannte.

»Ich gestehe, ich war einen Moment in Gedanken, mein Sohn. Würdest du wiederholen, was du gerade gesagt hast?«

Simon nickte knapp. »Ich habe mit Michel und sechs Männern einen kleinen Pfad am Fuße der Mauer gegraben. Er ist wie der Weg dorthin mit Büschen und Zweigen getarnt. Dort finden zwanzig Bewaffnete Platz und können warten, bis das Feuer seine Wirkung getan hat. Dann stürmen wir in die Burg.«

»Du willst mit den Leuten unmittelbar unterhalb der Mauer warten? Das ist viel zu gefährlich! Ihr könntet alle von herabfallendem Gestein erschlagen werden.«

Simon zuckte die Achseln. »Das Risiko gehe ich ein, Herr. Doch Ihr solltet in der Tat nur Freiwillige mit dieser Aufgabe betrauen.«

Johann war noch unschlüssig. Er wandte sich an den Baumeister. »Egbert, erklärt uns noch einmal, wie Ihr die Mauer zum Einsturz bringen wollt.«

Der Baumeister, ein dürrer Mann in mittleren Jahren, verneigte sich. »Wir haben sechs Fuß tief unter der Mauer gegraben und sie mit starken Stämmen gestützt, auf denen sie nun ruht. Das

Holz ist mit Pech und Öl getränkt und mit Leinenstreifen umwickelt, die wir auf einer Länge von fünfzig Schritt im Tunnel ausgelegt haben. Die Leinenstreifen sind ebenfalls ölgetränkt. Sobald das hintere Ende angezündet ist, frisst sich das Feuer rasch bis zu den Stämmen vor. Sie geraten in Brand und brechen, bevor sie zu Asche verkohlen, mit der Mauer an dieser Stelle zusammen.«

»Was ist mit dem Mann, der die Leinenstreifen entzündet hat?«

»Er hat genügend Zeit, sich in Sicherheit zu bringen, bevor der Tunnel einstürzt.«

»So droht zumindest keine Gefahr für das Leben des Tapferen, der diese Aufgabe übernimmt. Aber was ist mit den Mannen am Fuße der Mauer?«

Der Baumeister verneigte sich wieder. »Wie und wohin die Mauer fällt, liegt in Gottes Hand, edler Herr.«

»Kann es also sein, dass sie meine Männer erschlägt?«

»Es ist möglich, edler Herr.«

»Dann verbiete ich dieses Vorhaben, Simon. Wir warten am Fuße des Abhangs und erstürmen die Burg durch die Bresche, sobald sich der Staub verzogen hat.«

Simons Gesicht verzog sich unwillig. Doch bevor er etwas erwidern konnte, mischte sich Rheingraf Siegfried ein.

»Johann, bei unserer alten Freundschaft, Ihr wisst sehr wohl, dass uns die Erstürmung der Burg den steilen Abhang hinauf leicht noch mehr Menschenleben abfordern könnte als Simons Plan. Er will die Überraschung der Besatzer zu Recht nutzen, um durch die Bresche hindurchzustürmen und die Zugbrücke hinabzulassen, so dass wir auch von vorne in die Burg eindringen können. Versuchen wir uns alle, über Geröll und Gestein einen Weg den Abhang hinauf zu bahnen, können sich Philipps Mannen hinter der Bresche sammeln und uns wie die Hasen abschießen, wenn wir in Sichtweite kommen. Es muss ein Trupp in Bereitschaft stehen, sobald die Bresche geschlagen ist, und die Gunst des Augenblicks nutzen.«

Johann seufzte. Graf Siegfrieds Argumente waren nur allzu schlüssig.

»So sei es denn, wie Ihr sagt, lieber Freund. Doch gibt es nicht einen erfahrenen Kämpen, der bereit ist, den Stoßtrupp anzuführen? Es scheint mir doch sehr gewagt, diese Aufgabe einem jungen Knappen anzuvertrauen, der noch sein ganzes Leben vor sich hat.«

Simons Gesicht wurde rot vor Zorn. »Erlaubt mir, mein Herr, selbst für mein Leben Sorge zu tragen. Es ist *mein* Plan, *ich* habe ihn vorbereitet. Haltet Ihr mich für unfähig, Euch diesen Dienst zu erweisen?«

Johann hob beschwichtigend die Hände. »Nicht für unfähig, Simon, nur für tollkühn und leichtsinnig.«

Simon sah ihn störrisch an. »Michel wird an meiner Seite kämpfen. Und acht weitere Freiwillige haben wir auch schon gefunden. Ich habe jedem in Eurem Namen ein Pfund Pfennige als Lohn versprochen, wenn wir erfolgreich sind.«

Einen Moment war Johann überrumpelt. »Jedem ein Pfund Pfennige versprochen?«, echote er ungläubig.

»Sollte es Euch zu viel sein, edler Herr, zahle ich Euch die Summe zurück, sobald ich die Ritterweihe erhalten habe.«

Johann winkte ungeduldig ab. »Darum geht es nicht, Simon. Ich zahle jedem Getreuen das Doppelte, der diese Aufgabe übernimmt. Doch was ficht dich an, dein Leben so leichtfertig aufs Spiel zu setzen?«

Wieder fielen Johann Simons fiebrig glänzende Augen auf, der ihm unverzüglich auf seine Frage antwortete. »Ich habe mein Leben dem Kampf und der Ehre gewidmet, mein Herr. Wäre ich nicht hier an Eurer Seite, zöge ich längst mit König Rudolf gen Böhmen.«

Bevor Johann antworten konnte, mischte sich zum Erstaunen aller Heinrich ein, der den Disput bislang stumm verfolgt hatte. »Ihr habt wie immer recht mit Eurem Zweifel, edler Bruder. Es geht in der Tat nicht an, einen unreifen Knappen mit dieser Heldentat zu betrauen. Lasst mich den Stoßtrupp anführen und unserem Geschlecht damit Ehre machen.«

Johann fuhr zu Heinrich herum und fixierte ihn scharf. Zwar war der Gedanke, ihn anstelle Simons zu opfern, durchaus verlockend, sollte das Wagnis scheitern. Doch was, wenn es erfolgreich war? Was würde sein Bruder tun, wenn er in die Burg gestürmt war?

Einen unendlich lang erscheinenden Moment herrschte verblüfftes Schweigen im Zelt. Johann spürte, dass jedermann auf seine Entscheidung wartete. Schließlich fasste er einen Entschluss.

»Ich danke Euch, Bruder«, sagte er kühl. »Doch ich denke, ich möchte Simon die Aufgabe übertragen.«

Zornesröte schoss Heinrich ins Gesicht. »Darf ich fragen, wohledler Bruder«, seine Stimme zitterte vor unterdrückter Wut, »warum Ihr einen Knappen einem Ritter vorzieht, zumal einem Ritter, der von Eurem eigenen Fleisch und Blut ist?«

Johann musterte ihn von oben bis unten. »Die Antwort ist einfach, Ritter Heinrich von Sponheim.«

Er machte eine kleine Pause und holte tief Luft. »Weil ich *ihm* vertraue.«

Burg Rheinfels

»Warum gebt Ihr Eurem Gemahl auch beständig Widerworte, Christina?« Muhme Agathes Stimme klang halb vorwurfsvoll, halb schockiert. »Wärt Ihr demütig und bescheiden, wie es einem Eheweib wohl ansteht, müsste er Euch nicht so hart mit der Rute züchtigen.«

Christina verbiss sich die scharfe Erwiderung, die ihr auf der Zunge lag. Auch wenn die unausstehliche Alte angesichts der Striemen, die ihren Rücken bedeckten, ihr Mitleid nicht ganz verbergen konnte, ergriff sie doch bei jeder Gelegenheit Heinrichs Partei.

»Kümmert Euch nicht darum, Dame Agathe«, antwortete sie. »In ein paar Tagen ist alles verheilt.«

Was sollte sie auch sagen? Jedes Wort, das ihr nicht gefiel, trug die Alte ihrem brutalen Gatten zu. So hatte es Heinrich mit Agathe vor seinem Aufbruch nach Montfort in ihrem Beisein vereinbart.

»Ich bitte Euch, in meiner Abwesenheit ein Auge auf meine Gemahlin zu haben. Sie ist verwöhnt und weder Gehorsam noch Pflichtbewusstsein gewohnt. Da ich in den nächsten Wochen nicht selbst auf ihr Seelenheil achten und sie zu ihrem eigenen Besten züchtigen kann, wie es die Christenpflicht eines Hausvaters ist, vertraue ich Christina Eurer Erfahrung und Weisheit an, Dame Agathe.« Die Alte fühlte sich geschmeichelt und war errötet.

»Bitte lasst sie nicht aus den Augen. Vielleicht trägt sie bereits unseren Sohn.«

Wenn es irgendetwas gab, das Christina diese Demütigung erträglich machte, dann war es Heinrichs vergebliche Hoffnung auf eine Schwangerschaft. Sie drehte ihr Gesicht zur Seite, um ihm ihren Triumph nicht zu zeigen. Da richtete Heinrich zuletzt das Wort auch an sie.

»Euch bitte ich, liebwerte Gemahlin, Dame Agathe als meine Stellvertreterin zu betrachten und ihre Anweisungen und Ratschläge widerspruchslos zu befolgen. Sie wird mir jeden Ungehorsam und jedes respektlose Wort getreulich nach meiner Rückkehr berichten. Also zwingt mich nicht, Euch wieder und wieder zu strafen.«

Hätte sie dies nicht auf der Stelle bitter gebüßt, Christina hätte ihm höhnisch ins Gesicht gelacht. Heinrich fand seit der Hochzeitsnacht sichtlich Freude daran, sie zu quälen. Schon beim geringsten Anlass griff er zur Rute.
Aber am schlimmsten waren die Nächte, in denen sie ihm zu Willen sein musste. Wie besessen bediente sich Heinrich ihres Körpers, um den ersehnten Erben zu zeugen. Sie hatte die Minuten gezählt, bis er endlich zur Belagerung Montforts aufbrach.
In der Öffentlichkeit achtete er jedoch streng auf die Umgangsformen und behandelte sie mit ausgesuchter Höflichkeit. Er benutzte die förmliche Anrede, wie es ihrem Stand entsprach, und verbot auch jedem anderen außer Graf Eberhard, sie zu duzen. So kam es, dass auch Dame Agathe sie ansprach wie eine Erwachsene, aber strenger beaufsichtigte als ein kleines Kind.
Vor ein paar Tagen war Heinrich überraschend mit einigen Männern auf Burg Rheinfels erschienen, um Proviant- und Waffennachschub für die Belagerer mitzunehmen. Selbstverständlich fand er einige Nichtigkeiten, die er zum Anlass nahm, um sie zu prügeln. Dabei leistete ihm Vorschub, dass die wenigen Wochen ohne Gewalttätigkeiten Christinas Kampfgeist wieder geweckt hatten – was sie in gewohnter Weise büßte.
Nun war er zum Glück wieder fort. Christina stieg in den Badezuber mit warmem Wasser, ein Zugeständnis, das ihr Agathe machte, nachdem sie ihr die Striemen gezeigt hatte. Erschöpft schloss sie die Augen.
Da ihr Vater schon längst wieder bei König Rudolf weilte, fand sie bei ihm keinen Trost. Zwar bemerkte auch er schon kurz nach der Hochzeit, wie unglücklich sie war, doch er ahnte nichts von den Brutalitäten, denen sie Nacht für Nacht ausgesetzt war. Nicht einmal nach der Hochzeitsnacht hatte er sie auf die sichtbaren Zeichen der Misshandlung durch Heinrich angesprochen.

Stattdessen führte er ihre stumme Verzweiflung auf die Eingewöhnungsschwierigkeiten einer unberührten Frau in die Ehe zurück.
»Sei deinem Gatten ein treues und folgsames Weib, dann wird sich alles zum Besten wenden.« Seine Abschiedsworte klangen ihr noch in den Ohren. »Du wirst sehen, bei meiner Rückkehr wird alles ganz anders aussehen. Wenn du erst einmal eine Schar Kinder dein Eigen nennst, stellt sich das Glück von ganz alleine ein.«
Liebe und Verachtung kämpften in ihrer Brust, als Eberhard sie fest in die Arme schloss und auf beide Wangen küsste. Niemand ahnte die grausame Wahrheit, dass sie unfruchtbar war. Angesichts ihres Elends überkamen sie immer häufiger Zweifel, ob ihre Entscheidung, Heinrich zu heiraten, wirklich die beste Lösung gewesen war, wie sie es ursprünglich geglaubt hatte. Zudem war Rachsucht eine Todsünde. War ihr Los die gerechte Strafe dafür?
Agathes näselnde Stimme riss sie aus ihren Gedanken. »Es ist Zeit, das Bad zu beenden, Dame Christina. Bald beginnt die Morgenandacht. Außerdem ist es ein Luxus ohnegleichen, an einem Werktag inmitten der Woche zu baden. Ich hoffe sehr, Euer Gatte tadelt mich deswegen nicht.«
Resigniert erhob sich Christina aus dem Zuber und ließ sich das Leinentuch reichen, um sich abzutrocknen. Würde so ihr ganzes Leben verlaufen?
Da durchfuhr sie plötzlich ein Hoffnungsstrahl und ließ ihr Gesicht aufleuchten. Es sei denn, ja es sei denn, ihr verhasster Mann fiele im Kampf. Vielleicht lud sie eine weitere Todsünde auf ihr Gewissen, doch von nun an würde sie täglich um Heinrichs Ende beten. Zur Jungfrau Maria wollte sie flehen, ihr Beistand zu leisten. Sie war eine Frau und konnte Fürbitte für sie einlegen.

Mit neuem Mut streifte sie sich das Leinenhemd über und griff nach dem Unterkleid. »Ihr habt recht, Muhme Agathe, wir dürfen den Gottesdienst nicht versäumen. Ich kleide mich an, so rasch ich kann. Hernach möchte ich den ganzen Tag an dem neuen Altartuch für unsere Gottesmutter arbeiten.«
Die Alte musterte sie argwöhnisch. Schließlich zuckte sie die Achseln. Christina lächelte wieder. Mochte der alte Drachen ruhig glauben, seine Bemühungen trügen bereits Früchte. Von nun an würde sie mit List vorgehen anstatt mit offenem Widerstand.
Und Heinrich war erst einmal fort. Beim Nachtmahl hatte er ihr noch erzählt, dass die Eroberung von Montfort jetzt unmittelbar bevorstünde. Vielleicht wurden ihre Gebete ja schon bald erhört.

Kapitel 21

Burg Montfort

Eine rote Herbstsonne versank hinter den Wipfeln, als sich Simon und Michel mit den Freiwilligen durch die schmale Schneise, die die Männer in mühevoller Arbeit ins Unterholz geschlagen hatten, zum Pfad am Fuß der Burgmauer schlichen. Mit Graf Johann war vereinbart, dass die zusammengebundenen Leinenstreifen bei Sonnenuntergang angezündet werden sollten. So war sichergestellt, dass die Kämpfer an Ort und Stelle waren, wenn die Mauer einstürzte. Im Schutze der noch lichten Dunkelheit und des Staubs durch das zusammenfallende Gestein wollten Simon und seine Truppe durch die Bresche in

den Burghof eindringen und den Versuch unternehmen, die Zugbrücke herabzulassen, damit das Gros der Belagerer durch das Tor eindringen konnte. Graf Johann hatte Simon und Michel das Innere der Burg genau beschrieben, so dass sie wussten, welche Richtung sie nach der Erstürmung nehmen mussten.
Schließlich erreichten die Männer den Platz, an dem sie warten wollten. Simon verteilte starken Wein aus einem mitgeführten Schlauch und nahm ausnahmsweise auch selbst einen tiefen Schluck. Der wollene Gambeson kratzte auf seiner verschwitzten Haut. Unter der Kettenhaube juckte es, als wimmelte eine Armee von Läusen auf seiner Kopfhaut. Dennoch verzog er keine Miene.
Sobald die letzten Sonnenstrahlen erloschen waren, wurde es empfindlich kalt. Wieder ließ Simon den Weinschlauch kreisen. Plötzlich spürte er ein leichtes Zittern unter seinen Füßen, begleitet von einem dumpfen Grollen.
»Obacht!«, rief er den Männern zu, kauerte sich dicht an die Erde und barg den Kopf zwischen den Knien. Die Männer taten es ihm gleich.
Aus dem Grollen wurde ein lautes Knirschen, als ob eine Riesenfaust die Mauer zusammenquetschen würde. Wenige Augenblicke später stürzte sie mit ohrenbetäubendem Lärm in sich zusammen. Staub und kleine Steinchen erfüllten die Luft, als Brocken um Brocken den Hang hinunterrollte und alles mit sich riss, was ihr im Weg war. Undeutlich erkannte Simon einen leblosen Körper, der mit dem Mauergestein zu Tal stürzte. Der Brustharnisch glänzte im schwachen Mondlicht.
Hoffentlich eine der Burgwachen, schoss es ihm durch den Kopf, denn die Zeit, seine Männer zu zählen, blieb ihm nicht. Er richtete sich auf und trat vorsichtig durch die Wolke aufgewirbelten Steinstaubs. Ein schwarzes Loch gähnte auf einer Länge von mindestens fünfzig Fuß in der Mauer. Auch ein Teil der auf den

Fels gebauten Burgfundamente war mit in die Tiefe gerissen worden.
Jetzt oder nie. Seine innere Stimme hieß ihn loszustürmen, doch seine Beine verharrten wie festgewurzelt an Ort und Stelle. Wartete der Tod dort hinter den Steinen?
Plötzlich tauchte Christinas Bild vor ihm auf. Apathisch, mit erloschenem Blick verharrte sie im Gebet, argwöhnisch beaufsichtigt von der vertrockneten Jungfer Agathe. Ein zweites Bild schob sich davor: Christina, wie sie lachend und keuchend mit ihm kämpfte, ihre schwarzen Haare flogen im Wind.
Dafür hatte es sich zu leben gelohnt. Für ihren Verlust lohnte es sich zu sterben.
Das Blut schoss heiß durch seinen Körper, sein Herz schlug ihm bis zum Hals, rote Nebel wallten vor seinen Augen. Mit einem heiseren Schrei sprang er nach vorne, riss Schwert und Dolch aus der Scheide und rannte über das lose Gestein auf das schwarze Loch in der Mauer zu. Hinter sich spürte er Michel mehr, als dass er ihn sah.
Ein bleiches Gesicht tauchte vor ihm auf, der Mund aufgerissen, die Hände mit der Streitaxt erhoben. Reflexhaft trieb er dem Mann das Schwert in die Eingeweide. »Ich liebe dich, Simon.« Durch das Brüllen des Sterbenden drang Christinas Stimme. Sie lächelte ihn an.
Das nächste Gesicht tauchte auf. Ein Kopf mit brechendem Blick rollte in den Sand. Wieder sah er Christina, mit blau geschlagenem Auge am Tag nach der Hochzeit.
Wilde Wut trieb ihn vorwärts. Das nächste Bild: Christina in der Kapelle, ihre entschlossenen Augen, als sie ihn abwies. Blut spritzte ihm in die Augen und nahm ihm die Sicht. Es schoss aus der Schulter eines Angreifers. Ein Arm lag im Sand.
Christina kniete vor dem toten vergifteten Welpen Ajax. Die Wut wurde zur Raserei. Da, war dort nicht schon das Tor? Hein-

richs triumphierendes Grinsen. Sein Arm auf Christinas Hüfte. Die Torwächter sanken blutend zu Boden.
Ein Pfeil drang durch das Kettenhemd in Simons linken Arm. Achtlos riss er ihn heraus. Als er ihn in den Staub warf, hing noch ein Fetzen Fleisch daran.
Da, vor ihm war Michel! Er drehte wie besessen an der Kurbel der Winde, um die Zugbrücke herabzulassen. Ein Mann im Kettenhemd stürmte auf ihn zu, um ihm die Lanze in den Leib zu jagen. Simon warf den Dolch und traf ihn mitten ins Auge.
Rasselnd senkte sich die Brücke hinab. Warum bin ich nicht tot?, fragte sich Simon, drehte sich um und stürmte zurück in den Hof, mitten zwischen die Kämpfer. Verloren, auf immer verloren! Keuchend riss er sein Schwert aus dem Leib eines jungen Burschen, fast noch ein Kind. Nur bewaffnet mit einem Stock.
Da war plötzlich sein Oheim. Noch unverletzt, in Harnisch und Kettenhaube. Simon stürzte auf ihn zu. Philipps Züge verschwammen vor seinen Augen, verwandelten sich in die Heinrichs, der ihn höhnisch angrinste. Wie besessen drang Simon auf ihn ein. Philipp wehrte sich, er focht gut und geschickt. Fast schlug er Simon das Schwert aus der Hand.
Gut so, töte mich hier und jetzt im ehrlichen Kampf! Wieder griff Simon seinen Onkel an, stellte ihm ein Bein und riss ihn zu Boden. Dann setzte er ihm den Fuß auf die Kehle und hob mit beiden Händen sein Schwert.
»Lasst ab, Herr.« Michels Stimme gebot dem Rasenden Einhalt. »Tötet ihn nicht. Graf Johann möchte ihn lebend.«

Der Kampf war vorbei. Er hatte kaum eine halbe Stunde gedauert. Erschöpft blickte Michel sich um.
Im Schein der vielen Fackeln, die den Burghof hell erleuchteten, betrachtete er angeekelt das bluttriefende Schwert, das er noch immer umklammert hielt. Er wischte es notdürftig an einem

Strohhaufen ab und steckte es zurück in die Scheide. Auch sein Kettenhemd war über und über mit Blut bespritzt.
Simon stand neben ihm, mit dem gleichen Ausdruck der Erschöpfung im Gesicht. Er machte den Eindruck, als sei er gerade aus einem Alptraum erwacht.
Nach Heinrich, der den Stoßtrupp über die Zugbrücke angeführt hatte, waren auch die Grafen Johann und Siegfried mit ihren Mannen eingetroffen. Es gab nichts mehr für sie zu tun. Überall knieten die Überlebenden der Montforter Besatzung mit erhobenen Händen auf der Erde, inmitten der grässlich verstümmelten Leichen ihrer gefallenen Kameraden.
Graf Johann übernahm sofort das Kommando. »Sammelt mit Euren Männern die Waffen ein, Oswald«, befahl er seinem Burgvogt. »Und lasst diesen Schurken unverzüglich ins Verlies werfen.« Er zeigte auf Philipp, der sogleich abgeführt wurde.
Dann griff er sich eine Fackel, ging hinkend zwischen den besiegten Männern einher und leuchtete jedem ins Gesicht. Wie immer nach einer ungewohnten Anstrengung schmerzte ihn sein lahmes Bein.
Schließlich bedeutete er einem Mann in mittleren Jahren, der neben der Stalltür kniete, zu ihm zu kommen. Der Kleidung nach zu urteilen, war es ein Knecht. Er trug weder Waffen noch Rüstung. Neben ihm lag nur eine hölzerne Mistgabel.
Der Mann stand zögernd auf und näherte sich sichtlich voller Angst. Vor Graf Johann warf er sich auf die Knie und beugte das Haupt so tief, dass seine Stirn fast den blutigen Matsch des Burghofs berührte.
»Habt Erbarmen mit mir, hoher Herr. Ich habe eine Frau und drei unmündige Kinder. Sie müssen verhungern, wenn Ihr mich richtet.«
Michel betrachtete den weinenden Mann voller Mitgefühl. Hoffentlich ließ Graf Johann Milde walten.

Tatsächlich gab ihm Johann in diesem Moment ein Zeichen. »Hilf ihm auf, mein Getreuer.« Vorsichtig griff Michel dem Mann unter die Arme und stützte den Strauchelnden, bis er mit gesenktem Kopf wieder auf den Füßen stand.

»Sieh mich an, Bursche. Es soll dir kein Leid geschehen, wenn du der bist, für den ich dich halte.« Johanns Stimme klang ungeduldig.

Zögernd hob der Mann den Kopf. Johann musterte ihn schweigend. »Ich kenne dich«, sagte er schließlich. »Nur dein Name ist mir entfallen. Du arbeitest in den Ställen und hast meinem Pferd vor vielen Jahren einen Dorn aus dem Huf gezogen.«

Ein erleichtertes Lächeln glitt über die Züge des Knechts. Sein bleiches Gesicht nahm wieder etwas Farbe an.

»Die Heilige Jungfrau sei gepriesen, dass Ihr Euch an mich erinnert, allerhöchster Herr. Mein Name ist Emich. Ich bin seit meiner Geburt höriger Knecht auf der Burg Montfort und habe Euch früher oft gesehen, wenn Ihr meinen verstorbenen Herrn Raimund besucht habt.« Er bekreuzigte sich. »Gott sei seiner Seele gnädig.«

Johann nickte grimmig. »Dann weißt du, dass dein Herr Raimund ein Mann von hoher Ehre war. Wie konnte seine Heimstatt zu diesem Raubritternest verkommen?«

Das Lächeln wich erneuter Angst. Der Knecht hob flehend die Hände.

»Graf Philipp war es, der die Söldner dingte und die Überfälle befahl. Das Gesinde durfte die Burg schon seit Jahren nicht mehr verlassen. Der da«, er zeigte auf Rutger, der mit den anderen im Dreck kniete, »hat meinen Schwager hängen lassen, nur weil dieser eines Tages ins Dorf gehen wollte, um seine sterbende Mutter noch einmal zu sehen.«

Johanns Augen schossen Blitze. Rutger krümmte sich wie unter einem Schlag. Michel verabscheute ihn von ganzem Herzen.

»Warum habt ihr dann gegen uns gekämpft?«, mischte sich Simon ungefragt ein.
Emich sah ihn unsicher an. »Rutger erklärte uns, dass wir alle hingerichtet würden, wenn die Burg erobert wird. Doch sie gaben uns keine Waffen, um uns zu verteidigen. Auch ich hatte nichts als diese Mistforke dort.« Er zeigte in Richtung der Ställe.
Auf Simons Zügen malten sich Bestürzung und Scham. Als ob Emich seine Gedanken erraten hätte, fuhr er fort. »Schaut, edle Herren, dort liegt der junge Matthes in seinem Blut. Er zählte nicht einmal fünfzehn Lenze und hatte nur einen Stecken zu seiner Verteidigung. Man drohte, ihn zu töten, wenn er nicht kämpfen würde.«
Simon war, als müsse er sich jeden Moment übergeben. Zum Glück zog Johann die Aufmerksamkeit wieder auf sich. »Wer drohte ihm?«, grollte er.
Wieder zeigte Emich auf Rutger. »Der Burgvogt war es, hoher Herr. Er führte getreulich aus, was Graf Philipp befahl.«
Rutger wand sich wie ein Wurm. Michel fand den Mann immer abstoßender. Ein Speichellecker, der nun allzu offensichtlich die Vergeltung für seine Schandtaten fürchtete.
»Kannst du mir die Mordbuben in Philipps Diensten zeigen, Emich?«, fuhr Johann fort.
Der Hörige nickte eifrig. »Das kann ich, hoher Herr.«
Johann winkte Michel zu sich. »Nimm zehn Mann und wirf diese Bande in die Verliese. Doch abgesondert von ihrem schurkischen Herrn.«
Er wandte sich an seinen Burgvogt. »Oswald, Ihr sorgt dafür, dass dem Gesinde ein kräftiges Nachtmahl bereitet wird. Die Leute sind wahrscheinlich halb verhungert. Und lasst unverzüglich nach meiner Gemahlin schicken. Sie soll sich sofort auf den Weg hierher machen.« Er flüsterte Oswald noch einige

Worte ins Ohr, die Michel nicht verstand. Sein Herz schlug schneller. Er würde Marie wiedersehen.
Heinrich mischte sich ein. »Was ist mit der Burg, edler Bruder? Es ist Sitte und Brauch, dass die Sieger eine Entschädigung für ihre Mühen erhalten.«
Johann musterte ihn mit unverhohlener Verachtung. Unwillkürlich rieb er sich sein lahmes Bein. Er schien noch immer starke Schmerzen zu haben. Dann winkte er seinem Pferdeknecht und bestieg sein Ross, so dass ihn jedermann sehen konnte.
»Ihr tapferen Streiter!«, rief er. Seine Stimme schallte über den ganzen Hof. »Dies war einmal die Burg eines Freundes, dessen Andenken ich noch heute in meinem Herzen bewahre. Deshalb verbiete ich euch, sie zu plündern. Jeder von euch wird statt der Beute eine reiche Belohnung aus meiner eigenen Schatulle erhalten.«
Er zeigte auf Simon. »Dies ist mein Ziehsohn Simon, der rechtmäßige Erbe von Montfort. Bis auf das geraubte Gut, das sich noch in der Burg befinden mag, ist alles andere sein Eigentum. Wer sich anmaßt, davon auch nur einen Becher zu nehmen oder eine Magd zu belästigen, baumelt schon morgen an einem kräftigen Ast.«

Simons Gefühle waren in Aufruhr. Brennende Scham über den Tod des jungen Burschen sowie Wut und Hass auf Philipp und Rutger mischten sich mit der bestürzenden Erkenntnis, dass dies der Ort seiner Geburt war, die Heimstatt seiner ermordeten Eltern. Bislang hatte er jeden Gedanken daran verdrängt und Montfort nur als Wohnsitz eines ehrlosen Raubgesindels betrachtet. Am liebsten hätte er sich in einen stillen Winkel verkrochen.
Doch dies ließ Johann nicht zu. Als die überlebenden Söldner und die wenigen Knechte, die mit ihnen paktiert hatten, in die Verliese geschleppt worden waren, winkte er Simon und Heinrich an seine Seiten.

»Dies sind die Männer, denen wir die Eroberung der Burg zu verdanken haben. Simon von Montfort hat den Stoßtrupp angeführt, der durch die Bresche gestürmt ist. Mein Bruder Heinrich von Sponheim kam ihnen zu Hilfe, nachdem sie die Zugbrücke hinablassen konnten. Beide haben tapfer gekämpft und verdienen euren Beifall.«

Während Simon den Jubel der Belagerer mit verkrampftem Lächeln ertrug, sah Heinrich aus wie ein fetter Kater, der die Sahneschüssel geleert hat. Widerwillig musste Simon eingestehen, dass er zumindest kein Feigling war. Ohne sein schnelles Eingreifen hätten sie der Übermacht der Besatzung nicht lange standhalten können. Es war nur recht und billig, dass Johann auch ihm die gebührende Ehre erwies.

Nachdem der Bader seinen verwundeten Arm versorgt hatte, führte Johann ihn durch die Burg. »Schau, dies ist die Kemenate. Ich sehe deine Mutter Irmhild noch vor mir, wie sie an diesem Lesepult stand. Wann immer ihre Pflichten es zuließen, las sie. Neben ihr stand die Wiege, in der du friedlich schliefst. Sie ließ dich nie aus den Augen.«

Die Rührung, die in Johanns Stimme lag, übertrug sich auf Simon. Tiefe Traurigkeit und Liebe zu der längst Verblichenen erfüllten ihn, als er sich umsah. Von der zarten Frauenhand, die dieses Gemach einst gestaltet hatte, war kaum etwas übrig geblieben. Die wenigen Möbel waren verstaubt und verschrammt, die Binsen am Boden starrten vor Schmutz.

Johann war in eine Ecke getreten und zerrte an einer kleinen geschnitzten Truhe. »In diesem Kasten bewahrte sie ihre Bücher auf.« Er schob den knarzenden Riegel beiseite. »Wahrhaftig!« Er zog ein kleines, in Leder gebundenes Büchlein hervor. »Sie sind noch darin. Diesen französischen Roman hat ihr Raimund einst von einer Reise mitgebracht.«

Simon staunte. »Meine Mutter verstand Französisch?«

Johann nickte lächelnd. »Sie war eine ungewöhnlich gebildete Frau. Sie sprach sogar fließend Latein.« Plötzlich verdüsterte sich sein Blick. »Ein Jammer, dass sie so früh aus unserer Mitte gerissen wurde.«
Simon würgte es in der Kehle. »Sie hat mir das Leben gerettet, indem sie mich versteckte.«
»Deine Mutter liebte dich über alles, Simon. Du warst ihr erstes lebendes Kind. Zwei andere hatte sie bereits vor der Geburt verloren. Zweifellos tat sie alles, um die Mörder von dir abzulenken.« Er schluckte schwer. »Auch dein Vater war überaus stolz auf dich. Als du gerade einmal zwei Jahre alt warst, gab er dir schon ein kleines hölzernes Schwert, nachdem du in einem unbewachten Moment seinen Dolch aus der Scheide gezogen und damit herumgefuchtelt hattest. ›Dies wird einmal einer der tapfersten Ritter unter Gottes Sonne, Johann‹, pflegte er zu sagen. ›Würdig, ein Mitglied von König Artus' Tafelrunde zu werden.‹«
Das Bild des erschlagenen Jünglings im Burghof drängte sich Simon wieder auf, Übelkeit überkam ihn, er fühlte sich auf einmal unendlich matt. Sein verwundeter Arm brannte wie Feuer. Unwillkürlich griff er nach einem Pfosten, um sich abzustützen.
Johann musterte ihn besorgt. »Mich dünkt, du bedarfst nun der Ruhe, mein Sohn. Zu viel ist an diesem Tag auf dich eingestürmt. Geh und lege dich nieder.« Er lächelte geheimnisvoll. »Den Sieg können wir auch morgen noch feiern.«

Am nächsten Tag erwachte Simon erst weit nach Mittag aus einem bleiernen Schlaf. Obwohl er am Abend keinen Tropfen getrunken hatte, dröhnte ihm der Kopf. Sein Arm schmerzte noch immer, er fühlte sich am ganzen Leib wie zerschlagen. Mühsam richtete er sich auf.
Erst jetzt bemerkte er Michel in einer Ecke der Kammer. »Herr, endlich seid Ihr wach.« Ein aufgeregter Unterton schwang in

seiner Stimme mit. »Erhebt Euch rasch und zieht ein reines Gewand an. Man erwartet Euch schon.« Damit trat er ans Fenster und winkte hinaus.

Verwundert, doch noch immer zu erschöpft, um Fragen zu stellen, stand Simon auf, bekämpfte den Schwindel und griff nach der Surcotte, den Michel ihm reichte. Es war ein prächtiges Gewand, aus feinem azurblauem Samt gearbeitet und mit Goldstickereien verbrämt. Als Michel ihm half, die Schnüre zu binden, schnupperte er.

»Eigentlich müsstet Ihr zuvor noch baden, Herr, doch dafür ist keine Zeit.«

Simon beachtete Michels Bemerkung nicht weiter. »Woher stammt das kostbare Überkleid?«

»Es gehörte einst Eurem Vater. Graf Johann hat es in einer der Truhen in Philipps Gemach gefunden und wiedererkannt.«

Nun war Simons Interesse geweckt. Beinahe zärtlich strich er über den weichen Stoff. Also hatte Johann seinen Rundgang am vorangegangenen Abend zu einer späteren Stunde nochmals ohne ihn fortgesetzt.

Ein Teil seiner Lebensgeister kehrte zurück. Plötzlich verspürte er großen Hunger. Zu seinem Erstaunen schlug Michel aber nicht den Weg zum Rittersaal ein, sondern wandte sich nach links zur Kapelle. Simon blieb stehen und fasste ihn am Arm.

»Nein, Michel. Mir steht jetzt nicht der Sinn nach Beten. Erst muss ich etwas Ordentliches zwischen die Zähne bekommen.«

Michel sah ihn mit einem unergründlichen Ausdruck an. »Graf Johann erwartet Euch in der Kapelle.«

Simon seufzte. Sicher der Dankgottesdienst für den Sieg. Der Kaplan des Rheingrafen hatte die Belagerer begleitet und allabendlich die Messe gelesen. Tatsächlich drang leise Harfenmusik hinter dem Portal zu ihnen heraus, nahezu übertönt von rauhen Männerstimmen, die ein Loblied intonierten.

Simon machte einen letzten Versuch. »Die Messe wird ewig dauern, Michel. Lass mich wenigstens erst ein Stück Brot aus der Küche stibitzen. Mein Magen fühlt sich an wie ein großes Loch.«
Michel blieb unbeirrt. »Ihr müsst nüchtern bleiben, Herr.«
Das wurde ja immer besser. Was hatte er nur verbrochen, dass ihm selbst sein eigener Knecht Vorschriften bezüglich seines Seelenheils machte? Mürrisch folgte Simon, als Michel die Tür zur Kapelle öffnete.
Gleißendes Licht blendete ihn, als er eintrat. Es stammte von unzähligen Kerzen, die den ganzen Raum erleuchteten. Die Wände der Kapelle waren mit den Wandbehängen geschmückt, die sonst im großen Saal der Kauzenburg hingen. Ein kostbarer Teppich war auf den Steinfliesen vor dem Altar ausgebreitet. Es roch betäubend nach Weihrauch und Bienenwachs.
Vom Altar aus blickte ihm Graf Johann entgegen, in sein bestes Oberkleid gekleidet. Neben ihm stand Rheingraf Siegfried, auch er kostbar gewandet. Als Simon verblüfft auf sie zuschritt, gewahrte er außerdem Johanns Gattin Adelheid aus dem Augenwinkel. Sie musste die Teppiche mitgebracht haben. Was ging hier vor sich?
Immerhin musste es etwas sein, über das Heinrich sich weidlich ärgerte. Auch er trug ein prächtiges Oberkleid, blickte aber sauertöpfischer drein denn je.
Sobald Simon den Platz vor dem Altar erreichte, wo die Grafen warteten, sprach Johann ihn an.
»Simon von Montfort. Heute haben wir uns an diesem Platz Euch zu Ehren versammelt. Ihr habt überaus tapfer gekämpft. Durch Eure List und Euren Mut haben wir die Burg Montfort, das Eigentum Eurer Familie, eingenommen und die Übeltäter, die unser Land verwüstet und Bauern und Reisende gemeuchelt haben, dingfest gemacht. Nur zwei unserer Männer verloren dabei ihr Leben. Gott sei ihren Seelen gnädig.«

Simon stand wie erstarrt. Diese Zeremonie sollte ihm gelten? Johann winkte dem Rheingrafen. Der griff nach einem kostbaren Schwert aus Damaszener Stahl, das auf dem Altar lag. Simon hatte es oft in der Waffenkammer der Kauzenburg bewundert. Sein Herz schlug schneller. Wollte Johann es ihm zum Geschenk machen?
»Kniet nieder, Simon von Montfort.« Verblüfft gehorchte er. Erst jetzt fiel ihm auf, dass Johann ihn nicht mehr duzte.
»Ihr seid zwar noch jung an Jahren, doch Ihr habt den Wagemut, die Geschicklichkeit und das Ehrgefühl eines edlen Kämpfers. Daher ist unser Entschluss nur recht und billig.«
Johann hob das Schwert. »Simon von Montfort, Sohn des Raimund von Montfort, Edelknappe in Diensten des Grafen Eberhard von Katzenelnbogen und mir selbst so lieb wie mein eigen Fleisch und Blut. Aufgrund Eurer Tapferkeit und Eures Edelmuts schlage ich Euch hiermit zum Ritter. Mögt Ihr dieses Schwert allezeit im Gedenken an diese Stunde in Ehren führen.«

Kapitel 22

Kauzenburg, November 1275

»Herr, draußen steht ein Wächter, der Euch eine Botschaft von Rutger, dem Burgvogt von Montfort, überbringen soll.«
Unwirsch blickte Simon von seiner Lektüre auf. Er war gerade in die Geschichte von Tristan und Isolde vertieft, die er unter den Büchern auf Montfort gefunden hatte. Seine Mutter hatte mit ihrer zierlichen Handschrift einige Anmerkungen in Latein

an die Ränder der Seiten geschrieben. Liebevoll betrachtete er diesen letzten Gruß der Verstorbenen. Und nun diese lästige Störung!

»Was will uns Rutger nun wieder sagen, Michel? Reicht es ihm nicht, dass die Strafe des Räderns in den gnädigen Tod am Galgen umgewandelt wurde, weil er uns Philipps Versteck mit den geraubten Schätzen verraten hat?«

Während er sprach, regte sich in Simon wieder der starke Widerwille, den er gegenüber dem ehemaligen Burgvogt empfand. Aus dem Räuber, der so frech versucht hatte, Johanns Gattin zu entführen, war ein winselnder Kretin geworden, seitdem er in Gefangenschaft geraten war.

Schon als Rutger in die Folterkammer geführt wurde, gab er jeden Widerstand auf und gestand alle Schurkereien ein, mit denen Simons Oheim ihn beauftragt hatte. Das verkürzte den Gerichtstag gegen Philipp und seine Spießgesellen erheblich. Schon nach zwei Stunden verurteilte Graf Johann ihn und die übrigen überlebenden Söldner in seinen Diensten zum Tod auf dem Rad. Philipp selbst sollte am Tag der Vollstreckung des Urteils enthauptet werden. Sehr zu Simons Unwillen war die mildere Strafe ein Zugeständnis an seine hohe Herkunft.

Nachdem Rutger sie zum Versteck der Schätze geführt hatte, gewährte Johann der ganzen Bande in seiner Großherzigkeit den gnädigeren Tod durch Erhängen. Aber dieser Feigling schien noch immer keine Ruhe geben zu wollen.

Michel riss ihn aus seinen Gedanken. »Ich glaube, Ihr solltet den Boten anhören, Herr. Schon morgen finden die Hinrichtungen statt. Einem Todgeweihten schlägt man keinen Wunsch ab.«

Seufzend gab Simon nach und winkte Michel, den Kerkerwächter hereinzulassen. Der Mann fiel vor ihm auf die Knie.

»Hoher Herr, mich sendet der Beichtvater des Rutger. Ich soll ausrichten, dass der Mann wichtige Kunde für Euch hat.«

Nun war Simon doch verwundert. Wenn sogar Johanns Burgkaplan, der den Verurteilten die Beichte abnahm, Rutgers Anliegen unterstützte, musste ihm der Mann in der Tat etwas Außergewöhnliches zu sagen haben. Die Neugier besiegte seinen Widerwillen. Er stand auf und folgte dem Boten.
Michel machte Anstalten, sich anzuschließen, doch Simon winkte ab. »Geh lieber deinen Geschäften nach, Michel. Es reicht schon, wenn der Bursche mir die Zeit stiehlt.«
Je tiefer sie in die Keller der Kauzenburg hinabstiegen, desto schlimmer wurde der Gestank. Simon erinnerte sich, dass Heinrich ihn oft hier hinuntergelockt und in der Dunkelheit allein gelassen hatte, als sie noch Kinder gewesen waren. Unwillkürlich stellten sich ihm die Nackenhaare auf. Je tiefer sie in die nur von der blakenden Fackel des Wächters erhellte Finsternis eintauchten, desto größer wurde seine Beklemmung. Ein Druck legte sich auf seine Brust, das Atmen fiel ihm schwer. Trotz der Kühle brach ihm der Schweiß aus.
Endlich hatten sie den Grund des unterirdischen Gewölbes erreicht. Rutger lag, an Händen und Füßen mit Ketten an die feuchte Wand des Verlieses gefesselt, auf einem übelriechenden Lager aus Stroh. Obwohl es einen Ledereimer in Reichweite gab, machte er sich offensichtlich nicht mehr die Mühe, dort seine Notdurft zu verrichten, sondern entleerte sich gleich an Ort und Stelle. Der durchdringende Gestank nach Exkrementen stieg von seinem Lager auf. Simon griff nach dem leinenen, mit Lavendelöl getränkten Tuch, das er vorsorglich mitgenommen hatte, und hielt es sich vor Mund und Nase.
»Nun, Bursche, was hast du mir zu sagen?« In barschem Ton sprach er den Elenden an. Rutger rührte sich nicht und hielt den Kopf hartnäckig zur Wand gedreht. In plötzlich aufschießendem Zorn trat Simon ihn grob ins Gesäß. »Antworte, wenn ich mit dir rede.«

Als Rutger weiterhin stumm blieb, wandte Simon sich an den Kaplan, der auf einem niedrigen Schemel hockte. »Bruder Markus, warum habt Ihr mich rufen lassen? Mich dünkt, diese widerliche Kreatur hat mir rein gar nichts von Bedeutung mitzuteilen.«
Der Mönch hob abwehrend die Hände. »Ihr irrt Euch, Herr Simon. Rutger hat unter dem heiligen Sakrament der Beichte gestanden, dass er die Mörder Eurer Eltern kennt.«
Simon stand wie erstarrt. Der Schock raubte ihm den Atem. Als er sich wieder gefasst hatte, fragte er ungestüm: »So sprecht, um der Gerechtigkeit willen. Wer ist es?«
Der Mönch hob die Schultern. »Ich habe diesen unverbesserlichen Sünder darauf aufmerksam gemacht, dass ich ihm die Absolution verweigern muss, wenn er den Namen der Täter nicht preisgibt. Doch er will sich nur Euch offenbaren. Da ich um sein Seelenheil fürchte, habe ich Euch gebeten zu kommen.«
Simon spürte, wie ihm vor Aufregung das Blut ins Gesicht schoss. Sein Herz schlug wie rasend. Seitdem er ein kleiner Junge war, sehnte er sich danach, die Mörder ihrer gerechten Strafe zuzuführen. Nach der Eroberung von Montfort hatte er dort zahlreiche Erinnerungsstücke an seine Eltern gefunden und mitgenommen, darunter auch den Brautreif seiner Mutter. Obwohl oder vielmehr weil er sich dagegen entschlossen hatte, seinen Wohnsitz auf der Burg zu nehmen, war sein Wunsch nach Vergeltung drängender denn je. Außerdem träumte er zum ersten Mal seit langer Zeit wieder von dem Überfall. Nacht für Nacht wachte er schweißgebadet auf, in den Ohren noch das Kampfgetümmel und die Schreie der Ermordeten.
Mühsam bezwang er seinen Drang, Rutger erneut zu treten. Stattdessen bemühte er sich, ihn in möglichst ruhigem Tonfall anzusprechen.
»Das ist eine kühne Behauptung, Bursche. Doch da du sie während der Beichte geäußert hast, wirst du sie kaum leichtfertig ausgespro-

chen haben. Es sei denn, du willst schon morgen Abend im ewigen Höllenfeuer schmoren. So teile mir mit, was du zu sagen hast.«

Als hätte er nur auf eine freundliche Anrede gewartet, richtete Rutger sich auf. Seinen vor Dreck strotzenden Lumpen entstieg ein so furchtbarer Gestank, dass sich Simon wieder das Tuch vor Mund und Nase presste.

»Geh und bringe noch eine Fackel«, wies er den Wächter an, der ihn hergeführt hatte. »Ich will ihm in die Augen sehen und prüfen, ob er die Wahrheit sagt.«

Nach kurzer Zeit kehrte der Mann mit der brennenden Fackel zurück. Simon ergriff sie und leuchtete Rutger ins Gesicht. Die Wochen der Kerkerhaft hatten ihre Spuren darin hinterlassen. Unzählige Bisse von Ungeziefer entstellten das von einem verlausten Bart überwucherte hagere Antlitz. Einzig die Augen blickten nach wie vor trotzig aus tiefliegenden Höhlen.

»Was gebt Ihr mir für die Kunde, Herr?« Rutgers Stimme krächzte wie die eines Raben. Dennoch entging Simon der herausfordernde Tonfall nicht.

Schlagartig wich seine Erregung der Ernüchterung. Wahrscheinlich wusste dieser Schuft rein gar nichts über seine Eltern, sondern versuchte nur, mit einer dreisten Lüge sein Leben zu retten.

»Ich habe dir nichts zu geben, Kerl. Was du an Gnade erwarten konntest, hat dir Graf Johann bereits gewährt. Ich komme mit leeren Händen.«

Im flackernden Schein der Fackel sah Simon einen Ausdruck der Unsicherheit über Rutgers Gesicht huschen. Dann fasste er sich wieder.

»Auch Graf Johann könnte daran gelegen sein, die Mörder Eurer Eltern zur Rechenschaft zu ziehen. Euer Vater war ihm wie ein Bruder.«

»Woher weißt du das?« Kaum waren die Worte heraus, ärgerte Simon sich darüber. Der Bursche sollte nicht merken, wie sehr ihm an jeder Nachricht gelegen war, und sei sie auch noch so unbedeutend.

»Ich weiß es von jemandem, der den Raubzug mitgemacht hat. Es geschah am gleichen Ort, an dem wir Euch im Mai überfielen. Eure Eltern waren auf dem Rückweg von einem Fest auf Burg Sponheim. Die Mörder hieben Euren Vater in Stücke und taten Eurer Mutter Gewalt an, bevor sie sie pfählten.«

Das Blut schoss Simon so heftig in den Kopf, dass ihm schwindelte. Er stolperte einen Schritt rückwärts und stützte sich an der feuchten Kerkerwand ab, um nicht zu fallen. Graf Johann hatte ihm niemals sagen wollen, was genau mit seinen Eltern geschehen war. Instinktiv spürte er, dass Rutger die Wahrheit sprach.

Er fasste sich mühsam. »Ich werde mit Graf Johann sprechen und deine Worte überprüfen, Bursche. Allein, was begehrst du als Lohn für die Auskunft?«

Rutgers Blick bohrte sich in den Simons. »Nichts als die Freiheit, edler Herr.« Sein Versuch, demütig zu klingen, misslang. Stattdessen hörte Simon den Triumph in seiner Stimme. »Freies Geleit bis an die Grenzen der Grafschaft, ein gutes Pferd, einen Beutel Pfennige und etwas Wegzehrung. Das ist alles, was ich erbitte. Ein wohlfeiles Angebot, möchte ich meinen.«

Er machte eine Pause. »Dafür verrate ich Euch nicht nur den Namen der Täter, sondern auch den Namen des Mannes, in dessen Auftrag sie mordeten.«

»In dessen Auftrag?«, echote Simon. Steckte denn mehr hinter dem Anschlag als die feige Tat einer Bande von Strauchdieben? »Woher willst du wissen, dass es einen Auftraggeber gab?«

Rutger grinste und ließ schwärzliche Zähne sehen. »Mein Herr Philipp hat mir einen Anhänger beschrieben, den man am Ort der Untat fand. Es heißt, Ihr tragt ihn um den Hals, edler Herr, zur Mahnung daran, dass der Tod Eurer Eltern noch immer nicht gerächt ist. Ich weiß, woher er stammt und wer bis heute

das Gegenstück besitzt. Das ist der Auftraggeber. Ein mächtiger Mann, möchte ich meinen.«
Unwillkürlich fasste Simon sich an die Kehle. »Warum sagst du das erst jetzt?«
»Ich habe mich erst heute Morgen daran erinnert.«
»Wer garantiert mir, dass du die Wahrheit sagst?«
Rutgers Grinsen wurde schmierig. »Ich werde es vor Zeugen auf die Bibel schwören. So wie auch Ihr auf die Bibel schwören müsst, dass Ihr Euren Teil der Vereinbarung einhaltet.«
Plötzlich hatte Simon das Gefühl zu ersticken, wenn er nur einen einzigen Moment länger in diesem stinkenden Loch verweilte. Brechreiz würgte ihn, seine Kehle war wie zugeschnürt. Als er ohne ein weiteres Wort die steile Stiege hinaufstürmte, verfolgte ihn Rutgers heiseres Lachen.

Nachdem Simon hinter dem Tor, das zu den Verliesen führte, verschwunden war, ging Michel zu den Ställen. Er klopfte Simons Pferd den Hals und füllte dessen Futter- und Wassertrog auf. Der prächtige Fuchs war ein weiteres Geschenk des Grafen Johann zu Simons Ritterweihe gewesen.
Als er gerade zum Striegel griff, ertönte im Burghof ein lauter Schrei. Neugierig lugte er aus der Stalltür. Was er sah, reizte ihn so heftig zum Lachen, dass er sich die Hand vor den Mund halten musste, um nicht laut loszuprusten.
Dame Agathe rannte barhäuptig im böigen Herbstwind durch den Matsch und versuchte, ihren Schleier einzufangen, den der Wind vor sich hertrieb. Graue, verfilzte Strähnen wehten um ihren Kopf. Genauso hatte er sich das Ungeheuer aus dem alten Märchen vorgestellt, das ihm Simon neulich erzählt hatte. Wie war noch einmal der Name dieser Schlangenfrau gewesen?
Erst jetzt entdeckte er Christina, die keinerlei Anstalten machte, Dame Agathe zu Hilfe zu eilen. Sie weilte mit Heinrich seit

einigen Tagen auf der Kauzenburg, doch weder er noch Simon hatten sie bislang getroffen.
Endlich konnte die Alte den Schleier greifen und zog sich das mit nassem Dreck beschmutzte Stück Stoff über den Kopf, um ihre vermeintliche Blöße zu bedecken. »Ihr hättet mir helfen sollen«, keifte sie Christina vorwurfsvoll an. »Doch einerlei, darüber sprechen wir später. Der Vespergottesdienst beginnt gleich. So kann ich auf keinen Fall daran teilnehmen. Ich muss zurück in die Kemenate und den Schleier wechseln. Kommt mit mir hinauf.«
Christina rührte sich nicht. »Ich kann hier auf Euch warten, Muhme«, hörte Michel sie sagen. »Mir ist nicht ganz wohl. Ich fürchte, ich muss mich erbrechen, wenn ich die steilen Stiegen noch einmal hinauf- und hinunterlaufen muss.«
»Aber Ihr könnt unmöglich allein bleiben.« Ratlos sah Agathe sich um. Geistesgegenwärtig nutzte Michel die Gunst des Augenblicks und trat aus dem Stall. Er verbeugte sich vor den Frauen.
»Edle Damen, kann ich Euch behilflich sein?«
Auch Christina ergriff die Gelegenheit beim Schopf. »Michel kann hier mit mir warten, Muhme Agathe.«
Die zögerte kurz und musterte Michel argwöhnisch. Er bemühte sich, seinen treuherzigsten Blick aufzusetzen. Schließlich gab Agathe nach. »Aber bleibt hier und rührt Euch nicht von der Stelle, Dame Christina«, schnaubte sie.
Sobald sie außer Hörweite war, sprach Michel Christina an. »Herrin, es ist schön, Euch endlich wieder einmal zu sprechen. Wie geht es Euch, wenn Ihr mir die Frage erlaubt?«
Christinas Blick traf ihn mitten ins Herz. Sie sah aus wie ein waidwundes Reh. Doch sie rang sich ein tapferes Lächeln ab.
»Ich bin die Gefangene meines Gemahls und dieses schrecklichen Weibs. Entsprechend dieses Umstandes geht es mir gut.«

Ihre entwaffnende Ehrlichkeit rührte Michel zutiefst. Im Schatten der Abenddämmerung ergriff er spontan ihre Hand. »Seid Ihr denn wohl, Herrin?«, fragte er besorgt. »Ich hörte Euch über Schwindel und Übelkeit klagen.«

Zu seiner Überraschung winkte Christina ab. »Damit halte ich nur diesen Drachen in Schach.« Plötzlich lag ein Hauch des alten Schalks auf ihrem Gesicht. »Hat sie ohne ihren Schleier nicht ausgesehen wie die Medusa in der griechischen Sage?«

Auch Michel musste trotz seiner Betroffenheit grinsen. Genau, das war der Name des Schlangenweibs gewesen. Er nickte.

»Also muss ich mir keine Sorgen um Eure Gesundheit machen, Herrin?«, wiederholte er seine Frage.

»Ich bin nicht in anderen Umständen, Michel.« Diesmal schockierte ihn ihre Direktheit. Kaum eine Frau sprach offen mit einem Mann über Schwangerschaft, nicht einmal mit dem eigenen Gemahl.

Er nickte erneut, diesmal verlegen. Aber Christina sprach schon weiter. Die Worte sprudelten geradezu aus ihr heraus.

»Immer, wenn Heinrich im Lande ist, erwecke ich ein paar Wochen später bei Agathe den Eindruck, ich würde seinen Erben tragen. Dann drangsaliert sie mich eine Weile nicht ganz so arg. Heinrich hat sie während seiner Abwesenheit zu meiner Wächterin ernannt und lässt sich jede Unbotmäßigkeit getreulich berichten.«

Michel fehlten die Worte. In diesem Moment blies der Wind Christinas Schleier zurück. Auf ihrer Wange erkannte er selbst im schwachen Licht ein dunkles Mal.

Die Worte waren heraus, ehe er darüber nachgedacht hatte. »Schlägt er Euch, Herrin?« Er biss sich auf die Lippen. »Verzeiht mir! Die Frage war ungehörig.«

Zu seinem Erstaunen lächelte Christina erneut. »Wieso soll eine Frage nach der Wahrheit ungehörig sein, Michel? Er schlägt mich jeden Tag, einmal mehr, einmal weniger. Er hält es für seine Christenpflicht, mich auf diese Weise von der Last der Erbsünde zu befreien.« Ihre Augen lächelten nicht. Sie blitzten vor Hass.

Michel fühlte, wie ohnmächtige Wut in ihm aufstieg. Was drohte aus dieser Frau zu werden, die sein Herr so innig geliebt hatte und die einst so voller Lebensfreude und Fröhlichkeit gewesen war?

»Weiß Euer Vater davon?«, fragte er empört.

Christina schüttelte den Kopf. »Mein Vater weilt schon seit vielen Wochen am Hof König Rudolfs. Er würde nicht gutheißen, was Heinrich tut. Aber er könnte ihn auch nicht daran hindern. Am Tag der Vermählung übergab er mich ihm als sein Eigentum.«

»So muss Graf Johann Euch helfen und seinem Bruder Einhalt gebieten. Gleich heute Abend werde ich Herrn Simon bitten, mit ihm zu sprechen.«

Christina entriss ihm ihre Hand, die er unwillkürlich umklammert hatte, nur um die seine gleich darauf zu ergreifen und beschwörend zu drücken. »Um der Jungfrau Maria Barmherzigkeit willen, Michel.« Das nackte Entsetzen stand in ihren Augen. »Weder Graf Johann noch Simon dürfen je ein Sterbenswörtchen von dem erfahren, was ich dir anvertraut habe. Wenn sie Heinrich zur Rechenschaft ziehen, wird er Besserung geloben. Aber sobald wir allein sind, schlägt er mich tot.«

»Wird er das nicht sowieso eines Tages tun, Herrin?«

Ein Funken Trotz blitzte in ihren Augen auf.

»Mein Leben liegt letztlich in Gottes Hand, Michel. Doch ich spinne meine eigenen Ränke, um mir zu helfen. Also versprich mir, dass du niemandem davon erzählst.«

Michel nickte beklommen. Eine kurze Weile herrschte Schweigen. Schließlich ergriff Christina wieder das Wort. Diesmal klang ihre Stimme zaghaft.

»Wie geht es Simon, Michel? Ich hörte, er ist wegen seiner Tapferkeit bei der Eroberung von Montfort vorzeitig zum Ritter geschlagen worden.«
Michel räusperte sich, um den Kloß in seinem Hals hinunterzuschlucken. »So ist es, Herrin.«
»Also geht es ihm gut?«
Vor die Wahl zwischen der Wahrheit und einer verharmlosenden Lüge gestellt, brachen sich jetzt auch Michels eigene Sorgen Bahn. Er schüttelte den Kopf.
»Seit Ihr ihn in der Kapelle des Rheinfels zurückgewiesen habt, ist alle Lebensfreude von ihm gewichen, Herrin. Er verbringt seine Tage in unheilbarer Melancholie. Vor Montfort setzte er alles daran, um im Kampf zu fallen. Es grenzt an ein Wunder, dass er nur leicht verwundet wurde. Seitdem er zum Ritter geweiht wurde, nimmt er sich etwas zusammen. Doch ich fürchte, es wird nicht sehr lange anhalten.«
Zu seiner Bestürzung glänzten Tränen in Christinas Augen. »So sehr trauert er um mich, Michel?«
Wieder blieb ihm nichts als die Wahrheit. »So sehr, Herrin«, bestätigte er. Nach kurzem Zögern fuhr er fort. »Doch ich kann es ihm nicht verdenken. Auch ich habe mein Herz an eine Jungfrau verloren und würde ihren Verlust nicht überwinden.«
Christina schwieg. Ihr Gesicht spiegelte ihren inneren Kampf wider. Schließlich gab sie sich einen Ruck.
»Ich wünschte, ich könnte dir Grüße für ihn mitgeben, treuer Michel. Doch ich wage es nicht. Ich werde ihn niemals vergessen, aber ich hoffe, dass er eines Tages darüber hinwegkommt.« Sie holte tief Luft. »Sorge unter allen Umständen dafür, dass er sich von mir fernhält. Du weißt jetzt, was mir blüht, wenn Heinrich davon erführe.«
Beschwörend griff sie wieder nach seiner Hand. »Und erzähle ihm kein Sterbenswort davon, wie mich Heinrich behandelt.

Das musst du mir bei deiner eigenen Liebe, die ich dir von Herzen gönne, versprechen.«
Michel zögerte. Hinter ihnen waren hastige Schritte zu hören. Muhme Agathe kehrte zurück.
»Versprich es mir, Michel«, drängte Christina.
Als er die Alte herankommen sah, fasste er einen Entschluss.
»Ich verspreche es, vielliebe Herrin. Euer Geheimnis ist bei mir sicher.«

Nur kurze Zeit später war Simon ernüchtert. Graf Johann hatte ihn zwar ruhig angehört, aber nicht das geringste Entgegenkommen gezeigt. Stattdessen machte er keinen Hehl aus seinen Zweifeln.
»Rutger hat sich die Geschichte mit dem Auftraggeber für den Mord wahrscheinlich ausgedacht, um seinen Hals zu retten, Simon.« Nach der feierlichen Zeremonie in der Kapelle von Montfort war sein Ziehvater wieder zum vertraulichen »Du« übergegangen, wenn sie allein waren.
»Aber woher sollte er überhaupt von alledem wissen?«
»Ich habe Philipp getreulich all das, was ich über den Tod deiner Eltern weiß, berichtet. Kurz nach seiner Rückkehr kam er eigens zu diesem Zweck noch einmal auf die Kauzenburg. Ich fühlte mich dazu verpflichtet, ihm Auskunft zu geben.«
Simon erinnerte sich dunkel an diesen Tag, an dem er seinen Oheim zum ersten Mal gesehen hatte. Eine Magd schob ihm damals eigens einen Schemel ans Fenster, damit er einen Blick auf seinen einzigen lebenden Blutsverwandten werfen konnte. Simon hatte zwischen der Angst geschwankt, der Mann wolle ihn mitnehmen, und seinem Wunsch, eine eigene Familie zu haben. Die Angst war stärker gewesen und blieb zum Glück unbegründet. Nach der Unterredung mit seinem Ziehvater war Philipp ein weiteres Mal weggeritten, ohne nach ihm zu verlangen.

»Also wird Philipp Rutger die Geschichte weitererzählt haben«, schloss Johann seine Argumentation. »Bevor er in Ungnade fiel, waren die beiden sehr vertraut miteinander.«
»Und woher weiß Rutger von dem Anhänger? Habt Ihr Philipp das Schmuckstück gezeigt?«
Johann nickte. »Selbstverständlich. Es ist die einzige Spur zu den Mördern. Dein Oheim wusste nichts über seine Herkunft.« Er lächelte leicht. »Ich habe ihm sogar erzählt, dass du, so klein du damals auch warst, das Schmuckstück um den Hals tragen würdest, um dich immer an den ungesühnten Tod deiner Eltern zu erinnern.«
Johann machte eine kurze Pause und überlegte. »Überhaupt ist die Existenz des Anhängers beileibe kein Geheimnis. Ich selbst habe ihn zum Beispiel auch dem Rheingrafen Siegfried gezeigt. Ihm und jedem Durchreisenden, der damals Gast auf der Kauzenburg war. Ich hoffte, dadurch einen Hinweis auf die Täter zu erhalten. Doch niemand konnte mir etwas über den außergewöhnlichen Halsschmuck sagen.«
»Rutger will auf die Bibel schwören, dass er jemanden kennt, der das Gegenstück dazu besitzt.«
Johanns Züge verhärteten sich. Seine Kiefermuskeln traten hervor. Simon kannte diesen Gesichtsausdruck aus den vielen Diskussionen seines Ziehvaters mit Heinrich.
»Das ist eine sehr vage Behauptung. Rutger könnte jemanden meinen, der längst verstorben ist. Oder er hat ein ähnliches Geschmeide im Morgenland gesehen, wo er einst Söldner war. Wenn er dich erst einmal dazu gebracht hat, einen heiligen Eid auf seine Freilassung abzulegen, kann er danach sagen, was ihm beliebt.«
Simon machte einen letzten Versuch. »Er würde mit einer Lüge seine Seligkeit aufs Spiel setzen.«
»Du würdest trotzdem die Katze im Sack kaufen, Simon. Allein Rutger weiß, ob er die Wahrheit sagt und du mit seiner Wahr-

heit etwas anfangen kannst, oder ob er lügt, um sein erbärmliches irdisches Leben zu retten, selbst um den Preis seiner Seligkeit. Du aber stündest ihm gegenüber bei deiner Ritterehre im Wort.«

Graf Johann holte tief Luft, bevor er fortfuhr. »Bedenke auch, Simon, was du von mir verlangst. Dieser Schuft hat mein geliebtes Weib zu entführen versucht, ihren Körper mit seinen groben Händen betatscht, als er sie auf sein Pferd zerrte, sie sogar ins Gesicht geschlagen, als sie sich wehrte. Das blaue Mal war noch vierzehn Tage danach zu sehen. Ich habe schon einmal Gnade vor Recht ergehen lassen, als ich der Bande einen barmherzigen Tod gewährte. Lasse ich Rutger jedoch frei, verliere ich mein Gesicht.«

Die Wucht von Johanns Bedenken ließ Simon nicht unbeeindruckt. Enttäuschung und Resignation ließen seinen Tatendurst schwinden. Wahrscheinlich hatte Graf Johann recht. Dieser Kretin mit der Moral einer Ratte versuchte ihn hereinzulegen.

Plötzlich verspürte er eine unbändige Lust, sich zu betrinken, obwohl er wusste, dass es ihn später reuen würde. »So lasst ihn denn hängen, hoher Herr. Ich werde kein weiteres Mal mit ihm sprechen.«

Damit verließ er den Rittersaal und machte sich auf den Weg in den Weinkeller.

Kapitel 23

Kauzenburg, am nächsten Tag

Als die Leitern umgestoßen wurden, begannen die Verurteilten, heftig zu zappeln und furchtbare Grimassen zu schneiden. Gerade jetzt setzte ein Nieselregen ein. Die Menge rings um den Richtplatz störte das nicht. Wie bei den drei vorigen Durchgängen johlten und schrien die Gaffer wild durcheinander und zeigten mit Häme auf die Männer, deren zerlumpte Kittel sich ausbeulten. Bevor sie ihren letzten Atemzug taten, regte sich häufig das Gemächt der Gehängten, so als klammerte sich der Körper mit diesem ungestümen Lebenszeichen noch einmal machtvoll an das irdische Dasein.

Angeekelt wandte Simon den Blick von dem riesigen Galgen ab, der auf der Richtstätte hoch über der Stadt stand. Die furchtbare Zeremonie zog sich schon über zwei Stunden hin, und selbst angesichts Rutgers Tod fühlte er weder Triumph noch Genugtuung. Bis zuletzt hatte der Burgvogt um sein erbärmliches Leben gefleht und musste von drei Knechten gebändigt werden, damit ihm der Henker die Schlinge um den Hals legen konnte. Das Volk hatte die Szene genossen. Simon dagegen verspürte nichts als Abscheu.

Des Nachts hatte ihn wieder der Alptraum geplagt, den er seit seiner Kindheit kannte. Er war schrecklicher gewesen denn je. Hatte er ehemals vor allem die Schreie gehört und die Panik gespürt, in tiefster Dunkelheit gefangen zu sein, so waren nunmehr plastische Bilder voller Brutalität an ihm vorübergezogen. Mittlerweile kannte er sowohl den Ort als auch die Art, wie seine Eltern ums Leben gekommen waren. Der Traum führte ihm jede der furchtbaren Einzelheiten in den grellsten Farben vor Augen.

Auch seine eigene Rolle hatte sich verändert. Seitdem ihm Rutger den Tod seiner Eltern beschrieben hatte, träumte er, Vater und Mutter zu Hilfe zu eilen. Doch vergebens. Für jeden Unhold, den er erschlug, sprangen drei neue auf den Kampfplatz. So erlitten seine Eltern ihr furchtbares Schicksal, ohne dass er auch nur das Geringste ausrichten konnte.

Als Michel ihn weckte, verstört ob der Wildheit seiner Gegenwehr, war er in Schweiß gebadet und schluchzte heftig.

»Herr, so beruhigt Euch doch. Es ist nur ein Nachtmahr«, raunte der getreue Knecht und entwand ihm mit sanfter Gewalt den Dolch, den er gezückt hatte. Dann wiegte er ihn wie ein kleines Kind. Die Erinnerung an diese beschämende Szene war nicht dazu angetan, Simons Laune zu bessern.

Nur zu gern hätte er sich vom Richtplatz entfernt, wie es Christina schon nach der ersten Vollstreckung getan hatte. Ob sie die Ohnmacht nur vortäuschte oder tatsächlich in anderen Umständen war, konnte er nicht ermessen. Sie mied ganz offensichtlich jede Begegnung mit ihm und war nur in Begleitung von Dame Agathe oder ihres Gemahls außerhalb der Kemenate anzutreffen.

Simons Ritterehre zwang ihn dagegen zu bleiben. Noch stand die Hinrichtung seines schändlichen Oheims bevor. Sollte der Name Montfort nicht für alle Zeit besudelt bleiben, musste er Zeuge sein, wenn der Richtspruch am Bruder seines Vaters vollstreckt wurde. Nur so konnte er aller Welt beweisen, dass er keinen Anteil an den Verbrechen seines Oheims hatte.

Ein Hornruf aus Richtung der Kauzenburg ließ die Menge herumfahren. Johann von Sponheim, sonst ein milder und gütiger Herrscher, hielt es bei der Sühne der unsäglichen Verbrechen, mit denen die Räuberbande seine Lande jahrelang überzogen hatten, mit den alten Römern. »Brot und Spiele sollen das Volk ergötzen«, erklärte er nach der Urteilsverkündung. »Damit niemand auf den Gedanken kommt, solch gottlose Taten könnten sich lohnen.«

So war der Menge so viel Brot, Speck und Bier gereicht worden, wie jedermanns Herz begehrte. In Scharen waren Bürger und Bauern, Freie und Hörige aus der Stadt Kreuznach und allen Dörfern der Umgebung herbeigeströmt, um dem Spektakulum beizuwohnen. Auch aus der Herrschaft des Rheingrafen und selbst den entfernter liegenden Ortschaften, die zur Grafschaft Veldenz gehörten, kamen zahlreiche Zuschauer. Nun erwarteten sie den Höhepunkt des grausamen Geschehens: die Enthauptung des Grafen Philipp von Montfort.

Widerwillig reckte auch Simon den Kopf, um die Ankömmlinge zu betrachten. Die Führung des Zugs hatte Johann dem treuen Michel anvertraut, der an der Spitze der Gruppe ritt. Dahinter führten zwei Reisige das Pferd des Verurteilten. Barhäuptig hockte er mit gefesselten Händen und nackten Füßen auf einer elenden Mähre, nur in ein Büßerhemd aus Sackleinen gekleidet. Sein Kopf war geschoren, um dem Scharfrichter die Arbeit zu erleichtern.

Den Schluss der Gruppe bildeten weitere Reisige, alle in die Waffenröcke der Sponheimer gekleidet. Nur eine Gestalt im dunklen Gewand hob sich von der Gruppe ab. Es war Bruder Markus, der Kauzenburger Kaplan. Gerüchteweise hatte Simon gehört, dass Philipp das Sakrament der Beichte verweigert hatte und unbußfertig zu sterben gedachte.

Der Zug hielt vor der Tribüne, auf der Graf Johann mit seiner Familie und den Würdenträgern aus der Umgebung Platz genommen hatte. Simon saß gleich hinter seinem Ziehvater in der zweiten Reihe. Mit einer Mischung aus Abscheu und widerwilliger Bewunderung sah er, dass Philipps Blick nach wie vor herrisch und hochmütig über die Menge schweifte. So wird er unserem Namen zumindest nicht die Schande machen, wie Rutger um sein Leben zu betteln, befand er insgeheim.

Kaum dass er diesen Gedanken gefasst hatte, wich seine Erleichterung tiefer Beschämung. Denn Philipp machte keinerlei Anstalten, seinen Henkern entgegenzukommen. Man musste ihn mit Gewalt von seinem Gaul zerren und nur ein Tritt in die Waden bewirkte, dass er vor dem Grafen von Sponheim auf die Knie fiel. Michels Gesichtsausdruck zeigte, wie angewidert er davon war, solche Befehle erteilen zu müssen. Simon fühlte sich ob der Entehrung seines Onkels zutiefst gedemütigt, zumal jetzt auch die Menge nach kurzer Verblüffung in Schmährufe und Drohungen auszubrechen begann.
Allein Johann von Sponheim blieb ungerührt. Als er gebieterisch die Hand hob, verebbte das Geschrei der Menge sofort. Männer und Weiber harrten gespannt der Rede des Grafen. Er enttäuschte sie nicht.
»Philipp von Montfort«, seine Stimme schallte über den ganzen Platz. »Einst wart Ihr ein Ritter von edlem Geblüt, Sprössling eines Geschlechts, mit dem uns seit Generationen eine innige Freundschaft verband. Mit dem Heer des Königs von Frankreich zogt Ihr sogar ins Heilige Land, um die Stadt unseres Erlösers aus der Hand der Ungläubigen zu befreien.«
»Nun, es gab dort reiche Beute zu holen«, fiel ihm Philipp ins Wort. Die Menge stöhnte entsetzt auf ob dieser Respektlosigkeit. Johann betrachtete den Delinquenten wie ein ekliges Insekt.
»Diese Antwort zeigt Euren wahren Charakter, Philipp von Montfort. Nicht unserem Schöpfer zuliebe nahmt Ihr das Kreuz, sondern um die Besiegten ihrer Habe und ihres Lebens zu berauben.«
Wieder unterbrach Philipp ihn frech. »Hätte ich es nicht getan, wäre es eben ein anderer gewesen. Keiner, den ich dort traf, zog aus Edelmut in den Kampf.«
»Schweigt still, wenn ich spreche, sonst lasse ich Euch den Mund mit der Maulbirne stopfen«, donnerte Johann, nun doch aus der

Fassung gebracht. Philipp grinste spöttisch, hielt aber fortan den Mund.

»Kaum zurück in der Heimat, habt Ihr Euch mit den schändlichsten Verbrechen besudelt, deren ein Mann unseres Standes sich schuldig machen kann. Ihr habt bei Eurer Ritterweihe geschworen, Witwen und Waisen zu beschützen. Stattdessen habt Ihr ungezählte Frauen und Kinder zu Witwen und Waisen gemacht. Ihr befahlt, Kaufleute auf der Durchreise zu meucheln, und ließet ortsansässige Bauern überfallen und foltern, um Euch ihr Hab und Gut anzueignen. Selbst vor dem Versuch, meine Gemahlin zu entführen, seid Ihr nicht zurückgeschreckt.«

Angesichts des widerlichen Grinsens, mit dem Philipp auf Johanns letzten Satz reagierte, hätte ihn Simon am liebsten niedergeschlagen. Auch Johanns Gesicht färbte sich rot. Doch er beherrschte sich.

»Den Stammsitz Eurer Väter, die Burg Montfort, habt Ihr auf diese Weise zu einem elenden Raubritternest entwürdigt, in dem sich lichtscheues Gesindel der übelsten Sorte sammelte, um auf Euer Geheiß landauf, landab Untaten zu begehen. Eure Spießgesellen haben dafür bereits mit dem Leben gebüßt. Auch Ihr, der Ihr dem Ritterstand solche Schande gemacht habt, sollt Eurer Strafe nun nicht entgehen. Nur das Gedenken an die edlen Männer Eures Geschlechts hat mich dazu bewogen, Euch den schmählichen Tod am Galgen zu ersparen. Stattdessen werdet Ihr durch das Schwert gerichtet. Bereut Ihr Eure Sünden, oder wollt Ihr ohne Beichte und Absolution geradewegs in die Hölle fahren?«

Bevor Philipp Gelegenheit hatte, auf diese Frage zu antworten, ertönte erneut das Horn eines Herolds. Verblüfft sah Simon, dass sich auf der Straße, die von Kreuznach hinauf zum Galgenberg führte, ein Reitertrupp näherte. Dessen gerüstete

Männer trugen ein Banner mit sich, dessen Wappen er im Zwielicht des trüben Novembernachmittags zuerst nicht erkennen konnte.

Auch die Gäste auf der Tribüne kniffen die Augen zusammen, um die Ankömmlinge zu identifizieren. Die Zuschauer, die sich bereits um den Richtblock geschart hatten, verdrehten die Köpfe, um zu erfahren, was vor sich ging.

Als er schließlich erkannte, wer dort herankam, fuhr Simon der Schreck in alle Glieder und lähmte ihn für einen Moment. Auch Johann von Sponheim starrte ungläubig auf die Ankömmlinge.

Zuerst fand der Rheingraf seine Sprache wieder. »Der Trupp trägt die Farben der Veldenzer. Tatsächlich, es ist Graf Gerlach persönlich, der den Zug anführt.«

Schweigend und misstrauisch starrten die Männer auf der Tribüne den Reitern entgegen. Sie waren in voller Rüstung. Die Menge teilte sich gaffend, um ihnen den Weg frei zu machen. Dreißig Fuß vor der Tribüne hob der Anführer, ein hagerer hochgewachsener Mann mit buschigen schwarzen Brauen, die Hand. Seine Leute blieben zurück, während er selbst auf Graf Johann zuritt. Nachdem er sein Pferd, einen prächtigen Braunen, gezügelt hatte, hob er, ohne abzusteigen, erneut die mit dem Kettenhandschuh geschützte Rechte.

»Ich grüße Euch, Graf von Sponheim, und entbiete Euch und Eurer liebreizenden Gemahlin meine Wünsche für Gesundheit und ein langes Leben.«

Johann nickte knapp. »Ich entbiete Euch das Gleiche, Graf Gerlach. Doch was führt Euch mit Eurem Gefolge zu mir, zumal an einem solchen Tag und in voller Rüstung?«

Gerlach verzog seine Miene in gespielter Betrübnis. »Ich komme, wohledler Freund, Euch vor einem schweren Unrecht zu bewahren, das zu begehen Ihr im Begriff seid. Dieser Mann«, er deutete auf Philipp von Montfort, der erwartungsvoll grinste

und sich verbeugte, »ist mein Lehns- und Gefolgsmann. Nur mir steht es zu, über ihn zu richten.«
Johann zog hörbar den Atem ein. »Die Verbrechen dieses Mannes wurden samt und sonders in meinen Landen verübt. Er hat Leib und Gut meiner Untertanen schier unermesslichen Schaden zugefügt. Da Ihr Eure Aufsichtspflicht so sträflich vernachlässigt habt, muss Euch nicht wundernehmen, dass ich das Recht selbst in die Hand genommen habe.«
»Und dennoch, Graf Johann, kann ich dies nicht dulden. Solltet Ihr ungeachtet meines freundschaftlichen Besuches gewillt sein, starrsinnig an der Vollstreckung des Urteils festzuhalten, so kann ich Euch heute nicht daran hindern. Doch werde ich Euch, sobald der Kopf Philipp von Montforts in den Sand rollt, die Fehde erklären.« Graf Gerlach zog demonstrativ den linken Kettenhandschuh aus.
Johanns Gesicht wirkte gequält und grimmig zugleich, während die Menge den Atem anhielt. Da mischte sich der Rheingraf ein. »Damit würdet auch Ihr ein schweres Unrecht begehen, Graf Gerlach. Ihr solltet bedenken, dass …«
Der Veldenzer unterbrach ihn brüsk. »Wenn ich Eure Meinung hören möchte, Graf vom Stein, werde ich Euch danach fragen.« Siegfrieds Gesicht färbte sich dunkelrot vor Empörung.
Simon hielt es nicht länger auf seinem Platz. »So erklärt uns die Fehde, Herr von Veldenz.« Er legte so viel ätzende Häme in seine Stimme, wie er vermochte. »Wer sich mit Abschaum verbündet, wird selbst zu Abschaum. Als Männer von Ehre werden wir leichtes Spiel mit Euch haben.«
Graf Gerlach fixierte ihn spöttisch. Ein mildes Lächeln entblößte zwei fehlende Schneidezähne. »Ah, der junge Herr Simon, wenn ich nicht irre. Tragt Ihr nicht selbst den Namen, den Ihr gerade geschmäht habt? Fließt nicht das gleiche Blut auch durch Eure Adern?«

Im Jähzorn griff Simon an sein Schwert. Doch ein Wink Graf Johanns gebot ihm Einhalt.

»Lasst es gut sein, edler Simon. Ich weiß Euren Beistand zu schätzen.« Er wandte sich an den Veldenzer. »Wie gedenkt Ihr, die Untaten Eures Lehnsmanns zu sühnen?«

»Wir werden den Rat unserer edlen Gefolgsleute einberufen und über die Strafe des Delinquenten entscheiden, wenn wir die Beweise gewürdigt und uns angehört haben, was er zu seiner Verteidigung vorzubringen hat.«

»An welche Beweise habt Ihr gedacht?«

Wieder verzog Gerlach das Gesicht in gespielter Betrübnis. Er blickte demonstrativ auf den Galgen. »Leider können wir die wichtigsten Zeugen nicht mehr befragen, Graf Johann. So wird es schwer sein zu entscheiden, was Philipp von Montfort und was seinen Dienstleuten zur Last gelegt werden muss.«

»Also werdet Ihr ihn freilassen?«

Gerlach lächelte wieder. »Das wird sich zeigen, Graf Johann, wenn wir alle Stimmen gehört haben. Doch seid versichert, ich lasse Euch unverzüglich über meine Entscheidung unterrichten.«

Zu Simons Verblüffung neigte Johann den Kopf. »So verlasse ich mich auf Eure Ritterehre, Graf von Veldenz, und hoffe, dass die Verbrechen an Unschuldigen nicht ungesühnt bleiben. Nun schafft mir den elenden Schuft aus den Augen. Sein Anblick verursacht mir Übelkeit.«

Philipp ließ sich das nicht zweimal sagen. Demonstrativ streckte er Michel die gefesselten Hände entgegen, der die Stricke auf ein Nicken Johanns hin zerschnitt. Simons wütenden Blick quittierte sein Oheim mit einem spöttischen Zwinkern.

Ein Veldenzer Reiter reichte Philipp einen Umhang, ein anderer führte ein gutes Pferd herbei, das Philipp unverzüglich bestieg. Dann machte sich die Gruppe mit Gerlach und Philipp an der

Spitze durch die drohend murrende Menge hindurch auf den Rückweg. Fassungslos starrte Simon ihnen nach.
»Mit Verlaub, mein Herr, warum habt Ihr das zugelassen?« Er funkelte seinen Ziehvater wütend an.
Der erwiderte ruhig seinen Blick. »Um dieses Schurken willen ist schon genug Blut geflossen, Simon. Hätte der Veldenzer mir heute den Fehdehandschuh vor die Füße geworfen, wäre neues unsägliches Leid über meine Gehöfte und Dörfer gekommen. Das ist dieser Schuft nicht wert.«
Er drehte sich zu dem Rheingrafen um. »Es gibt andere Mittel, diesen Abschaum zur Strecke zu bringen. Ich zähle auf Euch, Graf Siegfried.«

Burg Stein, Januar 1276

»Also spricht dieses Femegericht Euch schuldig, Philipp von Montfort, und verurteilt Euch zum Tod durch den Strang. Das Urteil soll im Morgengrauen vollstreckt werden.«
Mit diesen Worten zog sich der Rheingraf die schwarze Kapuze vom Kopf und bedeutete den übrigen Mitgliedern des Gerichts, das Gleiche zu tun. Simon bemerkte, dass sein Oheim nicht allzu überrascht aussah. Sein Mienenspiel schwankte zwischen Trotz und Unsicherheit.
Zunächst gewann der Trotz die Oberhand. »Das werdet Ihr nicht wagen, Graf Siegfried. Mein Dienst- und Lehnsherr hat mich für unschuldig befunden und meine Ehre öffentlich wiederhergestellt. Es war Rutger, mein schändlicher Burgvogt, der die Taten begangen hat. Vergreift Ihr Euch an meinem Leben, wird Graf Gerlach Euch zur Rechenschaft ziehen.«
Siegfried blickte ihm ungerührt in die Augen. »Darauf lasse ich es ankommen.« Er winkte Michel zu.

»Schaffe ihn hinaus und lasse ihn gut bewachen.« Michel trat vor und zog Philipp eine Kapuze über den Kopf, ehe er zwei Wachsoldaten befahl, ihn abzuführen. Im Unterschied zu den Masken der Femerichter besaß sie keine Augenschlitze.

Simon spürte eine merkwürdige Mischung aus Genugtuung und Bitterkeit. Wenn man Philipps Leichnam fände, würde zwar jedermann sofort denken, dass Graf Johann seine Hände im Spiel hatte und dies die Vergeltung für die Mordtaten in den Sponheimer Landen war. Doch der Spruch eines Femegerichts könnte nicht bewiesen werden. Am Namen Montfort würde ein Makel haften bleiben.

Während der Rheingraf nach Brot, kaltem Braten und Wein schickte, um die schlaflose Nacht bis zur Hinrichtung zu überbrücken, ging Simon die Ereignisse der letzten Zeit noch einmal in Gedanken durch.

Wie Johann erwartet hatte, war schon wenige Wochen nach der Übergabe seines Oheims an den Veldenzer die Nachricht eingetroffen, dass Graf Gerlach nicht genügend Beweise gefunden habe, um Philipp schuldig zu sprechen. Die Botschaft war frech und anmaßend. Philipp war nicht nur auf freien Fuß gesetzt worden, sondern der Veldenzer forderte sogar Schadensersatz für die geschleifte Burg Montfort.

Auch das hatte Johann kommen sehen und war beizeiten über Graf Eberhard bei König Rudolf vorstellig geworden, um einen Landfrieden zu erwirken. Angesichts des bevorstehenden Krieges mit Ottokar von Böhmen untersagte der König jede Fehde im Nahegau.

Während Graf Eberhard diesen Vorteil für Johann verhandelte, nicht ohne Rudolf die Entscheidung mittels seiner reichen Einkünfte aus den Rheinzöllen zu erleichtern, blieb Johann nicht untätig. Er schickte Spitzel nach Meisenheim, dem Hauptsitz der Veldenzer, die Philipp nach seiner Freilassung auf Schritt und

Tritt beobachteten. Da dieser nicht nach Montfort zurückkehren konnte, blieb er in Meisenheim und besuchte dort häufig die Freudenhäuser der kleinen Stadt. So war es Simon und Michel ein Leichtes, den Betrunkenen eines Nachts samt seinen beiden Begleitern zu überwältigen. Während sie Philipps Saufkumpane bewusstlos in der dunklen Gasse zurückließen, brachten sie Philipp mit verbundenen Augen ins Verlies auf Burg Stein.

Gleich nach den hohen Weihnachtsfesttagen trat das Femegericht zusammen. Der Rheingraf selbst führte den Vorsitz, Simon und drei befreundete Ritter aus den Geschlechtern derer zu Katzenelnbogen, Dalberg und Leiningen waren zu Beisitzern berufen worden.

Obwohl Rutgers Geständnis das schwerwiegendste Indiz war, fand man schon vor Weihnachten weitere lebende Zeugen für Philipps Haupttäterschaft. Es war vor allem Maries Überzeugungskraft zu verdanken, dass nicht nur der Stallknecht Emich, sondern auch zwei Mägde, die Philipp zum Beischlaf gezwungen hatte, preisgaben, was sie während ihrer Dienstzeit auf Burg Montfort gehört und gesehen hatten. Um den Gerichtsort und die Identität der Femerichter geheim zu halten, führte man die Zeugen mit verbundenen Augen in den Gewölbekeller, in dem der Rheingraf sonst seine Weinvorräte zu lagern pflegte. Reich entlohnt, brachte man sie hernach wieder ins Nahetal zurück, nicht ohne sie zuvor bei Leibesstrafe zum Stillschweigen verpflichtet zu haben.

Währenddessen zeigte sich Graf Johann nahezu täglich seinen Untertanen. Er verbrachte die Weihnachtstage bei seiner alten Mutter auf Burg Sponheim und nahm in Begleitung seiner Gemahlin an allen Feierlichkeiten teil. Gleich nach dem Dreikönigstag brach er zur Abtei Schwabenheim am anderen Ende der Grafschaft auf, um einen Altar in der Stiftskirche einzuweihen und das dort angeschlossene Siechenhospital zu besuchen.

Um noch mehr Aufsehen zu erregen, begleiteten Heinrich und Christina das Grafenpaar auf allen Reisen. So konnte der laut Johanns Spitzeln vor Wut tobende Graf Gerlach zwar vermuten, dass die Sponheimer mit dem Verschwinden Philipps von Montfort zu tun hatten. Beweisen konnte er ihnen jedoch nichts.
Das späte Nachtmahl wurde aufgetragen, aber Simon verspürte keinen Appetit. Er winkte Michel und trat mit ihm hinaus.
Im Schutz der Dunkelheit erklommen sie ungesehen die Balustrade, bis sie hoch über der rauschenden Nahe ins schneebedeckte Land blickten.
»Wann werden wir aufbrechen?« Michel riss Simon aus seinen Gedanken.
»Übermorgen, gleich nach der Frühmesse. Graf Eberhard hat geschrieben, dass wir ihn in Speyer treffen können, wo sich der König derzeit aufhält.«
»So bald schon?« Michels Stimme klang enttäuscht. Simon versuchte seine Gesichtszüge im Licht des Mondes zu erkennen.
»Ist es dir leid wegen Marie?«
Michel seufzte. »Ich hoffte, sie vor unserer Abreise noch einmal zu treffen. Sie hält sich mit der Gräfin in Schwabenheim auf.«
»So machen wir einen Abstecher dorthin«, schlug Simon vor. »Die Abtei liegt ja fast auf dem Weg.«
Michel strahlte über das ganze Gesicht. »Ich danke Euch, Herr.«
Angesichts des Glücks seines getreuen Knechts fasste Simon einen schweren Entschluss. »Wenn du nicht mit mir ziehen willst, Michel, so gebe ich dich frei. Sicherlich verhilft dir Graf Johann zu einer Stellung auf der Kauzenburg, so dass du Marie zur Frau nehmen kannst.«
Zu seiner Überraschung und Erleichterung schüttelte Michel den Kopf. »Ich danke Euch für das Angebot, Herr, doch ich will es nicht annehmen. Ich trachte nach einem kleinen Gut, nicht nach einer engen Kammer in den Gesindehäusern der Burg. Ich

möchte Marie ein gutes Leben bieten, wie sie es verdient. Das kann ich nur, wenn ich in den Krieg ziehe, um Beute zu machen.«

Noch ehe Simon antworten konnte, trat ein Burgsoldat aus dem Dunkel auf sie zu.

»Graf Siegfried bittet Euch, zu ihm zu kommen, edler Herr.«

Erstaunt folgte Simon dem Mann. In Begleitung Michels führte ihn der Bote in eine kleine Schreibstube neben dem Rittersaal.

Simon verbeugte sich vor dem Rheingrafen. Seitdem er die Ritterwürde erlangt hatte, musste er nur noch vor dem König und hohen Reichsfürsten niederknien. »Ihr habt mich rufen lassen, Herr?«

Siegfried fuhr sich mehrmals über seinen eisengrauen Bart und sah ihn mit einem merkwürdigen Gesichtsausdruck an. »Ich habe dem Gefangenen die Henkersmahlzeit servieren lassen, wie es Sitte und Brauch ist. Dabei fragte ich ihn nach seinem letzten Wunsch auf Erden. Ich erwartete, dass er endlich nach einem Beichtvater schicken lassen würde, um seine Sünden zu bekennen. Doch er verlangte nach Euch.«

Sein Blick ruhte kurz auf Michel. »Allein, ohne Begleitung.«

Mit der gleichen Mischung aus Neugier und Widerwillen, die schon Rutgers Wunsch in ihm ausgelöst hatte, folgte Simon dem Wächter. Für seine letzte Nacht hatte man Philipp eine Kammer außerhalb der Verliese zugewiesen. Zwei Wachen standen vor der eisenbeschlagenen Tür. Das einzige Fenster war viel zu klein, als dass sich ein ausgewachsener Mann hätte hindurchzwängen können.

Philipp saß auf einem schmalen, mit einem Strohsack gepolsterten Bett. Sein Mahl aus gebratener Wildschweinkeule, einem Pilzgericht und Brot stand unberührt auf einem niedrigen Kastentisch. Im Licht der Öllampe wirkte er hohlwangig, dunkle Ringe umschatteten seine Augen. Auf seinem Gesicht lag ein Ausdruck, den Simon noch nie bei ihm gesehen hatte. Zu seinem Erstaunen erkannte er, dass es Furcht war.

Philipp bedeutete Simon, sich auf einen niedrigen Schemel zu setzen, und goss Wein in den einzigen Becher. Es war guter Wein aus den Gütern Siegfrieds im Rheingau. Dennoch lehnte Simon ab, als ihm sein Oheim den Trunk anbot.

Der zuckte die Schultern und leerte den Becher in einem einzigen Zug. Simon wurde ungeduldig.

»Warum habt Ihr mich rufen lassen ...« Er stockte, weil ihm keine passende Anrede einfiel. Als Herr von Montfort wollte er den Schänder seines Namens nicht ansprechen. »... Oheim?«, fügte er schließlich zögernd hinzu.

Ein Anflug des altbekannten spöttischen Lächelns huschte über Philipps Züge. »Du bist mein einziger Blutsverwandter, Simon. Was ist daran so verwunderlich?«

Die Erbitterung brach aus Simon heraus, bevor er sich zügeln konnte. »Bislang konntet Ihr dieses Verlangen gut im Zaum halten, Oheim.« Er spie das letzte Wort nahezu heraus. »Nicht einmal, als ich ein kleiner Knabe war, begehrtet Ihr, mich zu sehen.«

Philipp zuckte erneut mit den Schultern. »Du schienst mir in guter Obhut zu sein, Simon. Mich dünkte, du bedürftest meiner Fürsorge nicht.«

Plötzlich fühlte sich Simon unendlich müde. Diese Unterredung führte zu nichts.

»Also, was wollt Ihr von mir?«, fragte er barsch.

Philipps Gesicht nahm einen schlauen Ausdruck an, der Simon nicht gefiel. »Ich möchte dir ein Familiengeheimnis anvertrauen.«

Unwillkürlich war Simons Neugier wieder geweckt. »So sprecht.«

Philipp schüttelte den Kopf. »Du solltest mich kennen, Neffe. Ich tue nie etwas umsonst. Was gibst du mir für meine Kunde?«
Einen Moment wähnte sich Simon wieder in Rutgers stinkendem Kerker. »Lasst mich raten«, erwiderte er mit ätzendem Spott. »Ihr bietet an, mir die Mörder meiner Eltern zu nennen und den Auftraggeber dazu, der diese Untat befohlen hat. Im Gegenzug verlangt Ihr Eure Freiheit.«
Trotzdem traf ihn Philipps Reaktion vollkommen unerwartet. »Woher weißt du das?«
Simons Verblüffung wandelte sich in lodernden Zorn. Er sprang auf und warf dabei den kleinen Kastentisch samt Philipps Mahlzeit um. »Das hat schon ein anderer vor Euch versucht«, knirschte er und hieb mit beiden Fäusten gegen die verschlossene Tür.
Als die verstörte Wache öffnete, stürmte er mit langen Schritten hinaus. »So warte doch«, hörte er Philipp hinter sich rufen, als er mehr durch den Gang rannte als ging. »Höre mich wenigstens an.«
Die Stimme klang noch in seinen Ohren, als er endlich den Burghof erreichte und die kühle Nachtluft wie ein Erstickender einsog. Würde dieser Fluch denn niemals ein Ende haben?

Am Horizont zog ein trüber Januarmorgen herauf, als sich die Männer um die uralte Eiche versammelten, die hoch auf den Felsen über der Nahe stand. Hier hatten schon die Ahnen des Rheingrafen zu Gericht gesessen und die Todesurteile gleich an Ort und Stelle vollstrecken lassen.
Wie es dem Brauch eines Femegerichts entsprach, trugen Richter und Delinquent wieder ihre schwarzen Kapuzen. Michel führte das Pferd, auf dem Philipp mit gefesselten Händen saß, unter den Ast, von dem schon die Schlinge des Henkers herabbaumelte. Den Scharfrichter hatte Siegfried von seinen Ländereien im Rheingau kommen lassen. Der kannte die Identität des

Verurteilten nicht und würde den dreifachen Lohn für sein Schweigen erhalten. Auf ein Zeichen Siegfrieds legte er Philipp den Strick um den Hals.

Der Burgkaplan des Grafen trat zu dem Vermummten, in den erhobenen Händen ein Kruzifix. »Ich frage Euch nun ein letztes Mal, Unseliger«, sprach der Rheingraf Philipp an. »Bereut Ihr Eure Sünden, oder wollt Ihr unbußfertig vor das Antlitz des ewigen Richters treten?«

»Ich habe nichts zu bereuen«, tönte es dumpf unter der Kapuze hervor. »Wenn es wirklich einen ewigen Richter gibt, werdet Ihr Euch dereinst für den Mord an einem Unschuldigen zu verantworten haben.«

Siegfried schnaubte und hob die Hand, um dem Henker das Zeichen zu geben. Da fuhr Philipp zu jedermanns Überraschung fort.

»Doch ich habe ein letztes Wort an meinen Neffen Simon zu richten. Er möge sich nähern.«

Simon zögerte, bis ihn ein Wink des Rheingrafen aufforderte, der Bitte seines Oheims nachzukommen. Widerwillig ritt Simon an seine Seite.

»Komm näher«, raunte Philipp unter der Kapuze. »Es darf niemand hören, was ich dir sagen will.«

Simon beugte sein Ohr dicht an die Stelle, wo er den Mund des Vermummten vermutete. Dessen faulig riechender Atem drang selbst durch den dichten Stoff und verursachte ihm Übelkeit.

»Hüte dich vor dem Mann, der den arabischen Zwillingsanhänger besitzt.« Simon erstarrte.

»Er könnte auch dir nach dem Leben trachten. Wer ihm im Weg steht, gilt ihm weniger als der Staub unter seinen Füßen.«

»Von wem sprecht Ihr?«

»Die Gelegenheit, dies zu erfahren, ist verwirkt wie mein Leben. Doch sei versichert, deine Eltern waren ihm gleichgültiger als

das Ungeziefer in seinen Kellern. Er ließ sie zertreten wie ekles Gewürm.«
Simon spürte, wie ihm die Beine zu versagen drohten. Die Todesschreie der Gemeuchelten klangen wieder in seinen Ohren.
»So sagt mir um Christi willen den Namen des Mörders. Soll der Tod Eures Bruders denn für alle Zeit ungesühnt bleiben?«
Zu seinem Entsetzen zuckte Philipp die Achseln.
»Dein Vater bezahlte für seinen Dünkel und seine Hoffart. Er hat nur bekommen, was er verdiente.«
In blinder Wut hieb Simon Philipps Pferd mit aller Kraft auf die Flanke. Das erschrockene Tier sprang nach vorn und riss Philipp mit voller Wucht aus dem Sattel. Laut knirschend brach sein Genick.

Kapitel 24

Burg Rheinfels, Anfang Oktober 1276

Schon besser, Herrin«, lobte Hildebrand. »Doch Ihr setzt das Schwert noch zu hoch an. Ein geschickter Kämpfer könnte Euren Schlag von unten parieren und Euch die Waffe aus den Händen schlagen. Schaut her!«
Mit einer Mischung aus Stolz und Frustration beobachtete Christina den alten Waffenmeister, der ihr mit Dankwart, dem Knappen, die Kampffigur noch einmal zeigte. Kämpfen ist ähnlich wie Tanzen, dachte sie, es gilt stets, die richtigen Schritte und Bewegungen zur rechten Zeit zu machen. Nur dass es beim Kämpfen nicht darum geht, den Gegner zu betören, sondern ihn zu bezwingen. Oder ist das am Ende das Gleiche?

»Lasst es mich noch einmal versuchen«, bat sie. Von ferne läutete ein Glöckchen. Hildebrand schüttelte den Kopf.

»Genug für heute, Herrin. Es ist bereits Mittag. Auf uns alle warten noch andere Pflichten.«

Enttäuscht fügte sie sich und dankte dem alten Kämpen mit einem Knicks. Nun begann der öde Teil ihres Tages. Sobald sie unerkannt in die Burg zurückgekehrt war, würde sie in Gesellschaft von Muhme Agathe bis zur Vesper sticken oder nähen müssen.

Als die beiden Männer das Brombeerdickicht verlassen hatten, löste sie seufzend die Riemen des Lederpanzers und der Beinlinge, die sie bei den Übungen trug, und zog sich die schwere Kettenhaube über den Kopf. Sie verstaute Rüstung und Waffen sorgfältig in dem mit Wachs abgedichteten Kasten, den Hildebrand und Dankwart stückweise auf die Lichtung geschafft und dort zusammengenagelt hatten. Zuletzt legte sie den Gambeson, das schwere Wollwams, ab, das sie unter dem Panzer trug, und packte es in einen Henkelkorb. Es roch streng und musste dringend gewaschen werden.

Sie wusch sich mit einem kleinen Leinentuch und dem Wasser aus der Korbflasche, die Dankwart täglich nachfüllte, und griff nach ihrem Untergewand aus feinem Wollstoff. Die Tage wurden bereits kühl. Über die Cotte warf sie den groben Umhang einer Bäuerin und zog sich die Kapuze tief in die Stirn. So würden die Burgwachen keinen Verdacht schöpfen, wenn sie sie auf dem Pfad vor den Toren erblickten.

Schließlich fasste sie nach ihrem Obergewand aus besticktem Wollstoff und dem Gebende, das sie im Henkelkorb mitgebracht hatte, und legte beides sorgfältig gefaltet auf den schmutzigen Gambeson. Sobald sie durch die geheime Pforte in den Gang geschlüpft wäre, der geradewegs in den Palas führte, würde sie sich standesgemäß kleiden und in die Kemenate zurückkehren.

Agathe würde wie üblich zetern und schimpfen, doch das kümmerte sie schon lange nicht mehr.
Mit dem Korb in der Hand blieb sie unschlüssig vor dem Pfad stehen, der aus dem Brombeergestrüpp auf die Lichtung führte. Die Männer hatten die Ranken nur oberflächlich zusammengesteckt. Ein aufmerksamer Beobachter, der zufällig des Weges kam, hätte den verborgenen Eingang entdecken können. Dennoch konnte sich Christina noch nicht entschließen zu gehen.
Sie glaubte inzwischen, dass die Jungfrau Maria persönlich ihre Hand über die Intrige hielt, die sie gleich nach Heinrichs Abreise im Januar gesponnen hatte. Christinas sehnlichsten Wunsch hatte die Gottesmutter jedoch nicht erfüllt. Trotz aller Schlachten, die König Rudolfs Heer geschlagen hatte, war Heinrich nicht gefallen, ja nicht einmal ernsthaft verletzt worden.
Nun drang die Kunde vom bevorstehenden Sieg des Schwaben über den Böhmenkönig Ottokar schon bis an den Rhein. Erst gestern waren Briefe ihres Vaters und ihres Gemahls eingetroffen. Während sie Eberhards Schreiben sogleich gelesen hatte, lag Heinrichs Brief noch unberührt in seiner gesiegelten Lederhülle. Er würde ohnehin nichts anderes als die üblichen Prahlereien über seine Heldentaten auf dem Schlachtfeld enthalten und ärgerliche Belehrungen über ihre Pflichten als Ehefrau.
Ihr Vater vermeldete, dass Rudolfs Heer nun die Stadt Wien belagerte. Fiel diese letzte Bastion Ottokars, stand dem Sieg Rudolfs nichts mehr im Wege. Heinrich würde nach Hause kommen. Christina graute davor.
Allerdings war sie überzeugt, dass Agathe es nicht wagen würde, sich Heinrich anzuvertrauen. Unwillkürlich musste Christina trotz ihrer Sorgen lächeln, als sie an die Intrige dachte, mit der sie sich ihre verhasste Muhme gefügig gemacht hatte.
Der Zufall und Heinrichs Jähzorn kamen ihr dabei zu Hilfe. Am Tag vor seiner Abreise servierte ihnen der Knappe Dankwart beim

Nachtmahl und ließ versehentlich eine Bratenscheibe fallen. Das Fett bespritzte das feine Oberkleid ihres Gatten und trug Dankwart eine mächtige Ohrfeige vor der ganzen Tischgesellschaft ein. Als er keine Reue zeigte, sondern stattdessen Heinrich trotzig ins Auge blickte, weigerte der sich am nächsten Tag, ihn mit auf die Reise zu König Rudolfs Heer zu nehmen. Für Dankwart, der im nächsten Jahr seine Ritterweihe erhalten sollte, war dies eine Katastrophe, die seine ganze weitere Laufbahn zerstören konnte.

Der hasserfüllte Blick, mit dem der Knappe ihrem Gemahl am nächsten Tag nachsah, als dieser mit Eberhards Rittern und den jüngeren Knappen die Burg verließ, brachte Christina auf eine Idee. Über eine ihr treuergebene Magd ließ sie dem Jüngling noch am gleichen Tag eine Botschaft überbringen. Nachdem sie ein Schlafmittel in Agathes Wein gemischt hatte, trafen sie sich am späten Abend in der verwaisten Waffenkammer. Doch es ging keineswegs um ein romantisches Stelldichein, wie die Magd angesichts der geheimen Nachricht vermutet hatte.

»Schaut her, Dankwart von Schmittburg, und erkennt, dass Ihr nicht der Einzige seid, dem mein Gemahl gar übel mitspielt.« Entschlossen entblößte sie vor dem entsetzten Jüngling ihre Brüste und zeigte ihm die Bisswunden und blauen Male, die sie aufwiesen.

»Erspart es mir, edler Herr von Schmittburg, Euch auch noch die Spuren der Rute zu zeigen, mit der mein Gatte mich jeden Tag züchtigt.«

Ihre Worte wählte sie mit Bedacht. Durch die höfliche Anrede appellierte sie gleichermaßen an Dankwarts Mannhaftigkeit wie an seinen Beschützerinstinkt. Doch trotz seiner Empörung über die Gewalttätigkeit seines Dienstherrn wies Dankwart ihr Ansinnen zunächst entschieden zurück.

»Was sollen die Leute von mir denken, Herrin? Meine Ehre ist doch schon jetzt in Frage gestellt.«

»Niemand wird je ein Wort darüber erfahren«, versuchte Christina, ihn zu beschwichtigen. Dann erläuterte sie ihm ihren Plan.
»Wie wollt Ihr sicherstellen, dass Eure Muhme schläft, wenn ich mich in ihre Kammer schleiche?«
»Seid unbesorgt, Dankwart. Ich kenne mich mit Kräutern aller Art aus. Auch heute Abend habe ich ihr ein Mittel in den Wein gemischt, um Euch treffen zu können.«
Gleich nach ihrer Rückkehr aus dem Hunsrück hatte Christina Idas Kräutergeschenke durch weitere Pflanzen ergänzt, die sie selbst gesammelt oder auf den Märkten erstanden hatte. Dazu gehörte auch Schlafmohn.
Dankwart war allerdings noch nicht überzeugt.
»Bedenkt, edler Herr, was es für mich bedeuten würde, ein wenig mehr Freiheit und Luft zum Atmen zu haben. Sobald mein Gatte zurückkehrt, ist es ohnehin damit vorbei.«
»Was beabsichtigt Ihr, mit dieser Freiheit zu tun, Herrin Christina?«
Sie setzte alles auf eine Karte und kam nun auf ihr zweites Begehr zu sprechen. »Ich möchte mit Euch meine Waffenübungen wieder aufnehmen, um nicht mehr so wehrlos zu sein.«
Dankwart verschlug es schier den Atem. Da erzählte sie ihm von ihren früheren geheimen Übungen mit Simon und Michel im Brombeerdickicht auf der kleinen Lichtung.
»Wollt Ihr gegen Euren Eheherrn kämpfen, wenn er Euch wieder misshandelt?« Dankwarts Zweifel standen ihm ins Gesicht geschrieben.
So weit hatte Christina noch gar nicht gedacht. Aber die Idee besaß durchaus ihren Reiz und ließ sie in der Folge nicht wieder los. Doch zunächst hielt sie sich bedeckt.
»Ich weiß es nicht, Dankwart. Wollt Ihr nun tun, worum ich Euch gebeten habe? Ich verspreche Euch im Gegenzug, mich bei meinem Vater für Euch einzusetzen, wenn er auf den Rheinfels

zurückkehrt. Dann erwächst Euch kein Schaden aus Heinrichs Weigerung, Euch zum Heer des Königs mitzunehmen.«

Schließlich gab Dankwart nach, und seither plagte Christina ab und an ein schlechtes Gewissen. Sie war sich keineswegs sicher, ob sie ihren Teil der Abmachung einhalten könnte.

In den Wochen nach ihrer geheimen Unterredung amüsierte sich jedenfalls die ganze Burggesellschaft über den tumben Knappen, der sich ausgerechnet die vertrocknete Jungfer von Hunolstein als Dame seines Herzens erwählt hatte. Aber noch mehr spottete man über die Alte, die sich vor Eitelkeit ob dieser Verehrung kaum zu fassen wusste und, geschmeichelt über die Zuwendung des Jünglings, ihre Nase höher trug denn je.

Selbst Christina war erstaunt über diese Entwicklung. »Die Jungfrau Maria hat mir diese Gnade erwiesen«, erklärte Dame Agathe eines Tages der verzweifelt um Fassung Ringenden. »Sie hat meine Gebete erhört. Ohne Zweifel hat Dankwart von Schmittburg mit seinem edlen Sinn erkannt, wie nichtig die Liebe eines törichten Mädchens im Vergleich zu der einer reifen Frau ist. Ich erwarte jeden Tag, dass er sich mir erklärt und bei Graf Eberhard um meine Hand anhält.« Beim Versuch, den Lachkrampf zu unterdrücken, wäre Christina beinahe erstickt.

Als sie sich sicher war, dass Agathe und die Burggesellschaft vom Werben Dankwarts ausreichend Kenntnis genommen hatten, schritt sie zur Tat. Eines Abends mischte sie eine exakt bemessene Dosis zermahlenen Schlafmohns in Agathes Wein. Er verursachte ihr Schwindel und schwere Glieder und sorgte dafür, dass sie sich vorzeitig zu Bett begab, wo sie in einen bleiernen Schlaf fiel.

Als Agathe mitten in der Nacht benommen erwachte, geschüttelt von der scheinbar empörten Christina, fand sie zu ihrem Entsetzen den halbnackten Jüngling neben sich auf dem Lager. Seither war sie Wachs in Christinas Händen. Dame Agathe wusste sehr wohl, dass sie für Heinrich als Anstandsdame nicht mehr in Frage käme, bestünde auch nur der geringste Zweifel an ihrem sittlichen Wohlverhalten. So duldete sie lieber Christinas Eskapaden, als ihre kleine Apanage und ihren Status in Heinrichs Gefolge einzubüßen.

Noch am gleichen Tag begann Christina wieder mit ihren Waffenübungen. War Dankwart anfangs noch voller Skepsis gewesen, so verflog diese schon bald angesichts Christinas Können und der schnellen Fortschritte, die sie machte. Doch eines regnerischen Tages entdeckte Hildebrand die beiden, als sie in der Waffenkammer übten.

Auch diesmal setzte Christina alles auf eine Karte. Dem alten Kämpen gegenüber half nur die ungeschminkte Wahrheit über ihr Schicksal. Hildebrands gerechtfertigter Zorn wich schon bald der Erschütterung und tiefem Mitleid, als sie ihm von der Untat im Wald berichtete, ihrer Zeit bei der Kräuterfrau Ida, der Austreibung der Leibesfrucht und ihrem Martyrium in der Ehe mit Heinrich. Sie vertraute ihm auch ihre Hoffnung an, Heinrich eines Tages unerkannt im offenen Zweikampf töten zu können. Nur ihre Unfruchtbarkeit verschwieg sie ihm.

Als sie geendet hatte, standen dem alten Haudegen wahrhaftig Tränen in den Augen. Sie aber fühlte sich befreit wie nach einer Beichte.

»Ob Euer Plan aufgehen kann, Herrin, vermag ich nicht zu sagen«, erklärte Hildebrand schließlich. »Doch das Schicksal hat Euch gar übel mitgespielt. Ich werde Euch meine Hilfe nicht verweigern.«

Seither übten sie jeden Tag in der Waffenkammer oder im Brombeerdickicht. Da alle anderen Knappen im Felde standen, verfügte Hildebrand über ausreichend Zeit. Er zeigte Christina den Geheimgang, durch den sie sowohl die Waffenkammer ungesehen erreichen als auch die Burg heimlich verlassen konnte.

Erwartungsgemäß hatte sie bis heute große Fortschritte gemacht.
Ein Windstoß fuhr durchs Gebüsch und zerrte an Christinas Umhang. Es wurde höchste Zeit für die Heimkehr. Seufzend bog sie die Ranken auseinander und bahnte sich vorsichtig ihren Weg durch das Dickicht. Sorgfältig verschloss sie danach den Eingang und tarnte ihn wie üblich mit einem Ballen Gestrüpp, das die Männer eigens zu diesem Zweck zurechtgeschnitten hatten. Niemand, der nicht so nahe herankam, dass er unmittelbar davorstand, hätte bemerkt, dass die Zweige nicht mit dem restlichen Dickicht verbunden waren. Doch noch immer mieden die meisten Bauern und Häusler das verrufene Wäldchen. Nur ab und zu kam ein einsamer Wanderer vorbei.
Kurze Zeit später erreichte Christina die Burg. Dame Agathe saß wie üblich schmollend in der Fensternische der Kemenate und nähte an einer neuen Haube. Sie ignorierte Christinas Gruß. »Ihr solltet Euch schämen, Euren Gatten, der täglich sein Leben aufs Spiel setzt, derart zu hintergehen, anstatt Eurer Pflicht zu genügen«, sagte sie und zeigte auf den Nähkorb zu ihren Füßen. »Wollt Ihr mir nicht wenigstens sagen, was Ihr treibt, wenn Ihr stundenlang fort seid?«
»Nein«, antwortete Christina kurz angebunden. Agathes Worte erinnerten sie an Heinrichs ungelesenes Schreiben. Sie holte den Brief aus der Truhe neben ihrem Bett und erbrach das Siegel.
Nur wenig später entrang sich ihren Lippen ein erstickter Laut. Alarmiert blickte Dame Agathe von ihrer Näharbeit auf. »Ist Eurem Gemahl etwas geschehen?«
Christina schüttelte stumm den Kopf.
»Was ist es denn, das Euch so erbleichen lässt? Was ist passiert?« In ihrer Sorge vergaß Dame Agathe jegliche Förmlichkeit.
Christina holte tief Luft und zwang sich, ihrer Stimme einen gleichmütigen Klang zu verleihen.

»Ganz im Gegenteil, Muhme, es sind gute Neuigkeiten, die mir Heinrich schickt. König Rudolf steht kurz vor dem Sieg. Man erwartet jeden Tag, dass sich Ottokar ergeben wird. Dann soll ein großer Hoftag zu Wien stattfinden, bei dem alle Fürsten von Rang und Namen zugegen sein werden. Heinrich wünscht, dass ich so schnell wie möglich aufbreche, um bei der Siegesfeier an seiner Seite zu sein.«

Wien, November 1276

»Also haben sich die dazu erwählten Fürsten jetzt auf einen Schiedsspruch geeinigt?«
»So ist es, Graf Eberhard. Er wird morgen in Rudolfs Heerlager verkündet. Natürlich ist das Ergebnis keine Überraschung. Ottokar von Böhmen wird aller geraubten Gebiete in den österreichischen Landen verlustig gehen. Selbst seine Stammländer Böhmen und Mähren wird er bei seiner Huldigung von König Rudolf als Lehen zurückerhalten. Im Gegenzug werden Reichsacht und Exkommunikation gegen ihn aufgehoben.«
»Das wird den Böhmen aus dem stolzen Geschlecht der Premysliden gar bitter ankommen.«
Werner von Eppstein, Erzbischof von Mainz und einer der sieben deutschen Kurfürsten, nickte. »Das steht zu erwarten, teurer Freund, doch es muss den Sieger nicht kümmern.« Er nippte an seinem Wein und schnalzte anerkennend mit der Zunge. »Ein wahrhaft köstlicher Tropfen. Habt Ihr ihn die ganze Strecke von Euren Gütern am Rhein kommen lassen?«
»So ist es. Meine Tochter Christina hat ein kleines Fass auf ihrer Reise nach Wien mitgebracht.«
Simon, der aufmerksam gelauscht hatte, bemühte sich um einen gleichmütigen Gesichtsausdruck. Christina war schon vor drei

Tagen eingetroffen, aber er hatte sie noch nicht zu Gesicht bekommen. Obwohl er nicht mehr zum Haushalt des Grafen gehörte, hatte er Sorge getragen, an jedem Nachtmahl teilzunehmen. Doch zu seiner Enttäuschung war sie bislang nie erschienen.

Um sich abzulenken, stellte er Graf Eberhard die Frage, die ihm heute als Vorwand gedient hatte, herzukommen. »Wann wird Graf Johann von Sponheim erwartet, wohledler Herr? Habt Ihr schon etwas von ihm gehört?«

Zu seiner Überraschung machte Eberhard ein verlegenes Gesicht. »Leider ist er verhindert zu kommen. Er hat Christina einen Brief für König Rudolf mitgegeben. Seine Gattin Adelheid lag nach einer Fehlgeburt auf den Tod krank danieder. Er wagte es nicht, die Kauzenburg zu verlassen.«

»Das ist in der Tat besorgniserregend und außerordentlich schade.« Simon war weit mehr betroffen, als es seine gesetzten Worte in Gegenwart des Kurfürsten zum Ausdruck brachten. Er wusste, wie sehr Johann und Adelheid einander zugetan waren. Sollte Gevatter Tod seinen Ziehvater zum zweiten Mal vorzeitig zum Witwer gemacht haben? Auch er selbst mochte Adelheid gern und nahm sich vor, eine Kerze für ihre Genesung zu spenden. Wenn es dafür nicht längst zu spät war.

Dann fiel ihm noch etwas anderes ein. Michel würde furchtbar enttäuscht sein. Seitdem dieser wusste, dass König Rudolf alle Großen des Reiches mit ihren Damen erwartete, um der Unterwerfung des stolzen Ottokar beizuwohnen, freute er sich auf das Wiedersehen mit Marie. Nun musste Simon ihm die schlechte Nachricht überbringen, dass Adelheid, und damit auch Marie, nicht nach Wien kommen würden.

»Ihr sagt es, junger Freund.« Zu seiner Verblüffung richtete der Kurfürst das Wort an ihn und riss ihn aus seinen Gedanken. »Graf Johann von Sponheims Fernbleiben ist überaus unerfreulich. Schon zum zweiten Mal hindern ihn vorgeblich familiäre Pflichten daran, einem Ruf des Königs Folge zu leisten. Als guter Freund des Grafen fühle ich mich verpflichtet anzumerken, dass Rudolf von Habsburg dies übel vermerken könnte.«

Simon starrte finster zu Boden. Aus unerfindlichen Gründen war ihm der Erzbischof schon seit der ersten Begegnung unsympathisch, obwohl der hohe geistliche Würdenträger dem wappen- und landlosen Simon von Anbeginn an freundlich begegnet war. Das war keineswegs selbstverständlich, denn der Eppsteiner galt als König Rudolfs einflussreichster Ratgeber.

Im Alter von fünfzig Jahren stand er auf dem Zenit seiner Macht. Obwohl er dem Schiedsgremium nicht angehörte, das die Friedensbedingungen zwischen Rudolf und Ottokar ausgehandelt hatte, war ein Spruch ohne seine Zustimmung undenkbar. Aufgrund des immensen Einflusses dieses Mannes warnte Simon nun auch eine innere Stimme, seine Zunge lieber im Zaum zu halten. Trotzdem widersprach er dem Kurfürsten.

»Wohledler Herr, von ›vorgeblich‹ kann keine Rede sein. Mein ehrenwerter Ziehvater hat sich bereits auf dem Weg zum Hoftag nach Augsburg befunden, als ihn die Nachricht vom bevorstehenden Tod seiner Mutter erreichte und ihn zur Umkehr veranlasste.«

Der Erzbischof sah ihm mit einem süffisanten Lächeln direkt ins Gesicht. »Soweit mir bekannt ist, erfreut sich Margarete von Sponheim wieder bester Gesundheit?«

Obwohl sich Simon über die Entgegnung ärgerte, war er wider Willen von den Augen des Kurfürsten fasziniert. Sie zogen, beschattet von dunklen buschigen Brauen, unwillkürlich die Aufmerksamkeit jeden Betrachters auf sich. Simon hatte schon früher beobachtet, dass deren Farbe sich je nach Stimmung des Erzbischofs änderte. Die Palette reichte von einem kräftigen Silber bei heiterer Laune bis zu schwärzlichem Anthrazit, wenn

der Kurfürst über etwas erzürnt war. Jetzt schimmerten sie hellgrau. Also machte Werner von Eppstein sich über ihn lustig.
Simons Widerstand wuchs. »Ich selbst war Zeuge, dass Dame Adelheid die Mutter des Grafen dem Tode nah vorfand und deshalb nach ihrem Gatten schicken ließ. Zudem wurde sie am Tag der Rückkehr ihres Gemahls von Gesindel überfallen, das sie zu entführen suchte.«
Das hätte er besser nicht gesagt.
»So ist es also zum zweiten Mal die Dame seines Herzens, die Graf Johann daran hindert, seinem König zu dienen?«, drehte der Eppsteiner Simon die Worte im Munde herum. Dann seufzte er gekünstelt. »Ja, ja, die Liebe kann allzu mächtig sein. Einem Mann von meinem Stand wird sie wohl immer ein Rätsel bleiben.«
Simon stockte vor Empörung der Atem. Jedermann wusste, dass der Erzbischof zahlreiche Liebschaften unterhielt. Ohnehin gab er sich eher wie ein weltlicher Fürst. Wie alle hohen geistlichen Würdenträger trug er außerhalb der Messe Gewänder, die an Pracht denen der weltlichen Fürsten in nichts nachstanden. Nun zupfte er ein imaginäres Stäubchen vom Ärmel seiner kostbaren rostroten, mit Goldfäden bestickten Surcotte.
Simon beschloss, sich nicht einschüchtern zu lassen, und holte zum Gegenschlag aus. »Eure freundschaftliche Besorgnis um das Ansehen meines wohledlen Ziehvaters ehrt Euch, hoher Herr. So legt selbst ein gutes Wort für ihn ein. Man munkelt, dass König Rudolf in allem auf Euch hört.« Er bemühte sich nicht, den spöttischen Unterton in seiner Stimme zu verbergen.
Die Augen des Eppsteiners verdunkelten sich. Graf Eberhard schnappte hörbar nach Luft. »Simon, ich gebiete Euch Mäßigung.« An den Kurfürsten gewandt, fuhr er fort. »Bitte verzeiht das Ungestüm meines Gefolgsmanns. Simon von Montfort ist einer der tapfersten Ritter in meinen Diensten, doch ist er noch

jung an Jahren. Aufgrund seiner Jugend mangelt es ihm hin und wieder an der notwendigen Ehrerbietung.«
Wieder verzogen sich die Lippen des Kurfürsten zu einem amüsierten Lächeln. »Ich schätze ein offenes Wort, Graf Eberhard«, winkte er ab. »Es gibt schon zu viele Speichellecker an meinem Hof und erst recht an dem unseres Königs. Doch sagt mir, junger Freund, warum steht Ihr in den Diensten des Grafen von Katzenelnbogen? Seid Ihr nach dem Tod Eures Oheims nicht als Erbe von Montfort Euer eigener Herr?«
Simon spürte einen bitteren Geschmack im Mund. Mit dieser Frage hatte ihn der Kurfürst weit schlimmer getroffen als mit jedem Tadel.
Er verbeugte sich steif. »Wie Ihr sicherlich wisst, hoher Herr, hat mein Oheim Philipp dem Grafen von Veldenz die Herrschaft Montfort als Lehen angetragen. Jedoch sind die Herren von Veldenz und Sponheim seit Generationen miteinander verfeindet. Meine Loyalität gilt Graf Johann, der mich wie einen eigenen Sohn erzogen hat. Ich käme mir wie ein Verräter vor, würde ich die Burg meiner Ahnen als Lehnsmann von Graf Gerlach annehmen.«
»Und doch hat Euer Oheim das aus freien Stücken getan. Nun sitzt dort an Eurer statt ein Burgvogt im Veldenzer Auftrag.« Der Kurfürst stocherte unbarmherzig in Simons Wunde. »Und noch etwas gebe ich Euch zu bedenken. Hat nicht unser Herr Jesus geboten, man solle seine Feinde lieben? Ihr könntet im Nahegau ein gottgefälliges Werk tun, wenn Ihr die zerstrittenen Geschlechter wieder miteinander versöhnen würdet.«
Simon spürte, wie er vor unterdrückter Wut rot anlief. Zweifelsohne war ihm der Kurfürst an rhetorischem Geschick weit überlegen. Dennoch versuchte er, seine Stellung zu behaupten. »Ist Versöhnung zu stiften nicht die vornehmste Aufgabe der Kirche, hoher Herr? Ihr nennt Euch einen Freund des Grafen

von Sponheim und seid, wie man hört, auch dem Geschlecht der Veldenzer gewogen. Warum setzt Ihr Euch nicht für die Befriedung des Nahegaus ein?« Allein diese Entgegnung war für einen Mann von Simons Stand eine Frechheit. Trotzdem fuhr er fort, ohne die entsetzte Geste Graf Eberhards zu beachten.
»Allerdings erzählt man sich, hoher Herr, auch Ihr seid dem Kriegshandwerk zugeneigt und zieht im Zweifelsfall das Schwert der Taube vor.«
Werner von Eppsteins Augen nahmen die Farbe von Schiefer an. Es war allgemein bekannt, dass er ein vorzüglicher Reiter und trotz seines geistlichen Standes ein hervorragender Schwertkämpfer war, obwohl die Kirche ihren Dienern jedes Blutvergießen untersagte. Daran hielt sich der Mainzer jedoch ebenso wenig wie an das päpstliche Verbot von Turnieren. In etlichen Scharmützeln gegen die Verbündeten Ottokars hatte er seinen Teil zu Rudolfs Sieg beigetragen.
In der Tat wirkte Werner von Eppstein weit jugendlicher als der nur um einige Jahre ältere Eberhard. Sein dunkelbraunes Haupthaar war dicht und nur von wenigen grauen Strähnen durchzogen. Er war von muskulöser Statur und wies im Gegensatz zu anderen Geistlichen seines Standes kein Lot Fett zu viel auf. Erst gestern hatte Simon den Kölner Erzbischof Siegfried von Westerburg gesehen, der aufgrund seiner Leibesfülle kaum einige Schritte tun konnte, ohne zu schwitzen und schwer zu schnaufen.
Diesmal würdigte Werner von Eppstein Simon keiner direkten Antwort. Stattdessen wandte er sich an Graf Eberhard.
»Ich muss der Ausbildung Eurer Ritter größte Hochachtung zollen, werter Freund. Sie sind weder mit dem Schwert noch mit der Rhetorik zu schlagen.«
Eberhard wirkte so grimmig, wie ihn Simon schon lange nicht mehr gesehen hatte. »Ihr seid überaus gnädig, was die Unbotmä-

ßigkeit dieses vorlauten Jünglings betrifft, Herr von Eppstein. Doch sein Verhalten macht meinem Haus schwerlich Ehre.«
An Simon gewandt, fuhr er fort. »Kniet auf der Stelle nieder und bittet den Kurfürsten um Vergebung für Eure freche Rede.«
Halb erschrocken über seine Kühnheit, halb widerwillig leistete Simon der Aufforderung Folge. Mit gesenktem Blick sagte er: »Ich bitte Euch, allerhöchster Herr, einem ungestümen Heißsporn seine unehrerbietigen Worte zu verzeihen. Ich war in Sorge um das Ansehen meines Ziehvaters Johann von Sponheim.«
»Auch ihm habt Ihr Schande mit Eurem schlechten Benehmen gemacht«, wetterte Graf Eberhard. »Nennt die Strafe, werter Kurfürst, mit der ich diesen Gefolgsmann belegen soll.«
Zu Simons Erleichterung schüttelte der Kurfürst den Kopf. »Der Kniefall dieses Ritters vor meiner Autorität soll ihm Strafe genug sein. Er ist ihm sicher nicht leichtgefallen.« Damit traf der Mainzer den Nagel auf den Kopf. Widerwillig musste Simon eingestehen, dass der Erzbischof ein guter Menschenkenner war.
Graf Eberhard gab Simon ein Zeichen, sich zu erheben. »So seid dankbar, dass Euch einmal mehr Gnade vor Recht zuteilwurde, Simon. Ihr müsst lernen, Euch in allem zu mäßigen. Mäßigung ist die höchste Tugend eines Ritters. Als Knappe konntet Ihr das ehemals sehr überzeugend darlegen.« Eberhard spielte auf den einst gewonnenen Wettstreit gegen Heinrich an, bei dem Simon den Welpen Ajax gewonnen hatte. Die Erinnerung an den Tod des Hundes schmerzte noch immer.
Der Graf von Katzenelnbogen seufzte. »Entfernt Euch jetzt und verbringt die Nacht im Gebet, um Eure Seele zu läutern. Wenigstens diese Buße will ich Euch auferlegen. Möge sie Euch zum Nutzen gereichen.«

Simon hatte die schwere Eichentür kaum hinter sich geschlossen, als der Kurfürst das Wort an Graf Eberhard richtete.
»Es nimmt mich wahrlich wunder, wie gut sich dieser Jüngling entwickelt hat. Sagte man nicht einst dem Knaben nach, dass er sich sogar im Dunkeln fürchtet?«
Eberhard war einmal mehr erstaunt, wie gut der Kurfürst selbst über unbedeutende Einzelheiten in seinem Bistum informiert war. Er verdrängte das leise Gefühl des Unbehagens und neigte den Kopf.
»In der Tat kommt Simon immer mehr nach seinem leiblichen Vater, obwohl er ihn nie gekannt hat. Raimund von Montfort war einer der tapfersten Männer, die mir je begegnet sind.«
Der Kurfürst nickte. »Er trägt zweifellos gute Charakterzüge in sich. Aber Ihr solltet ihn bald verheiraten, edler Freund. In der Ehe wird er zur Ruhe kommen und lernen, seiner Verantwortung besser gerecht zu werden. Graf Gottfried von Sayn hat seine liebreizende Tochter Gisela nach Wien mitgebracht. Sie wird dereinst die Erbin seiner Grafschaft sein, da es keine lebenden Söhne gibt. Soll ich einmal bei dem Grafen von Sayn vorfühlen?«
Eberhard war verblüfft. »Glaubt Ihr denn, der Graf wird einen landlosen Ritter als Gemahl für seine Tochter und Erben seiner Ländereien in Betracht ziehen?«
Der Erzbischof schmunzelte. »Das habt Ihr doch auch getan, werter Freund.« Bevor sich Eberhard über diese Bemerkung ärgern konnte, fuhr er fort. »Wenn ich ihm zurate, wird er sicher darüber nachdenken. Seine Tochter zählt weit mehr als zwanzig Lenze und hat die Blüte der Jugend bereits hinter sich.«
Graf Eberhard nickte. Gisela von Sayn als »liebreizend« zu bezeichnen, zeugte von wahrer Ritterlichkeit. Obwohl Graf Gottfrieds einziger Sohn schon im vergangenen Winter an einem Fieber gestorben war, glaubte Eberhard nicht, dass es viele Bewerber um die Hand seiner Tochter gab.

»So streckt Eure Fühler aus, hochedler Freund. Sollte Graf Gottfried zustimmen, werden weder Johann von Sponheim noch ich selbst uns lumpen lassen und Simon von Montfort zumindest eine prächtige Ausstattung mit in die Ehe geben.«
Erst als der Kurfürst ihn längst verlassen hatte, fiel Eberhard ein, dass der Graf von Sayn ein Lehnsmann des Erzbischofs war.

Missmutig schlenderte Simon über den Hof auf die Stallungen zu, in denen er Michel vermutete. Graf Eberhard bewohnte ein von einem Kaufmann requiriertes Haus inmitten von Wien. Simon verspürte nicht die geringste Lust, sich die nächste Nacht fastend und betend in der nahen Stephanskirche um die Ohren zu schlagen. Noch weniger reizte ihn die Aussicht, Michel die Nachricht vom Ausbleiben Maries zu überbringen. Doch beides ließ sich wohl kaum vermeiden.
Schon von weitem hörte er, dass jemand im hinteren Teil des Hofes, um den herum die Wohn- und Nutzgebäude lagen, Holz hackte. Erst als er näher kam, erkannte er Michel. Der Waffenknecht schwang die Axt mit solcher Wucht, dass er selbst starke Klötze mit einem einzigen Hieb in Stücke spaltete.
Simon wunderte sich darüber, dass sein Freund solch eine niedere Arbeit verrichtete. Noch bevor er ihn erreicht hatte, drehte Michel sich um. Schon früher hatte Simon bemerkt, dass Michel einen siebten Sinn für alles zu haben schien, was hinter seinem Rücken vorging. Schon in mehr als einer Schlacht war dies von großem Nutzen für sie beide gewesen.
Er sah sofort, dass Michel die schlechte Nachricht schon erhalten hatte. Wie immer offenbarte sein Gesicht seine Gefühle. Enttäuschung und Traurigkeit lagen darin.
»Also weißt du wieder einmal mehr als ich und hast schon erfahren, dass Graf Johann nicht kommen wird.« Simon verabscheute sich selbst für diese barsche Ansprache, aber Michel

wusste in der Tat häufig viel früher als er, was vor sich ging. Obwohl er ihn über das meiste sofort unterrichtete, nahm Simon es ihm übel.
Die Antwort des Waffenknechts war nicht dazu angetan, seine Laune zu bessern. »Die Herrin Christina hat es mir mitgeteilt.«
Durch Simons Brust fuhr ein Stich. »Wann hast du sie getroffen, und was hat sie gesagt?«
»Sie kam auf dem Weg zur Mittagsandacht vorbei und begrüßte mich. Dabei erzählte sie mir auch von der Krankheit der Gräfin Adelheid. Obwohl Marie unermüdlich mit ihrer Pflege beschäftigt war, fand sie Zeit, der Herrin Christina eine Botschaft für mich mitzugeben.«
Der Stich in Simons Brust wurde zu einem Klumpen. Seit über einem Jahr hatte Christina kein Wort mehr für ihn gehabt. Doch einer niedrig geborenen Magd lieh sie ihr Ohr und überbrachte seinem Dienstmann deren Botschaft.
Angesichts der Trübsinnigkeit Michels bezwang er noch einmal seine Verbitterung. »Was hat Marie dir ausrichten lassen?«
»Ihr Vater ist jetzt sehr gebrechlich. Sie trägt sich mit dem Gedanken, aus den Diensten der Gräfin Adelheid zu scheiden und ihn bis zu seinem Tod im Hospital der Abtei Schwabenheim selbst zu pflegen, anstatt dies Fremden zu überlassen.«
Michels Mundwinkel verzogen sich zu einem traurigen Lächeln. »Also würde sie mich jetzt auch nicht heiraten, wenn ich das Geld für das Gut schon beisammen hätte.«
Simon zuckte die Schultern. Auch ihm selbst war es ungelegen gekommen, dass König Rudolf jedem seiner Gefolgsleute verboten hatte, in den eroberten Ländern Österreichs Beute zu machen. Der König wollte die Gebiete seinen treuen Vasallen so unversehrt, wie es ein Krieg eben zuließ, als Lehen übergeben. So plünderten nur die verbündeten Ungarn, was mehr als einen deutschen Soldaten erbitterte.

Auch Simon und Michel erhielten nur den mageren Sold aus der chronisch klammen Kriegskasse. Graf Eberhard, der diese Kriegskasse maßgeblich mit finanzierte, stockte ihn schon lange nicht mehr auf. Während Michel jeden Heller sparte, den er nicht für seine Ausrüstung brauchte, vergeudete Simon den größten Teil seines Lohns in den Frauenhäusern der Stadt.

Auch wenn er nach wie vor nur mäßig trank, hatte er nach der ersten furchtbaren Schlacht im Gefolge des Königs doch dieses Laster entdeckt, das ihn nun fest im Griff hatte. Damals war er in eine lebensbedrohliche Situation geraten, als ihn drei feindliche Kämpfer umringten und mit ihren Lanzen zu erstechen drohten. Das nahe Ende vor Augen, bedauerte er plötzlich aus tiefstem Herzen, sich jahrelang für Christina aufgespart und niemals eine andere Frau berührt zu haben. Auf einmal verspürte er den unbändigen Wunsch zu überleben.

Als Michel ihm im letzten Moment zu Hilfe kam, zwei der Reiter tötete und den dritten in die Flucht trieb, beschloss Simon noch am selben Abend, die Trosshuren aufzusuchen, die das Heer begleiteten. Aufgrund seiner stattlichen Gestalt und seiner männlich markanten und doch feinen Gesichtszüge konnte er unter den hübschesten Huren wählen.

War es ein Zufall, dass er sich für eine Schwarzhaarige entschied, die eine entfernte Ähnlichkeit mit Christina aufwies? Das Mädchen beherrschte jedenfalls seine Kunst trotz ihres frischen Aussehens. Es setzte alles daran, Simon in einen Sinnesrausch zu versetzen, den er in dieser Intensität nie für möglich gehalten hatte, wenn er mit der von frommen Kirchenmännern beschworenen Furcht, dadurch seine Männlichkeit einzubüßen, ab und an selbst Hand an sich legte.

Kurz vor dem Höhepunkt schob sich Christinas Gesicht vor sein inneres Auge. Ihre Züge wirkten so entrückt und vollkommen hingegeben, wie er es sich immer vorgestellt hatte, wenn er von ihrer ersten Liebesnacht träumte. Jedenfalls bewog sein Schrei, der durch das ganze Trosslager schallte, den Hurenwirt dazu, ihm den doppelten Preis für das schwarzhaarige Mädchen abzuverlangen, als er am nächsten Abend wiederkam.

Ohne sie jemals bewusst als ein Wesen mit einem eigenen, elenden Schicksal wahrzunehmen, blieb er Elena, wie sie sich nannte, treu, solange der Tross mit Rudolfs Heer zog. Er zahlte dafür, dass sie sich nur noch für ihn bereithielt. Obwohl er nach wie vor wagemutig und tollkühn kämpfte, setzte er sein Leben fortan nicht mehr mutwillig aufs Spiel wie weiland bei der Eroberung von Montfort. Zu sehr sehnte er die Nächte herbei, in dem Elena ihm das Gefühl verschaffte, mit Christina vereint zu sein, wenn auch nur in den kurzen Momenten vor seinem Höhepunkt. Er wurde geradezu süchtig nach diesem Gefühl.

Auch das Mädchen war es zufrieden, nur ihm zu Diensten zu stehen. Bewahrte es dies doch davor, mit jedem stinkenden Kerl, der bereit war, dem Hurenwirt dafür zu zahlen, aufs Strohlager sinken zu müssen. Und vielleicht gab sich Elena auch der vergeblichen Hoffnung hin, Simon würde mehr in ihr sehen als ein Mittel zum Zweck. Jedenfalls standen Tränen in ihren Augen, als sich Simon vor Wien mit einer letzten Extramünze von ihr verabschiedete.

Obwohl er sich sofort nach Ersatz umsah, vermochte keine Frau, ob Hure oder brave Ehefrau, die ihm ab und an schöne Augen machten, ihn lange an sich zu binden. Nicht alle waren so bescheiden wie Elena, die ihm nie irgendwelche Vorhaltungen gemacht hatte. So wurde er der einen oder anderen seiner Liebchen schnell überdrüssig, hatte jedoch keine Mühe, schnellen Ersatz zu finden.

Erst seitdem er Christina in den letzten Tagen wieder leibhaftig in seiner Nähe wusste, ohne die geringste Hoffnung, sie je für sich gewinnen zu können, war er den Hurenhäusern ferngeblieben. Angesichts der beidseitigen Treue von Michel und Marie

spürte er seinen bitteren Verlust jetzt umso heftiger. Er konnte sich nicht mehr länger beherrschen.
»Immerhin hast du die Gewähr, dass Marie auf dich wartet, auch wenn es noch Jahre dauert. Das ist mehr, als mir zuteilwurde«, knurrte er Michel an. »Also hör auf, dich selbst zu bedauern.«
Ein unwilliger Ausdruck huschte über Michels Gesicht. »Mich dünkt, Herr, dass eher Ihr derjenige seid, der sich beklagt. Ich wünschte, Ihr würdet Euer Schicksal so tapfer ertragen wie die Herrin Christina das ihre. Glaubt mir, sie benötigt dazu weit mehr Duldsamkeit, als Ihr aufbringen müsstet.«
Simon war verblüfft. Auch wenn die Kämpfe der vergangenen Monate und die gemeinsam überstandenen Gefahren sie einander noch nähergebracht hatten, war solch eine freimütige Rede ungewöhnlich für Michel. Gleichzeitig verstärkte sie Simons Verdacht, dass Michel mehr über Christina wusste, als er bislang zugab.
»Was meinst du damit?«, stellte er sich dumm. An Michels Gesicht erkannte er, dass der seine Offenheit schon bereute.
»Nichts weiter, Herr«, wich er aus und griff wieder nach seiner Axt.
Doch so leicht ließ Simon ihn nicht davonkommen. »Du suchst deinen Kummer über das Ausbleiben von Marie damit zu betäuben, dass du Holz spaltest wie der geringste Knecht. Mir dagegen rätst du Duldsamkeit an. Was weißt du über Christina? Wird sie weiterhin von Heinrich misshandelt?«
An Michels Augen erkannte er, dass er ins Schwarze getroffen hatte. Einmal mehr packte ihn der Jähzorn. Er griff unwillkürlich an sein Schwert. »Was tut dieser Kretin ihr an? Sag es mir auf der Stelle, damit ich ihn endlich zur Hölle schicken kann.«
Michel schüttelte den Kopf. »Ich habe der Herrin mein Wort gegeben, über alles zu schweigen, was sie mir anvertraut hat. Ich hätte mit Euch gar nicht über sie reden dürfen.«

Die Eifersucht verstärkte Simons Jähzorn. »So schildert sie dir, einem niedrig geborenen Dienstmann, ihr Los, verweigert mir aber jedes Wort?« Die Wut machte ihn hart und ungerecht. Schließlich war Michel, ungeachtet seiner Herkunft, ein Jugendfreund Christinas, genau wie er selbst.
Wieder erkannte er an Michels Augen, dass er ihn mit seiner Rede verletzt hatte. Dessen steife Verbeugung, ungewöhnlich genug für ihre Beziehung, bestätigte seine Vermutung. »Ich kann Euch keine andere Auskunft geben, hoher Herr. Habt Ihr noch einen weiteren Befehl für mich, oder darf ich mit meiner Arbeit fortfahren?«
Simon schnaubte. Die Wut über Michel siegte über sein schlechtes Gewissen. Er drehte sich ohne ein weiteres Wort auf den Fersen um und stürmte aus dem Hof. Die Nachtwache in der Stephanskirche konnte warten. Zuerst würde er seinen Kummer in den »Drei lustigen Schwestern« zu betäuben versuchen.

Kapitel 25

Wien, 25. November 1276

Als Christina, zierlich an zwei Fingern von Heinrich geführt, den großen Saal betrat, spürte sie ihr Herz vor Aufregung heftig schlagen. Heute würde sie zum ersten Mal König Rudolf begegnen, ihm als Tochter eines seiner wichtigsten Berater sogar vorgestellt werden. Außerdem würde sie Simon wiedersehen.
Vieles war in den letzten Tagen geschehen und hatte ihr kaum Zeit gelassen, sich von der anstrengenden Reise nach Wien zu

erholen. Da war nach über einem Jahr endlich das Wiedersehen mit ihrem Vater. Sie genoss seine Nähe und die traulichen Gespräche über die Heimat, auch wenn Eberhard es nahezu ängstlich vermied, sie über ihre Ehe mit Heinrich zu befragen. Lediglich am ersten Abend äußerte er die Hoffnung, vor seinem Tod noch seinen ersten Enkel zu sehen. Obwohl ihr Vater sichtlich gealtert war, vermied Christina eine direkte Antwort.

Zu ihrer Überraschung und Erleichterung waren bislang auch die Begegnungen mit Heinrich erträglich geblieben. Zwar hatte er des Nachts seine ehelichen Rechte gefordert, sie aber bis jetzt kein einziges Mal geschlagen. Christina machte sich keine Illusionen über die Ursache. Heinrich wusste, dass sie dem König vorgestellt werden sollte, und musste strenge Fragen seines Schwiegervaters befürchten, wenn ihm Christina von den Misshandlungen erzählte oder man gar Spuren davon sah.

Um Simon aus dem Weg zu gehen, blieb Christina den Mahlzeiten fern und schützte vor, sich von den Strapazen der Reise erholen zu müssen. Da auch Heinrich häufig in Geschäften unterwegs war und an der Tafel ihres Vaters fehlte, fiel ihre Abwesenheit nicht weiter auf.

Heute würde sich ein Wiedersehen allerdings nicht vermeiden lassen. Bei ihrem kurzen Gespräch mit Michel hatte Christina erfahren, dass Simon noch immer nicht über ihre Trennung hinweggekommen war. Seltsamerweise erfüllte sie dies mit Freude, obwohl sie sich weiterhin jeden Gedanken an ihn verbot wie auch die Versuchung, von alten Zeiten zu träumen. Nun wusste sie nicht, welchem Ereignis sie mehr entgegenfieberte: dem Treffen mit Simon oder ihrer Vorstellung vor König Rudolf.

Der große Saal des Bischofspalastes, in dem Ottokars Huldigung stattfinden sollte, war festlich geschmückt. Hunderte von Wachskerzen verbreiteten einen betörenden Duft, durchsetzt von aromatischen Essenzen in kostbaren Schalen, die längs des

Mittelgangs aufgestellt worden waren. Jedes Fleckchen Wand war mit kostbaren Teppichen behängt, die Szenen aus dem Alten Testament zeigten. Christina erkannte Abraham, mit erhobenem Dolch über seinen Sohn Isaak gebeugt, und Kain, der die Keule gegen den arglosen Abel schwang.

Bevor sie die weiteren Wandteppiche näher betrachten konnte, wurde ihr Blick von einem einfachen Holzschemel angezogen, der genau an der Stelle stand, wo der König sitzen sollte. Christina hatte erwartet, einen prächtigen Thron auf dem Podest vorzufinden. Ein rascher Blick aus dem Augenwinkel zeigte ihr, dass auch Heinrich das schäbige Möbelstück verblüfft betrachtete.

Als sie ihre Stehplätze am Kopfende des Saals hinter den mit Samt bezogenen Bankreihen erreichten, auf denen die höchsten Würdenträger bereits Platz genommen hatten, hörte sie Heinrich im Vorbeigehen Graf Eberhard zuflüstern: »Vater, was hat das zu bedeuten?« Eberhard, der ganz vorne neben dem Erzbischof von Mainz saß, zuckte die Schultern und bedeutete Heinrich zu schweigen.

Im gleichen Moment entdeckte Christina Simon. Er stand im vorderen Drittel des Saals in der hintersten Reihe, die dem niederen Adel vorbehalten war. Obwohl sie versucht hatte, sich im Vorfeld gegen seinen Anblick zu wappnen, fuhr es ihr heiß durch alle Glieder.

Die vergangenen Monate harter Kämpfe hatten bewirkt, dass Simon vom Jüngling zum Mann gereift war. Mehr denn je glich er ihrer Jungmädchenphantasie von einem Erzengel. Er trug ein Gewand aus azurblauem Samtstoff mit goldenen Borten und war mit dem kostbaren Wehrgehänge gegürtet, das ihm sein Ziehvater Johann zur Ritterweihe geschenkt hatte. Seine blonden Locken waren einen Ton dunkler, als sie sie in Erinnerung hatte, und kürzer geschnitten. Sie reichten ihm nur noch bis zum immer noch bartlosen Kinn.

Am meisten hatte sich sein Gesicht verändert. Obwohl Simon noch keine zwanzig Jahre alt war, war alles Weiche daraus verschwunden. Allerdings tat dies seiner Attraktivität keinen Abbruch. Ganz im Gegenteil sprachen Kühnheit und Stolz aus seinen scharf geschnittenen Zügen mit der geradegewachsenen, noch durch keine Schlacht verunstalteten Nase und dem nun fest zusammengepressten Mund. In seinen dunklen Augen, mit denen er ihren Blick ohne ein Lächeln erwiderte, loderte etwas, das Christina nicht zu deuten vermochte. Vielleicht war es Zorn, vielleicht Leid, vielleicht beides. Zum Zeichen der Begrüßung senkte er leicht den Kopf.

Im gleichen Moment spürte Christina einen brennenden Schmerz im Arm. Augenscheinlich war Heinrich ihrem Blick gefolgt und kniff sie nun so fest durch den Stoff ihres seidenen Kleides, dass sie nur mühsam einen Wehlaut unterdrücken konnte. »Lasst mich los«, zischte sie durch die zusammengebissenen Zähne und riss ihren Arm mit einem heftigen Ruck zurück.

»Dann hört auf, schamlos nach fremden Männern zu schielen. Sonst …«

Noch bevor Heinrich seine Drohung aussprechen konnte, bliesen die vier Herolde, die den Eingang zum Saal flankierten, in ihre Hörner.

Fassungslos starrte Christina auf den langen, dürren Mann, der sich über den kostbaren Teppich, mit dem der Gang ausgelegt war, näherte. Das konnte doch unmöglich König Rudolf sein? Das Gesicht des Mannes mit der übergroßen, raubvogelähnlich gebogenen Nase, war geradezu hässlich zu nennen. Kleine Äuglein von undefinierbarer Farbe und aufgeworfene Lippen gehörten zu einem Antlitz, das Christina eher einem Landstreicher als dem allerhöchsten Fürsten des römisch-deutschen Königreiches zugeordnet hätte.

Mehr noch als die unattraktiven Züge schockierte Christina die Kleidung des Ankömmlings. Über abgewetzten ledernen Beinlingen von schmutzig brauner Farbe trug er ein einfaches Oberkleid aus grobem grauen Wollstoff. Es war zudem mit dunklen, fettig glänzenden Flecken übersät, augenscheinlich Überbleibsel der letzten Mahlzeit. Unter einer schäbigen Kappe spitzten dünne fuchsrote Haarsträhnen hervor.

Doch es musste der König sein, daran bestand keinerlei Zweifel. Denn jedermann war aufgestanden, und allerorten verneigten sich Damen und Herren in den Reihen, an denen Rudolf vorbeischritt. Auch die hohen Würdenträger hatten sich von ihren Plätzen erhoben. Zwischen den in allen Farben des Regenbogens schillernden Gewändern der Reichsfürsten nahm sich König Rudolf aus wie eine zerzauste Krähe unter stolzen Pfauen. Was mochte das wohl bedeuten?

Kaum hatte der König auf dem einfachen Holzschemel Platz genommen, ertönten die Hörner ein weiteres Mal. Gespannt richtete Christina den Blick auf das schwere Eingangsportal, dessen Flügel nun erneut geöffnet wurden.

Ein hochgewachsener Mann mit einer Krone auf dem Haupt und im purpurfarbenen, mit Goldstickereien übersäten Prunkmantel trat ein. Als der Ankömmling näher kam, wurde ihr schlagartig klar, was König Rudolfs bewusst ärmliches Auftreten zu bedeuten hatte.

Neugier und Furcht durchströmten sie gleichermaßen. Dieser Frieden würde wohl kaum von langer Dauer sein.

Christinas Anblick ließ Simon nicht die Zeit, mit seinen Gefühlen ins Reine zu kommen.

Mit stolz erhobenem Haupt schritt sie nach ihrem Eintritt in den Saal an der Hand des verhassten Heinrich an ihm vorbei. Über dem Schleier aus spinnwebzartem Linnen, der ihr schwarzes

Haar bis zu den Schultern hinab bedeckte, trug sie das mit Smaragden besetzte Schappel, das ihr Graf Eberhard zur Hochzeit geschenkt hatte. Ihr Gewand kannte Simon dagegen nicht. Es war nach der neuesten Mode gefertigt, eng um die Leibesmitte geschnitten, so dass es ihre schmale Taille betonte, mit ab dem Ellbogen trichterförmig geschnittenen Hängeärmeln, deren untere Zipfel fast den Boden streiften. Seine leuchtend violette Farbe mit dem helleren Untergewand im gleichen Ton kontrastierte verführerisch mit der Farbe ihrer Augen und Juwelen.

Sie sah ihn erst, als sie ihren Platz erreicht hatte. Doch kurz nachdem sich ihre Blicke begegnet waren, trat König Rudolf ein. Simon war schockiert.

Schon als er den König zum ersten Mal gesehen hatte, war ihm aufgefallen, wie schäbig sich der Monarch zu kleiden pflegte. Seine überwiegend in Grau- und Brauntönen gehaltenen, abgetragenen Alltagsgewänder unterschieden ihn von weitem nicht einmal von einem einfachen Bauern. Jeder Stadtbewohner, der etwas auf sich hielt, hätte sich geweigert, in diesen Lumpen auf die Straße zu gehen.

In der Tat sagte man Rudolf gleichermaßen Geiz in persönlichen Dingen wie auch den Wunsch nach, seine Herkunft aus einer unbedeutenden Familie auf diese Art hervorzuheben. Aber hätte er nicht gerade heute in den prächtigsten Festgewändern erscheinen müssen? Hatte sein Widersacher Ottokar nicht immer wieder über den »Emporkömmling aus der verfallenen Habichtsburg« gespottet, der nun auf dem Thron des römisch-deutschen Reiches saß?

Andererseits verbarg sich hinter Rudolfs bescheidenem Äußeren ein scharfer Verstand. Der König pflegte nichts dem Zufall zu überlassen. Wenn er heute unter den von ihm selbst geladenen Fürsten des ganzen Reiches wie ein Bettler erschien, hatte das etwas zu bedeuten. Nur was?

Erst als Ottokar von Böhmen den Festsaal betrat, erkannte Simon, was Rudolf bezweckte. Die Schamröte schoss ihm ins Gesicht. Der König von Böhmen und Mähren, ehemals Kurfürst wie die prächtig gekleideten Erzbischöfe von Mainz und Köln, die hinter dem König saßen, war fast so hochgewachsen wie Michel. Er stand in der Blüte seiner Mannesjahre und war damit deutlich jünger als Rudolf, der sich bereits dem Alter von sechzig Jahren näherte.

Ottokar war in seinen purpurfarbenen Königsmantel aus schwerem Samt gekleidet, der mit weißem Pelz verbrämt und mit Goldstickereien übersät war. Darunter trug er ein kostbares Obergewand aus goldfarbenem Damast und seidene Beinlinge in gleicher Farbe. Seine Füße steckten in Halbstiefeln aus weichem, rot gefärbtem Leder. Um die Taille hatte er ein prunkvolles, mit Edelsteinen in allen Farben besetztes Wehrgehänge geschnallt. Prächtiger hätte nicht einmal ein Kaiser bei dieser Zeremonie auftreten können. Simon war klar, was Rudolf beabsichtigte.

Vor aller Welt sollte sich der stolze König von Böhmen dem elenden Habenichts unterwerfen, als den er Rudolf, der sich stets ärmlich kleidete, bezeichnet hatte. Diese Demütigung vor allen bedeutenden Fürsten des Reiches war schlimmer als jeder Gebietsverlust, den Ottokar hinnehmen musste. Und, wie Simon zornerfüllt dachte, vollkommen überflüssig.

Bislang hatten sein Schwert und sein Herz König Rudolf gehört. Obwohl er sich schon früher für die Unscheinbarkeit des Herrschers geschämt hatte, schien ihm Rudolf im Kampf gegen den Böhmen eindeutig im Recht zu sein. Ottokar hatte sich in der kaiserlosen Zeit reichsunmittelbare Ländereien angeeignet und sich geweigert, diese als Lehen aus der Hand König Rudolfs zu empfangen. Immer wieder hatte er sich dem Monarchen öffentlich widersetzt, unbeeindruckt von Reichsacht und Kirchenbann, die über ihn verhängt wurden.

Nun fragte sich Simon zum ersten Mal, ob sich die Kurfürsten nicht auf den falschen Mann geeinigt hatten, als sie drei Jahre zuvor dem Grafen Rudolf aus dem unbedeutenden Geschlecht der Habsburger die Königswürde antrugen. Ottokar hatte damals fest mit seiner eigenen Wahl gerechnet. Wäre dieser Mann mit der hohen Stirn, den majestätisch blickenden, bernsteinfarbenen Augen und dem entschlossenen Zug um den Mund, den ein gepflegter brauner Bart umrahmte, nicht doch der bessere Repräsentant des römisch-deutschen Königreiches gewesen?
Obwohl sich Ottokar sogar den juwelenbesetzten Goldreif aufs Haupt gesetzt hatte, den Simon für die Krone von Böhmen hielt, verzog er angesichts seiner Demütigung keine Miene. Nur seine Schultern strafften sich noch mehr, als er auf Rudolf zuschritt und vor ihm das Knie beugte, wie es der Ritus vorschrieb, auf den man sich vorher geeinigt hatte.
Der Erzbischof von Mainz trat herbei. In seinen mit kostbaren Ringen geschmückten Händen hielt er ein mit vielen schweren, dunkelroten Siegeln versehenes Dokument. In lateinischer Sprache las er die Friedensbedingungen vor, auf die sich die Schiedsmänner beider Seiten geeinigt hatten.
Simon konnte den Worten Werner von Eppsteins mühelos folgen, er war wahrscheinlich einer der wenigen weltlichen Adligen, die Latein verstanden. Selbst Rudolf sagte man nach, dass er kaum lesen und schreiben konnte, geschweige denn des Lateinischen mächtig war. Simon bezweifelte das. Vielmehr hielt er solche Gerüchte für einen weiteren Winkelzug des Königs in seinem Bemühen, sich so zu geben, dass ihn jedermann unterschätzte.
»Der Länder, die da Österreich, Kärnten und Steiermark genannt werden und die Ihr Euch widerrechtlich angeeignet habt, sollt Ihr verlustig gehen«, las der Erzbischof vor. »Gleichermaßen der Gebiete von Krain, der Windischen Mark, Eger und

Pordenone. Sie fallen als reichsunmittelbare Lehen an die Krone zurück und werden Euch auf immer entzogen.«

Da Ottokar ihm jetzt den Rücken zukehrte, konnte Simon nicht erkennen, wie er die Worte des Schiedsspruchs aufnahm. Natürlich war auch dem Böhmen der Inhalt des Dokuments bekannt. Trotzdem mochte er jetzt bereuen, diese Länder nicht zu Lehen genommen zu haben, als noch Zeit dafür war. Ursprünglich hätte er Rudolf lediglich als König anerkennen müssen. Dieser Preis erschien Simon nicht allzu hoch. Schließlich hatte Ottokar als junger Mann sogar ein um viele Jahre älteres Weib geehelicht, um an einen Teil der jetzt wieder verlorenen Gebiete zu kommen.

Der Erzbischof hatte den ersten Teil des Schiedsspruchs verlesen. »Stimmt Ihr den Bedingungen zu, Ottokar aus dem Hause der Premysliden?« Diesen Satz verlas der Bischof sowohl in Latein als auch in Deutsch. Jedermann sollte die Antwort des Unterworfenen verstehen.

So antwortete Ottokar auch auf Latein und hernach auf Deutsch. »Ich stimme zu.«

»Schwört Ihr dies beim heiligen Kreuz, an dem unser Erlöser starb?«

»Ich schwöre es.«

Simon war beeindruckt. Es war eine mächtige Verpflichtung, die Ottokar da einging. Brach er sie, riskierte er sein Seelenheil.

Nun folgte der zweite Teil der Huldigung, der Ottokar noch weit bitterer ankommen mochte. Die seit Generationen von seiner Familie beherrschten Gebiete Böhmen und Mähren, seine eigenen Stammländer, fielen jetzt als Lehen an die deutsche Krone. Oberster Herrscher in diesen Landen war nun nominell König Rudolf und nach ihm jeder nächste deutsche König.

Erst als Ottokar den Lehnseid über seine eigenen Lande gesprochen und den bescheidenen schmalen Goldreif an Rudolfs rech-

ter Hand geküsst hatte, erhob sich der König und half mit einer symbolischen Geste auch Ottokar auf die Füße. Obwohl Rudolf nicht kleingewachsen war, musste er auf der untersten Stufe des Podests, auf dem der Holzschemel stand, stehen bleiben, um auf Augenhöhe den Bruderkuss mit Ottokar tauschen zu können.
Auf seinen Wink brachten Diener wie aus dem Nichts zwei Prunkstühle herbei und stellten sie nebeneinander auf das Podest, von dem sie zuerst den schäbigen Schemel entfernten. Als beide Herrscher Platz genommen hatten, verlas der Mainzer Kurfürst den letzten Teil des Schiedsspruchs. Jeweils ein Sohn und eine Tochter der beiden Regenten sollten einander heiraten, um damit die Verbundenheit der Familien für alle Zeiten zu sichern. Simon schauderte bei der Vorstellung, dass das Schicksal von vier jungen Menschen dem Wohl des römisch-deutschen Reiches geopfert wurde, wahrscheinlich ohne einen Gedanken daran zu verschwenden, was deren eigene Wünsche waren.
Niemals werde ich einer Ehe ohne Liebe und Achtung zustimmen, schwor sich Simon in Gedanken, lieber besuche ich für den Rest meines Lebens die Hurenhäuser.
Unwillkürlich suchte er wieder Christinas Blick. Doch sie hielt die Augen beharrlich gesenkt. In diesem Moment bliesen die Herolde wieder in ihre Hörner. Der König erhob sich von seinem Sitz. Huldvoll winkte er Ottokar an seine Seite und schritt mit ihm den Gang des Rittersaals hinab. In Kürze würden hier die Vorbereitungen für das Festmahl beginnen.
Die Nebelkrähe neben dem Pfau, dachte Simon unwillkürlich, oder eher das Frettchen neben dem Löwen? Die Kurfürsten haben sich vor drei Jahre wahrlich geirrt.
Als die beiden Könige sich der Stelle näherten, an der Simon in der hintersten Reihe stand, schien Ottokar seinen Blick zu spüren. Er wandte den Kopf und sah ihm geradewegs in die Augen. Spontan verneigte sich Simon. Als er den Kopf wieder hob,

spielte ein leichtes Lächeln um Ottokars Mundwinkel. Kam es Simon nur so vor, oder senkte der Premyslide auch seinerseits leicht grüßend den Kopf?
Fasziniert schaute Simon Ottokar nach. Diesem Herrn würde ich sehr gerne dienen, schoss es ihm durch den Kopf, bevor er sich schuldbewusst zur Ordnung rief. Ottokar war Rudolfs erklärter Feind gewesen und damit auch der Feind seines Dienstherrn, des Grafen Eberhard, der den König mit großen Summen bei seinem Feldzug unterstützt hatte.
Andererseits hatten die beiden Herrscher nun Frieden geschlossen. Vielleicht war der Gedanke daher doch nicht so abwegig.

Kapitel 26

Drei Stunden später war das Fest in vollem Gange. Im großen Saal des Bischofspalastes waren mit weißen Leinentüchern bedeckte Tafeln aufgestellt worden, an denen die Würdenträger entsprechend ihres Ranges saßen. Speisen und Getränke aller Art wurden im Überfluss gereicht. Böse Zungen behaupteten, König Rudolf habe von Ottokar verlangt, die Hälfte der Kosten für das Festmahl zu übernehmen.
Simons Platz lag weit von der hohen Tafel am Kopfende des Saals entfernt. Christina saß in der Nähe des nun ebenfalls prächtig gekleideten Königs, da sie ihrem Vater als Tischdame zugeteilt worden war. Heinrich hatte wie er selbst einen Platz an den niederen Tafeln, wenn auch viel weiter vorne im Saal. Dort hatte er sich um eine dickliche Matrone zu kümmern, die Simon nicht kannte.
Auch er hatte eine Dame zu Tisch geführt, die er an diesem Abend zum ersten Mal gesehen hatte. Gisela von Sayn mochte vielleicht

fünf Jahre älter sein als er selbst. Trotzdem war sie sehr schüchtern und offenbar nicht gewohnt, sich in höfischen Kreisen zu bewegen. Sie hielt während der gesamten Mahlzeit die Augen sittsam gesenkt und sagte nur etwas, wenn sie gefragt wurde.

»Ich lege Euch das Edelfräulein von Sayn ans Herz, Simon.« Graf Eberhard persönlich bat ihn kurz vor dem Beginn des Festes um eine Unterredung und erwähnte dabei Giselas tragisches Los. »Sie hat sich bislang kaum in der Öffentlichkeit gezeigt. Ihr Herzenswunsch war es einst, ins Kloster der Benediktinerinnen auf dem Rupertsberg einzutreten. Doch ihr Vater wollte es nicht erlauben, bevor sein einziger Sohn einen Erben gezeugt hätte. Nun starb Sigurd von Sayn im letzten Winter an einem Fieber. Auch seine junge Gemahlin erlag der tückischen Krankheit. Seither bemüht sich Gottfried von Sayn, einen Gatten für Gisela zu finden, damit die Grafschaft einen Erben hat, wenn er dereinst dahinscheidet.«

Einen Moment geriet Simon in Aufruhr. Dabei denkt Ihr doch nicht etwa an mich?, schoss es ihm durch den Kopf, hielt seine Vermutung aber schon im nächsten Moment für absurd. Wer würde ihn schon als Eidam in Betracht ziehen? Selbst für die unbedeutende Grafschaft Sayn käme er als solcher wohl kaum in Frage.

Eberhards nächste Worte bestätigten seine Einschätzung. »Gisela von Sayn soll in Kürze vermählt werden. Verhelft ihr dazu, sich in der höfischen Gesellschaft zurechtzufinden, bevor man sie ihrem Gatten vorstellt.«

Mittlerweile tat ihm die junge Frau beinahe leid. Gisela war das farbloseste Geschöpf, das ihm je begegnet war. Nicht einmal ihre blassblonden, fast weißen Haare hinterließen einen nennenswerten Eindruck.

Auch Giselas Augen waren so hell, dass Simon bislang nicht zu sagen wusste, ob sie blau oder grau waren. Die dünnen Brauen hoben sich kaum von der bleichen Haut ihrer Stirn ab.

Obwohl ihre Gewänder aus guten Stoffen geschneidert waren, standen sie ihr nicht zu Gesicht. Ihre sparsam bestickte Surcotte von zartem Orange, den sie über einer hellgelben Cotte trug, unterstrich die Blässe ihrer Haut, anstatt ihr Farbe zu geben. Anders als Christinas Gewand war Giselas Kleid hochgeschlossen und fiel wie ein Sack um ihre dünne Gestalt. Auch fehlten die modischen Ärmel. Am ehesten stach noch der zarte Goldreif ins Auge, der ihren Kopf zierte.

Zu seiner Überraschung fand Simon sie in ihren kurzen Gesprächen durchaus gebildet. Sie erwähnte ihre Korrespondenz mit der Äbtissin des Klosters auf dem Rupertsberg. Ihrer Unterhaltung über die Friedensbedingungen konnte er entnehmen, dass sie noch besser Latein verstand als er selbst.

Dennoch begann er, sich bald zu langweilen, und blickte immer wieder verstohlen zu Christina hinüber. Obwohl er sicher war, dass auch sie ihn heimlich beobachtete, senkte sie sofort den Blick, wenn er in ihre Richtung sah. Simon spürte die wohlbekannte Melancholie in sich aufsteigen.

»Seht nur, Herr Simon. König Ottokar möchte Euch zutrinken.« Simon schreckte auf, da Gisela ihn von sich aus den ganzen Abend noch nicht angesprochen hatte. Als er hastig nach seinem Weinpokal griff, um den unerwarteten Gruß des Böhmen zu erwidern, spritzten einige Tropfen auf ihr Gewand. Entsetzt starrte Simon auf die Flecken, die sich auf dem hellen Stoff wie Blut ausnahmen. »Meine Dame, ich bin untröstlich ob dieses Missgeschicks«, stammelte er.

Ihre Antwort überraschte ihn genauso wie ihr schalkhaftes Lächeln, das ihr Gesicht völlig verwandelte. »Grämt Euch nicht, Herr Simon. Ich konnte das Kleid noch nie leiden. Doch nun erwidert die Ehre, die Euch gerade zuteilwird.«

Simon sprang auf und sah zum Kopfende der Tafel. Tatsächlich hatte Ottokar seinen kostbaren Silberpokal erhoben und ihn so intensiv ins Auge gefasst, dass Simon den Blick selbst über die Entfernung hinweg spürte. Um Ottokars Mundwinkel lag ein leichtes Lächeln. Vielleicht hatte der Böhme Simons Ungeschicklichkeit beobachtet, vielleicht amüsierte ihn die augenscheinliche Verwirrung des jungen Ritters, jedenfalls merkte Simon zu seinem Ärger, dass er errötete. Um dies zu verbergen, verbeugte er sich tief, ehe er einen langen Zug aus dem Pokal nahm.

Wieder war es Gisela, die ihn mahnte. »Herr Simon, mich dünkt, König Ottokar habe Euch zu sich gewinkt.« Tatsächlich, als Simon den Kopf hob, bedeutete Ottokar ihm, sich zu nähern. Zwischen den dichtgestellten Tischen drängte er sich nach vorne.

Aus nächster Nähe betrachtet, wirkte Ottokar noch imposanter als bei der Huldigungszeremonie. Simon beugte das Knie.

»Wer seid Ihr, junger Herr?«, sprach ihn Ottokar an. »Erhebt Euch, damit ich Euch besser in Augenschein nehmen kann. Ja, Ihr habt zweifelsohne trotz Eurer Jugend die Ritterweihe bereits erhalten, doch ich sehe kein Wappen. Wie nennt Ihr Euch, und aus welchem Hause stammt Ihr?«

Simon errötete aufs Neue. Doch er straffte die Schultern und sah Ottokar geradewegs in die im Schein unzähliger Wachskerzen dunkelgolden schimmernden Augen.

»Simon von Montfort ist mein Name, hoher Herr. Ich trage das Wappen meiner Ahnen nicht, da ich als Waise bei Graf Johann von Sponheim aufwuchs. Meine Eltern wurden gemeuchelt, als ich noch ein Kleinkind war. Nun stehe ich in den Diensten des Grafen von Katzenelnbogen, an dessen Hof ich meine Ausbildung erhielt.«

»So strebt Ihr sicher danach, einen Ersatz für Euer verlorenes Wappen zu erlangen.« Das war keine Frage, sondern eine Feststellung.

Simons Herz begann, vor Aufregung zu hämmern. Er zwang sich, mit ruhiger Stimme zu antworten.

»Sobald sich diese Gelegenheit ergibt, hoher Herr, werde ich sie zu nutzen wissen.«

»Nun, dann tretet in meine Dienste, sofern Euch mein Hof in Prag nicht zu weit von Eurer Heimat entfernt ist. Tapfere junge Ritter kann ich nicht genug um mich scharen. Es soll Euer Schaden nicht sein.«

Noch bevor sich Simon wieder gefasst hatte, wandte sich Ottokar an Graf Eberhard, der einige Plätze von ihm entfernt saß. »Oder gebt Ihr diesen vielversprechenden Jüngling nicht frei, edler Graf?«

Erst jetzt wurde Simon bewusst, dass aller Augen an der hohen Tafel und die vieler anderer Gäste im Saal auf ihn gerichtet waren. Zum ersten Mal an diesem Abend vergaß er Christinas Anwesenheit und warf gebannt einen Blick auf ihren Vater. Zu seiner Erleichterung lächelte Eberhard jovial.

»Ihr habt recht, edler Ottokar, wenn Ihr vermutet, dass es mich schmerzt, einen so tapferen jungen Recken aus meiner Ritterschaft zu verlieren. Doch was hätte ich ihm im Vergleich zu Euch anzubieten? Simon von Montfort ist frei zu gehen, wohin es ihm beliebt.«

»Also, junger Ritter, wie entscheidet Ihr Euch?«, richtete Ottokar das Wort wieder an Simon.

Der wollte gerade freudig zustimmen, als sein Blick auf König Rudolf fiel, der neben Ottokar saß und ihn finster betrachtete. Verwirrt verneigte er sich vor dem Habsburger.

»Wenn auch Ihr es erlaubt, allerhöchster Herr«, murmelte er.

Simon kam es so vor, als ob Rudolf seine Bitte ablehnen wollte. Da beugte sich der Mainzer Erzbischof zu Rudolf hinüber und flüsterte ihm etwas ins Ohr.

Der König lächelte daraufhin gezwungen und machte eine ungelenke Geste, die huldvoll wirken sollte. »Wie könnte ich dem Glück eines jungen Mannes im Wege stehen, dem eine solche Gelegenheit geboten wird?«, sagte er ohne Begeisterung.

»Also sei es beschlossen!«, rief Ottokar. »Meldet Euch gleich morgen nach der Frühmesse bei meinem Heermeister.«
Simon verbeugte sich ein weiteres Mal. Plötzlich fiel ihm etwas ein.
»Darf ich noch eine Bitte äußern, hoher Herr?«
Ottokar nickte. »So sprecht.« Um seine Lippen spielte wieder das amüsierte Lächeln.
»Ich habe einen getreuen Waffenknecht, einen wahren Hünen und unvergleichlichen Kämpfer, der schon seit vielen Jahren in meinen Diensten steht. Er heißt Michel von Kreuznach. Darf ich ihn mitbringen?«
Ottokars Lächeln vertiefte sich. In seine katzengelben Augen trat ein Ausdruck, den Simon nicht deuten konnte. »Jeder mutige Recke, der meinen Zwecken dienen will, sei mir von Herzen willkommen.«
Simon und Ottokar entging, dass der Mainzer Kurfürst bei diesen Worten König Rudolf zuzwinkerte.

Wie betäubt kehrte Simon an seinen Platz zurück. Zu seiner Überraschung war Gisela von Sayn nicht mehr dort. Als sie nach einer kurzen Weile zurückkehrte, verschlug es ihm fast den Atem. Er erkannte sie kaum wieder.
Sie hatte sich einige Strähnen ihres weißblonden Haars, das ihr zuvor offen, wenn auch streng über den Rücken gefallen war, kunstvoll nach vorne über die Schultern gelegt, wo sie nun in weichen Wellen bis zur Taille flossen und die Weinflecken auf ihrem Kleid bedeckten. Auf ihren Wangen lag eine leichte Röte. Sie war zwar noch immer nicht schön zu nennen, wirkte aber beinahe hübsch.
Das schalkhafte Lächeln, mit dem sie erneut auf Simons offenkundiges Staunen reagierte, zauberte Funken in ihre Augen, die plötzlich die Farbe des Frühlingshimmels hatten. »Ich sehe, ich

habe Euch offenbar überrascht. Während Ihr Euer Glück gemacht habt, habe ich mich in der Kemenate ein wenig hergerichtet.«

Simon schloss den Mund und verneigte sich fasziniert. Noch nie hatte er eine solche Verwandlung bei einer Frau erlebt. »Ich bin in der Tat überrascht, liebreizende Dame«, stammelte er. »Ich wusste nicht, wie wunderschön Euer Haar ist.«

Die Röte auf ihren Wangen vertiefte sich. »Da ich noch unvermählt bin, kann ich es so offen tragen, tue es aber nur selten.« Ein verlegener Ausdruck stahl sich in ihre Augen.

In diesem Moment betrat ein Herold den Saal und klopfte mit seinem Stab auf den Boden. »Wohledle Damen und Herren, der Tanz beginnt.«

Wachen öffneten die weiten Portale des großen Saals, so dass ein kleinerer Nebenraum sichtbar wurde, aus dem die Musik der Spielleute klang. Spontan verneigte sich Simon vor Gisela. »Gebt mir die Ehre, Euch zu diesem Reigen zu führen, liebreizendes Fräulein.«

Vergnügt reichte Gisela ihm die Hand.

Von ihrem Platz aus beobachtete Christina finster, wie Simon mit Gisela von Sayn im Tanzsaal verschwand. Den Blick, mit dem er die farblose Jungfer zuvor bedacht hatte, kannte sie aus früheren Zeiten nur zu gut. Damals pflegte Simon sie selbst so anzusehen.

Die Worte, die ihr Vater nun an sie richtete, machten alles noch schlimmer. »Sieh nur, heute ist wahrlich ein großer Tag für deinen alten Verehrer Simon von Montfort. Zuerst beruft Ottokar ihn an seinen Hof, nun knüpft er zarte Bande zu dem Edelfräulein von Sayn. Geht es nach dem Willen des Mainzer Erzbischofs, sollen sie schon bald miteinander vermählt werden.«

Der Stich, der ihr mitten durchs Herz fuhr, war so heftig wie überraschend. Christina hatte bislang stets beiseitegeschoben,

dass sich ihre Gefühle für Simon nicht verändert hatten. Plötzlich wurde ihr bewusst, dass sie den Schmerz über ihre Trennung nur so lange ertragen hatte, wie sie sich seiner Liebe sicher gewesen war. Trotz ihrer hehren Worte zu Michel hatte sie nie damit gerechnet, ihn an eine andere Frau zu verlieren.
Du bist eine Närrin, schalt sie sich nun insgeheim. Denn war es nicht ganz natürlich, dass sich Simon irgendwann einer anderen zuwenden würde, nachdem sie ihn zurückgewiesen hatte und seither beharrlich mied? Und doch vermeinte sie es nicht ertragen zu können.
Hektisch blickte sie um sich. Es gab keine Hoffnung für sie, in den Tanzsaal zu gelangen. Heinrich stand weit von ihrem Platz entfernt und lachte dröhnend und offensichtlich betrunken mit ein paar Rittern aus Rudolfs Gefolge. Er hatte seit ihrer Hochzeit nicht mehr mit ihr getanzt.
Es dünkte sie eine Ewigkeit, bis Simon und Gisela zurückkehrten. Er führte das Edelfräulein zierlich an der Hand und eilte, ihr einen frischen Trunk zu besorgen. Dabei sah er nicht ein einziges Mal zu ihr herüber, wie er es zuvor an diesem Abend noch getan hatte.
Trotz ihres lodernden Zorns musste Christina eingestehen, dass Gisela mit den frei über Schultern und Brust fallenden Haaren viel hübscher aussah als vorher. Sie lachte und scherzte mit Simon, der ihren Worten offensichtlich gebannt lauschte. Bald würde er für immer aus ihrer, Christinas, Nähe entschwunden sein. Ihn in der Fremde in Prag zu wissen war schon schlimm genug. Ihn in den Fängen dieser blassen Jungfer zu sehen, jedoch unerträglich. Die Eifersucht brannte wie Feuer in ihrer Brust.
Als Simon einem vorübereilenden Knecht eine Blume vom Tragebrett raubte, auf dem ein geschmückter Kalbskopf lag, und sie Gisela überreichte, hielt Christina nichts mehr auf ihrem Platz.

Sie sprang so heftig auf, dass sie ihren Pokal umwarf und sich das Knie an der scharfen Kante der Tafel anschlug.
»Kind, was ist dir?« Graf Eberhard versuchte verstört, mit dem Tischtuch den Wein aufzufangen, der sein neues Brokatgewand zu ruinieren drohte. »Ist dir nicht wohl?«
Das lieferte Christina das Stichwort. »In der Tat ist mir ein wenig übel, viellieber Vater. Hier im Saal ist es so heiß und stickig. Ich möchte mich in der Kemenate ein wenig ausruhen und erfrischen.«
Eberhard winkte einer kleinen Magd, die in der Nähe stand. »Begleite die Dame ins Frauengemach, mein Kind.« Er drückte dem Mädchen eine Münze in die Hand. »Und sorge für sie, bis sie sich wieder besser fühlt.«
Das Mädchen knickste tief, sichtlich erfreut über die Gabe. Dann beeilte es sich, Christina zu folgen, die sich bereits durch die Menge drängte.

Seufzend sah Graf Eberhard seiner Tochter nach. Plötzlich bemerkte er, dass sich Werner von Eppstein auf Christinas leeren Sessel gesetzt hatte.
»Gäbe mir die Übelkeit meiner Tochter doch nur Anlass, endlich auf einen Enkel zu hoffen, alter Freund. Doch sie weilt erst seit ein paar Tagen wieder in ihres Gatten Nähe. Also ist es dafür noch zu früh.«
Über dem mitfühlenden Grunzen des Eppsteiners entging Eberhard, dass der Mainzer Christina stirnrunzelnd nachsah.

Lenerl strahlte vor Freude. Heute war ohne Zweifel ihr Glückstag. Die drei Groschen, die sie bislang erhalten hatte, waren mehr Geld, als sie jemals besessen hatte. Am Hofe des Bischofs von Wien diente sie um den Lohn von Kost und Unterkunft in einer kleinen Dachkammer, in der sie mit ihrer kranken Mutter, einer ehemaligen Köchin, hauste. Jeweils zu Weihnachten erhielten sie und ihre Mutter ein neues Kleid mit Schürze und Kopftuch und neue Holzpantinen. Geld sah sie nur, wenn ihr ein Gast ab und an eine Kupfermünze zuwarf.

Doch das Fest des mächtigen deutschen Königs hatte die Edelleute gut gelaunt und spendabel gemacht. Erst hatte ihr der alte Mann eine Münze gegeben, obwohl es doch ihre Pflicht war, seiner Tochter zu Diensten zu stehen.

Dann hatte ihr auch das Edelfräulein einen Groschen dafür geboten, einem jungen Ritter eine Botschaft zu überbringen. Sie schien gar nicht so krank zu sein, denn sie schritt in der Kemenate auf und ab, ohne sich ein einziges Mal niederzusetzen. Es sei denn, sie litt an dem tückischen Fieber, das die Wangen erst rot färbte wie das blühende Leben, bevor es die Menschen dahinraffte.

Die Botschaft zu überbringen war ein Leichtes gewesen. Schließlich war sie ja zum Dienst im Festsaal bestellt und hatte eigens dafür ein hübsches Kleid mit Haube bekommen, das sie hernach wieder zurückgeben musste. Aber der junge Ritter reagierte gar merkwürdig. Er wurde kreidebleich, zog sie alsdann auf die Seite und ließ sich die Kunde dreimal wiederholen. Dabei sah er gar nicht so aus, als ob er keine Erfahrung in Liebesdingen hätte. Ein schöner Mann wie er brach sicher vielen Edeldamen das Herz.

Am Ende fischte auch er eine Münze aus seinem Gürtel, bevor er sie wegschickte. Verstohlen betrachtete Lenerl die drei Geldstücke in ihrer von Wein und Soßen klebrigen Hand.

Plötzlich klopfte ihr jemand leicht auf die Schulter. Erschrocken fuhr sie herum. Der prächtig gekleidete Mann mit den buschigen Augenbrauen, der in der Nähe des Fräuleins gesessen hatte, stand hinter ihr. In der Gesindestube wurde getuschelt, er sei ein gar mächtiger Kirchenfürst aus den deutschen Landen.

Lenerl knickste erschrocken. Der Mann fixierte sie mit seinen unheimlichen grauen Augen. Sie fühlte sich wie gelähmt.
»Was hältst du denn da so fest in der Hand, mein Kind?« Seine Stimme klang seidenweich. Trotzdem sank Lenerl das Herz. Zögernd öffnete sie die Faust. Die drei Münzen glänzten im Kerzenlicht. Sicherlich würde er ihr das Geld wegnehmen. Dabei freute sie sich schon so auf das rote Band, das sie dem Krämer abkaufen wollte, der gestern in die Gesindestube gekommen war. Und auch den Stärkungstrank, den der Mann anbot, wollte sie für die kranke Mutter erstehen.
»So, so, mein Kind.« Noch immer klang die Stimme freundlich. »Wer hat dir das Geld denn gegeben, und was hast du dafür getan?«
Lenerl knickste wieder, diesmal zu Tode erschrocken. Noch bevor sie sich gefasst hatte, sprach der Mann weiter. »Du weißt, dass du mir ehrlich antworten musst, mein Kind.«
Lenerl wand sich innerlich vor Qual. Tränen traten ihr in die Augen. »Ich habe dem Edelfräulein bei der Jungfrau Maria geschworen, dass ich niemand anders als dem jungen Ritter die Botschaft ausrichten werde«, schluchzte sie hilflos. »Sicher komme ich in die Hölle, wenn ich den Schwur breche.«
Der Mann fasste ihr sanft unter das Kinn. »Es ehrt dich, meine Tochter, dass du dich an ein Gelübde gebunden fühlst.« Er schlug das Kreuz über sie. »Doch ich spreche dich davon los. Du hast nichts zu befürchten, außer du verschweigst mir die Wahrheit. Du weißt, dass Lügen eine schwere Sünde vor den Augen des Herrn ist?«
Lenerl nickte, halb erleichtert, halb erschrocken. »Ich werde nicht lügen, hoher Herr«, stammelte sie.
Er lächelte. »Nun, so erzähle mir, was für eine Botschaft du ausgerichtet hast.«
Anfangs stockend, dann immer fließender berichtete Lenerl, was ihr das junge Edelfräulein aufgetragen hatte. Noch immer

machte der Mann keine Anstalten, ihr die Münzen wegzunehmen. Schließlich schwieg sie still und blickte furchtsam zu Boden.

»Gut, meine Tochter, ich bin sehr zufrieden mit dir.« Der Mann zog einen kleinen Beutel aus seinem reich bestickten Gürtel. »Dafür belohne ich dich noch einmal mit der gleichen Summe, die du bislang erhalten hast.« Dann wandte er sich zum Gehen.

Lenerl starrte ungläubig auf den Schatz, den sie in ihrer klebrigen Hand hielt. Als sie langsam begriff, was ihr soeben widerfahren war, presste sie sich die Hand auf den Mund, um nicht laut zu jubeln.

Heute war wahrlich ihr Glückstag.

Unruhig eilte Christina durch die dunklen verlassenen Gänge des Bischofspalastes der kleinen Kapelle entgegen, in der sie am Morgen die Frühandacht besucht hatte. Es war die Privatkapelle des Wiener Bischofs, der sie Rudolfs Gästen anlässlich des Festes zur Verfügung gestellt hatte. Jetzt um Mitternacht würde sie menschenleer sein.

Wieder versuchte sie, ihr klopfendes Herz zu beruhigen. Ihr Vater und Heinrich wähnten sie nach einem Schwächeanfall im Frauengemach. Muhme Agathe hatte sie unter dem Vorwand, die Alte sei zu schwach für die Reise, gar nicht erst nach Wien mitgenommen. Agathe hatte wie üblich nicht zu widersprechen gewagt. Die Drohung, ihr Schäferstündchen mit dem Knappen Dankwart zu verraten, wirkte noch immer.

Wahrscheinlich war Simon bereits da und wartete auf sie. Christina wusste nicht so recht, was sie ihm eigentlich sagen sollte. Vielleicht würden sie aber auch gar nichts reden, sondern sich einfach nur in den Armen liegen. Schließlich konnte sie sich sicher sein, dass es folgenlos bleiben würde, wenn sie sich ihm hingab. Und die Strafe für ihren vermeintlichen Treuebruch

hatte Heinrich ihr in der Hochzeitsnacht bereits überreichlich zugemessen.
Warum war sie nur all die Monate lang so dumm gewesen, sich selbst den Gedanken an diese Möglichkeit zu verbieten! Aber, wieder schlug ihr das Herz bis zum Hals, wollte Simon sie denn überhaupt noch?
Das ziehende Gefühl in der Magengrube verstärkte sich, als sie um die letzte Ecke des gewundenen Ganges bog. Jetzt war ihr Kienspan nicht mehr die einzige Lichtquelle. Durch die Ritzen der Kapellentür drang ein schwacher Schein.
Vorsichtig öffnete sie die Tür. Sofort fuhr Simon herum. Er sah sie mit einem merkwürdigen Gesichtsausdruck an. Im Licht der beiden Kerzen las sie Sehnsucht und Flehen darin, aber auch gekränkten Stolz und Trotz.
Schon wollte sie auf ihn zueilen, um sich in seine Arme zu werfen, als eine winzige Bewegung des schweren Vorhangs, der den Eingang zur Sakristei bedeckte, sie aufmerken ließ. Mit ungläubigem Entsetzen sah sie zwei Stiefelspitzen darunter hervorragen.

»Christina«, etwas in ihrem Gesichtsausdruck ließ ihn zögern, auf sie zuzugehen. Bei ihrem Eintritt hatte sie noch so ausgesehen, als ob sie sich freute, ihn zu treffen. Jetzt wirkte sie reserviert und kühl.
Er blieb, wo er war, und räusperte sich. »Guten Abend, Christina. Ich hoffe, du bist wohlauf. Aus welchem Grund hast du mich rufen lassen?«
Sie musterte ihn mit gerunzelten Brauen. »Da muss wohl ein Irrtum vorliegen, mein Herr. Mir wurde gesagt, *Ihr* wünschtet mich dringend zu sprechen.«
Simon war vollkommen verwirrt. Ihm fehlten die Worte. Christina fuhr fort.

»Begreift, mein Herr, dass diese Situation außerordentlich peinlich für mich ist. Ich bin eine verheiratete Frau und setze Euretwegen meinen untadeligen Ruf aufs Spiel. So sprecht nun rasch und sagt, was Ihr mir mitteilen wollt.«
Getroffen bis ins Mark, starrte Simon sie an. In ihrem kostbaren violetten Gewand, das ihre Augen zum Leuchten brachte, erschien sie ihm begehrenswerter denn je. Was war in sie gefahren? Er hatte die kleine Magd mindestens dreimal gefragt, ob sie die Nachricht auch wirklich richtig verstanden hätte.
»Die Herrin Christina will Euch um die Mitternachtsstunde in der Kapelle treffen«, hatte sie ausgerichtet. Das Mädchen schien ihm nicht auf den Kopf gefallen zu sein. Und schließlich war Christina ja tatsächlich hier! Was trieb sie also für ein Spiel mit ihm?«
»Christina«, er trat einen Schritt auf sie zu. Sofort wich sie zurück und griff nach der Tür. »Christina, ich verstehe dich nicht. Hast du …«
Sie fiel ihm ins Wort. »Ich hoffe doch sehr, mein Herr, dass Ihr nicht so töricht seid, mir erneut Eure Minne anzutragen.« Sie blickte ungehalten zur vergilbten Decke der Kapelle empor. »Zumal Ihr heute augenscheinlich bereits eine Eroberung gemacht habt. Bedarf es da weiterer Federn an Eurem Hut?«
Nun kochte die Wut in Simon hoch. Mühsam beherrscht, entgegnete er: »Ich weiß nicht, was Euch anficht, Dame Christina.« Auch er benutzte nun die förmliche Anrede. »Seid Ihr närrisch geworden in der Ehe mit diesem dümmlichen Grobian?« Einen Augenblick war ihm, als hätte sich hinter ihm etwas bewegt. Doch als er herumfuhr, konnte er nichts Auffälliges entdecken.
Sie hob die Augenbrauen und setzte augenscheinlich zu einer Erwiderung an. Doch er ließ sie nicht zu Wort kommen.
»Seid versichert, wohledle Dame, dass ich Euch von Herzen bedaure. Ihr seid nur mehr ein Schatten Eurer selbst. Ich ziehe die

Gesellschaft von Damen vor, die Herzensgüte mit Fröhlichkeit zu verbinden wissen.«

Sie neigte den Kopf. Einen flüchtigen Augenblick lang glaubte er, Schmerz in ihren Augen zu lesen. Doch als er genauer hinsah, erblickte er nur die Distanziertheit und Kälte, die er schon kannte. »Das Fräulein von Sayn ist in dieser Hinsicht wahrlich eine ausgezeichnete Wahl«, sagte sie wegwerfend.

Nun sah Simon endgültig rot. Er ballte die Hände so fest zusammen, dass sich seine Fingernägel schmerzhaft ins Fleisch bohrten. Es kostete ihn eiserne Beherrschung, ihr in ruhigem Ton zu antworten, anstatt sie bei den Schultern zu packen und kräftig zu schütteln. »Ich stimme Euch zu, Dame Christina. Jeder Mann, der sie zur Gattin gewinnt, kann sich glücklich schätzen.« Damit drehte er sich um und ging zur Tür.

Die Hand schon auf dem Knauf, wandte er sich ein letztes Mal um. »Verzeiht, dass ich Eure und meine Zeit gestohlen habe. Ich sehe, Ihr seid Eurem Gatten trotz der Prügel aufrichtig zugetan. Vielleicht gefällt Euch diese Art der Zucht ja sogar«, fügte er mit ätzendem Spott hinzu und verbeugte sich.

Dann verließ er mit erhobenem Kopf die Kapelle. Er hielt sich so gerade, als hätte er einen Stock verschluckt. Mit dem letzten Rest Selbstachtung, der ihm geblieben war, bekämpfte er den Wunsch, sich noch einmal umzuschauen.

Hätte er es getan, er hätte die nackte Verzweiflung in Christinas Gesicht gesehen.

Heinrich stieß den staubigen Vorhang zur Seite, nieste dreimal und schneuzte sich in seinen Ärmel. Was hatte das nun wieder zu bedeuten? Hatte ihm Werner von Eppstein nicht gesagt, seine Gemahlin Christina ginge in die Kapelle zu einem heimlichen Stelldichein mit Simon von Montfort? Und nun dies?

Stirnrunzelnd blickte er Christina nach. Sie schlich so langsam davon, als hätte irgendetwas ihr jede Kraft geraubt. Na ja, er grinste schadenfroh, sie hatte diesen Tölpel ja auch tüchtig in die Schranken gewiesen. Der würde es nie wieder wagen, sie zu belästigen.
Ob sie wohl wirklich Gefallen an Prügeln fand? Auf diesen Gedanken war er noch nie gekommen. Der Teufel verstehe die Weiber, dachte er, womöglich hat Simon sogar recht! Nun, er würde es noch herausfinden.
Von der Episode in der Kapelle würde er allerdings niemandem etwas erzählen. Er war sich Christinas Treue sicher, das reichte ihm. Sonst hätte er sich der Lächerlichkeit preisgegeben. Undenkbar, wenn sein Schwiegervater erführe, dass er sich zu mitternächtlicher Stunde in die Kapelle geschlichen hatte, um seine Frau der Unzucht zu überführen. Um dann mit anzuhören, wie sie ihre Ehre mit kühler Unnahbarkeit verteidigte, anstatt ihn zum Hahnrei zu machen. Was hatte sich dieser dämliche Erzbischof bloß gedacht?
Missmutig grübelnd nahm Heinrich Werner von Eppstein erst wahr, als der ihn vor dem Eingang zum Festsaal ansprach.
»Nun, Heinrich von Sponheim, habt Ihr gesehen, was Ihr erwartet habt?«
Heinrich schnaubte. »Keineswegs, hoher Herr. Meine Gemahlin ist mir völlig ergeben. Man muss Euch falsch unterrichtet haben.«
Im schwankenden Licht der Fackel wirkte der mächtige Kirchenmann einen Wimpernschlag lang verwirrt. Doch das musste wohl eine Sinnestäuschung gewesen sein, denn nun lächelte Werner von Eppstein spöttisch.
»Also habt Ihr den Beweis für die Treue Eures Weibes erhalten?«
Heinrich nickte. »Den vollen Beweis, hoher Herr.«

»Nun, dann denke ich, schuldet Ihr mir einen Gefallen. Quid pro quo.«

»Was für einen Gefallen?«, murrte Heinrich. »Ich habe eine halbe Ewigkeit hinter einem stickigen Vorhang voller Spinnweben und Ungeziefer verharrt. Eher schuldet Ihr mir etwas zum Ausgleich für das Ungemach des Wartens.«

Der Erzbischof lächelte weiterhin. »In der Tat ist es ein Geschäft auf Gegenseitigkeit, das ich Euch vorschlagen möchte. Kommt mit und trinkt einen guten Rheinwein mit mir. Ich habe ihn von Eurem Schwiegervater erhalten. Dabei erläutere ich Euch meinen Plan. Ihr werdet sehen, er ist zu unser beider Nutzen.«

Teil 5:
SCHEINGEFECHT

Kapitel 26

Wien, Dezember 1276

Wie betäubt nahm Simon die Gratulationen der Festgäste entgegen. An seiner Seite strahlte Gisela von Sayn. Wäre Simon nicht so in Gedanken versunken gewesen, hätte er bemerkt, dass die im Alltag oft unscheinbar wirkende junge Frau heute noch hübscher aussah als am Abend von Ottokars Huldigung. Das zartrosa Gewand aus schimmernder Seide stand ihr gut zu Gesicht und ließ ihre Augen hellblau erstrahlen. Die weißblonden Haare waren unter dem Schleier der verheirateten Frau zu einem kunstvollen Zopf gebunden und von einem Schappel aus fein ziseliertem Gold bekränzt. Es war ein Erbstück ihrer schon längst verstorbenen Mutter, das Gottfried von Sayn seiner einzigen Tochter an ihrem Ehrentag zum Geschenk gemacht hatte.

Trotz der milden Dezembersonne, die alles in ein weiches Licht tauchte, herrschte tiefste Finsternis in Simons Gemüt. Kaum drei Wochen war es her, seitdem er noch am Abend des Festes aus Gram und Enttäuschung über Christinas kühle Zurückweisung begonnen hatte, um Gisela zu werben. Er rechnete nicht ernsthaft damit, als Eidam in Betracht gezogen zu werden; ihn trieb vor allem der Wunsch, die demütigende Szene in der Kapelle zu vergessen.

Dann überschlugen sich die Ereignisse. Kaum hatte er sich Gisela erklärt und ihr in einer verschwiegenen Ecke einen schüchternen Kuss geraubt, war er bereits zu ihrem Vater befohlen worden. Der Graf von Sayn erwartete ihn im Beisein des Erzbischofs von Mainz und des Grafen von Katzenelnbogen.

»Ich höre von meiner Tochter, dass Ihr um sie werbt und dabei ihr Herz im Sturm erobert habt«, eröffnete Graf Gottfried das Gespräch. »Als Mann von Ehre frage ich Euch, ob Eure Absichten redlich sind.«

Obwohl sich alles in Simon sträubte, widersprach er nicht, sondern verneigte sich statt einer Antwort stumm.

Zu seiner Überraschung ergriff daraufhin Werner von Eppstein die Initiative. »Ich beglückwünsche Euch von ganzem Herzen, Graf Gottfried, einen solch tapferen und stattlichen Ritter als Gemahl für Eure Tochter gewonnen zu haben.«

Einen Wimpernschlag lang sah es so aus, als ob Giselas Vater etwas einwenden wollte. Doch schon die nächsten Worte des Erzbischofs machten Simons Hoffnung zunichte.

»Ich werde das Paar höchstpersönlich vor dem Portal der Stephanskirche einsegnen. Da König Ottokar es eilig hat, nach Prag zurückzukehren, sollte die Hochzeit in Bälde stattfinden. Der Sonntag Gaudete ist ein geeigneter Tag.«

»Aber es ist Fastenzeit, hoher Herr«, protestierte Graf Gottfried halbherzig. »Wie soll ich meiner Tochter in der heiligen Adventszeit ein prächtiges Fest ausrichten? Sollten wir nicht wenigstens bis zum Frühjahr warten?«

Der Erzbischof winkte ab. »Außergewöhnliche Zeiten erfordern außergewöhnliche Maßnahmen. Simon von Montfort steht in Ottokars Diensten. Wollt Ihr Eure Tochter unvermählt an den Prager Hof senden oder sie gar über Monate dorthin begleiten? Mich dünkt, Ihr werdet in Eurer Heimat gebraucht.«

Graf Gottfried nickte bedrückt. Erst gestern waren schlimme Nachrichten eingetroffen. In der Grafschaft Sayn hatte ein heftiger Schneesturm gewütet und viele Menschen mitten im Winter ihres Obdachs beraubt.

»So sei es denn«, stimmte er zu.
Nun hielt es Graf Eberhard nicht mehr auf seinem Sitz. Freudestrahlend umarmte er Simon. »So habt Ihr am Ende doch noch Euer Glück gemacht und werdet dereinst Eure eigene Grafschaft regieren. Aber wen sollte es wundern? Fortuna ist mit den Tüchtigen.«
Die Göttin ist leider blind, schoss es Simon durch den Kopf. Während Graf Eberhard nach neuem Wein schicken ließ, bemühte er sich, eine heitere Miene aufzusetzen.
Vollends elend fühlte er sich, als ihm Gisela am nächsten Tag ganz wider ihre schüchterne Art entgegenlief, sobald er das Haus betrat, in dem sie mit ihrem Vater logierte. »Wie wunderbar«, strahlte sie und ergriff seine beiden Hände. »Ich hätte niemals gedacht, dass ich einmal so glücklich sein würde. Nun preise ich die Jungfrau Maria, dass sie meinem Vater eingab, mir den Eintritt ins Kloster zu verwehren.«
Nur Michel durchschaute Simon. Ihr Verhältnis war seit ihrer Auseinandersetzung kurz nach Christinas Ankunft unterkühlt. Doch nun schnitt Simons Kummer dem Getreuen ins Herz. »Gisela von Sayn ist eine ehrenwerte und bescheidene Frau. Jedermann kann sehen, dass sie Euch von Herzen zugetan ist. Ich bete darum, dass Ihr Christina vergessen könnt und dereinst Euer Glück mit Eurer Gattin findet.«
Es war das erste Mal, dass Simon die Fassung verlor. Michel wiegte den Schluchzenden wie ein kleines Kind.
In den Tagen bis zur Hochzeit fühlte sich Simon wie ein Schlafwandler. Er lächelte mechanisch und mimte den verliebten Bräutigam, bis er sich vor sich selbst zu ekeln begann. Weder die Glückwünsche der Könige Rudolf und Ottokar noch die großzügigen Hochzeitsgaben der Grafen Eberhard und Johann vermochten ihn aufzumuntern.
Eberhard hatte Johann mit einem Eilkurier über die Ereignisse unterrichtet. Als sein Antwortschreiben eintraf, erlosch Simons

letztes Hoffnungsfünkchen, Graf Johann könne als sein Ziehvater einen Einwand gegen die Vermählung vorbringen. Stattdessen gratulierte ihm Johann von Herzen, auch im Namen seiner mittlerweile genesenen Gattin Adelheid.

Und nun stand er hier an Giselas Seite und versuchte verzweifelt, aus dem Alptraum zu erwachen, der ihn gefangen hielt.

Plötzlich erblickte er Christina. Sie stand neben Heinrich in der Schlange der Gratulanten, die Züge starr wie die einer Statue, die Augen tot und leer. Brennender Schmerz durchfuhr ihn wie ein Dolchstoß.

Immer wieder hatte Simon darüber gegrübelt, was sie dazu bewogen haben mochte, ihn erst in die Kapelle zu bestellen und dann so grausam zurückzuweisen. Doch er wusste sich keinen Reim darauf zu machen. Er befragte sogar noch einmal die kleine Magd. Das Mädchen bestätigte, dass die Herrin ihn damals zu sprechen gewünscht hätte. Nein, die Dame sei keineswegs zornig gewesen, eher in Sorge, ob er denn käme. Ja, die Herrin habe gelächelt, als sie ihr Simons Antwort überbrachte, er würde um Mitternacht auf sie warten.

Nur als er das Mädchen fragte, ob sie jemandem von dem Treffen erzählt hätte, huschte ein ängstlicher Ausdruck über ihr Gesicht. Doch als er ihr Heinrich beschrieb, wich ihre Zurückhaltung. Sie wirkte ehrlich, als sie ihm versicherte, nie mit Christinas Gemahl gesprochen zu haben. Trotzdem glaubte er, dass sie ihm etwas verschwieg. Denn sie beteuerte auf seine eindringlichen Fragen eine Spur zu hastig, auch niemandem sonst von Christinas Auftrag erzählt zu haben.

Doch es war müßig, darüber zu grübeln. Was geschehen war, war geschehen und konnte nicht rückgängig gemacht werden. Er zwang sich zu lächeln, als Heinrich und Christina herantraten.

»Ich gratuliere Euch, Simon.« Ausnahmsweise wirkte Heinrich einmal aufrichtig. Er grinste jovial. »Nun, da auch Ihr die Freu-

den der Ehe genießen könnt, werden wir wohl besser miteinander auskommen. Ein treues Weib ist der sichere Hafen, in dem das unstete Herz eines Mannes zur Ruhe kommt. Nicht wahr, vielliebe Dame Christina?«
Christina nickte mit versteinerter Miene. Mit blutleeren Lippen küsste sie Giselas rosige Wangen und wünschte ihr mit tonloser Stimme Glück. Sie wirkte wie ein lebender Leichnam, als sie sich abwandte und an Heinrichs Arm davonschritt. Selbst Gisela war betroffen und blickte ihr einen Augenblick lang verwirrt nach.
Dann gewann ihre überschäumende Freude wieder die Oberhand. »Ich kann es kaum erwarten, Euch in diesem Hafen zu empfangen«, raunte sie Simon ins Ohr, um gleich danach verschämt zu erröten. Sein Magen fühlte sich an wie ein Stein.
Bei der Jungfrau Maria und allen Heiligen! Was habe ich nur getan?, haderte er im Stillen mit sich selbst.

Zufrieden rieb sich Graf Eberhard den in den letzten Wochen rundlich gewordenen Bauch. Ein Fest hatte das andere gejagt, und überall reichte man fette Speisen und schwere Weine im Überfluss.
»Die Tunke zur Wildschweinkeule war die köstlichste, die ich je genossen habe. Ich muss Gottfried von Sayn unbedingt nach dem Namen des Kochs fragen, den er gedungen hat. Er soll mir das Rezept verraten.«
Werner von Eppstein lächelte. Wie immer hatte er Speisen und Wein nur mäßig zugesprochen.
»Ich glaube, sie war mit Zimt und Ingwer gewürzt. Auch mir hat das Gericht vorzüglich gemundet.«
Eberhard blickte zur Mitte der hohen Tafel, an der das Brautpaar saß. Einen Moment trafen sich Simons und seine Blicke. Eberhard stutzte.

»Kommt es Euch auch so vor, edler Freund, als ob der Bräutigam nicht sehr glücklich wirkt?«, fragte er stirnrunzelnd. »Man sollte doch meinen, dass er zu schätzen weiß, was ihm da an Gut und Ansehen in den Schoß gefallen ist. Selbst die unscheinbare Jungfer ist aufgeblüht wie eine Rose.«

Der Erzbischof wiegte den Kopf. »Vielleicht hat Simon Furcht vor der Hochzeitsnacht?«

Eberhard lachte laut auf. »Das glaube ich nun weniger. Es gibt kaum ein Frauenhaus in Wien, das er noch nicht unsicher gemacht hat.«

Er trank einen Schluck Wein. »Auch dieser Burgunder ist erlesen. Graf Gottfried hat sich wahrlich nicht lumpen lassen.« Plötzlich fiel ihm etwas ein.

»Ich wollte Euch schon lange etwas fragen, werter Freund. Warum wart Ihr so überaus erpicht darauf, diese Ehe zu stiften? Und warum diese Eile bezüglich der Vermählung?«

Der Mainzer wiegte erneut den Kopf. »Das sind gleich zwei Fragen auf einmal, lieber Graf.« Auch er trank einen Schluck Wein. »Nun, Gottfried von Sayn ist mein Lehnsmann und hat keinen männlichen Erben. Obwohl die Grafschaft klein ist, lege ich großen Wert darauf, dass sie auf einen würdigen Nachfolger übergeht. Simon von Montfort ist frei von allen Verpflichtungen, seitdem er sein eigenes Erbe ausgeschlagen hat. Er ist ehrgeizig, mutig und von edlem Geblüt. Jedermann kann sich glücklich schätzen, ihn zu seinen Rittern zu zählen.«

Eberhards Augen verdunkelten sich. Er seufzte. »Ihr habt ja so recht, edler Erzbischof. Ich hätte Simon gern selbst ein Stück Land zu Lehen gegeben. Doch nach meinem Tod wäre er Heinrichs Gefolgsmann geworden, und das wäre nicht gutgegangen. Ich weiß, dass Graf Johann ihm ebenfalls ein Lehen anbieten wollte. Er dachte an die Rosenburg im Soonwald. Nun ist ihm die Entwicklung zuvorgekommen.«

Werner lächelte hintergründig und zuckte die Achseln. »Die Grafschaft Sayn dünkt mich wahrlich ein wertvolleres Gut als dieses abgelegene Gemäuer.«

Einen Moment lang schwiegen die beiden. Dann fiel Eberhard ein, dass Werner von Eppstein seine zweite Frage noch nicht beantwortet hatte. »Und warum habt Ihr so sehr auf eine rasche Heirat gedrängt?«

Werner schwenkte den roten Wein in seinem Pokal. »Ottokar bricht schon in wenigen Tagen auf. König Rudolf legt allergrößten Wert darauf, dass ihn Simon nach Prag begleitet.«

Eberhard war verblüfft. »Warum ist dies dem König so wichtig?«

Werner sah ihm geradewegs in die Augen. »Wie schätzt Ihr die Aussicht eines dauerhaften Friedens zwischen Rudolf und Ottokar ein?«

Eberhards gute Laune verflog. »Am Anfang war ich noch zuversichtlich. Ottokar schien Rudolfs Schikane während der Huldigung mannhaft zu ertragen. Doch leider war der Wunsch der Vater des Gedankens. Mittlerweile gebe ich keinen Heller mehr darauf, dass dieser Frieden Bestand hat. Schon jetzt hat sich der Ton zwischen den beiden wieder verschärft. König Rudolf hat den stolzen Premysliden zu sehr gedemütigt. Er wird schon bald auf Rache sinnen. Ich habe es redlich bereut, Simon in seine Dienste entlassen zu haben.«

Werner winkte ab. »Simon von Montfort wird schon selbst auf sich aufzupassen wissen.« Wieder lächelte er hintergründig. »Er kann uns zudem wertvolle Dienste leisten. König Rudolf braucht treue Spitzel auf dem Hradschin.«

Eberhard sah ihn erstaunt an. »Ihr glaubt, Simon ist dazu bereit? Da kennt Ihr ihn schlecht, werter Freund. Wie ich ihn einschätze, ist das mit seinem Begriff von Ehre nicht zu vereinbaren. Es mangelt ihm noch am Pragmatismus der Erfahrung.«

Der Erzbischof zuckte die Achseln. »Es wird ihm nichts anderes übrigbleiben.« Er zwinkerte Eberhard zu. »Und seinen Schatz an Erfahrung ohne Zweifel bereichern.«

Graf Gottfried verließ als Letzter das Schlafgemach und schloss behutsam die Tür hinter sich. Simon und Gisela waren allein. Zwei Kohlepfannen verbreiteten eine milde Wärme. Gemeinsam mit der Wachskerze auf dem Kastentisch, der mit kaltem Huhn, Früchten und Wein gedeckt war, tauchten sie die kleine Kammer in ein sanftes Licht. Frische Binsen, mit wohlriechenden Kräutern durchsetzt, bedeckten den Boden, ein Strauß dunkelroter Rosen verbreitete einen betörenden Duft. Die Blumen mussten zu dieser Jahreszeit ein Vermögen gekostet haben.
Graf Gottfried hatte seiner einzigen Tochter eine makellose Hochzeit ausgerichtet. Als besondere Geste seiner Zuneigung trug er Sorge, die nüchterne Kammer so schön und heimelig wie möglich auszuschmücken, um ihr behutsam über die letzte Schwelle hinüberzuhelfen: Den Verlust ihrer Jungfräulichkeit.
Trotz der angenehmen Temperatur und dem dicken Federbett fröstelte Simon am ganzen Körper. Wie Gisela, die reglos an seiner Seite lag, trug er nur noch ein dünnes Leinenhemd.
Plötzlich spürte er, wie ihre Hand unter der Decke zaghaft die seine suchte. Mit einem Satz sprang er auf und riss dabei fast den Bettvorhang aus blauem Wollstoff herunter. Verlegen stand er im Hemd vor dem Bett. »Möchtet Ihr … äh, möchtet Ihr einen Schluck Wein?«
Gisela schüttelte den Kopf. Ein schüchternes Lächeln spielte um ihre Mundwinkel.
»Ich danke Euch, Simon. Doch zu viel Wein ist nicht gut für mich. Ich werde schnell müde davon.«
So wünschte ich umso mehr, Ihr würdet saufen wie ein Pferd an der Tränke, dachte Simon und wandte ihr den Rücken zu, damit

sie seinen Verdruss nicht bemerkte. Dann goss er sich selbst einen Pokal mit schimmerndem Burgunder ein und leerte ihn mit einem einzigen Zug.
Unschlüssig drehte er sich wieder zu Gisela um. Ihr Lächeln war einem furchtsamen Ausdruck gewichen. Sie öffnete den Mund, biss sich dann aber auf die Lippen und sagte nichts.
In plötzlicher Entschlossenheit blies Simon die Kerze aus, riss sich das Hemd vom Körper und schlüpfte wieder unter die Decke. Dann stützte er sich auf den Ellbogen und beugte sich über Gisela. Mit einer einzigen raschen Bewegung zog er ihr das Hemd aus und umfasste ihre Brust, während er seinen Mund auf ihren presste. Sie versteifte sich kurz unter ihm, öffnete aber folgsam den Mund, als er seine Zunge zwischen ihre Lippen stieß. Ihre Brüste waren klein und fest mit nun steil aufgerichteten Warzen, ob vor Angst oder Lust vermochte er nicht zu sagen. Abwechselnd knetete er die eine und die andere.
Doch so zuverlässig der Anblick eines nackten weiblichen Körpers auch sonst auf ihn wirkte, und sei es der einer schäbigen Straßendirne, diesmal rührte sich nichts. Sein Penis blieb schlaff wie ein leerer Wasserschlauch.
In seiner Verzweiflung griff er zu einem Mittel, das bei seinen Begegnungen mit anderen Frauen nie versagt hatte: Er stellte sich Christina mit hingebungsvollem Gesichtsausdruck vor und versuchte sich einzureden, es sei ihr Körper, der bebend unter dem seinen lag. Doch schon überlagerte die heutige Begegnung mit ihr seine Vision. Christinas tote Augen starrten ihn ausdruckslos an. Sein Gemächt zog sich womöglich noch weiter zurück.
Mit einer heftigen Bewegung schüttelte er die Bilder ab und versuchte, sich auf das Hier und Jetzt zu konzentrieren. In seiner Hilflosigkeit spürte er Wut angesichts Giselas Passivität in sich aufsteigen. »Ihr müsst Euch auch ein wenig anstrengen«,

herrschte er die Erschrockene an. Dann riss er die Decke von ihr herunter und schleuderte sie zu Boden. Ihr Leib wirkte im schwachen Schein der Kohlenbecken weiß wie frisch gefallener Schnee. In ihren Augen glitzerte es verdächtig.

»Was soll ich tun, geliebter Gemahl?« Er verstand die geflüsterten Worte kaum. Obwohl er sich selbst dafür hasste, fuhr er sie noch gröber an als zuvor. »Umfasst mein Gemächt mit Eurer Hand, edle Dame, anstatt steif wie eine Stoffpuppe dazuliegen. Wie soll Lust entstehen, wenn Ihr nichts dazu beitragt?«

Als sie zögerte, griff er zu und legte ihre Finger um seinen Penis. Er führte ihr die Hand, als sie zaghaft zu drücken und zu reiben begann. Doch es war vergebens. Die Lanze wollte sich nicht zum Stoße erheben.

»So befeuchtet mein Gemächt mit Eurer Zunge!« Rücksichtslos forderte er Kniffe von Gisela, die nur Hübschlerinnen beherrschten und ohne Angst, ihr Seelenheil zu gefährden, zur Anwendung brachten. Selbst im Halbdunkel sah er den entsetzten Ausdruck in ihren Augen. Ein Lidschlag dehnte sich zu einer Ewigkeit. Dann richtete Gisela sich zögernd auf und beugte sich zu seinem Schoß hinunter. Doch bevor ihre Lippen sein Glied berührten, warf Simon sich auf den Bauch. Scham und Mitleid mit Gisela verdrängten Wut und Verbitterung. Er lag wie erstarrt.

Auf einmal spürte er Giselas Körper an seiner Seite zucken. Als er sich umdrehte, hatte sie das Gesicht in den Kissen vergraben. Ihr ganzer Leib bebte vor unterdrücktem Schluchzen. Inzwischen hatte die kalte Dezembernacht trotz der Wärme der Kohlenbecken Besitz von der Kammer ergriffen. Giselas Haut schimmerte bläulich, und auch er selbst fror erbärmlich.

Er sprang aus dem Bett, zog das Daunendeckbett über Gisela und griff nach seinem gefütterten Wams. Dann setzte er sich zögernd auf den Bettrand. Hilflos streichelte er über Giselas Haar.

»Verzeiht einem ungehobelten Gesellen, der dem Wein zu sehr zugesprochen hat, vielliebe Gemahlin.« Er bemühte sich, seiner Stimme einen unbekümmerten Klang zu verleihen. »Nun kennt Ihr die Achillesferse des Mannes, noch bevor Ihr Eure Jungfräulichkeit eingebüßt habt.«

Als Antwort schluchzte sie nur umso heftiger. Schließlich überwand Simon sich und zog die Zitternde sanft an seine Brust. Er streifte ihr das Hemd wieder über den Kopf und die Hüften und wiegte sie, bis das Weinen verebbte. Dann fasste er sie sanft unter dem Kinn.

»Ihr braucht Euch nicht so zu grämen, herzallerliebste Gisela. Es ist ganz und gar meine Schuld.«

Sie warf ihm einen verzweifelten Blick aus rot verweinten Augen zu. »So findet Ihr mich nicht zu alt und abstoßend?« Wieder konnte er ihre Worte kaum verstehen.

Die Scham drohte ihn erneut zu überwältigen. »Ihr seid liebreizend wie jene Rosen, Gisela. Es ist der Wein, der mir heute die Manneskraft raubt.« Obwohl er zu wissen glaubte, dass es nicht so sein würde, fügte er mit gespielter Munterkeit hinzu: »Ihr werdet sehen, morgen sieht alles ganz anders aus.«

Sie schien nicht überzeugt und begann aufs Neue zu schluchzen. Wieder streichelte er sie wie einen Säugling. Ihr Körper lag weich und warm in seinen Armen. Doch sein Penis blieb schlaff.

»Was befürchtest du, Gisela?« Unwillkürlich wählte er die intime Anrede der Liebenden.

Erst beim zweiten Mal verstand er, was sie sagte. »Was wird mein Vater denken, wenn die Mägde das Laken unbefleckt vorfinden? Was Graf Eberhard oder der Erzbischof?«

Einen Moment begriff er nicht, was sie meinte. Dann lachte er grimmig auf. »Du meinst, sie werden das Blut auf dem Laken vermissen?« Gisela nickte unter Tränen.

»Da kann ich leicht Abhilfe schaffen.« Mit raschem Griff zog Simon den Dolch aus dem Wehrgehänge, ballte die linke Faust und ritzte sich in den Unterarm. Der brennende Schmerz tat ihm wohl. Dann ließ er einige Blutstropfen auf das Laken fallen und verschmierte sie. Zuletzt spuckte er auf den Stoff und verrieb alles mit dem Handballen.

»Das wird alle Zweifler verstummen lassen, herzallerliebste Gemahlin, bis sich mein ungetreuer Kamerad wieder erholt hat.«

Seine gewollte Fröhlichkeit färbte nun auch auf Gisela ab. Ein zaghaftes Lächeln stahl sich in ihr Gesicht. Er nutzte die Gunst des Augenblicks.

»Und schau her, liebe Gattin. Ich kann dir als Morgengabe kein Gut oder Dorf anbieten, da ich nichts dergleichen besitze. Aber dies habe ich von Graf Eberhards Silber für dich erstanden.« Er hielt ihr ein Geschmeide entgegen, das mit kostbaren Perlen und Rubinen besetzt war. Es hatte fast die Hälfte des großzügigen Geschenks verschlungen, das Eberhard ihm zur Hochzeit gemacht hatte.

Gisela strahlte entzückt. »Es ist wunderschön, Simon!« Ihre Verwandlung rührte ihn an, wie schon am Tag ihrer ersten Begegnung. Plötzlich spürte er eine Regung im Unterleib.

»Dreh dich um, ich möchte es dir anlegen.« Im schwachen Lichtschein betrachtete er ihren schlanken Hals, rief sich das Bild ihrer festen Brüste vor Augen. Sein Glied begann sich zu versteifen. Sollten sie doch noch eine erfüllte Hochzeitsnacht haben?

Da wandte sich Gisela um. Beide Hände auf die Juwelen um ihren Hals gelegt, sah sie ihn mit feuchten Augen an. Diesmal schienen es Freudentränen zu sein.

»Nun glaube ich wahrhaftig, dass Ihr mich liebt, Simon. Und ich danke der Jungfrau Maria, dass sie mich von meinem falschen Verdacht befreit hat.«

»Was für einem Verdacht?«
Gisela errötete und senkte die Augen.
»Man munkelt, Ihr hättet vor langer Zeit Euer Herz an die Dame Christina verloren. Bislang hatte ich das nicht glauben wollen, doch eben waren mir Zweifel gekommen.«
Sein Penis erschlaffte wie ein Segel bei Flaute.

Kapitel 27

Wien, Bischofspalast, Januar 1277

Besorgt strich Michel mit dem Striegel über die Flanken von Simons Fuchs und überzeugte sich noch einmal, dass der Sattelgurt nicht zu stramm saß. Dann machte er sich daran, den Inhalt der Satteltaschen zu prüfen, die er am frühen Morgen gepackt hatte.
Die Zeit wurde ihm lang, seitdem Simon in letzter Minute zu Werner von Eppstein gerufen worden war. Es war alles zum Aufbruch bereit. In Kürze würde Ottokar mit seinem Gefolge nach Prag reisen.
Auch Gisela von Montforts Sänfte stand reisefertig im Hof. Sie würde ihren Gatten nicht an Ottokars Hof begleiten, sondern noch heute mit ihrem Vater nach Hause zurückkehren. Michel seufzte. Die Ehe ließ sich noch schlechter an, als er befürchtet hatte.

Schon kurz nach der Hochzeit war Michel aufgefallen, dass Simon Giselas Bett mied, als litte sie an einer geheimen Krankheit. Nächtelang trieb er sich auf den Straßen von Wien herum und landete oft in den Freudenhäusern der Stadt, allerdings ohne die Dienste der Mädchen in Anspruch zu nehmen, für die er bezahlte. Das hatte ihm ein Hurenwirt im Vertrauen erzählt. Eines Nachts geriet Simon sogar in eine Schlägerei. »Was ficht Euch nur an, Herr?«, wagte ihn Michel am Morgen danach zu fragen, nachdem ihn eine aufgelöste Dirne zu Hilfe gerufen und er Simon bewusstlos und ohne seinen Geldbeutel im Schmutz einer übel beleumundeten Gasse gefunden hatte. Sein Gewand starrte vor Unrat, sein linkes Auge war zugeschwollen, die Lippe aufgeplatzt. »Warum verbringt Ihr die Nächte in Gesellschaft von Hübschlerinnen und prügelt Euch mit niederem Gesindel in der Gosse? Seht Ihr denn nicht, dass sich Eure Gemahlin vor Kummer verzehrt?«

Tatsächlich war Gisela über die Weihnachtsfeiertage immer magerer und trübsinniger geworden. Mittlerweile tuschelte man selbst in ihrer Gegenwart ungeniert über ihre offensichtlich unglückliche Ehe.

Zu Michels Überraschung senkte Simon reumütig den Kopf. »Es ist alles meine Schuld, Michel. Ich hätte sie niemals zur Frau nehmen dürfen.«

Als Michel ihn schweigend und ratlos ansah, fügte er hinzu: »Unsere Ehe ist null und nichtig, treuer Freund. Sie ist das Pergament nicht wert, auf das der Heiratsvertrag niedergeschrieben wurde.«

Michels düstere Ahnung wurde bei Simons nächsten Worten zur Gewissheit. »In Giselas Gegenwart bin ich kein Mann mehr, Michel. Ich kann die Ehe mit ihr nicht vollziehen.«

»Ihr wollt sagen, dass Ihr dem Edelfräulein nicht geben könnt, was jede Hure von Euch erhält?« Michel war schockiert.

Simon lachte auf. Michel spürte die Verzweiflung und Selbstverachtung hinter der aufgesetzten Fröhlichkeit. »Selbst die Huren müssen im Moment auf die Dienste meines treulosen

Gefährten verzichten. Er will mir einfach nicht mehr gehorchen.«
In seiner Verwirrung bedachte Michel seine nächsten Worte nicht. »Ihr könnt die Grafschaft Sayn nicht beerben, Herr, wenn Ihr keinen Sohn zeugt.«
Wieder lachte Simon auf. »Glaubst du, das weiß ich nicht, Michel? Ich habe nicht nur mich selbst unglücklich gemacht, sondern auch eine sanfte, unschuldige Frau und ihren greisen Vater.«
In diesem Moment rief ein Stallknecht Simon zu seinem Pferd, das er gerade neu beschlagen hatte. Hilflos blickte Michel ihm nach.

Einige Tage danach kam es noch schlimmer. »Tut mir das nicht an, Simon, ich bitte Euch eindringlich.« Michel hatte Simons Gemächer betreten, weil Ottokars Heermeister ihn zu sprechen wünschte, und war mitten in eine bittere Auseinandersetzung zwischen Simon und Gisela geraten.
Ohne den treuen Knecht zu bemerken, flehte Gisela weiter. »Nehmt mich mit an Ottokars Hof. Ich will Euch in allem gehorchen. Wenn wir zusammenbleiben, wird alles gut, mein Gemahl, das spüre ich.« Mucksmäuschenstill blieb Michel an der geöffneten Tür stehen und hoffte auf eine Gelegenheit, sich unauffällig zu entfernen. Simon durchmaß mit großen Schritten und gesenktem Blick den Raum. Jeden Moment konnte er aufschauen und ihn entdecken.
Michel kannte seinen Herrn gut genug, um die Zeichen des schlechten Gewissens und der Verlegenheit zu erkennen. Simon hatte die Hände zu Fäusten geballt, seine Stirn lag in tiefen Falten. Trotzdem erschrak Michel angesichts der ungeschminkten Offenheit seiner nächsten Worte.
»Ich habe es Euch schon mehrmals gesagt, Dame Gisela. Scheinbar wollt Ihr mich nicht verstehen. Unsere Heirat war ein Feh-

ler, oder besser gesagt, es war mein Fehler. Ich hätte niemals um Eure Hand bitten dürfen.«

»Aber Ihr sagtet damals, dass Ihr mich liebt.« Giselas Augen füllten sich mit Tränen.

Ein gequälter Ausdruck trat auf Simons Züge. »Eine kurze Zeit habe ich das auch geglaubt. Doch bereits in der Hochzeitsnacht habe ich meinen Irrtum erkannt.«

»Ihr wollt damit sagen, dass Ihr mich nicht begehrt. Weil ich älter bin als Ihr und eine unansehnliche alte Jungfer.« Nun liefen Gisela die Tränen wie Sturzbäche über die Wangen.

Auf Simons Gesicht erschien eine seltsame Mischung aus Mitleid und Grimm. »Ihr seid weder zu alt noch eine unansehnliche Jungfer, Gisela. Dennoch habt Ihr recht. Ich begehre Euch nicht.«

Gisela begann haltlos zu weinen. Ihre nächsten Worte konnte Michel kaum verstehen. »Weil Ihr Euer Herz einer anderen Dame geschenkt habt?«

Simon schwieg und mied Giselas Blick. Sie schlug die Hände vors Gesicht, ihre Schultern bebten.

Zögernd trat Simon auf sie zu und strich ihr mit einer ungelenken Geste über den Kopf. Mit sanfterer Stimme fuhr er fort: »Glaubt mir, werte Gemahlin, es ist besser für Euch, Ihr kehrt mit Eurem Vater in die Heimat zurück. Ihr verdient einen besseren Mann zum Gemahl, als ich es bin.« Gisela schluchzte nur noch heftiger.

Nun bekam Simons Stimme einen flehenden Unterton. »Bitte lasst Euch doch trösten, liebwerte Gattin. Ihr wisst doch selbst, dass ich die Ehe mit Euch nicht vollziehen kann.« Michel ahnte, was Simon dieses Eingeständnis gegenüber Gisela kostete.

Sein Dienstherr holte tief Luft. »Wenn vier Monde vergangen sind, und ich bis dahin nicht auf dem Schlachtfeld gefallen bin, geht zu Eurem Vater und erklärt ihm, dass Ihr noch Jungfrau seid. Dann lasst die Ehe annullieren. Ich werde keinen Einspruch erheben. Euer Vater wird alsbald einen Gatten für Euch finden, mit dem Ihr Euer wahres Glück finden könnt.«

Gisela schüttelte den Kopf und weinte weiter. Ihr Gesicht verbarg sie nach wie vor in den Händen. Eine Weile streichelte Simon ihr noch hilflos über den mit einem Schleier bedeckten Scheitel, schließlich wandte er sich ab.

»Lebt wohl und verzeiht mir eines Tages, wenn Ihr könnt«, murmelte er.

Gebannt von dem Drama, das sich vor seinen Augen abgespielt hatte, versäumte es Michel, sich rechtzeitig hinter der Tür zu verbergen, als Simon mit hastigen Schritten den Raum verließ. Einen Moment trafen sich ihre Blicke.

Dann stürmte Simon wortlos an Michel vorbei.

Erst am Abend fand Michel Simon in den Ställen, wo er sich offensichtlich seit Stunden verborgen hatte. Überall an seiner Kleidung klebten Halme, als habe er sich dort in das aufgeschüttete Heu geworfen. Sein schmutziges Gesicht wies Spuren von vergossenen Tränen auf.

Michels Zorn, den er angesichts der am Morgen miterlebten Szene empfunden hatte, schmolz dahin wie Schnee in der Sonne. »Was tut Ihr hier, Herr?«, sprach er Simon mit sanfter Stimme an.

»Ich verberge mich vor meiner eigenen Schmach, treuer Gefährte«, verblüffte Simon Michel mit seiner Offenheit. Der kannte den wahren Grund für das Herzeleid seines Herrn nur zu gut.

»Kann Euch denn gar nichts über den Verlust von Dame Christina hinwegtrösten?«, sprach er aus, was er dachte.

Simon schüttelte verzweifelt den Kopf. »Nichts, mein Freund. Selbst wenn ich zu den Huren gehe, stelle ich mir ihr Gesicht vor, wenn ich eine von ihnen umarme.«

»Warum versucht Ihr es denn nicht wenigstens mit Eurer Gemahlin? Sie ist eine so herzensgute Frau. Oft stellt sich die Liebe erst im Laufe der Ehe ein. So war es zum Beispiel bei meinem Vater und meiner jetzigen Stiefmutter.«

Simon lächelte ihn bitter an. »Kannst *du* dir vorstellen, eine andere anstelle von Marie zu nehmen und die Liebe deines Herzens so einfach zu vergessen?«

Einen Moment war Michel betroffen. Die Vorstellung, Marie könne nicht auf ihn warten, schnitt ihm ins Herz.

»Nein, Herr, das kann ich nicht«, antwortete er schließlich ehrlich. »Doch in diesem Fall bliebe ich eben allein.«

Ohne dass Michel dies beabsichtigt hatte, empfand Simon seine Worte als Vorwurf. »Auch wenn Marie dir erst Hoffnungen gemacht hätte, um dich dann umso kälter zurückzustoßen?«

Michel war ratlos. »Was meint Ihr damit, Herr?«

Stockend erzählte Simon ihm von der Begegnung mit Christina in der Wiener Kapelle.

»Also habt Ihr Gisela zur Frau genommen, um Euch an Christina zu rächen?«

»Ja und nein, Michel. Ein Teil meines Wesens wollte Christina beweisen, dass ich auch ohne sie leben kann. Dass es Frauen gibt, die zu schätzen wissen, was ich zu geben habe. Aber wichtiger war es für mich, Trost und Halt zu finden. Eine kurze Weile habe ich wirklich geglaubt, mit Gisela eine Gefährtin zu bekommen, die ich zwar niemals so lieben kann wie Christina, aber immerhin zu achten und zu ehren vermag. Zudem winkte mir das Erbe der Grafen von Sayn. Aber schon lange vor dem Tag unserer Hochzeit wurde mir klar, dass das Selbstbetrug war. Doch ich wusste mir keinen Ausweg und redete mir immer wieder ein, mit der Zeit würde auch guter Rat kommen. Erst in der Hochzeitsnacht, von der ich dir ja schon gesprochen habe, erkannte ich endgültig, dass ich nicht mit Gisela leben kann.«

»Und wie soll es nun weitergehen, Herr?«
Simon zuckte die Schultern. Er wirkte vollkommen ratlos. »Ich weiß es nicht, Michel.«

Nach diesem Tag sehnte Michel den Moment herbei, an dem sie endlich nach Böhmen aufbrechen würden, auch wenn er sich dadurch noch weiter von Marie und der Heimat entfernte. Die Atmosphäre zwischen Simon und Gisela war bis zum Zerreißen gespannt. Immer öfter blieb sein Herr den Mahlzeiten fern und mied Giselas Nähe, wann immer er nur konnte. Nicht einmal in der Kirche trafen die beiden zusammen.

Gisela verfiel zusehends vor Michels Augen. Die Lebendigkeit, die sie in der kurzen Zeit des Glücks mit Simon in eine reizende junge Frau verwandelt hatte, schwand mit jedem Tag mehr. Unerklärlicherweise schien nur ihr Vater, Graf Gottfried von Sayn, nichts zu bemerken. Obwohl Werner von Eppstein auf die rasche Hochzeit gedrungen hatte, damit Gisela Simon an Ottokars Hof begleiten konnte, erhob der Graf keinen Einspruch, als Simon ihn bat, seine Gemahlin mit zurück in die Heimat zu nehmen. Er befürchte, so begründete Simon sein Ansinnen, sie sei in der Fremde am Prager Hof zu einsam. Denn er rechne damit, häufig in Ottokars Diensten unterwegs sein zu müssen.

Heute war endlich der Tag der Abreise gekommen. Ungeduldig sah Michel nach der Tür, die zu den Gemächern des Erzbischofs führte. Wo blieb Simon denn nur?

Zu seiner Bestürzung trat stattdessen Gisela an der Seite ihres Vaters in den Hof. Sie trug einen grauen Reiseumhang und einen Schleier von gleicher Farbe, der ihn an Muhme Agathe erinnerte. Die unvorteilhafte Kleidung schlackerte um ihre abgemagerten Glieder und ließ sie wie eine geisterhafte Erscheinung aus einer anderen Welt wirken.

Zu seiner Überraschung winkte sie ihn herbei. Michel verneigte sich tief, um sie das Mitleid in seinen Augen nicht sehen zu lassen. »Ist mein Gemahl noch nicht zurückgekehrt?«, fragte sie tonlos.
»Ich bedaure, wohledle Dame, er hält sich noch in den Gemächern des hochwürdigen Kurfürsten auf. Wir erwarten ihn jeden Augenblick.«
Als wäre es des Elends noch nicht genug, ritten Heinrich und Christina in diesem Moment in den Hof des Bischofspalastes ein. Sie wollten sich mit ihrem Gefolge dem Zug Gottfried von Sayns anschließen. Gerüchteweise hatte Michel gehört, dass es Heinrich zurück an die Nahe zog, um endlich Wohnung auf seinem Besitz, der Burg Böckelheim, nehmen zu können.
Heinrich ritt grüßend auf Graf Gottfried zu. »Ich wünsche Euch einen gesegneten Tag, edler Herr«, hörte Michel ihn sagen. »Wann werden wir aufbrechen?« Er hob die Augen zum bewölkten Himmel empor. »Heute könnte es wieder zu schneien beginnen. Es wäre gut, wir würden unser erstes Quartier noch vor Einbruch der Dunkelheit erreichen.«
Gottfried neigte zustimmend den Kopf. »Es ist alles bereit, Graf Heinrich. Meine Tochter harrt nur noch ihres Gatten, um ihm Lebewohl zu sagen.«
Ein spöttischer Ausdruck glitt über Heinrichs Züge. Michel bemerkte ihn wohl, doch zum Glück entging er Gottfried von Sayn. Christinas Miene hingegen wirkte wie versteinert.
Plötzlich erblickte Heinrich die wartende Sänfte, neben der die beiden stämmigen Maulesel standen, die sie tragen sollten.
»Darf ich fragen, hoher Herr, ob Eure liebreizende Tochter in dieser Sänfte reisen wird?«
Gottfried nickte. »So ist es. Gisela ist des Reitens nicht mächtig.«
»Und habt Ihr darin noch einen Platz für meine Gemahlin?« Michel sah, wie Christina zusammenzuckte. »Sie ist auf der

Hinreise nach Wien geritten, um möglichst rasch zu mir zu gelangen. Doch ich fürchte, es schadet ihrer zarten Konstitution, wenn sie auch auf dem Rückweg auf diese unweibliche Art reist.«

Während nun auch Giselas Miene vor Schreck erstarrte, sah Michel deren ahnungslosen Vater freudig nicken. »Ihr seid mir und meiner Tochter von Herzen willkommen, Gräfin Christina. Die Sänfte ist groß genug für zwei Damen. Ihr könnt Euch auf der langen Reise vorzüglich die Zeit vertreiben.«

Er wandte sich strahlend an Gisela. »Ist das nicht eine wunderbare Fügung, mein Kind?«

Gisela nickte matt. »Es ist mir eine Freude, Dame Christina.«

Selbst ein Blinder hätte erkennen können, dass beide Frauen über die Aussicht entsetzt waren, wochenlang auf engstem Raum zusammengepfercht zu werden. Tapfer unternahm Christina einen letzten Versuch, das Unvermeidliche doch noch abzuwenden.

»Es ist nicht recht, mein Gemahl, Dame Gisela meine Gesellschaft aufzunötigen. Ich reite gern und möchte ihr nicht zur Last fallen.«

Heinrich runzelte finster die Brauen. Michel wusste nur zu gut, wie wenig er es schätzte, wenn man ihm widersprach. Doch diesmal musste er gar kein weiteres Wort verlieren.

Denn Graf Gottfried trat auf Christina zu, die noch auf ihrem Pferd saß, und reichte ihr die Hand, um ihr beim Absteigen zu helfen. »Erweist mir die Ehre, mein Gast zu sein, edle Dame. Es ist mir eine Freude, meine Tochter auf der langen Reise in solch angenehmer Gesellschaft zu wissen.«

Zu allem Überfluss fügte er noch mit beschwörender Miene hinzu. »Gisela ist nicht so glücklich wie Ihr, edle Dame, die Ihr nun wieder mit Eurem Gatten vereint seid.« Michel krümmte sich innerlich vor Pein, doch Gottfried fuhr unbeirrt fort. »Sie

leidet sehr unter der bevorstehenden Trennung von ihrem Gemahl. Ich wäre Euch unendlich verbunden, wenn Ihr meiner Tochter ein wenig Trost spenden würdet.«
Christina verzog die Lippen zu einem gequälten Lächeln. Doch die Antwort blieb ihr erspart. Just in diesem Augenblick stürmte Simon in den Hof, wodurch er der hochnotpeinlichen Szene ein Ende setzte.

Bischofspalast, eine halbe Stunde zuvor

»Ihr habt mich rufen lassen, edle Herren?« Simon bemühte sich nicht, seine Verärgerung zu verbergen, als er sich, so knapp es die Höflichkeit zuließ, vor Werner von Eppstein und Graf Eberhard verneigte. »Mein Herr Ottokar wird jeden Moment aufbrechen wollen und ungehalten sein, wenn er meiner harren muss.«
Während Eberhard unwillig die Brauen zusammenzog, reagierte der Erzbischof gelassen. »Ich werde Eure kostbare Zeit nicht über Gebühr in Anspruch nehmen, junger Herr von Montfort«, erwiderte er mit dem Simon wohlbekannten kryptischen Lächeln.
Ohne dessen finstere Miene zu beachten, fuhr er fort. »Doch Ihr habt den Nagel auf den Kopf getroffen. Denn Anlass unserer Unterredung ist der wohledle Ottokar, Euer neuer Dienstherr.«
Simon spürte, wie er vor Zorn errötete. »Darf ich fragen, weshalb Ihr beliebt, dies in solch spöttischem Ton zu sagen?«
Zu seiner Überraschung lachte Werner laut auf. »Mein Kompliment, Simon. Ihr lernt die höfischen Umgangsformen überaus schnell. Kaum jemand könnte in so wohlgesetzten Worten zum Ausdruck bringen, dass ihm schon meine bloße Gegenwart ein Ärgernis ist.«

Simons Zorn verstärkte sich ebenso wie seine Errötung. Bevor er etwas erwidern konnte, setzte der Erzbischof seine Rede fort, wobei er Graf Eberhard mit einer Geste beschwichtigte.
»Ich möchte Euch einige Fragen stellen, Simon. Mir ist zu Ohren gekommen, dass Ihr schon manch ähnliche Probe mit Bravour bestanden habt.«
Simon verneigte sich knapp. »So sprecht!«
»Für wie gefestigt haltet Ihr das Bündnis zwischen König Rudolf und Ottokar?« Simon entging nicht, dass der Kurfürst den Königstitel des Böhmen weggelassen hatte.
»Ich hoffe sehr, dass der Frieden von Dauer sein wird, hoher Herr.«
»So seid Ihr gutgläubiger, als ich dachte.« Werner sprach weiter, bevor Simon aufbrausen konnte. »Wie wäre es Euch an Ottokars Stelle am Tag der Huldigung ergangen?«
Simon zögerte. Wollte der Erzbischof ihm eine Falle stellen? Der erriet seine Gedanken. »Ich zweifle nicht an Eurer Loyalität gegenüber König Rudolf. Also antwortet mir in aller Aufrichtigkeit.«
Simon holte tief Luft. »Ich fand König Rudolfs Verhalten an jenem Tag schändlich, hoher Herr. Er demütigte den bereits Besiegten ohne jede Notwendigkeit.«
Werner von Eppstein nickte zustimmend.
»Und wie, glaubt Ihr, nahm dies der stolze Premyslide auf?«
»Mit großer Gelassenheit, Herr. Ich bewundere ihn noch heute dafür.«
»So haltet Ihr ihn ebenfalls für stolz?«
»Er stammt aus einem alten Adelsgeschlecht«, antwortete Simon ausweichend.
»Kann ein stolzer Mann wie er eine solche Demütigung vor allen Fürsten des Reiches jemals verzeihen?«
Simon blieb vorsichtig. »Darüber mag ich mir kein Urteil erlauben.«

»Könntet Ihr eine solche Schmach verzeihen, Simon? Sprecht die Wahrheit!« Werner von Eppstein fixierte ihn. Seine Augen waren schiefergrau.

Nach langem Zögern schüttelte Simon stumm den Kopf.

Werner lehnte sich mit einem befriedigten Lächeln zurück. »So könnt Ihr also nicht sicher sein, dass König Ottokar diese Demütigung jemals vergisst?«

»Sie wird nicht schwerer wiegen als der Verlust der vielen Gebiete, die er abtreten musste«, hielt Simon dagegen.

Werner schnalzte mit der Zunge.

»So ist es, Simon, so ist es. Ich wusste doch, dass Ihr die Lage begriffen habt.«

Simon starrte ihn verständnislos an.

»Die Schmach vor den Augen der ganzen höfischen Welt kann Ottokar nicht ungeschehen machen.« Der Erzbischof hielt einen Moment inne. »Aber die verlorenen Gebiete kann er zurückerobern.«

Endlich begriff Simon, worauf der Mainzer hinauswollte. Er schüttelte den Kopf. »Das glaube ich nicht, Herr. Es würde einen neuen Krieg bedeuten. Damit würde König Ottokar den Friedensvertrag brechen.«

Der Erzbischof nickte bedächtig. »Genau so wird es kommen, Simon. Ottokar wird den Vertrag brechen, und schon bald wird ein neuer Krieg beginnen.« Wieder machte er eine Pause.

Simon wurde zornig. In scharfem Ton brach es aus ihm heraus. »Und was habe ich damit zu tun, hoher Herr? Ich werde an keinem Krieg gegen König Rudolf teilnehmen, wenn Ihr das meint.«

Der Erzbischof lächelte breit. Seine Augen wirkten nun silberhell. »Das wollte ich hören, junger Mann. Also kann ich mich darauf verlassen, dass Ihr mir getreulich berichten werdet, wenn Ottokar mit den Kriegsvorbereitungen beginnt?«

Simon glaubte, seinen Ohren nicht zu trauen. Als er endlich seine Sprache wiederfand, fragte er voller Empörung: »Ich soll für Euch an Ottokars Hof Spitzeldienste übernehmen? Ja, glaubt Ihr denn …«

Bevor er zu Ende sprechen konnte, unterbrach ihn Graf Eberhard, der bislang schweigend zugehört hatte. »Das war König Rudolfs Bedingung, Euch aus meinen Diensten in die Ottokars zu entlassen.«

Werner zischte ärgerlich. Doch Eberhards Worte konnte er nicht rückgängig machen.

Simon sah fassungslos von einem zum anderen. »So habt Ihr um mich geschachert wie Judas um die dreißig Silberlinge? Und geglaubt, ich würde meine Ehre so weit vergessen, dass ich meinen Herrn für Euch auskundschafte?«

Seine Augen sprühten vor Zorn, als er sich an Graf Eberhard wandte. Alle Hemmungen fielen von ihm ab. »Ich habe Euch treu gedient, edler Herr. Auch als Ihr meine offensichtliche Verehrung für Eure Tochter ignoriert habt, ohne mich nur einmal darauf anzusprechen, habe ich nie erwogen, Euch Schaden zuzufügen. Ihr habt mich die Tugenden des Ritterstandes gelehrt und mir schon in jungen Jahren einen wertvollen Welpen geschenkt, als ich mich seiner für würdig erwies. Verlangt Ihr nun von mir, alles zu vergessen, was Ihr mir beigebracht habt? Wäre ich solch ein ehrloser Strolch, Eure Tochter wäre heute nicht die unglückliche Gattin eines ihr aufgezwungenen Mannes.«

Graf Eberhard hob angesichts dieses erbitterten Wortschwalls hilflos die Hände. »So lasst doch Christina aus dem Spiel, Simon. Es geht hier um hohe Politik und das Wohl des deutschen Reiches.«

»Ja, das Wohl des römisch-deutschen Reiches war Euch seit jeher tausendmal wichtiger als das Wohl Eurer eigenen Tochter«, höhnte Simon.

Eberhard schnappte nach Luft. Bevor er etwas entgegnen konnte, schaltete sich der Erzbischof ein.
»Ich bitte um Mäßigung, meine Herren. Ich höre schon Hufgetrappel im Hof. Das wird König Ottokar sein.«
Simon wandte sich nach einer knappen Verbeugung entschlossen zur Tür. »So entschuldigt mich nun, hochwohlgeborene Herren. Mich ruft die Pflicht. Ich will vergessen, was sich in diesem Raum abgespielt hat.«
»Simon!« Nun klang Werner von Eppsteins Stimme herrisch. Seine Augen funkelten dunkelgrau wie vom Sturm aufgewühltes Wasser.
Simon verharrte. Widerwillig drehte er sich um.
»Haltet Ihr auch Ottokar von Böhmen für einen Mann von hoher Ehre?«
Simon verkniff sich den patzigen Vergleich mit Werner, der ihm auf der Zunge lag, und antwortete stattdessen: »Daran hege ich keinerlei Zweifel.«
»Und Ihr weigert Euch, regelmäßig Bericht über Ottokar zu erstatten?«
»So ist es.« Simon starrte ihn unnachgiebig an.
Plötzlich erschien wieder das Lächeln auf Werners Gesicht. Es passte so wenig zu der angespannten Situation, dass Simon ihn verblüfft anstarrte. Mit seidenweicher Stimme fuhr der Erzbischof fort: »Ich entbiete Euch meine Wünsche für eine gute Reise, Simon. Doch ich möchte Euch einen letzten Rat mit auf den Weg geben.« Er hielt inne.
Simon konnte es kaum erwarten, endlich den Raum zu verlassen. Mühsam zügelte er seine Ungeduld. »So sagt, Herr, was Ihr zu sagen habt!«
»Wenn Ihr in Prag seid, erkundigt Euch bei Gelegenheit einmal nach dem Schicksal des Siegfried von Mahrenberg.«
»Wessen Schicksal?« Simon hatte den Namen noch nie gehört.

»Siegfried von Mahrenberg«, wiederholte Werner. »Er stammt aus einem alten Geschlecht, das in der Steiermark ansässig ist.«
»Was ist mit ihm?«
Werner lächelte hintergründig.
»Das solltet Ihr selbst herausfinden, Simon.«

Michels Erleichterung über Simons Erscheinen wich rasch neuer Bestürzung. Auf den ersten Blick sah er, dass sein junger Herr außerordentlich wütend war. Er bemerkte nicht einmal König Ottokar, der im hinteren Hof neben seinem Pferd an der Tränke stand.
Ohne ein Wort für die wartende Gisela wandte er sich an Michel. »Sind die Pferde zum Aufbruch bereit?«
Michel holte tief Luft. »Es ist alles bereit, Herr. Dame Gisela wartet nur noch auf Euren Abschiedsgruß.«
Mit sichtlicher Ungeduld drehte Simon sich um. Erst jetzt schien er wahrzunehmen, dass auch Heinrich und Christina im Hof standen. Er straffte die Schultern.
Mit einem gezwungenen Lächeln auf den Lippen sprach er Gisela an: »Lebt wohl, liebe Gemahlin. Ich wünsche Euch eine angenehme Reise.«
Michel sah, dass Gisela die Tränen in die Augen schossen. Sie beherrschte sich mühsam und sah mit einem herzzerreißenden Blick zu Simon auf.
»Ich wünsche Euch ebenfalls eine gute Reise an den Hof von Prag, wohledler Gemahl. Mit meinem Herzen und meinen Gedanken werde ich bei Euch sein. Werdet Ihr mir schreiben?«
»Dessen könnt Ihr sicher sein.« Simon verneigte sich. Michel konnte Giselas Leid beinahe körperlich fühlen.
Auch Christina sah ausgesprochen unglücklich aus. Sie hatte den Kopf gesenkt und biss sich auf die Lippen.

Der kurze Moment dehnte sich zu einer Ewigkeit. Schließlich brach Gisela das lastende Schweigen. »So reiche ich Euch die Wange zum Kuss, mein Gemahl«, sagte sie tapfer und drehte den Kopf. Simon beugte sich leicht zur ihr hinab und berührte ihr Gesicht flüchtig mit den Lippen. Dann verneigte er sich steif vor den jungen Frauen, Heinrich und Graf Gottfried.

»Grüßt mir die Heimat, edle Damen und Herren. Und nun lebt wohl.«

Damit drehte er sich abrupt um, sah König Ottokar und ging mit langen Schritten auf ihn zu, um vor ihm das Knie zu beugen.

Christina und Gisela starrten ihm nach. In ihrem Unglück glichen sie einander wie zwei düstere Schwestern.

Michel verspürte den unbändigen Wunsch, sich zu bekreuzigen. Nur Heinrichs spöttischer Blick hielt ihn davon ab.

Wahrlich ein schlechtes Omen für unsere Reise. Wohin wird sie uns wohl führen?, dachte er bei sich und bestieg sein Pferd.

KAPITEL 28

Prag, ein Jahr später, Januar 1278

Stirnrunzelnd blickte Simon dem Ankömmling nach, der an Ottokars Seite in das kleine Gemach schritt, in dem der König von Böhmen vertrauliche Unterhaltungen zu führen pflegte. Er war sicher, dass er den Mann schon einmal gesehen hatte.

Doch heute plagten ihn andere Sorgen. Vor einer Stunde hatte ihn ein Brief mit dem Siegel der Sponheimer Grafen erreicht. Als er ihn öffnete, sah er mit ungläubigem Staunen, dass er von

Christina stammte. Er hatte seit einem Jahr nichts mehr von ihr gehört.
Seine anfängliche Freude schlug jedoch rasch in tiefe Bestürzung um.
»Edler Herr Simon«, stand dort in Christinas gestochener kleiner Handschrift. »Ich hoffe, Ihr befindet Euch wohlauf. Mir führt heute ein trauriges Ereignis die Hand. Gräfin Adelheid, die ich über die Weihnachtstage besucht habe, hat mir ihr Siegel geliehen, damit Euch der Brief sicher erreicht.«
»Wohl eher, weil dir Heinrich nie erlaubt hätte, mir zu schreiben«, murmelte Simon erbittert. Dann las er weiter. Der Brief war in Latein gehalten und sowohl seine als offensichtlich auch Christinas Übung in dieser Sprache hatten in jüngster Zeit gelitten. Dennoch verstand er die nächsten Worte gut genug, um tief betroffen zu sein.
»Eure Gemahlin Gisela liegt auf den Tod krank danieder. Sie hat sich schon zu Beginn des Winters einen schweren Brustkatarrh zugezogen. Obwohl ihr jedermann riet, das Bett zu hüten, bestand sie darauf, am Christtag die Armen zu besuchen, um ihnen Speisen und Wein zu bringen. Seither liegt sie mit hohem Fieber zu Bett und hustet Blut. Jeden Tag weicht das Leben ein wenig mehr aus ihr.
Ihr werdet es sicher verwunderlich finden, dass *ich* Euch in dieser Angelegenheit schreibe. Doch auf der langen Heimreise vor einem Jahr sind Gisela und ich zu Freundinnen geworden und haben uns auch nach der Ankunft weiterhin besucht.
Gisela hat schwer an der Trennung von Euch getragen und jeden Eurer Briefe mit Sehnsucht erwartet. Nun wartet ihrer nur noch der Tod.«
Ein Stich fuhr durch Simons Brust. Im vergangenen Jahr hatte er Gisela nur zu den hohen Festtagen geschrieben und in der Zwischenzeit vergeblich gehofft, sein hartnäckiges Schweigen

würde sie dazu bewegen, die Ehe endlich auflösen zu lassen. Er zwang sich weiterzulesen.

»In der letzten Woche hat mir Gisela gestanden, dass sie glaubt, Ihr hättet sie nur geheiratet, weil ich Euch verschmäht habe. Todgeweihte sprechen häufig die Wahrheit. Auch ich habe das damals geglaubt und zur Heiligen Jungfrau gebetet, dass es nicht wahr sein möge. Denn mir wäre bis heute der Gedanke überaus furchtbar, dass diese sanfte, liebevolle Frau ein Opfer unserer unseligen Leidenschaft wäre. Zumal sie Euch noch immer von ganzem Herzen zugetan ist.

Giselas Vater ist ganz gebrochen vor Gram. Er wird nun sein letztes Kind verlieren und als einsamer Witwer sein Leben beschließen. Man munkelt, er will seinem Lehnsherrn Werner von Eppstein die Grafschaft Sayn überlassen und sich in ein Kloster zurückziehen. In seinen Kummer versunken, hat er nicht einmal daran gedacht, Euch von Giselas Schicksal ins ferne Prag zu berichten. So habe ich mich entschlossen, es an seiner statt zu tun, und Euch zu bitten, Eurer todkranken Frau noch einmal zu schreiben. Selbst wenn Ihr sie nie geliebt habt, lasst es sie auf ihrem Sterbebett glauben. Doch sputet Euch, Simon. Jeden Tag kann es zu spät sein.

Es grüßt Euch Eure Freundin Christina von Sponheim und Katzenelnbogen.«

Simon stand noch immer betroffen und unschlüssig in der großen Halle, als die Tür des kleinen Gemachs mit Schwung aufgerissen wurde. Mit der ihm eigenen Energie stürmte Ottokar heraus, an seiner Seite der fremde Besucher.

Nach einem Jahr öden Nichtstuns an Ottokars Hof hatte sein Dienstherr für Simon merklich an Glanz verloren. Zwar fehlte es ihm und Michel auf dem prächtigen Hradschin an nichts, doch zu seiner Enttäuschung unternahm Ottokar kaum etwas, um sie sinnvoll zu beschäftigen. Den lieben langen Tag war es Simon selbst überlassen, ob er seine Kampfkünste vervollkommnete, mit seinem Fuchs die Ufer der Moldau durchstreifte oder seine wiedererwachte Manneskraft bei den Prager Huren verschwendete.

Gelegentlich zogen kleinere Trupps von Ottokars Rittern zu geheimnisvollen Unternehmungen aus. Nie wurde es Simon und Michel erlaubt, sich ihnen anzuschließen. Eine wirkliche Erklärung dafür gab ihnen Ottokar nicht. Sie würden auf dem Hradschin gebraucht, hieß es. Danach waren die beiden wieder sich selbst überlassen. Auch von der Möglichkeit, Simon zu Land und einem eigenen Wappen zu verhelfen, war seit dem Tag, an dem Ottokar ihn angeworben hatte, keine Rede mehr.

Besonders Michel litt sehr unter der Trennung von der Heimat und vor allem von seiner geliebten Marie. Da beide nicht lesen und schreiben konnten, war es nur den seltenen Briefen der Gräfin Adelheid zu verdanken, dass Michel ab und an etwas von Marie hörte. Dem letzten Schreiben hatte sie eine getrocknete Rosenknospe als Symbol ihrer Liebe beigelegt, die Michel seither Tag und Nacht an seinem Herzen trug.

Die Ziellosigkeit ihres Daseins begann, Simon und Michel auf eine schleichende Art zu zermürben. Ihre Tage vergingen in eintöniger Gleichförmigkeit. Ottokars Spannkraft schien dagegen ungebrochen. Ständig herrschte ein Kommen und Gehen auf der Burg, dessen Zweck Simon ebenfalls verborgen blieb. Schon bald nachdem die ersten Rittertrupps ausgerückt waren, gab es Gerüchte über Raubzüge und Verwüstungen in den Grenzgebieten der an Rudolf abgetretenen Ländereien. Bislang hatte Simon diesen keinen Glauben geschenkt.

Nun kam Ottokar geradewegs auf ihn zu. »Simon, mein treuer Freund!«, rief er jovial. »Kommt mit uns und lasst uns gemeinsam einen Humpen leeren. Heute gibt es Grund zum Feiern.«

»Nein, nein! Ich dulde keinen Widerspruch«, reagierte er auf Simons sichtliches Zögern. »Geht Ihr nicht aus freien Stücken mit, muss ich es Euch befehlen.«
Simon folgte den beiden mit gemischten Gefühlen. Einerseits trieb ihn die Neugier, warum Ottokar so erpicht auf seine Gesellschaft war. Andererseits plagten ihn das schlechte Gewissen wegen Giselas Schicksal sowie die Ratlosigkeit, wie er nach der langen Zeit der Trennung und seinen höchst förmlich gehaltenen seltenen Briefen nun so überzeugend Liebe zum Ausdruck bringen sollte, dass es Gisela auf dem Sterbebett zu trösten vermochte.
Ottokar ließ sich auf seinen Prunkstuhl fallen und wies seinem Begleiter einen samtbezogenen Platz an seiner Seite zu, während sich Simon auf einen mit einem Kissen versehenen Schemel setzte. Nachdem die Magd das süffige Bier kredenzt hatte, das Simon so schätzte, sprach ihn Ottokar an. »Nun möchte ich Euch meinen hohen Gast vorstellen. Mich deucht, Ihr habt ihn vor Jahresfrist schon einmal in Wien gesehen.«
Noch bevor Ottokar den Namen des Besuchers nannte, erinnerte sich Simon an ihn. Dies war Herzog Heinrich von Niederbayern, der seit jeher die Seiten wechselte, wie es ihm beliebte. In Wien war er noch mit König Rudolf verbündet gewesen. Simon versuchte, sich seine Verachtung nicht anmerken zu lassen, stand auf und verbeugte sich.
»Das wiederum ist der junge Simon von Montfort, den Rudolf zweifelsohne als Spitzel an meinen Hof entsenden wollte.«
Simon stockte der Atem. Woher wusste Ottokar von diesem Ansinnen? Bevor er sich wieder gefasst hatte, begann der Böhme auch schon dröhnend zu lachen.
»Doch der Bettelkönig aus der baufälligen Habichtsburg hat sich in diesem trefflichen jungen Mann genauso getäuscht wie sein intriganter Ratgeber Kurfürst Werner von Mainz«, erklär-

te er dem Herzog. »Ich habe ihn jetzt ein volles Jahr beobachten lassen. Er hat nie einen Versuch unternommen, meine Unternehmungen auszukundschaften, geschweige denn eine geheime Botschaft an Rudolf oder den Erzbischof zu senden.«
Simons Verwirrung steigerte sich. Gleichzeitig stieg ein düsterer Verdacht in ihm auf. Er verneigte sich noch einmal vor Ottokar.
»Ich weiß Euer Vertrauen in mich zu schätzen, hochedler Herr, und schwöre bei meiner Ritterehre, dass Ihr recht habt. Doch aus welchem Grund seid Ihr Euch dessen so sicher?«
Wieder lachte Ottokar dröhnend. Dann blickte er Simon mit einem verschlagenen Ausdruck an, den dieser zuvor noch nie an ihm bemerkt hatte. Seine Augen funkelten gelb wie die einer tückischen Katze.
»Es ist kein Zufall, dass ich Euch angeboten habe, in meine Dienste zu treten, Simon. Glaubt Ihr, ich hätte Rudolfs Zögern an jenem Abend in Wien nicht bemerkt? Seine Zustimmung gab er erst, als sein Ratgeber Werner ihm einige Worte ins Ohr flüsterte. Aber auch ohne diese Beobachtung war mir klar, dass man danach trachtete, einen Ritter aus dem Gefolge des königstreuen Grafen von Katzenelnbogen als Spitzel zu dingen.«
»Und?« Der Blick, mit dem er Simon fixierte, bekam etwas Lauerndes. »Ist es nicht so, junger Freund?«
Simon schoss das Blut ins Gesicht, als er an die unwürdige Szene vor seiner Abreise nach Prag dachte.
Ottokar nickte mit einem grimmigen Lächeln. »Das ist mir Antwort genug, Simon. Also haben sie es versucht. Vergeblich! Ich habe von Anbeginn an gewusst, dass Ihr mich nicht hintergehen würdet.« Er trank einen Schluck Bier und wischte sich den Mund mit dem Ärmel.
»Trotzdem habe ich Euch das Jahr über beobachten lassen. Eure Briefe in die Heimat waren ebenso unverfänglich wie die Ant-

worten, die von Eurer Gemahlin und anderen Verwandten kamen. Übrigens«, sagte er mit falschem Bedauern, »spreche ich Euch mein Beileid zum bevorstehenden Tod Eures Eheweibs aus.«

Simon konnte es nicht fassen. »Ihr habt meine Briefe gelesen, hoher Herr? Aber sie waren versiegelt!«, stammelte er.

Wieder lachte Ottokar dröhnend.

»Ich habe es Euch prophezeit, edler Herzog«, wandte er sich an Heinrich von Niederbayern. »Trotz seiner Waffenkünste ist er so unschuldig wie ein neugeborenes Lamm.« Der Herzog grinste.

»Es gibt Mittel und Wege, ein Siegel zu brechen, ohne dass es der Empfänger bemerkt, Simon. Diese Kunst beherrschen meine Schreiberlinge ebenso gut wie die des Habsburgers.«

Simons Gesichtszüge waren vor Betroffenheit erstarrt. Ottokar deutete es falsch.

»Doch ich sehe, Ihr tragt es mit Fassung, wie ich es von einem meiner Ritter erwarte. Lasst uns nun zum Wesentlichen kommen. Ich möchte Euch in die Lande des Herzogs entsenden, Ihr sollt dort Soldritter für mich werben. Nehmt Euren tüchtigen Waffenknecht mit und verhaltet Euch vorläufig diskret. Die genauen Bedingungen wird Euch Bruder Petrus erläutern.« Der Benediktinermönch verwaltete Ottokars Finanzen.

Offensichtlich beabsichtigte der König nicht, ihm weitere Informationen zu geben. Aus seiner Geste schloss Simon, dass er nunmehr entlassen war.

Plötzlich trat Kaltblütigkeit an die Stelle von Schock und Empörung. So einfach wollte er den Böhmen nicht davonkommen lassen. Simon stand auf und verbeugte sich tief.

»Zu welchem Behufe soll ich die Ritter werben, hochedler Herr? Und warum betraut Ihr gerade mich mit dieser ehrenvollen Aufgabe?«

Ein Anflug von Ungeduld huschte über Ottokars Gesicht. »Nun, Ihr seid selbst ein Soldritter aus Rudolfs Machtbereich, der in meinen Diensten steht. Das wirkt vertrauenswürdig auf Eure zukünftigen Kameraden. Sie werden nicht zögern, unter meiner Führung gegen diesen Emporkömmling ins Feld zu ziehen.«
Das übertraf Simons schlimmste Befürchtungen. »So plant Ihr einen neuen Feldzug gegen den König, hoher Herr?«
Wieder lachte Ottokar. »Nun, das kann doch nicht einmal Euch überraschen, Simon von Montfort. Rudolf hat den vereinbarten Frieden immer wieder gebrochen. Er verwüstet meine Lande und wirbt im ganzen Reich um Verbündete. Selbst bei den Ungarn biedert er sich wieder an.« Er nahm noch einen Schluck Bier.
»Doch diesmal wird es ihm nicht so leicht werden wie beim letzten Mal. Rudolf ist den Mächtigen seines Reiches zu oft auf die Füße getreten, nicht wahr, mein Freund?« Er trank Heinrich zu. Dieser erwiderte den Gruß mit verkniffenem Mund. Offensichtlich war ihm das Gespräch unangenehm.
Ottokar scherte sich nicht darum. »Ich habe Kunde vom Kurfürsten und Erzbischof von Köln erhalten. Er wird meine Sache unterstützen.« Auf sein Gesicht trat wieder der verschlagene Ausdruck.
»Selbst seine engsten Verbündeten lassen Rudolf diesmal im Stich. Erzbischof Werner von Mainz, der sich beim letzten Mal noch erdreistete, mich zu exkommunizieren, wird nun fein stillhalten, wenn wir wieder gegeneinander ziehen. Er ist vollauf damit beschäftigt, seine Hausmacht in der Heimat auszubauen.«
Innerlich fühlte sich Simon wie betäubt. Äußerlich versuchte er mit aller Selbstbeherrschung, die Form zu wahren. Eine Frage drängte sich auf seine Lippen.
»Ich höre, dass der Krieg schon beschlossene Sache ist, edler Herr. Doch wie vereinbart Ihr dies mit dem Eid, den Ihr König

Rudolf geschworen habt? Fürchtet Ihr nicht um Euer Seelenheil?«

Einen Moment schwankte Ottokars Miene zwischen Empörung ob dieser ungebührlichen Frage und Amüsement. Dann gewann sein Sinn für Humor die Oberhand. Wieder lachte er laut.

»Simon, mein junger Freund«, sagte er, als er sich wieder gefasst hatte. »Heilige Eide werden seit jeher gebrochen, wenn Wertvolles im Diesseits auf dem Spiel steht. Ich lebe *jetzt* und sorge an erster Stelle für mein irdisches Wohl. Was mich einmal im Jenseits erwartet, schert mich heute noch nicht. Darum sollen sich dereinst die Pfaffen kümmern, wenn es so weit ist.«

Wieder bedeutete er Simon, dass er entlassen sei. »Nun sputet Euch, den Brief an Eure sterbende Gemahlin zu verfassen. Ich versichere Euch, wenn der Kampf gegen Rudolf gewonnen ist, finde ich eine neue Partie für Euch. Mit einer reicheren Mitgift als der kleinen Grafschaft von Sayn.«

Burg Sayn, Februar 1278

Unruhig spähte Christina über die Zinnen, die die mächtigen Mauern von Burg Sayn krönten. Ein böiger Wind pfiff um sie herum und ließ sie trotz des warmen Pelzumhangs frösteln. Soweit sie die Straße einsehen konnte, die am Rhein entlang zum Fuße des Burgbergs führte, war nirgends ein Reiter zu erkennen.

Obwohl es mitten im Winter kaum möglich war, die Wege im wilden Westerwald zu passieren, stemmte sie sich gegen den Sturm und umrundete den unbedachten Wehrgang, bis die schneebedeckten Höhen des Gebirgszuges vor ihr lagen. Natürlich war auch auf dieser Seite kein Kurier in Sicht, der mit einem wichtigen Brief im Gepäck auf die Burg zupreschte.

Traurigkeit und der scharfe Wind trieben ihr gleichermaßen Tränen in die Augen, als sie angestrengt in die aufkommende Dämmerung spähte. Das Herz lag ihr bleischwer in der Brust. So würde Gisela also sterben, ohne ein letztes Wort von ihrem geliebten Simon erhalten zu haben. Im Augenblick war der Burgkaplan bei ihr, um ihr die Beichte abzunehmen und die Letzte Ölung zu erteilen. Es war unwahrscheinlich, dass sie die Nacht überleben würde.

Christina schauerte es, als ihr eine besonders heftige Bö Schneegriesel ins Gesicht wehte, die wie kleine Nadelspitzen auf ihre Haut auftrafen. Seufzend stieg sie die Treppe zum Burghof hinab und überlegte, wohin sie sich wenden könnte. Die Kemenate, einer der wenigen beheizbaren Räume der Burg, war ihr vorerst verwehrt, solange der Geistliche noch bei Gisela war. Ihre eigene Kammer unter dem Dach, die sie bezogen hatte, als es Gisela immer schlechter ging und sie nächtelang hustete, wurde trotz der Kohlepfannen nicht warm. Schließlich entschied sie sich, in die Küche zu gehen, die abseits des Palas in einem kleinen Steinhaus untergebracht war. Burg Sayn war erst vor zwei Generationen erbaut worden, und man hatte damit der allgegenwärtigen Brandgefahr vorbeugen wollen.

Erwartungsgemäß herrschte in dem Raum mit der niedrigen Decke aus rauchgeschwärzten, grob behauenen Balken geschäftiges Treiben. Ein Ferkel drehte sich über der offenen Feuerstelle am Spieß. Mägde schnitten dicke Brotscheiben auf, die statt irdener Schalen dazu dienten, die Speisen auf ihnen abzulegen. Trotz der verlockenden Düfte hatte die Sorge um Gisela Christina den Appetit verschlagen. Am Nachtmahl würden heute wohl nur die Ministerialen der Burg teilnehmen.

Seitdem er erfahren hatte, dass der Tod seiner Tochter unmittelbar bevorstand, lag Graf Gottfried mit ausgebreiteten Armen auf den eiskalten Steinfliesen vor dem Altar der Burgkapelle.

Wo er sich leicht selbst den Tod holen kann, dachte Christina, aber vielleicht beabsichtigt er das ja!

Erst als ihr eine mitfühlende Magd einen Becher mit heißem Kräuteraufguss reichte, merkte Christina, dass sie ebenfalls bis ins Mark durchgefroren war. Sie versuchte, ihre erstarrten Finger an dem heißen Gefäß zu wärmen, und zog sich mit einem kurzen Nicken des Dankes in einen Winkel zurück, in dem ein dreibeiniger Hocker stand.

Während sie den mit Honig gesüßten Aufguss in kleinen Schlucken trank, ließ sie ihre Gedanken schweifen. Ein wehmütiges Lächeln trat auf ihr Gesicht. Wie seltsam verliefen doch die Wege des Schicksals! Anfangs hatte sie in Gisela nur die verhasste Rivalin gesehen, dann wurde sie ihre einzige Freundin.

Das Edelfräulein von Sayn hatte sich einst von Herzen das Los gewünscht, das Christina so sehr verabscheute: ein friedvolles Leben in der Abgeschiedenheit eines Klosters. Dann begegnete sie Simon, ihrer beider großen Liebe, wurde sein Weib, hatte ihn aber dennoch nie für sich gewinnen können.

Sie dagegen, Christina, hatte aus Furcht vor dem Kloster nicht einmal um Simon gekämpft, obwohl *sie* seiner Liebe sicher gewesen war. Stattdessen führte sie nun ein Leben, das weit öder und trostloser war als das jeder Nonne.

Erneut stiegen Tränen in ihr auf. Erst auf der Rückreise von Wien hatte sie allmählich erkannt, dass sich hinter Giselas Unscheinbarkeit ein wacher Verstand, eine treffliche Beobachtungsgabe und viel Einfühlungsvermögen verbargen.

»Mich deucht, Euer Gatte gibt nur vor, Euch zu lieben und zu achten, geschätzte Freundin«, sagte Gisela eines Abends, als sie nebeneinander unter ihren Pelzdecken in einer kleinen Dachkammer lagen. Heinrich zechte wieder einmal in der Gaststube und hatte gleichgültig genickt, als sie ihn um die Erlaubnis bat,

sich schon zurückziehen zu dürfen. Der Lärm der Betrunkenen schallte zu ihnen hinauf.
Christina war verblüfft und erschrocken über Giselas Offenheit.
»Wieso glaubt Ihr das, Dame von Sayn?«, fragte sie steif.
»Er traktiert Euch mit wohlgesetzten Worten und ausgesuchter Höflichkeit. Doch seine Augen lächeln nie mit, wenn er zu Euch spricht.«
Christina spürte einen Kloß in der Kehle. Gisela missverstand ihr Schweigen. »Verzeiht, wenn ich Euch zu nahegetreten bin, Herrin. Es steht mir nicht zu, derart in Euch zu dringen.«
Anstatt einer Antwort brach Christina in Tränen aus. Gisela streichelte sie schüchtern und nahm sie nach einer Weile tröstend in die Arme. An ihrem Busen schluchzte Christina sich in den Schlaf. Von diesem Tag an waren sie unzertrennlich.
Die restliche Zeit der beschwerlichen Reise verging wie im Flug. Christina lauschte den Heiligenlegenden und Märchen, die Gisela so bewegend zu erzählen vermochte. Die Freundin wiederum hörte mit offenem Mund zu, als ihr Christina von den heimlichen Waffenübungen berichtete, die sie einst im Brombeerdickicht hinter dem Rheinfels mit Simon und Michel, später mit Dankwart und Hildebrand durchgeführt hatte.
Nur über zwei Themen verlor Christina kein Wort. Das eine war ihre Unfruchtbarkeit und deren Ursache. Das andere, welches sie noch mehr scheute, war ihr Verdacht, dass sich Simon in die Ehe mit ihrer Freundin geflüchtet hatte, weil sie ihn zuvor verschmäht hatte.
Auch nach ihrer Heimkehr besuchten sich die Freundinnen, sooft es ihnen möglich war. Sie lachten und scherzten miteinander und trösteten sich gegenseitig im Kummer über ihre Ehegatten. Christina war dabei ängstlich darauf bedacht, vorzugeben, sie könne sich den Grund für Simons kühles Verhalten gegenüber Gisela nicht erklären. Es war eine schöne Zeit, bis

sich im Spätherbst die ersten Anzeichen der tückischen Krankheit zeigten.
Schon sehr durch ihr Leiden geschwächt, teilte Gisela ihr vor einigen Wochen unvermittelt ihre Vermutung mit, Christina allein besäße Simons Herz. Christina erschrak bis ins Mark. Nach einer schlaflosen Nacht, in der sie das schlechte Gewissen quälte und ohne Unterlass marterte, entschloss sie sich, Simon zu schreiben, und nutzte dazu Adelheids Siegel. Die Gräfin von Sponheim, die Heinrichs Tyrannei ahnte, hatte es Christina beim letzten Besuch auf der Kauzenburg für Notfälle zur Verfügung gestellt.
Doch nun verging Tag um Tag, und es kam keine Antwort. An den winterlichen Straßen allein konnte es nicht liegen. Erst in der letzten Woche hatte Christina eine Nachricht von ihrem Vater erhalten, der sich noch immer im fernen Wien aufhielt. Der Kurier brachte sie sogar nach Burg Sayn, als er sie nicht in Böckelheim antraf.
Der Brief ihres Vaters! Plötzlich kam ihr eine Idee. Hastig trank sie die letzten Schlucke des inzwischen lauwarmen Aufgusses und eilte an den verblüfften Mägden vorbei aus der Küche.

Hradschin, Februar 1278

»Gut, dass du endlich zurück bist, Michel. Welche Kunde bringst du mir?«
Michel ließ sich von der drängenden Ungeduld in Simons Stimme nicht aus der Ruhe bringen. Es hatte ihn in den letzten Tagen viel Geduld und Mühe gekostet, an die Informationen zu kommen, die sein Herr begehrte. Erst vor einer halben Stunde war er im dichten Schneetreiben auf seinem erschöpften Pferd in den Burghof eingeritten.

»Gemach, Herr. Lasst mich erst einmal ankommen.«
Er zog den nassen Umhang aus und legte ihn in der Nähe des einzigen Kohlenbeckens über einen Schemel. Die Luft in der Kammer war so kalt, dass ihr Atem zu kleinen Dampfwölkchen wurde. Schweigend reichte Simon ihm einen Becher mit heißem Würzwein. Michel nahm einen tiefen Schluck und verbrannte sich dabei die Zunge.
»Ich habe nur zwei Leute ausfindig machen können, die mir etwas über das Schicksal des Siegfried von Mahrenberg anvertrauen wollten: einen alten Mann, der früher in Diensten von dessen Schwager stand, und eine Magd, die jetzt in einem Hof weitab von Prag in Lohn und Brot steht. Alle anderen, an die ich verwiesen wurde, weigerten sich, mir Auskunft zu geben.«
Er zog einen Beutel mit Münzen von seinem Gürtel. »Beide wollten sich nicht für ihre Mühe entlohnen lassen.«
Simon beachtete die Börse nicht, die Michel auf den niedrigen Tisch legte. »Was haben sie dir erzählt?«, drängte er.
Michel atmete tief durch. Er fiel ihm schwer zu berichten, was er in den letzten Stunden und Tagen gehört hatte.
»Siegfried von Mahrenberg stammt aus einem alten Adelsgeschlecht in der Steiermark«, begann er vorsichtig.
Simon unterbrach ihn ungeduldig. »Das hat mir Werner von Mainz schon in Wien gesagt. Was hat er mit Ottokar zu schaffen?«
»Er *hatte*«, betonte Michel trocken. »Der Graf ist seit fast zehn Jahren tot.«
Simon war schockiert. »Er ist tot? Wie kam er ums Leben?«
»Ottokar ließ ihn zum Tode verurteilen und öffentlich hängen.«
Simon blieb der Mund offen stehen. »Das ist ein gar schändlicher Tod für einen Herrn von edlem Stand.«
Michel nickte. Unausgesprochen stand die Erinnerung an die Hinrichtung Philipps von Montfort im Raum.
»Was wurde ihm vorgeworfen?«

»Der Knecht, mit dem ich sprach, wusste es nur vom Hörensagen. Die Anklage lautete angeblich auf Hochverrat. Doch in Wirklichkeit ging es wohl um etwas ganz anderes.«

»Und was war das? Nun komm doch endlich zur Sache!«

Michel zögerte. »Vielleicht sind es alles nur Gerüchte, Herr. Jedenfalls werden sie Euch nicht freuen.«

Simon schüttelte ungeduldig den Kopf »Das weiß ich erst, wenn du mir berichtet hast. So sprich endlich!«

»Ihr kennt aus der Bibel die Geschichte von König David, der das Weib seines Nachbarn begehrte. So mag es auch in diesem Falle gewesen sein. Graf Siegfried hatte eine blutjunge Gemahlin. Beide waren einander von Herzen zugetan. Doch König Ottokar setzte alles daran, die Dame für sich zu gewinnen.«

Michel trank noch einen Schluck Wein. Sein Mund fühlte sich an wie ausgedörrt. Wenn der Knecht die Wahrheit gesprochen hatte, würden sie Ottokars Hof wohl bald verlassen.

Simon stöhnte ob der erneuten Pause. »Und was weiter? Lass dich doch nicht ständig bitten!«

»Siegfrieds Gemahlin eröffnete ihrem Eheherrn, dass Ottokar ihr nachstellte. Daraufhin erschien Siegfried auf dem Hradschin und forderte, den König zu sprechen. Bei dieser Unterredung war niemand zugegen. Zwei Wochen später ließ Ottokar Siegfried verhaften und im Hradschin einkerkern. Er beschuldigte ihn, einen Aufstand in der Steiermark gegen ihn vorzubereiten, und saß über ihn zu Gericht. Obwohl viel dafür sprach, dass die Zeugen bestochen waren, wurde Siegfried zum Tode verurteilt und am nächsten Tag auf dem Galgenberg aufgeknüpft.«

Minutenlang herrschte Schweigen. Michel kannte seinen Herrn gut genug, um zu wissen, wie erschüttert er war.

»Woher weiß man, dass die Zeugen bestochen wurden?«

»Gottes Mühlen mahlen langsam«, antwortete Michel bedeutungsschwer. »Der Hauptzeuge war ein Ritter aus Siegfrieds

Gefolge. Er erkrankte kurz nach dem Tod seines Herrn am Aussatz. Als man ihn gewaltsam auf die Siecheninsel schaffte, verfluchte er Ottokar. Gott habe ihn mit der furchtbaren Krankheit geschlagen, um ihn für den Meineid zu strafen, den er auf Geheiß des Königs geleistet hätte.«

Diesmal schwieg Simon noch länger. Düster starrte er in seinen Becher. Michel dachte schon, er hätte genug gehört, als er die nächste Frage stellte.

»Was geschah mit der Frau?«

Darüber hatte die Magd Bescheid gewusst. Michel spürte wieder die Mischung aus Entsetzen und Mitleid, die die Schilderung der Frau in ihm ausgelöst hatte.

»Ottokar ließ sie auf den Hradschin schaffen. Dort besuchte er sie regelmäßig in der kleinen Kammer, in der sie eingesperrt war. Eines Tages kam Ottokars Gemahlin Kunigunde dahinter. Ihr kennt die Dame, Herr. Sie vermag ihren Willen durchzusetzen.«

Simon nickte. Ottokars Weib war eine der heftigsten Kriegstreiberinnen am Hof und forderte ihren Gatten unermüdlich dazu auf, die verlorene Macht zurückzugewinnen.

»Die Szene, die sie Ottokar machte, war in der ganzen Burg zu hören, erzählte die Magd, die Ottokar dazu verpflichtet hatte, Siegfrieds Weib zu bedienen. Kunigunde sorgte dafür, dass die junge Frau noch in derselben Nacht aus der Burg in die Gosse geworfen wurde. An einem bitterkalten Wintertag wie diesem, barfuß und nur mit einem Leinenhemd bekleidet.«

Er stockte.

»Was wurde aus ihr?«

»Sie sprang in die Moldau. Ihre Leiche wurde am nächsten Morgen ans Ufer geschwemmt.«

Simon stöhnte auf und vergrub das Gesicht in den Händen. So verharrte er eine Weile. Schließlich sah er auf. Sein Blick erin-

nerte Michel an den des waidwunden Hirschbocks, den sie vor Weihnachten erlegt hatten.
»Glaubst du den beiden, die du befragt hast?«
Michel nickte. »Sie sind bis heute erschüttert vom Schicksal des gräflichen Paares. Die Magd verließ ihre gut entlohnte Stelle auf dem Hradschin noch am Todestag von Siegfrieds Weib, obwohl ihre Dienstverpflichtung noch nicht beendet war und sie Strafe befürchten musste.«
Simon ballte die Hände so fest zusammen, dass seine Fingerknöchel weiß hervortraten. »So sind wir nicht in den Dienst eines Mannes von Ehre getreten, sondern in den eines gewissenlosen Schurken?«
Diese Frage hatte sich Michel auch schon gestellt. »So scheint es, Herr«, seufzte er.
Simon sprang auf und begann, die Kammer mit rastlosen Schritten zu durchmessen. Er glich einem gefangenen Raubtier im Käfig. Plötzlich blieb er mit entschlossenem Gesichtsausdruck stehen. »Wir müssen Ottokar unverzüglich den Dienst quittieren und zu König Rudolf zurückkehren. Er sollte wissen, was in Prag vor sich geht.«
Michel schüttelte den Kopf. »Die Straßen sind nach den Schneestürmen der letzten Tage unpassierbar, Herr. Ich selbst habe es nur mit Mühe zurück auf die Burg geschafft. Wir müssen hier wohl oder übel bis zum Frühling ausharren, wollen wir unterwegs nicht erfrieren.«
»Oder Ottokars Häschern in die Hände fallen und meuchlings ermordet werden.«
»Auch das, Herr«, erwiderte Michel mit ruhiger Stimme. »Siegfrieds vorgeblichen Verrat nahm Ottokar zum Anlass, den gesamten steirischen Adel zu entmachten. So wurde aus der Schurkerei gegen einen einzelnen Ritter eine Schurkerei gegen die ganze Mark.«

Simon nickte. »Ja, er hat mir eines Abends davon erzählt. Natürlich seine Version der Geschichte. Die Steiermark sei ein widerständiger Landstrich, der ihm den Gehorsam verweigert habe. Siegfried von Mahrenberg erwähnte er allerdings mit keinem einzigen Wort.« Seine Stimme klang bitter.
Michel zuckte die Achseln. »Wundert es Euch, Herr?« Wieder herrschte Schweigen.
Schließlich gab Simon sich einen Ruck. »Also müssen wir bis zum Frühjahr gute Miene zum bösen Spiel machen, Michel. Die Gelegenheit zur Flucht bietet sich erst, wenn Ottokar uns nach Niederbayern entsenden will, um die Soldritter anzuwerben. Immerhin können wir bis dahin Ottokars Pläne und Winkelzüge noch genauer auskundschaften.«
Michel fühlte sich plötzlich sehr müde. Auch ihm machte die Enttäuschung zu schaffen. Wieder hatte er über ein Jahr verloren und das Geld für das Gut immer noch nicht beisammen. »Lasst mich das Nachtlager bereiten, Herr. Es ist spät.« Er sehnte sich nach seinem Strohsack, auf dem er neben Simons Bett auf dem Boden der Kammer schlief.
Schließlich lagen sie im Dunkeln unter den warmen Pelzdecken. »Michel, schläfst du schon?« Simons Stimme klang seltsam kindlich.
Michel grunzte unwillig. »Ihr habt mich gerade wieder geweckt, Herr.«
Simon schien dies nicht weiter zu stören. »Sag mir noch eins, treuer Freund. Du weißt, ich habe Ottokar wie einen Helden verehrt. Er ist ein gar stattlicher Mann. Hat Siegfried von Mahrenbergs Weib ihn am Ende geliebt?«
Nun war Michel hellwach. Die Worte der Magd klangen ihm noch in den Ohren.
»Das glaube ich nicht, Herr«, knurrte er, vor Erschöpfung kurz angebunden. »Es heißt, er habe ihr jede Nacht Gewalt angetan.«

Mit dem Brief in der Hand betrat Christina die Kemenate, kaum dass der Burgkaplan sich zurückgezogen hatte. Angesichts des elenden Zustands der Freundin kostete es sie Mühe, das strahlende Lächeln beizubehalten, das sie vor der Tür aufgesetzt hatte. Giselas Gesicht glühte vor Fieber. Ihr Atem ging rasselnd, immer wieder hustete sie und spuckte Blutklumpen in ein Leinentuch. Dazwischen rang sie verzweifelt nach Luft.
Trotzdem trat ein matter Glanz in ihre Augen, als sie Christina erblickte. Er wandelte sich zu ungläubiger Freude, als sie das Schreiben erblickte, das Christina triumphierend schwenkte.
»Schaut her, liebste Freundin. Gerade eben ist ein Brief Eures Gatten aus dem fernen Prag eingetroffen.«
Gisela versuchte mühsam, sich aufzurichten, und streckte eine abgemagerte Hand unter dem dicken Federbett hervor. Ihr Arm glich einem dürren Ast. »Lasst mich sehen«, keuchte sie mit einem gespenstischen Lächeln auf den verschorften Lippen.
Christina drückte sie sanft in die Kissen zurück. »Ihr seid viel zu schwach, Teuerste. Lasst mich vorlesen, was Euer Gemahl geschrieben hat.«
Kraftlos gab Gisela nach. Christina räusperte sich. Sie hatte nur wenige Minuten darauf verwandt, sich den fiktiven Text auszudenken. Zu groß war ihre Angst, Gisela könne ohne diesen letzten Trost dahinscheiden.
Sie hielt die Pergamentrolle so, dass Gisela das rote Siegel im schwachen Kerzenschein sehen konnte, ohne es genau zu erkennen und zu bemerken, dass Christina es mit heißem Wachs notdürftig gekittet hatte. Dann erbrach sie es mit großer Geste und begann zu lesen.
»Meine geliebte Gemahlin! Mit großer Bestürzung habe ich erfahren, dass Ihr nicht wohl seid. Euer Unglück schneidet mir ins

Herz, und so bitte ich die Heilige Jungfrau Maria flehentlich darum, dass Ihr bald wieder genesen mögt.«

Christina warf verstohlen einen prüfenden Blick auf Gisela. Die lauschte ihren Worten mit geschlossenen Augen und einem sanften Ausdruck im ausgemergelten Gesicht. Dadurch ermutigt, fuhr Christina fort:

»Erst angesichts der Gefahr, Euch zu verlieren, habe ich erkannt, wie leer und öde mein Leben am Prager Hof ohne Euch ist. Oh, hätte ich Euch nur erlaubt, mich zu begleiten. Wir wären einander nahe gewesen, hätten gemeinsam die Freuden der Ehe erkundet und unser Glück gefunden.

Doch ich war blind und taub und muss nun bitter dafür büßen. Alle Pracht an Ottokars Hof, alle liebreizenden Weiber, und dort sind ihrer gar viele, vermögen doch nicht, Euch zu ersetzen. Ich vermisse Eure Sanftheit, Eure Klugheit und vor allem Eure Herzensgüte. Könnte ich jetzt Eure zarte Hand mit meinen Küssen bedecken, ich wäre der glücklichste Mann auf Erden.

Erholt Euch rasch, meine Geliebte, und bewahrt Eure innere und äußere Schönheit, bis wir uns wiedersehen. Ich harre Eurer in großer Sehnsucht.

Gegeben zu Prag am zwanzigsten Tag des Monats Januar von Eurem Euch ewiglich liebenden Gatten Simon von Montfort.«

Als Christina schwieg, öffnete Gisela die Augen. Sie schimmerten feucht.

»Ich danke Euch, liebste Freundin«, flüsterte sie. »Ihr tut wahrlich alles, um mir den Abschied leichter zu machen.«

Noch ging Christina die Doppelbödigkeit von Giselas Worten nicht auf. Stattdessen schossen auch ihr die Tränen in die Augen. »Sprecht nicht so, ich flehe Euch an. Sammelt all Eure Kraft und werdet wieder gesund. Seht doch, Euer Herzenswunsch geht in Erfüllung. Euer Gatte liebt und sehnt sich nach Euch.«

Gisela sah sie mit einem seltsamen Ausdruck an.

»So wird unser Wiedersehen wohl warten müssen, bis wir uns dereinst im Jenseits begegnen. Ich gehe noch heute Nacht. Doch küsst meinen Gemahl an meiner statt und richtet ihm aus, dass ich seinen letzten Gruß über alle Maßen geschätzt habe.« Ein gespenstisches Lächeln trat auf ihre ausgetrockneten Lippen. »Wüsste ich es nicht besser, ich würde denken, der Brief gälte Euch.«

Zutiefst erschrocken, schoss Christina die Röte in die Wangen. Wieder deutete Gisela an, dass sie ahnte, wen Simon wirklich liebte. Während sie noch nach Worten rang, versuchte die Todkranke erneut vergeblich, sich aufzurichten. Sie deutete auf die Fensternische.

Beunruhigt griff Christina nach Giselas Hand. »Was wünscht Ihr, Teuerste? Kann ich Euch einen Schluck Wasser reichen?«

Statt einer Antwort schüttelte Gisela ein heftiger, nicht enden wollender Hustenanfall. Schließlich lag sie völlig erschöpft in den Kissen. Ein kleines rotes Rinnsal lief ihr den Mundwinkel hinab. Christina griff nach einem reinen Tuch, um sie zu säubern, doch Gisela drehte den Kopf weg. Fast wirkte sie unwillig.

»Verstehst du, was sie möchte?«, fragte Christina die alte Magd, die neben dem Kamin in einer Ecke hockte. Es war Giselas Amme, die ihren ehemaligen Zögling so hingebungsvoll pflegte, wie sie einst das kleine Mädchen betreut hatte.

»Dort in der Fensternische steht die kleine Truhe mit ihrer Morgengabe«, antwortete die Alte. »Vielleicht will sie das Geschmeide im Gedenken an ihren Gemahl noch einmal sehen.«

Christina war trotz ihrer Trauer verblüfft. Nie hatte Gisela einen solchen Schmuck erwähnt. Sie griff nach dem Kästchen und öffnete es. Einen winzigen Augenblick lang sprang sie die alte Eifersucht an, als sie die prächtigen Juwelen betrachtete. Die Rubine und Perlen leuchteten im schwachen Licht wie Blutstropfen auf Schnee.

Beschämt ob ihrer unlauteren Anwandlung nahm Christina den Halsschmuck heraus und machte Anstalten, ihn der Kranken umzulegen. Doch die wandte mühsam den Kopf ab und umschloss mit ihrer zitternden Hand die Christinas, in der sich das Geschmeide befand. »Nein, nein«, krächzte sie dabei heiser. »Du sollst ihn haben, geliebte Freundin.« Christina glaubte, sich verhört zu haben, und beugte sich tief zu Gisela hinab, um sie besser verstehen zu können. Neben dem starken Rosenwasser, mit dem die Sterbende vor der Letzten Ölung gewaschen worden war, nahm sie den dumpfen Geruch des nahenden Todes wahr.
Doch Giselas schwache Geste war unmissverständlich. Bestürzt wehrte Christina ab. »Ich kann ein so kostbares Geschenk nicht annehmen.« Erst jetzt fiel ihr auf, dass Gisela sie zum allerersten Mal geduzt hatte.
Mit letzter Kraft drückte die Kranke nochmals Christinas Hand mit der Kette. »Nimm das Geschmeide und erinnere dich ab und an an unserer Freundschaft. Trage sie, wenn du Simon einst wiedersiehst. Und sag ihm, dass du mir das Sterben leichtgemacht hast.« Ein neuer Hustenanfall erstickte ihre letzten Worte. Dann fiel sie in einen leichten Dämmerschlaf.
Als die finstere bitterkalte Nacht einer trüben Dämmerung wich, tat sie ihren letzten rasselnden Atemzug, ohne die Augen noch einmal geöffnet zu haben.

Kapitel 29

Wien, Frühsommer 1278

»Heda, Wirt. Bring noch mehr Wein!«

Der Mann näherte sich dem Tisch in unterwürfiger Haltung, doch mit leeren Händen. Sein Kittel starrte vor Soßen- und Fettflecken. »Untertänigst zu Diensten, edler Herr. Aber ich bin ein armer Mann und habe eine große Familie zu ernähren.« Er stockte.

Simon sah unwirsch auf. »Und?«

Der Wirt verbeugte sich wieder. »Ihr seid mir noch die Zeche von gestern schuldig, hoher Herr. Ich kann Euch nur weiteren Wein bringen, wenn Ihr mich bezahlt.«

Simon richtete sich drohend auf und griff an sein Schwert. »Was soll diese freche Rede?«

Der Mann ließ sich nicht einschüchtern. »Gebt mir die Pfennige, die Ihr mir schuldet, edler Herr. Dann erhaltet Ihr alles, was Ihr wünscht.«

»Dein Wein ist viel zu teuer und obendrein von der schlechtesten Sorte. Ich werde dich morgen entlohnen. Jetzt spute dich und bring mir einen neuen Krug.«

Der Wirt blickte ungerührt zu Boden und machte keine Anstalten, seinem Befehl Folge zu leisten.

Simon sah ein, dass er so nicht weiterkommen würde. Doch es gelüstete ihn heftig nach mehr Wein. »So schicke nach meinem Waffenknecht. Er soll Geld mitbringen, um mich auszulösen.«

Der Wirt entfernte sich mit vielen Verbeugungen. Aus dem Augenwinkel sah Simon, dass er etwas zu einem seiner halbwüchsigen Söhne sagte. Der Junge verließ daraufhin die verkommene Schenke.

Angewidert von sich selbst starrte Simon auf seine Hände. Sie waren schmutzig und ungepflegt, mit schwarzen Rändern unter den Fingernägeln. Sein Gewand, das er seit Tagen nicht abgelegt hatte, stank übel nach Schweiß. Es war das letzte, das ihm geblieben war. Seine restliche Kleidung hatte er in den letzten Wochen nach und nach verhökert, um seinen Unterhalt bestreiten und vor allem Wein und Schnaps bezahlen zu können.

Derweil schuftete Michel als Gegenleistung für die schäbige Unterkunft und den Einstellplatz für die Pferde von früh bis spät in den Stallungen, über denen ihre zugige Dachkammer lag.

Simon dagegen ließ sich seit ihrer Rückkehr nach Wien mehr und mehr gehen. Voll innerer Pein dachte er an seine Ankunft in der Stadt vor einigen Wochen.

Schon auf dem Weg durch Böhmen stellten sie fest, dass Rudolf den Frieden von 1276 ebenso gebrochen hatte wie Ottokar. Allerorten trafen sie auf rauchende Trümmer, erschlagenes Vieh und grässlich zugerichtete Leichen. Beide Herrscher wüteten gnadenlos in den Gebieten des jeweils anderen.

In den oft schlaflosen Nächten inmitten der zerstörten Landschaft hatte er stundenlang mit Michel diskutiert. Wie war es möglich, dass die höchsten Fürsten des deutschen Reiches alle Begriffe von Ehre und Anstand fahrenließen, sobald es um Machtgewinn ging? Warum ließen sie zu, dass das unschuldige, ohnehin oft in elenden Verhältnissen lebende Volk zum Opfer ihrer Gier wurde und Greueltaten ausgesetzt war, die jeder Beschreibung spotteten? War dies wahrhaftig Gottes gewollte Ordnung? Und hatte denn Simon selbst als landloser Ritter mit einem hingerichteten Straßenräuber als Oheim je die Möglichkeit, Gut und Ansehen ehrenhaft zu erwerben? Oder blieb ihm nur die Wahl zwischen Ehrlosigkeit und bitterer Armut?

Auch Michel hatte keine Antworten auf diese drängenden Fragen. Dank seines schlichteren Gemüts nahm er jedoch eine Haltung ein, die Simon halb bewunderte, halb als naiv ablehnte. Dereinst werde er sich vor seinem Schöpfer nur für seine eigenen Taten verantworten müssen, argumentierte Michel, nicht für die seines Herrschers und seiner Dienstherren. Er könne daher nur Sorge für sein eigenes Seelenheil tragen und tun, was ihm sein Gewissen befahl.
Und genau aus diesem Grund trank Simon. Denn sein Gewissen bescherte ihm einen inneren Konflikt nach dem anderen.
Das war ihm schon am ersten Tag klargeworden, als er an Rudolfs Hof vorgesprochen hatte. Dort war niemand überrascht, als Simon von Ottokars Kriegsvorbereitungen berichtete. Anscheinend unterhielt der König eine Reihe von Spitzeln in der Prager Burg, deren Existenz Ottokar verborgen geblieben war. Jedenfalls war er über die meisten Winkelzüge seines Gegners bereits auf dem Laufenden und entließ Simon schon nach wenigen Minuten.
»Es ehrt Euch, Ritter von Montfort, dass Ihr Eurem König am Ende doch noch die Treue bewahrt habt. Allerdings habt Ihr Euch recht viel Zeit damit gelassen«, bedeutete ihm Rudolf kühl.
Simon verließ den Rittersaal mit einem schalen Gefühl. Nun hatte er sich schon dazu hergegeben, seinen ehemaligen Dienstherrn Ottokar zu verraten, aber es trug ihm nichts ein. Was also wurde eigentlich von ihm erwartet?
Es half ihm auch nicht weiter, dass ihn Graf Eberhard später über Rudolfs schlechte Laune aufklärte. »Ottokar hat schon wenige Wochen nach seiner Huldigung gegen den Friedensvertrag verstoßen. Vor wenigen Monden hat er sogar einen Aufstand in Wien angezettelt, der Rudolf das Leben kosten sollte. Zum Glück konnten die Rädelsführer rechtzeitig dingfest gemacht werden.«

Eberhard machte eine bedeutungsschwere Pause und griff sich stöhnend an seinen schmerzenden Rücken. »Hätten Rudolfs Kundschafter an Ottokars Hof ihn nicht gewarnt, hätte der Böhme durch diese feige Tat die Macht errungen. Ihr könnt von Glück sagen, dass Rudolf Euch als Gefolgsmann Ottokars nicht in Ketten legen ließ, als Ihr wieder in Wien aufgetaucht seid.«

»Aber ich wusste doch nichts von diesem Aufruhr«, beteuerte Simon.

Eberhard zuckte die Achseln. »Woher soll der König das wissen? Ihr wart über ein Jahr am Prager Hof. Wisst Ihr noch immer nicht, wohin törichte Unbedarftheit in diesen harten Zeiten führen kann?«

Eberhards Tadel, der dem Ottokars sinngemäß ähnlich war, traf Simon weit härter als Rudolfs Kühle. Hielt man sich an die Rittertugenden oder auch nur an die selbstverständliche Treue gegenüber seinem Dienstherrn, galt dies den Mächtigen also als »törichte Unbedarftheit«. Verglichen sie ihn etwa mit Parzival, dem Ritter aus König Artus' Tafelrunde, den alle einen Narr vor dem Herrn schimpften?

Aber es kam noch schlimmer. »Der König rüstet ein Heer gegen Ottokar. Ich werde ein gutes Wort für Euch einlegen, dass er Michel und Euch wieder in seine Dienste nimmt.«

Simon war entsetzt ob des Gedankens, einen ehrlosen Herrn gegen den anderen einzutauschen. »Ich möchte weder für König Rudolf noch für Ottokar in die Schlacht ziehen. Warum kann ich nicht wieder in Eure Dienste treten, hoher Herr?«

Eberhard seufzte. »Wenn ich rüstig genug zum Kämpfen wäre, käme es auf das Gleiche hinaus. Ihr zöget mit Rudolf gen Ottokar. Doch sobald ich reisefähig bin, werde ich in die Heimat zurückkehren. Mein Rücken erlaubt mir nicht mehr, ein Pferd zu besteigen, und auch mein Herz macht mir zu schaffen. Ich muss

meine irdischen Angelegenheiten ordnen, bevor mich der Herrgott abberuft.«
Zwischenzeitlich war Graf Eberhards Abreise schon über einen Monat her. Doch kurz davor hatte er Simon und Michel tatsächlich noch ausrichten lassen, sie könnten sich beim Heermeister Rudolfs melden. Simon hatte es bislang aber nicht über sich gebracht.
Nacht für Nacht quälten ihn wieder die Alpträume seiner Kindheit. In engen Gängen und finsteren Räumen brach ihm der Angstschweiß aus. Immer öfter vermeinte er die Todesschreie seiner Eltern zu hören.
Anfangs begann er, vor dem Schlafengehen zu trinken, um den bösen Träumen zu entgehen. Obwohl dies kaum etwas nutzte, stellte er rasch fest, dass der Alkohol ihn wenigstens gleichgültig gegenüber den vielen Enttäuschungen und Zweifeln machte, die ihn plagten. Das Trinken bewahrte ihn auch davor, sich für seine unmännlichen Ängste zu schämen, und betäubte seine Schuldgefühle gegenüber seiner verstorbenen Gemahlin Gisela von Sayn. Und als ob dies wirklich der Ausweg sei, den das Schicksal ihm wies, wurde ihm schon bald nicht mehr übel vom vielen Saufen, wie es früher stets der Fall gewesen war.
So vegetierte er entschlusslos Tag für Tag vor sich hin. Die kleine Summe, die Eberhard ihm bis zum ersten Sold vorgestreckt hatte, war längst verbraucht. Da ihn zunehmend auch das schlechte Gewissen gegenüber Michel quälte und ihm in der stickigen Dachkammer die Decke auf den Kopf fiel, hatte er in jüngster Zeit begonnen, schon vor der Mittagsstunde zu trinken. Um den Wein und die Dirnen zu bezahlen, die er gelegentlich aufsuchte, ohne dabei die einstige Befriedigung zu finden, veräußerte Simon nach und nach alles, was er entbehren konnte. Nun waren ihm nur noch seine Waffen, seine Rüstung und sein kostbares Pferd geblieben.

Trübsinnig starrte er vor sich hin, erfüllt von Ekel vor sich selbst. Schon mehrmals hatte ihn Michel aus einer Schenke ausgelöst und dabei sein Erspartes angetastet, das er mühsam für die Heirat mit Marie zurückgelegt hatte. Jedes Mal versprach Simon ihm hoch und heilig, sich zu bessern und ihm die doppelte Summe zurückzuzahlen.
Doch schon am nächsten Morgen wog seine innere Unrast schwerer als seine guten Vorsätze, und er verschwand erneut in den Spelunken. Sie wurden mit der Zeit immer schäbiger. Die vornehmen Gasthäuser rund um den Marktplatz und die Stephanskirche konnte er sich schon lange nicht mehr leisten.
Jetzt griff Simon unwillkürlich an den Knauf seines kostbaren Schwerts aus Damaszener Stahl, das ihm Graf Johann zur Ritterweihe geschenkt hatte. War dies wirklich gerade einmal zwei Jahre her? Damals war er noch voller Ehrgeiz gewesen, Ruhm zu erlangen, und hatte an die Gerechtigkeit der Könige geglaubt. Heute fühlte er sich an manchen Tagen wie ein uralter Mann, der sein Leben bereits hinter sich hatte.
Er begann zu rechnen. Selbst wenn man ihn wie üblich betrog, was den erzielten Erlös anging, würde er viele Silbermünzen für das Schwert erhalten, vielleicht sogar Gold. Er könnte Michel auszahlen, ihm sogar die Reise zurück in die Heimat ermöglichen. Doch was würde dann aus ihm? Ohne Schwert und Waffenknecht war er für Rudolfs Heer wertlos. Wären danach auch die Rüstung und der Fuchs verkauft, würde er innerhalb weniger Wochen in der Gosse enden.
Doch es war müßig, schon heute darüber zu grübeln. Simon schüttelte sich wie ein nasser Hund, um die quälenden Gedanken zu verscheuchen. Wo blieb Michel denn nur? Er brauchte mehr Wein. Wenn der Wirt das billige Gesöff nicht freiwillig herausrückte, musste er ihn eben dazu zwingen. Schon griff Simon wieder an sein Schwert.

In diesem Moment erhoben sich zwei Männer an einem Tisch in der Ecke und steuerten geradewegs auf ihn zu. Simon hatte sie weder kommen gesehen noch zuvor in der Schenke bemerkt. Der Kleidung nach schienen es Burschen aus dem Volk zu sein. Ihre Kittel und Beinlinge waren reinlich und von gutem Stoff. Simon musterte sie durch die wabernde Luft des blakenden Herdfeuers hindurch. Er hatte die Männer noch nie gesehen. Der größere der beiden erreichte seinen Tisch und verneigte sich. »Seid Ihr der hochwohlgeborene Ritter Simon von Montfort, edler Herr?«
Simon nickte, halb geschmeichelt, halb unwirsch. Schon lange hatte ihn niemand mehr so höflich angesprochen. »Der bin ich. Was wollt ihr von mir?«
Der Mann näherte seinen Mund Simons Ohr und dämpfte die Stimme. »Wir bringen Kunde über den Mord an Euren Eltern.«

Burg Böckelheim, Juni 1278

Christina stand auf der Wehrmauer der trutzigen Burg und ließ ihren Blick über das weite Naheland zu ihren Füßen schweifen. Immer wenn der Trübsinn sie zu übermannen drohte, kam sie hierher, um sich durch den Anblick der grandiosen Landschaft auf andere Gedanken zu bringen. Tief unter ihr rauschte die Nahe, jetzt im Frühsommer lieblich gesäumt von blühenden Sumpfpflanzen und lindgrünen Weiden, deren Zweige bis ans Wasser reichten.
Eine Entenschar flog schnatternd aus dem Schilf auf, als sich ein kleiner Nachen näherte, in dem zwei Fischer saßen. Christina erkannte in ihnen hörige Knechte der Burg, deren reiche Beute ein schmackhaftes Nachtmahl versprach.
Sie seufzte. Die Nachmittagssonne stand schon tief. Bald würde das Glöckchen zur Vesper rufen. Frühmesse und Abendandacht

bildeten seit ihrer Ankunft auf Burg Böckelheim vor mehr als einem Jahr die Eckpunkte ihres eintönigen Tagesablaufs.
Immerhin gestand ihr Heinrich in seinem ersten eigenen Heim die Rolle der Hausherrin zu. Mit dem großen Schlüsselbund für Vorratskammern und -keller am Gürtel machte Christina mehrmals am Tag ihre Runde durch Küche, Back- und Räucherhaus, die Wäschekammer und die Nähstube, um überall nach dem Rechten zu sehen. Sie teilte die Arbeit der Mägde ein und besprach mit der Köchin die Mahlzeiten. Den Rest des Tages verbrachte sie mit feinen Handarbeiten in Gesellschaft von Muhme Agathe in der Kemenate oder dem kleinen Burggarten.
Da sowohl der Knappe Dankwart als auch der alte Hildebrand auf dem Rheinfels geblieben waren, war eine Wiederaufnahme ihres Waffentrainings unmöglich. Auf Böckelheim herrschte Heinrich mit harter Hand über die Dienstleute und das Gesinde. Niemand hätte gewagt, Christina Zutritt zur Waffenkammer zu gewähren oder gar heimlich mit ihr zu üben. Als Ausweg blieb ihr nur ihre Vorstellungskraft.
Schon auf der Rückreise von Wien hatte Christina begonnen, die endlosen Stunden in der schwankenden Sänfte ab und an mit genauen Rekapitulationen der komplizierten Bewegungsabläufe zu verbringen, die Hildebrand ihr beigebracht hatte. Während ihre Gefährtin Gisela von Sayn sie schlafend wähnte, rief sie sich jede Kampfszene, die sie je geprobt hatte, in Erinnerung und vollzog die Finten und Paraden im Geiste nach, die sie gelernt hatte. Aus dem müßigen Zeitvertreib war eine feste Gewohnheit geworden. Jeden Tag erwachte sie vor dem ersten Hahnenschrei und wiederholte vor ihrem inneren Auge die Bewegungsabläufe in der Stille des anbrechenden Morgens.
Nur selten war es ihr vergönnt, diese mit einem Stecken, wenn auch ohne Gegner, konkret üben zu können. Seit ihrer Ankunft

auf Böckelheim folgte Muhme Agathe ihr wieder auf Schritt und Tritt. Christina ertrug es ohne Aufbegehren. Dankwart als Zeuge für das vorgebliche Schäferstündchen war fern und Agathe mehr denn je bestrebt, Heinrich zu Gefallen zu sein.
Doch zu Christinas grenzenloser Erleichterung schenkte er weder ihr selbst noch der diensteifrigen Muhme die gleiche Aufmerksamkeit wie früher. Schon kurz nach ihrer Ankunft im vergangenen Jahr war er der gemeinsamen Schlafkammer des Nachts immer öfter ferngeblieben. Schließlich quartierte er Christina sogar aus und wies ihr ein Lager in einem zugigen Gemach zu, das keinen Kamin besaß und in dem sie nun gemeinsam mit Agathe hauste. Er selbst nächtigte weiterhin in der Kemenate, in der sich Christina nur noch tagsüber aufhalten durfte. Ab und an bestellte er sie zu später Stunde in sein Bett, um mit zunehmender Gleichgültigkeit seine Pflicht zu erfüllen, den ersehnten Erben zu zeugen.
Während die Alte sehr bekümmert über Heinrichs Missachtung war, dankte Christina der Heiligen Jungfrau für jede Nacht, die sie friedlich neben der schnarchenden Muhme verbringen durfte. Der Grund dafür war ihr nicht lange verborgen geblieben.
»Dame Christina, es geht übles Gerede um in der Burg«, sagte Agathe eines Tages mit sorgenvoll gerunzelter Stirn. »Man munkelt in den Gesindestuben, dass sich Euer Gemahl ein Liebchen genommen hat. Es ist die Tochter des Dorfschulzen. Möglicherweise trägt sie bereits seinen Bastard unter dem Herzen.«
In diesem Moment hätte Christina am liebsten laut gejubelt. Um Agathes Misstrauen nicht zu wecken, machte sie stattdessen ein betrübtes Gesicht und blickte zu Boden. »Es ist das Los vieler Ehefrauen, das sie in Geduld zu ertragen haben«, belehrte sie die Alte mit deren eigenen Worten.
Doch die ließ nicht locker. »Ihr habt Eurem Gatten noch keinen Sohn geboren, Herrin. Befürchtet Ihr nicht, dass er Euch

eines Tages verstößt und einen Bastard zu seinem Erben bestimmt?«
Christina seufzte. Leider bestand diese Hoffnung nicht. Würde Heinrich sie verstoßen, gäbe er gleichzeitig seine Hoffnung auf das Erbe von Katzenelnbogen auf.
Agathe verstand ihr Verhalten miss. »Ihr müsst Euch mehr Mühe geben und liebreizend und gefällig sein, Herrin. Dann wird die Leidenschaft Eures Gemahls schnell wieder aufflammen.«
Da seien die Jungfrau und alle Erzengel davor, dachte Christina, bemüht, ihren starren Gesichtsausdruck beizubehalten. Aber nach und nach wurde ihr klar, was Heinrichs Verhalten auf Dauer für sie bedeuten mochte.
Tatsächlich hatte Heinrich schon während der Rückreise von Wien seltener nach ihr verlangt als zuvor. Anfangs konnte sie sich das nicht erklären. Heute war sie davon überzeugt, dass Heinrich ihr die Vorstellung in der Wiener Kapelle abgenommen und infolgedessen das Interesse an ihr verloren hatte. Eine ergebene Gattin musste nicht mehr bezwungen werden.
In diesem Zusammenhang bekam auch eine Szene kurz nach ihrer Abreise eine neue Bedeutung. Heinrich hatte sie in seine Kammer gerufen und erwartete sie bereits mit der Rute in der Hand. Christina, apathisch und zermürbt wegen des unwiderruflichen Verlusts Simons, entblößte schweigend den Rücken und kniete nieder. Die Schläge schienen ihr die gerechte Strafe für ihre Feigheit in der Kapelle zu sein.
Zu ihrem Erstaunen senkte Heinrich nach nur drei Hieben die Rute. »Sag an, Eheweib, bereiten die Prügel dir Lust?« Christina starrte ihn ungläubig an. In seinen Augen funkelte ein Begehren, das sie in dieser Form noch nicht kannte. Im Bemühen, ihn zu beschwichtigen, tat sie instinktiv das Richtige. »Prügel bereiten niemandem Lust, mein Gemahl. Ich nehme sie hin, da ich Euch ja doch nicht daran hindern kann.«

Das Funkeln erlosch. Den nachfolgenden Akt brachte Heinrich hastig hinter sich und schickte sie hernach ohne weitere Gewalttätigkeiten zurück in die Frauenkammer.

Nach der Rückkehr in die Heimat brachte Heinrich regelmäßig neue Liebchen mit auf die Burg oder wählte seine Bettgenossinnen aus dem Gesinde. Christina bezweifelte, dass die Frauen freiwillig zu ihm kamen, zumal er sie, wie man hinter vorgehaltener Hand tuschelte, vor dem Liebesakt regelmäßig auspeitschte. Doch daran konnte sie nichts ändern. Immerhin jagte sie die Mägde nicht von der Burg, wenn Heinrichs Interesse an ihnen erloschen war, wie es andere Herrinnen taten.

Das Licht der untergehenden Sonne spiegelte sich im Wasser der Nahe. Im leichten Abendwind trugen die Wellen kleine Schaumkronen. Das Bild war so friedvoll, dass es Christinas Blick magisch anzog. Wie würde es wohl sein, tief in den Fluss einzutauchen und sich sanft von ihm davontreiben zu lassen? Was hatte ihr das Leben denn noch zu bieten?

Der Preis für ihre Rache an Heinrich war von Anfang an zu hoch gewesen. Doch bald würde es vollends unerträglich für sie werden. Denn lange ließe sich ihre Unfruchtbarkeit nicht mehr verbergen. Früher oder später würde eine seiner Bettgenossinnen schwanger werden. Dann würde er ihr allein die Schuld an der Kinderlosigkeit ihrer Ehe geben und es sie jeden Tag büßen lassen. Wie hatte sie nur jemals so dumm sein können zu glauben, ihr Plan, ihn leiden zu lassen, ginge auf? Leiden würde am Ende nur sie, sogar noch mehr als bisher.

Was hatte sie also noch zu verlieren? Ein Sprung von den Zinnen, ein Moment der Angst und dann? Würde sie überhaupt jemand vermissen? Gisela war tot.

»Wo bist du jetzt, liebste Freundin?«, flüsterte Christina. »Werde ich dich wiedersehen, wenn ich zu springen wage? Oder fahre ich geradewegs in die Hölle?« Unschlüssig starrte sie auf das funkelnde Wasser. Erstaunt stellte sie fest, dass es ihr keine Angst machte. Schlimmer als ihre Hölle auf Erden konnte die im Jenseits auch nicht sein.

Wieder ließ sie ihren Gedanken freien Lauf. Simon weilte noch immer in der Fremde. Von ihrem Vater wusste sie, dass er den Prager Hof verlassen hatte und wieder in die Dienste König Rudolfs treten wollte.

Sein Brief an Gisela war zwei Tage nach ihrem Tod eingetroffen. Christina schmuggelte ihn in einem unbewachten Moment in den Sarg, ohne ihn vorher gelesen zu haben. Erst viel später fiel ihr ein, dass die Rolle vielleicht auch eine Nachricht für sie selbst enthalten hatte. Da lag die Freundin längst in ihrem kühlen Grab. Seither war sie ohne jede Kunde von Simon.

Das Wasser glänzte und lockte. Probehalber stützte Christina beide Hände auf die brusthohe Mauer. Würde sie es ohne Leiter schaffen, sich an ihr hochzuziehen?

Plötzlich dachte sie an ihren greisen Vater. Es gab also doch noch einen Menschen, den ihr Tod schmerzen würde. Ich müsste zuvor Abschied von ihm nehmen. Ob er schon auf dem Rheinfels eingetroffen ist?, überlegte sie.

Ein Brief aus Wien hatte sie vor einiger Zeit unterrichtet, dass ihr Vater endlich in die Heimat zurückkehren würde. Da sein Rücken so schlimm war, dass er nicht reiten konnte, wollte er die Reise so weit als möglich auf einem Rheinschiff zurücklegen. Aus diesem Grund konnte er seine Tochter nicht auf Burg Böckelheim besuchen. Die Nahe führte zu wenig Wasser, um sie mit großen Treidelschiffen befahren zu können.

Gleich morgen sende ich einen Boten auf den Rheinfels, beschloss Christina. Ich möchte ihn unbedingt noch einmal wiedersehen. Danach gehe ich zu geeigneter Stunde.

Ein Glöckchen bimmelte und riss sie aus ihren Gedanken. Muhme Agathe, die genau unter ihr auf der anderen Seite der Mauer im Burggarten nähte, stand auf und winkte ihr zu.
»Sputet Euch, Dame Christina. Es läutet zur Vesper.«
Seufzend wandte sich Christina vom Anblick der glitzernden Nahe ab und schickte sich an, die steile Stiege hinabzusteigen. Vor ihr lag ein öder Abend, gefolgt von ebenso endlosen öden Tagen und Nächten.

Wien

»Nun so sprecht! Woher habt ihr Kunde über die feige Mordtat an meinen Eltern?«
Der ältere der beiden Burschen winkte dem Wirt. »Heda, bring uns mehr Wein. Aber nicht den sauren Fusel, sondern den besten, den du hast.«
Staunend erkannte Simon, dass der Wirt ihn belogen hatte, als er vorgab, nur den schlechten Wein zu führen, den er Simon kredenzte. Doch bevor er sich darüber ärgern konnte, zog der Bericht der Fremden ihn in den Bann.
»Es gibt einen jüdischen Hehler in der Stadt, der mit Schmuckstücken aller Art handelt. Oft stammen sie aus gestohlener Beute. Er hat uns den Anhänger aus dem Morgenland gezeigt, dessen Gegenstück Ihr besitzt. Er wurde ihm von einem Mann verkauft.«
Trotz des schweren Rotweins, den er in einem Zug hinuntergestürzt hatte, fühlte Simon sich augenblicklich nüchtern. Unwillkürlich griff er sich an die Brust, wo er die Kette unter dem Wams verborgen trug, und blickte die beiden Männer misstrauisch an.
»Eure Geschichte wirkt wenig glaubhaft. Wie soll ausgerechnet jemand in Wien von dem Schmuckstück und der Mordtat an meinen Eltern wissen?«

Der Größere der beiden zuckte die Achseln. »Der Jude behauptete, ein reicher und mächtiger Mann habe den Mord befohlen. Er mag sich sehr wohl im Gefolge des Königs befunden haben oder sogar noch immer hier in der Stadt weilen.«
Simon spürte, wie ihm heiß und kalt wurde. Dass es keine zufällige Tat von Strauchdieben war, sondern ein Auftragsmord, hatten schon Rutger und sein Oheim Philipp behauptet. Sollte an ihrer Behauptung doch etwas Wahres dran gewesen sein?
Doch er blieb skeptisch. »So beschreibt den Anhänger, den ihr gesehen habt.«
Der kleinere Mann sah sich suchend im Schankraum um. Dann griff er nach einem Leinenfetzen, den der Wirt zum Trocknen der Humpen und Schalen benutzte, und fischte ein Stück Kohle vom Rand der Feuerstelle. Staunend sah Simon zu, wie der Bursche den zweifarbigen Anhänger mit groben Strichen auf den Leinenstoff zeichnete. Er schwärzte die Mitte und zeigte auf den Rand. »Das Schmuckstück besteht aus einem schwarzen Edelstein, der von einem silbernen Rahmen umgeben ist. Die Heiden haben den Namen ihres Götzen auf den Stein geschrieben.« Er ritzte mit einem Fingernagel einige unleserliche Zeichen in die Kohlezeichnung. Sie stachen weiß aus dem schwarzen Untergrund hervor.
Simon wurde hellwach. Die Männer mussten tatsächlich etwas von großer Bedeutung wissen. Trotzdem blieb er anfangs noch vorsichtig.
»Selbst wenn der Jude den Zwillingsanhänger besitzt, woher will er wissen, wer dessen Besitzer war?«
Die beiden grinsten über das ganze Gesicht. »Oh, er weiß wohl Bescheid. Der Mann, der ihm den Anhänger verpfändete, um dadurch seine Spielschulden bezahlen zu können, erzählte ihm, von wem er ihn einst gewonnen hatte und dass dies der Mann

gewesen sei, der den Mord an Euren Eltern befohlen habe. Er wusste außerdem, dass man das Gegenstück des Anhängers am Tatort gefunden hatte und Ihr es seither besitzt. Um einen besseren Preis herauszuschlagen, sagte er dem Hehler zuletzt noch, dass Ihr gerade in Wien weilen und Euch die Namen der Mörder ein hübsches Sümmchen kosten lassen würdet. So schickte uns der Jude los, Euch zu suchen.«

Irgendetwas an der Geschichte mutete Simon immer noch seltsam an. Doch was hatte er zu verlieren? Selbst wenn ihm der Jude nichts von Bedeutung sagen könnte, wäre er nicht schlimmer dran als zuvor. Entschlossen sprang er auf.

»So führt mich zu dem Hehler!«

Der größere Mann hielt die Hand auf. »Erst müsst Ihr uns bezahlen, hoher Herr.«

Simon hob ungeduldig die Hände. »Ich habe im Augenblick kein Geld bei mir. Doch mein Knecht muss jeden Moment hier eintreffen. Heda, Wirt!«, rief er dem Mann zu, der hinter dem schmutzigen Schanktisch stand. »Wenn Michel von Kreuznach auftaucht, sende ihn mir nach, sobald er meine Schulden beglichen hat. Wo wohnt dieser Jude?«, wandte er sich an die Burschen.

»Nicht weit hinter dem Fischmarkt. Euer Knecht soll dort nach Abraham, dem Hebräer, fragen.«

Dann machten sie sich auf den Weg. Draußen war schon die Abenddämmerung hereingebrochen. Die Luft war schwül und drückend und lag wie eine schwere Decke auf Simons Körper. Bald war er in Schweiß gebadet. Über den Horizont zuckten Blitze, von ferne grollte der Donner.

Sie waren ungefähr eine Viertelstunde gegangen, als Simon unruhig zu werden begann. Die Gassen, durch die er den Männern folgte, wurden immer enger und düsterer. Langsam stieg Besorgnis in ihm auf. War es richtig gewesen, den beiden Glauben zu schenken?

»Wie weit ist es noch?«
Der größere Mann, der mit einem rauchenden Kienspan vorausging, drehte sich um. »Es ist nicht mehr weit, Herr. Nur noch durch diese Gasse, dann sind wir da.«
Zweifelnd betrachtete Simon das kaum drei Fuß breite Loch, das sich zwischen zwei baufälligen Hütten vor ihm auftat. Es war stockfinster.
Plötzlich spürte er eine Bewegung hinter seinem Rücken. Er fuhr herum. Doch bevor er sein Schwert aus der Scheide ziehen konnte, traf ihn bereits ein furchtbarer Schlag auf den Hinterkopf.

Als Simon die Augen wieder öffnete, war um ihn herum schwärzeste Dunkelheit. Die Luft war so dumpf, dass er zu ersticken vermeinte. Voller Panik versuchte er, den Kopf zu heben, und bemerkte, dass er sich kaum bewegen konnte. Rings um ihn herum stieß er an Holzwände. Sein Herz begann, wie rasend zu schlagen. War dies ein Sarg?
Kalter Schweiß brach ihm am ganzen Körper aus. Vergeblich stemmte er sich gegen den hölzernen Deckel. Er gab um kein Jota nach.
Rund um den Kasten erhob sich nun ein Brausen und Rauschen. Simon glaubte Hufgetrappel zu hören und Schwerter, die aufeinander prallten. Die schrille Stimme einer Frau, die wie in Todesangst schrie. Ein Mann brüllte etwas, die Worte konnte er nicht verstehen. Simon lag wie erstarrt. Er fühlte sich hilf- und schutzlos wie ein Kleinkind.
Ein Kleinkind? Plötzlich sprach ihn eine sanfte Stimme an. »Fürchte dich nicht in der Dunkelheit, Simon. Sie wird dich beschützen. Bewege dich nicht und gib keinen einzigen Laut von dir. Wenn es vorbei ist, komme ich dich holen.« Woher kam diese Stimme? Er war sicher, sie noch nie zuvor gehört zu haben. Trotzdem klang sie seltsam vertraut.

Da erschien vor seinem inneren Auge ein liebliches Frauengesicht, verschwommen wie im Spiegel eines Gewässers. Es war eine Dame mit honigblonden Flechten unter einem zarten Schleier. Sie blickte Simon mit einer Mischung aus Angst und Liebe an und führte beschwörend einen Finger an die Lippen. Dann verschwand das Gesicht, und um ihn herum war alles wieder rabenschwarz.

Ohne die Frau je bewusst gesehen zu haben, wusste Simon, wer sie war. »Mutter.« Er schluchzte und versuchte, die Hände nach der entschwundenen Gestalt auszustrecken. Doch er stieß sich nur die Fingerknöchel hart an dem rauhen Holz. »Mutter, so hilf mir doch!« Salzige Tränen rannen ihm in die Mundwinkel. »Lass mich hier nicht elendiglich sterben.« Mit aller Kraft versuchte er, die Füße gegen die Wände der Kiste zu stemmen. Doch vergeblich: Das Holz war stabil, es knackte nicht einmal.

Das Atmen fiel Simon immer schwerer. Plötzlich hörte er es draußen wieder brausen und rauschen. Diesmal klangen die Geräusche real. Stand die Kiste etwa am Rande eines fließenden Wassers?

Die Erinnerung überschwemmte ihn wie eine Woge. Die Kerle aus der Spelunke! Sie mussten ihn niedergeschlagen und in diesen Sarg gesteckt haben. Aber warum? Um ihn zu berauben? Er trug doch keinen Heller bei sich.

Sein Schwert! Mühsam tastete er an seiner Hüfte entlang. Tatsächlich, das Wehrgehänge war fort! Das Schwert aus Damaszener Stahl hatte den Wert eines kleinen Bauerngutes.

Die Kiste begann sich zu bewegen. Heiße Wut verdrängte seine Verzagtheit. Wie ein Simpel war er dem Räubergesindel in die Falle gegangen! Wie hatte er die Geschichte nur jemals glauben können, die ihm die beiden aufgetischt hatten? Warum war er nicht misstrauischer gewesen? Er konnte sich zwar nicht erklären, woher die Schurken etwas über den Mord und die Zwillingsanhänger wussten, aber warum hatte er nicht beharrlicher nachgefragt? Nun war es zu spät! Wahrscheinlich wollten sie ihn ersäufen wie eine junge Katze!

Die Kiste stand still. Schwertergeklirr drang an seine Ohren. Männer schienen miteinander zu kämpfen. Einer brüllte wie ein Stier beim Schlachter. Wütend stieß Simon erneut gegen die Holzwände. Er wollte hinaus, um mitzukämpfen. Seine Angst war verschwunden. Seine Mutter hatte ihm als Zweijährigem nicht das Leben gerettet, damit er hier als erwachsener Mann jämmerlich verreckte.

Die Wände gaben jedoch auch diesmal nicht nach. Und die Luft in der Kiste wurde immer stickiger. Simon versuchte, flacher zu atmen. Der Druck auf seiner Brust wurde stärker und stärker. Bunte Kreise tanzten vor seinen Augen.

Mühsam formten seine ausgedörrten Lippen ein Stoßgebet. »Jungfrau Maria«, das Bild seiner Mutter stand ihm auf einmal wieder vor Augen. »Edle Dame Irmhild, Mutter, steh mir bei. Du hast mich einst im Dunklen verborgen, um mein Leben zu retten. Hilf mir jetzt aus der Dunkelheit, damit ich ein besserer Mensch werden kann, als ich es bislang gewesen bin.«

Seine Mutter lächelte ihn gütig an. Dann verlor er das Bewusstsein.

»Herr, Herr, seid Ihr wohlauf?« Michels drängende Stimme weckte Simon aus seiner Ohnmacht. Ein eiskalter Schwall Wasser wurde über seinen Kopf gegossen. Prustend und spuckend öffnete er die Augen und schnappte verzweifelt nach Luft. Über ihm leuchtete ein einzelner Stern am Nachthimmel.

Michel kniete neben ihm im Kot der Gosse, sein braunes Wams war mit Blut bespritzt.

»Was ist geschehen?«, stöhnte Simon. Sein Kopf schien auf die doppelte Größe angeschwollen zu sein und schmerzte höllisch. Michel drückte ihn sanft zurück, als er sich aufzurichten ver-

suchte, riss sich das blutige Wams vom Körper und schob es ihm in den Nacken.
»Wo bin ich, und wie kommst du hierher?«, wiederholte Simon. Noch bevor Michel antworten konnte, überrollte ihn eine Welle von Übelkeit. Würgend erbrach er sich in den Matsch. Dann trank er gierig aus dem Schlauch, den Michel ihm an die Lippen hielt. Das Wasser schmeckte leicht nach billigem Wein.
»Genau weiß ich nicht, wo wir sind, Herr«, antwortete der Waffenknecht, als Simon seinen Durst gestillt hatte. »Irgendwo am Ufer eines Nebenarms der Donau. Es scheint mir keine sehr noble Gegend zu sein. Zweifelsohne ein Viertel, in dem sich lichtscheues Gesindel niedergelassen hat.«
»Sind wir im Judenviertel?«
Michel schüttelte im Licht einer blakenden Pechfackel, die er neben Simon in die Erde gerammt hatte, den Kopf. »Das Judenviertel liegt am anderen Ende der Stadt.« Noch fern am Himmel zuckte ein Blitz.
»Könnt Ihr aufstehen, Herr?«, fragte der Knecht besorgt. »Bald wird das nächste Unwetter losbrechen. Wir sollten unter einem schützenden Dach sein, wenn es beginnt.«
Schwankend kam Simon auf die Füße. Wieder packte ihn der Schwindel, und er musste würgen. Aber nur bittere Galle stieg ihm in die Kehle. Michel fasste ihn unter den Armen und stützte ihn.
Seine Leibesmitte erschien ihm seltsam gewichtslos. Simon erschrak und fasste sich an die Seite. »Mein Schwert, wo ist mein Schwert?«
Michel klopfte ihm mit der freien Hand beruhigend auf die Schulter. »Ich trage es selbst um den Leib, Herr. Allerdings kam ich in letzter Minute, um Euch und Euer Eigentum zu retten. Die Banditen waren gerade dabei, die Kiste, in die sie Euch eingesperrt hatten, in den Fluss zu schieben. Einer versuchte, sich

mit dem Schwert aus dem Staub zu machen, während mir der andere mit gezücktem Dolch an die Kehle sprang. Doch ich habe sie beide erwischt.« Er wies auf zwei unförmige Umrisse auf dem Boden, die Simon im Dunkeln bislang nicht bemerkt hatte. »Die zwei anderen sind entflohen.«

»Welche anderen?«, flüsterte Simon. »Es waren doch nur zwei Männer.«

»Ja, die zwei haben Euch zweifellos in diesen Hinterhalt gelockt, wo ihre beiden Kumpane schon auf sie warteten. Ich kam gerade noch rechtzeitig zur Schenke, um Euch unbemerkt folgen zu können. Doch ich war noch zu weit entfernt, als sie Euch niederschlugen, in diese Kiste steckten und zu viert davonschleppten. Am Ufer des Flusses hielten sie an und ließen einen Weinschlauch kreisen. Das war Euer Glück, denn so konnte ich mich unbemerkt anschleichen, bevor sie Euch ertränkten. Sie schoben die Kiste gerade zum Wasser, als ich sie angriff.«

Simon senkte beschämt den Kopf. Der treue Freund hatte nicht gezögert, es mit einer vierfachen Übermacht aufzunehmen. »Ich danke dir, Michel«, murmelte er. »Womit kann ich dir das nur jemals vergelten?«

»Oh, Herr, da wird mir schon etwas einfallen.« Trotz seines dröhnenden Kopfs hörte Simon den grimmigen Unterton in Michels Stimme.

Die letzte Strecke bis zu ihrer Unterkunft über den Ställen legten sie schweigend zurück. Sie erreichten ihr Ziel gerade noch, bevor das Unwetter losbrach. Erst als Simon sich notdürftig mit Wasser gewaschen hatte, das Michel aus der Pferdetränke schöpfte, und auf dem harten Strohsack lag, der sein Lager bildete, ergriff der Waffenknecht wieder das Wort.

»Es steht einem Knecht nach Gottes Ordnung nicht zu, seinen Herrn zu belehren«, begann er bedächtig. »Doch andererseits heißt es auch, wer ein Leben rettet, ist fortan dafür verantwortlich. So lasst Euch denn sagen, Herr, dass Euer Lebenswandel seit unserer Ankunft in Wien eines Ritters nicht würdig ist. Schon gar nicht eines Ritters von solcher Tapferkeit und Ehre, wie Ihr es einmal wart.«

Simon lauschte betroffen. In der Tat hatte Michel noch nie derartig zu ihm gesprochen. Doch er wusste, dass der getreue Freund recht hatte. In seiner Enttäuschung über die Ehrlosigkeit der Könige hatte er ebenso ehrlos gehandelt. Zwar hatte er niemandem außer Michel unrecht getan, niemandem Hab und Gut oder gar das Leben geraubt. Aber er war im Begriff gewesen, sein eigenes Leben nutzlos zu vergeuden, das ihm seine Mutter einst um den Preis ihres eigenen gerettet hatte. Michels nächste Worte trafen ihn bis ins Mark.

»Das Schicksal mag Euch manch eine Prüfung auferlegt haben, Herr«, fuhr der Waffenknecht fort. »Doch etliche Prüfungen habt Ihr allein Euch selbst zu verdanken. Was focht Euch heute Abend nur an, diesen Strolchen zu folgen?«

Mit heißem Gesicht erzählte Simon stockend seine Geschichte. Schon weit vor dem Ende hörte er Michel unwillig schnauben.

»Ich vermag kaum zu glauben, Herr, was Ihr mir gerade erzählt habt. Hat Euch der schlechte Wein denn so um den Verstand gebracht, dass Ihr die Mär dieser Strauchdiebe nicht durchschaut habt?«

»Wie meinst du das?«

»Warum sollte ein hochwohlgeborener Herr, der in den höchsten Kreisen verkehrt, den Anhänger um ein paar lumpige Münzen bei einem von allen verachteten Juden versetzen, um Spielschulden zu begleichen? Und selbst wenn es solch einen seltsamen Edelmann gäbe, woher sollte er von der zweifelhaften Herkunft des Schmuckstücks wissen? Der Mörder wird sich ihm wohl kaum offenbart und dabei auch noch den Namen der Gemeuchelten und den ihres Sohnes verraten haben.«

Simons Betroffenheit wuchs. »So klingt es in der Tat sonderbar, Michel. Doch die Banditen wussten von der Mordtat und konnten den Anhänger sogar zeichnen. Wie sollten sie davon erfahren haben?«

Michel zuckte die Schultern. »Das weiß allein der Allmächtige, Herr. Wenn es ihm gefällt, wird er Euch dereinst zu der ersehnten Rache für den Tod Eurer Eltern verhelfen. Falls Ihr Euch bis dahin nicht längst zugrunde gerichtet habt. Das nächste Mal bin ich vielleicht nicht zur Stelle, um Euch aus der Patsche zu helfen.«

Simons Wangen glühten. Zum Glück war es in der Kammer dunkel, so dass Michel nur vermuten konnte, wie er sich nach seinen mahnenden Worten fühlte.

»Was rätst du mir also an, treuer Freund?«

Michels Stimme klang ebenso klar wie bestimmt. »Lasst ab vom Zechen und Huren, Herr. Meldet Euch morgen bei König Rudolfs Heermeister und tretet in seine Dienste.« Er machte eine ausholende Bewegung, die die winzige Kammer umfasste. »Erlöst Euch und mich aus diesem Elend und lasst uns wieder ein ehrbares Leben führen. Das wünsche ich mir von Euch.«

Simon nickte in der Dunkelheit. Einen Moment lang sah er wieder das sanfte Gesicht seiner Mutter vor sich. Auch ihr hatte er Besserung gelobt, würde er gerettet werden.

So fiel ihm die Antwort nicht schwer. »Es soll so geschehen, wie du sagst, Michel.«

Kapitel 30

26. August 1278, am Ufer der March

Gib mir noch einen Schluck Wasser.«
Schweigend reichte Michel Simon den halbleeren Wasserschlauch. Er nahm einen tiefen Schluck. Das Wasser war lauwarm und schmeckte brackig. Voller Ekel spuckte Simon es aus.
»Herr!« Nun meldete sich Michel doch zu Wort. »Geht sparsam mit dem Wasser um. Wir wissen nicht, wann wir neues schöpfen können, und haben noch nicht einmal zu kämpfen begonnen.«
Missmutig zog Simon die Stirn kraus. Wie immer hatte Michel recht. Obwohl es erst um die zehnte Stunde war, brannte die Augustsonne mit sengender Glut vom Himmel.
»Ich wollte, es ginge endlich los«, brummte er. »Nichts macht mir mehr zu schaffen als diese unnütze Warterei. Wenn es so weitergeht, müssen Ottokars Ritter gar nicht mehr gegen uns kämpfen, weil wir bei lebendigem Leibe gesotten werden.«
Michel beschattete die Augen mit der Hand. »Wie mag es erst den schweren Reitern gehen?«
Simon zuckte die Achseln. Selbst diese kleine Bewegung scheuerte unter dem schweren Kettenhemd, über dem er den Waffenrock König Rudolfs mit dem weißen Kreuz auf Brust und Rücken trug.
»Sie sind selber schuld, wenn sie sich wie eine Schildkröte nur mit einem Panzer und diesem unförmigen Helm in die Schlacht wagen. Durch die winzigen Sehschlitze kann man den Feind erst dann erkennen, wenn er direkt vor einem steht.«
Michel warf ihm einen Seitenblick zu, sagte aber nichts. Simon spürte seine Missbilligung.

»Gut, es stimmt nicht so ganz, was ich sage«, räumte er ein. »Wir brauchen die schweren Reiter, um den Rittern Ottokars etwas entgegensetzen zu können. Die Kumanen allein können den Sieg nicht für uns erringen.«

Michel nickte. Vor einer Stunde hatte die Schlacht auf den Feldern am Ufer der March in Niederösterreich begonnen, wo Rudolfs und Ottokars Truppen schon einige Tage nahe der Ortschaften Dürnkrut und Jedenspeigen lagerten. Sie sollte endlich die Entscheidung im jahrelangen Kampf zwischen den beiden Monarchen bringen.

»Immerhin haben diese Barbaren Ottokars erstem Treffen ganz schön zugesetzt«, fügte Simon befriedigt hinzu. Wie Rudolf hatte auch der böhmische König sein Heer aufgeteilt, um verschiedene Truppenteile nacheinander in die Schlacht schicken zu können, sobald es erforderlich war.

Die Kumanen gehörten zu den mit Rudolf verbündeten ungarischen Truppen und waren geschickte Reiter auf kleinen, wendigen Pferden. Für den Nahkampf mit Rittern in voller Rüstung waren sie nicht geeignet. Schossen sie dagegen aus sicherer Entfernung ihre Pfeile ab und tauchten danach blitzschnell wieder im Rücken des Gegners auf, ehe der überhaupt reagieren konnte, waren sie extrem gefährliche Kämpfer. So hatten sie auch Ottokars erstem Truppenteil, den er in die Schlacht schickte, zu schaffen gemacht.

»Ihr solltet sie nicht Barbaren nennen, Herr. Sie leisten König Rudolf wertvolle Dienste und sind überaus sichere Schützen. Bessere, als ich sie je in unseren Landen gesehen habe. Viele beherrschen sogar den Schuss nach rückwärts, wenn sie bereits auf ihren Pferden zu fliehen scheinen.«

Simon schwankte angesichts Michels Begeisterung zwischen Amüsement und Ärger über seine vorlaute Bemerkung. Schließlich siegte sein Sinn für Humor. »Man nennt dies den

Partherschuss, Michel. So hieß einst ein Volk in den Steppen Asiens, das schon den Römern mit dieser Kampfkunst ernsthafte Schwierigkeiten bereitete.«

»Und schon die Römer nannten solche Völker Barbaren«, konnte er sich nicht verkneifen hinzuzufügen. »Es ist ein lateinisches Wort und bedeutet einfach ›Fremde‹.«

In diesem Moment stimmte ein einzelner Sänger ein frommes Lied an, in das viele Münder sofort mit Inbrunst einstimmten.

»Heil'ge Maria, Mutter und Maid, zu dir fleh'n wir in unserer Not. Halt deine schützende Hand über uns, wenn uns heute der Tod bedroht.«

»Horch, Michel!« Simons Herz schlug schneller. »Das ist der Bischof von Basel. Er führt Rudolfs zweites Treffen ins Feld.«

Tatsächlich setzte sich an ihrer rechten Seite eine riesige Reiterschar in Bewegung. An ihrer Spitze ritten Seite an Seite der Gottesmann, erkennbar an seiner einzigen Waffe, einem Streitkolben, und der Träger von Rudolfs Sturmfahne, die ein weißes Kreuz auf rotem Grund zeigte. Wie alle anderen Reiter waren auch sie in voller Rüstung und ritten auf »verdeckten Pferden«, wie die von einer ledernen Panzerung geschützten Rosse genannt wurden.

»Man sagt, dass der königliche Fahnenträger an die einhundert Lenze zählt.« Michels Stimme klang ungläubig.

Simon nickte. »Das ist wahr. Es ist der Ritter von Haslau. Kaum zu glauben, dass ein Mann ein so hohes Alter erreichen kann, zumal wenn er so viele Schlachten geschlagen hat wie dieser Haudegen.«

Auf Michels Gesicht malten sich gleichermaßen Unwillen und Bewunderung.

»Was denkst du?«, fragte Simon belustigt.

»Der alte Mann sollte zu Hause bei seinen Enkeln und Urenkeln sitzen. Wie kann ihm der König die Sturmfahne anvertrauen? Er ist doch so gut wie wehrlos, wenn er sie gleichzeitig halten und kämpfen soll.«

»Nicht wehrloser als der Bischof, der gegen die Lanzen und Schwerter Ottokars nur mit dem Streitkolben zieht.« Simon machte absichtlich eine Pause.

Michel enttäuschte ihn nicht. »Warum tut er das?«

»Es ist Gottesmännern verboten, Blut zu vergießen.«

Michel starrte ihn ungläubig an. Simon grinste.

»Ich weiß, was du denkst, alter Freund. Das Blut spritzt wie eine Fontäne, wenn du jemandem mit diesem Mordinstrument den Schädel zertrümmerst. Aber so wollen es die Gesetze der Kirche. Streitkolben gelten als stumpfe Waffen.«

Plötzlich bemerkte er aus dem Augenwinkel eine Bewegung. »Schau!« Aufgeregt zeigte er nach vorne. »Da stürmen Ottokars Ritter heran. Jeden Moment werden sie auf die unsrigen treffen.«

Wie eine silberne Flut ergossen sich die Reiterscharen beider Heere in die Ebene. Schon kämpften die vordersten Reihen Mann gegen Mann.

»Vielleicht hätte ich doch die schwere Rüstung anlegen sollen, Michel. So gibt es womöglich gar nichts mehr für uns zu tun.«

Am Morgen hatte Simon angesichts der zu erwartenden Hitze entschieden, wie Michel nur in leichter Rüstung in die Schlacht zu ziehen. Und schon diese ließ ihm den Schweiß mittlerweile in Strömen über Stirn und Wangen fließen. Bestand sie doch wie die schwere aus dem wollenen Gambeson, der höllisch kratzte, und dem eisernen Kettenhemd. Unter der Kettenhaube trug Simon eine dicke Mütze. Schwere Kettenstrümpfe mit angenieteten Füßlingen vervollständigten das Ensemble. Solcherart gerüstete Reiter waren beweglicher, aber besonders im Nahkampf auch verwundbarer.

Deshalb waren sie dem dritten Truppenteil Rudolfs zugewiesen worden, der zwar vom König persönlich angeführt wurde, aber

nur in die Schlacht eingreifen sollte, wenn es sich als nötig erwies.
»Herr, Herr!«, rief Michel und zeigte nach vorn. »Schaut doch, seht! Die Unsrigen weichen zurück!«
Schockiert starrte Simon auf die Ritter mit den weißen Kreuzen, die in der Tat immer weiter in Richtung des Bachlaufs gedrängt wurden, der sich quer durch die Ebene schlängelte.
»Wenn sie in die Auen des Waidenbachs geraten, ist die Schlacht verloren. Dort ist es zu sumpfig für die schweren Reiter. Sie werden einsinken und sich ergeben müssen.«
»Oh, Herr, Herr! König Rudolfs Fahne ist gefallen! Ich wusste, dass der alte Mann zu schwach ist, um sie zu verteidigen.«
In diesem Moment ertönte der Klang eines Horns in ihrem Rücken. Ein Kurierreiter preschte die Reihen entlang. »Auf, auf, ihr Mannen. Das dritte Treffen zieht in den Kampf.«
Simon spürte, wie ihm das Blut heiß durch die Adern schoss. Entschlossen setzte er seinem Fuchs die eiserne Rossstirn auf Ohren und Kopf und schwang sich mit einem einzigen Sprung in den Sattel. Auch Michel saß schon auf seinem Pferd. Simon bemerkte, dass er sich bekreuzigte und kurz an die Brust fasste. Er wusste, dass der Getreue unter seinem Kettenhemd Maries Rosenknospe in einem kleinen Säckchen bei sich trug.
»Oh Herr, welch ein Glück! Die Fahne wurde gerettet!« Michel wies auf die Spitze des Trupps, der sich mühte, vom gefährlichen Uferstreifen des Waidenbachs wieder ins freie Feld zu gelangen. Hoch über den Köpfen von Rudolfs Männern schwang wieder das weiße Kreuz auf rotem Grund.
Simon kniff die Augen gegen die blendende Sonne zusammen. »Der Liechtensteiner hat die Fahne aufgehoben.« Er trieb seinem Pferd die Sporen in die Flanken. »So lass uns nun eilen, ihnen zu Hilfe zu kommen. Dort reitet der König.«
Dicht hinter Rudolf preschten sie über das Feld.

Burg Böckelheim

Christina beschattete die Augen gegen die gleißende Mittagssonne. Tatsächlich, der Reitertrupp, der sich auf der Uferstraße näherte, bestand aus gerüsteten Reisigen, denen ein Anführer mit einem Banner voranritt. Ihre Kettenhemden glitzerten mit der Nahe um die Wette.

Noch war die Gruppe zu weit entfernt, so dass sie das Wappen nicht erkennen konnte. Doch sie zweifelte nicht daran, dass die Männer zur Burg Böckelheim wollten.

Obwohl das Banner rotgrundig war und nicht gelb, wie das derer von Katzenelnbogen, durchzuckte sie einen Moment lang die unsinnige Hoffnung, ihr Vater hätte die Reiter geschickt, um sie heim auf den Rheinfels zu holen. Seit einigen Wochen war er wieder zu Hause, aber noch immer zu krank, um sie auf Böckelheim zu besuchen.

Außerdem hätte er in einem solchen Fall natürlich zuvor einen Boten mit einem Brief geschickt und überhaupt, warum sollte er sie mit sich nehmen? Er wähnte sie zwar nicht glücklich verheiratet, ahnte aber nicht im Geringsten das Ausmaß ihrer Verzweiflung. Und Heinrich würde dafür sorgen, dass dies auch so blieb. Ihren Wunsch, den siechen Vater auf dem Rheinfels aufzusuchen, hatte er unwirsch abgelehnt.

Die Reiter kamen näher. Nun erkannte Christina auch das Zeichen auf dem Banner. Es war das weiße Rad des Kurfürsten von Mainz.

Auf dem Marchfeld

Je näher Simon und Michel dem Schlachtgeschehen kamen, desto ohrenbetäubender wurde der Lärm. Michel wappnete sich innerlich gegen die bevorstehenden Schrecken. Sein Kopf wur-

de leer, jeder Gedanke ausgeblendet. Er würde sich später mit den Gefahren beschäftigen, die seinen Leib und sein Leben bedroht hatten, die gefallenen Freunde und Feinde betrauern und sein Entsetzen über die Gewalt mit Gebeten bekämpfen. Doch jetzt wurde jedes Gefühl stumpf, der Blick richtete sich starr auf die kämpfenden Männer vor ihm. Seine Sinne waren geschärft wie die Klinge der Streitaxt, die er in vollem Galopp aus der Halterung am Sattel zog.
Um ihn herum ertönte Rudolfs Schlachtruf aus tausend Kehlen: »Für Rom und Christus!« Michel merkte nicht einmal, dass er aus Leibeskräften mitbrüllte.
Der Stiel der Streitaxt lag schwer und vertraut in seiner rechten Hand. Mit einem einzigen Hieb parierte er den Lanzenstoß eines schweren Reiters, den sein Waffenrock mit dem grünen Kreuz als Ritter Ottokars auswies. Die Lanze splitterte, der Stoß riss den Reiter nach vorn. In seiner Panzerrüstung und dem Topfhelm mit schmalem Visier war er viel unbeweglicher als Michel. Blitzschnell riss der sein Pferd herum, lenkte es nur mit den Waden und wechselte die Kampfhand. Michel war bekannt dafür, dass er mit der Streitaxt beidhändig gleichermaßen geschickt umzugehen wusste. Nun schlug er sie dem Gegner in die ungeschützte Seite, bevor der seinen Schild zur Verteidigung heben konnte. Mit lautem Scheppern stürzte der Ritter vom Pferd und wurde von seinem fliehenden Ross mitten ins Schlachtgetümmel geschleift, wo Michel ihn schnell aus den Augen verlor.
Schon wandte er sich dem nächsten Gegner zu. Mit lautem Krachen prallte seine Axt auf den Schild des anderen. Der Mann brüllte auf, sein Arm fiel samt dem geborstenen Schild herab wie ein gebrochener Ast. Wahrscheinlich hatte ihm Michels Schlag das Handgelenk zerschmettert.
Etwas sauste dicht an seinem Ohr vorbei. Instinktiv riss Michel seinen eigenen dreieckigen Schild hoch, den er an einem Leder-

riemen um den Hals trug, um die Hände zum Kämpfen frei zu haben. Es war keine Sekunde zu früh. Der mächtige Schwerthieb des Angreifers prallte auf das harte, mit Leder überzogene Holz. Michel spürte die Wucht des Schlags bis in die Schulter hinein. Es knackte bedenklich, ein scharfer lähmender Schmerz durchfuhr ihn. Mit einem entschlossenen Ruck riss Michel den Schild nach oben. Ein weiterer heftiger Schmerz, dann konnte er den Arm wieder frei bewegen. Gleichzeitig führte er einen wuchtigen Hieb gegen den Kopf des Angreifers. Wie eine gefällte Eiche sank der Reiter nach vorn. Sein Genick schien gebrochen.

Flüchtig dachte Michel daran, dass seine Schulter am Abend angeschwollen sein würde wie eine Schweinsblase. Er kannte diese Verletzung schon aus früheren Gefechten. Doch nun blieb keine Zeit für Selbstmitleid angesichts der bevorstehenden Qualen. Im Moment spürte er ohnehin nichts.

Eine Lücke in Ottokars dichten Reihen schwerer Reiter, die sich einen Moment lang auftat, nutzte er, um sich zu orientieren. Dort kämpfte Simon mit dem Schwert. Gerade stieß er es einem Gegner, der den Kopf nach hinten geworfen hatte, um sein Gleichgewicht zu halten, tief in den Hals.

Wo war der König? Ah, er kämpfte weiter vorne. Michel erkannte ihn an seiner Helmzier, dem stilisierten Adler. Auf einmal hörte er den Boden unter den Füßen seines Pferdes schmatzen. Ohne es zu bemerken, waren sie mitten in die Auen des Waidenbachs geraten. König Rudolf war sogar noch näher am gefährlichen Uferbereich des kleinen Bachlaufs als er und Simon.

In diesem Augenblick preschten drei Reiter Ottokars heran. Sie waren ebenfalls nur leicht gerüstet. Die Hufe ihrer Pferde sanken nicht so tief in den sumpfigen Boden ein wie die der schweren Reiter, die zunehmend Mühe hatten, ihre Pferde zu bewegen. Mit ihren Lanzen zielten die Neuankömmlinge geradewegs auf Rudolf. Michel war alarmiert.

»Herr, Herr!«, schrie er aus Leibeskräften. »Herr, seht Euch vor!«

Aber Rudolf schien ihn nicht zu hören. Stattdessen wandte er sein Pferd sogar noch weiter in Richtung des Baches, um einem bedrängten Ritter zu Hilfe zu eilen.

»Herr!« Michels Schrei dröhnte ihm selbst in den Ohren. Seine Kehle brannte wie Feuer. Doch der König hörte noch immer nichts. Stattdessen wurde Simon auf Michel aufmerksam. Der wies mit seiner Streitaxt nach vorne. Sofort erkannte auch Simon die Gefahr und wendete sein Pferd.

Die drei Reiter näherten sich Rudolf von rechts. Michel und Simon befanden sich links hinter dem König, knapp fünfzig Schritt entfernt. Gleichzeitig stießen sie ihren Pferden die Sporen in die Flanken. Mechanisch schwang Michel die Streitaxt nach rechts und links, um sich den Weg zu bahnen. Er nahm kaum wahr, was mit den getroffenen Kämpfern geschah.

Sein Pferd scheute vor einem gefallenen Ritter. Flüchtig nahm Michel wahr, dass es sich um einen Mann aus den eigenen Reihen handelte. Er lag wie ein Käfer mit den Beinen zappelnd auf dem Rücken, unter seinem Helm drang Blut hervor.

Doch jetzt war keine Zeit, um ihm zu helfen. Die Rettung des Königs ging vor. Brutal stieß Michel seinem treuen Ross die spitzen Sporen aufs Neue in die Flanken. Das Tier stöhnte auf wie ein Mensch und setzte mit einem Sprung über den Körper hinweg. Doch es war zu spät.

Der erste Reiter Ottokars hatte Rudolf bereits erreicht und stieß ihn mit seiner Lanze vom Pferd. Entsetzt sah Michel, wie der König rücklings in den Waidenbach stürzte. Er ruderte hilflos mit den Armen, da ihn seine Rüstung, obgleich nicht so schwer wie die der gepanzerten Reiter, am Aufstehen hinderte. Zum Glück war das Wasser zu flach zum Ertrinken.

Schon hob Ottokars Reiter die Lanze, um dem Wehrlosen den Todesstoß zu versetzen. Michel schoss das Blut vor Empörung kochend heiß durch die Adern. Dies war ein feiger Mordanschlag auf den König, nicht der Versuch, ihn gefangen zu nehmen. Wie einst bei der Rettung Maries vor den Schergen Philipps von Montfort reagierte er instinktiv. Der feindliche Ritter sank zu Boden, Michels Streitaxt im Rücken.
Da hatte auch Simon den König erreicht. Mit einer Hand führte er einen Streich gegen den zweiten Angreifer, der durch die Wucht des Schlags sein Schwert verlor. Dann beugte er sich seitlich aus dem Sattel, griff mit seiner anderen Hand tief nach unten und packte den König am Arm. Der Schwung des noch immer galoppierenden Pferdes riss ihn zusammen mit Rudolfs Gewicht am linken Arm fast aus dem Sattel. Doch das gewagte Manöver gelang. Rudolf stand wieder auf den Beinen, wenn auch sichtlich benommen.
Jetzt war Michel mit dem gezückten Schwert herangekommen, das ihm Graf Johann zum Dank für die Errettung seiner Gattin geschenkt hatte. Aus Sorge, es in der Schlacht zu verlieren, kämpfte er immer zuerst mit der Streitaxt. Aus dem Augenwinkel sah er, dass Simon das Pferd des von seiner Axt gefällten Ritters am Zügel gepackt hatte.
Dann wurde seine Aufmerksamkeit von dem dritten Reiter Ottokars in Anspruch genommen, der von rechts zu Simon vorzudringen versuchte. Michel preschte ihm in den Weg, kurz bevor er ihn erreicht hatte. Funken sprühten, als ihre Schwerter aufeinandertrafen. Michel spürte sofort, dass er es hier mit einem ebenbürtigen Gegner zu tun hatte, der zudem von Wut und Hass getrieben wurde. Mit aufgerissenem Mund brüllte er Ottokars Schlachtruf: »Praha! Praha!« Mit jedem Wort führte er einen gewaltigen Streich. Michels Kräfte begannen zu schwinden. Der verletzte Schildarm machte ihm mehr und mehr zu

schaffen. Zwar spürte er noch immer keinen Schmerz, doch mit jedem Hieb seines Gegners wurde er schwächer.
Da kam ihm der Zufall zu Hilfe. Im Bemühen, seinem Mitstreiter beizustehen, stieß ein schwerer Reiter Ottokars ungeschickt mit dessen Pferd zusammen. Den Moment des Strauchelns nutzte Michel zu einem letzten, mit aller Kraft geführten Schlag. Das Schwert seines Gegners fiel samt dem am Ellbogen abgeschlagenen Arm in den blutigen Matsch.
Bevor der unbewegliche schwere Reiter, dessen gute Absicht so fatale Folgen gezeitigt hatte, sein Pferd wieder beherrschte, schwang sich Michel herum. Dem Herrgott sei Dank, der König sitzt wieder im Sattel!, stellte er zu seiner Erleichterung fest. Es war Rudolf gelungen, sich auf das Pferd des gegnerischen Reiters zu schwingen, das Simon noch immer am Zügel hielt.
Ungeachtet des Getümmels am Bachufer folgte er Simon und Rudolf in Richtung des Feldlagers. Ein einziger Gedanke beherrschte ihn:
Hoffentlich ist unser König nicht allzu schwer verletzt. Es wäre ein schlechtes Omen, ihn jetzt als Heerführer zu verlieren.

Burg Böckelheim

»Dame Christina, wo steckt Ihr denn nur?«
Von ihrem Platz in der Nische der Burgmauer aus beobachtete Christina, wie Muhme Agathe gleich einem aufgescheuchten Huhn in den darunterliegenden Burggarten stürmte. Sie hatte ihre ständige Aufpasserin noch in der Beichte gewähnt, eine der wenigen Gelegenheiten, ihren ständig wachsamen Augen zu entkommen.
Seufzend stand sie auf. Die Augusthitze lag wie eine Glocke aus Blei über dem Land. Selbst im Schatten der Mauer war es zu warm.

»Was gibt es denn so Dringendes?« Obwohl Christina ahnte, was die Alte begehrte, stellte sie sich dumm. Wahrscheinlich hatte ihre Aufregung mit den Reitern zu tun, die vor wenigen Minuten die Burgtore passiert hatten. Sie behielt recht.
»Euer Gatte schickt mich zu Euch. Der Kurfürst persönlich ist zu einem Überraschungsbesuch eingetroffen.«
Nun war Christina doch verblüfft. Dass der Kurfürst selbst unter den Reitern sein würde, hatte sie nicht erwartet.
»Ihr sollt den Mägden Anweisung geben, das Beste zu richten, was Küche und Keller hergeben. Und sputet Euch, der Kurfürst und seine Mannen sind hungrig und durstig. Danach kleidet Euch in Euer bestes Gewand, um den Vorsitz an der Tafel zu führen.«
Christina seufzte ein zweites Mal, diesmal sehr viel tiefer. Das Letzte, was ihr bei dieser Hitze noch gefehlt hatte, war ein üppiges Gastmahl, noch dazu in ihrem unbequemen Festgewand. Kurz überlegte sie, ob sie Unpässlichkeit vorschützen sollte. Aber das würde Heinrich ihr gewiss nicht durchgehen lassen.
In jüngster Zeit war er ihr gegenüber wieder öfter gewalttätig geworden. Wahrscheinlich war dies darauf zurückzuführen, dass eine seiner Bettmägde ein Kind trug, wie es Christina über kurz oder lang hatte kommen sehen. Obwohl er noch kein Wort darüber verloren hatte, war Christina sicher, dass Heinrich die Schuld an dem ausbleibenden Erben nun ihr zuwies. Deshalb wollte sie ihm zumindest keinen Vorwand liefern, sie zu misshandeln.
Mit einer Mischung aus Missmut und Überdruss machte sie sich auf den Weg in die Küche.

Sie waren noch etwa fünfhundert Schritt vom Feldlager entfernt, als König Rudolf Simon die Zügel des erbeuteten Schlachtrosses abrupt aus der Hand riss und in gestrecktem Galopp auf das Lager zuhielt. Simon verlor durch den Ruck fast das Gleichgewicht. Er fluchte.

»Was mag nur in ihn gefahren sein?«, rief er dem verdutzt aussehenden Michel zu, der eben zu ihm aufgeschlossen hatte. »Sieh nur! Jetzt wirft er sogar seinen Helm zu Boden! Hat ihm der Sturz in den Bach den Verstand geraubt?«

Aber als sie wenig später ebenfalls das Lager erreichten, wurden sie rasch eines Besseren belehrt. König Rudolf war wohlauf. Seine Augen blitzten vor Zorn.

»Dieser niederträchtige böhmische Bastard«, zischte er durch die Zähne hindurch. »Setzt seine Mordbuben auf mich an. Doch er soll mich noch kennenlernen.«

Er wandte sich an Simon und Michel. »Euch beiden sei einstweilen Dank, meine Getreuen. Ihr werdet reich belohnt werden, ist diese Schlacht erst gewonnen. Doch nun sputet euch, wir müssen zurück.«

Verblüfft sah Simon, wie sich Rudolf ohne Kopfbedeckung auf ein frisches Schlachtross schwang, das anders als das Beutepferd seine Farben trug. Er machte Anstalten loszureiten, als ihm Simon im letzten Augenblick den Weg verstellte.

»Herr, Ihr seid ohne Helm. Wollt Ihr nicht wenigstens eine Kettenhaube aufsetzen?«

Rudolf schnaubte. »Aus dem Weg, Ritter! Denkt Ihr, ich lasse jedermann glauben, ich sei gefallen?« Schon gab er dem Ross die Sporen und galoppierte davon. Er steuerte mitten auf das dichteste Getümmel zu, wo ein erbitterter Kampf Mann gegen Mann tobte. Da sein Ross ausgeruht war, hatten Simon und Michel Mühe, auf ihren erschöpften Pferden mitzuhalten.

Je näher sie kamen, desto klarer wurde Simon, dass Rudolfs schwere Reiter mehr und mehr in Bedrängnis gerieten. Ottokars Kämpfer waren zahlenmäßig weit überlegen und nutzten ihren Vorteil. Immer wieder drangen zwei oder mehr Kämpfer auf einen Gefolgsmann Rudolfs ein.

In vollem Galopp zog Simon sein Schwert, um einem von zwei Seiten angegriffenen Ritter zu Hilfe zu eilen, dessen Wappen ihn als einen steirischen Verbündeten auswies. Die Tyrannei Ottokars hatte einen Großteil des Adels der Steiermark schon vor langer Zeit in ein Bündnis mit Rudolf getrieben. Flüchtig schoss Simon das tragische Schicksal Siegfrieds von Mahrenberg durch den Kopf, ehe der Zweikampf seine ganze Aufmerksamkeit forderte.

Er hatte seinen Gegner gerade vom Pferd gestoßen, als etwas zischend an ihm vorbeischoss. Es war eine Lanze, die das Pferd des gefallenen Reiters tief in die Flanke traf. Das verwundete Tier stieß einen furchtbaren Schrei aus, der sich beinahe menschlich anhörte, bevor es nach wenigen Schritten taumelte und zusammenbrach.

Für die Dauer weniger Lidschläge, in denen sich all dies abspielte, schien die Zeit stillzustehen. Simon kannte dieses Phänomen schon aus anderen Kämpfen. All seine Sinne waren aufs Äußerste geschärft, Farben wurden greller, Formen schärfer, die Schlachtgeräusche schrillten unerträglich in seinen Ohren. Die Luft roch durchdringend nach Blut, Schweiß und Kot.

Es kam ihm wie eine Ewigkeit vor, bis er sein Pferd gewendet hatte. In Wahrheit konnte es nur einen Handschlag lang gedauert haben, denn er sah noch, wie Michel sein Schwert aus der Seite eines leichten Reiters zog, dem das Blut aus Mund und Nase drang.

»Der Schweinehund zielte auf Euren Rücken, Herr.« Selbst durch den Lärm hörte Simon die Wut in Michels Stimme. Je länger die Schlacht tobte, desto weniger waren die Kämpfe von ritterlichen Tugenden geprägt.

Plötzlich erstarrte das Gesicht des treuen Gefährten vor Entsetzen. Simon schoss herum.

Eine frische Truppe schwerer Reiter näherte sich vom Feldlager Ottokars her dem Geschehen. »Er führt sein drittes Treffen ins Feld.« Simon bemerkte nicht einmal, dass er vor sich hin murmelte. »Und wir sind bereits jetzt in der Unterzahl.« Der Schreck lähmte ihn für den Moment. Die Ebene vor ihm schien die Flut der frischen Kämpfer kaum fassen zu können.

Da erregte eine Bewegung am Rand seines Gesichtsfelds seine Aufmerksamkeit. Die aufsteigende Panik wich der Verblüffung. Was war denn in den König gefahren?

Rudolf stand ohne Kopfschutz hoch aufgerichtet in den Steigbügeln und schwenkte mit der freien Hand einen Wimpel mit seinem Wappen, dem schwarzen Adler auf weißem Grund.

Wie aus dem Nichts brach daraufhin eine Reiterschar links aus dem Dickicht des Hochfelds hervor, einem mit Weinstöcken bepflanzten Hügel am Rand der Marchebene. Sie musste sich dort verborgen gehalten haben. In keilförmiger Formation raste sie auf die schweren Reiter Ottokars zu und brachen mitten in ihre Reihen. Es waren kaum fünfzig Mann, doch durch die Wucht des Aufpralls der den Hügel hinabstürmenden Pferde war die Wirkung verheerend. Ottokars Reiter spritzten geradezu auseinander.

In ihrer Verwirrung versuchten sie, ihre gepanzerten Pferde zu wenden, um dem unerwarteten Feind entgegenzutreten. Doch schon gingen die ersten Gäule durch und rannten auf das Ufer der March zu.

»Sie fliehen, sie fliehen!« War diese mächtige Stimme, die sich über den Lärm des Schlachtfelds hinweg erhob, tatsächlich die

des schmächtigen Königs? Mechanisch riss Simon seinen Fuchs zur Seite, als ein Reiter Ottokars an ihm vorbeiraste, der sein Ross augenscheinlich nicht mehr unter Kontrolle hatte. Schon schallte es von allen Seiten aus vielen Kehlen. »Sie fliehen, Ottokars Reiter fliehen!«
Tatsächlich stürmten immer mehr Ritter mit den Farben des Böhmen panisch und ziellos in Richtung des Flusses. Plötzlich waren auch die Kumanen wieder da, umschwärmten die schwerfälligen Reiter und schossen ihre Pfeile zielsicher in ihre Mitte. Viele stürzten, die Pferde der nachfolgenden trampelten über sie hinweg.
Simon sah Michel an sich vorbeipreschen, um den Fliehenden nachzusetzen. Einen flüchtigen Moment erhaschte er den grimmigen Ausdruck auf dem Gesicht seines treuen Gefährten. Ottokars Schergen haben versucht, uns aus dem Hinterhalt heraus zu töten, schoss es ihm durch den Kopf. Erst den König, dann mich. Jetzt treiben wir sie in den Fluss.
Schon hatten die ersten Fliehenden das Ufer der March erreicht. Ihre Rosse scheuten vor dem plötzlich auftauchenden Wasser. Die Nachfolgenden prallten mit voller Wucht in sie hinein. Reihenweise stürzten die gepanzerten Reiter aus den Sätteln, hohe Fontänen schossen empor, wenn sie mit ihren schweren Rüstungen in den Fluss fielen, der an dieser Stelle mehr als fünf Fuß tief war. »Recht geschieht ihnen. Sie haben versucht, unseren König zu ersäufen. Jetzt ereilt sie das gleiche Schicksal.« Dachte er das nur oder schrie er es laut heraus? Simon wusste es später nicht mehr zu sagen.
Plötzlich ertönte ein Hornsignal in seinem Rücken. Simon riss seinen Fuchs herum. In geschlossener Reihe stürmte eine kleine Truppe Ottokars heran. Sie mochte aus kaum mehr als zwanzig Reitern bestehen. An ihrer Spitze ritt ein hochgewachsener Kämpfer in mattgoldener Rüstung. Auch ohne sein Wappen hätte Simon ihn unter Tausenden erkannt. Es war König Ottokar.

Heinrich leerte den Pokal mit dem köstlichen Nahewein und rülpste vernehmlich. Dann biss er ein letztes Mal in den Fasanenschlegel in seiner Faust und warf den Knochen mit den restlichen daran hängenden Fleischfetzen kurzerhand hinter sich in die Binsen. Sofort stürzten sich zwei schwarze Wolfshunde darauf und balgten sich darum.
Christina bemühte sich, ihren Ekel zu verbergen. Nun würde sie schon wieder Anweisung geben müssen, die Binsen zu wechseln. Erst vor zwei Tagen waren sie ausgetauscht worden. Mit der leichten Brise, die durch die offenen Fenster in den Rittersaal wehte, stieg ihr ein unangenehmer Geruch in die Nase. Wahrscheinlich hatten sich die Hunde mittlerweile auch in die Binsen erleichtert.
Plötzlich spürte sie den durchdringenden Blick des Erzbischofs auf sich ruhen. Seine Augen schimmerten hellgrau, um seine Mundwinkel zuckte ein spöttisches Lächeln. Die Rüstung hatte er vor dem Mahl gegen ein prächtiges Obergewand aus Goldbrokat getauscht. Wenn ihn Heinrichs Gebaren gleichfalls anwiderte, ließ er es sich jedenfalls nicht anmerken.
Mit einer herrischen Geste bedeutete er seinen Gefolgsleuten, den Saal zu verlassen. Dann stand er auf und verbeugte sich leicht vor den Damen. Er wandte sich an Christina.
»Wohledle Gräfin, seid unendlich bedankt für dieses köstliche Gastmahl, das Ihr durch Eure noch köstlichere Anwesenheit geehrt habt. Ich bin untröstlich, Eure Gesellschaft nun entbehren zu müssen. Doch Euer Gatte und ich haben Wichtiges zu besprechen.«
Zum zweiten Mal an diesem Tag war Christina verblüfft. Was konnte der Kurfürst, einer der mächtigsten Männer des römisch-deutschen Reiches, mit ihrem nahezu landlosen unbedeutenden Gatten zu besprechen haben? Bislang war sie davon

ausgegangen, dass ihn sein Weg über Böckelheim geführt hatte, weil er auf seiner Reise eine Rast einzulegen gedachte. Nun wurde sie eines Besseren belehrt.

Zögernd erhob sie sich, doch der Erzbischof winkte energisch ab. »Liebwerte Dame, bemüht Euch nicht. Euer Gatte weiß sicher einen verschwiegenen Ort, wo wir uns besprechen können.«

Heinrich schnaubte. »Warum sollen wir uns an einen anderen Ort begeben, edler Kurfürst? Dies ist mein Haus, und mein Weib ist mir untertan. Sie soll sich samt den Mägden hinwegheben und uns ungestört lassen.« Dame Agathe, die sich solcherart auf eine Stufe mit dem Gesinde gestellt sah, zog scharf den Atem ein.

Die Augen des Erzbischofs färbten sich dunkler. Doch er blieb unverändert höflich. »Werter Herr auf Böckelheim.« Schwang da eine Spur von Gereiztheit in seiner Stimme mit? Christina war sich nicht sicher. »Es liegt mir fern, die Höflichkeit gegenüber der Gastgeberin und ihren Damen dermaßen zu missachten. Begeben wir uns daher in ein kleineres Gemach, wo wir niemandem im Weg sind.«

Er verbeugte sich noch einmal vor Christina und Agathe und steuerte auf den Ausgang des Saals zu. Heinrich blieb nichts anderes übrig, als ihm murrend zu folgen. An der Tür wandte er sich noch einmal um. »Bringt uns Wein in die Schreibstube, Dame Christina.«

An seinen Gast gewandt, fuhr er fort: »Lasst uns zuvor noch ein paar Schritte gehen, hochedler Herr. Ein leichtes Lüftchen ist aufgekommen und wird uns erquicken. Ich möchte zudem Eure Meinung zu einem Rassepferd hören, das ich kürzlich erstanden habe. Sobald die Erfrischung bereitsteht, begeben wir uns wieder in dieses stickige Gemäuer.«

Kaum hatten die Männer den Saal verlassen, schickte Christina eine Magd in den Keller, um kühlen Weißwein zu holen. In ihrem Kopf reifte ein Plan. Sie füllte eine kostbare Glaskaraffe mit dem Wein und einen bemalten irdenen Krug mit kaltem Brunnenwasser. Wie befohlen, trug sie danach beides eigenhändig in die Schreibstube, in der der Burgkaplan, ein wohlbeleibter Mann namens Pankratius, der auch das Amt des Verwalters versah, seine Bücher führte und wichtige Schreiben verfasste, die Heinrich ihm in die Feder diktierte. Schroff wehrte sie die Hilfe Agathes ab, die ihr gefolgt war.

»Lasst mich jetzt ein Weilchen allein, Muhme«, bedeutete sie der erstaunten Alten. »Ich werde hernach ein wenig der Ruhe pflegen, mein Kopf schmerzt zum Zerspringen.«

»Aber …«

»Tut, was ich Euch sage«, herrschte Christina Agathe an. »Sonst werde ich mich bei meinem Gemahl über Euch beschweren.«

Zu ihrem eigenen Erstaunen tat die Drohung ihre Wirkung. Agathe verließ den Raum, nicht ohne noch einmal vorwurfsvoll über die Schulter zu spähen. Scheinbar ungerührt deckte Christina den großen Holztisch, der in der Mitte der Kammer stand und fast den ganzen Raum einnahm.

Das Herz schlug ihr vor Angst bis zum Hals, als sie sich wenig später durch die kleine unauffällige Tür in die Nebenkammer schlich. In diesem lichtlosen Raum, in dem sie nicht einmal aufrecht stehen konnte, wurden die schweren Rollen verwahrt, in denen die Einkünfte und Ausgaben der Burg verzeichnet waren. Auch die Pergament- und Tintenvorräte lagerten dort.

Nach einer Weile, die ihr wie eine Ewigkeit erschien, hörte sie die Männer den Raum betreten. Sie zitterte gleichermaßen vor Neugier und der Furcht, entdeckt zu werden. Etwas rumpelte und polterte schwer über die hölzernen Dielen. Sie achtete nicht darauf.

Atemlos lauschte sie der Unterredung der Männer. Was sie hörte, ließ ihr das Blut in den Adern gefrieren.

Angesichts der heranstürmenden Reiter Ottokars griff Simon nach seinem Schild, den er wie Michel mit einem starken Lederriemen um den Hals trug, und packte sein Schwert fester. Seine Muskeln und Sehnen waren bis zum Zerreißen gespannt.

Einen flüchtigen Moment verspürte er Enttäuschung darüber, dass Ottokar an ihm vorbeistürmte. Dann forderte der Zweikampf mit einem Ritter, der ein Wappen aus Schlesien trug, all seine Aufmerksamkeit.

Denn der Mann war ein erfahrener Kämpfer. Immer wieder wich er Simons Schwerthieben aus, um im selben Moment sein eigenes Schwert mit voller Wucht auf Simons Schild niedersausen zu lassen. Schon war dessen lederne Haut an vielen Stellen zerfetzt, das Sponheimer Wappen, das Simon statt seines eigenen trug, kaum mehr zu erkennen. Die Fingerknöchel seiner linken Hand brannten wie Feuer, wahrscheinlich waren sie aufgeschürft und bluteten.

Simon spürte, wie seine Kräfte nachließen. Schweiß rann ihm in die brennenden Augen, so dass er kaum mehr etwas erkennen konnte. Er stand seit mehreren Stunden in der prallen Augusthitze im Feld, sein Gegner war frisch und ausgeruht. Wie er selbst war der Ritter nur leicht gerüstet und damit wendiger als die schweren Reiter. Mit mächtigen Schlägen drang er erneut auf Simon ein. Der hatte alle Mühe, sie zu parieren, an einen Gegenangriff war gar nicht zu denken.

Plötzlich scheute sein treuer Fuchs und stieg laut wiehernd in die Höhe. Simon erhaschte einen Blick auf die Schabracke, die sich am Hals des Tieres zu röten begann. Ein Hieb musste es getroffen haben. Mit letzter Kraft presste er die Waden zusammen und zwang das Ross wieder auf alle viere. Dadurch abgelenkt, entging er dem nächsten Schwertstreich seines Gegners nur um Haaresbreite.

Da sackte dieser unvermittelt auf den Hals seines Pferdes. Simon erstarrte mitten in der Bewegung. Aus dem Rücken des Gegners ragte der zitternde Schaft einer Lanze. Schon stürmte der Reiter heran, der Simon zu Hilfe gekommen war. Es war der steirische Ritter, dem er seinerseits zuvor Beistand geleistet hatte.
Simon spürte gleichzeitig Erleichterung und Abscheu. Zweifellos hatte ihm der Steiermärker das Leben gerettet, doch um den Preis eines feigen Angriffs aus dem Hinterhalt. Er konnte das Gesicht seines Helfers nicht erkennen, da der Helm es vollständig bedeckte. Schon stürmte er mit gezogenem Schwert auf den nächsten Feind zu.
Simon wendete sein Pferd. Zum Glück schien der Schwerthieb das Ross nur gestreift zu haben, denn es gehorchte Simon, obwohl die Schabracke mittlerweile blutgetränkt war. Verblüfft starrte er auf das Geschehen, das sich bis dahin in seinem Rücken abgespielt hatte.
Immer mehr Reiter Rudolfs drangen auf die wenigen, noch auf ihren Pferden sitzenden Ritter Ottokars ein. Auch der böhmische König selbst saß noch auf seinem prächtigen Rappen und kämpfte ohne Schild mit der linken Hand. Sein rechter Arm hing wie gelähmt hinab. Mehr als fünf Gegner versuchten gleichzeitig, auf ihn einzudringen. Alle trugen Wappen aus Kärnten oder der Steiermark.
Mittlerweile war auch Michel wieder an Simons Seite. Wie er selbst starrte er fassungslos auf das Gemetzel vor ihnen. Gerade stieß ein steirischer Ritter seinem Gegner das Schwert tief in die Brust, obwohl dieser die Hände zum Zeichen, dass er sich ergeben wollte, erhoben hatte.
»Herr, das ist feiger Mord!«, rief Michel Simon zu. »Wir sind mittlerweile in zehnfacher Übermacht.« Wie ein Mann stürmten sie los und drängten sich zwischen Ottokar und die Angreifer, die ihn von allen Seiten bedrängten.

»Lasst ab, lasst ab, edle Herren«, schrie Simon aus Leibeskräften. »Die Schlacht ist gewonnen. König Rudolf soll über Ottokars Schicksal entscheiden.«

Sein Appell schien vergebens. Immer wieder drangen drei Reiter auf Ottokar ein. »Geht aus dem Weg, Herr, sonst seid Ihr des Todes!«

Die Wut verlieh Simon neue Kräfte. Er parierte einen Schwerthieb gegen Ottokars Brust und schlug dem Reiter die Waffe dabei aus der Hand. Auch Michel hatte einen der Angreifer abgedrängt und hielt ihn in Schach. Übrig war nur noch der Ritter aus der Steiermark, den Simon schon kannte.

In einer plötzlichen Eingebung breitete Simon beide Arme aus und entblößte derart seine Brust. »Herr, wer auch immer Ihr seid, lasst ab von dem böhmischen König. Wir haben uns heute gegenseitig das Leben gerettet und sind einander verpflichtet. Erinnert Euch an den Rittereid, den Ihr einst geschworen habt. Es ist feige und ehrlos, einen Wehrlosen zu töten.«

Zu seiner Erleichterung senkte der Angesprochene sein Schwert. »Wer seid Ihr, tapferer Kämpfer?« Die Stimme klang hohl unter dem Topfhelm.

»Mein Name ist Simon von Montfort.«

Die Augen des anderen musterten ihn durchdringend durch das schmale Visier hindurch. »Ich kannte einst einen tapferen Ritter im christlichen Morgenland, der diesen Namen trug. Seid Ihr mit ihm verwandt?«

Simon schüttelte den Kopf. »Ich stamme von einer Burg im Nahegau.«

Der Steiermärker nahm seinen Helm ab. Sein verschwitztes Gesicht war faltig, der Bart grau gesprenkelt. Er musste mindestens doppelt so alt wie Simon sein.

»Seid mir gegrüßt, Herr von Montfort. Ihr habt gar wacker gekämpft.« Er drehte sich zu Ottokar um.

»Gebt mir Euer Schwert und lüftet den Helm, Herr.« Simon fiel auf, dass er das letzte Wort betonte wie eine Schmähung.
Ottokar ließ sein Schwert an der ausgestreckten Hand des anderen vorbei in den Staub fallen und nahm den Helm ab. Sein Gesicht war wie das aller anderen Kämpfer gerötet und von den Anstrengungen des Tages gezeichnet.
Auf einen Wink des steirischen Ritters umringten ihn vier Reiter mit steiermärkischen Wappen.
»Ergebt Ihr Euch, Herr?« Wieder klang das letzte Wort wie eine Beleidigung.
»Ich ergebe mich König Rudolf und empfehle mich seiner Gnade.« Ottokars Worte wirkten trotzig, mit einem seltsamen Unterton, den Simon nicht einordnen konnte. Erst als er später mit Michel über die Geschehnisse sprach, erkannte er, dass die Furcht aus dem Böhmen gesprochen hatte.
»So, so.« Die Stimme des Steirers klang spöttisch. »Warum ergebt Ihr Euch nicht uns, Herr? Wir sind es, die Euch am Ende bezwungen haben.«
Ottokars bernsteingelbe Augen flackerten. »Ein König ergibt sich nur einem König, nicht dessen Dienstmannen.« Sein Blick streifte über die Menge und blieb an Simon hängen. »Ritter von Montfort, ich kenne Euch allezeit als einen Mann von hoher Ehre. Seid so gut und bringt König Rudolf die Kunde! Ihm werde ich mein Heil und das meiner Familie und meines Volkes anvertrauen.«
Simon nickte und machte Anstalten, den Fuchs zu wenden. Erst da erkannte er, dass auch Michel und er von steirischen Rittern umringt waren. »Lasst mich passieren, edle Herren.«
Die Reiter rührten sich nicht von der Stelle.
»Was hat das zu bedeuten?« Zornig wandte sich Simon wieder an den Anführer der Gruppe. Dessen nächste Worte erfüllten ihn mit Entsetzen.

»Ich bin Euch zu Dank verpflichtet, Herr von Montfort, und Ihr seid es mir. Damit sind wir quitt. Rührt Ihr Euch jetzt von der Stelle, muss ich Befehl geben, Euch töten zu lassen.« Wie ein Mann zückten die Reiter, die ihn und Michel umringt hatten, ihre Schwerter. Auch Ottokars verbliebene Kämpfer wurden derart in Schach gehalten. Simon und Michel wechselten ratlose Blicke.
Der Anführer wandte sich wieder Ottokar zu. »Erkennt Ihr mich, Herr?«
»Ich erkenne Euch.« Nun schwang die gleiche Verachtung in Ottokars Stimme wie in der seines Gegenübers. Simon wurde immer verwirrter. Was ging hier vor sich?
Zu seiner Überraschung sprach ihn der Anführer wieder an. »Herr von Montfort, ich lege Wert auf Euer Urteil. Vor einer kleinen Weile spracht Ihr gar wahre Worte. Feige und ehrlos sei es, einen Wehrlosen zu töten.«
Simon nickte eifrig. »So ist es, Herr von … Verzeiht, doch ich kenne Euren Namen nicht. Wie darf ich Euch ansprechen?«
»Ich bin Offo von Emerberg.« Der Steirer deutete eine Verbeugung an. »Was empfehlt Ihr als Strafe für solch einen Ehrlosen?«
Die Worte waren heraus, ohne dass Simon lange überlegen musste. »Er soll das gleiche Schicksal erleiden, das er dem Wehrlosen zugefügt hat.«
Ottokar zuckte zusammen. Seine unverletzte Hand fuhr an sein Wehrgehänge, aus dem der reichverzierte Griff eines Dolchs ragte. Doch bevor er ihn ergreifen konnte, stieß ihm der Steirer auch schon sein Schwert tief in den Hals.
Blut schoss wie eine Fontäne aus der tödlichen Wunde. Ottokar röchelte, roter Schaum trat auf seine Lippen. Mit einer letzten verzweifelten Geste presste er die Hand auf den Hals, um die Blutung zu stoppen. Dann brach sein Blick, und er sank seitlich vom Pferd.
Simon raste vor Empörung. »Ehrloser Mörder!« Er griff nach unten. Doch bevor er sein eigenes Schwert ziehen konnte, fand

er fünf Klingen auf seine Brust gerichtet. Ein Blick auf Michel zeigte ihm, dass es dem Gefährten nicht besser erging.
Mühsam zügelte er seine Wut. Als sich der Emerberger näherte, spie er ihm mitten ins Gesicht.
Mit einer bedächtigen Geste wischte der sich den Speichel ab und gab seinen Gefolgsleuten gleichzeitig einen Wink. Zu Simons Überraschung ließen sie die Schwerter sinken, anstatt sie ihm in die Brust zu stoßen.
Die dunklen, ernst blickenden Augen des anderen zogen ihn in ihren Bann. »Auch ich war einst ein Mann von hoher Ehre, Ritter von Montfort. Nur deshalb verzeihe ich Euch diese Beleidigung. Früher wärt Ihr des Todes gewesen. Doch die Zeit hat mich gelehrt, dass Ehre nur eine hohle Phrase ist.« Er holte tief Luft. »Habt Ihr einmal von dem Ritter Siegfried von Mahrenberg gehört?«
Simon spürte, wie er errötete. Er nickte stumm.
»Ich bin sein Schwager. Sein Weib Gertrude war meine geliebte Schwester.«

Kapitel 31

Burg Böckelheim am späten Nachmittag desselben Tages

»Also, meine Teuerste, was habt Ihr alles von dem Gespräch, das ich hier mit dem Kurfürsten geführt habe, mitgehört?« Heinrich fixierte Christina wie ein Raubtier die sichere Beute. Seine Stimme klang gefährlich ruhig. Aus Erfahrung wusste Christina, dass er in diesem Zustand besonders gewalttätig werden konnte.

Als sie bemerkt hatte, dass ihr der Ausgang aus der kleinen Kammer versperrt war, weil die Tür blockierte, verspürte sie zuerst nackte Angst. Immer wieder hörte sie schwere Schritte auf den Gängen der Burg, undeutlich vermeinte sie auch jemand ihren Namen rufen zu hören. Natürlich ließ Heinrich nach ihr suchen. Seinem Gespräch mit Werner von Eppstein hatte sie entnommen, dass der Erzbischof noch am selben Tag nach Mainz zurückkehren wollte. Heinrichs höfliches Angebot, auf Burg Böckelheim zu übernachten, lehnte er ebenso höflich ab. Er hatte vor, auf dem Rückweg in einem Kloster Station zu machen, das am Weg lag.

Schließlich zwang sich Christina in ihrem Gefängnis zur Ruhe und versuchte, sich an das zu erinnern, was sie erlauscht hatte. Vielleicht würde ihr später ja noch eine Idee kommen, wie sie sich retten könnte, wenn Heinrich sie fand.

»Ich bin gekommen, um Euch an den Vorschlag zu erinnern, den ich Euch weiland in Wien gemacht habe«, eröffnete der Erzbischof die Unterredung.

Zunächst stellte Heinrich sich dumm. »Was meint Ihr, ehrwürdiger Vater?«

Christina hörte den Spott in der Stimme des Kirchenfürsten, als er antwortete. »Ihr wisst sehr wohl, was ich meine, Ritter zu Böckelheim. Ich möchte Euch dieses Anwesen abkaufen.«

Christina stockte der Atem. Die Burg war unverkäuflich, das war Graf Johanns Bedingung gewesen, als er sie Heinrich auf Drängen ihres Vaters zu Lehen gab.

Doch schon fuhr der Erzbischof fort. »Wie in Wien biete ich Euch im Gegenzug an, mein Lehnsmann zu werden und Euch große Gebiete im Rheingau zu überlassen.«

»Die Euch noch gar nicht gehören«, fiel ihm Heinrich ins Wort.

»Die mir bald gehören werden«, versetzte der Erzbischof trocken.

Die Männer schwiegen eine kleine Weile. Dann sagte Heinrich: »Kein Gebiet, mit dem Ihr mich belehnen könntet, ist so reich und mächtig wie die Lande des Grafen von Katzenelnbogen.«

Die nächsten Worte des Mainzers trieben Christina den kalten Schweiß auf die Stirn. »Für die Ihr einen männlichen Erben zeugen müsst, Heinrich. Doch Euer Weib scheint so unfruchtbar zu sein wie ein steiniger, vertrockneter Acker. Es sei denn, Ihr vernachlässigt Eure ehelichen Pflichten.« Diesmal klang seine Stimme süffisant.

Heinrich schnaubte. »Mein Weib ist jung und kann noch viele Jahre empfangen.«

»Jede Magd scheint es schneller bewerkstelligen zu können.«

Christina ballte die Hände zu Fäusten. Hatte der Erzbischof seine Spitzel etwa auch auf Böckelheim? Wie sonst hätte er von der Schwangerschaft einer Bettgenossin Heinrichs erfahren können? War das sogar der Anlass für seinen Besuch?

»Bedenkt also, Heinrich, Ihr geht leer aus, wenn Euch Dame Christina keinen Sohn schenkt.« Werner von Eppstein machte eine kleine Pause. »Vielleicht wusste Graf Eberhard sogar von diesem Makel seiner Tochter, als er Euch zur Ehe verpflichtete.«

Tränen der Wut traten Christina in die Augen. Wie gern hätte sie diesem Heuchler, der sich einen Freund ihres Vaters schimpfte, für diese Unverschämtheit die Augen ausgekratzt. Doch sie durfte keinen Laut von sich geben.

»Graf Eberhard hielt sich an ein Gelübde, das er gemeinsam mit meinem Bruder Johann vor vielen Jahren abgelegt hat.« Heinrichs Stimme überschlug sich fast.

Der Erzbischof blieb ganz ruhig. »Umso einfacher mag es für ihn gewesen sein, diesen Makel niemals zur Sprache zu bringen.«

»Und was hätte er dadurch gewinnen sollen?«

»Ein sicheres Leben für seine Tochter.« Christina sah die spöttische Miene des Mainzers geradezu vor sich. »Ihr wisst doch sehr wohl, dass er ihr alles durchgehen ließ und sie nach Strich und Faden verwöhnte. Christina wollte durchaus nicht ins Kloster, wie Graf Eberhard sich wieder und wieder bei mir beklagte.«

Langsam schien Heinrich zu begreifen, worauf der Erzbischof hinauswollte. »Ihr meint, Graf Eberhard wusste von Anfang an, dass ich ihn niemals beerben würde?«

»Wer weiß?« Werner von Eppstein klang belustigt.

»Und Ihr meint, diese Metze weiß es auch?«

»Sprecht Ihr von Eurer Gemahlin?«, fragte der Erzbischof scheinheilig.

»Natürlich wird sie es gewusst haben. Das wird mir dieses Miststück büßen!«, raste Heinrich vor Wut.

Christina konnte sich nicht daran erinnern, was der Erzbischof darauf geantwortet hatte. Sie saß wie gelähmt im Dunkeln. Jetzt war es so weit. Von nun an würde ihr Leben an der Seite ihres Gemahls eine ununterbrochene Qual sein.

Sie merkte erst wieder auf, als die Männer zum Ende des Gesprächs kamen. Sie hatten wohl die Modalitäten des verbotenen Geschäfts verhandelt, das sie im Begriff waren abzuschließen.

»Doch bezwingt Euren gerechten Zorn, Heinrich, und verhaltet Euch klug. Man sollte nicht zu früh auf unseren Handel aufmerksam werden. Erst wenn die Urkunde beeidet ist, dürfen wir die Katze aus dem Sack lassen.«

Danach verließen die Männer die Schreibstube.

Da der Erzbischof die Absicht geäußert hatte, sich auch von Christina zu verabschieden, versuchte sie anfangs mit allen Kräften, die Tür aufzustemmen, um unbemerkt in ihre Kemenate zu gelangen. Doch alle Mühe war vergebens.

So wartete sie schließlich in der tiefen Finsternis auf das Unvermeidliche. Es war Agathe von Hunolstein zu verdanken, dass Heinrich sie lange nach dem Aufbruch des Kurfürsten endlich fand. Es rumpelte vor der kleinen Tür der lichtlosen Zelle, dann wurde sie aufgerissen. Als sich Christina bückte, um durch die niedrige Öffnung zu treten und ihre verkrampften Glieder zu strecken, bemerkte sie die schwere Truhe. Die Männer hatten sie anscheinend vor das Türchen geschoben, um sich mehr Platz rund um den Tisch zu verschaffen.

Diesmal war Agathes Beflissenheit, Heinrich zu Diensten zu sein, der Alten nicht gut bekommen. Ihr linkes Auge war zugeschwollen, die Lippe aufgeplatzt. Zum ersten Mal hatte Heinrich in seinem Jähzorn auch die alte Frau geschlagen, um sie dafür zu bestrafen, dass sie sein Weib aus den Augen verloren hatte. Das war ein denkbar schlechtes Vorzeichen.

Die Gedanken rasten durch Christinas Kopf. Niemand außer dem Erzbischof, Heinrich und ihr selbst wussten von dem Komplott, das in der Schreibstube geschmiedet worden war. Konnte sie daraus einen Vorteil ziehen? Wenn ihr Vater von Heinrichs ehrlosem Vorhaben erführe, würde er nicht zögern, die Scheidung zu verlangen. Es gab nur sehr wenige Gründe, eine vor Gott geschlossene Verbindung wieder aufzulösen, doch Verrat war einer davon. Damit wäre der Erbvertrag null und nichtig. Auch Johann von Sponheim würde seinen Bruder verstoßen und Böckelheim besetzen, bevor Heinrich die Burg veräußern konnte. Ihr Gemahl bliebe mittel- und landlos zurück. Dass der intrigante Erzbischof Heinrich dann fallenlassen würde wie ein glühendes Holzscheit, daran hegte Christina nicht den geringsten Zweifel.

Sie traf eine Entscheidung. Das Unglück war nun einmal geschehen, nun hatte sie nichts mehr zu verlieren. Entschlossen trat sie die Flucht nach vorn an.

»Es ist wahr, dass ich mich in dieser kleinen Kammer verborgen habe, um das Gespräch zu belauschen, Herr.« Sie wies auf die Zelle neben der Schreibstube. »Ich weiß, das war Unrecht, mein Gemahl, und bitte Euch inständig um Verzeihung. Als Buße will ich Euch alles bekennen, was ich gehört habe. Danach entbiete ich Euch meinen wohlgemeinten Rat in dieser Angelegenheit.« Sie hob den Kopf, erstaunt über ihren eigenen Mut, und schaute Heinrich tapfer in die Augen. Ihre Hände hielt sie fest umklammert in der Hoffnung, dass er ihr Zittern nicht bemerken würde. Mit einer Handbewegung scheuchte Heinrich die verschüchterte Alte hinaus. Dann fixierte er Christina erneut. Wie eine Katze die Maus, schoss es ihr durch den Kopf.

»Also, dann sagt, was Ihr zu sagen habt.« Nun klang seine Stimme nahezu sanft.

Christina holte tief Luft. »Ich konnte nicht alles verstehen, mein Herr und Gemahl«, begann sie vorsichtig. »Doch es dünkt mich, als ob Euch der Erzbischof ein Angebot zum Kauf der Burg Böckelheim gemacht hat. Natürlich kann er nicht wissen, dass Euch Eure Ehre verbietet, es anzunehmen.« Sie wollte Heinrich die Möglichkeit zu einem Rückzug ohne Gesichtsverlust geben.

»Aus welchem Grund sollte mir meine Ehre dies verbieten, vielliebe Gattin?«

Nun konnte Christina nicht mehr zurück. »Eure Ehre verbietet es Euch gleichermaßen wie Eure Klugheit.« Sie verachtete sich selbst für die falsche Schmeichelei. »Denn als Euch Euer Bruder, Graf Johann, Böckelheim als Hochzeitsgabe übereignet hat, tat er dies mit der Auflage, die Burg an ihn zurückzugeben, solltet Ihr des Anwesens je überdrüssig werden. Graf Johann hat sich dieses Vorkaufsrecht im Lehnsvertrag zusichern lassen. Dies alles ist eidlich beurkundet. Ein Handel zwischen dem hochedlen Kurfürsten und Euch hätte daher rechtlich gar keinen Bestand.«

Um Heinrichs Lippen spielte ein undefinierbares Lächeln. »Fahrt fort, meine kluge Gemahlin. Ich wusste gar nicht, dass Ihr in Fragen der Jurisprudenz derart bewandert seid.« Nun klang seine Stimme deutlich ironisch.

Christina, verunsichert über Heinrichs Verhalten, spielte ihren letzten Trumpf aus.
»Zudem hat mein Vater bei Graf Johann für Euch gebürgt, edler Gemahl. Ihr wisst, dass er große Stücke auf Euch hält und Euch nie betrügen würde.« Sie holte Luft. Die faustdicke Lüge, mit der sie sich jetzt zu retten versuchte, kam ihr nur widerwillig über die Lippen. »Der Erzbischof glaubt, ich kann Euch keine Söhne gebären. Doch ich bin noch jung, edler Gemahl, und niemand kann wissen, was die Zukunft bringen wird. Ich will jeden Tag zur Jungfrau Maria beten, dass sie mir zur Empfängnis verhilft. Doch wenn mein Vater von Eurem Handel erführe, würde ihm die Enttäuschung das Herz brechen. Er würde Euch einen solchen Tort nie verzeihen. Vermutlich würde er Euch sogleich enterben. Ihr hättet eine sichere Gelegenheit, reich und mächtig zu werden, gegen einen windigen Handel eingetauscht.«
Obwohl sie nicht wirklich damit gerechnet hatte, ohne Prügel davonzukommen, traf sie der Schlag mitten ins Gesicht unvorbereitet. Heinrichs Fausthieb brach ihr die Nase und schleuderte sie zu Boden. Auf dem Rücken liegend, schnappte sie verzweifelt nach Luft, als das Blut ihren ganzen Rachen füllte.
Da beugte er sich auch schon über sie. Mit einer Hand zerrte er an seinem Gürtel, mit der anderen packte er sie am Arm und warf sie brutal auf den Bauch. Dann zerriss er ihr kostbares Festgewand von oben bis unten und begann, mit aller Kraft auf sie einzuschlagen.

Auf dem Marchfeld nach der Schlacht

Am Abend nach der Schlacht saßen Michel und Simon abseits vom Lärm der Siegesfeier an einem kleinen Lagerfeuer. Es hätte eine wunderbare Sommernacht sein können. Am Himmel glit-

zerten dic Sterne um die Wette, der Mond verbreitete sanftes Licht. Doch schon überlagerte der süßliche Geruch der Verwesung die würzigen Düfte der taubenetzten Wiesen und Auen. Michel schauderte, als eine leichte Brise den Gestank besonders intensiv vom Schlachtfeld zu ihnen herübertrug. In der Ferne sah man kleine Lichtpunkte über die Ebene tanzen.
»Ihr hattet wohl doch recht, Herr, die Kumanen Barbaren zu schimpfen. Noch immer plündern sie die Leichen, Freund wie Feind.«
Simon zuckte die Achseln. »Es ist uralter Kriegsbrauch, Michel. Dem Sieger gehört das Hab und Gut der Besiegten.« Er seufzte. »Heute würde König Rudolf dir keinen Einhalt gebieten, wenn du dein Hochzeitsgut vermehren wolltest.«
Michel spürte, wie ihm das Blut heiß zu Kopf stieg. »Haltet Ihr mich auch für einen dieser Barbaren?«, schnaubte er. »Meint Ihr, ich könnte mit meiner Marie auf einem Gut glücklich werden, das durch Leichenfledderei erworben wurde?« In seinem Ärger machte er eine unvorsichtige Bewegung. Ein scharfer Schmerz schoss durch seine verletzte Schulter. Unwillkürlich stöhnte er auf.
Wie er befürchtet hatte, war das in der Schlacht aus der Pfanne gesprungene und gewaltsam wieder eingerenkte Gelenk angeschwollen. Der Feldscher musste es nicht mehr richten. Er hatte ihm nur eine scharf riechende Salbe auf die Schulter geschmiert und den linken Arm danach in eine Schlinge gelegt, damit er ihn ruhig hielt. Doch bislang nutzte es kaum etwas. Die Schulter schmerzte bei der kleinsten Bewegung.
»Ruhig Blut, Michel«, mahnte Simon. »Der Letzte, der dir unterstellt, auf den Gebeinen Gefallener deinen Hausstand gründen zu wollen, bin ich.«
Michel starrte zu Boden. Die grausamen Bilder des Tages begannen ihn aufs Neue zu quälen. Er trank einen tiefen Schluck

aus dem tönernen Weinkrug und stöhnte erneut, als der verletzte Arm sich wieder bemerkbar machte.

»Tut es noch immer so weh?«

Michel nickte verbissen. Simon hatte wie durch ein Wunder nur ein paar Kratzer und Prellungen davongetragen. Unwillkürlich spürte Michel Neid und schämte sich im gleichen Moment dafür. Wieder überfielen ihn die Bilder.

»Was ist mit Ottokars Leichnam geschehen, Herr?«, fragte er schließlich leise. Schon dreimal hatte er angesetzt, sich aber zu sehr vor der Antwort gefürchtet.

Simon wich seinem Blick aus. »Während du im Zelt des Baders warst, habe ich König Rudolf zur Stätte seines Todes geführt. Da war der Körper schon nackt und bloß, seiner kostbaren Waffen und Rüstung beraubt. Fliegenschwärme saßen auf seinen Wunden.« Er stockte.

Es war so schlimm, wie Michel befürchtet hatte. Doch nun wollte er die ganze Wahrheit wissen. »Wo ist der Leichnam jetzt?«

»Der König hat ihn in die Kirche von Jedenspeigen überführen lassen. Dort zelebrierte der Bischof von Basel noch am Abend den Dankgottesdienst. Immerhin hat Rudolf den Anstand besessen, Ottokars Tapferkeit zu preisen und ein Paternoster für ihn zu sprechen.«

»Wird er die Mörder bestrafen?«

Er hörte, wie Simon mit den Zähnen knirschte. »Er wollte nicht einmal wissen, wer ihn so feige gemeuchelt hat. Offo von Emerberg und seine Genossen haben das Lager bereits verlassen, um auf ihre Burgen in der Steiermark zurückzukehren.«

Eine furchtbare Vision tauchte wie aus dem Nichts vor Michels innerem Auge auf. Er sah Marie, ihr Gesicht bleich und starr, der Körper hingestreckt. »Und doch hat König Ottokar an der Schwester des Mörders und ihrem Gemahl eine ebenso große Missetat begangen, wie jetzt an ihm verübt wurde«, sagte er leise.

»Das ist wohl wahr, Michel. Aber Ottokar war ein König!«
»Dürfen also Könige ungestraft unrecht tun, Herr? Hat unser Herrgott sie nicht erhöht, damit sie ein Beispiel für die Niedrigen sind?« Er stockte. Dann holte er tief Luft.
»Hätte meine Marie durch Ottokars Schuld den Tod gefunden, ich hätte wohl gleichermaßen gehandelt.«
»Das hättest du nicht, Michel«, widersprach Simon eine Spur zu heftig. »Niemals wärst du in der Lage, einen Waffenlosen zu töten, zumal wenn er bereits verwundet ist. Das hieße Unrecht mit Unrecht vergelten.«
Michel war sich da nicht so sicher. Plötzlich überwältigte ihn der Überdruss. »Ich werde das Kriegshandwerk aufgeben, Herr«, sagte er, ohne nachzudenken. »Sobald wir zurück in der Heimat sind, werde ich Euch den Dienst quittieren.« Die Worte waren noch nicht ausgesprochen, als er spürte, dass diese Entscheidung richtig und längst überfällig war.
Selbst im Dunkeln spürte er Simons entgeisterten Blick. »Und was willst du stattdessen tun? Du bist einer der besten Kämpfer, denen ich je begegnet bin. Graf Johann wird dich kaum als Stallknecht beschäftigen wollen.«
Michel hob trotzig den Kopf. »Ich habe ein hübsches Sümmchen gespart, Herr. Mit dem, was Ihr mir noch schuldet, habe ich das halbe Gut schon beisammen. Und wer weiß, vielleicht leiht mir Graf Johann ja den Rest. Ich werde Tag und Nacht arbeiten, um die Schuld zu tilgen und Marie zu ernähren, aber ich will nicht mehr töten.«
Eine Weile blieb Simon stumm. »Ich denke, der König wird sein Wort halten und uns eine Belohnung für seine Errettung geben. Wenn es für deinen Hausstand noch immer nicht reicht, schenke ich dir den fehlenden Teil.«
Michel warf unwillig den Kopf in den Nacken. Wieder raste ein höllischer Schmerz durch Schulter und Arm. Den ganzen Tag

hatte er der Versuchung widerstanden zu hoffen, dass auch er eine Belohnung erhalten würde.

»Der König hat mich doch gar nicht gesehen, Herr«, sagte er wegwerfend. »Er glaubt, dass er sein Leben nur Euch verdankt.«

»Wenn der König das glaubt, ist er ein Esel«, sagte Simon respektlos. Nach einer kurzen Pause fuhr er fort: »Aber es sei, wie es sei. Solltest du keine Belohnung erhalten, werde ich mit dir teilen, was er mir zubilligt. Aber mach dir nicht zu große Hoffnungen«, wehrte er Michels Protest ab. »König Rudolf ist für seinen Geiz verschrien. Viel wird ihm sein Leben nicht wert sein, wenn er es in klingender Münze aufwiegen soll.«

Sie schwiegen eine Weile. »Was werdet Ihr tun, wenn wir wieder zu Hause sind, Herr?«, fragte Michel schließlich. Schon jetzt schmerzte ihn der bevorstehende Abschied.

Simon schlug nach einem der Plagegeister, die sie unaufhörlich umschwirrten, und beugte sich vor, um ein Holzscheit nachzulegen. »Ich weiß es nicht, Michel. Auch ich habe nicht länger Lust, scheinheiligen Herren zu dienen, denen Macht und Einfluss schwerer wiegen als Ehre und Anstand. Aber ich habe nun einmal nichts anderes als das Kriegshandwerk gelernt. Und mir ist der Weg versperrt, ein einfacher Bauer zu werden und die Scholle zu pflügen.« Fast lag ein wenig Neid in seiner Stimme.

Eine Weile hingen sie wieder ihren trüben Gedanken nach. Dann ergriff Simon erneut das Wort.

»Wenn man es recht bedenkt, Michel, sind sich Ottokar und Rudolf auch heute nichts schuldig geblieben. Der Böhme hat seine Mordbuben auf Rudolf angesetzt, der hat wiederum sechzig schwere Reiter aus dem Hinterhalt angreifen lassen. So besiegte schon der gottlose Karl von Anjou den letzten Stauferspross Konradin in Süditalien. Nicht der Tüchtigere hat heute gewonnen, sondern der, dem die blinde Fortuna zum Sieg verhalf. In einem hat Offo von Emerberg also recht. Der Begriff der Ehre ist zu einer hohlen Phrase verkommen.«

Michels Trübsinn steigerte sich. »Aber was werdet *Ihr* tun, Herr?«, beharrte er.

Simon seufzte vernehmlich. »Ich weiß es noch nicht. Vielleicht belehnt Graf Johann mich mit einem kleinen Rittergut. Graf Eberhard erwähnte einmal, dass er mir vor der Heirat mit Gisela die Rosenburg anbieten wollte. Sonst wird mir nichts anderes übrigbleiben, als von Turnier zu Turnier zu ziehen, um meinen Unterhalt zu bestreiten.«

Michel schnaubte. »Das dünkt mich keine gute Idee, Herr. Gewerbsmäßige Turnierkämpfer sind bessere Totschläger. Außerdem erhalten nur die Sieger einen Preis. Oft verlieren sie ihn schon im nächsten Zweikampf. Solch ein Leben ist Euer nicht würdig.«

Simon schwieg. Im flackernden Licht der kleinen Flamme vermeinte Michel einen Moment Tränen in seinen Augen zu sehen. Doch er musste sich wohl getäuscht haben. Spöttisch wandte Simon sich zu ihm um.

»Du bist mehr um mich besorgt als meine alte Amme«, wehrte er ab.

Michel war empört. »Kaum einer der reisenden Kämpfer ist nach einem Jahr noch am Leben, Herr.«

»Und warum sollte mich das kümmern, treuer Freund?« Simons Stimme klang ernst. Jeder Spott war daraus verschwunden.

»Als du mich in Wien aus den Händen der Banditen gerettet hast, hielt ich es für ein Zeichen des Himmels, zumal ich seither auch von den Schrecken infolge des Mordes an meinen Eltern genesen bin. Ich habe weder furchtbare Alpträume, noch bricht mir in dunklen Gängen der Schweiß aus. Es scheint also richtig gewesen zu sein, wieder in Rudolfs Dienste zu treten. Schließlich ist er der gewählte König, und Ottokar hat gegen ihn rebelliert. Doch heute ist dieser Glaube in sich zusammengefallen wie ein Kartenhaus. Die Ränke der Könige vergiften auch das Wesen ihrer Gefolgsleute. Nur Dummköpfe wie wir fühlen sich noch den alten Tugenden verpflichtet. Trotzdem frage ich mich, ob ein Leben ohne Ehre wirklich noch lebenswert ist.«

»Zumal wenn darin auch noch die Liebe fehlt«, fügte er leise hinzu.

Michel schwieg bedrückt. Er wusste keine Antwort auf Simons Rede.

Als hätte sein Dienstherr seine Verlegenheit bemerkt, sprang er plötzlich auf. »Doch nun lass uns abwarten, Michel, wie Rudolfs Belohnung aussieht«, sagte er mit betont munterer Stimme. »Vielleicht sieht die Welt ja morgen schon wieder ganz anders aus.«

Burg Böckelheim, nachts

Die Sterne standen schon hoch am Himmel, als Christina aus ihrer Ohnmacht erwachte. Sie lag noch immer halbnackt auf den hölzernen Dielen der Schreibkammer. Ihr ganzer Körper schmerzte wie eine einzige offene Wunde.

Vorsichtig hob sie den Kopf. Sofort verspürte sie Übelkeit. Würgend erbrach sie ein Gemisch aus Blut und bitterer Galle.

Zoll um Zoll richtete sie sich auf. Jede Bewegung verursachte ihr Qual. Flüchtig bemerkte sie, dass der Boden, auf dem sie gelegen hatte, glitschig von ihrem Blut war. Sie hielt sich die Fetzen ihres Kleids vor den Leib. Selbst auf ihrem letzten Gang wollte sie nicht entehrt vor den Wachen erscheinen, wenn sie ihnen zufällig auf dem Weg zur Burgmauer begegnete.

Noch während sie sich unter Heinrichs brutalen Schlägen wand, war ihr Entschluss gereift. Es gab nur einen Weg, diesem Scheusal Einhalt zu gebieten und gleichzeitig der eigenen Qual ein Ende zu machen. Sie würde sich von den Zinnen der Burg in die Nahe stürzen, wie sie es schon so viele Male erwogen hatte.
Endlich würde ihr Vater begreifen, welch großen Fehler er gemacht hatte, als er sie in die Ehe mit Heinrich zwang. Ob ihr Gemahl nun Böckelheim an den intriganten Erzbischof von Mainz verschacherte oder nicht, Eberhard würde den Erbvertrag in tausend Fetzen reißen, würde es sein Leben lang bereuen, wenn seine Tochter den schmählichen Tod einer Selbstmörderin und die damit verbundene ewige Verdammnis der Ehe mit dem Mann vorzog, den er ihr selbst erwählt hatte.
Aber auch für Werner von Eppstein wäre Heinrich als Gatte einer Selbstmörderin kein Lehnsmann mehr, mit dem er Ehre einlegen konnte. Nachdem er Böckelheim erworben hatte, würde er mit Heinrich nichts mehr zu tun haben wollen. Ihr Gemahl würde zeit seines Lebens geächtet werden.
Trotz der furchtbaren Schmerzen trieb die Vorstellung, wie sehr sie sich durch ihren Sturz von den Mauern an Heinrich rächen könnte, ein grimmiges Lächeln auf Christinas Lippen. Nun hatte sie den Burghof erreicht.
Ein blasser Mond schien von einem sternenübersäten Himmel. Nach der Hitze des Tages war die Luft weich und duftete süß nach den Blüten des Spätsommers. Früher hätte Christina eine solche Nacht genossen. Sie war wie gemacht für zwei Liebende, die sich in der samtenen Schwärze umarmten, um der Minne zu pflegen, wie es die Bänkelsänger allerorten deklamierten. Einst hatte auch sie von solchen Nächten geträumt.
Während sie mühsam die steile Stiege zum Wehrgang erklomm, eine Spur von Blut hinter sich herziehend, traten Bilder aus glücklicheren Tagen vor ihre Augen. Es kam ihr so vor, als

stammten sie aus einem anderen Leben, einem Leben, in dem sie einmal gelacht und gescherzt, getanzt und gesungen hatte. Und sogar mit Waffen geübt wie ein Mann.
Nun hatte sie den Wehrgang erreicht. Weit und breit war niemand zu sehen. Sie trat an die Brüstung und blickte hinab in den Fluss. Das Mondlicht verwandelte das Wasser in flüssiges Silber. Wie herrlich würde es sein, sich von den sommerwarmen Wellen treiben zu lassen, nichts mehr zu spüren, nicht mehr zu leiden. Sie versuchte sich hochzuziehen. Doch ihr zerschundener Rücken schmerzte so sehr, dass sie kraftlos aufgeben musste.
»Herr im Himmel, hilf mir«, betete sie unwillkürlich, nicht darauf achtend, dass sie im Begriff war, die schlimmste aller Todsünden zu begehen. »Gib mir doch endlich Frieden.«
Frieden? Das Wort hallte in ihrem Kopf. War sie vor dem inneren Frieden nicht immer geflohen? Was konnte friedlicher sein als das Leben in einem Kloster? Warum war ihr dieses Schicksal einst schlimmer erschienen als der Tod?
»Närrin«, schalt sie sich selbst. »Tumbe Närrin. Was gäbest du jetzt für den Tausch dieser Hölle auf Erden, die sich Ehe nennt, gegen einen Platz bei den Benediktinerinnen auf dem Rupertsberg. Lesen dürfen, eigenständig denken dürfen, ohne Furcht vor Gewalt und täglicher Demütigung.«
Das Wasser der Nahe glitzerte. Doch Christina verharrte regungslos mit der Hand auf der Brüstung. »Was hindert dich denn daran, diesen Tausch zu vollziehen?«, flüsterte eine innere Stimme ihr zu. »Wenn du einen Weg zurück auf den Rheinfels findest und dein Vater dein Unglück erkennt, was kann er Schlimmeres tun, als dich ins Kloster zu schicken? Zu diesem Scheusal wird er dich nicht zurückzwingen. Zumal wenn du ihm die Striemen zeigst, die deinen ganzen Körper bedecken.«
Zurück auf den Rheinfels? Der Gedanke erschien ihr auf einmal überaus verlockend. Schon drängte sich ein anderes Bild dazu:

das Brombeerdickicht. Selbst wenn Dankwart nach seiner Ritterweihe auf die Schmittburg zurückgekehrt war, gab es auf dem Rheinfels noch den alten Waffenmeister Hildebrand. Er war der einzige Mensch, der außer dem Kräuterweib Ida von ihrem Schicksal wusste. Und ihrem Plan, als Ritter getarnt in die Schlacht zu ziehen und Heinrich im Zweikampf zu töten. Er würde ihr sicher auch ein zweites Mal helfen.

Und Simon? Plötzlich sah sie ihn so deutlich vor sich, als stünde er vor ihr. Gisela von Sayn war verstorben, er war wieder frei. Würde er sie trotz ihrer Unfruchtbarkeit zur Gemahlin nehmen? Wie sicher war es denn überhaupt, dass er sie abweisen würde? Sie hatte noch nie um seine Liebe gekämpft. Selbst wenn sie sie verlor, war sie auch nicht schlimmer dran als jetzt.

Das Wasser unter ihr rauschte. Plötzlich schob sich eine Wolke vor den Mond. Nun wirkte der Abgrund dunkel und furchterregend. Christina schreckte zurück.

Sicher war der Tod gnädiger als das Leben an der Seite dieses Satans in Menschengestalt. Doch es gab noch weit verlockendere Möglichkeiten als den Tod. Sie musste sich nur auf ihre Stärke besinnen und ihr Leben endlich selbst in die Hand nehmen. Anstatt sich vor etwas zu fürchten, das nicht halb so schlimm wie ihr jetziges Schicksal war.

Als sie schließlich Schritte hörte, drückte sie sich in eine Mauernische. Zwei Wachsoldaten gingen an ihr vorbei, ohne sie zu bemerken. Christina hörte ihr gemurmeltes Gespräch.

»Man munkelt, diesmal habe er die Herrin fast totgeschlagen.«

»Ja«, brummte sein Kamerad. »Es ist ein wahrer Jammer. Man sagt, sie war einst eine stolze und furchtlose Frau.«

Die Schritte verklangen. Christina spürte die Hitze der Scham im Gesicht. Sie vergaß für einen Moment sogar ihre Schmerzen.

Eine stolze und furchtlose Frau. War sie das einst gewesen, so konnte sie es auch wieder werden.

Mit zusammengebissenen Zähnen stieg sie die Treppe in den Burghof hinab und schlich sich in ihre Schlafkammer, wo Muhme Agathe mit offenem Mund schnarchte.
Heute Nacht würde sie vor Pein kein Auge schließen. Aber das gab ihr die Muße, darüber nachzudenken, wie sie ihr Schicksal wenden konnte.

Zeltlager bei Dürnkrut und Jedenspeigen, am Tag nach der Schlacht

Obwohl Simon nicht wirklich damit rechnete, ließ der König ihm und Michel schon am nächsten Tag die Nachricht überbringen, dass er sie am Nachmittag in seinem Zelt erwarten würde. Dazu hatte er eigens einen Kurier geschickt.
»Unser allergnädigster Herr möchte sich bei Euch und Eurem Waffenknecht für seine Lebensrettung bedanken«, ließ ihnen Rudolf ausrichten.
Michel war vor freudiger Erwartung schier außer sich und behelligte Simon den ganzen Vormittag über mit seiner Aufregung. Trotz seiner verletzten Schulter putzte er die vom Staub und Blut der Schlacht beschmutzten Sättel der Pferde und striegelte die Rösser, bis ihr Fell wie Seide glänzte. Zum Glück war Simons Fuchs nur oberflächlich geritzt worden, die Wunde begann bereits zu verschorfen. Dann reinigte Michel die Waffenröcke, Schabracken und Wehrgehänge und schärfte zuletzt noch die Schwerter.
Widersprüchliche Gefühle beschäftigten Simon, während er Michels Treiben tatenlos zusah. Trübsinnig dachte er daran, dass sein treuer Gefährte seinen Entschluss, das Kriegshandwerk an den Nagel zu hängen, sofort in die Tat umsetzen würde, wenn ihn der König mit einem Gut belohnte. Gleichzeitig

fürchtete er, dass Rudolf Michel am Ende doch leer ausgehen lassen könnte.
Als sie sich zur befohlenen Zeit vor dem Zelt des Königs einfanden, erkannte Simon, dass sie nicht die einzigen Gäste waren, die Rudolf geladen hatte. Graf Meinhard von Tirol war da, König Rudolfs mächtigster Verbündeter in den österreichischen Landen, ebenso wie eine Reihe von Grafen und Rittern aus den höchsten Adelskreisen. Jede mächtige Familie Österreichs war vertreten.
Zu Simons Überraschung trat der sonst so spröde König mit ausgestreckten Händen auf die Ankömmlinge zu und umarmte erst ihn selbst, dann Michel. »Seid mir willkommen, Freunde. Ohne Euer mutiges Eingreifen gäbe es heute nichts zu feiern. Anstelle von Ottokar läge ich nun tot auf der Wallstatt.«
Obwohl er sich höflich verneigte, bemerkte Simon missbilligend, dass Rudolf schon wieder eins der grauen fleckigen Oberkleider aus grobem Wollstoff trug, die er so gerne gegen die unbequemen Prunkgewänder eintauschte. Er wirkte wie eine Motte unter den bunt und prächtig gekleideten Rittern. Mit Unbehagen erinnerte Simon sich an die Zeremonie bei der Unterwerfung des Böhmenkönigs vor knapp zwei Jahren.
Er verdrängte das unangebrachte Gefühl. »Ihr beschämt mich, mein König. Jedermann hätte an unserer Stelle das Gleiche getan.«
Rudolf schüttelte energisch den Kopf. »Ihr wisst sehr wohl, wie es meinem tapferen Gegner Ottokar ergangen ist. Schmählich wurde er hingemetzelt von seinen eigenen Untertanen, denen er sich schwer verwundet bereits ergeben hatte.«
In Simons Empörung über den Mord an dem Böhmen mischte sich ein leiser Hoffnungsstrahl. »Es ist wahrlich eine Schande, hochedler Herr, und das unritterlichste Verhalten, das ich je miterlebt habe. Sicherlich werdet Ihr die Schuldigen auf das Schwerste bestrafen.«

Zu seiner Enttäuschung schüttelte Rudolf den Kopf. »Ottokar war auf dem Felde von unvergleichlicher Tapferkeit und hätte einen ehrenvolleren Tod verdient. Doch in Friedenszeiten war er ein harter und ungerechter Gebieter. Nemesis ist eine unerbittliche Göttin, mein Freund. Mir steht es nicht zu, über die zu richten, die ihrem Ruf nach Vergeltung gefolgt sind.«

Obwohl er eigentlich nichts anderes erwartet hatte, war Simon betroffen. Aus den Augenwinkeln sah er, dass auch Michel die Stirn runzelte. Zwar verurteilte Simon die Hinrichtung des Siegfried von Mahrenberg als willkürlich und ungerecht. Sie war schließlich der Grund dafür, dass er dem Böhmen den Dienst quittiert hatte. Aber rechtfertigte dies einen feigen Rachemord am besiegten Gegner mit der Billigung des römisch-deutschen Königs?

Doch es war müßig, darüber zu debattieren. Simon wechselte das Thema. »Ich nehme an, Ihr lasst Ottokars Leichnam mit allen Ehren nach Prag überführen, damit er dort bestattet werden kann?«

Diesmal traf ihn Rudolfs Antwort unvorbereitet und bis ins Mark. »So bald noch nicht, mein Freund. Der Körper ist bereits bei den Einbalsamierern. Ich muss dem Spuk des Premysliden in Wien ein für alle Male ein Ende bereiten. Das aufbegehrende Volk soll sich selbst von Ottokars Tod überzeugen. Deshalb wird sein Leichnam vor der Bestattung nach Wien gebracht und dort aufgebahrt.«

Simons Empörung brach sich Bahn. »Ihr wollt Ottokars Körper zur Schau stellen wie ein Gaukler seinen Tanzbären?«

Rudolf sah ihn scharf an. Dann glättete sich seine gerunzelte Stirn. Er lächelte nachsichtig. »Wie jung Ihr noch seid, mein Freund. Doch wärt Ihr besonnener, würdet Ihr zwar Eure Worte in Gegenwart Eures Königs sorgsamer wägen, doch dieser König wäre jetzt nicht mehr unter den Lebenden. Ungestüm und tollkühner Mut sind die Attribute der Jugend.«

Wider Willen errötete Simon ob des milden Tadels, den Rudolf vor den Ohren seiner eifrig lauschenden Gefolgsleute an ihm übte. Doch er hatte kaum Zeit, sich zu sammeln, denn schon fasste ihn der König am Arm und führte ihn zu Graf Meinhard von Tirol.
»Meinhard, mein werter Gefährte und treu ergebener Lehnsmann. Hier bringe ich Euch den Tapferen, der mein Leben gerettet hat, als mich Ottokars Mannen schon vom Pferd gerissen hatten und ich im Waidenbach zu ersaufen drohte wie eine junge Katze. Er ist ein Mündel des Grafen Johann von Sponheim. Ja, Ihr habt richtig gehört, es ist dieselbe Familie wie die der Sponheimer in Kärnten. Der letzte Graf Philipp aus diesem Zweig des Geschlechts liegt auf den Tod krank danieder. Damit wird die Linie bald in der männlichen Erbfolge erlöschen. Meinhard, Ihr wisst, dass ich Euch zum Dank für Eure Treue mit dem Herzogtum Kärnten belohnen werde. Doch um unserer Freundschaft willen begehre ich von Euch ein Lehen für diesen vielversprechenden, aber landlosen Ritter, der dem Namen Sponheim solche Ehre gemacht hat.«
Simon war vollkommen überrumpelt. Er hatte im besten Fall einen Beutel Gold oder ein wertvolles Ross erwartet. An ein Lehen hatte er nicht einmal in seinen kühnsten Träumen gedacht. Zweifellos handelte es sich zumindest um eine Burg mit einigen Dörfern, noch dazu in der Nähe eines Gebiets, das den Verwandten seines Ziehvaters gehörte.
Unwillkürlich bewunderte Simon außerdem Rudolfs Gerissenheit. Diese Gabe kostete den König keinen Heller. Sein Gefolgsmann Meinhard von Tirol sollte Simon einen Teil seiner eigenen Belohnung abtreten. Dennoch würde das Lehen ein Ende seiner Armut und Bedeutungslosigkeit mit sich bringen. Es war ein wahrhaft königliches Geschenk.
Simon starrte Rudolf und Meinhard noch immer sprachlos an. Der König lachte herzlich auf und schlug dem Jüngeren kräftig

auf die Schulter. »So habe ich Euch allem Anschein nach überrascht! Überschlaft die ganze Sache einmal. Morgen erörtern wir dann die Einzelheiten. Doch halt!« Sein Blick fiel auf Michel, der der gesamten Unterhaltung aufmerksam, aber ohne ein Wort zu verlieren, gefolgt war. »Was begehrt Ihr als Lohn für Euren Waffenknecht?«

Diesmal war Simon nicht auf den Mund gefallen. Ohne Michels Kopfschütteln zu beachten, antwortete er: »Mein treuer Dienstmann möchte demnächst in der Gegend von Kreuznach einen Hausstand begründen. Ein bescheidenes Gut wäre eine gute Grundlage, um Weib und Kinder zu ernähren.«

»Er soll es bekommen.« Rudolf schlug auch dem tiefrot gewordenen Knecht auf die zum Glück unverletzte Schulter. »Schon morgen werde ich dem Erzbischof Werner von Mainz einen Brief schicken und ihn bitten, mir ein kleines Landgut zu überlassen. Er schuldet mir ohnehin noch den ein oder anderen Gefallen.« Einen Moment legte sich Rudolfs Stirn in Falten.

Simon wusste, dass Rudolf Werner von Eppstein zürnte, da er sich, anders als beim ersten Feldzug gegen Ottokar, diesmal neutral verhalten und dem König deswegen auch keine Truppen gestellt hatte. Doch für Grübeleien über große Politik fehlte ihm jetzt die Muße. Er musste über seine eigene Zukunft nachdenken.

In einem Gefühlswirrwarr verließ Simon das königliche Zelt, im Schlepptau den vor Staunen über die Erfüllung seines Lebenstraums immer noch sprachlosen Michel.

Kapitel 32

Burg Böckelheim, vier Wochen später

Mit einem wohligen Seufzer ließ sich Christina in die Holzwanne sinken. Sie zuckte zusammen, als das Wasser ihre kaum vernarbten Striemen benetzte, die noch immer bei jeder Bewegung schmerzten und spannten. Doch die Wärme tat ihr gut, und der Schmerz verebbte.

Während sie sich mit geschlossenen Augen zurücklehnte, ließ sie die letzten Wochen noch einmal im Geiste an sich vorbeiziehen. Diesmal war Heinrich zu weit gegangen. Als Christina am Morgen nach den Prügeln aus einem unruhigen Dämmerschlaf erwachte, glühte sie vor Fieber. Drei Tage und Nächte rang sie mit dem Tod, bis ihre robuste Natur schließlich die Oberhand gewann.

Schadenfroh erinnerte sie sich an Heinrichs wachsende Furcht, sie könne sterben und er müsse ihrem Vater Rechenschaft über ihren Tod ablegen. Schon am zweiten Tag ließ er einen Medicus aus Kreuznach kommen, der im fernen Italien studiert hatte und sein Handwerk anders als die meisten Scharlatane seiner Zunft verstand.

Stirnrunzelnd versorgte der Mann ihre Wunden, richtete die gebrochene Nase und trug schmerzstillende Salben auf. Gegen die unerträglichen Schmerzen verabreichte er ihr Bilsenkraut-Pulver und Mohnsaft. Dies brachte Christina schnell auf eine Idee. Schon bald begann sie, die Arzneien, die sie aus ihrer Lehrzeit bei der Kräuterfrau Ida kannte, heimlich zu sammeln. »Herrin, auch wenn Ihr noch so sehr leidet, dürft Ihr nicht so viel von den Mitteln nehmen«, dozierte der besorgte Arzt. »Eine zu hohe Dosis kann schnell tödlich wirken.«

»Aber die Arznei lindert meine Pein, ehrwürdiger Medicus. Bitte gebt mir noch mehr davon, sonst werden die Schmerzen mich dahinraffen.« Ihrem aufgesetzt schmerzverzerrten Gesichtsausdruck konnte Heinrich, der sie jeden Tag mehrmals in Begleitung des Arztes aufsuchte, nicht widerstehen.
»So gebt ihr schon, was sie begehrt«, beschied er dem Arzt barsch. »Ihr haftet dafür, dass sie wieder vollständig gesund wird.«
Christina ahnte, was hinter der hohen Stirn des Gelehrten vor sich ging, und konnte sich ein Grinsen kaum verkneifen. Schließlich war dem Medicus nicht verborgen geblieben, welche Ursache ihre Leiden hatten. Doch der Mann schwieg still und fügte sich dem Wunsch des Grafen. Schließlich konnte er nur zu deutlich sehen, was geschah, wenn man dessen Zorn erregte.
Aus diesem Grund verfügte sie nunmehr über einen Vorrat an betäubenden Mitteln, der eine ganze Bullenherde ruhiggestellt hätte. Nun brauchte sie nur noch eine gute Gelegenheit abzuwarten, um die Mittel einzusetzen.
In einem Winkel des Pferdestalls verborgen, lag ein Sack mit Männerkleidung. Es war die grobe Tracht eines Bauernburschen, die Christina aus dem Quartier der Pferdeknechte gestohlen hatte, sobald sie wieder hatte laufen können. Dazu packte sie noch ein paar wenige Habseligkeiten mit ein, allen voran ihren wertvollen Schmuck.
Auch während ihrer Genesung zeigte sich, dass sie Heinrich im Augenblick in der Hand hatte. Sie verbat sich die Gesellschaft von Muhme Agathe und sorgte sogar dafür, dass diese aus der gemeinsamen Schlafkammer ausziehen musste. So hatte sie, insbesondere wenn Heinrich auf der Jagd war, immer wieder unbeobachtete Momente, in denen sie ihre Flucht vorbereiten konnte. Noch wusste sie nicht, wie sie es bewerkstelligen sollte, aus der Burg zu entkommen. So frei sie sich innerhalb des Geländes

auch bewegen konnte, so unmöglich war es für sie, vor die Tore zu gelangen. Heinrich hatte den Wachen auf das Schärfste eingebleut, sie keinen einzigen Schritt vor die Burgmauern setzen zu lassen.
Da kam ihr wenige Wochen später der Zufall zu Hilfe.

Burg Böckelheim, Ende Oktober 1278

»Nun komm schon und zier dich nicht so.« Heinrich zog die junge Gauklerin auf seinen Schoß, griff ihr grob ins Mieder und knetete ihre prallen Brüste. Um Christinas Anwesenheit scherte er sich keinen Deut.
Scheinbar unangenehm berührt, senkte diese den Blick. Vor drei Tagen waren die Gaukler in Böckelheim eingetroffen und gaben seither jeden Abend eine Vorstellung mit Feuerschluckern, Schaustellern und Bänkelsängern. Morgen wollten sie weiterziehen.
Anni, die junge Tänzerin, war gerade dabei, nach ihrem Auftritt kleine Münzen von den Zuschauern einzusammeln. Nun lachte sie keck. »Später, edler Herr, dürft Ihr meine Gunst genießen.« Energisch zog sie seine Hand aus ihrem Ausschnitt, stand auf und funkelte Heinrich übermütig an. »Wenn Ihr mich ausreichend entlohnt, versteht sich. Mein Vater ist ein gestrenger Mann.« Sie deutete auf einen graubärtigen Alten, der die Laute schlug und sie in der Tat finster beäugte.
Dies war der abgesprochene Moment. Als wäre sie von Annis Frechheit angewidert, stand Christina auf und knickste vor ihrem Gatten. »Erlaubt, dass ich mich zurückziehe, mein Gemahl. Mir ist nicht ganz wohl.« Sie bemühte sich, dramatisch zu klingen.
Heinrich entließ sie mit einer gleichgültigen Geste. Als Anni Christina folgen wollte, hielt er sie am Rockzipfel fest. »Du

willst mich doch nicht auch schon verlassen, meine Schöne?«, schmachtete er.

Anni gluckste gekonnt. Sie ist wirklich eine großartige Schauspielerin, dachte Christina.

»Mein Herr, ein Bedürfnis treibt mich aus Eurer erlauchten Nähe«, antwortete die junge Gauklerin schamlos vor den Ohren aller Tafelgäste. »Ihr habt keine rechte Freude an mir, wenn ich ihm nicht umgehend Folge leiste.«

Heinrich lachte dröhnend auf. »So entleere dich, mein Liebchen, auf dass ich dich mit edlerem Stoff fülle.« Triumphierend ob seines derben Scherzes schaute er in die Runde. Die Mehrheit des Burggesindes verbarg ihre Betretenheit hinter einem gezwungenen Lächeln. Nur ein paar bereits angetrunkene Wachmänner grölten Beifall.

Einen Moment wurden Christina die Knie weich. Das Herz klopfte ihr bis zum Hals. Einer der Trunkenbolde erinnerte sie an Gisbert, der sie damals im Wald vergewaltigt hatte. Sie holte tief Luft und riss sich zusammen. Nun durfte ihr kein Fehler unterlaufen.

In einer dunklen Ecke des Pferdestalls wartete sie auf die Tänzerin. Wenig später kam Anni zu ihr in die Nische gehuscht, die von einem Haufen Strohballen fast völlig verdeckt wurde. Sie machte sich nicht die Mühe, vor Christina zu knicksen. Stattdessen streckte sie fordernd die Hand aus. »Nun Herrin, habt Ihr das Geld?«

Christina richtete sich zu ihrer vollen Größe auf. »Hüte deine Zunge, Mädchen«, erwiderte sie scharf. »Noch bin ich die Herrin auf Böckelheim und mächtig genug, dich stäupen zu lassen.«

Anni starrte sie ungerührt an. »Hohe Dame, es ist gefährlich, was Ihr von uns begehrt. Wenn Euer Gemahl morgen früh unsere Karren durchsuchen lässt, wird er uns alle hängen, sobald er Euch darin findet.«

Obwohl Christina wusste, dass das Mädchen recht hatte, winkte sie ab. »Er wird mich gar nicht vermissen, Anni.«
»Woher wollt Ihr wissen, dass er Eure Kammer nicht aufsucht, nachdem er seine Lust an mir gestillt hat?« In Annis Stimme schwang Abscheu vor dem, was ihr bevorstand.
Christina nutzte die Gelegenheit. »Er wird mich nicht vermissen, weil er bis morgen Abend berauscht sein wird. Bis dahin seid ihr längst über alle Berge, und ich bin sicher in Kreuznach.«
»Glaubt Ihr, dass Euer Gemahl so viel trinken wird?«, fragte Anni zweifelnd.
Christina schüttelte den Kopf. Dann zog sie die kleine Flasche aus ihrem Gewand. »Wenn du ihm dies in den Wein schüttest, wird er schlafen wie ein Bär im Winter. Und sei so schlau, es ihm einzuflößen, bevor er mit dir verkehren will. Dann hast du gute Aussichten auf eine ruhige Nacht.«
Misstrauisch griff Anni nach der Flasche und zog den Stöpsel heraus. Dann schnupperte sie daran. Trotz des schwachen Lichts sah Christina sie grinsen.
»Nun, Herrin«, sagte das Mädchen gedehnt. »Ich wusste nicht, dass Ihr so bewandert in der Kräuterkunde seid.«
»Nun weißt du es«, erwiderte Christina trocken. »Und deinen Worten entnehme ich, dass auch dir solche Mittel vertraut sind.«
Das Mädchen funkelte sie trotzig an. »Glaubt Ihr, Herrin, es sei ein Spaß, seinen Körper landauf, landab an jeden stinkenden Säufer verkaufen zu müssen?« Dabei ließ sie die kleine Flasche in den Weiten ihres Rocks verschwinden.
Einen Moment lang tat Anni ihr leid. Doch Christina ließ sich nicht von ihrem Mitgefühl leiten. Von dem Augenblick an, in dem sie die Tänzerin zunächst vorsichtig, dann, durch deren Entgegenkommen ermutigt, offen gefragt hatte, ob die Gaukler sie auf ihrem Karren verstecken und aus der Burg schaffen wür-

den, war sie davon überzeugt gewesen, dass das Mädchen trotz seiner Jugend mit allen Wassern gewaschen war.

Ihr Gefühl trog sie nicht. Wieder streckte Anni fordernd die Hand aus. »Ohne den versprochenen Beutel voll Münzen rühren wir keinen Finger.«

Innerlich seufzend fasste Christina erneut in ihr Gewand und zog die schwere Börse hervor, die sie darin verborgen hatte. Zweifellos würde Heinrich die Gaukler zu Tode prügeln oder zumindest auf der Stelle aufhängen lassen, wenn ihre Flucht misslang. Was er dagegen mit ihr tun würde, wenn er entdeckte, dass sie in einem unbewachten Moment den Schlüssel zu seiner Geldtruhe gestohlen hatte, wollte sie sich lieber erst gar nicht vorstellen.

Anni wog den Beutel in ihrer Hand und öffnete die Schnur, mit der er verschlossen war. Dann schüttete sie ein paar Münzen in ihre Handfläche und biss prüfend hinein. Sie grunzte zufrieden. Geschickt ließ sie ein paar Geldstücke in einer verborgenen Tasche ihres weiten bunten Rocks verschwinden und zog den Beutel wieder zu.

Dann wandte sie sich zum Gehen. »Wir brechen mit dem ersten Hahnenschrei auf«, beschied sie Christina über die Schulter hinweg. »Seid pünktlich zur Stelle, sonst fahren wir ohne Euch.«

Christina glaubte ihr aufs Wort. Dann ging sie in ihre Kammer, um sich die Haare abzuschneiden.

Burg Rheinfels, Mitte November 1278

»Ich danke Euch noch einmal von ganzem Herzen, Johann, dass Ihr mir meine Tochter zurückgebracht habt.«

Graf Eberhards Stimme zitterte. Johann von Sponheim sah, dass seine Augen feucht wurden.

»Ihr habt Euch schon mehrfach bedankt, Schwager. Das, was ich für Christina tat, ist selbstverständlich und bedarf keiner weiteren Erwähnung angesichts des schlimmen Schicksals Eurer Tochter.«
Eberhard wandte sich rasch ab und trat ans Fenster des großen Rittersaals. Johann vermutete, dass er seine Gefühle zu verbergen suchte. Doch sein gebeugter Rücken ließ ahnen, wie sehr ihn die Ereignisse erschüttert hatten.
Leider konnte er darauf jetzt keine Rücksicht nehmen. »Mein Bruder wird nicht lange zögern, Euch aufzusuchen und sein Weib zurückzufordern«, ergänzte Johann. »Schließlich hat er schon mehrere Male in dieser Sache auf der Kauzenburg vorgesprochen.«
Trotz seiner eigenen Erbitterung war Johann überrascht von der jähen Wut, mit der Eberhard herumfuhr. »Das soll er nur wagen, der Schurke. Ich werde ihn gebührend empfangen. Es drängt mich, ihm meine Verachtung ins Gesicht zu spucken.«
Johann nickte verständnisvoll. Auch ihm hatten die Geschehnisse der letzten beiden Wochen zugesetzt. »Ich hatte Euch einst vor dem schlechten Charakter meines Bruders gewarnt. Doch selbst ich hätte niemals vermutet, dass er zu solchen Greueln und solchem Verrat fähig ist.«
Eberhard nahm einen tiefen Zug aus dem Weinpokal, der vor ihm auf dem niedrigen Kastentisch stand.
»Ich weiß, dass Ihr mich gewarnt habt, treuer Freund. Deshalb habe ich eine große Bitte an Euch. Bleibt hier auf dem Rheinfels, bis Euer Bruder kommt.«
Johann nickte. Eberhard füllte seinen Becher aus der großen Karaffe nach. Einen Augenblick lang war Johann versucht, seinen Schwager zu warnen, dass er zu viel Wein später mit schlimmen Schmerzen büßen würde. Immer häufiger wurde dieser von der Gicht geplagt, die zu seinen mittlerweile zahlreichen Gebrechen zählte.

Doch er verkniff sich die Mahnung. Aufgrund seines eigenen Schmerzes über das Verhalten seines Bruders konnte er ermessen, wie es Eberhard gehen mochte. Schließlich hatte sein ehemaliger Schwager Heinrich jahrelang gegen seine Kritik in Schutz genommen und große Stücke auf ihn gehalten. Der alte Mann liebte Christina aufrichtig und wollte sie mit der Ehe vor ebendem Los schützen, das sie nun erlitten hatte.
Graf Eberhard räusperte sich und trank erneut einen Schluck Wein. »Und meine Tochter ist wirklich als Knecht verkleidet auf der Kauzenburg erschienen? Mit wunden Füßen und am ganzen Leib zerschlagen von den Prügeln dieses Unmenschen?« Diese Frage stellte er nun mindestens schon zum dritten Mal.
Johann seufzte. »Es ist so, wie ich es Euch berichtet habe. Christina floh auf einem Gauklerkarren aus Böckelheim, nachdem sie ein Mädchen aus der Truppe bestochen hatte, Heinrich mit einem Schlafmittel zu betäuben. Die Leute setzten sie eine Meile vor Münster am Naheufer ab. Von dort lief sie in Männerkleidung bis nach Kreuznach und sprach auf der Kauzenburg vor. Fast hätten die Wachen sie nicht eingelassen. Doch sie war so klug, einen Brief meiner Gemahlin mit sich zu führen. Marie hat sie dann erkannt, als Adelheid sie zum Tor schickte.«
»Und Ihr seid sicher, dass ihr ganzer Körper mit Narben bedeckt ist?«
Wieder nickte Johann. »Die Striemen auf ihrem Rücken habt Ihr mit eigenen Augen gesehen. Doch das sind nur die Folgen der jüngsten Misshandlung, die sie erlitten hat. Adelheid hat mir erzählt, dass Heinrichs Grausamkeit überall Spuren auf ihrem Leib hinterlassen hat.«
Er zögerte einen Moment und holte dann tief Luft. »Auch an den Stellen, wo sie Frau ist. Heinrichs Gewalttätigkeit hat bereits in der Hochzeitsnacht begonnen.«

Wut und Schmerz verzerrten Eberhards Gesicht aufs Neue. Er knirschte hörbar mit den Zähnen. »Und ich habe diesen Hundesohn verteidigt, wann immer ich konnte. Ich hielt Eure Strenge ihm gegenüber für ungerechtfertigt und sogar für die Quelle allen Übels. Heute sehe ich, dass Ihr eher zu milde mit ihm verfahren seid. Wenn Euer Bericht nur zur Hälfte wahr ist, hat Christina in ihrer Ehe die Hölle auf Erden erlitten.«
Seine Wut schlug wieder in Trauer um. Diesmal konnte Eberhard nicht verhindern, dass seiner Kehle ein rauhes Schluchzen entkam. Erneut drehte er Johann den Rücken zu. Seine Schultern zuckten.
Johann wartete geduldig, bis sich Eberhard wieder gefasst hatte. Derweil überdachte er noch einmal die Ereignisse der letzten Wochen.
Nach ihrer Ankunft auf der Kauzenburg war Christina erst einmal völlig zusammengebrochen. Es war, als habe ihr die Flucht die letzten Kraftreserven geraubt. Ihre Füße bluteten von den harten Holzpantinen, in denen sie die Strecke bis Kreuznach gelaufen war, einige noch nicht ganz verheilte Stellen an ihrem Rücken waren wieder aufgebrochen. Als die Wunden verbunden waren, fiel sie in einen tiefen Erschöpfungsschlaf, der zwei Tage und Nächte andauerte. Erst dann war sie in der Lage, sich Adelheid nach und nach anzuvertrauen, immer wieder unterbrochen von Weinkrämpfen und Schwächeanfällen. Erschüttert setzte seine Gemahlin schließlich Johann über Christinas Schicksal ins Bild.
Schon wenige Tage nach ihrer Flucht sprach sein Bruder auf der Kauzenburg vor und forderte mit barscher Stimme sein Weib zurück, das er zu Recht in der Obhut seines Bruders vermutete. Zu diesem Zeitpunkt wusste Johann noch nichts vom beabsichtigten Verkauf der Burg Böckelheim. Dennoch hatte er bereits genug erfahren, um Heinrich mit groben Worten hinaus-

zuwerfen und ihm weitere Besuche auf der Kauzenburg zu verbieten.

Dessen ungeachtet versuchte es Heinrich noch zwei weitere Male, wurde aber auf Johanns Geheiß schon von den Torwachen abgewiesen. Trotzdem berichtete Adelheid, dass Christina geradezu panisch reagierte, als sie davon erfuhr, und drohte, sich das Leben zu nehmen, wenn sie Heinrich jemals wieder ausgeliefert werden würde.

Wahrscheinlich hatte Heinrich später einen Spitzel in der Nähe der Burg plaziert, der die weitere Entwicklung der Dinge beobachten sollte. So wusste er mittlerweile wahrscheinlich, dass Johann vor drei Tagen aufgebrochen war, um Christina in einer geschlossenen Sänfte auf den Rheinfels zu bringen, und würde nicht mehr lange auf sich warten lassen.

Obwohl er Eberhard mit einem Schreiben auf die Ankunft seiner Tochter vorbereitet hatte, war der Empfang auf dem Rheinfels anfänglich kühl ausgefallen. Der Graf von Katzenelnbogen konnte sich einfach nicht vorstellen, welchem Martyrium seine Tochter in der Ehe mit Heinrich ausgesetzt gewesen war.

Schließlich war es zu einer dramatischen Szene gekommen. Angesichts Eberhards Skepsis hatte Christina die Fassung verloren und zu schreien begonnen. Ihre Worte klangen Johann noch immer in den Ohren.

»Sendet mich von mir aus ins Kloster auf den Rupertsberg, Vater, wenn Ihr mir nicht glaubt. Kein Los ist schlimmer als die Rückkehr zu meinem Gemahl, den Ihr mir aufgezwungen habt. Lieber wähle ich den Tod und stürze mich von den Klippen hinab in den Rhein. Seht selbst!«

Mit diesen Worten hatte sie vor dem entgeisterten Grafen ihren Rücken entblößt und die alten und neuen Striemen gezeigt, die sich dicht wie ein Spinnennetz darüber hinwegzogen. Dann brach sie zum zweiten Mal ohnmächtig zusammen und lag seit-

her in der Kemenate, gepflegt und betreut von Adelheids Magd Marie, die sich erboten hatte, Christina zu begleiten.
Erst jetzt war Eberhard bereit, Johann zuzuhören, und lauschte seinen Worten mit wachsendem Entsetzen. In der Nacht schien er kaum geschlafen zu haben, wie die schwarzen Ringe unter seinen Augen verrieten. Immer und immer wieder ließ er sich die Geschichte von Christinas Flucht berichten, als könne er nicht fassen, was seine Tochter durchgemacht hatte. Derweil lag diese krank und elend zu Bett und war zu schwach, um ihn zu empfangen.
Endlich drehte sich Eberhard wieder zu Johann um. »Habt Ihr schon früher gewusst, wie grausam Euer Bruder ist?«
Johann zuckte die Schultern. »Ich habe Heinrich aufwachsen sehen. Schon als Kind quälte er Tiere und nicht zuletzt den kleinen Simon.«
Eberhard schlug sich mit der flachen Hand an die Stirn. »So hat er wohl auch den Welpen vergiftet, den ich Simon einst schenkte. Christina hat dies immer behauptet. Doch ich hielt es für weibliche Überspanntheit. Wie konnte ich nur so blind gegenüber Heinrichs schlechtem Charakter sein!«
Angesichts der Selbstvorwürfe seines Schwagers verzichtete Johann auf eine entsprechende Antwort. Doch die Frage, die er nun stellte, lag ihm schon lange auf der Seele. »Warum habt Ihr eigentlich niemals meinen Ziehsohn Simon als Eidam in Betracht gezogen? Christina hat Adelheid gestanden, dass sich die beiden früher von Herzen zugetan waren. Ich hatte Euch schon am Tag von Heinrichs Schwertleite angeboten, die Verlobung zu lösen, und hätte dieser Verbindung von Herzen meinen Segen gegeben.«
Eberhards Miene erstarrte. Er schluckte und sprach so leise, dass Johann ihn kaum verstehen konnte. »Simon hatte kein Land und keinen Einfluss.«

»Aber Land und Einfluss hatte auch Heinrich nicht«, wandte Johann ein.
Eberhard schwieg und sah zu Boden.
»War es nur das sentimentale Gelübde, an das Ihr Euch gebunden fühltet? Die Trauer um unsere verstorbenen Gemahlinnen, aus der heraus wir die Heirat vereinbarten, war doch schon längst Vergangenheit«, insistierte Johann.
Eberhard mied weiterhin Johanns Blick. »Nein, aber Euer Bruder trägt den Namen derer von Sponheim. Ich ging davon aus, dass Ihr ihm Beistand leisten würdet, sollte sich jemand nach meinem Tod an seinem reichen Erbe vergreifen wollen.«
Nun war Johann ehrlich verblüfft. »Auch Simon wäre ich jederzeit zu Hilfe geeilt, wenn der Veldenzer oder wer auch immer ihn bedroht hätte. Er stand meinem Herzen von jeher näher als Heinrich. Wie konntet Ihr nur daran zweifeln?«
In einer heftigen Gefühlswallung schlug Eberhard die Hände vors Gesicht. »Ich habe nicht daran gezweifelt«, bekannte er. »Ich habe im Gegenteil nicht einmal daran gedacht. Simon war …« Er stockte.
»Seht mich an!« Plötzlich hatte Johann Eberhards Selbstmitleid satt.
Zögernd hob der Graf den Kopf. Johann blickte ihm scharf in die Augen. »Gebt es zu, Schwager. Simon war für Euch nichts als eine landlose Waise.«
Eberhards Schweigen war beredt genug. Nun trat Johann ans Fenster, um seinen Ärger nicht allzu deutlich zu zeigen. Eine Weile sagten beide nichts mehr.
Schließlich wechselte Johann das Thema. »Was haltet Ihr vom Angebot Werner von Eppsteins, die Burg Böckelheim zu kaufen?«
Zu seinem Erstaunen winkte Eberhard ab. »Das halte ich für eine Intrige Eures Bruders. Sicher weiß der Erzbischof nichts von Eurem Vorkaufsrecht.«

Johann war nicht überzeugt. »Eure Tochter war Zeugin der Unterredung und behauptet etwas anderes.«

»Sicher hat sie sich in der kleinen Kammer verhört«, wiegelte Eberhard ab. »Sie hat Euch doch selbst eingestanden, dass sie große Angst hatte, entdeckt zu werden.«

Johann schwieg.

»Ich glaube, Heinrich wollte sich an Euch rächen und hat den Erzbischof nicht darüber in Kenntnis gesetzt, dass er die Burg gar nicht verkaufen darf. Sollte der Handel bereits abgeschlossen sein, wird Werner von Eppstein nicht zögern, ihn rückgängig zu machen«, fuhr Eberhard eifrig fort. »Er ist einer meiner ältesten Freunde und ein Mann von hoher Ehre. Zudem ist er der Kurfürst von Mainz und Kanzler des römisch-deutschen Reiches. Er wird sich hüten, seinen untadeligen Ruf um einer läppischen Burg willen aufs Spiel zu setzen.«

Johann seufzte. Noch vor wenigen Wochen hätte er Eberhard zugestimmt. Nun beurteilte er die Lage anders.

Trotz seiner gelegentlichen Bauernschläue war Heinrich nicht in taktischen Machtspielen bewandert. Der Erzbischof von Mainz dagegen war genau darin ein Meister. Wenn es das Gespräch über den Verkauf der Burg Böckelheim gegeben hatte, woran Johann nicht zweifelte, hatte Werner von Eppstein dabei ganz sicher keine lauteren Absichten verfolgt.

Eberhard dagegen war und blieb unverbesserlich. Erst wenn man ihn mit der Nase mitten in den Dreck stieß, begann er die Menschen so zu sehen, wie sie wirklich waren. Nicht einmal aus dem Schicksal seiner Tochter und seinem eigenen Anteil daran schien er etwas gelernt zu haben.

Plötzlich beschlich Johann eine Ahnung kommenden Unheils. Christinas Flucht aus der Ehe mit seinem missratenen Bruder war nur der Anfang. Ihnen allen standen harte Zeiten bevor.

Simon betrat die Wiener Minoritenkirche mit einem Kloß im Magen, der sich so hart anfühlte wie ein Stein. Wochenlang hatte er sich davor gescheut, die Stätte, an der Ottokars Leichnam jeden Tag von Sonnenauf- bis Sonnenuntergang der gaffenden Menge preisgegeben wurde, zu betreten.
Michel hingegen, der hinter ihm durch das Kirchenportal trat, war schon zum dritten Mal an diesem Ort. Simon hatte ihn kurz nach ihrer Ankunft in Wien im September das erste Mal dorthin geschickt, um sich über ihn ein Bild von der Lage zu machen.
»Ottokars Leichnam wurde ausgeweidet und sein Körper mit Asche gefüllt, um die Verwesung aufzuhalten«, berichtete ihm der Getreue nach seinem ersten Besuch, was ihm ein Minorit, der zur Totenwache abgestellt war, erzählt hatte. Seine Miene zeigte den tiefen Abscheu, den er wegen der Entwürdigung des wehrlosen Toten empfand. Trotzdem spürte Simon, dass er ihm etwas verschwieg.
»Und weiter?«, drängte er ihn. Michel senkte den Kopf.
»Der Leichnam ist nackt bis auf ein schmales Schamtuch. Man kann die klaffende Wunde am Hals und die Stellen, wo der Körper wieder zugenäht wurde, deutlich erkennen.«
Simon schoss vor Wut das Blut in den Kopf. »Dieser Bastard von einem Habsburger«, spie er zwischen den Zähnen hindurch. »Um keinen Preis nehme ich seinen Judaslohn an und werde sein Gefolgsmann.«
»Herr«, fuhr Michel erschrocken dazwischen. »Herr, so mäßigt Euch doch. Was ist, wenn Euch jemand hört und König Rudolf berichtet?«
Simon holte tief Luft und versuchte, sich zu beruhigen. Michel hatte recht. In Wien hatten die Wände Ohren.

»Du wärst besser bereits in die Heimat unterwegs, Michel«, sagte er resigniert. »Dann müsstest du nicht befürchten, dass meine Unbedachtheit dich am Ende den wohlverdienten Lohn kostet, den Rudolf dir versprochen hat.«

Michel schüttelte den Kopf. »Ich bleibe bei Euch, bis Ihr entschieden habt, was Ihr tun wollt.«

Simon seufzte. Michel kannte den Seelenkampf, den er seit Rudolfs Angebot ausfocht. Der treue Knecht selbst hatte längst das versprochene Empfehlungsschreiben des Königs an den Mainzer Erzbischof in der Tasche. Simon hatte es sorgsam studiert, da Michel nicht lesen konnte. Darin forderte König Rudolf Werner von Eppstein auf, Michel nach ihrer Rückkehr ein Gut zu übereignen. Sein Ton machte unmissverständlich klar, dass der Erzkanzler des römisch-deutschen Reiches seinen Wunsch zu erfüllen habe.

Wenige Wochen danach hatte Graf Meinhard Simon eingeladen, das ihm zugedachte Lehen in Augenschein zu nehmen. Dabei erwies er sich als überaus großzügig. Er bot ihm das Land rund um den idyllischen Faaker See an. Als Simon mit Michel über die Ländereien ritt, war er zunächst von der Schönheit der Landschaft überwältigt.

Eine trutzige Burg erhob sich hoch über dem Wasser, das in der Herbstsonne glitzerte. Die Hänge rund um den See waren mit Weinstöcken bepflanzt. Es war kurz vor der Lese. Die prallen Trauben hingen schwer an den Reben, die sich unter der Last der Früchte bogen.

Zur Burg gehörten fünf Dörfer am Ufer und im Hinterland. In der Nähe lag die reiche Stadt Villach, die das Marktrecht besaß und Handel und Wandel in der ganzen Region belebte.

»Ihr habt meines Königs Leben gerettet und damit Anteil daran, dass der Usurpator Ottokar gestürzt wurde und das Land meiner Väter endlich wieder Frieden hat«, begründete Meinhard

von Tirol sein Angebot. In diesem Moment konnte Simon nur staunend und schweigend nicken, was Meinhard als Annahme des Lehens gedeutet hatte.
Drei Tage lang glaubte Simon tatsächlich, er könne die reiche Belohnung unmöglich ablehnen, mit der Armut und Abhängigkeit von der Gnade anderer Vergangenheit wären. Er trüge wieder ein namhaftes Wappen und müsste sein Leben nicht als heimatloser Turnierkämpfer fristen und dabei einen frühen Tod riskieren. Einen Nachmittag lang spielte er sogar mit dem Gedanken, Heinrich zum Zweikampf auf Leben und Tod zu fordern und nach seinem Sieg Christina zu freien. Diesmal könnte Graf Eberhard ihn schwerlich als Eidam zurückweisen.
Doch in der vierten Nacht hatte er zum ersten Mal, seitdem Michel ihm im Sommer das Leben gerettet hatte, wieder einen Alptraum. Doch diesmal war es nicht um den Mord an seinen Eltern oder sein Eingesperrtsein in einer engen Kiste gegangen. Stattdessen war ihm Ottokars nackter Leichnam erschienen. Er lag auf der Bahre in der düsteren Kirche, den unbarmherzigen Blicken der Schaulustigen ausgesetzt. Sie glotzten und spotteten und zeigten mit Fingern auf die erbarmungswürdigen Überreste des stolzen Böhmen. Der öffnete plötzlich die toten Augen und starrte Simon vorwurfsvoll an. Schweißgebadet wachte er auf.
Mit dem Traum kehrten die Zweifel zurück, die ihn immer heftiger bedrängten, zumal der Alptraum ihn jetzt in jeder Nacht heimsuchte. Trotzdem konnte er sich nicht dazu durchringen, das Lehen abzulehnen. Zu groß waren die damit verbundenen Verlockungen.
Deshalb schickte er nach der Rückkehr nach Wien Michel als Erstes erneut in die Minoritenkirche. Zu seiner Freude kam der Waffenknecht diesmal in besserer Stimmung zurück.

»Des Königs eigene Gattin hat ein purpurfarbenes Leichentuch für Ottokar gestiftet«, berichtete er. »Nun sieht er würdevoll aus und wirkt, als würde er schlafen.«
Für kurze Zeit war Simon versöhnt. Wenn selbst die Gemahlin des Königs den entwürdigenden Zustand nicht ertrug, war der Spuk vielleicht bald vorbei. Doch Tag um Tag verstrich, ohne dass Rudolf dem ehrlosen Schauspiel ein Ende machte. Simons Zweifel begannen, ihn immer heftiger zu plagen.
Schließlich rückte der Tag heran, an dem Simon Graf Meinhard in einer feierlichen Zeremonie vor dem ganzen in Wien versammelten Hof den Lehnseid schwören sollte. Danach würde es kein Zurück mehr geben. Als Gefolgsmann des Tirolers wäre er auch dem Habsburger König zur lebenslangen Treue und Loyalität verpflichtet.
Nachdem ihn in der Nacht ein besonders schlimmer Alptraum geplagt hatte, rang Simon sich dazu durch, endlich selbst in die Minoritenkirche zu gehen, um seine Gefühle zu prüfen.
Zögernd näherte er sich nun dem Platz der Aufbahrung in der Nähe des Eingangs zur Krypta. Schon zehn Schritt vor dem Leichnam bemerkte er den Verwesungsgeruch, der trotz der Einbalsamierung in der Luft hing und ihn an die Leichen auf dem Marchfeld erinnerte. Seine Kehle wurde eng.
Dem Minoriten, der ihm als Adligem den Weg durch die Menge bahnen wollte, winkte er ab und stellte sich ans Ende der Schlange, die sich drängte, den Leichnam zu sehen. Gerüchte besagten, dass die Leute teilweise mehrere Tagesreisen in Kauf nahmen, um das Schauspiel nicht zu versäumen.
»Puh, wie der schon stinkt.« Die dicke Frau vor ihm, der Kleidung nach eine wohlhabende Bürgersfrau, hielt sich demonstrativ ein weißes Leinentüchlein vor die Nase.
Der Mann an ihrer Seite, offensichtlich ihr Gatte, schnaubte. »Daran erkennst du, dass er ein Mensch wie jeder andere war.

Zu Lebzeiten mag er sich eingebildet haben, zum Herrscher von Gottes Gnaden bestimmt zu sein. Wäre er sonst so anmaßend und hoffärtig gegen unseren wahren König gewesen? Nun stinkt er wie gewöhnliches Aas am Wegrand.«

Das Weib nickte. »Dabei kann er noch froh sein, dass unser allergnädigster König seinen Kadaver nicht auf den Schindanger geworfen hat«, schmähte sie mit fistelnder Stimme.

Simon spürte, wie die Wut in ihm aufstieg. Alles in ihm drängte danach, das freche Weib und ihren hochnäsigen Gemahl in die Schranken zu weisen, doch er schwieg still. Man würde es Rudolf zutragen, wenn er die Leichengaffer jetzt zur Rede stellte. Und war ihr eitles Geschwätz nicht genau das, was Rudolf beabsichtigte? Dass das gemeine Volk sich über Ottokar lustig machte und ihn noch im Tode verspottete? Brechreiz stieg in ihm auf und ließ ihn nicht nur des Geruchs halber aufstoßen, der immer stärker wurde, je näher er der Leiche kam.

Endlich hatte er die niedrige Plattform erreicht, auf der Ottokar aufgebahrt war. Rings um das hölzerne Podest trennten Schranken die Menge vom Körper des Böhmen. Simon trat neben das Bürgerweib an die Barriere und trachtete danach, sie möglichst zu ignorieren.

Als er Ottokars Gesichtszüge betrachtete, wich er entsetzt zurück. Die eingefallenen Wangen waren blutrot mit Henna bemalt, wahrscheinlich, um den zunehmenden Verfall zu kaschieren. Das Weib neben ihm sprach aus, was ihm selbst durch den Kopf schoss. »Er sieht aus wie eine Hübschlerin auf der Suche nach Freiern«, kicherte sie.

»So gebärdete er sich ja auch, als er noch lebte«, fiel ihr Mann in den beißenden Spott ein. »Er diente sich jedem Reichsfürsten an wie eine Dirne. Jetzt hat ihn der Herrgott dafür gestraft.«

Plötzlich überwältigte Simon die Erinnerung. Einen Augenblick lang war er wieder in der Stephanskirche und sah Ottokar vor sich, wie er majestätisch und hocherhobenen Hauptes in der ganzen Pracht seines Königtums auf den schäbig gekleideten Rudolf zuschritt. Wie er das Knie beugte und sich mit keiner Regung die Schmach der Huldigung anmerken ließ, die unsägliche Demütigung seines Stolzes vor den Augen aller mächtigen Fürsten des römisch-deutschen Reiches. Simon spürte wieder die Scham über Rudolfs zerschlissenes Gewand und die abgewetzten Beinlinge, die formlose Mütze, die ihm schräg auf den fettigen fuchsroten Haarsträhnen saß. Im scharfen Gegensatz dazu empfand er noch einmal die Faszination, die Ottokars Glanz auf ihn ausgeübt hatte.

Sicher, auch der Böhme hatte die Macht missbraucht, die ihm der Herrgott über seine Untertanen verliehen hatte. Wie Rudolf war er ein Verräter am vereinbarten Frieden gewesen, hatte Menschen für seine Zwecke benutzt und sie behandelt wie Kehricht, wenn er sie nicht mehr brauchte. Aus purer Selbstsucht hatte er unendliches Leid über die Familie des Mahrenbergers gebracht und war dafür schließlich auf die schmählichste Art und Weise gerichtet worden, die man sich für einen Mann seines Standes nur denken konnte. Doch hatte er damit nicht genug gebüßt? War alles andere nicht Sache des göttlichen Richters?

Die nächsten Worte des Bürgerweibs gaben den Ausschlag. »Da sieht man, warum der Schöpfer König Rudolf zu unserem rechtmäßigen Gebieter gemacht hat.« Ihre unangenehm hohe Stimme troff vor Hohn. »Er ist ein Mann von wahrhaft edlem Geblüt. Niemals würde unser ehrwürdiger Herrscher so elend und lächerlich aussehen.«

In diesem Moment brach etwas in Simon entzwei. Mit einem Schritt trat er auf die Frau zu, fasste sie am Arm und riss sie brutal zu sich herum.

»Hüte deine Zunge, du dummes Weibsbild«, zischte er. »Was weißt du schon von edlem Geblüt.« Er stieß sie so heftig wieder von sich, dass sie in die Arme ihres vor Schreck erstarrten Gemahls taumelte.

»Und du bring deinem Weib gefälligst die Zucht und Demut bei, die sich geziemt«, herrschte er diesen an. Der Mann wich erschrocken zurück, so dass seine an ihn gelehnte Frau fast gestürzt wäre.

»Ich bitte untertänigst um Vergebung, edler Herr.« Ob der tiefen Verbeugung konnte Simon die Worte kaum verstehen. Aber plötzlich war ihm auch gleichgültig, was der Mann zu sagen hatte. Sein Entschluss war gefasst.

Er wollte Rudolf ebenso wenig dienen, wie er zuletzt Ottokar hatte dienen wollen. Doch Meinhard von Tirol war Rudolfs wichtigster und mächtigster Gefolgsmann in Österreich. Es war undenkbar, dass er einen Lehnsmann dulden würde, der nicht loyal zu König Rudolf stand.

»Komm mit, Michel!« Schon strebte Simon mit langen Schritten dem Ausgang zu. »Sobald der König uns ziehen lässt, brechen wir auf in die Heimat.«

Burg Rheinfels, November 1278

Obwohl sie wusste, dass sie der Vorhang vollkommen verbarg, konnte Christina nicht verhindern, dass sie unkontrolliert zu zittern begann, als Heinrich den Raum betrat. Unwillkürlich drückte sie sich enger in die Nische im rückwärtigen Teil des Rittersaals, in der sie sich verborgen hielt.

Weder ihr Vater noch Graf Johann hatten sie dazu gedrängt, anwesend zu sein, während sie Heinrich empfingen. Es war ihr eigener Wunsch gewesen. Während ihrer Genesung von Heinrichs Schlägen hatte sie sich geschworen, nie mehr im Leben schwach und hilflos zu sein. Doch das war leichter gesagt als getan. Vorläufig war das Versteck hinter dem Vorhang ein erträglicher Kompromiss.

Ihr Gemahl hatte sein Erscheinen auf dem Rheinfels formgerecht mit einem Kurier angekündigt. »Ich komme, Rechenschaft zu fordern über den Verbleib meines mir vor Gott und den Menschen angetrauten Eheweibs, das sich böswillig und ohne meine Erlaubnis von mir entfernt hat«, schrieb er hochtrabend und ohne jedes Unrechtsbewusstsein. Heute war er nun eingetroffen.

Nur zögernd trat Christina an die schmalen Sehschlitze, die sie zuvor in den Vorhang aus schwerem Wolltuch geschnitten hatte. Das Herz klopfte ihr bis zum Hals, ihre Knie fühlten sich an wie Brei.

Heinrich hatte sich nach seiner Ankunft erst den Staub der Reise abgewaschen und in sein prächtigstes Festgewand aus dunkelblauem, mit Goldfäden durchwirktem Damast gekleidet. Im Vergleich zur weit schlichteren Kleidung des Hausherrn und seines Bruders Johann, der auf Eberhards Bitte auf dem Rheinfels geblieben war, wirkte er wie ein Pfau unter Hähnen.

Nachdem die Magd die Becher der Männer mit dem köstlichen Bopparder Weißwein gefüllt hatte, für den Graf Eberhards Keller berühmt war, kam Heinrich gleich zur Sache.

»Ich höre, dass meine Gemahlin Christina Euch aufgesucht hat, werter Vater«, wandte er sich an den Gastgeber. Seinen Bruder Johann würdigte er keines Blickes. »Zweifelsohne trieb sie kindliche Sehnsucht hierher, zumal sie Eure Nähe lange entbehren musste. Dies ist im Grundsatz zwar nicht verwerflich, doch leider versäumte sie es, mich zuvor um Erlaubnis zu bitten.«

Graf Eberhard setzte zum Sprechen an.

»Die ich ihr gerne gewährt hätte«, fügte Heinrich rasch hinzu.

»Spart Euch das höfische Geplapper!« Christina konnte sich nicht erinnern, ihren Vater jemals so unfreundlich gegenüber einem Gast erlebt zu haben. »Meine Tochter floh bei Nacht und Nebel aus der Hölle, in der sie seit dem Tag Eurer Trauung lebte. Sie kam mit zerschundenem Körper und mit noch zerschundenerer Seele zur Kauzenburg und flehte Euren Bruder um Beistand an. Selbst das ihr einst so verhasste Leben im Kloster zieht sie jetzt einer Rückkehr an Eure Seite vor.«

Christina lächelte überrascht. Eine so klare Parteinahme für ihre Sache hatte sie von ihrem Vater nicht erwartet. Immerhin war er bei ihrer Ankunft vor einer Woche anfänglich sehr zurückhaltend gewesen, als sie ihn um Zuflucht gebeten hatte. Die Striemen auf ihrem Rücken und Graf Johanns Überzeugungskraft schienen jedoch mittlerweile gewirkt zu haben. Sie selbst hatte das Gespräch mit ihrem Vater bislang gescheut und körperliche Schwäche vorgeschützt, um ihm auszuweichen.

Nun sah sie aus ihrem Versteck, dass Heinrich finster die Brauen zusammenzog. Wenn Blicke morden könnten, wäre mein Vater jetzt ein toter Mann, dachte sie. Unwillkürlich schauderte sie erneut zusammen. Doch ihr verhasster Gatte behielt die Beherrschung.

»In der Tat bereitete mir Eure Tochter wenig Freude als meine Gemahlin«, konterte er. »Ihr ungebärdiges Wesen und vor allem ihr Ungehorsam zwangen mich immer wieder dazu, sie zu züchtigen. Hättet Ihr sie zu größerer Bescheidenheit und Demut erzogen«, kam er Eberhards Protest zuvor, »wäre ihr so manche Pein erspart geblieben.«

Christinas Vater schnappte empört nach Luft. An seiner Stelle ergriff Graf Johann nun das Wort. »Meine Gemahlin hat uns die Wunden auf Dame Christinas Rücken beschrieben. Ihr habt sie fast zuschanden geschlagen.«

»Haltet Euch aus meinen Angelegenheiten heraus!«, zischte Heinrich, ohne Johann eines Blickes zu würdigen. Dann wandte er sich erneut an Graf Eberhard.

»Die hohen Kirchenväter gebieten dem Ehemann, über das Seelenheil des ihm anvertrauten Weibes zu wachen. Entfernt es sich vom Pfad der Tugenden, die einer christlichen Gattin wohl anstehen, ist es sogar seine Pflicht, sie zu ermahnen, auf den rechten Weg zurückzukehren.«

Was für ein elender Heuchler! Christina spürte plötzlich, wie eine unbändige Wut in ihr aufzusteigen begann und Furcht und Schwäche der vergangenen Wochen verdrängte.

Ihr Vater hatte inzwischen seine Fassung zurückgewonnen. »Also habt Ihr nur aus christlicher Nächstenliebe zu Peitsche und Gürtel gegriffen, mein gottesfürchtiger Eidam?«, erwiderte er mit ätzendem Spott.

»Oder störte Euch etwa der wache Geist und der scharfe Verstand Eurer Gattin, der Eurem tumben Wesen zweifellos weit überlegen ist?«, fiel Johann ein.

Heinrichs Gesicht verfärbte sich dunkelrot. Doch er war nicht auf den Mund gefallen. Er ignorierte Johann beharrlich und sprach nur zu Graf Eberhard.

»Wenn Ihr beizeiten gemerkt habt, dass ich zum Gemahl Eurer Tochter nicht tauge, warum habt Ihr mir sie so beharrlich als Eheweib angedient? Wusstet Ihr etwa, dass sie keine Jungfrau mehr war, weil sie sich mit Simon, dem verdorbenen Ziehsohn meines Bruders, im Heu gewälzt hat?«

Christina stockte vor Empörung der Atem. Sie biss sich auf die Lippen, um nicht laut aufzuschreien.

Wie ein Mann sprangen Johann und Eberhard von ihren Sitzen auf. »Das nimmst du auf der Stelle zurück, ehrloser Schuft«, fauchte Johann seinen jüngeren Bruder an. Graf Eberhard griff sich derweil mit schmerzverzerrter Miene an die Brust.

Christina vermeinte, das Herz müsse ihr aus dem Leib springen. Maßlose Wut verdrängte den letzten Rest ihrer Furcht. Schon hatte sie die Hände am Vorhang, um diesem ungeheuerlichen Vorwurf selbst entgegenzutreten, da fuhr Heinrich fort.

»Ein schlimmes Spiel habt Ihr da mit mir getrieben, edler Graf Eberhard!« Die letzten Worte spie er hinaus wie eine Beschimpfung. »Im Ehevertrag habt Ihr festgeschrieben, dass ich Christina nicht verstoßen darf, wenn ich in den Genuss des Erbes von Katzenelnbogen kommen will. Doch fordert Ihr Eure Tochter grundlos von mir zurück, ist die Sachlage anders. Dann steht mir das Erbe von Rechts wegen zu, das wird mir der Kurfürst von Mainz persönlich bestätigen. Also nehmt sie und steckt sie meinethalben ins Kloster.«

Graf Eberhard keuchte und griff sich erneut an die Brust. »Was hast du mit dem Erzbischof zu schaffen?«, fragte Johann scharf. Er blieb jetzt beim unhöflichen »Du«.

Diesmal lächelte Heinrich ihm höhnisch ins Gesicht. »Nichts, was dich jetzt schon kümmern müsste, Bruder«, zahlte er mit gleicher Münze zurück.

Dann wandte er sich wieder an Graf Eberhard. »Der Ehevertrag fußte auf einem Betrug. Eure Tochter war bereits unkeusch, als Ihr sie mir als Gattin aufgedrängt habt. Viel schwerer fällt jedoch ins Gewicht, dass sie darüber hinaus unfruchtbar ist. Ihr habt mich mein Leben lang an ein Weib gefesselt, das mir niemals Kinder gebären kann. Ein schlauer Schachzug, das muss ich schon sagen. Ich soll Eurem verwöhnten Liebling ein sorgloses Leben sichern, ohne jemals die Chance zu haben, Euch zu beerben. Doch das werde ich mir nicht bieten lassen.«

Christina wusste im Nachhinein nicht mehr, wie sie aus ihrem Versteck in die Mitte des großen Rittersaals gelangt war. Ihr Vater erzählte später, sie sei bleich gewesen wie eine gekalkte Wand, doch wären Blitze aus ihren Augen geschossen, als sei sie die griechische Rachegöttin Nemesis selbst.

Mit ausgestrecktem Arm und auf ihn zielendem Finger ging sie auf Heinrich zu. Niemandem außer dem alten Hildebrand hatte sie bislang von der unsäglichen Schande im Wald erzählt, doch jetzt hielt sie nichts mehr.

»Es ist wahr, mein Vater, dass ich nicht mehr unberührt in die Ehe gegangen bin.« Graf Eberhard schnappte nach Luft und griff sich erneut ans Herz.

»Es ist ebenfalls wahr, dass ich unfruchtbar bin.« Zum ersten Mal sprach Christina die Worte aus, die sie selbst Hildebrand nicht anvertraut hatte. Graf Johann stöhnte entsetzt auf.

Sie näherte sich dem vor Verblüffung erstarrten Heinrich bis auf Armeslänge. »Doch schuld an alldem ist dieser da.« Sie stach Heinrich ihren Finger fast ins Auge. »Er ist der größte Lügner und Schuft unter Gottes Sonne und verächtlicher als eine giftige Natter. Ich verabscheue ihn mehr als ekles Gewürm.« Dann spuckte sie Heinrich mitten ins Gesicht.

Dessen Hand fuhr zum Schwertknauf. Doch bevor er blankziehen konnte, setzte ihm schon sein Bruder das eigene Schwert an die Kehle.

Johann atmete heftig, als sei er lange gelaufen. »Dies sind schwere Anschuldigungen, die Ihr gegen Euren Gemahl erhebt, Dame Christina.« Seine Augen glühten wie Kohlen. »Doch zweifellos entbehren sie nicht jeder Grundlage. Also sprecht.«

Christina holte tief Luft. Die ersten Sätze kamen noch zögernd über ihre Lippen. Doch je länger sie sprach, desto flüssiger und lebhafter wurde ihre Rede.

Sie begann mit der Rückreise durch den Hunsrück nach der Hochzeit ihrer Cousine Griselda und schilderte die Vergewaltigung ihrer Magd Greta durch Heinrichs Kumpane Gisbert und Roland, die sie hilflos mit ansehen musste. Dann beschrieb sie die Gewalt, die ihr Heinrich und seine Kumpane hernach selbst angetan hatten, und endete mit dem Mord an der Magd.

Starr vor Entsetzen hörten ihr Vater und Graf Johann zu.
Sie erzählte, wie das Kräuterweib Ida sie halbtot im Wald gefunden und leidlich gesund gepflegt hatte. Als sie von der Abtötung ihrer Leibesfrucht sprach, deren Vater sie nicht bestimmen konnte, und dem Preis ewiger Unfruchtbarkeit, den sie dafür bezahlen musste, entrang sich der Kehle ihres Vaters ein rauhes Schluchzen. Auch Johann wischte sich mit der freien Hand über die Augen.
Sie setzte ihre Geschichte mit Heinrichs Geständnis fort, Gisbert und Roland als Mittäter und Zeugen seiner Untat erschlagen zu haben, und ihrem Wunsch, sich an Heinrich mit ihrer Unfruchtbarkeit zu rächen, als sie ihn heiratete. Hier stöhnte ihr Vater auf und schlug sich beide Hände vor das Gesicht.
Das Martyrium in ihrer Hochzeitsnacht und den folgenden trostlosen Jahren erwähnte Christina nur kurz, war es doch bereits hinlänglich bekannt. Je länger sie sprach, desto mehr war ihr, als fielen Tausende Fässer Gewicht von ihr ab.
»Nun kennt Ihr die Gründe für Heinrichs Grausamkeit mir gegenüber, viellieber Vater, edler Graf Johann«, beendete sie ihren Bericht.
Dann sah sie Heinrich geradewegs ins Gesicht. Eine mörderische Wut funkelte in seinen Augen. Erstaunt stellte sie fest, dass ihr dies nicht mehr die geringste Furcht einflößte.
»Ihr lügt«, fauchte er.
»Dann schwört bei Eurem Seelenheil, dass ich die Unwahrheit sage.« Sie griff in die Falten ihres schlichten Gewandes. »Hier, ich trage einen Psalter bei mir. Er mag die Bibel ersetzen. Legt Eure Hand darauf und beeidet, dass Ihr unschuldig seid.«
Über Heinrichs Hals lief ein dünner Blutfaden. Scheinbar hatte Graf Johann die Schwertspitze während Christinas Erzählung unwillkürlich immer tiefer in seine Haut gedrückt, zumal Heinrich öfter versucht hatte, Christina zu unterbrechen. Doch jetzt schwieg er.

Johann zog sein Schwert zurück und steckte es wieder in die Scheide. Er wirkte um Jahre gealtert. »Ob dir der himmlische Richter einst vergeben wird, Bruder, vermag ich nicht zu beurteilen. Immerhin scheinst du deine Seele nicht auch noch mit einem Meineid belasten zu wollen. Ich jedenfalls werde dir niemals verzeihen. Du hast Schande über das Geschlecht derer von Sponheim gebracht. Unser Vater würde sich darob im Grabe umdrehen.«

Dann straffte er sich und sprach Graf Eberhard an. »Ich empfehle Euch, den Erzbischof von Mainz um die Auflösung der Ehe und die Nichtigkeit des Erbvertrages zu bitten. Gründe dafür gibt es mehr als genug, und ich werde gern Euer Zeuge sein. Dann erwählt Eurer Tochter einen würdigeren Gatten und bestimmt ihn zum Erben Eurer Ländereien. Ich verspreche Euch, wer immer es ist, ich werde ihm Beistand leisten, wenn ihn jemand nach Eurem Tode bedroht.«

Zum Erstaunen der Grafen begann Heinrich, höhnisch zu grinsen. Christinas Hochgefühl verflog. »Ich bezweifle, dass der Erzbischof den Dispens zur Auflösung der Ehe erteilen wird, edler Graf. Immerhin hat er Euren Bruder gerade ersucht, ihm die Burg Böckelheim zu verkaufen«, sagte sie leise.

Auf Johanns Stirn erschien eine steile Zornesfalte. »Ich habe Euren Bericht über das Gespräch zwischen Werner von Eppstein und meinem verkommenen Bruder wohl vernommen, Dame Christina. Doch Euer Vater hat mir versichert, der Erzbischof wüsste nichts von meinem Vorkaufsrecht auf die Burg.«

Christina senkte den Kopf. »Ganz im Gegenteil, edler Graf. Er überzeugte Heinrich davon, dass Ihr den Vertragsbruch hinnehmen müsstet, da Euch nichts anderes übrigbliebe, wenn Ihr eine Fehde vermeiden wollt.«

Mit plötzlicher Wut schoss Johann zu Heinrich herum. »Du weißt, dass dies ein Rechtsbruch der übelsten Art wäre. Ich rate dir, von diesem Verkauf Abstand zu nehmen, sonst ziehe ich persönlich gegen dich zu Felde. Auch wenn es unserer alten Mutter das Herz bricht.«

Heinrich grinste ihn ungerührt an. »Selbst wenn ich es wollte, wäre es dafür zu spät, ehrwürdiger älterer Bruder.« Seine Stimme troff vor Hohn. »Der Vertrag wurde vor zwei Tagen unterzeichnet und der Kaufpreis von tausendvierzig Mark Silber entrichtet. Der Erzbischof ist vollkommen im Bilde über Euer vermeintliches Vorkaufsrecht und hält diese Abmachung für nichtig. Schließlich ist Böckelheim ein Teil meines väterlichen Erbes, und ich kann damit tun, was ich will.«

Graf Eberhard stöhnte erneut auf. Heinrich bedachte auch ihn mit einem triumphierenden Blick und wandte sich voll Häme an Christina. Ungeachtet seiner Niederlage drang ihm die Schadenfreude aus allen Poren.

»Als Gegenleistung werde ich von ihm fordern, einer Auflösung meiner Ehe mit Euch niemals zuzustimmen, sofern es nicht mein eigener Wille ist. Ich bin sicher, dass er mir diesen Wunsch nicht abschlagen wird.« Er machte eine kleine Kunstpause.

»Verlasst also getrost meinen Tisch und mein Bett, werte Dame, ich weine Euch keine Träne nach. Doch rechnet damit, mein Liebchen, dass uns nur der Tod dereinst scheiden wird.«

Teil 6:
NAHKAMPF

Kapitel 33

Burg Rheinfels, März 1279

Als der trutzige Rheinfels in Sicht kam, spürte Simon, wie sein Herz rascher zu schlagen begann. Dort hielt sich Christina auf, wie er vor einigen Tagen gleich nach seiner Ankunft auf der Kauzenburg erfahren hatte. Graf Eberhard, ihr Vater, schien endlich zur Vernunft gekommen zu sein und hatte ihr erlaubt, ihren brutalen Gemahl zu verlassen und wieder auf dem Rheinfels zu leben.

Obwohl Christina de facto noch immer mit Heinrich verheiratet war, änderte dies die gesamte Situation. Nun war Simon davon überzeugt, dass eine höhere Macht im Spiel gewesen war, als er das Lehen in Kärnten ablehnte. Wahrscheinlich hätte er Christina anderenfalls nie wiedergesehen. So war vieles wieder möglich … vielleicht sogar alles?

Um sich von seinen Träumereien abzulenken, die ihn seit Tagen beschäftigten, sprach Simon Michel an, der an seiner Seite ritt. »Wie hat Marie und dir das Gut gefallen, das Graf Johann euch überlassen wird?«

Michel strahlte über das ganze Gesicht. »Sehr gut, Herr. Es liegt idyllisch am Fuß der Burg Sponheim. Der Boden ist fruchtbar und fett. Ich kann es kaum erwarten, die Felder zu bestellen.«

»So bleibt nur zu hoffen, dass der Kurfürst ein Einsehen hat und Burg Böckelheim an Graf Johann zurückgibt.«

Ein Schatten glitt über Michels ehrliche Züge. »Das wünsche ich mir von ganzem Herzen, Herr. Die einzige Bedingung, die Graf Johann an die Schenkung knüpfte, war, dass ich ihm noch einmal die Heerfolge leiste, wenn es zur Fehde mit dem Erzbischof kommt. Ich bete jeden Abend dafür, dass dies nicht geschehen möge.«
Simon seufzte leise. In die Vorfreude auf das Wiedersehen mit Christina mischte sich die Sorge, schon bald in einen neuen Krieg ziehen zu müssen.
Wie froh war er gewesen, als er nach den Weihnachtsfeiertagen endlich König Rudolfs Erlaubnis erhielt, in die Heimat zurückzukehren. Doch die Reise war nicht ohne Schwierigkeiten verlaufen. Mehrere Wochen mussten sie unfreiwillig in der alten Bischofsstadt Passau verbringen, weil sich Simons Fuchs einen Dorn in den Huf getreten hatte. Die Wunde eiterte und wollte zunächst nicht heilen. Simon befürchtete schon, das treue Tier töten zu müssen. Erst Mitte Februar konnten sie endlich weiterziehen.
Zu seiner Überraschung hatte sich König Rudolf in Wien nicht kleinlich gezeigt, als ihm Simon eröffnete, dass er so fern seiner Heimat auf Dauer nicht leben könne, mochten die angebotenen Ländereien auch noch so reich und fruchtbar sein. Die Rücksicht auf Michel, dessen Belohnung Simon nicht aufs Spiel setzen wollte, bewog ihn dazu, seine Ablehnung diplomatisch vorzutragen und deren wahren Grund zu verschweigen.
Er sollte es nicht bereuen. König Rudolf ließ es sich dennoch nicht nehmen, ihn als seinen Lebensretter zu belohnen. Die Summe, die Simon anstatt des Lehens erhielt, war die ausgeschlagenen Ländereien zwar nur zu einem Bruchteil wert, machte ihn aber trotzdem zu einem reichen Mann. So konnten Michel und er in einem bequemen Gasthaus wohnen, bis der Fuchs endlich genesen war. Auch an der Nahe würden die Goldstücke Simon noch über Jahre hinweg ein sorgenfreies Leben ermöglichen.

Als sie schließlich auf der Kauzenburg eintrafen, erlebten sie ein Wechselbad der Gefühle. Während Marie sich überglücklich in Michels Arme stürzte, kämpfte Simon anfangs wieder mit seiner Bitterkeit, Christina für immer verloren zu haben. Dann wendete sich das Blatt.

»Mein verräterischer Bruder Heinrich hat die Burg Böckelheim an den Erzbischof von Mainz verschachert«, eröffnete ihnen Graf Johann, kaum dass sie den Willkommensbecher geleert hatten. »Der Kurfürst weigert sich bislang, den Vertrag zwischen mir und Heinrich anzuerkennen, der die Rückgabe der Burg erfordern würde. Ich habe ihm sogar angeboten, die Kaufsumme, die er Heinrich entrichtet hat, um die Hälfte aufzustocken. Allein, er hat auf diese Offerte nicht einmal geantwortet.«

»Und hält er die Burg denn schon besetzt?«

Graf Johann nickte. »So ist es. Am gleichen Tag, als er Heinrich das Geld überbringen ließ, nahm er die Burg in Besitz und hat fünfzig bis an die Zähne bewaffnete Reisige dort stationiert.«

Simon war schockiert. »Und wo lebt Euer Bruder jetzt mit seiner Gemahlin?«

Ein flüchtiges Lächeln zuckte über Johanns Gesicht. »Heinrich ist in die Dienste des Mainzers getreten. Christina dagegen hat ihn verlassen und ist ins Haus ihres Vaters zurückgekehrt.«

Simon lauschte mit zunehmendem Staunen, als Graf Johann Christinas Flucht beschrieb. Dabei wurde ihm immer leichter ums Herz. Erst nach einer Weile fiel ihm auf, dass Michel bislang kein Wort gesprochen hatte.

Als er sich nach seinem treuen Gefährten umsah, fand er ihn weiß wie die Wand. In seinen Augen stand die bitterste Enttäuschung geschrieben.

Simon begriff rasch. Er drehte sich wieder zu Graf Johann um. »So geht Ihr also davon aus, dass Ihr die Burg notfalls in einer Fehde zurückerobern müsst?«

Graf Johann nickte. »Es geht dabei ja nicht nur um Böckelheim. Der Rheingraf Siegfried ist ebenso wie die Ritter von Dalberg und Leiningen davon überzeugt, dass der Erzbischof seine Stellung im Nahegau ausbauen will. Böckelheim ist jetzt sein Außenposten. Die Burg ist keine Tagesreise entfernt von Meisenheim, dem Stammsitz der Veldenzer. Burg Montfort, die Euer Oheim dem Veldenzer einst als Lehen antrug, liegt sogar, nur durch die Nahe getrennt, fast gegenüber.« Er schwieg vielsagend. Simon hörte Michel hinter seinem Rücken leise stöhnen. Er machte eine beschwichtigende Handbewegung. Trotzdem stellte er weitere Fragen.

»So glaubt Ihr also, dass sich der Mainzer mit dem Veldenzer verbündet hat, um im Nahegau weiter an Boden zu gewinnen?«

Johann schnaubte. »Daran kann gar kein Zweifel bestehen. Ich warte noch auf den Schiedsspruch von König Rudolf, dem ich den Fall schriftlich vorgetragen habe. Vielleicht wird er Werner von Eppstein Einhalt gebieten, obwohl ich nicht wirklich daran glaube. Der Böhmenkönig ist besiegt, warum sollte es Rudolf da im Augenblick kümmern, ob ein paar hundert Ritter und ihre Gefolgsleute in einer Fehde ihr Leben lassen? Im Moment braucht er keine Kämpfer, aber sicherlich das Geschick seines Reichskanzlers Werner.«

»Wer wird Euch im Kampf unterstützen, wenn es so weit kommt?«

»Der Rheingraf, der Dalberger, der Leininger und noch andere werden notfalls mit mir gemeinsam gegen den Kurfürsten ins Feld ziehen.«

»Ich gehe davon aus, dass Euch in diesem Fall auch meine und Michels Dienste willkommen sind.«

Johann nickte lächelnd. »Mehr als willkommen, Simon. Der Ruf eurer Tapferkeit in der Schlacht auf dem Marchfeld ist sogar schon vor eurer Rückkehr bis zu uns ins ferne Kreuznach gedrungen.«

Simon verbeugte sich. »Wir stehen zu Eurer Verfügung, edler Herr. Doch ich muss eine Bedingung daran knüpfen.«
Johann runzelte die Stirn. »Was für eine Bedingung soll das sein?«
»König Rudolf hat Werner von Eppstein gebeten, Michel in seinem Namen mit einem Gut für seine Errettung auf dem Marchfeld zu belohnen. Der Erzbischof hat dies zugesagt, wird sein Versprechen im Fall einer Fehde aber sicher nicht halten.«
Johann atmete sichtlich auf. Er winkte den Waffenknecht zu sich. »Selbstverständlich werde ich dich für deinen Verlust entschädigen und deine Treue belohnen, tapferer Michel. Das Gut sollst du haben, ich habe sogar schon ein hübsches Stück Land nahe Sponheim im Auge. Der Pächter ist im Winter an einem Fieber verstorben. Die Wittib hat mich just gebeten, in die Dienste meiner Mutter auf Burg Sponheim treten zu dürfen, da ihr die Bewirtschaftung des Landguts allein zu mühsam ist. Dieses Anwesen schenke ich dir und Marie zur Hochzeit, ob es zur Fehde um Böckelheim kommt oder nicht.«
»Was beabsichtigt Ihr als Nächstes zu tun, Herr?«, fragte Simon, während Michel bis in die Spitzen seiner lockigen Mähne hinein erstrahlte und sich stammelnd vor Erleichterung unter tiefen Verbeugungen bedankte.
»Ich warte die Antwort König Rudolfs ab. Bescheidet er mein Anliegen abschlägig, werde ich gemeinsam mit Graf Eberhard nach Mainz reiten, um den Erzbischof ein letztes Mal persönlich zu ersuchen, die Burg zurückzugeben. Ihr beide könnt mich gerne begleiten. Weigert der Mainzer sich, werfe ich ihm den Fehdehandschuh vor die Füße.«
Nun war vor drei Tagen König Rudolfs Antwort eingetroffen. Und wie es Johann erwartet hatte, fiel sie nicht zu seinen Gunsten aus. Der König lehnte es ab, sich in die inneren Angelegenheiten seiner Adligen einzumischen, und empfahl Johann, durch

geschicktes Verhandeln eine Kompromisslösung anzustreben. Wie diese aussehen könnte, ließ er allerdings offen.
Während Simon noch über die dadurch entstandene Situation nachgrübelte, waren sie unversehens am Fuß des steilen Pfades angelangt, der hinauf auf den Rheinfels führte. Dort wollten sie mit Graf Eberhard beratschlagen, wie sie dem Erzbischof in Bälde gegenübertreten sollten. Am Abend würde es zweifellos ein festliches Nachtmahl geben, bei dem Christina als Dame des Hauses die Gastgeberin war. Endlich würde er sie wiedersehen.

Mit fliegenden Fingern versuchte Christina, ihre schwarzen Flechten zu ordnen. Dann zog sie einen feinen, nahezu durchsichtigen, nur schulterlangen Schleier über ihr Haar und befestigte ihn fahrig mittels des Smaragd-Schappels, das ihr der Vater zur Hochzeit geschenkt hatte.
»Herrin, was seid Ihr so unruhig!«, bemerkte Tilda, ihre neue Kammermagd, und sah Christina mit einem Ausdruck, der zwischen Missbilligung und Belustigung schwankte, an. Mit geschickten Händen korrigierte sie den leicht schiefen Sitz des Schleiers und setzte Christina dann erneut das Schappel mit den Smaragden aufs Haupt.
Christina drehte und wendete sich vor ihrem Spiegel. »Wie sehe ich aus?«
Tilda, die mehr als zehn Jahre älter als Christina war, musterte sie gelassen. »Wie eine verheiratete Frau von zweiundzwanzig Jahren, Herrin, möchte ich meinen.« Der Schalk blitzte in ihren Augen auf.
»Dummes Ding!« Halb amüsiert, halb ärgerlich warf Christina mit einem Garnknäuel, das noch von ihrer nachmittäglichen Stickerei auf der Truhe lag, nach Tilda. Obwohl sie große Freiheiten auf der Burg ihres Vaters genoss, blieb ihr die Handarbeit nicht gänzlich erspart. Sie gehörte einfach zum Tagesablauf einer adligen Dame.

Natürlich gab es auf dem Rheinfels eine Haushälterin. Es war eine würdevolle Matrone von niederem Adel, die ihren Dienst seit vielen Jahren mit großer Ernsthaftigkeit versah. Die Frage, ob Christina die Rolle der Hausfrau auf Burg Rheinfels einnehmen sollte, hatte sich also erst gar nicht gestellt.

In den Tagen nach der Auseinandersetzung mit Heinrich fühlte sie sich anfangs so glücklich, wie sie es seit ihrer Jugend nicht mehr gewesen war. Doch mit der Zeit überfielen sie wieder trübere Gedanken. Was sollte jetzt aus ihr werden? Zwar hatten sowohl Graf Johann als auch ihr Vater gelobt, niemandem von ihrem Geständnis zu erzählen. Da sie Männer von Ehre waren, glaubte Christina ihnen. Aber sie war weiter an Heinrich gebunden, der sie niemals freigeben würde. Erst recht nicht, damit sie ihre große Liebe Simon heiraten konnte.

Doch auch Simon bereitete Christina Kopfzerbrechen. Seitdem sie wusste, dass er heimkehren würde, hielten sich Freude und Angst darüber die Waage. Wollte er sie überhaupt noch? Und selbst wenn er sie noch begehrte, wie würde er auf ihre Unfruchtbarkeit reagieren? Würde er ihr vorhalten, letztlich selbst daran schuld zu sein, weil sie Heinrich gegen seinen Rat auf die Hochzeit ihrer Cousine begleitet hatte? Er wusste genau, dass sie dies aus Trotz und verletztem Stolz getan hatte. Auch Christina warf sich immer häufiger vor, damit selbst ihr Schicksal heraufbeschworen zu haben.

Mit der Zeit reifte ein Plan in ihr. Da sie niemanden sonst damit betrauen konnte, musste sie selbst dafür sorgen, dass Heinrich aus ihrem Leben verschwand. Dazu musste sie ihr Waffentraining wieder aufnehmen, um ihn im Zweikampf töten zu können. Und dies duldete keinen Aufschub. Christina war wahrscheinlich der einzige Mensch auf dem Rheinfels, der die Fehde mit den Mainzern herbeisehnte. Denn Heinrich würde auf der Seite des Erzbischofs kämpfen. Das bot ihr die Gelegenheit, ihr

Vorhaben auszuführen, auch wenn sie noch nicht im Geringsten wusste, wie das vonstattengehen sollte.
Simon wiederum wollte sie schon bei ihrer ersten Begegnung mit allen Mitteln erneut für sich zu gewinnen versuchen. Gelänge ihr das, würde er sie vielleicht trotz ihres Makels zur Frau nehmen, wenn er sie aufrichtig liebte. Gelang es ihr nicht, oder lehnte er sie ab … Aber darüber wollte sie jetzt nicht nachdenken.
Unverzüglich machte sie sich daran, ihr Vorhaben in die Tat umzusetzen. Graf Eberhard war anfangs völlig verstört, als Christina ihn bat, ihre Waffenübungen wieder aufnehmen zu dürfen, von denen er bislang nichts gewusst hatte. Doch schnell machte Christina ihm klar, dass sie nie wieder so hilflos jemandem ausgeliefert sein wolle wie Heinrich in ihrer Ehe. Da Eberhard Wachs in ihren Händen war, sobald sie auf die Greuel der von ihm gestifteten Ehe abhob, gab er schließlich nach. Ihr Vater stellte nur die Bedingung, dass die Übungen im Geheimen stattzufinden hätten, damit niemand auf der Burg bemerkte, welch unweiblichem Zeitvertreib seine einzige Tochter nachging.
Auch der alte Waffenmeister Hildebrand erklärte sich bereit, Christina wieder zu unterweisen. Er ließ die verfallene Hütte ausbessern, in der Christina einst mit Simon und Michel während der Wintermonate geübt hatte. Jetzt, im beginnenden Frühjahr, würde auch das Brombeerdickicht wieder zum Einsatz kommen.
Tilda, als Einzige eingeweiht, war ihre Verbündete, wenn Christina die Burg heimlich verließ und betrat. Sie deckte sie auch während ihrer Abwesenheit, falls jemand nach ihr verlangte. Dies schuf rasch ein Band der Vertrautheit zwischen den beiden, das weit über das übliche Maß zwischen Magd und Herrin hinausging und Christina oft wehmütig an Greta erinnerte, mit der sie eine vergleichbare Innigkeit verbunden hatte.
Tilda wusste zwar nichts von Christinas Unfruchtbarkeit und deren Ursache, war aber eingeweiht in die Geschichte ihrer un-

glücklichen Ehe und kannte als Einzige des Burggesindes auch den Zweck, den ihre Herrin mit dem Waffentraining verfolgte. Der Wunsch, Heinrich im Zweikampf zu töten, wurde für Christina mit der Zeit zu einer fixen Idee. Sie träumte immer wieder davon und hatte es Tilda eines Tages erzählt.

Nun griff sie nach einem kleinen Handspiegel und betrachtete nochmals skeptisch ihr Konterfei. »Sag an, Tilda, bin ich alt und hässlich geworden, oder kann ich ihm noch gefallen?«

Angesichts der Angst in Christinas Stimme verschwand der spöttische Ausdruck in Tildas Miene. Liebevoll schaute sie ihre Herrin an.

»Er wäre ein Narr, wenn Ihr ihm nicht mehr gefallen würdet.«

»Aber ich habe ihn so oft zurückgewiesen.«

»Dafür hattet Ihr gute Gründe, Herrin. Sprecht offen mit ihm, was Euch dazu bewogen hat. Sollte er nicht verstehen, dass Ihr es nur aus Angst vor Eurem brutalen Gemahl getan habt, ist er nicht besser als dieser.«

Christina holte tief Luft. »Ich hoffe, dass du recht behältst, Tilda.« Sie raffte den Saum ihres neuen Gewandes aus moosgrüner Atlasseide. »Lass uns jetzt in den Saal hinuntergehen, um die Gäste zum Festmahl zu begrüßen.«

Amüsiert beobachtete Michel das Geschehen an der hohen Tafel. Schon wieder legten sich Simon und Christina, die die Tischdame seines Herrn war, gegenseitig Berge von Leckerbissen vor, ohne mehr als ein paar Bissen davon zu kosten. Beide wirkten so glücklich, wie er seine liebsten Freunde seit vielen Jahren nicht mehr erlebt hatte.

Simons dunkelbraune Augen leuchteten wie Achate im Licht der unzähligen Wachskerzen und funkelten mit Christinas smaragdgrünen Augen um die Wette. Selbst auf die Entfernung hin konnte Michel sehen, dass beide sich immer wieder mit rosigen Wangen anstrahlten und sich ihre Hände, sooft es die Schicklichkeit zuließ, wie zufällig berührten. Der bittere Zug um Simons Mund war ebenso verschwunden wie die dunklen Schatten unter Christinas Augen.

Auch er selbst hätte seit seiner Rückkehr nach Kreuznach die ganze Welt umarmen können. Dass Marie auf ihn gewartet hatte und ihm unverbrüchlich die Treue hielt, freute ihn noch mehr als das in Aussicht gestellte Gut. In den finsteren Nächten in Prag und Wien, als er sich so sehr nach der Heimat sehnte, dass es ihn körperlich schmerzte, hatte Michel immer wieder gegen seine Zweifel angekämpft. Marie war jung und schön, im besten heiratsfähigen Alter. Gräfin Adelheid, die ihr von Herzen zugetan war, hätte ihr auch dann eine Aussteuer gegeben, wenn sie dem Werben des Stallmeisters oder des Kauzenburger Waffenmeisters nachgegeben hätte. Beide waren stattliche Männer in Michels Alter und für ein einfaches Bauernmädchen eine viel bessere Partie als er selbst. Doch Marie hatte die beiden freundlich, aber bestimmt in die Schranken gewiesen, selbst als sie monatelang keine Nachricht von Michel erhielt und nicht wusste, ob er tot oder lebendig war.

»Ich hätte es hier gefühlt, wenn dir etwas zugestoßen wäre.« Leise lächelnd hatte sie seine Hand an ihr Herz gelegt. Er spürte noch immer das Verlangen, das in ihm aufgestiegen war, als er ihre volle Brust umfasste. Wäre ihm Marie nicht so rein erschienen wie eine gerade erblühte Rose, er hätte dem Drängen nachgegeben, sie schon jetzt ganz zu besitzen. So aber zog er sanft seine Hand zurück und hoffte, sie würde die Schwellung unter seiner Bruche aufgrund des langen Waffenrocks nicht bemerken.

Wieder grübelte er über ihren Gesichtsausdruck nach. Fast war er geneigt, ihn für Enttäuschung zu halten, doch konnte das sein bei einer so keuschen Jungfrau? Nun, es war, wie es war. Er hatte sich all die Jahre der Trennung für Marie aufgespart, während er vor den Prager und Wiener Frauenhäusern auf Simon wartete. Was war dagegen die kurze Zeitspanne, die es jetzt noch abzuwarten galt? In der Hochzeitsnacht würde es ihm überreichlich gelohnt werden.

»Heda, bist du Michel aus Kreuznach?« Eine Frau Mitte dreißig, ihrer Kleidung nach zu urteilen die Magd einer wohlhabenden Dame, stieß ihn sanft in die Seite.

Er nickte überrascht.

»Meine Herrin Christina schickt mich. Sie möchte einen Dienst von dir erbitten und wartet draußen im Burghof.«

Als Michel aufblickte, bemerkte er, dass Christinas Platz leer war. Neugierig folgte er der Magd.

In einer Nische bei den Ställen wartete sie auf ihn. Herzlich ergriff Christina seine beiden Hände, stellte sich auf die Zehenspitzen und küsste ihn auf die Wange.

»Michel, treuer Freund! Wie sehr habe ich dich all die Jahre vermisst!« Sie strahlte ihn an.

Auch Michel lachte über das ganze Gesicht. »Ihr seht heute so glücklich aus, Herrin, wie ich es Euch immer gewünscht habe.«

Sie küsste ihn auf die andere Wange. »Ich bin es, Michel. Heute Abend bin ich eine glückliche Frau. Und möchte eine noch glücklichere werden. Beuge dich herab, ich möchte dich um etwas bitten.«

Sie näherte ihren Mund seinem Ohr. Während er ihren Worten halb gerührt, halb schockiert lauschte, roch er ihren zarten Duft nach Rosenblüten. Er erinnerte ihn an Marie. Rochen alle glücklichen Frauen so?

Anfangs zögerte er noch. Doch schließlich gab er nach. Sie war alt genug, um zu wissen, was sie tat.

»Nun gut, Herrin. Ihr habt es Euch mehr als verdient.«

Als Christina den Saal verließ, musste Simon an sich halten, um ihr nicht unmittelbar zu folgen. Doch es wäre gegenüber den Grafen nicht nur unhöflich gewesen, sich jetzt abrupt zu verabschieden, sondern auch viel zu auffällig.
Den ganzen Abend über war Christina ihm unwirklich schön erschienen mit ihrem grünen Gewand in der Farbe ihrer Augen. Selbst der kleine Höcker auf ihrer Nase, eine Erinnerung an Heinrichs Misshandlungen, tat dem keinen Abbruch. Als er sich damals in Wien vor seinem Aufbruch nach Prag von ihr verabschiedete, hätte er es nie für möglich gehalten, sie dereinst so fröhlich und unbeschwert wiederzusehen. An jenem längst vergangenen Tag hatte sie leblos und grau gewirkt, als hätte sie alle Lebensfreude und allen Lebensmut verloren.
Da ihm jetzt an der hohen Tafel nichts anderes übrigblieb, versuchte Simon, sich auf die Unterhaltung zu konzentrieren, die sich rund um die bevorstehende Reise nach Mainz drehte.
»Aus welchem Grund seid Ihr so sicher, dass sich der Erzbischof am Ende doch noch zur Rückgabe der Burg entschließen wird?«
Graf Eberhard zögerte einen Moment mit der Antwort. »Ich kann mir beim besten Willen nicht vorstellen, alter Freund, dass er wegen des Erwerbs von Burg Böckelheim eine Fehde in Kauf nimmt. Schließlich ist er Erzkanzler des römisch-deutschen Reiches und auch dem König gegenüber zur Rechenschaft über sein Handeln verpflichtet.«
Graf Johann machte eine wegwerfende Bewegung mit der Hand. »Der König hält dies anscheinend für eine unbedeutende Kleinigkeit und hat dem Erzbischof mit seiner Tatenlosigkeit einen Freibrief für seinen Rechtsbruch ausgestellt. Was gilt dem Herrscher des Reiches eine unbedeutende Burg an der Nahe? Schließlich verdankt Herr Rudolf dem Eppsteiner sogar seine Wahl.« Seine Stimme klang verächtlich.

Graf Eberhard trank einen Schluck Burgunder und winkte dem Mundschenken, den Pokal wieder aufzufüllen.
»Seit wann seid Ihr Werner von Eppstein gegenüber eigentlich so feindselig eingestellt, Johann?«, fragte er. »Noch vor wenigen Jahren habt Ihr die Burg Klopp bei Bingen als Lehen von ihm empfangen. Auch ist er der geistliche Herr der Abtei Schwabenheim, wo Eure Ahnen begraben liegen.«
Johann räusperte sich und schien nachzudenken. »Ich glaube, zuerst begann meine Gattin Adelheid, dem Kurfürsten zu misstrauen. Anfangs tat ich ihre Bedenken als müßiges Weibergeschwätz ab. Doch nach und nach erkannte ich, dass sie recht hat. Werner von Eppstein tut niemandem etwas zuliebe außer sich selbst. Schon seine Vorgänger versuchten, den Mainzer Einfluss im Nahegau zu vergrößern. Erst als ich die Dinge einmal unter diesem Blickwinkel zu betrachten begann, bekamen sie in der Tat auch eine andere Bedeutung.«
»Was meint Ihr damit?«
»Nun, als der Erzbischof mir die Burg Klopp als Lehen antrug, fühlte ich mich geehrt und betrachtete dies als ein Zeichen seiner Wertschätzung. Deshalb war ich auch unangenehm überrascht, als er sich im selben Jahr überdies noch mit den Veldenzern, meinen Erzfeinden, verbündete. Beide Parteien trafen ein Abkommen, das sie verpflichtet, sich gegen jeden Angreifer gemeinsam zur Wehr zu setzen, auch wenn nur eine Partei davon betroffen ist.«
»Und was soll Euch das kümmern?«
Johann schnaubte. »Es bedeutet, dass sich der Veldenzer mir gegenüber alles herausnehmen kann, ohne befürchten zu müssen, im Fall einer Fehde auf sich allein gestellt zu sein.«
Graf Eberhard überlegte. »Dann war das auch der Grund, weshalb Ihr Philipp von Montfort seinerzeit an Graf Gerlach von Veldenz ausgeliefert habt, anstatt ihn hinzurichten?«

Johann nickte widerwillig. Dann wandte er sich an Simon. »Hast nicht du mir einmal erzählt, Werner von Eppstein habe mich gescholten, weil ich nicht zur Huldigung Ottokars kam?«
Simon bestätigte das. »Zumindest in meinem und auch Eurem Beisein, Graf Eberhard, beschuldigte er Euch, um Eurer Gemahlin willen der Zeremonie ferngeblieben zu sein.«
»Derweil lag mein Weib todkrank danieder und kämpfte mit einem schlimmen Kindbettfieber.«
Graf Eberhard seufzte. »Ich erinnere mich, Simon, auch daran, dass Ihr recht respektlos gegenüber dem Erzbischof aufgetreten seid. Dennoch glaube ich nicht, geschätzter Johann, dass der Mainzer Kurfürst den König gegen Euch beeinflusst hat. Werner schien mir immer ein integerer Mann zu sein.«
»Und wie passt der unrechtmäßige Erwerb der Burg Böckelheim dazu?«, fragte Johann scharf.
Eberhard seufzte wieder. »Ich sagte Euch bereits, dass ich glaube, es war der schlechte Einfluss Eures Bruders, der den Erzbischof zum Kauf bewogen hat. Er hat ihm Euer Rückkaufsrecht verschwiegen.«
Johann verzog verächtlich die Mundwinkel. »Eine Abschrift der Urkunde befindet sich in den Mainzer Archiven. Werner von Eppstein könnte sich jederzeit von der wahren Sachlage überzeugen. Zumal der König ihm sicher nicht verschwiegen hat, dass ich ihn um Beistand gebeten habe.«
Offensichtlich wusste Graf Eberhard darauf keine Antwort. Er leerte seinen Pokal erneut in einem Zug. Dann stieß er auf und wischte sich den Mund mit dem Ärmel. Simon vermutete, dass sich sein ehemaliger Dienstherr in die Enge getrieben fühlte.
Er merkte auf einmal, dass er dieser Unterhaltung überdrüssig war. Außerdem war er hundemüde. Der scharfe Ritt, die Aufregung vor der Begegnung mit Christina und schließlich die unverhohlene Freude über ihr Wiedersehen lösten den heftigen

Wunsch in ihm aus, sich ins weiche Federbett seiner Kammer zu kuscheln und den Rest der Nacht von ihr zu träumen.
Zudem hatte sich Michel zu seinem Erstaunen schon vor einer halben Stunde zurückgezogen. »Erlaubt mir, Herr, bereits das Schlafgemach aufzusuchen. Mir ist nicht ganz wohl.«
Besorgt hatte Simon den Getreuen gemustert. »Bist du krank, mein Lieber? Eigentlich siehst du gar nicht so aus.«
Ein kleines, rätselhaftes Lächeln spielte um Michels Lippen. Er warf seine Löwenmähne zurück und sah aus, als würde er etwas aushecken. Doch dies lag so gar nicht in Michels Natur. Wahrscheinlich wollte auch der treue Freund von seiner Marie träumen.
Entschlossen stand Simon nun auf und verbeugte sich vor den Grafen. »Ich bitte um Eure Erlaubnis, mich zurückziehen zu dürfen, wohledle Herren. Es war ein anstrengender Tag. Ich sehne mich nach Ruhe und Schlaf.«
Graf Eberhard sah ihn missbilligend, Graf Johann dagegen leicht amüsiert an. »Was ist nur los mit euch jungen Leuten?«, brummte Eberhard. »Die Glocke hat noch nicht einmal Mitternacht geschlagen, da flüchtet ihr euch schon in die Federn. Zu meiner Jugendzeit ging man bei einem solchen Festmahl erst im Morgengrauen zu Bett.«
Simon verbeugte sich noch einmal. »Ich bitte dennoch um meine Entlassung, hoher Herr.«
Eberhard nickte und wandte sich wieder seinem Gespräch mit Graf Johann zu.

Draußen funkelten die Sterne von einem samtblauen Nachthimmel. Der erste Hauch von Frühling lag in der Luft. Nach der stickigen Schwüle des Festsaals sog Simon sie tief in seine Lungen ein. Seine Müdigkeit war verflogen. So schlenderte er noch eine Weile im Burghof umher und betrachtete die Sterne, von denen einige seltsame Muster bildeten, die aussahen wie ein

Ochsenkarren oder ein Krebs. Aus ganzem Herzen wünschte er sich, dass Christina jetzt an seiner Seite wäre.
Noch immer rätselte er über ihr Verhalten in der Wiener Kapelle am Abend von Ottokars Huldigung. Sie hatte ihn zweifelsohne gebeten zu kommen. Was hatte sie dann nur veranlasst, ihn so rüde zurückzuweisen? Er schüttelte den Gedanken ab. Was auch immer es gewesen sein mochte, heute Abend erschien ihm die Auflösung dieses Mysteriums unwichtig.
Schließlich begann er zu frösteln. Noch waren die Nächte winterlich kühl. Seufzend vor unerfüllter Sehnsucht stieg er die steilen Stufen zu seiner Kammer hinauf. Hoffentlich hatte Michel ein Binsenlicht für ihn brennen lassen und für eine neue Kohlepfanne gesorgt.
Leise öffnete er die knarrende Holztür. Sein Blick fiel auf den Strohsack neben seinem eigenen, mit einem Bettvorhang umgebenen Lager. Er war leer. Simon war verblüfft. Wo war Michel?
In der Kammer war es tatsächlich mollig warm. Ein kleines Talglicht stand auf der Truhe neben dem Bett.
Während Simon sich noch suchend umsah, wurden die Bettvorhänge leise zur Seite gezogen. Unwillkürlich fuhr seine Hand an den Dolch.
Dann durchfuhr es ihn, als hätte ihn der Blitz getroffen. Fassungslos schaute er auf die Gestalt, die sich jetzt zurücklehnte und das schwere Federbett einladend lupfte.
Es war Christina. Ihre schwarzen Haare flossen ihr in weichen Wellen bis hinunter zur Taille. Ansonsten war sie nackt.

Eine wonnige Ewigkeit später, die dennoch wie im Fluge vergangen war, lagen sie eng aneinandergekuschelt unter den weichen Decken und genossen die ganz eigene Art von Erschöpfung, die sich nur nach erfüllter Liebe einstellt. Christina schmiegte sich mit dem Rücken an Simons Leib. Ihre Haut erschien ihm weicher als die zarteste Seide. Er vergrub seinen Mund in ihrem duftenden Haar.

»Wie viele Jahre habe ich mich danach gesehnt!« Erst als sich Christina umwandte, wurde Simon bewusst, dass er laut gedacht hatte. Sie umfasste sein Gesicht mit beiden Händen und küsste ihn sanft auf die Lippen.

»Auch ich habe mich nach dir verzehrt, mein Geliebter.«

Simons Hände glitten über ihren Rücken und die vernarbten Striemen.

Für einen Augenblick sprang ihn der alte Groll an. »Und doch hast du dieses Ungeheuer zum Mann genommen! Warum nur, frage ich dich?«

Sie schien einen winzigen Moment mit der Antwort zu zögern. Dann seufzte sie. »Ich glaubte, meinem Vater gehorchen zu müssen, Liebster. Ich fürchtete auch, es würde uns nicht gelingen, miteinander zu leben, und wir würden den Versuch bitter zu büßen haben. Ich als Nonne im Kloster, du als geächteter landloser Ritter.«

Simons Groll verflog. »Also hast du dich auch mir zuliebe geopfert?« Ein seltsamer Ausdruck huschte über ihr zartes Gesicht. Im flackernden Schein des Talglichts konnte Simon ihn nicht genau deuten. War es Traurigkeit? Oder schwang da noch etwas anderes mit?

Sie nickte. »Ich war dumm und verblendet, als ich der Heirat zustimmte«, räumte sie ein. »Doch ich war auch um dein Wohl besorgt. Danach saß ich in der Falle. Ich habe erst gewagt, Heinrich zu verlassen, als mir selbst der Tod als das gnädigere Schicksal erschien.«

»Der Tod?« Simon war schockiert. »Wolltest du dich töten?«

Christina nickte wieder.

»Wann und wo?«

»Am Tag, als ich den Verrat an seinem Bruder belauscht hatte, schlug mich Heinrich halbtot. Selbst das Böckelheimer Gesinde

bedauerte mich. In dieser Nacht wollte ich mich in die Nahe stürzen.«
»Und was hat dich daran gehindert?« Ohne es zu merken, umfasste Simon sie fester, als fürchte er, sie könne sich noch immer etwas antun.
Sie lächelte ihn liebevoll an und löste ihre Oberarme sanft aus seinem Griff. Beschämt ließ Simon los und massierte die hellen blutleeren Stellen, die der Druck seiner Finger dort hinterlassen hatte. »Verzeih, ich tue dir weh.«
Sie schüttelte verneinend den Kopf. »Dieser Schmerz ist mir süß.« Dann holte sie tief Luft. »Ich verdanke mein Leben zwei Burgmannen, die Nachtwache hatten. Sie kamen an der Nische vorbei, in der ich mich verborgen hielt, und sprachen wehmütig darüber, was Heinrich aus mir, einer ehemals stolzen und furchtlosen Frau, gemacht hätte. Erst in diesem Moment erkannte ich, dass ich daran auch eine Mitschuld hatte. Ich ließ jahrelang zu, dass er versuchte, meinen Willen brechen. Da beschloss ich zu fliehen, anstatt mich selbst zu entleiben und der ewigen Schande auszusetzen.«
Simon lauschte erschüttert.
»Doch die Furcht vor ihm hielt mich noch lange im Griff. Selbst nach meiner Flucht, als ich schon in Sicherheit war, zitterte ich anfangs nur beim Gedanken an ihn«, fuhr Christina leise fort.
Simon legte ihr sanft einen Finger auf die Lippen. »Du bist eine tapfere Frau, tapferer als jede andere Frau, die mir je begegnet ist.«
Zu seiner Überraschung schüttelte Christina heftig den Kopf. »Wäre ich so tapfer, wie du glaubst, hätte ich dich nicht in der Wiener Kapelle von mir gestoßen, nachdem ich Heinrichs Stiefelspitzen unter dem Vorhang zur Sakristei entdeckte.«
Simon durchfuhr es heiß und kalt. Das also war des Rätsels Lösung. Zumindest eines Teils davon. »Wie konnte er wissen, dass wir uns dort treffen wollten?«

Christina hob ratlos die Schultern. »Darüber habe ich mir immer wieder den Kopf zerbrochen, doch ich kann es mir bis heute nicht erklären. Vielleicht hat die kleine Magd es Heinrich verraten.«
»Das glaube ich nicht«, entgegnete Simon. »Ich habe sie mehrmals danach gefragt. Sie beteuerte beharrlich, nie mit Heinrich gesprochen zu haben.«
Christina seufzte. Eine Weile lagen sie weiter eng umschlungen nebeneinander. Als Simon gerade in einen leichten Schlummer zu gleiten begann, riss ihn Christinas Frage zurück in die Gegenwart.
»Hättest du Gisela auch geheiratet, wenn wir uns schon an diesem Abend in Wien geliebt hätten?«
Das schlechte Gewissen legte sich wie ein Bleigewicht auf Simons Brust.
»Wohl kaum. Es gehört zu meinen schlimmsten Missetaten, diese reine und liebenswerte Frau so betrübt zu haben. Gisela hätte wahrhaftig jemand Besseren zum Gemahl verdient als mich.«
Wieder schwiegen sie eine Weile.
»Auch Gisela war eine tapfere Frau«, sagte Christina schließlich leise. »Sie liebte dich bis zu ihrem letzten Atemzug.« Simon sah, dass Tränen in ihren Augen glitzerten. Eine rollte ihr über die Wange. Er küsste sie weg.
Zu seinem Erstaunen wand sich Christina auf einmal aus seinen Armen. Sie stand auf und bückte sich nach einem Gegenstand unter dem Bett. Es war ein kleines geschnitztes Kästchen, das Simon vage bekannt vorkam.
»Gisela wusste, dass du *mich* liebst, nicht sie. Trotzdem war sie mir eine treue Freundin. Kurz bevor sie starb, gab sie mir dies.« Sie ließ den Deckel des Kästchens aufschnappen. Auf rotem Samt lag das Halsgeschmeide aus Perlen und Rubinen, das Simon Gisela als Morgengabe überreicht hatte.
Simons Kehle wurde eng.

»Giselas letzte Worte galten uns beiden. Sie trug mir auf, dieses Geschmeide zu tragen, wenn wir uns wiedersehen.«
Nun rannen ihr die Tränen ungehindert über die Wangen. Auch Simon spürte, dass seine Augen feucht wurden.
Er räusperte sich. »Auch wenn sie es wahrscheinlich nicht braucht, um in die ewige Seligkeit einzugehen, werde ich jede Woche eine Seelenmesse für sie lesen lassen und, sobald ich kann, ihr Grab auf Burg Sayn besuchen, um sie zu ehren.«
Er griff nach dem Geschmeide. »Doch heute wollen wir uns nach ihrem letzten Willen richten.«
Sanft legte er Christina die Juwelen um den Hals. Sie glitzerten und funkelten im verlöschenden Schein des kleinen Talglichts.
Christina sah ihn mit leisem Zweifel an. »Meinst du wirklich, sie würde gutheißen, was wir tun?«
»Sie war der großherzigste Mensch, den ich je gekannt habe. Wo auch immer sie nun ist, ich bin sicher, sie freut sich mit uns an unserem Glück.«
Er spürte, wie sich erneut das Begehren in ihm regte. Behutsam drückte er Christina zurück in die Kissen. Dann versanken sie wieder im taumelnden Wirbel ihrer endlich erfüllten Liebe.

Der Morgen graute schon, als sie aus einem leichten Schlummer erwachten. Christina setzte sich erschrocken auf und griff nach ihrem Hemd.
»Ich muss fort, Liebster. Tilda und Michel schlafen in meiner Kammer. Weder die beiden noch uns sollte man miteinander in einer Kammer finden.«
Sie begann hastig, ihr Gewand zuzuschnüren. »Wann werde ich dich wiedersehen, mein Augenstern?« Die Sehnsucht in seiner Stimme rührte sie zu Tränen.
Mit feuchten Augen lächelte sie ihn an. »Wann immer wir Michel und Tilda dazu bewegen können, uns den Rücken zu de-

cken. Hier auf dem Rheinfels bin ich endlich wieder eine freie Frau.«

»So ist deine Furcht vor Heinrich verflogen?«

Sie warf den Kopf zurück. »Sicher nicht ganz verflogen, aber heute weiß ich mich besser zu wehren.«

»Wie das, mein Herz?«

Einen Moment lang war sie versucht, ihm von ihrem wieder aufgenommenen Waffentraining zu erzählen. Doch etwas hielt sie davon ab. Wahrscheinlich würde er versuchen, ihr den Plan, Heinrich im Zweikampf zu stellen, auszureden. Doch nach dieser wunderbaren Nacht sehnte sie sich mehr denn je danach, frei für Simon zu sein.

»Mein Vater wird mich beschützen«, entgegnete sie stattdessen.

Er sah sie weiter zweifelnd an. »Aber würde er auch gutheißen, dass wir zusammen sind? Was wird er tun, wenn du auf einmal ein Kind von mir empfängst? Würde er dich dann nicht um seiner Ehre willen zwingen, zu Heinrich zurückzukehren?«

Sie bemühte sich, den Schmerz nicht zu zeigen, der ihr wie ein Dolchstoß durch den Leib fuhr. Niemals würde sie Simons Kind in sich tragen. Doch das sollte er heute noch nicht erfahren. Zu neu und zu zart war ihr Glück, um es jetzt schon aufs Spiel zu setzen.

Mit steifen Lippen lächelte sie ihn an. »Das muss deine Sorge nicht sein. Seit Urzeiten wissen wir Frauen uns zu helfen, wenn wir nicht empfangen wollen.« Sie holte tief Luft.

»Was glaubst du, welchem Umstand ich es verdanke, niemals von Heinrich schwanger geworden zu sein?«

Simon nickte erleichtert. Sie küsste ihn ein letztes Mal auf den Mund und schlüpfte dann rasch aus der Kammer. Erst auf der steilen Stiege erlaubte sie sich das Schluchzen, das ihr tief in der Brust saß.

Kapitel 34

Mainz, Palast des Erzbischofs, März 1279

Der Palast des Erzbischofs lag inmitten der alten Römermetropole Mainz in unmittelbarer Nähe zum Dom. Es war ein mächtiges Gebäude aus rötlichen Ziegeln, zwei breite Türme flankierten die beeindruckende Stiege zum Hauptportal, vor dem zwei Männer der Palastwache in voller Rüstung standen, bewaffnet mit Spießen und kurzen Streitkolben.

Am Fuß der Treppe eilten Stallknechte herbei, um den Ankömmlingen die Pferde abzunehmen und in die nahen Stallungen zu führen. Als Simon und Michel hinter den Grafen Eberhard und Johann zum Eingang kamen, verwehrten die Wachen Michel den Eintritt.

Johann protestierte: »Dieser Mann gehört zu meinem Gefolge.«

Aus einer Nische trat der Wachhauptmann hervor, erkennbar an seinem Waffenrock aus kostbarem Tuch, das sich deutlich vom groben, gefärbten Leinen, welches seine Männer trugen, abhob.

»Nur Herren haben Zutritt zum Audienzsaal des ehrwürdigen Kurfürsten«, beschied er Graf Johann mit einer knappen Verbeugung. »Knechte sind nicht zugelassen.«

»Dieser Waffenknecht ist dem Erzbischof bekannt und ein getreuer Untertan König Rudolfs, dem er auf dem Marchfeld sogar das Leben gerettet hat«, empörte sich Simon.

Der Wachhauptmann blieb ungerührt. »Nur Herren, wurde mir befohlen.« Er hielt es offensichtlich nicht für nötig, sich auch vor Simon zu verbeugen.

»Schon gut«, gab Michel friedfertig nach, bevor sich Graf Johann und Simon aufs Neue erregten. »Ich sehe derweil nach den Pferden.«

Das beginnt ja keineswegs vielversprechend, dachte Simon, als er dem Wachhauptmann und den Grafen durch die mit kostbaren Teppichen anstatt der üblichen Binsen ausgelegte Halle folgte.

Staunend blickte er sich um. Alles war auf das Prächtigste ausgestattet. Wandbehänge mit gestickten Szenen aus dem Alten und Neuen Testament bedeckten die Wände, in einer Vielzahl goldener Kerzenleuchter und -halter brannten Wachskerzen, die einen betörenden Duft verbreiteten.

Ob König Rudolf den Luxus kennt, mit dem sich sein Erzkanzler umgibt?, schoss es ihm durch den Kopf. Rudolf war ja als sparsam bis hin zum Geiz verschrien. Trotzdem hatte er Werner von Eppstein zum mächtigsten Fürsten des römisch-deutschen Reiches gemacht.

Endlich erreichten sie das Ende der Halle und betraten einen kleineren Raum, der rechts davon abzweigte. Es war das Audienzzimmer des Erzbischofs.

In einem mächtigen Kamin, der mit Marmor ausgekleidet war, brannte ein großes Feuer, dem offensichtlich Dufthölzer beigemischt worden waren. Werner von Eppstein thronte auf einem prächtigen, mit rotem Samt bezogenen Stuhl mit verzierten Rücken- und Armlehnen. Er erhob sich nicht, um seine Gäste zu begrüßen, sondern reichte ihnen stattdessen seine Hand mit dem Bischofsring zum Kuss.

Widerwillig tat Simon es den Grafen gleich, kniete nieder und drückte seine Lippen auf den kalten, walnussgroßen Amethyst, der den Ring zierte. Dann nahmen alle drei auf den unbequemen Schemeln Platz, die vor dem Stuhl des Kurfürsten standen und die Ankömmlinge zwangen, zu ihm aufzublicken.

»Seid willkommen, Freunde!« Die Augen des Erzbischofs schimmerten schieferfarben und straften seine Worte Lügen. »Welchem Umstand verdanke ich die Ehre Eures Besuchs?«

Simon war empört. Neben ihm zog Graf Johann scharf den Atem ein. Selbst Graf Eberhard war indigniert.
»Bevor wir Euch unser Anliegen schildern, edler Herr, hättet Ihr wohl die Güte, uns einen Trunk zu reichen? Wir sind nach der langen Reise durstig.«
Ohne auf die eklatante Verletzung der Regeln der Gastfreundschaft einzugehen, die ihm Eberhard auf diese Weise vorhielt, schnippte Werner mit dem Finger. Ein Knecht erschien, der bereits ein Tragebrett mit einer Karaffe Weißwein und einigen Silberpokalen trug.
Während er den Trunk kredenzte, herrschte Schweigen. Simon beobachtete seine Reisegefährten. Graf Eberhard sah verwirrt aus, Graf Johann stand bereits die Zornesröte im Gesicht. Während Eberhard nur am Wein nippte, stellte Johann seinen gefüllten Becher, ohne gekostet zu haben, demonstrativ auf einem kleinen, offensichtlich aus dem Morgenland stammenden Tischchen ab. Simon tat es ihm nach.
Die Augen Werners wurden noch um eine Schattierung dunkler. »Ich sehe, Ihr schätzt meinen Wein nicht, edle Herren«, sagte er. »Er stammt aus der besten Lage von meinen Gütern am Rhein.« Er lächelte süffisant. »Noch kann ich Euch nicht mit den köstlichen Tropfen aus dem Nahegau dienen. Doch das wird sich in Bälde ändern.«
Nun hielt es Johann nicht mehr auf seinem Sitz. Er sprang auf. »Wir sind gekommen, Euch um die Auflösung des Handels zu bitten, den Ihr mit meinem missratenen Bruder abgeschlossen habt, Herr von Eppstein. Burg Böckelheim gehört zu meinem väterlichen Erbe und hätte nie veräußert werden dürfen.«
»So ist Euer Bruder nicht Eures Vaters leiblicher Sohn?«
Der Pfeil traf ins Schwarze. Einen Augenblick lang fehlten Graf Johann die Worte.

Nun stand auch Simon auf und mischte sich ein. »Ihr wisst, hoher Herr, dass es darum nicht geht. Heinrich von Sponheim hat den Erbvertrag schmählich gebrochen, der meinem geschätzten Ziehvater das Vorkaufsrecht auf die Burg zusprach, falls Heinrich sie je veräußern sollte.«

Werner von Eppstein ignorierte ihn vollkommen. Er sprach weiter zu Johann.

»Wenn auch Heinrich ein rechtmäßiger Sohn Eures Vaters ist, steht ihm ein Teil des Erbes zu. Damit kann er tun, was er möchte.«

Bevor Graf Johann antworten konnte, ergriff Eberhard das Wort. »Werner, ich beschwöre Euch bei unserer jahrelangen innigen Freundschaft. Ich selbst war es, der Graf Johann bat, Heinrich die Burg Böckelheim zu Lehen zu geben. Ihrer beider Vater, Graf Simon von Sponheim, hatte es seinem ältesten Sohn überlassen, über das Erbe zu entscheiden. Heinrich stand rein gar nichts zu, hätte Graf Johann ihm die Burg nicht überlassen.«

Der Kurfürst fixierte Graf Eberhard. »So habt Ihr Eurem Schwager damals gut geraten, mein Freund«, antwortete er, ohne auf den Einwand einzugehen. »Besser, als Ihr nun beraten seid, da Ihr das heilige Sakrament der Ehe missachtet und Eurer ungehorsamen Tochter erlaubt, ihren Gemahl zu verlassen.«

»Heinrich hat sie fast zu Tode geprügelt«, warf Simon wütend ein.

Wieder sah Werner ihn gar nicht an. »Es ist die Pflicht eines tugendhaften Ehemanns, sein Weib zu züchtigen, wenn es den Pfad der Bescheidenheit und des Gehorsams verlässt, den unser allmächtiger Herrgott ihm zugewiesen hat. Er ist für ihr Seelenheil verantwortlich.«

Simon erstickte beinahe an seiner Wut. Doch eine Handbewegung Johanns hielt ihn zurück.

»So seid Ihr nicht bereit, den unrechtmäßigen Kauf rückgängig zu machen?«

Werners Augen wurden noch dunkler. Dennoch blieb seine Stimme ruhig. »Ich kann nichts Unrechtmäßiges an diesem Kauf erkennen, Graf von Sponheim. Auch die Summe von tausendvierzig Mark Silber erscheint mir mehr als angemessen für diese relativ kleine Burg.«

»So verdoppele ich den Rückkaufpreis, werter Freund.« Auch Graf Eberhard erhob sich nun ächzend von dem niedrigen Schemel. »Ich verdreifache ihn sogar. Nur erspart uns eine Fehde zwischen alten Weggefährten.«

»Ich selbst sehe keinen Anlass zu einer Fehde.«

Johann zerrte an seinem feinen Lederhandschuh, den er vor dem Betreten des Bischofspalastes gegen den stählernen eingetauscht hatte.

Verzweifelt legte ihm Eberhard eine Hand auf den Arm. »Eine solche Fehde würde das ganze Land verwüsten, geschätzter Herr. Der Rheingraf wird sich uns anschließen und eine Reihe von weiteren Rittern aus dem Nahegau.«

»Auch ich bin nicht ganz ohne Unterstützung, mein Freund.« Simon wusste, dass der Erzbischof den Veldenzer meinte. »Und nach den im Rheingau gelegenen Ländereien des Grafen vom Stein gelüstet es mich schon seit langem.«

Mit einem Ruck zog Graf Johann sich den linken Handschuh aus und schleuderte ihn dem Kurfürsten vor die Füße. »So sei es denn, Herr von Eppstein. Einen Erzbischof, der Recht nicht von Unrecht zu unterscheiden vermag, erkenne ich weder als weltlichen noch als geistlichen Fürsten an. Mit dem heutigen Tage kündige ich den Frieden in unseren Landen auf und erkläre Euch die Fehde. Möge der Allmächtige entscheiden, wem er den Sieg zuerkennt.«

Ungerührt starrte Werner ihn an. Dann wandte er sich an Graf Eberhard. »Und Ihr, alter Freund, wie entscheidet Ihr? Wem werden die Mannen von Katzenelnbogen folgen?«

Zu Simons Erstaunen hielt Graf Eberhard dem Blick des Erzbischofs stand. Zum ersten Mal trat ein Flackern in dessen Augen. Der alte Mann richtete sich hoch auf. Plötzlich wirkte er zehn Jahre jünger als bei ihrer Ankunft und glich wieder dem kraftvollen Ritter, der er einst gewesen war.

»Ich werde dem folgen, dem Treue und Ehre noch etwas gelten, hoher Herr.« Die letzten Worte betonte er verächtlich. Dann zog auch er seinen linken Handschuh aus. »Ich sehe nun, dass mein verdorbener Eidam in Euch, den ich jahrzehntelang meinen Freund nannte, seinen Meister in Verschlagenheit und Täuschung gefunden hat.«

Er warf den Handschuh neben den Johanns. »Mit dem heutigen Tag seid Ihr mein Feind.«

Der Erzbischof erhob sich bedächtig von seinem kostbaren Stuhl und bückte sich nach den Handschuhen. Er hielt sie fest in der Hand und blickte den beiden Grafen nacheinander ins Gesicht. Seine Augen waren nun so schwarz wie die Nacht.

»So sei es denn, meine Herren. Ich nehme die Fehde an.«

Ockenheim bei Bingen, Juni 1279

»Ich fürchte, wir kommen zu spät, Herr.«

Michel hatte den Satz noch nicht zu Ende gesprochen, als Simon seinem Fuchs die Sporen in die Seiten drückte und davonpreschte. Auch er hatte die dichten Rauchwolken gesehen, die den Himmel am Horizont verdunkelten.

Seufzend setzte Michel ihm nach. Die Fehde dauerte jetzt schon fast drei Monate und hatte, wie erwartet, vor allem Leid und Elend über die einfachen Menschen auf dem Land gebracht. Dörfer der jeweils anderen Partei waren von Heerhaufen beider Seiten dem Erdboden gleichgemacht worden, die zarte Saat auf den Feldern niedergetrampelt, das Vieh weggetrieben oder sinnlos geschlachtet, die Männer erschlagen, die Frauen geschändet. Hilflose Waisen irrten durch die verwüsteten Lande, bettelten um ein Stückchen Brot oder fanden, wenn sie Glück hatten, Obdach in einem Kloster.

Ohne dass sie eigens darüber gesprochen hatten, waren sich Simon und Michel einig, dass sie bei den Überfällen, die sie in den gegnerischen Besitztümern anführten, den hilflosen Bauern und ihren Familien zumindest das Leben und das Dach über dem Kopf ließen. Besonders Michel als zukünftiger Landbesitzer dachte häufig bedrückt an den nächsten Winter. Wovon sollten sich die Menschen ernähren, wenn ihre Felder und Gärten zerstört wurden? Schon jetzt war ihr Leben allerorten unerträglich geworden. Jede Kuh, jede Sau, jedes Huhn mussten sie den Eroberern überlassen.

Um die größte Not zu lindern, erlaubte Graf Johann seinen ausgeplünderten Bauern, die nur ihr nacktes Leben retten konnten, in seinen Wäldern Niederwild zu jagen und in den Flüssen und Bächen zu fischen, was von Rechts wegen eigentlich nur ihm als Landesherrn zustand. Sommer und Herbst würden außerdem Beeren, Nüsse und essbare Wurzeln hervorbringen. Doch Vorräte für den Winter konnten die Menschen davon nicht anlegen. Ob sich der Mainzer Kurfürst ähnlich großzügig gegenüber seinen ausgeraubten Hörigen verhielt, wusste Michel nicht. Darum hinderten Simon und er die Soldaten der Sponheimer Verbündeten zumindest an den Greueltaten, die des Erzbischofs Männer allerorten verübten. Kleidung, Kochgeschirr und Werkzeug zur Bestellung der Felder und Gärten durften nicht erbeutet werden, sondern mussten auf ihren Befehl hin unangetastet bleiben.

Freunde hatten sich die beiden damit nicht gemacht. Und so war es nicht weiter erstaunlich, dass die Mannen des Dalbergers und des Rheingrafen heute am frühen Morgen ohne sie aufgebrochen waren, um das Dorf Ockenheim in der Nähe von Bingen zu überfallen. Simon und Michel hatten wegen einer zerstörten Brücke über die Nahe einen großen Umweg in Kauf nehmen müssen und waren mehrere Stunden im Verzug. Als sie um die Mittagsstunde endlich am vereinbarten Treffpunkt ankamen, fanden sie ihn verlassen vor.

Mit einem mulmigen Gefühl in der Magengrube folgten sie jetzt den nach einem heftigen Gewitterregen am Vorabend durchweichten Wegen, so schnell sie konnten. Schon bevor sie den Weiler erreichten, kamen ihnen Männer und Frauen entgegengerannt, zum Teil mit kleinen Kindern auf den Armen oder auf dem Rücken. Als sie der vermeintlich feindlichen Krieger im Waffenrock der Sponheimer ansichtig wurden, machten sie kehrt und liefen zurück. Das Unterholz am Weg war zu beiden Seiten so dicht, dass es den Flüchtenden keinen Durchlass bot.

Trotz ihrer Eile zügelten Simon und Michel die Pferde, um nicht versehentlich einen der Bedauernswerten niederzutrampeln. Da zerriss ein gellender Schrei die Luft. Eine junge Frau, beladen mit einer Kiepe und Kindern in beiden Armen, knickte plötzlich mit einem Fuß um und fiel zu Boden. Die Kleinen, ein Säugling und ein Mädchen von kaum zwei Jahren, stürzten mit ihr in den Dreck.

Michel riss sein braves Ross so hart zurück, dass es sich wiehernd aufbäumte. Im nächsten Augenblick war er auch schon aus dem Sattel gesprungen und eilte auf die gestürzte Frau zu. Da zischte plötzlich etwas zwischen seinen Beinen hindurch und brachte ihn beinahe zu Fall. Als er sich verdutzt umschaute, sah er ins Gesicht eines kaum vierzehnjährigen Knaben, der mit einer einfachen Vogelschleuder auf ihn zielte.

Die junge Frau schrie gellend auf. »Lauf weg, Micha, so laufe doch um dein Leben!« Doch der Junge rührte sich nicht vom Fleck.

Nun war auch Simon abgestiegen und hob kopfschüttelnd den Stecken auf, den der Junge seinem Waffenknecht zwischen die Beine geworfen hatte. Die Frau rutschte wimmernd auf die beiden zu, die Kleinkinder, die aus Leibeskräften brüllten, mit sich schleifend. Zu Füßen der Männer ließ sie sie los und hob flehend die Hände.
»Verschont meinen Bruder, edle Herren!«, wimmerte sie. »Verschont ihn und meine unschuldigen Kinder. Micha wollte mich nur beschützen.«
Ehe die verblüfften Männer sie daran hindern konnten, zerriss sie ihr armseliges graues Gewand aus grobem Leinen und entblößte ihre prall mit Milch gefüllten Brüste. »Verschont sie, und ich will Euch in allem zu Willen sein.«
Langsam trat Michel ein paar Schritte zurück, zog sein Schwert aus der Scheide und legte es demonstrativ auf die Erde. Dann griff er in seine Satteltasche und zog die Mahlzeit aus Brot und Käse hervor, die sie dabeihatten. Mit ausgestreckter Hand ging er auf den Jungen und seine am Boden kniende Schwester zu.
In diesem Moment schleuderte der Junge den Kiesel. Er traf Michel trotz des Kettenhemds hart an der Brust. Die Frau jammerte auf.
Mit einem raschen Sprung eilte Michel auf den Halbwüchsigen zu, riss ihm die Schleuder aus der Hand und versetzte ihm eine schallende Ohrfeige. »Dummer Bursche, weißt du nicht, dass so etwas übel ausgehen kann? So höre doch auf deine Schwester, sie ist klüger als du.«
Nun mischte sich Simon ein. Obwohl er grinste, stand Mitleid in seinen Augen. »Bedecke deine Blöße, Weib«, sprach er die junge Frau an. »Wir werden dir und den Deinen kein Leid tun. Wie ist dein Name?«
»Man nennt mich Hiltrud.« Ihre Stimme war jetzt kaum mehr als ein Flüstern. Sie raffte den zerrissenen Stoff über der Brust zusammen.

Wieder streckte Michel die Hand mit dem Tuch aus, in das die Mahlzeit eingeschlagen war. Diesmal griff die Frau gierig zu. Sie brach ein Stück Brot und Käse ab und reichte es ihrem Bruder, der sofort seine Zähne hineinschlug. Dann pulte sie ein Stück aus dem weichen Innern des Brotes und schob dem kleinen Mädchen den Klumpen in den Mund. Erst dann biss sie selbst ein Stück ab.

Eine Weile beobachteten Michel und Simon, wie die kleine Gruppe kaute und schluckte. Als sie ihren größten Hunger gestillt hatte, sprach Michel den Jungen an. »Du trägst denselben Namen wie ich, mein Sohn.«

»Und bist ebenso tapfer«, fiel Simon Michel ins Wort. »Aber du hast noch nicht gelernt, Mut von Tollkühnheit zu unterscheiden.«

Flüchtig schoss Michel die Frage durch den Kopf, ob Simon diesen Unterschied denn inzwischen selbst kannte. Dann konzentrierte er sich wieder auf die kleine Gruppe.

»Ihr seid aus dem Dorf dort geflohen?«

Die Frau nickte. Plötzlich schossen ihr Tränen in die Augen und liefen ihr in einem ununterbrochenen Strom über die schmutzigen Wangen.

»Die Sponheimer kamen heute Morgen ins Dorf. Sie erschlugen meinen Mann und alle anderen Männer, die sich zur Wehr setzten. Dann zündeten sie unsere Hütten an, nachdem sie alles geplündert hatten, was sie tragen konnten.«

»Wie konntest du fliehen?«

»Mein Mann, er hieß Ottfried«, sie schluchzte auf, »hieß mich schon vor Wochen, diese Kiepe im nahen Wald zu verstecken. Sie enthielt ein paar Klumpen Hartkäse und Brot, das Nötigste an Kleidung und ein Kochgeschirr.« Sie schluchzte erneut. »Doch sie ist ganz leer, hohe Herren. Jemand muss uns beobachtet haben, als wir sie in ihr Versteck brachten, und beraubte sie ihres gesamten Inhalts. Im Dorf gab es schon seit Tagen kaum mehr etwas zu essen.«

»Aber warum nicht? Ihr wurdet doch erst heute überfallen!«

»Die Männer des Erzbischofs haben alles mitgenommen, was wir an Vorräten und Tieren hatten.«

»Eure eigenen Leute?« Michel war empört. Die Frau nickte. »Sie sagten, ehe es die Sponheimer fressen, nehmen sie es lieber für sich selbst.«

Michel war sprachlos. Auch Simon runzelte finster die Brauen. Er zog etwas unter seinem Kettenhemd hervor und reichte es der Frau. Es waren ein paar Silbermünzen. Mit einer Handbewegung hinderte er Michel daran, ebenfalls seinen Beutel zu zücken.

»Kannst du laufen?« Michel half der Frau auf die Beine. Sie versuchte aufzutreten und biss sich vor Schmerzen auf die Lippen. Ihr Knöchel war bereits angeschwollen. Vorsichtig tastete Michel ihn ab.

»Er scheint nichts gebrochen zu sein, Hiltrud. Doch laufen kannst du damit nicht weit, zumal mit den beiden Kleinen im Arm.« Er blickte sich suchend um. Hundert Schritt hinter ihnen stand eine große Kastanie mit einem mächtigen Stamm. Michel steckte sein Schwert wieder in die Scheide. Dann hob er die Frau samt ihren Kindern hoch. Mit dem Kopf winkte er dem Burschen, ihnen zu folgen. Simon führte die Pferde am Zügel mit.

»Verbergt euch, so gut es geht, hinter diesem Baum und verhaltet euch mucksmäuschenstill, wenn jemand kommt. Mein Herr und ich müssen zuerst zu eurem Weiler, um zu sehen, ob es noch etwas zu retten gibt. Auf dem Rückweg nehmen wir euch mit und bringen euch …« Er stockte ratlos.

»Wir bringen euch auf den Rupertsberg zu den Benediktinerinnen«, fiel Simon ein. »Sie haben ein Haus für die Armen eröffnet, in dem ihr Unterschlupf finden könnt. Das ist nicht weit von hier.«

Michel griff an sein Wehrgehänge und löste seinen Dolch. Er drückte ihn dem Burschen in die Hand. »Das hier ist besser als deine Schleuder, wenn euch jemand an Leib und Leben bedroht«, erklärte er dem verdutzten Knaben. »Doch verwende ihn nur im äußersten Notfall.«

»Und verliere ihn nicht, Micha«, sprach er halb über die Schulter hinweg, während er schon auf sein Pferd stieg. »Ich will ihn nachher zurück.«

Schweigend trabten sie die restliche Strecke auf das Dorf zu. Schon von weitem sahen sie die Leichen der erschlagenen Männer, die in der Mittagshitze bereits von Fliegen umschwirrt wurden. Schrille Schreie verrieten ihnen, was hinter einem großen Heuhaufen vor sich ging, der ihnen einstweilen noch die Sicht versperrte.

Vier Kämpfer bedrohten ein knappes Dutzend Frauen und Mädchen jeden Alters, die sich angstvoll aneinander klammerten, mit Spießen. Drei Grüppchen von Männern hatten sich rund um drei Frauen geschart, die zuckend und nackt auf der Erde lagen. Sie wurden von rohen Gesellen niedergehalten, damit ihre Kameraden ihnen ungehindert Gewalt antun konnten.

Mit einem Satz sprang Michel vom Pferd, durchbrach die Reihe der johlenden Gaffer, die schon ihre Bruchen geöffnet hatten und ihr erigiertes Gemächt rieben, riss einen der Vergewaltiger von seinem Opfer weg und schlug seinen Schädel mit Macht gegen den des Burschen, der breitbeinig über der Frau kniete und ihre gespreizten Beine in der Luft hielt. Obwohl beide Kettenhauben trugen, sanken sie betäubt zu Boden.

Zur gleichen Zeit hatte Simon einem anderen Kerl die Reitpeitsche so heftig über das nackte Gesäß gezogen, dass es sofort zu bluten begann. Er riss ihn am Nacken hoch und schleuderte ihn mit solcher Wucht gegen den dritten Vergewaltiger, dass beide übereinander kugelten und von den bedrängten Frauen ablassen mussten.

Noch bevor sich die überrumpelte Schar gesammelt hatte, zogen Simon und Michel ihre Schwerter und hielten die Bande Rücken an Rücken in Schach.

»Wer ist hier der Anführer?« Simon blickte herrisch in die Runde.

Ein Mann trat aus einer der hinteren Reihen hervor. Simon erkannte ihn an der auffälligen Narbe auf seiner rechten Wange. Es war der Burgvogt von Dalberg. Er verbeugte sich tief.

»Wir haben lange auf Euch und Euren Waffenknecht gewartet, edler Herr von Montfort«, sagte er unterwürfig. »Schließlich wurde die Zeit knapp.«

»Knapp wofür? Fürs Morden, Brandschatzen, Plündern und Schänden?«

Ein zweiter Gefolgsmann im Waffenrock des Rheingrafen trat vor. Er verbeugte sich nicht.

»Es herrscht Fehde in diesen Landen, Herr«, seine Stimme klang herausfordernd. »Erst gestern haben die Männer des Erzbischofs den Weiler Bosenheim dem Erdboden gleichgemacht. Warum soll es uns verwehrt sein, Gleiches mit Gleichem zu vergelten? Meine Muhme und meine Base wurden ebenfalls geschändet und hernach gespießt. Dort blieb niemand am Leben.«

Simon spürte, wie seine brennende Wut verrauchte. Die vergewaltigten Frauen hernach zu spießen war eine der schlimmsten Greueltaten der Fehde. Man stieß den Bedauernswerten einen Spieß von der Scham aus durch den ganzen Leib, bis die Spitze in der Nähe des Schlüsselbeins wieder zum Vorschein kam. Nicht immer starben die derart Gequälten schon während dieser Tortur. Er schauderte.

»Diesen Weibern werdet ihr nichts Ähnliches antun, solange noch ein Atemzug in mir ist.« Er wandte sich abrupt ab. »Es ist furchtbar genug, dass ihr ihnen die Männer ermordet und die Hütten angezündet habt. Wo sind die Kinder?«

Zu seiner Erleichterung zeigte der Mann auf ein Gebüsch am Rande des Dorfangers. Simon gab Michel ein Zeichen, der mit großen Schritten darauf zueilte. Wenig später kam er mit etwa fünfzehn Jungen und Mädchen zurück. Sie schienen überwiegend zwischen drei und zehn Jahren alt zu sein. Zwei kleine Mädchen schleppten Säuglinge mit sich. Schluchzend rannten die Mütter auf die Kleinen zu und schlossen sie in die Arme.

»Wahrscheinlich wollten sie sie verkaufen«, knurrte Michel. »Und seht, Herr, keins der Mädchen ist älter als acht Lenze. Die anderen haben sie mit den Frauen zusammengetrieben.«

Simon schauderte erneut. Anscheinend waren die Vergewaltigungen noch nicht allzu lange im Gange gewesen, als sie eintrafen. Zumindest die ganz jungen Mädchen schienen fürs Erste verschont worden zu sein. Wahrscheinlich hatten sich ihre Mütter wie Hiltrud als Opfer angeboten.

Inzwischen halfen die noch unversehrten Frauen ihren vergewaltigten Leidensgenossinnen auf. Deren Gesichter waren von Schlägen geschwollen, an manchen Stellen teilweise schon blau unterlaufen. Blut strömte ihnen die Beine hinab. Eine der drei, eine junge Frau von knapp zwanzig Jahren, weinte herzzerreißend und wollte sich gar nicht mehr beruhigen.

Da trat eine Alte, die sicher schon weit über fünfzig Lenze zählte, auf sie zu und herrschte sie an: »Schweig endlich still, Liese. Du hast deinen Mann nicht verloren, er dient bei den Truppen des Erzbischofs. Auch deine Bälger sind noch am Leben.« Sie zeigte auf eins der kleinen Mädchen, das einen Säugling trug. »Da ist es der Anne weit schlimmer ergangen. Sie hat sich willig Gewalt antun lassen, um ihre Tochter zu schützen. Otto, ihr Mann, liegt erschlagen dort auf dem Acker. Sie hätte wahrlich mehr Grund zu flennen als du.«

Simon sah voller Mitleid auf eine abgezehrte Frau mit stumpfem Blick, die sicher nicht älter als dreißig war, aber wie eine Greisin wirkte.
Als Liese nicht aufhören konnte zu schluchzen, holte die Alte aus und schlug ihr mitten ins Gesicht. Entsetzt zuckten Michel und Simon zusammen. Doch schon fuhr die Alte fort:
»Wenn du jedes Mal heulst wie eine Eule, wirst du in deinem Leben noch viele Zähren aus nichtigen Gründen vergießen. Mich hat es das erste Mal mit dreizehn Jahren erwischt. Um die Male danach zu zählen, reichen die Finger meiner Hände nicht aus. Das ist Frauenlos, also schicke dich drein.«
Dann wandte sie sich an den immer noch sprachlosen Simon und deutete einen Knicks an. »Erlaubt Ihr uns, ein paar Kleider für diese Armseligen aus dem geraubten Gut zu klauben? Ihre eigenen sind hoffnungslos zerrissen.« Simon nickte und sah sich um. Auf dem Dorfanger standen die Pferde der Kämpfer, hoch beladen mit allerlei Hausrat und Werkzeug. Auch Kleidungsstücke waren darunter. »Bedient euch und nehmt, was ihr wollt.«
Wenig später bedeckten die geschändeten Frauen ihre Blöße mit den einfachen, hemdartigen Kleidern aus grobem grauem Stoff, die Bauernweiber gewöhnlich trugen. Derweil hatte Simon einen Moment Zeit zum Überlegen. Da die armseligen Behausungen aus Flechtwerk alle verbrannt und die Männer erschlagen waren, nutzte es nichts, wenn Simon befahl, den Beraubten auch ihre übrige Habe zurückzugeben. Er würde die Reisigen nur noch mehr gegen sich aufbringen, und die Frauen und Kinder blieben trotzdem schutzlos zurück.
Michel erriet seine Gedanken. »Lasst uns diese Weiber und ihre Kleinen ebenfalls auf den Rupertsberg bringen. Dort müssen sie wenigstens nicht verhungern.«
Simon nickte. Doch ganz ungeschoren wollte er die unbotmäßigen Kerle nun auch wieder nicht davonkommen lassen. Erneut

blickte er herrisch in die Runde. Die beiden, denen Michel die Köpfe zusammengeschlagen hatte, waren mittlerweile wieder zu sich gekommen. Einer erbrach sich gerade würgend in den Dreck.
»Ihr habt euch ohne unsere Erlaubnis aufgemacht, um dieses Dorf zu überfallen.« Seine Stimme klang befehlsgewohnt und weit sicherer, als ihm zumute war. »Von euren Herren, dem edlen Ritter von Dalberg und dem Grafen vom Stein, wurden wir zu Anführern eures Trupps bestimmt. Es stand euch nicht zu, in unserer Abwesenheit zu plündern und zu rauben. Zur Strafe habt ihr alle Münzen abzugeben, die ihr eingesteckt habt. Das soll unser Anteil an dieser Beute sein.«
Simon spürte Michels ungläubigen Blick und machte eine verstohlene Handbewegung. Als zunächst keiner der Männer Anstalten machte, das Geld herauszugeben, drohte Simon:
»Ansonsten führe ich Klage über euch bei den Bundesgenossen des Grafen von Sponheim und fordere die Herren Dalberg und Stein auf, euch wegen eures Ungehorsams auspeitschen zu lassen.« Grimmig sah er den Leuten in die Augen. Die meisten der ungefähr fünfzehn Männer starrten zuerst trotzig zurück, ehe sie den Blick senkten. Widerwillig öffneten sie die Beutel, die sie am Gürtel trugen, und klaubten einige Münzen heraus. Simon war sicher, dass es nur ein Bruchteil der tatsächlichen Beute war.
Trotzdem beschloss er, es dabei bewenden zu lassen. Das Geld würde er der Alten in Verwahrung geben, sobald sie den Rupertsberg erreicht hatten. Mehr konnte er für die Bedauernswerten nicht tun.

Kauzenburg, eine Woche später

»Marie, es sind gefährliche Zeiten. Die Männer des Erzbischofs kennen keine Gnade. Sie verschonen auch Frauen und Kinder nicht.«

Marie stellte sich auf die Zehenspitzen, um Michel einen Kuss auf den Mund zu geben.

»Ich verspreche dir, die Abtei keinen Augenblick lang zu verlassen. Dort bin ich in Sicherheit. Selbst der Kurfürst von Mainz wird kein Kloster überfallen lassen, dessen geistlicher Herr er ist.«

Michel war nicht überzeugt. »Kannst du deinen Vater denn nicht nach Kreuznach in den Schutz der Kauzenburg holen? Selbst wenn die Stadtmauern überrannt würden, was kaum möglich ist, da sie erst kürzlich verstärkt wurden und überall mit wehrhaften Männern besetzt sind, ist die Burg so gut wie uneinnehmbar.«

Marie schüttelte traurig den Kopf. Michel sah, dass sich ihre haselnussbraunen Augen mit Tränen füllten.

»Es geht ihm sehr schlecht, Michel. Selbst die kurze Reise nach Kreuznach wäre zu viel für ihn.«

Alles in Michel begehrte gegen die Vorstellung, dass sich seine Liebste in Gefahr begab, auf. Maries Vater siechte schon seit Jahren dahin. Warum wollte der alte Mann bloß nicht sterben? In zwei Tagen sollte ihre Hochzeit sein.

Er schämte sich ob seiner Gedanken und versuchte, sie vor Marie zu verbergen. Doch sie hatte ihn schon durchschaut.

»Ich weiß, was du denkst, Liebster. Nun bist du nach all den Jahren endlich aus der Fremde zurück. Der Graf hat uns in seiner Gnade ein kleines Bauerngut als Hochzeitsgabe geschenkt, und wir könnten einander endlich heiraten. Nur mein alter Vater steht dem im Wege.«

Sie hatte den Nagel auf den Kopf getroffen. Michel nickte stumm.
Eine Träne stahl sich aus Maries Auge und rann ihr die Wange hinab. Sie senkte den Kopf und wehrte seine Hand ab, mit der er sie wegwischen wollte.
»Ich verstehe dich ja. Doch ich flehe dich an, verstehe auch mich. Ich bin meines Vaters einziges lebendes Kind. Meine Mutter starb bei ihrer fünfzehnten Geburt. Sie nahm den Säugling in ihrem Leib mit ins Grab. Alle meine Geschwister starben, bevor sie das dritte Jahr erreicht hatten, oder wurden tot geboren.«
Sie schluchzte auf. Doch wieder wehrte sie Michels tröstende Hände ab.
»Mein Vater war damals schon alt. Mutters Tod hat er nie verwunden. Viele Male gelobte er Keuschheit, da die Wehmutter ihn nach den letzten schweren Geburten immer wieder gewarnt hatte. Doch er liebte meine Mutter von Herzen, und sie wünschte sich ihr Leben lang viele Kinder. So kam es, wie es kommen musste.«
Sie schluchzte erneut. Diesmal wartete Michel geduldig, bis sie sich wieder gefasst hatte.
»Nach Mutters Tod ergriff ihn ein heftiges Fieber, von dem er sich nie wieder erholte. Wir konnten das Land nicht mehr allein bestellen. Das machte sich der zweitgeborene Sohn des größten Schwabenheimer Bauern zunutze und freite um mich. Da er selbst kein Erbe zu erwarten hatte, tat er es wohl in der Hoffnung, das kleine Gut meines Vaters zu bekommen. Aber er war ein grober Geselle, den ich schon als kleines Mädchen verabscheute.«
Wieder musste sie sich erst sammeln, ehe sie fortfahren konnte.
»Die meisten Väter hätten mich in dieser Situation einfach verheiratet, ohne mich zu fragen, ob mir dies recht ist und ich meinem Zukünftigen zugetan bin. Nicht so mein Vater. ›Ich habe

deine Mutter mit Liebe im Herzen geheiratet, also werde ich ihrer einzigen Tochter keinen Mann aufzwingen, den sie nicht will‹, sagte er. Ich höre seine Worte noch, als sei es erst gestern gewesen. Als ich ihm dann von dir sprach, gleich nachdem wir uns kennen- und lieben gelernt hatten, stimmte er unserer Verbindung zu, ohne dich nur ein einziges Mal gesehen zu haben.«
Michel war redlich erstaunt. »Das hast du mir nie erzählt.«
Sie lächelte unter Tränen. »Es war ja bislang auch nicht nötig.« Wieder küsste sie ihn auf den Mund.
»Er hatte dir schon längst die Erlaubnis erteilt, mich zum Mann zu nehmen, bevor ich um deine Hand anhielt?«
Marie nickte lächelnd.
»Und wenn ich ein Tagedieb oder Säufer gewesen wäre?«
Marie schüttelte den Kopf. »Er wusste, dass ich mir nie einen solchen Mann zum Gatten erwählt hätte.«
Unwillkürlich war Michel zutiefst bewegt. Er erinnerte sich noch an seine Verzagtheit und Zweifel, ob er ein würdiger Bewerber in den Augen ihres Vaters sei. Sie waren sogar noch stärker gewesen als seine Sorge, ob Marie selbst ihn zum Mann nehmen wolle.
Um von seinem inneren Aufruhr abzulenken, stellte er rasch die nächste Frage. »Und wie ging es damals weiter, nachdem du den Grobian abgewiesen hattest?«
»Als mein Vater nach seinem schlimmen Fieber wieder etwas zu Kräften gekommen war, ging er nach Kreuznach, um Graf Johann sein Gut gegen eine gute Stellung für mich anzubieten. Für sich selbst begehrte er nicht mehr als einen Platz im Stall und magere Kost. Doch er hatte nicht mit der Großzügigkeit des Grafen gerechnet. Unser Herr Johann stellte mich seiner Gemahlin Adelheid vor, deren Kammermagd gerade geheiratet hatte. Wir mochten uns vom ersten Moment an. Sie zahlt mir einen guten Lohn. Sieh her!«

Marie zog einen prallen Beutel aus ihrer Rocktasche hervor. »Dies alles habe ich für meine Aussteuer gespart. Ich weiß, dass dir dein Vater gram war, weil ich nichts mit in die Ehe bringe.« Sie schüttete einen Teil der Pfennige in seine Hand. Jetzt strahlten ihre Augen. »Doch ich werde das Geld gar nicht für die Aussteuer brauchen. Die Gräfin schenkt mir zwei neue Kleider und Leinenhemden, dazu Leinentücher und Kissenbezüge zur Hochzeit. Sogar ein weißes Tafeltuch ist dabei. Und in der Hütte des Sponheimer Pächters ist alles an Koch- und Essgeschirr vorhanden, was wir uns nur wünschen können. Du hast es ja selbst gesehen, als wir das Gut besichtigt haben.«

Sie streckte Michel den Beutel hin. »Also können wir für meinen ersparten Lohn eine Milchkuh erwerben oder Schweine und Hühner, ganz wie du willst.«

Wieder war Michel gerührt. Doch schon sprudelte es weiter aus Marie heraus. »Es war auch Graf Johanns Idee, dass mein Vater den Schwabenheimer Chorherren sein Gut übereignen solle, um lebenslanges Wohnrecht in deren Hospiz zu erhalten. Und nun …«

Schlagartig wandelte sich ihre gute Laune wieder in Traurigkeit. »Nun hat er wirklich nur noch ein paar Tage zu leben. Der Bote aus der Abtei, der gestern auf der Kauzenburg eintraf, berichtete, er nähme kaum mehr Nahrung zu sich. Sein Leib ist aufgetrieben, als wäre er guter Hoffnung, doch sonst ist er abgemagert bis auf die Knochen. Mein Vater bat mich um einen letzten Besuch, um ihm in seiner Todesstunde die Hand zu halten. Seit dem Christfest habe ich ihn nicht mehr gesehen.«

Wieder rollten ihr Tränen die Wangen hinab. »Ich kann ihm diesen letzten Wunsch nicht abschlagen, Michel, auch wenn wir das Aufgebot schon bestellt haben. Auf unserem Glück würde immer ein Schatten liegen, wenn ich meinen Vater jetzt im Stich ließe.«

Michel seufzte. Dann rang er sich widerwillig zu einer Antwort durch. »So stimme ich zu, aber nur unter einer Bedingung.«
Ängstlich blickte Marie zu ihm hoch. »Und die wäre?«
»Ich bringe dich selbst in die Abtei und hole dich nach dem Tod deines Vaters auch selbst wieder von dort ab. Lass mir eine Nachricht zukommen, wenn er begraben ist, und warte auf jeden Fall im Kloster, bis ich zu dir kommen kann.«
Er holte tief Luft.
»Das mag ein paar Tage dauern, denn ich bin ja oft im Dienst des Grafen unterwegs.«
Marie fiel ihm um den Hals. »Ich liebe dich nur umso mehr, Michel, für deine Großherzigkeit und Güte. Ich gelobe, die Mauern der Abtei nie zu verlassen, bis du mich abholen kommst.«
Sie küssten sich innig. Michel spürte, wie sich sein Glied versteifte. Verlegen rückte er ein Stück von ihr ab.
Doch Marie umschloss sein Gemächt mit beiden Händen. »Schäme dich deiner Gefühle nicht, mein Geliebter. Auch ich sehne mich schon so lange nach dir. Übermorgen wäre unsere Hochzeitsnacht gewesen. Lass uns nicht mehr länger warten.«
Michel war innerlich wie zerrissen. Sie waren allein in Maries Kammer unter dem Dach. »Was ist, wenn jemand kommt? Wenn die Gräfin dich braucht und nach dir schicken lässt?«
Marie verschloss seinen Mund mit einem weiteren Kuss. »Sie hat mich bereits beurlaubt, damit ich für die Reise nach Schwabenheim packen kann«, flüsterte sie. Sie zog ihn in Richtung ihres schmalen, mit blütenweißen Laken bedeckten Lagers. Dabei presste sie seine Hand auf ihre Brust, während ihre Hand immer noch seinen Penis umfasste.
Plötzlich traten Michel die Bilder der Hurenhäuser, aus denen er Simon so oft abgeholt hatte, vor sein inneres Auge. Sein Penis erschlaffte. Sanft löste er Maries Hand und streichelte ihr

Gesicht mit den Fingern, die eben noch auf ihrer Brust gelegen hatten.

»Nein, meine Geliebte. Lass uns Gottes Gebote befolgen und noch diese wenigen Wochen oder gar Tage warten.«

Diesmal verlieh Marie ihrer Enttäuschung Ausdruck. »Begehrst du mich nicht, Michel?«

Er fasste ihr sanft unters Kinn und küsste ihre vor Scham geröteten Wangen. »Ich träume seit Jahren jede Nacht von dir, Liebste. Nie habe ich eine andere Frau auch nur angesehen, seitdem ich dich kenne. Ich begehre dich mehr als alles andere auf der Welt.«

Er hielt einen Moment inne, um seine Gedanken zu sammeln. »Unser Herrgott hat uns Menschen dieses Gefühl zum Geschenk gemacht. Vielleicht ist diese Art Liebe zwischen Mann und Frau sogar seine wertvollste Gabe.«

Er stockte. »Doch ich habe zu oft gesehen, wie sie beschmutzt und mit Füßen getreten wurde, von denen, die nicht mehr darin sehen, als die Befriedigung eines niedrigen Triebs.«

Er küsste ihr zärtlich die Tränen von den Wangen. »Dafür ist mir unsere Liebe zu rein, mein Schatz. Wenn der Herr im Himmel unsere Verbindung gesegnet hat, will ich mit Freuden jede Nacht bei dir liegen. Wahrscheinlich wirst du Mühe haben, überhaupt Schlaf zu finden.«

Er stupste ihre Nasenspitze spielerisch mit der seinen an. Wider Willen musste Marie lächeln.

»Also nutze die Zeit und ruhe dich noch ein paar Nächte aus. Ich freue mich unendlich darauf, deinen zarten Leib endlich ganz zu besitzen.«

»So ist es wahr, dass Eltville gefallen ist?« Die Augen des Erzbischofs glänzten dunkelgrau.
Heinrich nickte. »Der Rheingraf hat die Mauern gestern bezwungen. Zweifellos möchte er die Stadt seinem übrigen Besitz im Rheingau einverleiben.«
Werner von Eppstein biss die Zähne so fest zusammen, dass sich seine Kiefermuskeln unter der Haut abzeichneten. »Dabei sind es seine Lande, die ich begehre und die mich zu dieser unseligen Fehde verleitet haben«, knirschte er.
Heinrich war verblüfft. »Ich dachte, Burg Böckelheim sei der Anlass gewesen, hoher Herr.«
Der Kurfürst machte eine wegwerfende Handbewegung. »Was nutzt mir dieses unbedeutende Gemäuer an einem abgelegenen Fluss? Der Rhein ist die Lebensader des römisch-deutschen Reiches.«
Heinrich war beleidigt. »So lieferte der Vertrag zwischen uns nur den Vorwand für diesen Krieg unter Nachbarn?«
Der Erzbischof schnaubte ungeduldig. »Greint nicht herum wie ein Säugling, Heinrich. Natürlich weiß ich auch einen weiteren Vorposten im Nahegau zu schätzen«, fügte er in versöhnlicherem Tonfall hinzu.
»Aber Ihr wusstet, dass mein rechthaberischer Bruder Böckelheim zurückverlangen würde und es deshalb zur Fehde käme. Ihr wusstet auch, dass der Rheingraf ein Verbündeter meines Bruders ist. Ihr hofft also vor allem, ihn zu unterwerfen und seine Ländereien im Rheingau zu annektieren.« Heinrich war tatsächlich gekränkt. Erst jetzt wurden ihm die Absichten des Erzbischofs klar.
Werner von Eppstein fixierte ihn. Obwohl seine Augen sich noch mehr verdunkelten, zuckte ein spöttisches Lächeln um

seine Mundwinkel. »In einem hat sich Euer Bruder wirklich geirrt, Graf Heinrich. Ihr seid viel schlauer, als er es je vermutet hat. Obwohl man es Euch, offen gestanden, nicht immer anmerkt.«

Heinrich spürte einen bitteren Geschmack auf seiner Zunge. Er schlug zurück. »Doch Ihr habt nicht damit gerechnet, dass der Graf von Katzenelnbogen Johann unterstützt und ihm viele Mark Silber zur Ausstattung seiner Truppen zur Verfügung stellt. Ganz zu schweigen von den Männern vom Rheinfels. Nun verlieren wir Tag für Tag mehr an Boden. Und statt die Ländereien Siegfrieds im Rheingau zu besetzen, entreißt Euch dieser jetzt sogar Euren Stützpunkt Eltville.«

Die Augen des Kurfürsten waren nun beinahe schwarz. »So schmiedet Pläne, mein neunmalkluger Freund«, erwiderte er mit ätzendem Spott. »Auf dass ich Euch Eures Amtes als Unterbefehlshaber meiner Truppen nicht schleunigst enthebe.«

»Lasst mich Schwabenheim überfallen!« Die Worte waren heraus, bevor Heinrich recht darüber nachgedacht hatte.

Der Erzbischof winkte ab. »Der Weiler rund um das Kloster ist ein unbedeutender Flecken. Was hätte ich davon?«

»Ich meine nicht das Dorf, sondern die Abtei.«

Im nächsten Moment genoss Heinrich die äußerst seltene Genugtuung, den Mainzer Kurfürsten sprachlos zu sehen. Erst nach einer geraumen Weile räusperte er sich.

»Das Kloster ist tabu. Es gehört zu meinem Erzbistum. Und die Augustiner Chorherren, die es bewohnen, stammen zum größten Teil aus altem Adel im ganzen Rheinland.«

Heinrich zuckte mit gespielter Gleichgültigkeit die Achseln. Innerlich fühlte er sich bis zum Zerreißen gespannt. »Und doch ist Graf Johann von Sponheim der weltliche Herrscher des gesamten Gebiets. In der Klosterkirche liegt sogar ein Teil unserer Ahnen begraben.«

Werner von Eppstein musterte ihn mit einer Mischung aus Abscheu und Faszination. »Ihr würdet auf ewig in der Hölle schmoren, Heinrich, wenn Ihr fromme Mönche überfallt und Hab und Gut raubt, das unserer heiligen Mutter Kirche gehört.«

Heinrich grinste. »So erteilt mir hernach die Absolution, hoher Herr.«

Wieder war der Kurfürst sichtlich verblüfft. Dann stahl sich langsam ein Lächeln in sein Gesicht. Seine Augen wurden silberhell. »Warum eigentlich nicht, mein tapferer Feldherr? Die Mönche von Schwabenheim geben vor, sie seien neutral. Doch in Wahrheit pflegen sie die Verwundeten und Siechen von Johanns Truppen und schicken ihm Nahrungsmittel für seine Soldaten.«

Heinrich wusste, dass er gewonnen hatte. »So ist es also beschlossene Sache, Herr?«

Werner von Eppstein nickte. »Unter einer Bedingung, Heinrich. Ich habe nichts von diesen Plänen gewusst. Dieses Gespräch hat niemals stattgefunden.«

Heinrich frohlockte und beschloss, nun aufs Ganze zu gehen. »So stelle auch ich eine Bedingung, hoher Herr.«

Der Erzbischof zog die buschigen Brauen zusammen. Seine Augen verdunkelten sich wieder. »Sprecht! Aber mäßigt dabei Euren Ton, Kerl.«

Heinrich verneigte sich knapp. »Wenn Ihr keine Kenntnis von meinen Plänen habt, könnt Ihr auch keine Kenntnis davon haben, wie ich sie ausführe. Ich verlange nichts anderes von Euch als freie Hand bei meinem Vorgehen.«

Der Erzbischof fixierte Heinrich erneut. Schließlich hoben sich seine Mundwinkel wieder zu einem Lächeln.

»So sei es, Heinrich.« Er streckte die Hand mit dem Bischofsring aus. Pflichtschuldig küsste Heinrich den walnussgroßen Amethyst. »Und nun geht! Ich will innere Einkehr halten, bevor ich die Messe lese.«

Kapitel 35

Burg Rheinfels, Juli 1279, an einem Mittwoch

»Was meinst du, wie lange wird die Fehde noch dauern?« Simon zuckte bedrückt die Schultern. »Ich weiß es nicht, Christina«, seufzte er. Er trat an die Brüstung, die den Burggarten begrenzte, und blickte über das Rheintal. Grün und saftig leuchteten die Rebstöcke und Uferwiesen. Die Kletterrosen, die sich die Mauern emporrankten, verbreiteten einen betörenden Duft.

»Gottes Schöpfung ist so wunderbar, Liebste. Manchmal glaube ich, die Menschen sind ihrer einfach nicht würdig.«

Christina trat hinter ihn, umfasste seinen Leib und blickte ihm über die Schulter.

»Steht es so schlimm in Graf Johanns Landen?«

Simon nickte. »Nicht nur in seinen Landen, auch die Dörfer und Weiler des Erzbischofs und des Veldenzers sind verwüstet. Du machst dir keine Vorstellung davon, wenn du von hier in diese liebliche Landschaft blickst. Mehr als zwanzig Ortschaften sind bereits dem Erdboden gleichgemacht. Wo vorher fruchtbare Felder waren, schweift das Auge nur mehr über schwarz verbranntes trostloses Land, über dem ein kaum zu ertragender Leichengeruch liegt.«

»Glaubst du, die Kämpfe werden auch auf die Ländereien meines Vaters übergreifen?« Er hörte die Sorge in ihrer Stimme.

Sanft löste er sich aus Christinas Umarmung, drehte sich zu ihr um und küsste sie flüchtig auf die Nasenspitze. Dann trat er einen Schritt zurück.

»Es wird schon niemand kommen«, beschwichtigte ihn Christina. »Mein Vater schläft, und auch das Gesinde ruht bei dieser Gluthitze im Schatten.«

»Wir sollten trotzdem nicht zu leichtsinnig sein, Christina.« Er küsste sie noch einmal. Dann beantwortete er ihre Frage. »Ich weiß nicht, ob und wann dieser furchtbare Krieg auch in diese Lande kommt. Möglicherweise bleibt die Grafschaft Katzenelnbogen verschont. Dein Vater ist Graf Johanns einziger Verbündeter, der nicht eigene Ziele und Absichten mit dieser Fehde verfolgt. Außerdem gibt er uns hauptsächlich Geld und stellt Johanns Truppen nur fünfzig Berittene. Der Gegner dürfte nicht wünschen, sich mit seiner ganzen Heerschar anzulegen.«

»Was meinst du damit, wenn du sagst, mein Vater verfolgt keine eigenen Absichten?«

Simon spürte die Bitterkeit, die ihn seit dem Beginn der Fehde erneut plagte. Ihm war, als würde sie zu seiner ständigen Begleiterin werden. »Es geht schon lange nicht mehr um die unbedeutende Burg Böckelheim. Bei einem abgehaltenen Kriegsrat hörte ich den Rheingrafen Siegfried sagen, diese Fehde gäbe ihm endlich Gelegenheit, die unliebsame Lehnsherrschaft des Mainzer Kurfürsten abzuschütteln. Seine Ländereien im Rheingau, die seine Familie einst durch Heirat erworben hat, gehören zum Einflussbereich von Kurmainz. Auch die Ritter von Dalberg und Leiningen hoffen, ihre Gebietsgrenzen zu erweitern. Und selbst Graf Johann …« Er stockte.

»Was ist mit Graf Johann?«

Simon stieß frustriert den Atem aus. »Graf Johann will endlich die alte Rechnung mit den Veldenzern begleichen. Zwei Dörfer im Umkreis von Meisenheim haben seine Männer erst in dieser Woche zerstört.«

»Und sind beide Seiten gleichermaßen grausam?«

»Das ist der Grund, warum ich deinen Vater aufgesucht habe. Wenn Michel und ich nicht dabei sind, plündern, rauben, schänden und morden unsere eigenen Truppen ebenso grausam wie die Soldaten des Mainzers.« Er überlegte kurz. »Vielleicht nicht ganz so brutal wie die Banditen, die dein ehrenwerter Gemahl Heinrich befehligt. Er lässt die geschändeten Frauen sogar spießen.«

Christina zuckte zusammen. Auf ihren Zügen malten sich Abscheu, Entsetzen und Wut. »Ich hoffe, dass ihm endlich jemand das Handwerk legt.«

Simon ballte die Hände zu Fäusten. »An mir soll es nicht liegen. Wenn es zur offenen Feldschlacht kommt, werde ich ihn zum Zweikampf fordern.«

Ein sonderbarer Ausdruck trat auf Christinas Gesicht, den Simon nicht deuten konnte. »Was ist dir?«, fragte er besorgt.

Sie wischte sich über die Stirn. »Nichts, mein Geliebter. Es ist wirklich sehr heiß. Doch nun sage mir, was du mit meinem Vater besprochen hast.«

Obwohl Simon merkte, dass sie ihm auswich, antwortete er. »Ich habe ihn gebeten, mich und Michel zum Anführer seiner Soldaten zu machen. Bislang stehen sie unter dem Kommando des Rheingrafen. Es sind Elitekämpfer. Graf Siegfried verdankt die Eroberung der Stadt Eltville vor allem ihnen. Aber sie erhalten regelmäßigen Sold von deinem Vater und sind nicht auf Beute angewiesen. Sie haben auch keine Lieben verloren, wie viele Kämpfer des Grafen Johann, die nur noch auf wilde Rache sinnen.«

»Ich habe Gerüchte gehört, dass man dir den Gehorsam verweigerte, als du befohlen hast, das Leben der Bauern zu schonen.«

Simon runzelte finster die Stirn. »Das ist wahr. Ich musste ein Exempel statuieren und ein paar Kerle auspeitschen lassen. Das hat mir in der Seele ebenso weh getan, wie es die Betroffenen am Leib schmerzte. Es waren Männer, deren Familien von Heinrichs Gesindel hingeschlachtet wurden. Dennoch ging es nicht an, dass sie sich uns als ihren Anführern widersetzten. Und …«, er machte eine weit ausholende Handbewegung, »darum bin ich auch

hier. Es war Graf Johanns Idee, ähnliche Auseinandersetzungen zu vermeiden, indem wir in Zukunft die Männer aus Katzenelnbogen befehligen. Der Rheingraf war alles andere als begeistert.«
»Und hat mein Vater zugestimmt?«
Simon nickte. »Ich glaube, ich habe etwas bei ihm gut.«
Christina lächelte schmerzlich. »So ist Heinrichs Verrat zumindest zu etwas nutze. Auch wenn *wir* keinen Vorteil daraus ziehen können, solange er am Leben ist.« Ihre Stimme klang bitter.
Simon griff zärtlich nach ihrer Hand und bedeckte sie mit Küssen. Als er sie umdrehte, um auch die Handfläche zu liebkosen, stutzte er. Sie war schwielig und verhornt.
»Was treibst du den ganzen Tag, Geliebte?«, versuchte er, sein Erstaunen mit einem leichten Tonfall zu überspielen. »Hackst du Holz, oder bindest du Reben in den Weinbergen?«
Er schob den Ärmel ihrer Cotte nach oben und stutzte erneut. Ein hässlicher blaugrün schillernder Fleck zog sich den ganzen Unterarm hinauf. Der Schreck fuhr Simon in alle Glieder. »Hat man dich wieder geschlagen?«
Unwillig entzog ihm Christina ihre Hand. »Natürlich nicht. Ich bin im Stall an eine Leiter gestoßen. Sie stürzte um und fiel mir auf den Arm.«
»Und die Schwielen? Sie erinnern mich an die Zeiten unserer Waffenübungen im Brombeerdickicht.« Er lächelte über seinen eigenen Scherz.
Zu seinem Erstaunen wich Christina seinem Blick aus. Schämte sie sich etwa für diese Torheit ihrer Jugend?
Seine Miene wurde ernst, als ihn unwillkürlich grauenvolle Bilder überfielen. Er streichelte ihre Wange. »Was waren wir damals töricht, Christina! Wir stellten uns Schlachten als Felder der Ehre vor. In Wahrheit war jede Schlacht, die ich mitgemacht habe, ein furchtbares Gemetzel. Statt tapferer Heldentaten sah ich abgeschlagene Gliedmaßen und aufgeschlitzte Bäuche. So-

gar der wagemutigste Kämpfer schreit wie ein Schwein beim Schlachter, wenn er an einer tödlichen Wunde stirbt, oder greint wie ein Wickelkind. Ich sah sogar Pferde weinen, bevor sie an ihren Verletzungen krepierten.«

Er holte tief Luft. »Nein, von Ehre und Ruhmestaten kann wahrlich keine Rede sein. Die Schlacht gewinnt derjenige, der skrupellos die größeren Untaten begeht. Die Zeiten sind lange vorbei, wo der Sieger der edlere Mann mit dem größeren Heldenmut war. Sollte es diese Zeiten überhaupt je gegeben haben …«

Er bemerkte auf einmal, dass Christina ihn mit weit aufgerissenen Augen anstarrte, und riss sich zusammen.

»Verzeih mir, meine Liebste, dass ich dir von solch grausamen Dingen spreche. Nach all dem Elend, das du in der Ehe mit Heinrich erlitten hast, bin ich von Herzen froh, dass dir zumindest dieses Leid erspart bleiben wird. Hätte ich schon in unserer Jugend gewusst, was mich wirklich im Kampf erwartet, hätte ich niemals im Brombeerdickicht mit dir geübt. Eine Schlacht ist wahrlich kein Platz für das zarte Gemüt einer Frau.«

Als Christina ihn immer noch wortlos anstarrte, fuhr er fort: »Doch ich will die kostbare Zeit unseres Zusammenseins nicht mit solch müßigen Reden verschwenden. Schäme dich nicht für die Dummheiten unserer Jugend, sie liegen zum Glück lange hinter uns. Obwohl sie trotzdem ein Gutes hatten.« Er küsste sie sanft auf den Mund. »So sind wir uns nahegekommen.«

Zu seinem Erstaunen wich Christina nun vor ihm zurück. Bevor er sich einen Reim darauf machen konnte, betrat Christinas Magd Tilda den Burggarten. Sie knickste und sprach Simon an. »Hoher Herr, gerade ist ein Eilbote mit einer wichtigen Nachricht für Euch eingetroffen.«

Simon wandte sich an Christina. »Möchtest du mitkommen?«

Sie schüttelte den Kopf. »Nein, ich werde hier auf dich warten. Im Burghof ist es zu heiß.«

Zornig auf Simon, der ihr Geheimnis fast aufgedeckt hätte, und noch mehr auf sich selbst, schaute Christina ihm nach, als er den Garten verließ. Wie hatte sie nur so leichtsinnig sein können?

Dass das stundenlange tägliche Waffentraining trotz der ledernen Handschuhe ihre Hände verdarb, wusste sie schon lange. Immer wieder nahm sie sich vor, sie nach den Übungen zu baden und zu salben, damit sie weich und zart blieben. Aber der Zeitaufwand für diese Prozedur war ihr lästig, und so hatte sie diese immer wieder eingestellt. Bei den Mahlzeiten verbarg sie die Hände stattdessen lieber unter ihren weiten Ärmeln oder trug leichte Handschuhe aus feiner Seide.

Gestern hatte sie beim Einüben einer schwierigen Finte einen Moment lang nicht aufgepasst. Hildebrands Holzschwert sauste mit Macht auf ihren Arm. Der Schlag war so hart, dass er die hässliche Prellung trotz Kettenhemd und Gambeson verursachte.

Der greise Waffenmeister schüttelte den Kopf. »Im echten Kampf hättet Ihr den Arm verloren, Herrin. Ihr müsst Euch bei dieser Finte besser vorsehen.«

Danach hatte Christina den Bewegungsablauf stundenlang wieder und wieder geübt. Ihr heftiger Wunsch, Hildebrand heute zu beweisen, dass sie es besser konnte, trübte anfangs sogar ihre Freude über Simons überraschenden Besuch am gestrigen Abend. In den letzten Wochen hatte sie immer wieder mit dem Gedanken gespielt, ihn in ihre Pläne einzuweihen. Früher oder später musste es zur offenen Feldschlacht zwischen den Kontrahenten der Fehde kommen. Nur so war es möglich, den Sieg zu erringen und das Morden zu beenden. Da Fehden überwiegend im Frühjahr und Sommer ausgetragen wurden, blieb den Parteien nicht mehr viel Zeit. Denn bei einem frühen Wintereinbruch konnte es schon im Oktober für eine Schlacht zu spät sein. Und niemand würde wollen, dass die Kämpfe im nächsten Jahr wie-

der aufflammten. Die Gelegenheit, Heinrich zu töten, stand also unmittelbar bevor.
Auch in der vergangenen Nacht, in der sie sich leidenschaftlich liebten, war sie versucht gewesen, Simon von ihrem Waffentraining zu berichten und ihn zu bitten, sie mit in die alles entscheidende Feldschlacht zu nehmen. Nun war sie froh, dass sie kein Wort darüber verloren hatte. Die Verletzung am Arm hatte Simon gestern nicht bemerkt, da sie zuvor das Talglicht gelöscht hatte und die Zähne zusammenbiss, wenn er die Stelle berührte.
Vorsichtig bewegte Christina den Arm hin und her. Er schmerzte noch immer höllisch. Natürlich stand auch das harte Training einer raschen Heilung im Wege. Und nun, nach Simons Rede, war endgültig klar, dass sie mit ihrem Vorhaben auf sich allein gestellt blieb. Wenn Simon davon erführe, würde er alles tun, um sie daran zu hindern.
Nicht geweinte Tränen brannten in ihren Augen. Blicklos starrte sie auf den Rhein, ohne die Schiffe wahrzunehmen, die dort stromabwärts segelten. Heimlich hatte sie immer wieder davon geträumt, Seite an Seite mit Simon zu kämpfen. Nun war dieser Traum zerplatzt. Wie sollte sie jetzt unbemerkt mit in die Schlacht reiten, wenn es endlich so weit war?
Plötzlich stieg eine neue unbekannte Unruhe in ihr auf. Doch bevor sie ihr auf den Grund gehen konnte, kehrte Simon zurück. Mit schnellen Schritten trat er auf sie zu. Seine Miene zeigte Bedauern.
»Herrin Christina, Liebste«, das letzte Wort flüsterte er, da ihm ein Burgknecht in einigem Abstand folgte, der schon seine Waffen trug. Simon bedeutete ihm, am Eingang des Gärtchens zu warten. Dann sprach er mit gesenkter Stimme weiter. »Ich habe soeben Nachricht von Michel erhalten. Maries Vater ist schon vor einer Woche in der Abtei Schwabenheim verstorben. Michel

hat Graf Johann gebeten, ihn von seinen Verpflichtungen als Ausbilder der Kreuznacher Stadtsoldaten zu beurlauben, um sie abzuholen. Er bittet mich, ihn zu begleiten. Ich muss sofort aufbrechen. Heute ist Mittwoch, wir müssen die heiligen Tage der Woche nutzen, um Marie nach Kreuznach zu holen. Schon am Sonntag soll die Hochzeit stattfinden.«

Christina fühlte die Enttäuschung wie einen körperlichen Schmerz. Zu sehr hatte sie sich danach gesehnt, auch heute Nacht wieder in Simons Armen zu liegen. Um sich ihre Gefühle nicht anmerken zu lassen, lenkte sie ab. »Hält sich der Erzbischof denn an das Kirchengebot, nur zwischen Montag und Mittwoch zu kämpfen?«

Simon nickte. »Er wird nicht wagen, diese Regel zu brechen. Es könnte ihm die Exkommunikation eintragen.«

»Doch nur, wenn der Papst selbst davon erführe. Niemand sonst kann einen Erzbischof exkommunizieren.«

»Da hast du recht, Liebes. Trotzdem ist so etwas schon vorgekommen.«

Christina war nicht überzeugt. »An das Turnierverbot hat sich Werner von Eppstein auch nie gehalten. Ist es wirklich klug, diese gefährliche Mission nur zu zweit durchzuführen? Auf dem Rückweg dazu noch mit einer wehrlosen Frau?«

Simon lächelte sie an. »Warum bist du nur so besorgt, meine Geliebte? Michel und ich selbst gehören zu den besten Kämpfern in Graf Johanns Heer. Es wird uns schon nichts geschehen.«

»So richte Michel und Marie meine herzlichsten Segenswünsche zu ihrer Hochzeit aus.« Sie schluckte und wandte den Blick ab. »Ach, wäre uns doch gleichfalls solch ein Glück beschieden.«

Simon warf einen Blick auf den Burgknecht, der seine Stiefelspitzen betrachtete. Simon stellte sich so vor Christina, dass dem Mann die Sicht auf seine Liebste versperrt war, und fasste

sie sanft unterm Kinn. »Warte noch eine kleine Weile.« Er legte ihre Hand auf die Stelle, an der sich sein Herz befand. »Tief hier drinnen spüre ich, dass es auch für uns eine Zukunft gibt.«
Er sah sie prüfend an. »Warum zweifelst du nur daran, mein Augenstern?«
Weil Heinrich lebt und ich überdies unfruchtbar bin, und das auch noch durch eigene Schuld!, schoss es ihr durch den Kopf. Überfordert von all dem, was sie ihm verschwieg und was zwischen ihnen stand, wagte sie sich mit erstickter Stimme auf das gefährliche Terrain: »Heinrich hat mich oft gar grausam traktiert, Simon.«
Er sah sie beunruhigt an. »Das weiß ich, und es tut mir von Herzen leid. Aber was hat das mit uns zu tun?«
Christina schluckte. Einen Augenblick lang erwog sie, Simon ihre Unfruchtbarkeit einzugestehen. Doch wieder warnte sie ihre innere Stimme. Und hatte die nicht auch recht behalten, was seine Einstellung zu ihren Waffenübungen anging? So entschloss sie sich vorerst nur zur halben Wahrheit.
»In all den Jahren habe ich nie ein Kind von Heinrich empfangen. Vielleicht bin ich durch seine Gewalt ganz und gar unfruchtbar geworden.«
Verblüfft trat Simon einen Schritt zurück. »Aber du hast doch gesagt, du habest Kräuter verwendet, um nicht schwanger zu werden.«
Im Aufruhr ihrer Gefühle hatte Christina diese Notlüge vergessen. Verzweifelt suchte sie nach einer Erklärung. »Anfangs habe ich das getan, mein Liebster. Aber als Heinrich immer ungeduldiger nach einem Erben verlangte, habe ich es eines Tages nicht mehr gewagt. Trotzdem wurde ich nicht schwanger. An ihm selbst liegt es nicht. Er hat bereits mehrere Bastarde gezeugt.«
Simons Reaktion überwältigte sie. Ohne Rücksicht auf den Burgknecht ergriff er ihre beiden Hände und führte sie an sei-

nen Mund. »Ob du ein Kind empfangen kannst, Liebste, liegt allein in Gottes Hand. Das würde mich niemals daran hindern, um dich zu freien.«

Er bedeckte ihre Handrücken mit Küssen. Dann seufzte er. »Doch nun muss ich gehen. Leb wohl. Ich kehre zurück, sobald es mir möglich ist.«

Mit unendlicher Erleichterung blickte Christina ihm nach. Ihr Herz quoll über vor Liebe zu ihm. Kein Mann auf Erden konnte ihm das Wasser reichen. Dieses Glück wollte sie festhalten, koste es, was es wolle. Heinrich musste aus ihrem Leben verschwinden.

Sie fasste einen Entschluss. Trotz der Hitze würde sie am späten Nachmittag wieder ins Brombeerdickicht gehen, um ihre versäumten Übungen nachzuholen. Nun war es wichtiger denn je, sich auf den Kampf mit ihrem verhassten Gemahl vorzubereiten.

Kreuznach, auf dem Wehrgang der Stadtmauer, Donnerstag

Prüfend ließ Michel seinen Blick über die Felder und Flussufer vor der Stadtmauer schweifen. Alles schien ruhig zu sein.

In der Ferne schnitt ein Bauersmann im letzten Tageslicht mit der Sichel Getreide. Hinter ihm her gingen zwei Frauen, die die gefallenen Halme zu Garben banden. Michel seufzte.

Wie gerne hätte auch er im Frühjahr seine neu gewonnenen Felder bestellt und jetzt mit Marie die hart erarbeitete Ernte eingefahren. Doch wieder war es anders gekommen, als er es sich wünschte. Anstatt dem Kriegshandwerk zu entsagen, war er jetzt sogar zum Hauptmann der Kreuznacher Stadtsoldaten ernannt worden, die er gegen die Truppen des Erzbischofs in die

Schlacht führen sollte. Jeder freie Kreuznacher Bürger war Graf Johann in Kriegszeiten zur Heerfolge verpflichtet. Im Alltag brave Handwerker und Kaufleute, waren die Männer im Kämpfen kaum ausgebildet.

»Was starrst du so angestrengt in die Dämmerung, Michel? Von den Mainzern droht keine Gefahr. Es ist Donnerstag, da ruht jede Fehde.«

Mit einem Lächeln begrüßte Michel seinen jüngeren Bruder Gernot. »Ich wusste gar nicht, dass du heute zur Nachtwache eingeteilt bist.« Jede Zunft war für einen Teilabschnitt der Stadtbefestigung verantwortlich und hatte Männer zu stellen, um die Mauer bei Nacht zu bewachen.

Gernot schnitt eine Grimasse. »Das habe ich wohl bemerkt, Bruderherz. Hättest du gewusst, dass ich heute Nacht keinen Schlaf finde, hättest du mich untertags wohl nicht gar so arg geschunden.« Wie die anderen Burschen aus der Metzgerzunft hatte Gernot von der Früh bis zum Abend den Nahkampf mit Spießen und Streitkolben geübt.

Michel grinste noch breiter. »Es ist nur zu deinem eigenen Besten, kleiner Bruder. Die Metzger stellen die Elite unter den Stadtsoldaten dar. Keine andere Zunft hat so prächtige, starke Kämpfer. Du willst doch sicher nicht hinter deinen Kameraden zurückstehen?«

Gernots Miene wurde ernst. »Da irrst du dich, Michel. Wenn ich die Wahl hätte, bliebe ich gerne zu Hause, ginge dem Vater zur Hand, schlachtete Hammel und Schweine statt Menschen und schliefe des Nachts in meinem weichen Bett, anstatt wie im Feld auf dem harten Erdboden.«

Auch Michels Lächeln verschwand. »Du hast recht, Gernot. Ich sehne mich ebenfalls unendlich nach Frieden.«

»Und dennoch treibst du uns Stadtsoldaten an, als gelte es, die ganze Welt zu erobern.«

Michel schwieg betroffen. War er in seinem Bemühen, Graf Johann seine Dankbarkeit für das geschenkte Gut zu beweisen, über das Ziel hinausgeschossen? Er verwarf den Gedanken sofort und stellte sich der Wahrheit.

»Es tut mir leid, wenn ich euch zu hart angefasst habe, Gernot. Ich bin das Kämpfen seit vielen Jahren gewohnt. Aber nur, wenn ich mich solcherart anstrenge, kann ich meine Sorgen um Marie eine Weile vergessen.«

Gernot schnaubte. »Was für Sorgen denn, Michel? Deine Braut ist dir von ganzem Herzen zugetan. Oder glaubst du, einer der Augustiner Chorherren erobert ihr Herz drei Tage vor eurer Hochzeit?« Er zwinkerte spöttisch.

»Das ist es nicht, Gernot.« Wider Willen erwiderte Michel das Lächeln seines Bruders. Doch augenblicklich wurde er wieder ernst. »Ich bin in Sorge um sie, seitdem sie in Schwabenheim weilt. Ich kann mir auch nicht wirklich erklären, warum.«

Gernot schlug Michel auf die Schulter. »Ach was«, sagte er. »Du hast nur so lange auf dieses Mädchen gewartet, dass du deinem Glück jetzt nicht mehr so recht trauen willst. Was soll ihr denn in der Abtei schon geschehen?«

Michel kämpfte vergeblich gegen das ungute Gefühl an, das ihn seit dem Abschied von Marie beherrschte.

»Ich weiß es nicht, Bruder. Vielleicht habe ich einfach schon zu viele Greueltaten gesehen, vor und während dieser Fehde. Wer gibt mir die Sicherheit, dass die Gegenseite nicht auch ein wehrloses Kloster angreift? Ich habe dergleichen im Krieg zwischen den Königen Rudolf und Ottokar schon erlebt. Zumal der Erzbischof wahrscheinlich außer sich ist über den Verlust von Eltville.«

Nun wurde auch Gernots Miene wieder ernst. Er schien zu überlegen. »Rudolf und Ottokar waren weltliche Herrscher, Michel«, sagte er schließlich. »Werner von Eppstein ist Erzbischof und der geistliche Herr von Schwabenheim. Er wird nicht ...«

Michel unterbrach ihn mit einer ungeduldigen Handbewegung. »Dergleichen habe ich bereits oft genug gehört und versuche dauernd, es mir auch selbst einzureden. Aber es hilft nichts. Wäre dem Erzbischof an Gottes Recht und Gesetz gelegen, er hätte schon Heinrichs Betrug nicht geduldet, geschweige denn zu seinem eigenen Vorteil genutzt.« Er spuckte verächtlich aus. »Und Herrn Heinrich kenne ich zur Genüge, Gernot. Ich war einst sein Waffenknecht, bevor ich in Simon von Montforts Dienste trat. Er ließ mich auspeitschen, weil ich ihn am Totschlag des jungen Simon gehindert habe. Auch sein Weib schlug er derart zuschanden, dass sie zurück zu ihrem Vater floh.«

»Das wusste ich nicht, Michel.« Gernot war betroffen. Wieder überlegte er eine kleine Weile. »Dann ist es gut, dass morgen Freitag ist und ihr aufbrechen werdet. Die Abtei liegt nur einen halben Tagesritt entfernt. Schon am Abend kannst du mit Marie wieder sicher in Kreuznach sein. Niemand wird wagen, euch am Tag des Märtyrertodes unseres Erlösers anzugreifen.«

Als Michel weiterhin bedrückt schwieg, fuhr Gernot betont munter fort. »Meines Wissens haben beide Parteien sich bislang an die Fehderegeln gehalten, oder nicht?«

Michel nickte stumm. Das musste selbst er eingestehen. Hätten die Überfälle nicht nur an den Wochentagen zwischen Montag und Mittwoch stattgefunden, wäre sicherlich schon der ganze Landstrich verwüstet worden.

»Bedenke, Michel, dass jedermann bei einer Fehde ein Gottesurteil erwartet. Der Allmächtige wird demjenigen den Sieg zusprechen, der ihn verdient hat. Glaubst du, die Partei des Erzbischofs würde leichtfertig riskieren, sich solcherart den Zorn unseres Schöpfers zuzuziehen?«

Auch das hatte sich Michel schon viele Male vergeblich gesagt. Verzieh Gott denn jenen, die Hilflose schändeten, mordeten und verstümmelten, nur deshalb, weil sie ihre Verbrechen nicht an heiligen Wochentagen begingen?

»Und außerdem«, Gernot rang sich ein Lächeln ab, das schelmisch wirken sollte, »außerdem hat Vater jetzt schon zum zweiten Mal seinen besten Hammel geschlachtet, um euch ein würdiges Hochzeitsmahl auszurichten. Unsere Stiefmutter Mechthild steht mit unserer Schwester Elisabeth und allen Mägden seit zwei Tagen in der Küche und bäckt, brät und räuchert. Wer soll all diese guten Dinge essen, wenn du Marie am Sonntag nicht endlich vor die Kirchentür führst?«

Michel seufzte und reichte Gernot zum Abschied die Hand. »Du hast sicher recht, Bruder. Danke für deinen Trost. Simon von Montfort ist bereits vor einigen Stunden eingetroffen, ich habe ihm einen Eilkurier auf den Rheinfels geschickt. Noch vor Tagesanbruch brechen wir morgen nach Schwabenheim auf.«

Burg Rheinfels

Mitten in der Nacht schreckte Christina hoch und war sofort hellwach. Siedend heiß fuhr es ihr durch alle Glieder, am ganzen Körper brach ihr der Schweiß aus. Das war also der Grund für ihre Unruhe am Nachmittag gewesen! Wieso nur hatte sie daran nicht längst gedacht?

In eine offene Feldschlacht zogen Ritter zu Pferde. Sie konnte zwar ausgezeichnet reiten, sowohl im Damen- als auch im Herrensattel, aber gekämpft hatte sie bislang nur zu Fuß und in leichter Rüstung. So würde sie sich niemals unerkannt den Sponheimer Truppen anschließen können. Fußsoldaten trugen zwar Kettenhauben, aber keinen Topfhelm, der nur einen

schmalen Sehschlitz freiließ und ihr Gesicht völlig verbergen würde.
Was sollte sie jetzt nur tun? Es blieben ihr höchstens noch ein paar Wochen Zeit!
Die ganze restliche Nacht wälzte sie sich schlaflos auf ihrem Lager.

Kapitel 36

Abtei Schwabenheim, Juli 1279, Freitag

»Puh, ist das heute heiß und schwül.« Marie richtete sich auf, rieb sich den schmerzenden Rücken und blickte prüfend zum Himmel. »Es würde mich nicht wundern, wenn es noch am Vormittag ein Unwetter gäbe. Selbst das Schwenken der Wäsche im kühlen Wasser ist bei dieser Hitze beschwerlich.«
»Waschen ist immer beschwerlich, Marie«, murrte Erna, die zu den Klostermägden gehörte und gerade einen Eimer frisches Wasser aus dem Brunnen zog. »Doch im Hospiz gibt es jeden Tag schmutzige Laken, Kissenbezüge und Kleidungsstücke. Mich wundert, dass du dich freiwillig an dieser harten Arbeit beteiligst. Du bist hier zu Gast und obendrein bald das Eheweib eines angesehenen Mannes.«
Marie lächelte die ungefähr gleichaltrige junge Frau nachsichtig an. »Auch mein Vater lag hier im Hospiz und wurde bis zu seinem Tod liebevoll gepflegt, obwohl man am Ende dreimal am Tag die Bettwäsche wechseln musste. Dafür möchte ich mich ein wenig erkenntlich zeigen. Außerdem liegt mir der Müßiggang nicht, Erna. Bis Michel mich abholen kommt, können noch Tage

vergehen. Er bildet die Kreuznacher Bürgerwehr aus und ist möglicherweise unabkömmlich. Ich weiß nicht einmal, ob ihn der Klosterbote erreicht hat.«

»Wenn er dich wahrhaftig liebt, wird er alles daransetzen, um so rasch wie möglich bei dir zu sein.« Erna griff nach ihrem Bleuel und hieb damit kräftig auf ein zusammengefaltetes nasses Laken ein.

Marie strich der Magd tröstend über den Arm. »Auch dein Schatz wird dich bald wieder besuchen, Erna. Du darfst die Hoffnung nicht aufgeben.«

Eine Träne stahl sich aus Ernas Augenwinkel und rann ihr langsam die Wange hinab. »Wenn er sich nicht sputet, wird es zu spät sein.«

Marie musterte die junge Frau besorgt. »Wie meinst du das, Erna?«

Die zog die Nase hoch und spuckte auf die Erde. Dann griff sie sich an den Bauch. »Lange kann ich meinen Zustand vor den gestrengen Chorherren nicht mehr verbergen. Sie werden mich mit Schimpf und Schande davonjagen.«

»Du erwartest ein Kind?« Marie war überrascht.

»So ist es, du Unschuldslämmchen.« Erna wich Maries Blick aus und starrte trotzig zu Boden. »So keusch wie du trete ich nicht mehr vor die Kirchentür.«

Marie ließ Bleuel und Wäschestück sinken und nahm die Widerstrebende in den Arm.

»Und jetzt glaubst du, dass ich schlecht von dir denke? Wenn es nach meinen Wünschen gegangen wäre, ginge auch ich nicht mehr unberührt in die Ehe.«

Erna sah verblüfft auf.

Marie trat einen Schritt zurück, ohne die Schultern der Magd loszulassen. »Mein Michel war der Tugendhaftere von uns beiden. Er möchte bis zu unserer Hochzeitsnacht warten.«

Erna schluckte. »Dann hast du mehr Glück als ich, Marie«, sagte sie leise. »Ich habe befürchtet, dass mein Klaus nicht mehr wiederkommt, wenn ich mich ihm nicht hingebe.«
Marie runzelte die Stirn. »Er hat dir das zur Bedingung gemacht?«
Plötzlich begann Erna zu weinen. »Klaus ist doch der Sohn eines freien Bauern, und ich bin nur eine hörige Magd. Er muss mich bei den Chorherren auslösen, wenn er mich heiraten will. Aber …« Marie hatte Mühe, die Schluchzende zu verstehen. »Aber nun hat er schon mehr als drei Monate nichts mehr von sich hören lassen. Vielleicht hat er das Geld nicht beisammen, oder sein Vater hat ihm die Heirat verboten. Oder …«, sie schluchzte noch heftiger, »… er ist längst tot, gemordet wie so viele andere in dieser furchtbaren Fehde.«
Marie hielt die Weinende schweigend in den Armen, bis sie sich wieder beruhigt hatte. Dann fuhr sie ihr tröstend übers Haar. »Erna, höre mir zu. Ich möchte dir einen Vorschlag machen. Wenn Michel mich abholen kommt, gehst du mit uns. Wir können auf unserem Hof eine Magd gut gebrauchen. Und vielleicht auch bald eine Amme …« Sie lächelte.
Erna sah sie ungläubig an. »Aber das Geld, um mich auszulösen …«
Marie fiel ihr ins Wort. »Mein Mann hat genug Erspartes, das wir jetzt gar nicht brauchen, da Graf Johann ihm das Gut ja geschenkt hat. Willst du denn mitkommen? Wir können im Kloster eine Nachricht hinterlassen, wenn dein Klaus doch noch kommt.«
Erna schniefte und starrte eine Weile vor sich hin. Dann sah sie Marie scheu an. »Und du meinst, dein Mann stimmt dem zu?«
Marie nickte lächelnd. »Er schlägt mir nie einen Wunsch ab, den er mit seinem Gewissen vereinbaren kann.«
Erna zögerte immer noch. »Wann wirst du denn heiraten?«
Einen Moment war Marie indigniert. Dann begriff sie. »Du meinst, ob ich in der Trauerzeit um meinen Vater heiraten wer-

de?« Sie strahlte. »Oh ja, das werde ich. Mein Vater hat mir auf dem Sterbebett seinen Segen gegeben, denn wir haben die Hochzeit seines Siechtums wegen ja schon einmal verschoben. Am ersten Sonntag, nachdem Michel uns abgeholt hat, führt er mich vor die Kirchentür. Das hat er geschworen, als er mich hierherbrachte.«
Jetzt lächelte auch Erna. »Dann gehe ich gerne mit euch und bedanke mich auch recht herzlich.«
In der Ferne hörte man Donnergrollen. Marie sah besorgt zum Himmel empor. »Das Unwetter zieht näher. Lass uns schnell die restliche Wäsche besorgen. Ich möchte danach noch frische Blumen zum Grab meines Vaters bringen.«
In diesem Moment hämmerte es laut an die Außenpforte des Klosters.

Vor der Abtei Schwabenheim, eine halbe Stunde früher

Heinrich spähte zwischen den Zweigen des lichten Wäldchens hindurch auf die Türme der Abtei Schwabenheim. Sie war nur etwa zweihundert Schritt entfernt. Die Klosterkirche erhob sich majestätisch inmitten des weitläufigen Areals, das von einer soliden Steinmauer umgeben war.
Er fluchte, als es ihn wieder heftig unter der zerlumpten Mütze zu jucken begann. Wütend riss er sie sich vom Kopf. Wie er befürchtet hatte, wimmelte sie vor Läusen.
»Was sind diese Bauern doch für erbärmliche Schmutzfinken, Adalbert!« Aus dem Augenwinkel sah er, dass sich auch sein Begleiter immer wieder kratzte. »Hoffentlich schmoren sie jetzt in der Hölle.«
Adalbert sah ihn vorwurfsvoll an. »Es war Eure Idee, diesem Lumpenpack die schmutzigen Kleider abzunehmen. Warum

müssen wir uns auch verkleiden? Viel lieber ritte ich in voller Rüstung unter dem Wappen meines Lehnsherrn gegen diese erbärmlichen Pfaffen, anstatt mich wie ein Dieb in der Nacht unerkannt anzuschleichen.«

Heinrich sah den gedrungenen Mann mit einem verächtlichen Ausdruck an. »Ihr seid zwar der Neffe des Grafen von Veldenz, Adalbert. Dennoch seid Ihr ein Narr.«

Die Hand des Beleidigten zuckte zu seinem nicht vorhandenen Schwert. Wie alle anderen sichtbaren Waffen und Rüstungsteile hatte er es ablegen müssen.

»Nur ruhig Blut, Bursche.« Nun klang Heinrichs Stimme drohend. »Ich führe diese Truppe an, Ihr seid nur mein Bannerträger. Was ich sage, wird ausgeführt. Wir müssen unerkannt bleiben, wenn wir Zugang zu diesem befestigten Kloster erlangen wollen. Würden wir es unter dem Banner des Kurfürsten belagern, würde alle Welt uns verdammen. Daher gilt: Sehe ich nur ein einziges Wappen des Erzbischofs bei diesem Überfall, seid Ihr und der Schuldige gleichermaßen des Todes.«

Adalbert war sichtlich eingeschüchtert. Seine fahle Gesichtsfarbe wandelte sich in ein fiebriges Rot. Er holte tief Luft. »So erklärt Euch doch endlich, edler Herr, und lasst mich und unsere Kameraden nicht weiter im Ungewissen.« Er blickte zum Himmel empor. »In kurzer Zeit wird ein Unwetter losbrechen. Was sollen wir hier heute schon erkunden, das wir nicht auch am Montag in Erfahrung bringen können?«

Heinrich grinste. »Wir werden die Abtei nicht am Montag erobern.«

Adalbert stöhnte. »Wann denn dann, in drei Teufels Namen?«

Heinrich grinste noch breiter. »Schon in der nächsten Stunde. Und das Unwetter«, er zeigte in Richtung der dunkel dräuenden Wolken, »wird unser Verbündeter sein.«

Fassungslos starrte ihn Adalbert an. »Was habt Ihr vor?«

Heinrichs Erklärung vertiefte seine Bestürzung noch.
»Aber das ist eine Todsünde. Wir werden alle auf ewig in der Hölle schmoren.«
Heinrich machte eine abwiegelnde Handbewegung. »Der Erzbischof weiß nichts von meinem Plan. Aber seid versichert, er wird jedem von uns später die Absolution erteilen. Nun reicht mir das Schweinsblut.«
Schweigend sah Adalbert zu, wie sich sein Anführer das geronnene Blut über den Schädel goss. Heinrich spuckte angeekelt aus, als ihm ein Blutfaden in den Mundwinkel rann. Dann reichte er den noch halbgefüllten Schlauch an Adalbert weiter.
»Schmiert Euch und drei weitere Männer damit ein!«
»Wird's bald?«, fauchte er, als der andere angewidert zögerte. »Oder soll ich Euch lieber ein paar Zähne ausschlagen? Das wirkt zweifelsohne noch echter.«
»Nicht alles über den Kopf. Hier«, Heinrich riss Adalbert den Schlauch aus der Hand und spritzte ihm eine kräftige Portion Blut über die leinenen Beinlinge. Auch die hatten sie den ermordeten Bauern ausgezogen.
»Ihr humpelt und stützt Euch auf zwei Eurer Kameraden. Sonst wirkt es nicht überzeugend genug.«
Er blickte hinter sich, wo zehn weitere, zerlumpt gekleidete Männer das Schauspiel feixend verfolgten.
»Du da!« Heinrich zeigte auf einen Mann in mittleren Jahren, dem ein Auge fehlte. Eine breite hässliche Narbe zog sich über seine ganze Gesichtshälfte bis hinunter zum Kinn. »Du da! Wie heißt du?«
Der Mann verbeugte sich. »Mein Name ist Karlmann.«
»Gut, Karlmann. Nun höre, was ich dir sage. Sobald wir fünf im Kloster sind, rennst du mit den anderen über die Felder. Ihr holt dort unsere Schwerter und eure Spieße und Streitäxte und wartet dann vor den Toren, bis wir euch öffnen.«

»Jawohl, edler Herr.« Der Mann grinste. Heinrich zog seinen Dolch und setzte ihm die Spitze unter das gesunde Auge.
»Du haftest mir dafür, dass alles nach meinen Wünschen geschieht, Karlmann. Sonst kannst du dir gleich schon einmal einen Platz unter den blinden Bettlern vor den Kirchenportalen reservieren.«
Das Grinsen gefror auf den Zügen des Mannes. Er nickte verstört. Heinrich versteckte den Dolch wieder unter seinem Gewand und winkte den vier blutverschmierten Männern, ihm zu folgen. »Habt ihr eure Messer und Schlagringe unter den Gewändern verborgen?«
»Ja, edler Herr.«
Heinrich bog die Zweige auseinander und trat aufs freie Feld hinaus. Er winkte Adalbert und den drei anderen. Der Donner grollte erneut, es klang nun viel näher als vorhin. »Nun kommt! Ich möchte noch vor dem Wolkenbruch im Trockenen sein.«

Burg Rheinfels

»Warum habt Ihr mich nicht längst darauf aufmerksam gemacht, dass ich auch lernen muss, hoch zu Ross zu kämpfen?« Vorwurfsvoll sah Christina den alten Waffenmeister Hildebrand an.
Der kratzte sich ratlos den immer kahler werdenden Schädel. »Wozu sollte dies gut sein?«, fragte er. »Ihr könnt doch nicht mit in eine Schlacht ziehen.«
»Und warum kann ich das nicht?«
Fassungslos starrte der Alte Christina an. Noch während er nach Worten rang, fuhr sie anklagend fort:
»Ihr wisst doch, dass ich nur deshalb so hart und unermüdlich übe, um meinen brutalen Gatten zum Zweikampf zu fordern.

Das kann ich nur während einer Schlacht. Jetzt steht eine solche Gelegenheit unmittelbar bevor, und ich bin nicht darauf vorbereitet!«

»Ich dachte nicht, dass Ihr Eure Künste je dafür …«, abrupt brach Hildebrand ab.

Doch es war zu spät. Tränen der Wut und Verzweiflung schossen Christina in die Augen. »Ihr habt nie geglaubt, dass es mir ernst sein könnte, Waffenmeister.« Ihre Stimme klang selbst in ihren eigenen Ohren schneidend. »Ihr haltet meine Übungen für die Grillen eines törichten Weibes. Und ich habe Euch vorbehaltlos vertraut. Geht weg und lasst mich allein!« Sie kehrte dem Alten den Rücken zu und begann, haltlos zu weinen.

Erst nach einer ganzen Weile bemerkte sie, dass sich der Waffenmeister nicht vom Fleck gerührt hatte. Voller Zorn fuhr sie zu ihm herum: »Was wollt Ihr noch hier, wenn Ihr mir doch nicht helfen möchtet! Auch Ihr verachtet uns Weiber wie alle …«

Die Worte blieben ihr im Halse stecken, als der alte Mann gebieterisch die Hand hob. In seinem Blick lag eine Mischung aus Strenge und Mitgefühl.

»Mäßigt Euren Ton, edles Fräulein! Ihr habt Euch meiner Dienste seit vielen Monden bedient. Auch von Euch erwarte ich die Ehrerbietung, die mir jeder Knappe schuldet.«

Christina spürte, wie sie errötete. Doch ihr Zorn war noch nicht verraucht. »Ich …«

Jetzt fiel Hildebrand ihr sogar ins Wort. »Lasst mich sprechen und hört mir zu. Ihr habt mich aus ganzem Herzen gedauert, als Ihr mir Euer erbarmungswürdiges Schicksal anvertraut habt. Als Ihr mich batet, Euch meine Kampfkünste zu lehren, was sich für ein Weib nach Gottes gewollter Ordnung nicht ziemt, stimmte ich nur zu, weil ich fürchtete, Ihr könntet sonst ganz der Verzweiflung anheimfallen und Euch selbst zu entleiben versuchen. Ich beruhigte mein Gewissen damit, dass Ihr Kraft und neuen Lebensmut aus der Vorstellung schöpfen würdet, nie wieder so hilflos ausgeliefert zu sein wie damals im Wald und später in Eurer unseligen Ehe. Und dass Ihr Euch im Notfall tatsächlich zur Wehr setzen könntet. Niemals dachte ich daran, dass Ihr in eine Schlacht ziehen wollt. Ich war bemüht, Euer Leben zu retten, nicht, es aufs Spiel zu setzen. Daher kann ich Euer Vorhaben unter keinen Umständen gutheißen.«

Christina merkte, wie sich ihre Wut in panische Furcht verwandelte, Hildebrand könnte sich weigern, weiter mit ihr zu üben. Sie holte tief Luft und versuchte, sich zu beruhigen.

»Ich weiß Euer Mitgefühl und Eure Hilfe zu schätzen, Meister Hildebrand. Doch lasst mich jetzt nicht im Stich«, flehte sie. Ich muss mich endlich befreien. Mein ganzes Lebensglück hängt davon ab.«

Der Alte schüttelte den Kopf. »Das kann ich nicht auf mein Gewissen nehmen, Herrin. Es wäre viel zu gefährlich. Ihr könntet Eure Gesundheit oder gar Euer Leben verlieren.«

Ein letzter Rest Trotz wallte in Christina auf. »Lieber verliere ich mein Leben im Kampf, als es ohne Sinn und Ziel weiterzuleben.«

»Das werde ich zu verhindern wissen, Herrin.« Hildebrands Stimme klang unerbittlich.

Verzweiflung übermannte Christina. Hilflos hob sie die Hände. »Bitte, ich flehe Euch an«, stammelte sie. Angesichts der ungerührten Miene des Alten versagte ihre Stimme. Wieder begann sie haltlos zu weinen. Sie sank auf die Knie und barg den Kopf in den Armen. Zeit und Raum versanken im Schmerz ihrer enttäuschten Hoffnung.

»Herrin«, wie durch einen Nebel drang die Stimme des Alten an ihr Ohr. »Herrin, so beruhigt Euch doch.«

Mit verschwollenen Augen blickte sie auf. Hildebrands Miene zeigte erneut sowohl Grimm als auch Mitgefühl.

»Wenn ich Euch weiterhin helfe, stelle ich die folgenden Bedingungen, Herrin. Nur wenn Ihr so sicher vom Ross aus zu kämpfen versteht wie zu Fuß, gebe ich Euch die Erlaubnis, mit in die Schlacht zu ziehen. Dort werde ich niemals von Eurer Seite weichen. Auch und gerade auf dem Felde unterwerft Ihr Euch bedingungslos meinen Befehlen. Das verlange ich.«
»Ich verspreche es Euch.« Christina zitterte am ganzen Körper vor Erleichterung.
Der Alte schüttelte den Kopf. »Ich möchte, dass Ihr es schwört.«
Christina zögerte nur kurz. »Ich schwöre es Euch.« Sie hob die rechte Hand.
Hildebrand sah ihr prüfend in die Augen. Sie hielt seinem Blick stand. Schließlich nickte er: »Ich will Euch glauben, Herrin. Doch missbraucht mein Vertrauen nicht.«
Christina schickte schweigend ein Dankgebet zur Jungfrau Maria. Hildebrands Bedingung schien ihr in diesem Moment leicht zu erfüllen. »So lasst uns gleich mit den Übungen hoch zu Ross beginnen, Waffenmeister«, sagte sie. »Die Schlacht um Böckelheim mag nur noch wenige Wochen auf sich warten lassen.«
Hildebrand sah sich um. »Das Brombeerdickicht hier taugt von nun an nur noch zum Aufbewahren von Waffen und Rüstung. Ab jetzt werdet Ihr täglich in meiner Begleitung ausreiten. Ich weiß eine abgelegene Stelle, wo ich Euch den Zweikampf zu Pferd lehren kann.«

Abtei Schwabenheim

Erschrocken blickten Marie und Erna sich an. Wer mochte wohl so heftig Einlass ins Kloster begehren?
Schon sahen sie den Laienbruder, der den Pförtnerdienst versah, zum Haus des Priors eilen und folgten ihm.

»Draußen vor den Toren stehen fünf blutende Männer, Herr«, erklärte der Pförtner aufgeregt. »Es scheinen Bauern aus einem der umliegenden Weiler zu sein. Mindestens zwei von ihnen sind schwer verwundet. Sie begehren Einlass und Pflege in unserem Hospiz.«

»Haben die Männer erzählt, wer ihnen den Tort angetan hat?«

»Es sollen Söldner im Dienste des Mainzer Erzbischofs gewesen sein.«

Der Prior, ein noch junger Mann mit einem mächtigen Bauch, runzelte die Stirn. »Aber heute ist Freitag, der Todestag unseres Erlösers. Jede Kampfhandlung ist an diesem Tag untersagt.«

Der Pförtner zuckte die Achseln. »Ich berichte Euch nur, was die Männer gesagt haben.«

Marie wurde zornig. Das sah dem Schurken ähnlich, der in Mainz auf dem Bischofsthron saß. Immer wieder hatte sie mit angehört, wie die Herrin Adelheid ihren Gatten Johann vor Werner von Eppstein gewarnt hatte. Nun zeigte sich, dass sie in allem recht behielt. Diesem geistlichen Herrn, der in seinem Bistum Gottes Vertreter auf Erden sein sollte, war nichts heilig.

»Ich muss den Vater Abt nach seiner Meinung fragen.« Mit schnellen Schritten ging der Prior zum Kreuzgang und kehrte nur kurze Zeit später mit dem Abt zurück.

Als Marie und Erna den Männern zum Tor folgen wollten, hielt eine Handbewegung des Abtes sie zurück. So konnten sie die weiteren Ereignisse nur aus einigem Abstand verfolgen. Um nicht allzu sehr aufzufallen und wegen ihrer Neugier gescholten zu werden, setzten die jungen Frauen ihre Arbeit fort. Sie schichteten die bereits ausgewrungene Wäsche in einen Korb und zogen diesen unter das Vordach der Wirtschaftsgebäude, die rund um den Klosterhof lagen. Jeden Moment konnte es zu regnen beginnen.

Der Abt sprach eine Weile mit dem Anführer der verwundeten Männer durch das vergitterte Fensterchen. Schließlich gab er dem Pförtner ein Zeichen. Der schob den schweren eisernen Riegel zurück und öffnete einen der Torflügel.

Beim Anblick der blutüberströmten Männer verdrängte Mitgefühl für die Opfer Maries Zorn auf den Erzbischof. Der zerlumpten und zerrissenen Kleidung nach zu urteilen, schienen es wirklich arme Burschen aus dem Volk zu sein. Der Anführer war ein großer, kräftiger Mann, der so heftig aus einer Kopfwunde blutete, dass seine Gesichtszüge kaum zu erkennen waren. Ihm folgte ein untersetzter Verwundeter, der vor Schmerzen stöhnte und ob seiner Beinverletzung von zwei Kameraden gestützt werden musste.

Schon wollte Marie auf die Versehrten zueilen, um Hilfe zu leisten, da hielt sie ein plötzliches Unbehagen zurück. Irgendwie kam ihr der ungeschlachte Kerl, der die Bauern anführte, bekannt vor.

»Habt Ihr einen Schluck Wasser für uns, barmherzige Herren? Wir sterben schier vor Durst.« Auch seine Stimme hatte sie schon einmal gehört.

In diesem Augenblick zuckte ein mächtiger Blitz über das Firmament, dem ein ohrenbetäubender Donner folgte. Dann öffnete der Himmel seine Schleusen, und es begann, wie aus Eimern zu schütten.

»Schnell, kommt ins Trockene«, hörte sie den Abt sagen. Die Männer folgten ihm in Richtung des Hospizes. »Und ihr, Mädchen«, der Abt bemühte sich, den Lärm des Gewitters zu übertönen, »schöpft noch schnell einen frischen Trunk aus dem Brunnen.«

Während Marie der schimpfenden Erna half, den schweren Eimer hochzuziehen, dachte sie angestrengt nach. Ihr ungutes Gefühl verstärkte sich. Sie war sich sicher, den Mann schon einmal gesehen zu haben, doch es war kein angenehmer Anlass gewesen. In kürzester Zeit waren die beiden Frauen bis auf die Haut durchnässt.

Sie füllten das Wasser in einen Tonkrug und näherten sich den Männern, die in der Vorhalle zum Siechensaal auf den Binsen saßen. Als die Frauen ihnen die hingestreckten Becher füllten, schoss Marie die Schamesröte ins Gesicht. Durch den nassen und deshalb eng anliegenden Stoff der Leinenkittel hindurch zeichneten sich deutlich ihrer beider Brüste ab, besonders die durch die Schwangerschaft schwer gewordenen Ernas.

Die Kerle musterten die Frauen begehrlich, der Abt warf ihnen einen missbilligenden Blick zu. »Nun geht, meine Töchter, und sucht frische Leinenbinden, um die Wunden zu versorgen«, scheuchte er sie hinaus.

Doch der Anführer hielt Erna seinen Becher noch einmal hin. Als sie ihn mit Wasser aus dem Tonkrug füllte, griff er ihr grob an die Brust. Erna schrie entsetzt auf und ließ vor Schreck das schwere Gefäß fallen. Das Wasser ergoss sich über den Grobian, während der Krug auf dem Boden direkt neben ihm in tausend Scherben zersprang.

Nun ging alles rasend schnell. Der Kerl versetzte Erna eine schallende Ohrfeige. »Verdammtes Weib!«, schrie er. »Kannst du nicht besser aufpassen?«

Wie gelähmt vor Entsetzen starrte Marie auf das groteske Geschehen. Nun wusste sie, wer der Anführer war. Eine ähnliche Szene hatte sie schon einmal auf der Kauzenburg miterlebt.

Sie stürzte auf den Abt zu, der die Szene fassungslos beobachtete, und riss ihn am Ärmel seiner schwarzen Kutte. »Herr, ehrwürdiger Herr!«, schrie sie. »Ihr habt einem Verräter das Tor geöffnet. Der da«, sie zeigte mit zitternder Hand auf den Kerl, der Erna geschlagen hatte, »der da ist Heinrich von Böckelheim.«

Doch es war zu spät. Bevor der Abt auch nur eine Bewegung machen konnte, schlitzte Heinrichs Dolch ihm die Kehle auf.

»Herr, glaubt Ihr nicht, dass wir es jetzt wagen können, weiterzureiten?«
Simon biss sich auf die Lippen, um eine barsche Bemerkung zu unterdrücken. Seit ihrem Aufbruch nach der Frühmesse hatte sich Michels Laune beständig verschlechtert. Je näher sie der Abtei kamen, desto unruhiger wurde er.
»Was ist denn bloß mit dir los?« Die Frage konnte sich Simon dann doch nicht verkneifen.
Der Waffenknecht wirkte ratlos. »Herr, ich kann es Euch nicht erklären. Es ist, als ob eine innere Stimme mich rufen würde. ›Eile dich, Michel, so eile dich doch, sonst kommst du zu spät.‹«
»Zu spät zu was?«
Michel hob die Schultern. »Ich weiß es doch auch nicht, Herr.«
»Der abgebrochene Ast hätte dich beinahe erschlagen. Warum hat dich deine innere Stimme nicht davor gewarnt?«
Sie hatten sich vor dem hereinbrechenden Unwetter in den Schutz eines Heuschobers geflüchtet, nachdem eine heftige Sturmbö einen schweren Eichenast entzweigebrochen und ihn dicht vor Michels Pferd hatte hinabstürzen lassen. Er versperrte den schmalen Pfad, so dass sie ihn mühsam im dichten Unterholz umreiten mussten.
Völlig durchnässt erreichten sie schließlich freies Gelände und fanden dort den Unterstand. Michel wollte trotz des Unwetters weiterziehen, aber Simon bestand darauf, dass sie warteten, bis es seinen Zenit überschritten hatte. Der Regen fiel so dicht, dass sie kaum mehr die Hand vor Augen sehen konnten. Selbst die schlachterprobten Pferde scheuten bei den ununterbrochenen heftigen Blitzen und dem Getöse des Donners.
»Wir haben bislang nicht mehr als eine Stunde verloren.« Prüfend streckte Simon den Kopf unter dem schützenden Dach aus einfachen Holzbrettern hervor.

»Trotzdem, Herr …«
Angesichts des Flehens in Michels Stimme gab Simon nach, obwohl es immer noch heftig regnete. »Also gut, dann komm. Wir sind ohnehin schon patschnass. Aber eins sage ich dir«, spielerisch drohend hob er einen Finger in Michels Richtung. »Ohne einen heißen Würzwein und trockene Kleidung reite ich nicht nach Kreuznach zurück.«
Aber Michel hörte ihn nicht mehr. So schnell es der aufgeweichte Boden zuließ, trabte er davon. Simon folgte ihm seufzend.
Sie waren kaum zehn Minuten geritten, als sie ein neues Hindernis aufhielt. Das Bächlein, das sich sonst friedlich plätschernd am Rande des kleinen Weilers entlangschlängelte, zu dem auch die Wiese mit dem Heuschober gehörte, war durch die Wassermassen zu einem reißenden Strom geworden. Flut und Sturm hatten drei Holzhütten mit sich gerissen, die dicht am Ufer standen. Frauen und Kinder wühlten hektisch in den Trümmern einer Kate und zerrten aus Leibeskräften, aber nur mit geringem Erfolg, an den mit dem Flechtwerk der Wände verkeilten Brettern, die einst das Dach gebildet hatten.
Simon zügelte sein Pferd. »Was ist hier geschehen?«
Eine weinende Frau wies auf das, was einst ihre Behausung gewesen war. »Mein Säugling schlief dort drinnen in seiner Wiege, Herr. Diese Hütte dort drohte zuerst einzustürzen.« Sie wies auf einen anderen Trümmerhaufen, der noch einige Schritte näher am Wasser lag. »Dort wohnte meine Gevatterin. Ich eilte ihr zu Hilfe, um Hab und Gut in Sicherheit zu bringen, als eine heftige Sturmbö auch meine Kate niederriss. Das Kind hatte ich in ihr zurückgelassen.«
»Und lebt es noch?«
Die Frau nickte heftig. »Noch kurz vor eurer Ankunft hörte ich es weinen. Doch wir sind zu schwach, um die Trümmer zur Seite zu räumen.«

»Wo sind eure Männer?«
»Sie kämpfen in Graf Johanns Heerhaufen.«
Simon sprang von seinem Fuchs. »Komm, Michel, wir müssen ihnen helfen.«
Michels Gesichtsausdruck zeigte reine Verzweiflung. »Wir müssen weiter, Herr. Marie ist in großer Gefahr.«
»Woher willst du das nun schon wieder wissen?«
Michel griff an sein Herz, wo er Maries getrocknete Rosenknospe trug. »Ich spüre es hier. Sie ruft nach mir!«
Simons Gereiztheit über Michels Ungeduld, Schwabenheim zu erreichen, schlug in Empörung um. »Verschone mich endlich mit deinen Gesichtern und Hirngespinsten. Marie sitzt warm und trocken hinter den Mauern der Abtei. Hilf mir, dieses Kind zu retten, es ist sonst verloren. Wie willst du das auf dein Gewissen nehmen, wenn dir Marie in wenigen Stunden quicklebendig entgegenläuft?«
Mit dem Klagelaut eines verwundeten Tieres sprang jetzt auch Michel von seinem Ross. Seine Seelenqual verlieh dem ohnehin bärenstarken Hünen übermenschliche Kräfte. Mit wenigen Handgriffen riss er das Gewirr gebrochener Holzteile auseinander. Simon und die Frauen kamen kaum damit nach, die Trümmer hinter ihm wegzuräumen. Nach kaum einer Viertelstunde fanden sie den Säugling nahezu unverletzt in seinem Bettchen. Ein Brett war so über den Weidenkorb gefallen, dass es das Kind vor den anderen Trümmern schützte. Der Junge wies nur eine kleine Schramme an der Stirn auf.
Aufschreiend vor Freude riss die Frau den weinenden Säugling an ihre Brust und warf sich vor Michel in den Schlamm. »Herr, ich werde bis ans Ende meiner Tage für Euer Seelenheil beten. Möge Euch der Herrgott diese selbstlose Tat einst mit dem ewigen Leben belohnen.«
Zu Simons Überraschung zeigte Michel keine Regung. Seine Gesichtszüge wirkten erstarrt, wie gefroren. Plötzlich überfiel

auch Simon eine merkwürdige Unruhe, die sich wie eine eisige Klammer um sein Herz legte.

»Was ist dir, Michel?«

Michels Blick war in die Ferne gerichtet. Er antwortete nicht.

»Was ist dir, Michel?« Nun stieß Simon die kniende Frau beiseite, packte seinen Gefährten am Waffenrock und schüttelte ihn. »Michel, was ist dir?« Er hörte die Panik in seiner Stimme.

Mit einer unendlich langsamen Bewegung löste Michel Simons verkrampfte Finger. Er sagte immer noch nichts.

»Komm, lass uns jetzt nach Schwabenheim reiten. Sieh doch, auch das Unwetter hat sich verzogen. Es ist nicht viel länger als eine Stunde bis dorthin.«

Jede Farbe war aus Michels Gesicht gewichen, als er seinen Blick auf Simon richtete. Seine Augen wirkten gebrochen wie die eines Toten.

»Was ist mit dir, was spürst du? Vorhin hattest du es doch noch so eilig«, drängte Simon.

Michels Antwort übertraf seine schlimmsten Befürchtungen.

»Herr, wir kommen zu spät.«

Kapitel 37

Abtei Schwabenheim

Zitternd und schluchzend wankten die Frauen über den Klosterhof, von den Männern immer wieder mit Knüppeln und Spießen angetrieben. Auch Marie liefen die Tränen über das Gesicht.

Sie machte sich keine Illusionen über das, was ihr bevorstand. Im besten Fall würde sie mit dem nackten Leben davonkommen. Was Michel bis zu ihrer Hochzeitsnacht hatte hüten wollen wie einen kostbaren Schatz, würde nun unter den brutalen Stößen dieser feigen Banditen für immer zerstört und vernichtet werden. Manch eine Frau genas niemals wieder von solch einer Massenschändung, sondern blieb verstümmelt und unfruchtbar bis an ihr Lebensende. Im Dorf Schwabenheim, wo sie aufgewachsen war, hatte es gleich zwei dieser unglücklichen Weiber gegeben.

Schaudernd schloss sie die Augen beim Anblick der grässlich zugerichteten Leichen der Chorherren, Laienbrüder und Klosterknechte. Die Horde hatte niemandem am Leben gelassen, nachdem ihr die Tore geöffnet worden waren. Da lag der junge Prior mit vor Qual aufgerissenem Mund. Sein draller Bauch war aufgeschlitzt wie bei einem Schwein, die Gedärme herausgezerrt und um seinen Hals gewunden. Anderen Leichen fehlten Hände und Füße, manchen der Kopf. Marie versuchte verzweifelt, den Brechreiz zu unterdrücken.

Gemeinsam mit ihren Leidensgenossinnen wurde sie vor Heinrich gezerrt, neben dem der angeblich Beinversehrte saß, offensichtlich sein Unteranführer. Auf einen Wink Heinrichs hin rissen die Männer den Frauen die Hauben und Kittel herunter. Als eine Klostermagd versuchte, ihre Blöße mit den Händen zu bedecken, schlug einer der Kerle hart mit dem Knüppel zu. Mit einem lauten Aufschrei ließ die Frau die Arme sinken. Ihr rechtes Handgelenk war merkwürdig verdreht. Offensichtlich hatte der Schläger es ihr gebrochen.

Wimmernd standen die nackten Frauen vor ihren Peinigern, die sie mit gierigen Blicken musterten. Auf ein weiteres Zeichen Heinrichs mussten sie sich um die eigene Achse drehen, damit er ihre Körper von allen Seiten begutachten konnte. Marie glaubte, vor Scham und Demütigung schier zu vergehen.

»Nun, Adalbert«, wandte sich Heinrich schließlich mit einem trägen Grinsen an seinen Kumpan, »ausnahmsweise lasse ich dir den Vortritt. Welche willst du zuerst bespringen?«
»Ich nehme die da.« Adalbert zeigte auf Erna. »Die mit den schweren Titten.«
Die junge Frau schrie auf und warf sich vor ihm auf die Knie. »Mein Herr, verschont mich, ich flehe Euch an. Ich erwarte ein Kind.«
»Oho«, Heinrich lachte dröhnend. »Dann steht uns ja noch ein weiterer Spaß bevor.« Auch seine Spießgesellen grölten.
»Ich meinerseits«, Marie spürte Heinrichs geilen Blick wie einen Dolchstoß, »ich meinerseits nehme erst mal die da.« Mit dem Griff seiner Peitsche hob er ihre Brüste nacheinander an. Dann stieß er ihr den Griff hart zwischen die Beine. Marie konnte einen Schmerzensschrei nicht unterdrücken, als ihr das rauhe Holz über die Schamlippen fuhr.
»Oh, mein Lieb, das ist erst der Anfang. Du wirst bald noch viel mehr Grund zum Schreien haben. Woher wusstest du, wer ich bin?«
Die Gedanken rasten Marie durch den Kopf. Was sollte sie darauf antworten?
Heinrich schob den Holzstiel der Peitsche grob zwischen ihren Beinen vor und zurück. »Woher, Weib? Und versuche nicht, mich anzulügen.«
»Ich sah Euch einst auf der Kauzenburg, Herr. Dort stand ich im Dienst.« In ihrer Not fiel ihr nichts anderes ein, als die Wahrheit zu sagen.
Zu Maries Entsetzen leuchtete plötzliches Erkennen in Heinrichs wässrigen blauen Augen auf. »Ja, ist das denn zu fassen?« Vor Vergnügen schlug er sich auf die Schenkel. »Du bist die Jungfer, in die sich mein ungetreuer Waffenknecht Michel verguckt hat. So nackt und bloß, wie du bist, habe ich dich nicht gleich erkannt.«

Er wieherte vor Lachen. Seine Kumpane fielen lautstark mit ein. Schließlich beruhigte sich Heinrich und richtete seinen Blick wieder auf Marie. Die war wie gelähmt vor Angst, als sie die nackte Grausamkeit in seinen Augen sah.
»Nun, mein Schatz, das nenne ich einen Glücksfall. Auf dich wartet eine ganz besondere Überraschung. Man nennt sie den Ritt auf dem eisernen Pferd.«
Begeistert johlten die Männer Beifall.

Je näher sie der Abtei kamen, desto stärker wurde Simons Beklommenheit. Schließlich kam das Kloster in Sicht. Es schien äußerlich unversehrt. Keine Rauchwolken stiegen auf, kein Brandgeruch lag in der Luft. Friedlich lagen die Wiesen und Felder im Licht der Sonne, deren Strahlen immer häufiger durch die grauen Gewitterwolken brachen.
Doch es war eine trügerische Ruhe. Schon von weitem sahen sie, dass das Klostertor sperrangelweit offen stand. Weder Mensch noch Tier waren zu sehen. Nur zwei Raben kreisten unheilverkündend über den Gebäuden.
Vor dem Tor sprangen sie ab und zogen ihre Schwerter. Michel stürmte hinein. Simons letzte Hoffnung, er habe sich grundlos von den Ängsten seines Freundes anstecken lassen, schwand, als er die blutigen Körper sah, die überall verstreut im Klosterhof lagen. Kein Zweifel, die Abtei war erst vor kurzem überfallen worden. Hatte man tatsächlich all ihre Bewohner massakriert?
Voller Furcht, was sie noch erwarten mochte, schweiften seine Augen umher. Mit einer Ausnahme lagen nur männliche Leichen im Hof. Simon erkannte den grässlich zugerichteten Prior und einige andere Mönche, denen er bei seinen früheren Besuchen begegnet war. Widerstrebend beugte er sich zu einem Toten mit einer scheußlichen Brustwunde hinab, die wohl vom Hieb einer Streitaxt stammte. Der Körper war noch warm.

Er blickte zu Michel, der zur Salzsäule erstarrt mitten im Hof stand. »Das Gemetzel hier kann nur wenige Stunden her sein. Vielleicht haben sie die Frauen verschleppt, und wir können sie noch retten.« Verzweifelt klammerte sich Simon an diesen Strohhalm.

Ein Stöhnen ließ beide aufhorchen. Erst nach einigem Suchen entdeckten sie den Mann, von dem die Laute stammten. Er lag unter zwei anderen furchtbar zugerichteten Körpern. Seine klaffende Bauchwunde ließ keinen Zweifel daran, dass auch er bald vor seinen Schöpfer treten würde. Der Kleidung nach zu urteilen, war er ein Laienbruder.

»Wasser, bitte gebt mir Wasser.«

Michel schüttelte den Kopf, als Simon zum Brunnen wies. »Bauchverletzte dürfen nicht trinken, Herr.«

»Geh«, bedeutete Simon ihm kurz. »Es ist ohnehin sein letzter Wunsch auf Erden.« Dann beugte er sich zu dem Verwundeten hinab. Ein ekelhafter Gestank stieg von den aufgeschlitzten Gedärmen empor. »Wer hat das getan?«

»Es waren fünf Strauchdiebe, Herr. Sie kamen als verwundete Bauern getarnt in die Abtei und ließen weitere Kumpane ein, nachdem sie unseren Abt ermordet hatten.«

Simon musste sich anstrengen, um die gestammelten Worte zu verstehen.

»Es waren keine Männer des Erzbischofs?«

Der Mann schüttelte den Kopf.

»Und die Frauen? Was ist mit den Frauen geschehen? Wurden sie verschleppt?«

»Ich weiß es nicht, Herr«, röchelte der Mann mit letzter Kraft. Blutiger Schaum trat auf seine Lippen. Als Michel mit dem Wasser kam, war er schon tot.

Mit den schlimmsten Vorahnungen stand Simon auf. Sein Blick fiel auf die offene Tür zur Klosterkirche. Wie er es erwartet hat-

te, war ihr Inneres vollständig geplündert worden. Selbst die vergoldeten Schnitzereien des Chorgestühls hatten die Räuber abgeschlagen und mitgenommen.
Die nackte Leiche einer Frau hing wie ein geschlachtetes Schwein kopfunter an ihren gespreizten Beinen zwischen zwei eng beieinanderstehenden Säulen. Mit ungläubigem Entsetzen starrte Simon auf den von oben bis unten aufgeschlitzten Körper. Als er den Fötus im Leib der Ermordeten erkannte, zogen sich seine Eingeweide zusammen. Würgend erbrach er sich auf die blutgetränkten Binsen, die den Boden bedeckten.
Hinter sich hörte er Michel kommen. »Bleib weg, Michel, bleib weg«, versuchte er, noch vornübergebeugt, den Getreuen aufzuhalten. »Lass mich vorangehen und nachschauen!«
Aber Michel stapfte mit schweren Schritten an ihm vorbei. Hilflos schrie er ihm nach. »So warte doch! Lass mich nach Marie suchen!«
Michel schien ihn gar nicht zu hören. Seine Bewegungen waren steif wie die einer Puppe. Ungelenk setzte er einen Fuß vor den anderen.
Plötzlich stockte er und fiel wie ein gefällter Baum auf die Knie. Simon rappelte sich auf und stürzte ihm nach. Was er sah, ließ ihm das Blut in den Adern gefrieren. Zeit und Raum standen still. Unfähig, sich zu rühren, versuchte er verzweifelt, aus diesem Alptraum zu erwachen. Vergeblich.
Vor ihm lag die blutüberströmte Leiche einer nackten Frau. Zwischen ihren obszön gespreizten Beinen ragte der Schaft eines Spießes hervor. Seine Spitze trat in der rechten Halsbeuge wieder aus. Die Gesichtszüge waren unkenntlich vor Blut, doch er erkannte die Frau an dem dunkelblonden Haar, das ihr wirr und verfilzt um den Kopf hing. Es war Marie.
Hinter ihm begann Michel zu wimmern, erst leise und jammernd wie ein Säugling, dann immer lauter und schriller,

bis das Crescendo seiner Agonie den ganzen Kirchenraum erfüllte.
Später erzählten die Bauern Simon, sie hätten die Schreie bis ins nahe Dorf Schwabenheim gehört.

Eine Ewigkeit später bewegte Simon vorsichtig seine tauben, verkrampften Glieder. Er wusste nicht, wie viel Zeit vergangen war, seitdem er den schreienden Michel umfangen und in seinen Armen gewiegt hatte wie einen Säugling.
»Sie war noch jungfräulich. Sie war noch keusch. Sie war noch rein. Ich wollte sie erst in der Hochzeitsnacht lieben. Sie war noch rein. Sie war noch keusch.« Immer wieder stammelte Michel diese Worte. Seine Stimme war kaum zu verstehen, heiser und rauh nach den furchtbaren Schreien. Schließlich lag er reglos in Simons Schoß. Seine geschlossenen Augen waren trocken.
»Michel«, vorsichtig klopfte Simon dem Hingestreckten auf die Wange. »Michel, komm zu dir. Wir sollten fort von hier. Lass uns Maries Leichnam mitnehmen, damit wir sie in Kreuznach christlich begraben können.«
Michel öffnete die blutunterlaufenen Augen und schüttelte heftig den Kopf. »Sie soll hier in Schwabenheim neben ihrem Vater ruhen. Für ihn hat sie letztlich ihr eigenes Leben geopfert.«
Simon machte eine hilflose Handbewegung. »Aber hier gibt es keinen Priester mehr, Michel.«
Michels nächste Worte erschreckten ihn zutiefst. »Marie braucht keinen Priester, Herr. Gott ist tot, wenn es ihn überhaupt je gegeben hat.«
»Michel, mein lieber Freund, bedenke trotz deines Kummers, was du da sagst. Versündige dich nicht!« Etwas tropfte salzig auf seine Lippen. Jetzt erst merkte Simon, dass ihm anders als Michel die Tränen die Wangen hinunterliefen.

»Herr«, jetzt belebte ein unheimlicher Ausdruck Michels starre Augen. Unwillkürlich schrak Simon zurück. »Herr, gäbe es einen Gott, so würde er es mir nicht mit dem qualvollen Tod meiner Liebsten vergelten, dass ich ein winziges Kind, das vielleicht ohnehin vor seinem zweiten Geburtstag gestorben wäre, aus der zusammengestürzten Hütte gerettet habe. Gäbe es einen Gott, er würde nicht dulden, dass eine reine Jungfrau auf diese Weise zu Tode geschunden wird, weil sie ihrem greisen Vater auf dem Totenbett die Hand hielt. Gäbe es einen Gott, er wäre mit Feuer und Schwert auf die Banditen niedergefahren, die eine Abtei an einem heiligen Freitag überfallen und seine Diener gemordet haben, nachdem sie sich mit einer schäbigen List Einlass verschafften. Nein, ich möchte keine hohlen Gebete an einen falschen Götzen am Grab meiner Liebsten. Marie soll hier zur letzten Ruhe gebettet werden. Jedoch …« Plötzlich schüttelte ein rauhes Schluchzen Michels mächtigen Körper wie Espenlaub.

Erst beim dritten Versuch verstand Simon, was Michel meinte. Obwohl das Grauen ihn zu überwältigen drohte, nickte er. »Ich werde den Spieß herausziehen und ihren Körper waschen. Vielleicht finde ich in der Wäschekammer noch ein reines Leinentuch, in das wir sie wickeln können. Geh du und hebe derweil die Grube aus.«

Die nächsten Stunden zogen an Simon vorbei, als stünde er neben sich. Er konnte sich später nicht mehr daran erinnern, wie er es bewerkstelligt hatte, Marie von dem Spieß zu befreien und ihren geschundenen Körper zu waschen. Dennoch war er dankbar, diese blutige Arbeit allein verrichten zu können. So blieb Michel zumindest der Anblick der Verwüstungen erspart, die die Schändungen am zarten Leib seiner Geliebten angerichtet hatten, bevor sie so furchtbar zu Tode gekommen war.

Die Wäschekammer des Hospizes fand Simon nahezu unversehrt. Zwar hatten die Meuchelmörder auch die Kranken in ihren Betten erschlagen, doch die Klosterwäsche schien sie angesichts der reichen Goldschätze in Kirche und Sakristei nicht gereizt zu haben. »Die Horde war also nicht groß«, schlussfolgerte Simon vor sich hin flüsternd. »Sonst hätte sie sicher alles mitgenommen, was nicht niet- und nagelfest war.«
Womöglich würde dieser Umstand es erleichtern, die Strauchdiebe zu finden. Keinen Augenblick zweifelte Simon daran, dass Michel nicht ruhen würde, bis er Rache an den Mördern Maries genommen hätte, obwohl sie noch kein Wort darüber verloren hatten.
Er wollte gerade zwei reine Laken aus der schweren Wäschetruhen nehmen, als er hinter sich ein Geräusch hörte. Blitzschnell fuhr er herum, gerade noch rechtzeitig, um einen Burschen am Kragen zu packen, der sich hinter der Tür der Kammer verborgen hatte. Er setzte ihm den Dolch an die Kehle und drehte ihn zu sich herum. Es war ein Junge von kaum fünfzehn Jahren.
»Wer bist du, und was tust du hier?«
Der junge Bursche zitterte vor Angst. Ein dunkler Fleck breitete sich in Höhe des Unterleibs auf seinem groben Kittel aus. Angeekelt stieß ihn Simon ein Stück von sich weg, ohne ihn loszulassen.
»Also?« In plötzlicher Wut schüttelte er den Jungen so stark, dass dessen Kittel zerriss und dieser auf die Knie stürzte. Flehend hob der Bursche die Hände. »Ich bitte Euch, Herr, verschont mein Leben. Meine alte Mutter muss verhungern, wenn sie auch mich noch verliert.«
Ohne den Dolch aus der Hand zu legen, bedeutete Simon dem Jungen, aufzustehen.
»Wie heißt du?«
»Martin, edler Herr.«

»Und was tust du hier?«
»Ich gehöre zum Klostergesinde. Ich gehe in den Ställen und auf den Feldern zur Hand. Meine Mutter ist Wittib und lebt im Weiler Schwabenheim.«
»Was ist hier geschehen?«
Martin begann zu weinen. »Ich weiß es nicht, Herr. Ich sah, wie der Anführer der Bande unserem ehrwürdigen Vater Abt die Kehle durchschnitt. Da versteckte ich mich in der Truhe hier in der Wäschekammer und hielt mir die Ohren zu.«
Simon steckte den Dolch wieder zurück in die Scheide. »Du weißt also nicht, wer die Strauchdiebe waren, die die Abtei überfallen haben?«
Der Junge schüttelte den Kopf.
»So hilf mir zumindest, die Leichen zu bergen. Aber zuerst geh dich waschen und suche dir einen reinen Kittel.«
Während der Junge im Klostergebäude verschwand, wickelte Simon Maries gewaschenen Leichnam in die beiden Leinentücher. Er schloss ihr die weit aufgerissenen Augen und den vor Qual verzerrten Mund und versuchte, so gut es ging, das verfilzte Haar zu glätten. Gerade wollte er sie aufheben, da hielt ihn Michels Ruf zurück.
»Nein, Herr! Ich möchte sie tragen.« Vorsichtig beugte er sich hinab und hob Maries Leichnam mit so großer Zärtlichkeit auf, dass es Simon erneut die Tränen in die Augen trieb. Als er ihm folgen wollte, schüttelte Michel den Kopf. »Lasst mich noch eine Weile mit ihr allein, um Abschied zu nehmen, Herr.«
Simon nickte. Als der Junge wenig später mit einem frischen Kittel bekleidet zurückkam, machten sie sich daran, die Leichen in der Kirche und im Klosterhof zusammenzutragen und vor dem geplünderten Altar in lange Reihen zu legen. Es war schwere Arbeit, und kurze Zeit später waren Simons Waffenrock und der frische Kittel des Jungen so blutbespritzt, als

hätten sie selbst an dem Schlachten teilgenommen. Schließlich waren sie fertig. An die fünfzig Leichen lagen auf den blutigen Binsen, darunter sechs Frauen und die Siechen aus dem Hospiz.
Simon streckte seinen schmerzenden Rücken. »Mehr können wir jetzt nicht tun. Ich muss in Kreuznach Bescheid geben, damit die Toten begraben werden können.«
In diesem Moment erschien Michel an der Kirchentür und winkte. Sein Gesicht war grau und eingefallen. »Der Tag senkt sich bereits zur Neige, Herr. Lasst uns Marie nun begraben, ehe sich Schmeißfliegen auf ihre Wunden setzen.«
Tatsächlich war der Abend wieder so drückend schwül, als hätte es das Unwetter am Vormittag gar nicht gegeben. Mit schweren Schritten folgte Simon seinem Getreuen. Jede Faser seines Körpers schmerzte, er fühlte sich innerlich leer und ausgebrannt.
Michel hatte eine frische Grube unter einer alten Linde auf dem Klosterfriedhof ausgehoben. »Diesen Platz wünschte sich Maries Vater für seine ewige Ruhe. Er hat ihn gut gewählt. Hier will auch ich einmal begraben werden.«
Als Simon Maries Leichnam sah, konnte er ein Schluchzen nicht unterdrücken. Michel hatte ihn über und über mit frischen Blumen bedeckt, die er aus dem Klostergarten gepflückt hatte. Auf die blonden Haare hatte er einen Kranz aus weißen Lilien gesetzt.
Simon war so in den Anblick Maries versunken, die nun wirkte, als würde sie schlafen, dass er zuerst gar nicht bemerkte, dass ihn der Junge am Wams zupfte. Unwillig sah er auf.
»Was ist denn? Siehst du nicht, dass wir trauern?«
Der Junge wich ängstlich einen Schritt zurück. »Ihr wolltet doch wissen, wer die Abtei überfallen hat.«
Simon war alarmiert. »Ja?« Auch Michel war aufgesprungen. Erst jetzt schien er Martins Gegenwart zu bemerken.

»Die Maid dort nannte dem Abt den Namen des Anführers, bevor der ihn mordete.«
Mit einem Satz sprang Michel auf den Jungen zu, umfasste mit beiden Händen seinen Hals und drückte zu. »Was für einen Namen hat sie genannt? Sprich, sonst hat dein letztes Stündlein geschlagen.«
Der Junge röchelte vor Panik, sein Gesicht färbte sich dunkelrot. Simon riss mit Gewalt an Michels Armen.
»So lass ihn doch los, du bringst ihn ja um!« Langsam löste Michel seine Hände von der Kehle des Jungen.
Martin schnappte nach Luft. Schließlich kam er wieder zu Atem.
»Sie nannte den Anführer Heinrich, Herr. Den zweiten Teil des Namens habe ich vergessen.«
Michels Züge verzerrten sich zu einer Fratze. Seiner Brust entrang sich ein Stöhnen, das dem Knurren eines Bären glich. Er bewegte die Lippen, brachte aber kein Wort hervor. Voller Angst wich der Junge vor ihm zurück.
Auch Simon war bis ins Mark getroffen. »War es Heinrich von Sponheim?«
Der Junge schüttelte verzweifelt den Kopf. »Nein, Sponheim heißt ja unser eigener Landesherr. Es war der Name irgendeiner Burg.«
»Böckelheim?«
In den Augen des Jungen blitzte es auf. »Ja, Herr, das …«
Seine letzten Worte gingen in Michels furchtbarem Racheschrei unter. Wieder hörte man ihn bis in den benachbarten Weiler.

Kapitel 38

Burg Rheinfels, August 1279

»Mein Herr, Graf Johann von Sponheim, entbietet Euch seine Grüße, wohledler Graf von Katzenelnbogen.« Simon verneigte sich förmlich vor Eberhard, der ihn im großen Saal des Palas von Burg Rheinfels empfing. Seit mehreren Wochen brütete eine schwüle Hitze über dem Rheinland, selbst die zahlreichen Gewitter brachten keine Erfrischung. Doch hier im Saal war es angenehm kühl.

Simon sah, dass auch Christina in einer Fensternische saß, nach Sitte und Brauch mit einer feinen Handarbeit beschäftigt. Trotz des ernsten Anlasses seines Besuches schlug sein Herz einen Augenblick lang höher. Seit ihrer Begegnung kurz vor der Ermordung Maries hatte er sie nicht mehr getroffen. Er verneigte sich auch in ihre Richtung, was ihm ein strahlendes, wenn auch flüchtiges Lächeln eintrug.

»Nehmt Platz, Simon von Montfort, und erfrischt Euch an einem kühlen Trunk. Es bedarf keiner förmlichen Höflichkeit zwischen uns.« Graf Eberhard wies auf einen samtbezogenen Stuhl, der seinem Sitz gegenüberstand.

»Lasst mich Euch zuvor das Schreiben Graf Johanns überreichen.«

Eberhard runzelte die Brauen. »Kennt Ihr den Inhalt?«

»Jawohl, mein Herr.«

»Dann berichtet, was Graf Johanns Begehr ist.«

Simon warf einen prüfenden Blick auf den alten Mann. Die Hitze und seine zahlreichen Gebrechen schienen ihm heute besonders zu schaffen zu machen. Sein Gesicht war bleich, seine Züge müde und abgespannt. Tiefe Ringe lagen unter seinen Augen, die Simon jedoch wach und aufmerksam musterten.

»Graf Johann will den Kurfürsten Werner von Eppstein zur Entscheidungsschlacht fordern. Die Fehde hat schon zu viel Unheil über das Land gebracht. Noch vor dem Winter soll der Allmächtige entscheiden, wem er den Sieg zuerkennt.«
Graf Eberhard nickte bedächtig. Aus dem Augenwinkel bemerkte Simon, dass Christina sich gespannt vorbeugte.
»Das dünkt mich der richtige Weg zu sein, Simon. Doch was sind Graf Johanns Wünsche an mich?«
Simon schluckte. Dieser Teil seiner Mission erforderte Geschick und Diplomatie. »Ihr seid einer der ältesten Freunde des Grafen, wart ehemals sogar mit ihm verwandt«, begann er umständlich. »Ihr habt meinen Herrn bislang überaus großzügig unterstützt, obwohl auch Werner von Eppstein Euer langjähriger Verbündeter war.«
Eberhard machte eine ungeduldige Handbewegung. »Redet nicht um den heißen Brei herum, Simon. Bittet Graf Johann mich, ihm weitere Mittel zur Verfügung zu stellen? Er soll sie bekommen.«
Simon verbeugte sich betreten. »Das ist überaus großzügig von Euch, Herr. Allein Graf Johann nützt kein weiteres Gold, da ihm zu wenig Zeit bleibt, Männer als Soldaten anzuwerben oder auszubilden.«
»Was ist mit den Bauern auf seinen Ländereien und den Kreuznacher Bürgern, die ihm Gefolgschaft schulden?«
»Die Bauern sind nicht im Kämpfen erprobt und können in einer Schlacht gegen Werners Heerhaufen kaum etwas ausrichten. Viele sind zudem bei den Überfällen auf ihre Dörfer ums Leben gekommen.«
»Und die Kreuznacher Bürger? Man hat mir berichtet, Euer Waffenknecht Michel drillt sie hart.«
Traurig verneinte Simon. »Michel hat mir nach dem Überfall auf die Abtei Schwabenheim den Dienst aufgekündigt und auch

Graf Johann um seine Entlassung als Hauptmann der Kreuznacher Bürgerwehr gebeten.«

Graf Eberhard war verblüfft. »Warum hat er das getan?«

Simon wusste den wahren Grund, entschloss sich aber zu einer ausweichenden Antwort. »Er glaubt, Graf Johann besser dienen zu können, wenn er einen Haufen befehligt, der in die Lande des Erzbischofs einfällt, um den Gegner zu schwächen.«

Eberhard überlegte einen Moment. »Ich habe gehört, dass es eine neue Schar unter Graf Johanns Wappen gibt, die schlimmer in den Dörfern des Eppsteiners und des Veldenzers wütet, als es die Männer des Rheingrafen bislang taten. Das wird doch nicht der Trupp sein, den unser kreuzbraver Michel anführt?«

Simon nickte bedrückt. »Doch, wohledler Herr, so ist es.« Aus Christinas Richtung ertönte ein unterdrückter Schreckenslaut. »Auch das ist ein Grund, warum Graf Johann die Entscheidungsschlacht sucht. Seit dem Überfall auf die Abtei Schwabenheim, die man Eurem Eidam Heinrich zuschreibt, nehmen die Greueltaten auf beiden Seiten von Tag zu Tag zu.«

Eberhard zuckte bei der Nennung von Heinrichs Namen zusammen. »Also, was ist nun Graf Johanns Begehr?«, wiederholte er seine Frage.

Simon war sicher, dass Eberhard die Antwort inzwischen kannte. Er unterdrückte ein Seufzen. »Mein wohledler Ziehvater bittet Euch um alle Ritter und Reisigen, die Ihr in der Grafschaft Katzenelnbogen entbehren könnt. Er glaubt, unsere eigenen Truppen seien zu schwach, um gegen die Heerhaufen der Mainzer und Veldenzer bestehen zu können.«

Eberhard stieß vernehmlich die Luft aus. »Wieso sind Graf Johanns Truppen zu schwach? Der Rheingraf, seine Leininger Verwandten und viele Ritter im Nahegau zählen zu seinen Verbündeten. Man sagt, dass sogar der Landgraf von Hessen ihm

Männer stellen wird, da er eine alte Rechnung mit Werner von Eppstein begleichen will.«

Simon rutschte unruhig auf seinem Samtstuhl hin und her. »Allein der Veldenzer schickt dem Mainzer so viele Kämpfer wie Graf Johann von seinen Verbündeten zusammen erhält. Man sagt, er habe zudem noch Söldnertruppen angeworben.«

Graf Eberhard wischte sich die feinen Schweißperlen ab, die mittlerweile auf seiner Stirn standen. »Ihr wisst, welches Risiko ich eingehe, wenn ich Johann mehr Truppen schicke?«

Simon gab keine Antwort.

»Auch ich habe Werner von Eppstein die Fehde erklärt, Simon. Ihr wart damals selbst dabei. Doch schon kurze Zeit später erreichte mich ein Schreiben des Königs, in dem er mich um Mäßigung bat. Er könne nicht dulden, dass zwei seiner engsten Berater miteinander im blutigen Streit lägen. Also habe ich es bislang vornehmlich dabei bewenden lassen, Graf Johann erhebliche Geldmittel zur Verfügung zu stellen, damit er Waffen kaufen und Soldaten ausbilden kann. Schon die fünfzig Mann zu schicken, die Ihr befehligt, widersprach meiner Absicht, im Hintergrund zu bleiben. Wenn König Rudolf mir zürnt, kann mich das leicht meine Ämter kosten, vielleicht sogar die Einkünfte aus dem Rheinzoll von St. Goar.«

»Und wenn Ihr Graf Johann die Männer verweigert und Werner von Eppstein die Schlacht gewinnt?« Simon hatte gar nicht gemerkt, dass sich Christina aus ihrer Nische erhoben und hinter ihn getreten war. Nun warf sie sich vor ihrem Vater auf die Knie. »Ihr wisst sehr wohl, dass mein widerwärtiger Gemahl die Banditen angeführt hat, die die Chorherren von Schwabenheim an einem heiligen Freitag gemeuchelt haben. Was soll aus mir werden, wenn Heinrich zu den Siegern gehört? Er wird mich zurückfordern, und sei es auch nur Euch und mir zum Tort. Was wollt Ihr dem entgegensetzen, wenn dies zu den Bedingungen

zählt, die der Sieger den Unterlegenen stellt? Der Kurfürst weiß doch sehr wohl, dass Ihr Graf Johann unterstützt.«
Eberhard presste die Lippen so fest zusammen, dass das Blut aus ihnen wich. Eine Weile sah er zu Boden. Auf seinen Gesichtszügen spiegelte sich der innere Kampf wider, den er führte.
Schließlich hob er den Kopf und blickte Simon in die Augen. »Richtet Graf Johann aus, dass ich ihm fünfzig schwere Reiter samt ihren Knappen und Waffenknechten stellen werde und dreihundert Dienstmannen in leichter Rüstung, davon hundertfünfzig zu Pferde. Ich werde noch heute Boten zu all meinen Lehnsleuten aussenden, um die Kämpfer einzufordern. Sobald Zeit und Ort für die Schlacht vereinbart sind, stehen sie zu Graf Johanns Verfügung.«

Einen Moment stand die Zeit still. Christina ließ sich zurücksinken und genoss es, von Simon gehalten zu werden. Sein Kuss erfüllte ihren Schoß mit einem so heftigen Gefühl des Begehrens, dass sie sich ihm am liebsten auf der Stelle hingegeben hätte, hier inmitten der verblühenden Rosen auf dem staubigen Boden des Burggartens.
Als sich Simons Mund zögernd von ihren Lippen löste, öffnete sie widerwillig die Augen. Zärtlich sah er sie an.
»Deine Augen sind so grün wie die einer Katze«, neckte er sie. »Kein Wunder, trägt dein Geschlecht doch den Namen dieses scheuen, aber so stolzen Tieres.«
Christina krauste die Stirn, konnte das schelmische Lächeln, das ihre strengen Worte Lügen strafte, aber nicht unterdrücken. »Der Name unserer Familie hat überhaupt nichts mit Katzen zu tun, Herr Simpel. Er beruht auf dem lateinischen Wort ›Cattimelibokus‹, was so viel bedeutet wie ›Hessenberg‹. Unser Geschlecht stammt ursprünglich aus Hessen. Noch heute regiert dort mein Oheim eine Grafschaft und …«

Bevor sie zu einer weiteren Erklärung ausholen konnte, verschloss ihr Simon erneut die Lippen mit einem Kuss. Doch ein Pfiff, der vom Eingang des Gärtchens, wo ihre Magd Tilda Wache stand, zu ihnen drang, ließ sie auseinanderstieben. Jemand musste den Burghof betreten haben. Mit Hilfe Tildas, die rasch herbeieilte, richtete Christina ihren verrutschten Schleier und glättete ihr Gewand.

Das Küchenmädchen, das wenig später durch die Pforte trat, um Kräuter für das Nachtmahl zu pflücken, knickste ehrerbietig vor ihrer Herrin, die mit sittsam gesenkten Augen dem gutaussehenden Ritter lauschte, der mit schicklichem Abstand neben ihr auf der Gartenbank saß. Wie es der Anstand erforderte, war die Herrin in Begleitung ihrer Kammermagd.

Mit einem kleinen Seufzer riss sich Christina von ihren leidenschaftlichen Gefühlen los und wandte sich der grausamen Wirklichkeit zu. Obwohl sie sich vor der Antwort fürchtete, stellte sie die Frage, die ihr schon auf der Seele lag, seitdem die Nachricht vom Überfall auf die Abtei Schwabenheim den Rheinfels erreicht hatte.

»Wie geht es Michel?«

Simons Augen verdunkelten sich vor Kummer. »Ich fürchte, er wird den Tod Maries nie verwinden. Seitdem wir ihren grausam zugerichteten Leichnam fanden, ist er ein anderer Mensch. Ich erkenne ihn nicht mehr wieder.«

»Warum hat er dir den Dienst aufgekündigt?«

»Obwohl er es nicht direkt sagt, glaube ich, dass er mir eine Mitschuld an Maries Ermordung gibt.«

»Dir?« Christina war entsetzt. »Wie das?«

»Ich wähnte Marie in den Mauern der Abtei in völliger Sicherheit, noch dazu an einem Freitag, an dem die Kirche jede Kampfhandlung verbietet. Michel dagegen wurde von schrecklichen Vorahnungen geplagt. Hätte ich seinem Drängen nachgegeben und wäre trotz Sturm und Hagel durchgeritten, ohne mich aufhalten zu lassen, hätten wir Marie vielleicht noch retten können.«

»Was hat euch denn aufgehalten?«

Simon erzählte Christina von der Bergung des Säuglings aus der zusammengestürzten Hütte.

Sie war erschüttert. »Und du sagst, nun hat Michel allen Glauben an die Gerechtigkeit des Allmächtigen verloren?«

»Noch viel schlimmer. Meines Erachtens hat er jeden Glauben verloren. Ein Verwundeter aus seinem Haufen, den ich auf der Kauzenburg sprach, erzählte, dass Michel jeden Mann und jeden Jüngling über zwölf Lenze ohne Gnade erschlägt. Es sind wehrlose Bauern, deren einziges Verbrechen darin besteht, dass sie Hörige des Erzbischofs oder des Veldenzers sind.«

»Und die Frauen?«

Simon blickte düster zu Boden. »Michel beteiligt sich nicht an den Schändungen, verhindert sie aber auch nicht. Er nimmt selbst nichts aus den Hütten der Armen an sich, doch er lässt seine Männer nach Lust und Laune plündern. Was übrig bleibt, wird verbrannt.«

Christina biss sich auf die Lippen. Doch eine Frage musste sie noch stellen. »Lässt er auch zu, dass Frauen gefoltert und gespießt werden?«

Simon schüttelte heftig den Kopf. »Zum Glück habe ich Derartiges noch nicht vernommen. Aber er hat beim letzten Überfall einem Mann nacheinander alle Finger gebrochen, weil er glaubte, er könne ihm den Aufenthalt Heinrichs verraten. Als das Verhör ohne Ergebnis blieb, spaltete er dem Mann mit der Streitaxt den Kopf.«

Der Zorn auf Heinrich und der Schmerz wegen ihres Jugendfreunds Michel ließen Tränen in Christinas Augen steigen. »Also treibt ihn vor allem der Wunsch nach Vergeltung für Maries Tod?«

»So ist es. Der Dämon der Rache hat ganz und gar von ihm Besitz ergriffen. Es ist das Einzige, was ihn am Leben erhält.«

Christina schwieg, zutiefst betroffen. Unwillkürlich presste sie die Hände zusammen.

Simon fuhr unaufgefordert fort. »Als wir Marie begraben hatten, befürchtete ich, Michel würde sich selbst entleiben. Doch heute glaube ich etwas anderes. Sobald er Heinrich getötet hat, wird Michel den Tod in der Schlacht suchen. Sein letzter Wunsch auf Erden ist, neben Marie in geweihter Erde bestattet zu werden. Das musste ich ihm in die Hand versprechen. Als Selbstmörder wäre ihm das verwehrt.«

»Und es besteht kein Zweifel daran, dass Heinrich die Bande angeführt hat?«

Simon schüttelte den Kopf. »Graf Johann hat einen Neffen des Veldenzers namens Adalbert gefangen genommen. Er war bei dem Überfall dabei und hat das Verbrechen gestanden.«

Christina war erstaunt. »Aus freien Stücken oder unter der Folter?«

»Aus freien Stücken. Graf Johanns Burgkaplan ist ein ungewöhnlicher Priester. Du erinnerst dich an Rutger, den Burgvogt meines schändlichen Oheims Philipp? Er gestand in der Beichte, die Mörder meiner Eltern zu kennen. Bruder Markus verweigerte ihm die Absolution, wenn er mir ihren Namen nicht nennen würde. So war es jetzt auch bei Adalbert. Ihn suchten seit dem Überfall auf die Abtei Nachtmahre von ewigen Höllenqualen heim. In der Beichte hoffte er, Erlösung zu finden. Doch Bruder Markus zwang ihn, Graf Johann das Verbrechen zu gestehen, bevor er ihm die Vergebung Gottes gewährte. Nicht ohne ihm als Buße eine Pilgerfahrt nach dem heiligen Rom aufzuerlegen, die er barfuß zu absolvieren hat.« Ein flüchtiges Grinsen zuckte um Simons Mundwinkel.

Christina achtete nicht darauf. »Und Heinrich hat auch Maries Schändung und Folter befohlen?«
Simon nickte. »Adalbert erzählte, dass Heinrich Marie erkannt hat. Auf diese Weise bestrafte er Michel dafür, dass er ihm einst den Dienst quittiert hat.«
Christina würgte es in der Kehle. »Warum lässt Gott ein solches Scheusal am Leben und duldet solch furchtbares Unrecht?«
»Das fragt sich Michel auch Tag und Nacht«, entgegnete Simon bitter. Er sah prüfend zum Himmel.
»Doch nun muss ich aufbrechen, wenn ich heute noch ein Stück des Wegs nach Kreuznach zurücklegen will. Die Sonne steht schon tief am Firmament.«
Er schien Christinas Frage zu ahnen und kam ihr zuvor. »Leider kann ich nicht über Nacht bleiben. Graf Johann harrt dringend meiner Botschaft.«
Christina schluckte ihre Enttäuschung hinunter. »Wenn du Michel begegnest, richte ihm aus, wie sehr ich mit ihm leide. Marie war ein bezauberndes Mädchen, und ich wünsche aus ganzem Herzen, dass ihr Mörder schon bald zur Strecke gebracht wird.«
Simon sah sie wegen der Leidenschaft, mit der sie sprach, erstaunt an. »Das wünschen wir uns alle.«
Christina errötete. Aber schon fügte Simon hinzu:
»Trotzdem glaube ich nicht daran, dass jemand Heinrich endlich das Handwerk legt. Er kommt schon zu lange mit all seinen Schandtaten durch.«
Christinas Enttäuschung über Simons Abreise wich endgültig der Wut über Heinrichs zahlreiche Vergehen. »Das bleibt noch abzuwarten«, fauchte sie. Simon musterte sie eindringlich.
Christina wich seinem Blick aus und stand auf. Nachdem ihr Vater Graf Johann weitere Ritter zu seiner Verstärkung ver-

sprochen hatte, war ihr Problem gelöst, wie sie unerkannt mit in die Schlacht reiten konnte. Hildebrand würde ihr dabei helfen. Heinrich musste endlich vom Antlitz dieser Erde getilgt werden.

Unbewegt starrte Michel auf die allenthalben herrschende Zerstörung. Das kleine Dorf am Glan gehörte zur Herrschaft des Veldenzers und hatte ohnehin nur aus knapp zehn Hütten bestanden. Deren Trümmer schwelten noch, beißender Brandgeruch lag in der Luft. In einem provisorischen Pferch waren Kühe und Schweine zusammengetrieben worden, die sie später mitnehmen würden. Hühner, Enten und Gänse lagen geköpft auf dem ganzen Dorfplatz verstreut. Auch zwei erschlagene Hunde waren darunter.

Seine Männer scheuchten gerade die Frauen, die weinend neben den Leichen ihrer Männer, Brüder und Söhne knieten, auf und trieben sie zusammen. Wenig später hörte Michel von der nahen Wiese das übliche Kreischen und Wehklagen. Verächtlich kräuselte er die Lippen.

Plötzlich mischten sich ungewöhnliche Töne in die Kakophonie der Schändungen. Eine Frau schrie so laut um Erbarmen, als ginge es ihr ans Leben, was Michel seinen Leuten ausdrücklich verboten hatte. Gleichzeitig ertönte ein grölendes Lachen, in das immer mehr Männer einfielen.

Bevor Michel nachsehen konnte, was dort vor sich ging, kamen schon einige Männer hinter den Trümmern hervor. Sie zerrten ein Mädchen mit sich. Als sie näher herankamen, erkannte Michel, dass es in Wahrheit ein Jüngling in Frauenkleidern war.

»Schaut einmal her, Hauptmann, was wir hier gefunden haben!« Rupert, ein grober Geselle von ungefähr dreißig Jahren, riss dem Jungen Schürze und Kleid hoch. Dann griff er ihm an den Penis und zerrte ihn vor Michel. »Ein Mägdelein, das ich nur in den Arsch ficken könnte.« Er kniff dem Jungen in die Hoden. Der stöhnte vor Schmerz.

Mittlerweile hatte sich ein Kreis aus lachenden Männern um die Gruppe gebildet. Sie hielten es nicht für nötig, ihre Bruchen wieder anzuziehen. Schließlich hatte das Vergnügen ja gerade erst begonnen.

Michel zog den Kopf des Jungen grob an den Haaren hoch, bis er ihm in die verheulten Augen blicken konnte. »Was soll dieses Possenspiel, Kerl?«

Bevor der Knabe antworten konnte, drängte sich eine halbnackte Frau durch die Menge. Sie war ungefähr vierzig Jahre alt und hielt mühsam die Fetzen ihres zerrissenen Hemdes vor ihrer Brust zusammen. Vor Michel warf sie sich in den Staub.

»Großmütiger Herr, ich flehe Euch an, verschont meinen Sohn. Ich habe ihn gezwungen, die Kleider seiner im letzten Winter verstorbenen Schwester anzuziehen, damit er bei einem Überfall nicht sofort getötet würde. Er ist das einzige Kind, das mir geblieben ist.«

Meine Marie hatte niemals ein Kind. In Augenblicken wie diesen schossen Michel immer wieder solche Gedanken durch den Kopf. Sie machten ihn hart und grausam.

»Wie alt ist dein Sohn?«

»Er zählt heuer erst vierzehn Lenze, edler Herr. Ich bin schon lange Wittib und habe keinen anderen Menschen mehr auf dieser Welt. Er ist mir das Liebste, was ich habe.«

Michel starrte auf das tränenüberströmte Gesicht der Frau, ihre abgearbeiteten Hände, ihre magere Gestalt. *Auch ich habe mein Liebstes verloren.*

»Zu alt, um am Leben zu bleiben«, entschied er und gab dem Mann, der den Jüngling herbeigezerrt hatte, ein Zeichen. Gerade wollte er sich gleichgültig abwenden, als er plötzlich innehielt. Genau an der Stelle, an der er Maries Rosenknospe über

dem Herzen trug, durchfuhr ihn ein stechender Schmerz. Unwillkürlich gebot er Rupert Einhalt, der schon seinen Dolch gezogen hatte, um dem Jungen die Kehle durchzuschneiden.
Im selben Moment hörte er Maries Stimme, als stünde sie neben ihm. »Michel, geliebter Michel, was tust du da? Dieser Junge hat mir nie ein Leid zugefügt.«
Wie gelähmt verharrte Michel auf der Stelle. Doch die Stimme war schon verhallt. Auch der Schmerz in seiner Brust klang langsam ab.
Hatte ihn jemand genarrt, oder war er einer Sinnestäuschung zum Opfer gefallen? Er sah sich nach allen Seiten um. Seine Männer starrten ihn erwartungsvoll an.
»Hauptmann, was sollen wir jetzt mit dem Bengel tun?«, durchdrang schließlich Ruperts Stimme seine Betäubung.
Kurz entschlossen trat Michel auf den weinenden Knaben zu und gab ihm rechts und links ein paar Ohrfeigen, wobei er sorgsam darauf achtete, dass sie nicht zu heftig ausfielen. »Mach dich von hinnen, ehe ich es mir anders überlege.«
Der Junge ließ sich das nicht zweimal sagen und rannte davon, gefolgt von seiner schluchzenden Mutter.
»Und ihr«, wandte sich Michel an seine enttäuschten Männer, »steckt eure Schwänze ein! Wir brechen auf, es ist schon spät.«

Simon saß vor den Resten seiner fast unberührten Nachtmahlzeit in der verqualmten Gaststube eines Binger Wirtshauses und hing seinen trüben Gedanken nach. Wie so oft in den letzten Wochen hatte es am Abend ein Gewitter mit wolkenbruchartigem Regen gegeben, das ihn zwang, in dieser schlechten Schenke vorzeitig ein Nachtquartier zu suchen. Eigentlich hatte er gehofft, noch bis nach Laubenheim zu kommen, wo er ein gutes Gasthaus wusste, um zeitig am nächsten Vormittag auf der Kauzenburg einzutreffen.

Die fade Suppe, das verschimmelte Brot und der saure Wein, den ihm eine schmutzige Schankmagd vorsetzte, waren ebenso wenig dazu angetan, seine Laune zu heben, wie die Aussicht, später neben all den stinkenden ungewaschenen Reisenden, die hier ebenfalls Zuflucht gesucht hatten, auf den von Flöhen und Unrat wimmelnden Binsen der Gaststube nächtigen zu müssen. Doch besseres Essen war in der überfüllten Schenke bereits ausverkauft, und die einzige Schlafkammer unter dem Dach wurde von einer adligen Dame mit ihren Kammermägden belegt.

Obwohl Eberhards Zusage, der Sponheimer Partei den Großteil seiner waffenkundigen Männer zu stellen, Graf Johanns Aussichten auf einen Sieg erheblich erhöhte, fühlte sich Simon bedrückt und ausgelaugt. Seine Gedanken wanderten vom Unglück, das seinen Freund Michel getroffen hatte und an dem er sich eine Mitschuld gab, zum seltsamen Verhalten Christinas bei ihrem Abschied. Sie war rastlos und ungeduldig gewesen, als würde sie sehnsüchtig auf etwas warten. Irgendetwas verschwieg sie ihm, das spürte er deutlich. Aber er zerbrach sich vergeblich den Kopf darüber, was es wohl sein könnte.

Ein Mann in der Kutte eines Zisterziensermönchs trat an seinen Tisch und neigte den Kopf. »Darf ich mich zu Euch setzen, mein Sohn?«

Simon zuckte unwillig mit den Schultern. Obwohl die Wirtsstube überfüllt war, hatte ihm sein Ritterstand bislang wenigstens einen kleinen Tisch in einer Ecke für sich allein beschert. »Wenn es Euch denn nach meiner Gesellschaft gelüstet, will ich Euch den Platz nicht verwehren, ehrwürdiger Vater. Doch erwartet keine geistreichen Dispute von mir.«

Der Mönch lächelte und nahm Simon gegenüber auf der einfachen Holzbank Platz. Auch er krauste die Nase, als ihm die

schlechte Mahlzeit aufgetischt wurde, sprach aber trotzdem ein stilles Tischgebet darüber und begann, ohne Zögern zu essen, nachdem er die schimmligen Stellen seines Brotes abgeschnitten und auf die schmutzigen Binsen geworfen hatte.
Entgegen seiner Absicht konnte Simon nicht umhin, den Mann zu beobachten. Sein Alter war schwer einzuschätzen, doch er musste den Zenit seines Lebens bereits überschritten haben. Seine Haare rund um die Tonsur waren grau, das Gesicht faltig. Die wachen Augen ließen jedoch auf einen lebhaften Geist schließen.
Nachdem er sein frugales Mahl beendet hatte, senkte der Mönch den Kopf und sprach erneut ein lautloses Gebet. Dann warf er Simon ein verschmitztes Lächeln zu und sprach ihn an, als hätte er dessen Gedanken erraten.
»Man muss dem Allmächtigen auch für eine bescheidene Mahlzeit danken. So erinnert er uns ab und zu in seiner unermesslichen Weisheit daran, wie köstlich die Speisen munden, die uns bei besseren Gelegenheiten beschert werden.«
Simon runzelte die Stirn. »Glaubt Ihr wirklich, den Allmächtigen kümmern solch profane Dinge wie eine Abendmahlzeit in einem schlechten Gasthaus?«
Der Mönch sah ihn immer noch lächelnd an. »Was lässt Euch daran zweifeln, Herr von …?« Er hob fragend die Stimme.
»Simon von Montfort ist mein Name.«
Überrascht zog der Alte die Stirn in Falten. »Von der Burg Montfort aus dem Nahegau?«
»So ist es. Kennt Ihr die Burg?«
Der Mönch schüttelte den Kopf. »Die Burg nicht. Aber ich habe einst von einem Philipp von Montfort gehört. Ist er mit Euch verwandt?«
Simons Miene verschloss sich. »Er ist ein lange verstorbener Oheim.«

Ohne dass Simon einen ersichtlichen Grund dafür ausmachen konnte, beugte sich der Mönch gespannt vor. »So lebt Ihr jetzt auf der Burg Montfort?«
Simon verneinte brüsk. »Mein Oheim beerbte meinen lange vor ihm verstorbenen Vater. Er trug dem Grafen von Veldenz die Lehnsherrschaft über die Ländereien von Montfort an. Ich wiederum wurde als Waise von Graf Johann von Sponheim aufgezogen, dem besten Freund meines Vaters. Er behandelte mich wie seinen eigenen Sohn. Die Geschlechter derer von Sponheim und Veldenz liegen seit alten Zeiten im Streit. So schlug ich das Erbe von Montfort aus, da ich kein Gefolgsmann des Grafen Gerlach von Veldenz werden wollte.«
Der Mönch sah Simon durchdringend an. »Woran verstarb Euer Vater?«
Allmählich wurde Simon die Neugier des Alten lästig. »Wozu wollt Ihr das wissen, Bruder …?«, fragte er jetzt seinerseits nach dem Namen des anderen.
Der Mönch machte eine entschuldigende Geste. »Verzeiht die Zerstreutheit eines alten Mannes, Herr von Montfort. Mein Name ist Bruder Basileus. Ich bin Subprior in der ehrwürdigen Abtei Himmerod in der Eifel.«
»Was führt Euch in diese Gegend?«
Wenn nun der Mönch Simons Fragen zudringlich fand, ließ er sich das nicht anmerken. »Mein Abt sendet mich mit einem Brief zu unseren Brüdern auf den Disibodenberg.«
Simon runzelte die Stirn. »Da führt Euch der Weg mitten durch völlig zerstörte Lande. Es tobt eine Fehde zwischen dem Veldenzer, der mit dem Erzbischof von Mainz verbündet ist, und meinem Ziehvater Johann von Sponheim.«
Die freundliche Miene von Bruder Basileus verdüsterte sich. »Ich habe davon gehört, mein Sohn«, antwortete er betrübt.

»Doch ich kenne den Weg, da ich selbst einst Mönch in diesem Kloster war. Im Übrigen vertraue ich auf Gott.«
Etwas in Simon begehrte auf. »Auf Gott?«, höhnte er. »Glaubt Ihr wirklich, dass es den Allmächtigen auch nur im Geringsten schert, was hier auf Erden geschieht?«
»Was lässt Euch daran zweifeln?« Zum zweiten Mal an diesem Abend stellte Bruder Basileus diese Frage.
In Simon brach ein Damm. »Gott, der Herr, lässt jeden Tag unaussprechliches Unrecht zu. Diejenigen, die er zu Herrschern gemacht hat, missbrauchen seinen Namen, um immer mehr Einfluss und Macht zu gewinnen, und lassen sich dann von ihren Beichtvätern für jede nur erdenkbare Untat die Absolution erteilen. Selbst Gottes Vertreter auf Erden sind korrupt und treten jeden Anstand mit Füßen. Und die Unschuldigen müssen es büßen, selbst wenn sie ihr Leben lang nur Gutes getan haben und sich nie etwas zuschulden kommen ließen.«
In diesem Augenblick stieß ein Mann, der Kleidung nach ein Kleinkrämer, so heftig gegen ihren Tisch, dass Simons Weinbecher umfiel und sein Inhalt sich über die Kutte des Mönchs ergoss.
Simon sprang auf, packte den Mann am Kragen und fuhr ihn an. »Kannst du nicht aufpassen, du Tölpel?«
Der Mann duckte sich vor Simons geballter Faust, als Bruder Basileus ihm in den Arm fiel. »Lasst es gut sein, Herr von Montfort. Es ist mein Gewand, das zu Schaden kam.«
Er drehte sich zu dem Kleinkrämer um und schlug das Kreuzzeichen über ihm. »Geh in Frieden, mein Sohn.«
Dann bedeutete er Simon, sich wieder zu setzen, nachdem die Schankmagd die Lache mit einem schmutzigen Fetzen aufgewischt und einen frischen Krug Wein gebracht hatte.
Bruder Basileus lächelte Simon gütig an. »Und nun erzählt mir, mein Freund, warum Ihr an Gottes Gerechtigkeit zu verzweifeln droht.«

Die Knechte hatten bereits damit begonnen, die Tische und Holzbänke beiseitezuräumen, um Platz für die ersten Schläfer zu schaffen, als Simon zum Ende kam. Er fühlte sich befreit wie nach einer Beichte, obwohl er dieses Sakrament schon seit vielen Monaten mied.

Er hatte dem Alten fast sein ganzes Leben anvertraut, beginnend mit seiner Jugend und seinen bitteren Erfahrungen mit Heinrich. Nur den Mord an seinen Eltern und die schmählichen Umstände des Todes seines Oheims Philipp sparte er aus.

Noch während er sprach, wurde ihm klar, wie fest er einst daran geglaubt hatte, sein Schicksal zum Guten wenden zu können, wenn er sich nur an die Tugenden hielte, zu denen sich jeder Ritter bei seiner Weihe verpflichtete. Würde er darüber hinaus ein tüchtiger Kämpfer – so war seine Überzeugung gewesen –, könnte er den Schwachen zu ihrem Recht verhelfen und sich selbst gegen jede Unbill verteidigen.

Doch die Ereignisse hatten ihn immer wieder eines Besseren belehrt. Er sprach dem alten Mönch von seiner Enttäuschung darüber, Christina an einen Mann verloren zu haben, den nicht Charakterstärke und Lauterkeit, sondern Verworfenheit und Grausamkeit auszeichneten. »Allerdings hat ihm dies bis heute nur Nutzen gebracht. Er ist die Ursache für die furchtbare Fehde, die in unseren Landen herrscht, und steht in den Diensten des Erzbischofs von Mainz, der seit jeher Gottes Gebote missachtet, ohne deshalb irgendeinen Schaden zu erleiden.«

Dann erzählte Simon von seiner vergeblichen Hoffnung, einem König dienen zu können, der ihm Vorbild und Leitfigur wäre. »Aber Rudolf und Ottokar sind sich nichts schuldig geblieben. Beide haben sich gegenseitig belogen und betrogen. Beide haben um der Macht willen jede Greueltat zugelassen oder sogar befohlen. Nicht einmal die Schändung von Ottokars Leichnam hat der Herrgott geahndet.«

Am schmerzlichsten war es für Simon, über Michel zu sprechen. »Ein gottesfürchtiger Mann mit einem Wesen, wie es einem König wohl anstünde, hofft auf nichts anderes, als ein friedliches Leben mit seiner geliebten Braut. Doch sie wird ihm am Vorabend der Hochzeit aufs Grausamste gemeuchelt. Nun hat er seinen Glauben gänzlich verloren und wird wohl dereinst in die Tiefen der Hölle gestoßen werden.«

Bruder Basileus lauschte aufmerksam und stellte nur ab und an eine Frage. Erst als Simon geendet hatte, ergriff er das Wort. »Aus welchem Grund soll Euer treuer Freund von unserem Herrgott auf immer verdammt werden?«

Simon war verblüfft. »Er leugnet jetzt sogar dessen Existenz!«

»Und begeht Greueltaten wie jene, die seine Geliebte gemordet haben?«

Simon stutzte. »Nein, meines Wissens nicht. Aber er tötet erbarmungslos jeden Gegner und lässt seine Männer rauben und schänden.«

»So, wie es die Fürsten befehlen, die an dieser Fehde beteiligt sind?«

Simon schwieg betroffen.

»Das Schlimmste, was man Eurem Freund also zur Last legen kann, ist, dass er sich nicht besser benimmt als andere Führer von Heerhaufen in jedem Krieg. Doch tut er dies nicht aus Mordlust oder der Gier nach Gold, sondern aus Verbitterung über den Tod seiner Liebsten.«

Simon nickte. Der Mönch blickte ihn durchdringend an. »Glaubt Ihr wirklich, mein junger Freund, dass unser allmächtiger Gott, der seinen eigenen Sohn einem grausamen Martertod ausgesetzt hat, den Menschen so wenig ins Herz blicken kann? Jede gute Tat Eures Freundes bleibt eine gute Tat und wird beim Jüngsten Gericht für ihn sprechen, auch wenn ihn jetzt die Rache beseelt. Und am geringsten wird es zu seinem Nachteil wiegen, dass er Gott nun in seinem furchtbaren Schmerz zu leugnen begonnen hat. In Wahrheit zürnt er ihm nur wie einst der verlorene Sohn seinem Vater.«

Simon war nicht besänftigt. »Und er zürnt ihm zu Recht. Wie kann der Allmächtige solch schreckliche Untaten zulassen?«

Wieder wurde Simon vom Blick des Alten gefesselt. »Mich dünkt, mein junger Freund, Ihr habt den innersten Kern von Gottes Gerechtigkeit noch nicht erkannt. Was sollte am Jüngsten Tag in die Waagschale geworfen werden, wenn der Allmächtige einen jeden von uns an Fäden zöge wie Gaukler ihre Puppen? Der Höchste hat uns mit einem freien Willen ausgestattet. Das ist sein wertvollstes Geschenk an uns Erdenkinder. Jeder Mensch kann zu jeder Zeit entscheiden, wie er dieses Geschenk nutzt. Und keine gute und ehrenwerte Tat geht dabei je verloren, ebenso wenig wie eine schlechte und grausame Tat. Wenn Marie ihr junges Leben letztlich verloren hat, weil sie ihrem siechen Vater auf dem Totenbett Beistand leistete, bleibt dies ehrenwert und wird ihr dereinst gelohnt werden. Doch warum sollte es sie vor der Grausamkeit anderer schützen, die ihr Seelenheil aus freiem Willen mit Schandtaten gefährden? Gott ist doch kein Wucherer, der seinen Schafen Schutz als Belohnung für gute Taten gewährt.«

Simon lauschte den Worten des Mönchs mit immer größerer Faszination. Doch noch blieben Fragen offen. »So glaubt Ihr, dass der Herr am Jüngsten Tag auf diese Weise auch Könige und Kurfürsten richten wird, die er selbst zu seinen Vertretern auf Erden bestellt hat?«

»Wieder geht Ihr davon aus, dass Gott hierbei die Fäden zieht! Aber meines Wissens ist er noch nicht aus den himmlischen Gefilden zu uns herabgestiegen, um Könige und Kurfürsten auszuwählen«, antwortete Bruder Basileus trocken.

»Aber …«, setzte Simon an.

»Auch die Edelleute und Mächtigen sind Menschen wie wir. Auch sie entscheiden aus freiem Willen, wie sie ihr hohes Amt ausfüllen. Vielleicht sind die Schalen, in denen ihre Taten gewogen werden, größer als die der einfachen Menschen. Vielleicht wiegen ihre guten und bösen Taten auch schwerer, da sie Glück oder Leid über viel mehr Menschen bringen können als die Taten eines einfachen Bauern. Doch gerichtet werden am Ende auch sie.«

»Und aus welchem Grund gibt es dann unzählige Regeln, die das Verhalten des Menschen bestimmen? Jedes Kloster, jedes Hauswesen, jede Herrschaft schreibt uns doch vor, was recht und was schlecht ist?«

Bruder Basileus lächelte. »Und halten sich alle daran?«

Simon verzog den Mund. Es war offensichtlich, worauf der Mönch hinauswollte. Doch er irrte sich.

»Solche Regeln können hilfreich sein, um uns Pfade zum Guten zu weisen, mein Sohn. Doch ab und an mögen sie uns auch im Wege stehen. Und wieder entscheidet unser freier Wille, ob wir sie befolgen oder nicht. Ihr habt mir selbst erzählt, dass Euer Waffenknecht Michel einst seinen früheren Herrn Heinrich angriff, um Euch das Leben zu retten. Er verstieß damit gegen eine Regel und wurde hart dafür bestraft. Dennoch stehen zwei schlechte Taten Heinrichs gegen eine gute von Michel. Euer Knecht rettete Euch das Leben, das wird ihm einst positiv angerechnet werden. Heinrich dagegen versuchte, Euch zu töten, und ließ seinen Knecht später misshandeln, weil er Euch half. Beides liegt in der Waagschale seiner schlechten Taten.«

»Also darf man auch gegen Regeln verstoßen, wenn es einem guten Zweck dienlich ist?«

»Wenn Euch Euer Gewissen das nahelegt, so müsst Ihr entscheiden, aber dafür auch die Verantwortung übernehmen.«

»Das sind ungewöhnliche Ratschläge für einen Priester.«

Der Mönch nickte lächelnd und zwinkerte Simon zu. »Das weiß ich, mein junger Freund. Darum wähle ich sorgfältig aus, wen ich an diesen Gedanken teilhaben lasse.«
Simon spürte, dass das Gespräch mit dem Mönch für ihn ungeheuer bedeutsam war. Er sehnte sich danach, allein zu sein und über die Worte des Alten nachzudenken.
Da stellte Bruder Basileus ihm eine unerwartete Frage. »Seid Ihr der Sohn des Ritters Raimund von Montfort?«
Simon bejahte überrascht. »Kanntet Ihr meinen Vater?«
Der Mönch schüttelte den Kopf. »Zu meinem Bedauern nicht. Doch ich hörte dereinst von ihm. Seine Tapferkeit und sein Sinn für Gerechtigkeit waren weit über die Grenzen des Nahegaus hinaus bekannt.«
Er lächelte Simon wieder mit gütigen Augen an. »Mich dünkt, er hat diese Eigenschaften an Euch weitergegeben.«
Simon würgte an dem Kloß, der ihm plötzlich die Kehle verengte. »Ich habe ihn gar nicht gekannt, Vater. Er wurde ermordet, als ich noch ein Kleinkind war.«
Bruder Basileus wirkte nicht überrascht. »Auch davon habe ich einst gehört. Und vielleicht habe ich eine Kunde darüber, die Euch nützlich sein könnte.«
»Wie das? Erzählt mir davon!« Simon fuhr auf. Vor lauter Aufregung wurde ihm heiß und kalt.
Doch zu seiner Enttäuschung schüttelte der Alte den Kopf. »Morgen ist auch noch ein Tag, junger Freund. Seht, die letzten Tische werden schon weggetragen. Jedermann möchte sich jetzt zur Ruhe begeben.«
Unwillig sah Simon sich um. Tatsächlich waren der kleine Schragentisch und die zwei einfachen Holzbänke die einzigen Möbel, die noch nicht abgebaut worden waren. Auf den schmutzigen Binsen lagen die Schläfer schon dicht an dicht.
Seufzend stand Simon auf. Überdies würde er wohl die Nacht

neben dem ungehobelten Kleinkrämer verbringen müssen, der sich bereits in seinen schäbigen Umhang gehüllt hatte und mit offenem Mund schnarchte. Simon hatte gar nicht bemerkt, dass er in ihrer Nähe gesessen hatte.

Kurz spielte er mit dem Gedanken, die Nacht im Freien zu verbringen. Doch es schüttete immer noch wie aus Kannen. Er verwarf die Idee daher und breitete seine Satteldecke auf dem verdreckten Boden aus. Erst als er sich darauf niederließ, spürte er, wie müde er war. Bruder Basileus kniete in der Ecke und sprach sein Nachtgebet.

Obwohl Simon damit gerechnet hatte, vor Aufregung kein Auge schließen zu können, fiel er sofort in einen bleiernen Schlaf.

Als Simon erwachte, hatten sich die meisten Schläfer bereits erhoben und halfen den Knechten, die Tische und Bänke wieder aufzustellen. Über der offenen Feuerstelle dampfte ein großer Kessel mit der Morgensuppe.

Simon stand auf, streckte die verkrampften Glieder und rollte seine Decke zusammen. Dann schaute er sich suchend um. Bruder Basileus war nirgends zu sehen.

Wahrscheinlich ist er zum Abort gegangen, dachte Simon. Doch der Mönch erschien auch nicht, als wenig später die saure Milchsuppe gereicht wurde. Nachdem Simon seine eigene Portion gelöffelt hatte, entschloss er sich, nach dem Bruder zu suchen. Vorsorglich hatte er sich von der Schankmagd auch einen Schlag Suppe für den Alten geben lassen, die bereits kalt wurde. Mit der Holzschale in der Hand trat Simon ins Freie und wäre beinahe wieder mit dem Kleinkrämer zusammengestoßen, der den Schankraum gerade betreten wollte. Unwillig trat er beiseite. Zum Glück hatte sich der Regen verzogen. Eine bleiche Morgensonne beschien die vor Nässe dampfende Erde. Simon blickte nach allen Seiten. Doch der Bruder schien wie vom Erdboden verschluckt.

Schließlich stellte er die Schale ab und betrat die Stallungen, wo sich hinter einer niedrigen Mauer der Abort befand. Zwei Männer verrichteten dort ihr Geschäft, von Basileus auch hier keine Spur. Seufzend ging Simon zu seinem Fuchs, um das Tier zu begrüßen und sich zu versichern, dass es gut versorgt worden war. Da hörte er hinter einem Heuhaufen auf einmal ein leises Stöhnen.

Von schlimmen Vorahnungen gepackt, eilte Simon auf das Heu zu. Bruder Basileus lag auf dem Bauch. Ein riesiger dunkler Fleck breitete sich auf seiner Kutte aus.

»Vater, Vater, was ist Euch geschehen?« Panisch vor Sorge drehte Simon den Alten um, der vor Schmerz aufschrie. Vom Mund des Mönchs lief ein dünnes rotes Rinnsal bis zum Kinn hinab und tropfte auf den Boden. Auch auf der Vorderseite seiner Kutte war Blut. Als erfahrener Kämpfer sah Simon sogleich, dass hier nichts mehr zu retten war. Man musste den Alten von hinten niedergestochen haben.

Als die schon trüben Augen des Bruders Simon erblickten, verzog ein gespenstisches Lächeln seinen Mund. Die blutigen Lippen bewegten sich. Simon beugte sich tiefer hinab, um die Worte des Alten verstehen zu können.

»Sucht Bruder Damianus. Er erzählte mir einst von Eurem Vater.«

»Wo soll ich ihn suchen, Bruder Basileus, wo?« Trotz der tödlichen Wunde hätte Simon den Sterbenden am liebsten geschüttelt.

»Fragt auf dem Disibodenberg«, flüsterte der Alte mit letzter Kraft. Dann brachen seine gütigen Augen.

Kapitel 39

Kauzenburg, Ende September 1279

Die Sonne ging bereits unter, als Simon den Kurier des Erzbischofs an seinem Waffenrock mit dem Mainzer Rad erkannte. Er stand auf dem Teil der Burgmauer, von dem er die Nahebrücke einsehen konnte, über die der Mann gerade sein Ross trieb. Nun war es endlich so weit: In weniger als einer halben Stunde würde er wissen, wann und wo sich die Heere der verfeindeten Parteien zur Entscheidungsschlacht treffen würden.

Die unterschiedlichsten Gefühle wechselten sich in Simon ab. Anfangs stand die Erleichterung im Vordergrund, dass die quälende Zeit des Wartens vorbei war. Bald würde das Morden, Rauben und Brandschatzen im Land ein Ende haben.

Wenn die Sponheimer siegten, woran sich Simon keinen Zweifel erlaubte, würde er endlich zum Kloster auf dem Disibodenberg reiten können, um sich dort nach Bruder Damianus zu erkundigen. Vielleicht würde er sogar mit ihm sprechen können.

Dann wieder erfüllte ihn die Trauer über den sinnlosen Mord an dem alten Mönch, den sich Simon bis heute nicht erklären konnte. Der alte Mann hatte nichts bei sich getragen, was sich zu rauben gelohnt hätte. Man fand sogar einen schäbigen Beutel mit ein paar Münzen unversehrt in einer Innentasche seiner Kutte, zweifelsohne das Reisegeld. Der Mörder blieb unerkannt.

In seine Trauer mischte sich außerdem, wie auch schon in den letzten Tagen, ein neues, Simon bislang unbekanntes Gefühl der Freiheit.

Stundenlang hatte er über jedes Wort des Bruders gegrübelt, an das er sich erinnern konnte. Nach dessen Meinung, die sich Simon zunehmend zu eigen machte, war das Schicksal der Menschen also nicht von Gott vorherbestimmt, der diesen nach einem ihnen unergründlichen Plan Freud und Leid zuteilte. Stattdessen führte das Leben seine Schäfchen immer wieder an Entscheidungspunkte, wo es dem freien Willen jedes Einzelnen oblag, was er tat.

Selbst die Regeln, die von gewöhnlichen Pfaffen immer wieder als »Gottes gewollte Ordnung« gepredigt wurden, waren bestenfalls eine Leitlinie für das eigene Handeln. Entsprang daraus eher Unrecht als Recht, konnte es sogar gottgefällig sein, solche Regeln zu brechen.

Denn abgerechnet wurde erst am Tag des Jüngsten Gerichts. Insbesondere diese These hatte Simon unendlich erleichtert. Erklärte sie doch, warum Heinrichs Untaten oder der Machtmissbrauch der Könige Rudolf und Ottokar nicht sogleich gesühnt worden waren.

Selbst mit Ottokars schmählichem Tod hatte Simon seinen Frieden gemacht. Er war keineswegs Gottes Strafe für die zahlreichen Fehltritte des böhmischen Königs, derweil der Allmächtige Rudolf ungeschoren davonkommen ließ. Stattdessen war es die aus freiem Willen ausgeführte Tat eines einzelnen Ritters. Erst am Jüngsten Tag würde dessen Rachedurst gegen das Leid aufgewogen werden, das er durch den Tod seiner Schwester und ihres Gatten Siegfried von Mahrenberg erlitten hatte.

Trotzdem war Simon von Herzen froh, dass Bruder Basileus' Worte nicht vonnöten waren, um ihn auch mit Michels Verhalten zu versöhnen. Schon bei seiner Rückkehr nach Kreuznach fand er den Getreuen auf der Kauzenburg vor, wo er wieder die Stadtsoldaten drillte, anstatt mit marodierenden Haufen die Lande des Feindes unsicher zu machen.

Seit dem Gespräch mit Basileus sehnte Simon sich immer heftiger danach, sein Schicksal endlich *bewusst* in die Hand zu neh-

men. Mit den neu gewonnenen Erkenntnissen würde er einen Weg finden, Christina zu seiner Gemahlin zu machen.
Ob er dagegen je die Mörder seiner Eltern finden würde, wusste er nicht mit gleicher Bestimmtheit zu sagen. Er hatte beschlossen, es so lange weiter zu versuchen, wie es Spuren gab, die es wert waren, verfolgt zu werden. Sollte sich jedoch herausstellen, dass dieses Unterfangen aussichtslos war, wollte er die Suche beenden und seinen Frieden mit dem Tod seiner Eltern machen. Besonders dieser Gedanke war neu und ungewohnt, aber ungeheuer erleichternd.
Ungeduldig blickte Simon sich um. Der Bote des Mainzers hatte längst das Burgtor passiert und musste bereits bei Graf Johann vorgesprochen haben. Tatsächlich eilte in diesem Moment auch schon ein Knappe seines Ziehvaters auf ihn zu. Er verbeugte sich, als er herankam.
»Edler Herr von Montfort, Graf Johann bittet Euch in den Rittersaal. Dort möchte er mit Euch und den anderen Anführern über die Schlacht beraten, die schon in einer Woche auf den Feldern bei Sprendlingen stattfinden soll.«

Burg Rheinfels

»Vater, ein Schreiben der Gräfin Adelheid von Sponheim ist eingetroffen.«
In der Hoffnung, ihr Vater würde ihre Aufregung nicht bemerken, schwenkte Christina die Pergamentrolle, die sie am Morgen sorgsam beschrieben und sodann mit dem Sponheimer Siegel versehen hatte. Adelheid hatte es ihr einst geliehen, damit sie ohne Heinrichs Wissen Briefe versenden konnte. Sie hatte vergessen, es zurückzugeben. Heute war sie froh darüber.
Wie sie gehofft hatte, versuchte ihr Vater gar nicht erst, das Schreiben selbst zu lesen. Seine Augen wurden immer schlech-

ter, so dass er Christina auch andere Briefe vorlesen ließ, die er erhielt.

Mit einem leisen Knacken brach Christina das Siegel. »Die Gräfin richtet Euch Grüße aus und entbietet Euch alle guten Wünsche für Eure Gesundheit.«

Eberhard machte eine ungeduldige Handbewegung.

Christina straffte sich. »Sie bittet Euch, mir zu erlauben, sie auf der Kauzenburg zu besuchen.«

»Jetzt, kurz vor der Entscheidungsschlacht auf den Feldern von Sprendlingen?«, fragte Eberhard ungläubig.

Christina holte tief Luft. »Es ist kein müßiges Zusammentreffen schwatzhafter Frauen, Vater. Die Gräfin ist in Sorge um ihren Gatten und ihren ältesten Sohn, der als Knappe mit in den Kampf zieht. Sie bittet mich um meinen Beistand.«

Ehe Eberhard sich äußern konnte, fuhr sie rasch fort. »Schon morgen brechen Eure Männer auf, um sich Graf Johanns Truppen anzuschließen. Einen wehrhafteren Geleitschutz würde ich auch in Friedenszeiten nicht finden.«

Eberhard seufzte. »Das ist wohl wahr, mein Kind. Doch Hildebrand soll mir dafür Sorge tragen, dass er dich wohlbehalten auf der Kauzenburg abliefert.«

Christina senkte den Kopf, damit der Vater die Freude in ihren Augen nicht sah. Jetzt war der Weg in die Schlacht für sie frei.

Sponheimer Heerlager auf den Feldern bei Sprendlingen am Vorabend der Schlacht, Anfang Oktober 1279

»Also ist es beschlossene Sache, wohledle Herren. Ich selbst führe das erste Treffen ins Feld und befehlige die Truppen im Zentrum. Ihr, Rheingraf Siegfried, führt die linke Flanke mit Euren Männern und der Hälfte der Truppen an, die uns der

Landgraf von Hessen geschickt hat. Ihr, Simon von Montfort, befehligt die rechte Flanke mit den Berittenen des Grafen von Katzenelnbogen und der anderen Hälfte der hessischen Truppen.

Michel von Kreuznach, du führst die Fußsoldaten ins Feld, sobald die Berittenen aufeinandergetroffen sind. Die Ritter von Dalberg und Leiningen bilden mit ihren Mannen die Reserve. Sie greifen erst ein, wenn unsere Kämpfer in Bedrängnis geraten sollten.«

Graf Johann sah in die Runde. Alle Anwesenden nickten.

»So lasst uns nun einen Pokal Wein auf den Sieg miteinander leeren und alsdann der Ruhe pflegen. Morgen werden wir all unsere Kräfte brauchen.«

Mit dem Weinbecher in der Hand folgte Simon Michel nach draußen. Der Getreue hatte den ersten unbeobachteten Moment genutzt, um Graf Johanns Zelt zu verlassen. Er stand mit dem Rücken zum Sponheimer Heerlager auf einem kleinen Hügel, von dem er die Ebene überblicken konnte, auf der morgen die Schlacht toben würde. Er bot gerade Platz für zwei Männer. Simon stieg zu ihm hinauf.

»Störe ich dich, alter Freund?«

Michel drehte sich um und blickte ihn mit einem flüchtigen Lächeln an. »Es gibt wenige Männer, deren Gesellschaft ich jetzt ertragen könnte, Herr. Ihr seid einer davon.«

Eine Weile blickten sie beide in die liebliche Landschaft, die sich vor ihnen erstreckte. Die aufziehende Dunkelheit löste alle Konturen auf. Das kleine Pappelwäldchen zu ihrer Linken verschwamm zu einer formlosen Masse. In der Ferne blinkten die Feuer des gegnerischen Heerlagers.

Schließlich brach Simon das Schweigen. »So ziehen wir beide also wieder in eine Schlacht.«

»Ja, Herr. Doch zum letzten Mal, wie mich dünkt.«

Sofort war Simon beunruhigt. Wider besseres Wissen hatte er gehofft, die Zeit hätte Michels Todessehnsucht gemildert. »Ich weiß, dass du das Kriegshandwerk an den Nagel hängen möchtest, Michel«, wagte er einen Vorstoß. Er schluckte, entschloss sich dann aber zur nächsten Frage. »Willst du das Gut, das Graf Johann dir geschenkt hat, auch ohne Marie bewirtschaften?«
Michel fixierte einen Punkt in der Ferne. Wortlos schüttelte er den Kopf.
Simons Beklommenheit wuchs. »Was willst du stattdessen tun, wenn die Schlacht vorbei ist?«
Michel schwieg eine Weile. Seine Antwort bestätigte Simons schlimmste Befürchtungen.
»Nichts, Herr. Ich werde endlich mit Marie vereint sein.«
»Mit Marie? Ja glaubst du denn, dass du morgen sterben wirst?«
Obwohl ihn Michels Worte nicht überraschten, war Simon tief bestürzt. »Da sei der Allmächtige davor. Du bist einer der stärksten und wehrhaftesten Kämpfer auf der Sponheimer Seite«, versuchte er, sich selbst zu beschwichtigen.
Michels Reaktion war nicht dazu angetan, ihn zu beruhigen. Er wies mit einer ausholenden Handbewegung über das weite Land. »Schaut, Herr, wie wunderbar Gottes Schöpfung ist. Ich habe diese Jahreszeit immer besonders geliebt. Herrscht Frieden im Land, hat der Bauer die hart erarbeitete Ernte eingefahren. Überall feiern die Menschen und genießen die Früchte ihrer Mühe, bevor sie sich den Härten des Winters stellen müssen.«
Sein Seufzer schnitt Simon ins Herz, aber mehr noch Michels nächste Worte.
»Wie gerne hätte ich das mit Marie auf unserem kleinen Gut erlebt und wäre dort mit ihr und unseren Kindern in Eintracht alt geworden.«
Simon kämpfte gegen seine wachsende Unruhe an. Eindringlich sprach er auf den Getreuen ein.

»Michel, das Leben geht weiter. Auch Marie würde nicht wollen, dass du an deiner Trauer verzweifelst. Gerade sie nicht, so fröhlich und voller Lebenslust, wie sie war.«
Michels Blick blieb in die Ferne gerichtet. »Ihr habt recht, Herr. Marie liebte das Leben. Meines aber ist ohne sie wertlos.« Er drehte sich zu Simon um. »Das müsstet Ihr doch verstehen, Herr. Wolltet Ihr nicht ehemals selbst Eurer Leben wegwerfen, weil Eure Liebe unerfüllt blieb?«
Alles in Simon drängte danach, Michel zu widersprechen und Bruder Basileus' Gedanken mit ihm zu teilen. Doch der Waffenknecht unterbrach ihn schon nach den ersten Worten.
»Lasst mich nun allein, Herr, ich bitte Euch. Ich will Zwiesprache mit meiner Liebsten halten und Abschied nehmen. Seid bedankt für die guten Tage, die wir miteinander verbracht haben.«
Simons Angst wandelte sich zu großer Traurigkeit. Etwas Endgültiges lag in Michels Worten, gegen das er nicht ankam. Mutlos wandte er sich zum Gehen, als ihn Michel noch einmal an der Schulter zurückhielt.
»Und denkt an Euer Versprechen, Herr. Ich möchte neben Marie unter der alten Linde in Schwabenheim ruhen.«
Tränen brannten in Simons Augen, als er seine Hand auf die des Getreuen legte. »Ich gelobe es dir, liebster Freund.«

Ein Gasthaus in Sprendlingen am Vorabend der Schlacht

Es klopfte dreimal hart an die Tür. Christina, die sehnsüchtig auf dieses Zeichen gewartet hatte, sprang auf und öffnete. Draußen stand der alte Waffenmeister Hildebrand.
»Ich komme, Euch abzuholen, Herrin«, sagte er ohne ein Lächeln. »Seid Ihr bereit?«

Christina bejahte. Am Morgen hatte ihr Tilda die Haare erneut auf Kinnlänge gestutzt. Über den ledernen Beinlingen und Stiefeln trug sie bereits den Gambeson. Ihre Rüstung befand sich schon in dem Zelt, in dem sie die letzte Nacht vor der Schlacht verbringen würde.

Erwartungsvoll sah sie den Alten an, der sie missbilligend musterte. »Ich halte es immer noch nicht für ein gutes Vorhaben, Herrin. Bedenkt, was Ihr tut. Noch könnt Ihr zurück. Euer Gemahl mag sehr wohl auch ohne Euer Zutun im Kampf getötet werden. Lasst den Herrgott über Euer Schicksal entscheiden.«

Christina spürte den ihr bereits wohlvertrauten Unmut. »Wir haben das schon viele Male besprochen, Waffenmeister. Ich kenne Eure Bedenken, aber ich teile sie nicht. Dank Eurer Ausbildung werde ich mich in der Schlacht so gut bewähren wie jeder Mann.«

Hildebrand stieß unwillig die Luft aus. »Das Kämpfen zu Pferde in schwerer Rüstung seid Ihr noch nicht wirklich gewohnt. Es gelten meine Bedingungen! Erneuert Euer Versprechen, sonst nehme ich Euch nicht mit.«

Christina seufzte. »Ich verspreche, dass ich mich stets in Eurer Nähe aufhalte und im Kampf nach Möglichkeit hinter Euch bleibe.« Daran gedachte sie sich zu halten.

Hildebrand blieb unerbittlich. »Und weiter?«

»Ich befolge Eure Befehle widerspruchslos. Solltet Ihr fallen oder verwundet werdet, verlasse ich das Schlachtfeld sofort.« Sofern Heinrich bereits gefallen ist, fügte sie in Gedanken dazu.

Kapitel 40

Auf den Feldern vor Sprendlingen, Anfang Oktober 1279

Als Simon am Morgen nach kurzem unruhigem Schlaf vor sein Zelt trat, bemerkte er, dass das Wetter in der Nacht umgeschlagen hatte. Während er seine Notdurft verrichtete, schaute er prüfend um sich.

Der Himmel war wolkenverhangen, es nieselte leicht. Die Sicht war viel schlechter als am Abend zuvor. Nur schemenhaft sah er die Kochfeuer des gegnerischen Heeres, über denen wie im eigenen Lager die Morgensuppe brodelte. Das Pappelwäldchen zu seiner Linken war fast ganz in Nebel gehüllt.

Die Heerführer Johann von Sponheim und Gerlach von Veldenz hatten vereinbart, die Schlacht um die zehnte Stunde am Vormittag beginnen zu lassen. Hoffentlich hatte es bis dahin aufgeklart.

Der Erzbischof selbst würde nicht an der Schlacht teilnehmen. Das verbiete ihm sein geistlicher Stand, ließ er über Graf Gerlach ausrichten. Er wolle sich darauf beschränken, seinen Truppen die Messe zu lesen und für das Seelenheil von Freund und Feind zu beten.

Simon grinste zynisch. Der alte Fuchs wusste wie üblich, seine Schäfchen ins Trockene zu bringen. Sollte seine Partei die Schlacht gewinnen, machte es keinen Unterschied, dass der Eppsteiner nicht wie in früheren Zeiten mitgekämpft hatte, ohne sich um sein geistliches Amt zu scheren. Sollte sie verlieren, könnte dem Kurfürsten zumindest niemand vorwerfen, er habe gegen die Regeln der heiligen Mutter Kirche verstoßen.

Ähnlich geschickt verhielt sich Werner von Eppstein auch, als es um den Überfall auf die Abtei Schwabenheim ging. Graf Johann hatte sowohl bei Rudolf von Habsburg als auch beim päpstlichen Gesandten am Königshof Klage gegen den Erzbischof erhoben. Der Gesandte sprach daraufhin im Auftrag des Papstes bei Werner von Eppstein vor. Der stritt den Raubzug zwar nicht ab, wollte aber vorher von nichts gewusst haben. Er beteuerte sogar, Heinrich auf das Schärfste ermahnt zu haben, als er von der Untat erfuhr.

Wer's glaubt, wird selig, dachte Simon. Er spürte, wie überdrüssig er des Kämpfens war. An den Fingern zählte er ab, in wie vielen Schlachten er seit seiner Ritterweihe gefochten hatte. Anfangs waren die Kriege zwischen Rudolf und Ottokar noch ein großes Abenteuer gewesen. Aber seit dem Marchfeld hasste er das Schlachten und Morden, das nun wieder vor ihm lag.

Angesichts seines jungen Alters war es eine große Auszeichnung, dass er das erste Mal selbst einen Truppenteil anführte. Doch ihm war es nur eine weitere Last. Nicht nur sein eigenes Leben, auch das der ihm anvertrauten Männer hing nun von seinem Geschick in der Schlacht ab.

Hinzu trat die quälende Sorge um Michel. Er kämpfte nicht wie früher an seiner Seite, sondern befehligte die Fußsoldaten. Suchte der alte Gefährte wirklich den Tod? Oder würde er neuen Lebensmut fassen, wenn er sich erst an Heinrich gerächt hatte?

Das Glöckchen läutete zur Morgenmesse. Die immer gleichen Rituale, die einer Schlacht vorangingen, ödeten Simon an. Missmutig lauschte er den Worten von Johanns Burgkaplan Bruder Markus. Auf der Gegenseite würde auch der Mainzer Erzbischof Gottes Segen für den Sieg erflehen.

Einmal mehr merkte Simon, wie sehr sich seine Einstellungen seit dem Gespräch mit Bruder Basileus verändert hatten. Jetzt glaubte er, dass der Allmächtige unparteiisch verfolgen würde, was für Grausamkeiten seine Erdenkinder sich während der

Schlacht zufügten. Auf dem Marchfeld hatte er noch darauf vertraut, Gott sei mit den Gerechten. Zumindest diese Enttäuschung bliebe ihm heute erspart.
Während er die fette Grütze löffelte, die als Morgenmahl gereicht wurde, kam ihm plötzlich der Gedanke, ob Graf Johanns Partei überhaupt die »Gerechten« vertrat. War die Burg Böckelheim wirklich das Morden und Blutvergießen der letzten Monate wert? Oder bot der Vertragsbruch Heinrichs dem Adel im Nahegau nur den willkommenen Anlass dafür, die dortigen Machtverhältnisse wie auch die im Rheingau neu zu ordnen?
Obwohl sogar Fleischbrocken in der dicken Suppe schwammen, verging Simon der Appetit. Er bot die halbvolle Schale einem Söldner an, der seine Portion schon verzehrt hatte und die Speise dankbar mit wenigen Bissen hinunterschlang.
Simons Knappe näherte sich mit der Rüstung. Wieder hatte sich Simon dafür entschieden, auf den schweren Harnisch zu verzichten, der ihn zu unbeweglich machte. Er ließ sich nur Kettenhemd und -beinlinge anlegen, darüber den Waffenrock mit dem Sponheimer Wappen. Der Knappe zog ihm eine Kettenhaube über den Kopf und setzte darüber noch einen leichten Helm, der Simons Gesicht unbedeckt ließ. So hatte er jederzeit freie Sicht.
Der Morgen schritt fort. Energisch versuchte Simon, seine trüben Gedanken abzuschütteln und einen klaren Kopf zu bekommen. Ob ihre Sache gerecht war oder nicht, spielte jetzt keine Rolle mehr. Heute mussten sie siegen. Ihrer aller Wohlergehen hing davon ab, dass Graf Johanns Partei die Oberhand behielt. Ansonsten stand zu befürchten, dass Mainzer und Veldenzer die Ländereien der Besiegten unter sich aufteilen würden. Und das wäre allemal das größere Übel.
Auch sein eigenes Lebensglück hing möglicherweise von einem Sieg der Sponheimer ab. Christinas Vermutung, Heinrich kön-

ne sie bei einer Niederlage zurück an seine Seite zwingen, war keine leere Drohung. Ehevertrag hin oder her, nur über sie konnte er an das reiche Erbe von Graf Eberhard kommen.
Simon bestieg seinen Fuchs und gab dem Katzenelnbogener Bannerträger ein Zeichen. Unter seiner Leitung formierten sich die Krieger gemäß der Schlachtordnung an der rechten Flanke des Heeres. Simon ritt die Reihen ab und musterte sie prüfend. Vorne standen die schweren Reiter neben den Männern des Hessischen Landgrafen und Graf Eberhards gepanzerten Rittern. Zu seiner Verblüffung erblickte er mitten unter ihnen seinen alten Waffenmeister Hildebrand. Er trug wie Simon selbst nur eine leichte Rüstung.
Es war sehr gefährlich, den ersten Angriff gegen die gegnerischen Lanzen nur mit diesem Schutz zu reiten. Warum nahm der alte Hildebrand dieses Risiko auf sich? Niemand hätte es dem weit über Fünfzigjährigen verübelt, wenn er sich der leichten Reiterei angeschlossen hätte, die sich hinter den gepanzerten Rittern formiert hatte und erst nach dem ersten Zusammenstoß in den Kampf eingreifen sollte.
Neben Hildebrand saß ein Ritter, den Simon nicht erkannte, auf einem edlen Apfelschimmel. Seiner Statur nach war er noch jung und hatte als Einziger bereits den Topfhelm aufgesetzt. Waffenrock, Helmzier und die Schabracke des Rosses zeigten das Wappen von Katzenelnbogen. Die Rüstung war offensichtlich neu und strahlte in silbernem Glanz. Prüfend ließ Simon seinen Blick über die anderen Ritter Graf Eberhards gleiten, die er alle von den großen Festen auf Burg Rheinfels während seiner mehrjährigen Knappenzeit kannte.
Doch das war Jahre her. Achselzuckend wandte Simon sich ab. Wahrscheinlich war der unbekannte Ritter ein Zögling des alten Waffenmeisters, den er solcherart in seine erste Schlacht begleitete.

In diesem Augenblick stießen die Herolde in ihr Horn. Simon hob den rechten Arm und ritt mit dem Bannerträger an die Spitze seines Heerhaufens. Die Männer setzten die Helme auf und ließen sich wie Simon von den Knappen Lanze und Schild reichen. Dann stürmten die gegnerischen Truppen aufeinander zu.

Christina stand neben Hildebrand in der zweiten Reihe der gepanzerten Reiter. Sie hatten noch am Morgen erneut vereinbart, dass sich Christina auf keinen Fall an der ersten Angriffswelle beteiligen sollte. Dabei würden die Kontrahenten mit aufgelegten Lanzen aufeinander zurasen und versuchen, sich wie beim Tjost im Turnier gegenseitig vom Pferd zu stoßen.

Trotz allen Übens war es Christina bisher nicht gelungen, sich in dieser Disziplin die nötigen Fertigkeiten anzueignen, um einem erfahrenen Kämpfer etwas entgegensetzen zu können. Da beim Lanzenstechen neben Geschicklichkeit auch große Körperkraft vonnöten war, bestand die Gefahr, dass sie gleich aus dem Sattel gehoben werden würde. Selbst wenn sie einen solchen Sturz unverletzt überstand, wäre sie durch die schwere Rüstung und den unhandlichen Topfhelm zu Fuß gegenüber jedem Reiter im Nachteil.

Obwohl sich Christina noch am Morgen darüber geärgert hatte, mit welcher Beharrlichkeit Hildebrand ihr das ganze Vorhaben ein letztes Mal auszureden versuchte, musste sie sich jetzt eingestehen, dass sie die Situation vielleicht doch unterschätzt hatte.

Knapp fünfhundert Schritt von ihnen entfernt hatte das Heer des Erzbischofs Aufstellung genommen. Überall wehten die Banner mit dem Mainzer Rad und dem blauen Veldenzer Löwen. Angesichts des Meers von aufgelegten gegnerischen Lanzen packte sie auch die Furcht, Hildebrand könne sich ihretwegen zu sehr gefährden. Er hatte eigens auf die schwere Rüstung verzichtet, um sie besser im Auge behalten und ihr im Notfall Beistand leisten zu können.

Der Himmel war mit schweren Wolken verhangen und der Tag noch kühl. Trotzdem begann Christina, unter dem schweren Harnisch zu schwitzen. Die Minuten vor dem Beginn der Schlacht dehnten sich zu einer Ewigkeit. Mehr als einmal überkam sie der Gedanke, einfach umzukehren und zurück ins Lager zu reiten.

Doch die damit verbundene Schande schreckte sie mehr als die Angst, die sich ihrer zunehmend bemächtigte. Das Herz schlug ihr bis zum Hals, Mund und Kehle fühlten sich staubtrocken an. Sie leckte sich über die Lippen und schmeckte das Metall des Helms, der ihr ganzes Gesicht bedeckte und ihr mit geschlossenem Visier nur die Sicht nach vorne ließ.

Als die Herolde schließlich zum Angriff bliesen, empfand sie dies im ersten Moment wie eine Befreiung. Doch je näher sie im gestreckten Galopp den gezückten Lanzen entgegenraste, desto mehr drohte sie die Panik zu überwältigen. Kaum konnten ihre schweißnassen Hände den dreieckigen Schild und die aufgelegte Lanze halten. Der Apfelschimmel, ein erfahrenes Schlachtross aus den Ställen ihres Vaters, ließ sich dagegen von dem tosenden Lärm um sie herum nicht beirren. Gleichmäßig und sicher galoppierte er dem Feind entgegen.

Schon prallten die ersten Kontrahenten mit ohrenbetäubendem Krachen aufeinander. Flüchtig und durch den engen Sehschlitz behindert, nahm Christina wahr, dass Simon, der wie Hildebrand ebenfalls nur eine leichte Rüstung trug, einen Ritter im Veldenzer Waffenrock vom Pferd stieß, während er selbst unverletzt blieb. Dann trug sie ihr Ross mitten ins dichteste Getümmel.

Denn Hildebrands Plan ging nicht auf! Er hatte darauf gebaut, dass nicht jeder Kämpfer in dieser ersten Angriffswelle einen Gegner für den Tjost fand. Schließlich ging es nicht geregelt zu wie in einem Turnier. Wenn sich Christina also dicht hinter ihm hielt, hoffte der alte Waffenmeister, ihre Angreifer abwehren zu können, so dass sie diese erste Phase der Schlacht unbeschadet überstand.

Doch er hatte die Rechnung ohne den schlachtenerprobten Apfelschimmel gemacht. Zielsicher stürmte der nun an Hildebrand vorbei. Christina, wegen Lanze und Schild nicht imstande, die Zügel zu ziehen, hatte keine Chance, ihn zu bremsen.

Schon tauchte ein Ritter im Waffenrock des Mainzers in ihrem Gesichtsfeld auf und hielt mit aufgelegter Lanze auf sie zu. Ihrer Kehle entrang sich ein Schrei der Furcht und Wut. Mit dem Mut der Verzweiflung packte sie Lanze und Schild fester und wappnete sich gegen den furchtbaren Stoß, der ihr nun drohte. Doch kurz bevor die Reiter aufeinandertrafen, stolperte das Ross des Gegners über einen auf der Erde liegenden Schild und brach seitlich aus. Um Haaresbreite zischte die Lanze an ihr vorbei, während das durchgehende Schlachtross ihren unseligen Angreifer geradewegs in die Arme der nachfolgenden leichten Reiterei trug. Die umringte den schwerfälligen Krieger und brachte ihn mit Schlägen ihrer Streitäxte zu Fall.

Christina warf ihre nutzlose Lanze weg und fasste die Zügel. So gelang es ihr, das Pferd zu stoppen und mit dem Druck ihrer Waden zu wenden. Doch sie konnte Hildebrand nirgends erkennen. Stattdessen tauchte plötzlich wieder Simon in ihrem Blickfeld auf. Mit dem Schwert brach er sich Bahn durch die gegnerischen Reihen. Ein feindlicher Reiter, ebenfalls nur im Kettenhemd und ledernen Beinlingen, trabte an Christina vorbei und hob seinen Speer. Er zielte genau auf Simons Rücken.

Christina reagierte instinktiv. Mit einem gellenden Schrei riss sie ihr Schwert aus der Scheide, trieb ihr Ross an die Seite des Angreifers und hieb nach dem Speer. Zusammen mit der Hand des Kriegers fiel er zu Boden.

Einen Augenblick lang war sie wie gelähmt. Zum ersten Mal in ihrem Leben hatte sie einen anderen Menschen schwer, vielleicht sogar tödlich verwundet. Doch ihr blieb keine Zeit zum Nachdenken. Ein weiterer leichter Reiter drang von der Seite mit gezücktem Schwert auf sie ein. Sie kreuzten die Klingen.
»Kämpfen ist ähnlich wie Tanzen. Es gilt stets, die richtigen Schritte und Bewegungen zur rechten Zeit zu machen.« Plötzlich dröhnten diese Worte aus längst vergangenen Zeiten in ihren Ohren und schalteten jeden anderen Gedanken aus. Wie von selbst fand sie in den Rhythmus der vertrauten Bewegungen. Jetzt zahlte sich aus, dass sie die Finten und Kniffe, die Hildebrand sie einst lehrte, so beharrlich geübt hatte, nicht nur auf dem Feld, sondern immer wieder auch in ihrer Vorstellung. Schon nach wenigen Schlägen stürzte ihr Gegner vom Pferd. Ein wildes Gefühl des Triumphes stieg in ihr auf und verdrängte jede Furcht. Sie konnte als Weib gegen Männer bestehen!
Rasch wendete sie das Ross und fixierte den nächsten Angreifer, der auf sie eindrang. Wieder fiel der Mann nach wenigen Schlägen vom Pferd. Unter seinem Helm drang Blut hervor. Einer ihrer Schwerthiebe musste an der schwachen Stelle der Rüstung die Halsschlagader getroffen haben, so wie sie es beabsichtigt hatte. Unzählige Male war die Abfolge dieser Schläge von ihr geprobt worden.
Neben sich hörte sie Bravorufe. Der alte Waffenmeister hatte wieder zu ihr aufgeschlossen. Voller Stolz wendete sie erneut das Pferd und verfluchte den engen Sehschlitz, der ihr keinen vollständigen Überblick über das Schlachtfeld ermöglichte. Nun galt es, Heinrich zu finden. Irgendwo unter den Truppen des Erzbischofs musste er sein. Früher oder später würden ihre Wege sich kreuzen.
Unwillkürlich schloss sich ihre Hand enger um den Schwertknauf. Sie war bereit.

Michel wartete, bis sich schwere und leichte Reiterei der gegnerischen Parteien ineinander verkeilt hatten. Erst dann zog er sein Schwert, streckte es hoch empor und gab damit das Zeichen zum Angriff. An der Spitze seiner Männer lief er los.
Ohne die eisernen Kettenbeinlinge, die er bislang in allen Schlachten zu Pferd getragen hatte, fühlte er sich trotz der Hose aus schwerem Leder leichtfüßig und beweglich. Auch die klobige Streitaxt vermisste er nicht. Zum ersten Mal trug er sich nicht mit der Sorge, das kostbare Schwert in der Schlacht zu verlieren. Er würde es danach nicht mehr brauchen.
Noch immer hing schwerer Dunst über dem Land und machte die Sicht diesig. Die Luft war feucht. Schon nach wenigen Schritten begann er, unter dem schweren Kettenhemd zu schwitzen. Am liebsten hätte er es sich samt dem wollenen Gambeson vom Leib gerissen. Aber er trug Verantwortung für seine Männer. Sie sollten ihren Anführer nicht vorzeitig einbüßen. Noch wichtiger war es ihm, Heinrich zu finden und ihn möglichst unverwundet zum Zweikampf zu fordern.
Die ersten Leichen lagen bereits im zarten Gras, das hier und da noch von gelben und blauen Spätsommerblumen gesprenkelt war. Die leuchtend blauen Blüten gehörten zu einer Art Nessel. Marie hatte sie besonders geliebt. »Schau, Michel, wie sich Wehrhaftigkeit und Zartheit in dieser einen Pflanze verbinden!«
»Diese Blume gleicht deinem Wesen, Geliebte.«
Sie lachte. »Dann bepflanze einst damit mein Grab!«
Unvermittelt fiel ihn diese Erinnerung an, begleitet von einem brennenden Schmerz, und brachte ihn beinahe ins Stolpern. Seine Männer waren vergessen. Hektisch musterte er die vor ihm kämpfenden Ritter und Reisigen. Würde er Heinrich überhaupt ausmachen können? Was, wenn er als schwerer Reiter nur das Mainzer Wappen trug und damit nicht von der Masse der gegnerischen Soldaten unterscheidbar war?

Die Wut verdoppelte seine Kräfte. Jetzt hatte er das Kampfgetümmel erreicht.
Mit einem einzigen Schwerthieb durchtrennte er die hinteren Fesseln des Schlachtrosses eines Mainzer Ritters, obwohl das Tier lederne Schutzhüllen trug. Sein Reiter stürzte über den Rücken des einknickenden Tieres zu Boden und blieb bewegungslos liegen. Mit der Schwertspitze fetzte ihm Michel den Helm vom Kopf und starrte in die blicklosen Augen eines Unbekannten. Er schien sich beim Sturz das Genick gebrochen zu haben.
Rasch wandte sich Michel dem schreienden Pferd zu und erlöste es mit einem Stich in die Kehle von seinen Qualen. Dann stürmte er weiter voran.

Knapp zwei Stunden später schien sich das Blatt zugunsten der Sponheimer zu wenden. Simon zog sich mit einem Teil seiner Männer ein Stück hinter die Kampflinien zurück, um eine kurze Verschnaufpause zu machen. Er selbst ritt auf eine der nur knapp mannshohen Erhebungen, die ab und an inmitten der Sprendlinger Ebene lagen. Von dort versuchte er, sich einen Überblick zu verschaffen.
Das Schlachtfeld vor ihm war mit toten Kämpfern und Pferden übersät. Ohne Zeit zum Zählen zu haben, schien es Simon, als ob weitaus mehr schwere Reiter mit Mainzer oder Veldenzer Wappen ihr Leben verloren hätten als Ritter der Verbündeten. Das lag vermutlich an der leichten Reiterei der Sponheimer, die dank Graf Eberhards Truppen der schweren der Mainzer zahlenmäßig überlegen war. Je weiter die Zeit voranschritt, desto erschöpfter wurden die gepanzerten Ritter und ihre ebenfalls mit schweren Lederdecken geschützten Pferde. Etliche Kämpfer aus dem Heer des Erzbischofs hatten sich bereits ergeben und wurden von Fußsoldaten aus Michels Truppen bewacht. Sie würden den Siegern ein reiches Lösegeld einbringen.

Auch hinter der gegenüberliegenden Kampflinie sah Simon eine Reihe von kurfürstlichen Rittern, die ohne Helm neben ihren Pferden standen, offensichtlich zu erschöpft, um weiter zu fechten.

Die Kämpfer aus dem gegnerischen Heer, die noch übrig waren, wurden hart von der viel wendigeren leichten Reiterei der Sponheimer und Michels Fußsoldaten bedrängt. Auch Michels Männer waren dank dessen hervorragender Ausbildung den plumpen Kämpfern des Erzbischofs weit überlegen, zumal diese auch noch schlechter bewaffnet waren. Den Streitäxten und -kolben der Kreuznacher hatten sie häufig nur einfache Speere oder gar Ackerwerkzeuge, die sie als Waffen verwendeten, entgegenzusetzen.

Auf der linken Flanke waren die Truppen des Rheingrafen, den Simon an seiner Helmzier erkannte, weit vorgestoßen und befanden sich jetzt auf der Höhe des Pappelwäldchens. Auch Graf Johann, der mit seinem Heerhaufen im Zentrum kämpfte, hielt sich trotz seines lahmen Beines noch immer tapfer. Gerade stieß er einen gegnerischen Ritter vom Pferd. Simon wusste, dass er mittlerweile unerträgliche Schmerzen aushalten musste.

Plötzlich stieg aus der Richtung des gegnerischen Lagers eine Staubwolke auf. Da die Sicht noch immer nicht gut war, erkannte Simon erst nach einigen Augenblicken, dass eine neue Welle schwerer Reiter auf die Sponheimer Kämpfer zuhielt. Dies musste eine Reserve sein, die Werner von Eppstein bis jetzt in der Hinterhand gehalten hatte.

Alarmiert zählte Simon an die vierzig Männer. An ihrer Spitze ritt ein Mann mit einer merkwürdig bunten Helmzier. Die blauen, gelben, weißen und roten Federn wirkten von weitem wie ein bizarrer Blumenstrauß. Erst auf den zweiten Blick wurde Simon klar, dass dies eine Zusammensetzung aus den Mainzer und Sponheimer Farben war. Es durchfuhr ihn siedend heiß:

Das konnte nur Heinrich sein! Simon hatte ihn bislang nicht unter den Kämpfern des Kurfürsten ausmachen können.
Jetzt überschlugen sich die Ereignisse. Auch hinter Simons Rücken erklang Hufgetrappel. Die Reserve der Sponheimer, bestehend aus Rittern und Reisigen unter der Führung der Dalberger und Leininger Grafen, griff in die Schlacht ein, wie man es zuvor für diesen Fall beim Kriegsrat vereinbart hatte. Die Männer waren so frisch wie die Nachhut des Erzbischofs und würden die vom langen Kampf erschöpften Sponheimer Truppen entlasten, die ohne Hilfe den ausgeruhten Recken des Mainzers unterlegen wären.
Simons Zuversicht sank. Also war die Schlacht doch noch nicht entschieden. Er gab seinen wartenden Männern ein Zeichen und wollte sein Pferd gerade vorsichtig von dem kleinen Hügel hinunterlenken, als ein irrwitziger Schrei ihn innehalten ließ. Er war so laut, dass er selbst das Schlachtgetöse übertönte.
Über die Köpfe der in den Kampf eingreifenden Leininger und Dalberger Truppen hinweg sah er, dass sich ein riesiger Recke zu Fuß einen Pfad durch das dichteste Kampfgetümmel bahnte. Er riss einem feindlichen Reiter die Streitaxt aus der Hand und mähte sich mit dieser tödlichen Waffe in der Linken und dem Schwert in der Rechten seinen Weg durch die feindlichen Truppen wie ein Schnitter durch Korn. Niemand schien ihn aufhalten zu können.
Es war Michel. Er hielt geradewegs auf den Ritter mit der bunten Helmzier zu. Wie gebannt verharrte Simon an seinem Platz. Jetzt hatte Michel den Reiter erreicht. Einen winzigen Augenblick lang verschwand sein Kopf in der Menge. Gleich darauf brach Heinrichs Pferd auf den Hinterbeinen ein. Sein Reiter stürzte zu Boden.
Zu Simons Verblüffung warf Michel die Streitaxt beiseite und riss den Mann an seinem eisenbewehrten Arm in die Höhe. Er

wartete, bis der andere sein Schwert gezückt hatte. Dann drangen die Kämpfer aufeinander ein.
Heinrich war Michel trotz seiner schweren Rüstung ein ebenbürtiger Gegner. Jetzt riss er sich den Helm vom Kopf. Darunter trug er eine Kettenhaube und offensichtlich eine schwarze Maske über der unteren Gesichtshälfte. Simon kniff die Augen zusammen, um besser sehen zu können.
Immer wieder kreuzten die beiden die Klingen, um sich danach wie zwei Luchse zu umschleichen. Mittlerweile waren auch die Krieger in unmittelbarer Umgebung auf den Zweikampf aufmerksam geworden. In stillschweigendem Einvernehmen stellten sie ihre eigenen Kämpfe ein und umringten Michel und Heinrich in einem Kreis. Immer mehr Männer folgten ihrem Beispiel, der Kampf kam überall zum Erliegen.
Fasziniert verfolgte Simon von seinem erhöhten Platz aus das Geschehen. Sollte die Fehde wie in alten Zeiten durch einen Zweikampf entschieden werden? Wie um die Bedeutung dieses Duells zu unterstreichen, brach in diesem Moment die Sonne zum ersten Mal durch die dichten Wolken.
Plötzlich geriet Michel ins Stolpern. Heinrich nutzte seinen Vorteil und schlug ihm das Schwert aus der Hand. Doch Michel ließ sich nicht einschüchtern. Rasch griff er an sein Wehrgehänge, silbern blitzte es in seiner Hand. Er hatte seinen Dolch gezogen.
Danach ging alles sehr schnell. Mit einem Brüllen, wie Simon sich das eines Löwen vorstellte, sprang Michel auf Heinrich zu und trat ihm mit ausgestrecktem Bein in den Unterleib. Dann stieß er dem Taumelnden den Dolch in die Kehle. Ein vielstimmiger Schrei ließ die Ebene erzittern. Auch Simon schrie mit.
Michel bückte sich nieder, um seinen blutigen Dolch am Gras abzuwischen. Dann riss er dem Toten die Maske herunter.

Im nächsten Moment erzitterte die Ebene wieder von seinem Gebrüll. Fassungslos beobachtete Simon, dass Michel wie ein Besessener auf die Leiche des Besiegten eintrat. Dann bückte er sich, hob mit einem Griff sein Schwert aus dem Gras, wirbelte herum und stieß es einem gegnerischen Fußsoldaten tief in die Brust. Was hatte das zu bedeuten?

Sofort waren die Kämpfe wieder in vollem Gange. Doch die Moral des Gegners schien durch Michels Sieg über Heinrich geschwächt. Unter dem Ansturm der Leininger und Dalberger Ritter wandten sich Werner von Eppsteins Truppen zur Flucht, noch ehe Simon sich wieder ins Kampfgetümmel gestürzt hatte.

Mit seinen Reitern setzte Simon den Fliehenden nach. Sie hatten gerade die Höhe des Pappelwäldchens zur Linken erreicht, da richtete sich Graf Gerlachs Bannerträger hoch in seinem Sattel auf und schwenkte die Fahne mit dem Veldenzer Wappen.

Simon erstarrte auf seinem Ross zu Eis. Wenige Lidschläge dehnten sich zu einer Ewigkeit, während sein Verstand zu erfassen suchte, was seine Sinne ihm mit tödlicher Sicherheit vermeldeten: Diese Situation hatte er schon einmal erlebt.

Im Moment der Klarheit brachen sie auch schon aus dem Pappelwäldchen zur Linken hervor. Es mussten mindestens dreißig schwere Reiter sein, die in keilförmiger Formation auf die Truppen der Sponheimer zuhielten. An ihrer Spitze, im Mainzer Waffenrock, doch mit der Sponheimer Helmzier, dem blaugoldenen Schachbrettwappen, ritt der wahre Heinrich.

Kapitel 41

Wie ein Sturzbach den Damm durchbrachen die feindlichen Ritter mit aufgelegten Lanzen die Reihen der völlig überraschten Sponheimer Truppen. Christina, die mit Hildebrand am Rande des Schlachtfelds eine Weile ausgeruht hatte, brauchte all ihre Kraft, um den trotz seiner Kampferfahrung erschrockenen Apfelschimmel am Durchgehen zu hindern. Als das Tier sich endlich beruhigt hatte, klappte sie ihr Visier hoch, um besser sehen zu können.

Neben ihr starrte der alte Waffenmeister wie gelähmt auf das Geschehen. »Das ist ein ehrloser Hinterhalt.« Christina ahnte mehr, was er sagte, als dass sie es hörte.

»Es ist die gleiche Finte, mit der König Rudolf Ottokar auf dem Marchfeld besiegte!«, rief sie ihm zu, ohne zu wissen, ob er ihre Worte bei dem Getöse verstand. Simon hatte ihr immer wieder von dieser Kriegslist erzählt.

Tatsächlich war die Wirkung katastrophal. Da die Sponheimer Ritter ihre Pferde nicht schnell genug wenden konnten, trafen die Lanzen der Angreifer sie an der Seite und stießen sie reihenweise vom Pferd. Christina erkannte an den Wappen, dass es sich vor allem um die verbündeten Dalberger und Leininger Truppen handelte, so dass Graf Johann seine ausgeruhte Reserve nahezu vollständig verlor. Jetzt hatten auch die vorgeblich fliehenden übrigen Mainzer Ritter kehrtgemacht und hielten auf die heillos verwirrten Sponheimer zu.

Wie gebannt blieb Christinas Blick an einer Helmzier hängen, die das blaugoldene Schachbrettmuster zeigte. War das Heinrich oder Graf Johann?

Da, jetzt konnte sie den feindlichen Waffenrock erkennen. Es war Heinrich.

»Kommt!«, wollte sie Hildebrand gerade zurufen, als ihr die Worte im Hals stecken blieben. Der Alte riss ihr mit einem Ruck den Helm herab und warf ihn zu Boden. Da sie darunter nur eine wollene Haube trug, würde sie nun jedermann erkennen. Zudem war ihr Kopf ungeschützt.

»Was soll das?«, fauchte sie wütend. Doch Hildebrand griff ihr in die Zügel und hielt diese fest, sosehr sie auch daran zerrte.

Dann preschte er mit seinem eigenen Tier los und zog auch Christinas Ross mit sich fort, weg von der tobenden Schlacht. Erst in der Nähe des eigenen Heerlagers hielt er an.

Rasend vor Wut zog Christina ihr Schwert und hielt es dem Alten an die Kehle. Der ließ sich nicht einschüchtern, sondern sah ihr mit festem Blick in die Augen.

»Ihr habt es mir immer wieder versprochen, Herrin.« Auch Hildebrands Stimme war ruhig. »Wenn die Schlacht verlorenzugehen droht, zieht Ihr Euch zurück.«

Verzweifelt richtete Simon sich in den Steigbügeln auf und versuchte, seine Truppen um sich zu sammeln. Sofort sauste ein Speer auf ihn zu. Instinktiv beugte er sich zur Seite, so dass die Spitze seine Brust verfehlte und nur den Oberarm streifte. Dennoch war die Wucht so groß, dass der Speer durch das Kettenhemd drang und ihm eine brennende Wunde zufügte.

Es hatte keinen Sinn, weiter nach den Reitern aus Katzenelnbogen zu suchen. Durch den überraschenden Angriff aus dem Hinterhalt waren die Sponheimer Truppen in heillose Unordnung geraten. Jeder kämpfte nur noch für sich allein und versuchte, mit dem Leben davonzukommen.

Neben ihm stießen zwei verbündete Ritter in ihrer wilden Flucht heftig zusammen und warfen sich gegenseitig aus dem Sattel. Einer blieb bewegungslos liegen, der andere wurde mit dem Fuß im Steigbügel von seinem Pferd mitgeschleift.

Reflexartig tötete Simon zwei feindliche Fußsoldaten, die ihn und seinen Fuchs mit Spießen attackierten.
In diesem Moment sank das Banner des Rheingrafen. Simon sah entsetzt, dass er von feindlichen Reitern umringt war, die ihre Schwerter auf ihn gerichtet hielten. Der alte Recke zog seinen Helm ab und warf ihn zusammen mit seinem Schwert in den Staub. Dann ließ er sich hinter die gegnerischen Kampflinien eskortieren. Sie hatten einen ihrer wichtigsten Anführer verloren.
Wo war Graf Johann? Würde auch er in Gefangenschaft geraten oder gar fallen, wäre ihre Sache gänzlich verloren. In diesem Moment spürte Simon einen heftigen Schlag am Rücken. Er fuhr herum und sah sich von drei feindlichen Reisigen aus der leichten Mainzer Reiterei bedroht. Sie waren mit Morgensternen ausgerüstet, langen zackenbewehrten Eisenkugeln an schweren Ketten, die sie nun bedrohlich schwenkten. Einer schien ihn, zum Glück nur leicht, am Rücken getroffen zu haben, weil sein Angreifer entweder nicht genau genug gezielt hatte oder noch zu weit entfernt gewesen war.
Schon sauste der nächste Stern auf ihn zu. Simon duckte sich darunter weg, aber nur mit dem Schwert war drei Kämpfern mit diesen Waffen nicht beizukommen. Schon streifte ihn der nächste Stern am Bein. Auch sein Fuchs wurde getroffen und wieherte jammervoll. Zum Glück hatte der hohe Sattelknauf den Schlag größtenteils abgefangen.
Plötzlich schrie einer der Angreifer auf. Blut strömte ihm aus Nase und Mund, während er von seinem Pferd stürzte. Im nächsten Augenblick saß Michel auf, die blutige Streitaxt noch immer in der Linken. Simon nutzte die Verwirrung der beiden übrigen Kämpfer und stieß dem einem sein Schwert tief in die Brust. Es verhakte sich, als er es herausziehen wollte, doch der dritte Angreifer war bereits geflohen.

»Wo ist Graf Johann?«, schrie Simon Michel zu. Der deutete mit dem Schwert in seiner Rechten nach vorne. Simon erkannte Johann an den Resten seiner Helmzier, die bereits arg gelitten hatte. Auch der Graf war von mehreren feindlichen Reitern umringt. In diesem Augenblick tat sich vor ihm eine Bresche auf, und ein Ritter im Mainzer Waffenrock, aber mit Sponheimer Helmzier, ritt mit erhobenem Schwert auf Johann zu.
»Seht, da ist Heinrich!« Michels Stimme überschlug sich beinahe. Die feindlichen Brüder kreuzten die Klingen. Selbst aus der Entfernung konnten Simon und Michel erkennen, dass Graf Johann viel erschöpfter als sein jüngerer und obendrein ausgeruhter Bruder war.
Jetzt traf ein gewaltiger Schwerthieb Johanns Schild. Er musste ihn trotz des Schutzes unglücklich getroffen haben, denn Johann sackte zur Seite.
»Wir müssen ihm helfen.« Noch während Simon seinen Fuchs antrieb, stürmte Michel bereits an ihm vorbei. Wieder schwang der Hüne Streitaxt und Schwert nach beiden Seiten, so dass die Feinde furchtsam vor ihm zurückwichen. Nahezu ungehindert konnte Simon ihm folgen. Je näher er Graf Johann kam, desto deutlicher sah er, wie geschwächt sein Ziehvater nach dem langen Kampf war. Sein Waffenrock triefte von Blut, woher es stammte, war nicht auszumachen. Der linke Arm hing schlaff herab, scheinbar konnte der Graf den schweren Schild aus Leder und Eisen nicht mehr heben, sondern stützte ihn auf dem Sattel ab. Noch bevor Michel und Simon herankamen, traf Johann ein weiterer Schwerthieb Heinrichs am Kopf und zerschlug den kümmerlichen Rest der verbliebenen Helmzier. Johann sank über dem Hals seines Rosses zusammen.
Mit dem Simon mittlerweile schon vertrauten Gebrüll stürzte Michel auf Heinrich los. Kaum konnte das Auge den Hieben mit Streitaxt und Schwert folgen, die auf Heinrich niederprasselten.

Dieser war völlig überrumpelt von Michels Attacke und konnte die Schläge nur notdürftig abwehren.
Simon griff in die Zügel von Johanns Schlachtross. Es war ein edler Rappe, der ebenfalls bereits aus mehreren Wunden blutete. Es gelang ihm, das Pferd neben sich zu ziehen, doch als er sich in Richtung des eigenen Lagers wandte, sah er eine dichte Kette von feindlichen Reitern, die ihm den Weg versperrte.
Noch immer drang Michel mit der Wut eines Besessenen auf Heinrich ein. Doch in seiner Raserei verfehlte er seinen Gegner einige Male, der die Chance nutzte und hinter die vorderen Linien zurückwich. Michel machte Anstalten, ihm nachzusetzen.
»Michel!« Noch Stunden später schmerzte Simons Kehle von seinem Schrei. Er richtete sich im Sattel auf. »Halt ein und hilf mir! Der Graf ist verletzt. Wir müssen ihn hier herausbringen.«
Michel saß wie angewurzelt auf seinem erbeuteten Pferd. »Heinrich flieht«, brüllte er. »Ich muss ihn einholen!«
»Darum kümmern wir uns später. Wenn Graf Johann gefangen genommen wird, ist alles verloren.«
Michel schüttelte stur den Kopf. »Diesmal höre ich nicht auf Euch.«
Nun sah auch Simon rot. »So opfere unsere ganze Grafschaft deiner unseligen Rache.« Er trieb die Pferde an. Zum Glück hielt sich Graf Johann im Sattel.
Im nächsten Moment landete ein mit Kettenhaube bewehrter Kopf zu Füßen seines scheuenden Fuchses. Aus dem Augenwinkel sah Simon einen Körper zusammensacken, den Speer noch in der Hand.
Mit bluttriefendem Schwert stürmte Michel an ihm vorbei. Die Reihe der Reiter, die Simon den Weg versperrte, stob auseinander wie eine Hühnerschar, wenn der Fuchs naht. Simon folgte Michel mit Johanns Pferd durch die Lücke, so schnell er konnte. Noch zwei angreifende Reiter fegte der Hüne mit einem einzi-

gen Hieb seines Schwerts und der Streitaxt zu Boden. Dann stellte sich ihnen niemand mehr in den Weg. Ungehindert erreichten sie das Feldlager.

Hilfreiche Knappen eilten herbei und halfen Simon und Johann vom Pferd. »Kümmert euch um den Grafen, er ist verwundet.« Schon rannten zwei Feldschere mit einer Bahre auf sie zu und trugen Johann in sein Zelt.

Erschöpft sank Simon ins Gras und trank in großen Zügen aus dem Wasserschlauch, den ein Knappe ihm reichte. Doch schon stand Michel neben ihm. »Kommt wieder hoch, Ihr habt es versprochen!«

Sein alter Freund sah aus wie ein Dämon. Sein Waffenrock war mit Blut getränkt, das Kettenhemd an mehreren Stellen gerissen. Eine Augenbraue war aufgeplatzt, das Blut lief ihm über das ganze Gesicht. Seine Augen glühten wie Kohlen.

Erst jetzt merkte Simon, dass auch er aus mehreren, zum Glück nur leichten Wunden blutete. »Gemach, treuer Gefährte. Ich muss einen winzigen Augenblick lang verschnaufen.« Er reichte Michel den Wasserschlauch. »Hier trink! Selbst deine Kräfte werden nicht ewig reichen. Doch so wie du eben Heinrich von Sponheim zugesetzt hast, wirst du die Wallstatt als Sieger verlassen.«

Ein schiefes Lächeln huschte über Michels Züge. Nach kurzem Zögern ließ er sich neben Simon ins Gras plumpsen und griff nach dem Schlauch. »Das glaube ich erst, wenn es geschehen ist, Herr. Doch Ihr habt recht. Ein kühler Trunk wird mir guttun. Aber ich raste nicht länger als den zehnten Teil einer Stunde. Wenn ich meinen Durst gelöscht habe, brechen wir auf!«

Entsetzt beobachtete Christina, wie Simon und Michel den offenbar schwerverletzten Sponheimer Grafen ins Lager brachten. Dann sanken beide ins Gras. War die Schlacht auch für sie zu Ende, waren sie ebenfalls schwer verwundet? Wer würde sich nun um Heinrich kümmern? Sollte er unbeschadet davonkommen und als strahlender Sieger vom Feld reiten?

Ihr Zorn auf Hildebrand, der noch immer ihr Pferd am Zügel hielt, wich kaltblütiger Berechnung. »Gebt mir meinen Helm zurück, Hildebrand«, bat sie. »Ich will mich davon überzeugen, dass Graf Johann am Leben ist.«

Der Alte warf ihr einen finsteren Blick zu. »Ich habe Euren Helm nicht mitgenommen, Herrin Christina, das wisst Ihr sehr wohl.«

»Nun, so gebt mir zumindest Eure Kettenhaube. Ich trage ein Halstuch unter dem Gambeson, das ich mir wie einen Staubschutz vor Mund und Nase ziehen kann. So wird mich niemand erkennen.«

Als der Alte zögerte, fuhr sie fort. »Wie Ihr schon sagtet, die Schlacht ist für uns beide vorbei. Ich möchte unerkannt ins Lager zurückkehren, mich nach des Grafen Wohl erkundigen und die Rüstung ablegen. Doch dort drüben sitzen Simon von Montfort und Michel von Kreuznach im Gras. Sie werden mich ohne Kopfbedeckung sofort erkennen.«

Hildebrand dachte nach. Christina glaubte schon, er wolle ihre Bitte ablehnen, als sich der Alte seufzend die schwere Kettenhaube über den Kopf zog und sie ihr reichte. Sie stülpte sie sich über und zuckte unter ihrem Gewicht zusammen. Die Haube war fast so schwer wie der Helm, den sie vorher getragen hatte und ihr viel zu weit, so dass sie vor allem am Hals nicht anlag und sich wie ein grotesker Kragen in Falten legte. Doch es half nichts, es musste so gehen. Sie zerrte sich das Halstuch über Mund und Nase, nur die Augen blieben frei.

Zu ihrer Enttäuschung packte Hildebrand, dessen einzige Kopfbedeckung jetzt eine grob gewebte, enganliegende Kappe war, ihren Apfelschimmel wieder am Zügel und lenkte beide Tiere

im Schritt auf das Lager zu. Sie überlegte fieberhaft. Wie konnte sie dem Alten nur entkommen?
Da kam ihr der Zufall zu Hilfe. Hildebrands Ross trat in ein Erdloch und stolperte. Der überraschte Waffenmeister ließ die Zügel des Apfelschimmels los.
Instinktiv nutzte Christina den Augenblick, um ihrem Pferd die Sporen in die Flanken zu treiben und im gestreckten Galopp davonzupreschen. Sie hielt geradewegs auf das Schlachtfeld zu.

»Schau, Michel, da steht der alte Hildebrand mit einem jungen Ritter, den ich nicht kenne. Er hat tapfer gestritten und so manchen feindlichen Kämpfer besiegt, soweit ich es sehen konnte.«
Michel folgte Simons ausgestrecktem Arm. Er legte die Hand über die Augen. Die Gefährten ruhten knapp einhundertfünfzig Schritt von der Stelle entfernt, an der die beiden Katzenelnbogener standen. »Offensichtlich hat der Jüngling seinen Helm verloren und musste sich aus der Schlacht zurückziehen.«
In diesem Moment zog Hildebrand seine Kettenhaube ab und reichte sie dem Ritter. Als sich der junge Mann dem alten Waffenmeister entgegenneigte und nach dem Kopfschutz griff, erhaschte Simon einen kurzen Moment lang einen Blick auf sein Gesicht. Es kam ihm merkwürdig vertraut vor. Doch schon hatte sich der Jüngling Tuch und Haube übergestreift.
»Warum verbirgt er sein Gesicht mit einem Tuch?«, fragte Michel.
In diesem Moment durchfuhr Simon die Erkenntnis wie ein Blitz. »Michel, das ist Christina!« Erregt sprang er auf.
Doch bevor er wieder im Sattel saß, galoppierte Christina bereits davon. Zu Simons Entsetzen raste sie direkt auf das Schlachtfeld zu.
»Was hat sie vor? Die Schlacht ist doch nahezu … verloren?«

Wieder traf Simon die Erkenntnis wie ein Hammerschlag, noch bevor er das letzte Wort herausgeschrien hatte. Er schlug dem Fuchs die Sporen so stark in die Weichen, dass das bereits erschöpfte Tier aufstöhnte.
»Michel, wir müssen ihr folgen. Sie sucht Heinrich!«

Je näher Christina den verbliebenen Kämpfern kam, desto klarer wurde ihr, dass es schlecht um die Sache der Sponheimer stand. Immer wieder setzte ihr Apfelschimmel über Tote und grässlich Verwundete im Waffenrock der eigenen Truppen hinweg, die erbarmungswürdig um Wasser bettelten.
Hinter sich hörte sie Hufgetrappel. Das war zweifellos Hildebrand, der ihr nachsetzte. Er durfte sie nicht einholen. Ohne sich umzusehen, ob der Alte ihr wirklich folgte, schlug sie einen Haken und ritt seitlich auf die linke Flanke des Heeres zu.
Unmittelbar vor sich sah sie das Dalberger Banner fallen. War der Ritter gleich dem Rheingrafen nun ebenfalls in Gefangenschaft geraten oder gar umgekommen? Sie verscheuchte den Gedanken. Das war jetzt nicht wichtig.
Der fehlende Topfhelm machte sie zwar deutlich verwundbarer, aber dafür hatte sie nun weitaus bessere Sicht. Sie erkannte, dass sich viele verbündete Kämpfer bereits ergeben hatten. Sie standen, saßen oder lagen am Rande des Schlachtfelds, die Waffen zu Haufen getürmt und von Mainzer oder Veldenzer Soldaten bewacht.
Plötzlich hörte sie jemand ihren Namen rufen, gefolgt von einem gurgelnden Aufschrei. Sie erschrak, doch sie drehte sich wieder nicht um. Was auch immer hinter ihrem Rücken geschah, sie durfte sich jetzt nicht ablenken lassen. Es war ihre einzige und letzte Möglichkeit, Heinrich zu töten.
Verzweifelt suchte sie das Schlachtfeld ab. Wo war Heinrich bloß? Als sie ihn endlich entdeckte, war er näher, als sie erwartet

hatte. Nur knapp fünfzig Schritt entfernt thronte er auf seinem massigen Schlachtross. Gerade stieß er mit der Lanze nach einem bereits auf dem Boden liegenden Mann.

»Heinrich von Sponheim!« Ihre Stimme klang höher als sonst. »Ich bin ein Ritter des Grafen von Katzenelnbogen. Ihr habt meinen Herrn auf das Schändlichste beleidigt. Tretet gegen mich an, damit ich seine Ehre wiederherstellen kann!«

Zu ihrem eigenen Erstaunen machten die vor Heinrich versammelten Mainzer Truppen eine Gasse frei und ließen sie ungehindert hindurch. Dann schlossen sich die Reihen wieder.

Zehn Schritt vor Heinrich hielt Christina an und zog ihr Schwert.

»Wer seid Ihr, Ritter aus Katzenelnbogen? Ich kenne Euch nicht! Nennt Euren Namen, damit ich weiß, welchen Milchbart der alte Simpel mit der Rettung seiner Ehre betraut hat.«

»Mein Name muss Euch nicht kümmern!«

Heinrich warf die blutige Lanze weg und klappte sein Visier hoch. Er grinste spöttisch. »So zeigt mir wenigstens Euer Gesicht! Ich will wissen, wen ich töte!«

Heinrichs Dünkel machte Christina unbesonnen. Sie löste die Hand von ihrem mit einem Lederband um den Hals befestigten Schild und riss sich das Tuch unter der Kettenhaube herunter. »Ich bin es. Erkennt Ihr mich?«

Heinrichs grenzenlos verblüffter Gesichtsausdruck reizte sie einen Wimpernschlag lang zum Lachen. Doch dann nutzte sie die Gelegenheit. Mit der jahrelang erlernten Routine griff sie blitzschnell wieder nach ihrem Schild und stürmte mit erhobenem Schwert auf ihn zu.

Die Überraschung verschaffte ihr zunächst einen Vorteil. Anfangs konnte Heinrich ihre Schläge nur mit seinem Schild abwehren. Erst nach dem fünften Hieb Christinas gelang es ihm, sein eigenes Schwert zu ziehen.

Sein Erstaunen wandelte sich zu rasender Wut. »Schändliche Metze!« Er riss den Mund so weit auf, dass Christina das Zäpfchen in seinem Hals sehen konnte. Geifer sprühte von seinen Lippen und traf sie an der Wange.

Nun drang er mit Wucht auf sie ein. Ununterbrochen prasselten seine Hiebe auf sie ein. Schon bald begannen Christinas Kräfte zu erlahmen. Panik nahm ihr den Atem. Selbst wenn sie ausgeruht gegen Heinrich angetreten wäre, hätte ihr nur ihre größere Wendigkeit und Geschicklichkeit zum Sieg verhelfen können. An Körperkraft war er ihr weit überlegen.

Doch sie kämpfte bereits den ganzen Vormittag. Das machte sich jetzt bemerkbar. Ihr Schildarm begann unter Heinrichs wütenden Hieben zu schmerzen, ihr Schwertarm wurde schwerer und schwerer, ihre Angriffe immer seltener.

Schon stark geschwächt, versuchte sie schließlich eine der Finten, die ihr Hildebrand beigebracht hatte. Doch Heinrich, einst ebenfalls Hildebrands Schüler, parierte sie mühelos und schlug ihr das Schwert aus der Hand. Dabei zerrte sie sich den Arm. Ein unerträglicher Schmerz schoss ihr vom Ellbogen bis in die Schulter hinein.

Dann traf sie ein gewaltiger Hieb am Kopf. Um sie herum wurde es schwarz.

Seite an Seite preschten sie los. Sie hatten kaum fünfzig Schritt zurückgelegt, da brach Michels Pferd in der Vorderhand ein. In hohem Bogen flog er über den Hals des Tieres, überschlug sich zweimal und blieb liegen.

Simon riss den Fuchs herum und trabte zurück, Verzweiflung im Herzen. »Michel, ich brauche dich, um Christina zu retten. Es sind kaum noch Sponheimer Kämpfer übrig. Das Blatt hat sich endgültig zugunsten der Feinde gewendet. Da hinten reitet sie!« Er wusste nicht, ob er die Worte schrie oder nur stumm die

Lippen bewegte. Weit entfernt galoppierte Christina zur linken Seite des Felds.

Dem Herrgott sei Dank, Michel stand wieder auf. Er schien den Sturz unbeschadet überstanden zu haben. Simon schickte ein Stoßgebet zum Himmel. Doch Michels erbeutetes Ross, ohnehin viel zu leicht gebaut für einen Mann seiner Statur, lag stöhnend auf der Seite. Sein linkes Vorderbein stand im spitzen Winkel ab, es war offensichtlich gebrochen. Wir müssen es später von seinen Qualen erlösen, jetzt ist keine Zeit!, dachte Simon und schrie Michel dann zu:

»Kannst du laufen?« Da rannte der Hüne auch schon los, ohne zu antworten.

Ein Reiter stürmte an ihnen vorbei. Das ist Hildebrand. Er ruft nach Christina, schoss es Simon durch den Kopf.

Der Alte war kaum dreißig Schritt entfernt, da schrie er plötzlich auf. In vollem Galopp verlor er das Gleichgewicht und stürzte vom Pferd, das mit leerem Sattel weiterrannte.

Als Simon herankam, starrten die Augen des alten Mannes blicklos zum Himmel. Er blutete aus der Schläfe. Ein Stein, offensichtlich mit einer Schleuder abgeschossen, hatte ihm den Schädel zertrümmert.

Er hat ihr seinen Kopfschutz gegeben!, erkannte Simon. Und nun ist er tot! Christina, was hast du getan?

Simon gab dem Fuchs erneut die Sporen. Weit vor ihm lief Michel, Streitaxt und Schwert gezückt. Wieder brüllte er wie ein Löwe.

Allmächtiger! Christina kämpft mit Heinrich. Der Bastard trägt noch immer die Sponheimer Helmzier!, kommentierte Simon die Geschehnisse vor seinen Augen in Gedanken.

Jetzt fegte Christina sie mit einem Schlag herunter.

Gut gemacht, Mädchen!

Und da! Eine perfekte Finte mit dem Schwert! Er hätte es nicht besser gekonnt! Wann hatte sie das bloß gelernt?

Die Zeit stand still. Michel war an der Kampflinie angelangt.
Sie weichen vor ihm zurück wie das Rote Meer vor dem Propheten Moses!
Hinter Michel schlossen sich die Reihen wieder.
Oh weh, nun dringt Heinrich auf Christina ein. Er ist ihr an Körperkraft weit überlegen!
Seine Schläge waren nicht elegant und gekonnt, sondern brutal und von roher Gewalt.
Geliebte, harre aus, gleich bin ich bei dir!
Ohne nachzudenken, schwang Simon sein Schwert und schlug sich eine Gasse durch die gaffenden Mainzer. Ein Hieb traf seine Wade, das Bein wurde taub. Aber er spürte keinen Schmerz.
Jetzt wirbelte Michel herum, zwei Männer fielen zu beiden Seiten in den Staub.
Er gleicht einem Schlachter!
Flüchtig fiel Simon die Doppeldeutigkeit seines Gedankens auf. Michel, Sohn eines Metzgers.
Er nutzte die von Michel geschaffene Lücke und brach durch die Mainzer Reihen auf den Kampfplatz. In diesem Moment traf Heinrichs Schwert Christina am Kopf, zum Glück nur mit der flachen Seite der Klinge. Sie sank nach vorn.
Herr Jesus, hilf! Ist sie bewusstlos oder gar tot?
Eisiges Entsetzen lähmte Simon. Christinas Schild fiel auf das zertretene Gras.
Was soll ich tun?
Jetzt sprang Michel Heinrich in den Weg und gab Simon ein Zeichen. »Zieh sie zu dir aufs Pferd!«, schrie er. Zum allerersten Mal duzte er Simon.
Der war verzweifelt. »Wie soll das gehen? Ihre Rüstung ist viel zu schwer!«
Er drängte seinen Fuchs neben Christinas Ross und fing sie gerade noch auf, bevor sie fiel. Michel schlug Heinrichs Pferd die

Streitaxt vor die Brust. Schreiend wie ein Mensch wich das Tier zurück.
Das verschaffte Simon etwas Luft. Vom Rücken seines Fuchses schwang er sich hinter Christina in den Sattel.
Ich erkenne den Apfelschimmel wieder. Er ist ein erfahrenes Schlachtross. Ich habe ihn oft in Eberhards Ställen gesehen. Schon heute Morgen hätte ich wissen müssen, dass *sie* ihn reitet!
Er schrammte seinem nun reiterlosen Fuchs die scharfe Schwertklinge über die Flanke. Laut wiehernd und mit den Vorderhufen um sich schlagend ging er durch und galoppierte mitten durch die übereinander stolpernden Mainzer.
Verzeih mir und hab Dank, treuer Gefährte. Du hast mir viele Jahre aufs Beste gedient und mich durch alle Schlachten getragen.
Hinter dem davonjagenden Pferd tat sich erneut eine Lücke auf. Rasch hindurch!
»Michel, wo bleibst du? Komm mit!«
Simon ahnte mehr, als er hörte, was der Getreue ihm zurief.
»Lebt wohl, Herr. Mein Platz ist hier!«

»Elender Bastard!«
Rasend vor Wut sah Michel, dass Heinrich mittlerweile von seinem schwerverwundeten Ross gesprungen war und sich hinter einer Gruppe von Kämpfern im Mainzer Waffenrock verschanzte. Sie hatten sich rund um Michel herum mit gezückten Schwertern und an Ketten schwingenden Morgensternen aufgebaut.
»Zehn Goldmünzen für seinen Kopf!«, brüllte Heinrich.
»Vorher schicke ich euch alle zur Hölle. Dort könnt ihr auf euren verfluchten Befehlshaber warten!«
Mit diesen Worten spaltete Michel dem nächststehenden Kämpfer den Brustkorb, bevor der seinen Morgenstern schwingen

konnte. Da der Stiel seiner Axt mittlerweile glitschig von Blut war, warf Michel sie weg und riss dem Toten die Waffe aus der Hand.
Mit einer einzigen wirbelnden Drehung schlug er drei weitere Männer mit der furchtbaren, zackenbewehrten Kugel nieder.
»Ich erhöhe das Kopfgeld auf zwanzig Goldmünzen!«
»Erbärmlicher Feigling! Stinkende Ratte! Komm aus deinem Loch heraus und stell dich!«
Heinrich machte jedoch keine Anstalten, sich zu rühren. »Du wagst es, einen Edelmann zu beleidigen, niedrig geborener Köter?« Einen winzigen Moment schweifte sein Blick ab.
Aus dem Augenwinkel sah Michel eine Bewegung. Er reagierte einen Wimpernschlag zu spät. Die Streitaxt traf ihn an der linken Schulter, zum Glück nur mit der stumpfen Seite. Dennoch zog ein furchtbarer Schmerz durch seinen Körper, während sein Angreifer durch die Wucht von Michels Gegenschlag mit zerschmettertem Gesicht hinterrücks zu Boden fiel.
Michels linker Arm wurde taub und fiel kraftlos herab. Der Morgenstern rollte in den blutigen Staub. Im selben Augenblick traf ihn ein Schwerthieb von hinten in die Fersen und durchtrennte beide Achillessehnen. Seine Beine knickten ein. Michel fiel auf die Knie. Geistesgegenwärtig behielt er sein Schwert fest in der Rechten.
Heinrich begann dröhnend zu lachen. Auf seinen Wink wichen die Männer zur Seite. Breitbeinig stellte er sich nun zwei Schritte vor Michel auf. »So gefällst du mir schon besser, Sohn einer Hündin. Bevor diese Stunde zu Ende geht, frisst du Staub.«
Als Antwort spuckte Michel vor ihm ins Gras. »Besser den Staub von Gottes Erdboden fressen als den Speichel eines feigen Mörders und Schänders lecken!«
Heinrichs Lächeln verschwand. Seine Augenbrauen zogen sich drohend zusammen. »Frech bis zum letzten Atemzug!« Plötz-

lich begann er widerwärtig zu grinsen. »Wie dein Liebchen, das uns ebenfalls aufmüpfig kam, bis wir es bändigten!« Er schnalzte mit der Zunge. »Auf sehr angenehme Weise bändigten, um es genau zu sagen. Sie war tatsächlich noch Jungfrau. Aber das weißt du ja selbst, denn dich hat sie anscheinend nicht rangelassen. Oder konntest du etwa nicht? Ein Kerl wie ein Bär mit einem Schwanz wie ein Regenwurm? Nun, das soll vorkommen. Also lass dir sagen, ihr Schoß war taufrisch wie eine gerade aufbrechende Knospe.«

Er sah in die Runde. »Nicht wahr, ihr beiden? Ihr wart doch dabei?«, rief er zwei grobschlächtigen Kerlen in Kettenhemden und ledernen Beinlingen zu, die rechts neben Michel standen. »Allerdings war sie bei euch dann schon etwas entblättert!«

»Wohl wahr, Herr! Aber immer noch enger als unsere Trosshuren!« Die Kerle lachten grölend. Die übrigen Umstehenden fielen ein.

Scheinbar kraftlos sank Michel in sich zusammen und senkte den Kopf, wie um sein Gesicht zu verbergen. Mit der Linken zog er irgendetwas hervor, das er um den Hals trug. Die Männer lachten lauter. Heinrich trat noch einen Schritt näher.

Plötzlich stieß sich der Riese mit beiden Händen aus seiner gebückten Haltung nach vorn. Blitzschnell hieb er Heinrich dabei mit der Rechten sein Schwert mit solcher Wucht in den linken Oberschenkel, dass es die eiserne Rüstung glatt durchschlug. Mit der wie durch ein Wunder wiederbelebten Linken rammte er ihm den Dolch ins rechte Knie.

Aufbrüllend wie ein verwundeter Stier kippte Heinrich rücklings in die hinter ihm stehenden Männer und riss zwei von ihnen mit sich zu Boden.

Blitzschnell nutzte Michel die allgemeine Verwirrung. Mit einem Schwerthieb in die Schienbeine brachte er die beiden Kerle neben sich, die sich ebenfalls mit Maries Vergewaltigung gebrüstet hatten, gleichzeitig zu Fall. Dann zerrte er den, der ihm am nächsten war und wild um sich schlug, mit Bärenkräften am Fuß zu sich heran und zertrümmerte ihm mit dem Knie den Kehlkopf. Den zweiten Mann erledigte er mit einem gezielten Dolchwurf ins Auge.

Das Ganze spielte sich in weniger als ein paar Atemzügen ab. Wie erstarrt verfolgten die übrigen Umstehenden das Massaker. Erst Heinrichs sich überschlagende Stimme brachte sie zur Besinnung.

»Tötet den Bastard! Schlachtet ihn ab wie ein Schwein!«

Mehr als zehn Männer stürzten sich gleichzeitig auf Michel und hieben und stachen auf ihn ein. Es gelang ihm, noch zwei Gegner mit sich in den Tod zu reißen und weitere vier zu verwunden.

Dann sank er, von unzähligen Schlägen und Stichen tödlich getroffen, mit dem Gesicht nach vorne zu Boden. Im Fallen griff er sich noch einmal an die Brust.

In seiner geballten Faust fanden die Leichenwäscher später einen kleinen Lederbeutel mit einer zerdrückten Rosenknospe.

Teil 7: SIEG

Kapitel 42

Kauzenburg, Oktober 1279,
zehn Tage nach der Schlacht

Christina erwachte von einem leisen Geräusch aus den Tiefen eines Traumes, in dem sie wieder und wieder vergeblich gegen einen unsichtbaren Gegner gekämpft hatte. Vorsichtig öffnete sie die Augen. Ein stechender Schmerz durchfuhr ihren Kopf, der sich anfühlte, als sei er doppelt so groß wie sonst. Sie stöhnte leise.

Sofort trat jemand an ihr Lager. »Christina!« Es war Simon.

Er lächelte mit einem halb erleichterten, halb beunruhigten Gesichtsausdruck. »Wie schön, dass du endlich wieder bei Bewusstsein bist, mein Augenstern. Wie fühlst du dich?«

»Nicht gut. Mir ist elend, und ich habe schrecklichen Durst.« Auch ihre Zunge fühlte sich geschwollen und pelzig an.

»Warte einen Moment. Ich hole dir frisches Wasser.«

Während sich Simon in einer Ecke der Kammer mit einem Krug zu schaffen machte, ließ Christina den Blick durch den Raum schweifen.

»Kannst du den Kopf heben, um zu trinken?«

Der Versuch jagte ihr sofort weitere Schmerzen durch den Körper. Erschöpft sank sie zurück in die Kissen. Vorsichtig griff ihr Simon unter den Hinterkopf und führte den Becher an ihre Lippen. Gierig versuchte sie zu schlucken, doch es ging mehr

schlecht als recht. Das Wasser troff ihr die Mundwinkel hinab und durchnässte die Laken.
Erst jetzt bemerkte sie, dass sie einen dicken Verband um den Kopf trug. Auch ihre Brust schien mit straff angezogenen Binden umwickelt zu sein. Ihr rechter Arm war auf ein hölzernes Brett geschnallt. Sie erschrak.
»Wo bin ich?« Auch das Sprechen machte ihr Mühe.
Simon bemühte sich vergeblich, seine Besorgnis hinter einem Lächeln zu verbergen. »Auf der Kauzenburg, mein Lieb. In dieser Kammer habe ich einst als kleiner Knabe mit meiner Amme gewohnt.«
»Wie komme ich hierher? Warum bin ich nicht auf dem Rheinfels bei meinem Vater?«
Täuschte sie sich, oder huschte tatsächlich ein Ausdruck des Zorns über Simons Züge? Doch schon verzog er den Mund wieder zu einem Lächeln.
»Du wurdest auf den Feldern von Sprendlingen schwer verwundet, Christina. Ein Hieb traf dich mit voller Wucht am Kopf, du warst einige Tage ohne Bewusstsein. Der Medicus sagt, du hättest außerdem zwei gebrochene Rippen und einen ausgerenkten Arm.«
»Welcher Medicus?«
»Dein Vater ließ den besten Arzt weit und breit kommen. Er kannte dich schon. Anscheinend hat ihn einst auch dein werter Gemahl einbestellt, nachdem er dich halb zu Tode geprügelt hatte.«
Plötzlich überfiel sie die Erinnerung wie ein brüllendes Raubtier. Die Schlacht, ihr Zweikampf mit Heinrich! Wie war er ausgegangen?
»Dieser Bastard!«, krächzte sie. »Er griff mit seinen Männern aus dem Hinterhalt an. Graf Johann wurde verletzt.« Sie hielt inne. »Wie geht es ihm?«

Nun lächelte Simon nicht mehr. »Auch er wurde schwer verwundet und kam nur knapp mit dem Leben davon. Eine gebrochene Rippe muss einen Teil seiner Lunge durchbohrt haben. Zwei Tage lang hustete er Blut, doch der begnadete Medicus rettete ihm das Leben. Allerdings wird sein lahmes Bein noch lahmer werden. Auch dort traf ihn ein Hieb. So wird es noch dauern, doch er wird wieder genesen.«

»Jedenfalls wenn er sich an die Anweisungen des Arztes hält, der ihm strengste Bettruhe verordnet hat. Das kommt meinen Ziehvater schwerer an als die Verwundungen selbst«, fügte Simon mit einem spöttischen Unterton hinzu.

Christina stand der Sinn nicht nach Scherzen. »Und Heinrich? Was ist mit ihm? Ist er tot?«

Grimmig schüttelte Simon den Kopf. »Leider nicht. Michel hat ihn zwar noch schwer verwundet, aber er ist mit dem Leben davongekommen.« Im nächsten Moment biss er sich auf die Lippen.

Doch es war zu spät. Christina schöpfte sofort Verdacht. »Michel? Wie kann es sein, dass ihn Michel zwar verwundet, aber nicht erschlagen hat? Er wollte doch um jeden Preis Rache für seine Marie.«

Simon wich ihrem Blick aus. Christinas Unruhe wuchs. Gleichzeitig bedrängten sie neue Bilder.

»Ich habe zuerst gegen Heinrich gekämpft, Simon«, erinnerte sie sich. »Ich sah Michel und dich den verletzten Grafen ins Feldlager bringen und dachte, auch ihr wärt verwundet. Also beschloss ich, Heinrich zum Zweikampf zu fordern, um ihn zu töten.«

Ihr Herz begann, vor Aufregung schneller zu schlagen. Unwillkürlich versuchte sie, sich aufzurichten. Erneut schossen Schmerzwellen durch ihren Körper. Ihre Augen füllten sich mit Tränen. Sie schluchzte auf.

»Doch es ist mir nicht gelungen. Heinrich bedrängte mich allzu arg. Ich war zu erschöpft, um ihm etwas entgegenzusetzen. Plötzlich wurde alles um mich herum schwarz.«

Simon beugte sich über sie und streichelte ihre Wange.

»Denk jetzt nicht darüber nach, mein Lieb«, versuchte er, sie abzulenken. »Schlafe dich aus, morgen sprechen wir weiter.«

Trotz ihrer brüllenden Kopfschmerzen schüttelte Christina den Kopf. Sie spürte, dass Simon ihr etwas verschwieg.

»Haben Michel und du mir das Leben gerettet?«

Simon seufzte, gab aber keine Antwort.

Christina versuchte, sich auf den unverletzten Arm zu stützen, um den Oberkörper anzuheben. Wieder stöhnte sie vor Schmerzen.

Simon war beunruhigt. »So gib doch Ruhe, mein Herz. Morgen ist auch noch ein Tag. Dann komme ich wieder und erzähle dir alles.«

Die Angst vor dem, was geschehen war, legte sich wie eine schwere Decke auf ihre Brust und nahm ihr den Atem. Trotzdem fragte sie weiter. Sie musste es wissen.

»Ich kann ohnehin kein Auge schließen, bevor du mir nicht alles gesagt hast«, flehte sie. »Ist Michel so schwer verwundet worden, dass er Heinrich nicht töten konnte?«

Simon schwieg. Sie hörte seinen schweren Atem.

Das Unfassbare drängte sich ihr auf die Lippen. »Ist Michel … tot?«

Wieder blieb Simon stumm, doch das war Antwort genug. »Sag mir, wie er gestorben ist«, flüsterte sie.

Simon blieb weiter stumm.

»Sag es mir, sonst schreie ich das Gesinde zusammen!«

Ob ihres schrillen Tons fuhr Simon erschrocken hoch. Im fahlen Licht der Kammer wirkte sein Gesicht grau und verhärmt. Seine braunen Augen glitzerten verdächtig.

»So beruhige dich doch! Der Medicus sagt, du darfst dich nicht aufregen. Ich erzähle dir ja alles.« Er holte tief Luft. »Wir hatten den Grafen bereits gerettet, als ich erkannte, dass du der unbekannte junge Ritter warst, den Hildebrand in die Schlacht begleitete. Michel und ich wollten ebenfalls zurück ins Feld, um Heinrich zu stellen, denn es waren kaum noch kampffähige Sponheimer übrig. Doch du kamst uns zuvor. Michel schlug eine Gasse durch den Feind, damit ich dir beistehen konnte. Aber als ich dich endlich erreichte, warst du bereits bewusstlos. Heinrich hatte dich am Kopf getroffen. Er hätte nicht gezögert, dich zu töten.«

»Und weiter?«

Simon wich ihrem durchdringenden Blick aus. »Ich sprang hinter dich aufs Pferd und trieb meinen reiterlosen Fuchs in die feindlichen Linien. Dadurch entstand eine Lücke, durch die hindurch ich mit dir fliehen konnte, aber Michel wollte nicht mitkommen.«

Simon hüstelte und räusperte sich. Christina sah seine Schultern zucken. Sie selbst fühlte sich wie zu Eis erstarrt.

»Er hatte vor, Heinrich zum Zweikampf zu fordern. Doch der wich ihm aus und nahm zu einer neuen gemeinen Hinterlist Zuflucht.« Simons Stimme zitterte. »Ein Verwundeter aus unseren Reihen berichtete später, dass Mainzer Reisige Michel von hinten angriffen und ihm ihre Schwerter in die Fersen schlugen, so dass er nicht mehr stehen und laufen konnte. Trotzdem gelang es ihm noch, Heinrich schwer an beiden Beinen zu treffen. Es heißt, dass er nun lahmer als Graf Johann sein wird.«

Er stockte wieder.

»Weiter.« Die eigene Stimme klang ihr fremd in den Ohren. Doch sie musste die ganze furchtbare Wahrheit wissen.

»Dann fielen an die zwanzig Mann über ihn her. Michel wehrte sich tapfer und nahm noch etliche mit in den Tod, doch gegen eine solche Übermacht hatte er keine Chance.« Simons Stimme erstarb.

Wie betäubt starrte Christina zur Decke. Eine Weile war ihr Kopf völlig leer, sie konnte keinen klaren Gedanken fassen. Endlich fand sie ihre Sprache wieder. »Habt ihr Michel schon begraben?«

Ein sanfter Ausdruck, fast so etwas wie Zärtlichkeit, legte sich über Simons traurige Züge. Er nickte.

»Wir haben ihn vorgestern zur letzten Ruhe gebettet, Christina. In einer unerwarteten Anwandlung von Großmut erlaubte uns der Erzbischof noch am Abend der Schlacht, unsere Toten und Verwundeten zu bergen. So konnte ich Michel wenigstens seinen letzten Wunsch erfüllen. Er wollte neben Marie unter der alten Linde im Friedhof der Abtei Schwabenheim begraben werden. Es ist ein lieblicher Ort.«

Trotz ihrer tiefen Trauer fühlte sich Christina ein wenig getröstet.

Simon füllte Wasser in einen Becher und trank durstig. Dann wischte er sich mit dem Ärmel über die Lippen. »Der Leichenzug war riesig. Alle Sponheimer Krieger, die laufen konnten, gaben Michel das Totengeleit. Graf Johann selbst konnte nur unter Androhung schrecklicher Unbill von unserem Medicus daran gehindert werden, dem Sarg neben Adelheid in der Sänfte zu folgen. Auch er verdankt vor allem Michel sein Leben und seine Freiheit. Er hat vor, ihm und Marie einen Grabstein zu setzen.«

Simons Kehle entrang sich ein Schluchzen. Verschämt presste er die Hand auf den Mund.

Bitterkeit verdrängte Christinas Trauer. »Und nun ist Michel tot, aber mein Scheusal von Gatte ist noch am Leben. Warum lässt der Allmächtige so etwas zu?«

Simon öffnete den Mund und schloss ihn dann wieder.

Eine Frage quälte sie unerträglicher als ihre körperlichen Schmerzen. Sie setzte mehrfach zum Sprechen an, ehe die Worte heraus waren. »Ist Michel meinetwegen gestorben?«

Plötzlicher Zorn verzerrte Simons Züge. »Das weiß ich nicht, Christina. Michel suchte den Tod auf dem Schlachtfeld, da ihm sein Leben ohne Marie nichts mehr galt. Vielleicht wäre er deshalb auch getötet worden, wenn du dein Leben nicht nutzlos aufs Spiel gesetzt hättest. Aber der alte Hildebrand ist deinetwegen gefallen. Er jagte ohne Kopfschutz hinter dir her, um dich vom Kampf gegen Heinrich abzuhalten. So konnte ihn eine einfache Steinschleuder so schwer verwunden, dass er auf der Stelle tot war.«
Erst als seine heftigen Worte heraus waren, schien Simon klarzuwerden, was er angerichtet hatte. Christinas Gesicht war vor Entsetzen verzerrt. Simon atmete schwer. »Doch ich wollte dir das heute noch gar nicht erzählen. Du warst fast eine Woche lang ohne Bewusstsein und bist erst vor drei Tagen zum ersten Mal aufgewacht. Seither hielten dich die Schlaftränke des Medicus ruhig, damit deine Wunden besser verheilen können. Er würde mich auf der Stelle erwürgen, wenn er wüsste, was ich dir gerade berichtet habe.«
Christina hörte ihm gar nicht mehr zu. »Auch Hildebrand ist tot?« Die Qual stieg wie eine Flut aus ihren Eingeweiden auf. Sie begann haltlos zu schluchzen. Ihr Atem ging immer flacher und heftiger, ihre Brust verkrampfte sich, bis sie schier zu ersticken glaubte. Verzweifelt schlug sie mit dem freien Arm um sich. In ihren Ohren rauschte es, und sie fühlte, wie sie in eine Ohnmacht glitt.
Plötzlich wurde ihr etwas Kaltes und Schweres auf Mund und Nase gepresst. »Atmet, so atmet doch!« Es war die Stimme des Medicus. Ganz langsam begann sie, sich zu beruhigen. Schließlich öffnete sie die Augen.
Der Arzt nahm das Gefäß von ihren Lippen und musterte sie prüfend. Dann griff er nach ihrem Becher und füllte eine dunkel schimmernde Flüssigkeit aus einer kleinen Glasphiole hinein. »Trinkt das jetzt, damit Ihr ruhen könnt.«

»Was ist das?«, flüsterte sie schwach.
»Mohnsaft mit Honig.« Christina schluckte gehorsam. Der bittersüße Geschmack war ihr schon vertraut.
Bevor sie einschlief, hörte sie noch die vorwurfsvolle Stimme des Medicus. »Und Ihr lasst die Dame Christina nun besser allein und ruft ihre Kammermagd, damit sie bei ihr wache. Noch eine solche Aufregung könnte sie töten.«

Mit wehem Herzen und schlechtem Gewissen verbrachte Simon eine unruhige Nacht. Der Medicus hatte ihm strikt verboten, Christinas Kammer zu betreten, als er sich abends nach ihr erkundigen wollte. Er drohte sogar damit, den Dienst an ihrem Krankenlager aufzugeben, würden seine Anordnungen nicht befolgt werden. Mindestens eine Woche dürfe niemand Christina besuchen.
Trübsinnig saß Simon am nächsten Morgen beim Frühmahl und verwünschte sein Ungeschick. Was geschehen war, war geschehen. Michel und Hildebrand waren tot. Nur der Allmächtige wusste, ob sie ohne Christinas tollkühnen Kampf mit Heinrich noch am Leben wären.
Simons Gefühle schwankten zwischen verletztem Stolz über Christinas Verschlossenheit und Bewunderung für ihren Mut und ihre Kampfkunst. Wäre sie frisch und ausgeruht gewesen und außerdem kaltblütig geblieben, hätte sie Heinrich sogar besiegen können. Sie war wendiger als ihr ungeschlachter Gemahl, der zudem zu blindem Jähzorn neigte, und hatte sich über Jahre hinweg auf diesen Moment vorbereitet.
So reimte Simon es sich zumindest zusammen. Christinas Vater konnte nur kümmerliche Angaben zu den Kampfkünsten seiner Tochter machen und erging sich in Selbstvorwürfen ob seiner Nachgiebigkeit. Weit aufschlussreicher war der Bericht des ehemaligen Knappen Dankwart, der wie Simon die Schlacht nahezu

unverletzt überlebt hatte. Er erzählte Simon vom gemeinsamen Waffentraining im Brombeerdickicht. Christina hatte es wieder aufgenommen, als Simon zum ersten Mal im Heer König Rudolfs diente.

Und doch war ihre jahrelange Mühe vergeblich gewesen. Während Michel das ganze Schlachtfeld nach Heinrich absuchte und Christina ihre Kräfte im Kampf gegen unbekannte Mainzer vergeudete, hatte Heinrich seelenruhig im Hinterhalt gelegen und auf seinen Einsatz gewartet. Woher hätte Christina das wissen sollen?

Widerwillig gestand Simon sich ein, dass auch Michel nicht zu halten gewesen war. Er wäre der feindlichen Übermacht zum Trotz auch dann in den Kampf zurückgekehrt, wenn Christina auf dem Rheinfels über ihrem Stickrahmen gesessen hätte.

Und Hildebrand war schon alt gewesen, etwa an die sechzig Lenze. Hatte der Waffenmeister nicht häufig davon gesprochen, dass ihm ein schneller Tod im Kampf allemal lieber sei als das langsame Siechtum des Alters?

Zerknirscht fuhr sich Simon durch die Haare. Was war nur in ihn gefahren, der geschwächten Geliebten solche Vorwürfe zu machen? Während ihrer Bewusstlosigkeit hatte er jeden Tag eine einpfündige Wachskerze angezündet und um ihre Genesung gebetet. Warum war er nicht dankbar für ihr Erwachen gewesen? Jetzt durfte er nicht einmal bei ihr sein!

Simon stand auf und begann, unruhig im Saal hin und her zu gehen. Die Mägde, die das Geschirr abräumten, beobachteten ihn verwundert. Es scherte ihn nicht.

Wie sollte er nur die Zeit bis zu Christinas Genesung herumbringen? Graf Johann durfte ebenfalls keine Besucher empfangen. Michels Familie hatte er bereits einen Kondolenzbesuch abgestattet und den alten Adalbert ganz gebrochen über den Tod seines Ältesten vorgefunden. Und Graf Eberhard, der zwei Tage nach der Schlacht auf der Kauzenburg eingetroffen war, lamentierte ununterbrochen über die Folgen, die die Niederlage für alle Besiegten nach sich ziehen würde.

Gerüchteweise verlautete, dass Werner von Eppstein vom Rheingrafen Siegfried die Herausgabe all seiner Güter im Rheingau als Lösegeld verlangte. Auch die Leininger und Dalberger Herren würden einen Teil ihrer Ländereien im Tausch für ihre Freiheit einbüßen. Schließlich hatte der Mainzer König Rudolf gebeten, einen Landfrieden zu verordnen und die Fehde damit endgültig zu beenden. In diesem Zusammenhang sollte der König außerdem entscheiden, welche Sühne der zwar besiegte, aber nicht in Gefangenschaft geratene Graf Johann zu leisten hätte.

Wahrscheinlich würde sich Rudolf nicht mehr daran erinnern, dass Johann ihn im Frühjahr gebeten hatte, die Fehde durch einen Schiedsspruch zu seinen Gunsten zu verhindern. In solcher Hinsicht war Rudolfs Gedächtnis erstaunlich schwach. Aber was wollte man auch von einem König erwarten, dem Recht und Ehre nichts galten, wenn es um seine eigenen Interessen ging? Werner von Eppstein war sein Reichskanzler, Graf Johann nur ein unbedeutender Graf aus dem Nahegau. Der Mainzer würde mit seinen Wünschen bei Rudolf Gehör finden. Daran zweifelte niemand.

Und der Herrgott hielt sich aus den irdischen Händeln seiner Menschenkinder heraus, ob sie nun im Recht waren oder nicht. Wie wahr hatte Bruder Basileus doch gesprochen!

Beim Gedanken an den ermordeten Mönch kam Simon plötzlich eine Idee. Er unterbrach seine rastlose Wanderung und dachte nach. Anstatt auf der Kauzenburg nutzlos die Zeit totzuschlagen, könnte er das Kloster auf dem Disibodenberg aufsuchen und dort nach Bruder Damianus fragen.

Aber die kurze Reise war nicht ungefährlich. Zum Disibodenberg ging es nur durch Veldenzer Gebiet. Noch herrschte kein Frieden im Land, und die aufgebrachten Bauern, deren Felder

und Dörfer verwüstet waren, würden jeden Sponheimer Ritter gnadenlos ausplündern und ermorden.
Ein bitteres Lächeln verzerrte Simons Mundwinkel. Er würde also zu Fuß gehen müssen, wenn er die Burg ohne Aufsehen verlassen und im Land unerkannt bleiben wollte. Ohnehin konnte er nicht mehr auf seinen treuen Fuchs zählen. Das Pferd hatte die wilde Flucht durch die feindlichen Linien zwar mit Wunden übersät überlebt, doch als Reittier war er seither nicht mehr zu gebrauchen. Er scheute und stieg, selbst wenn Simon sich näherte, und ließ nur einen alten Pferdeknecht an sich heran. Nie wieder würde er ihn in eine Schlacht tragen können.
Bis zum Mittagsmahl grübelte Simon darüber nach, wie er es bewerkstelligen könnte, sicher und unbehelligt zum Disibodenberg zu gelangen. Dann hatte er einen Plan.

Unterwegs zum Kloster auf dem Disibodenberg, drei Tage später

»Ehrwürdiger Pilger, ich flehe Euch an. Gebt mir ein Stückchen Brot für dieses hungernde Kind.«
Überrascht ließ Simon sein Essmesser sinken und musterte die verhärmte Frau, die sich seinem Lagerplatz unbemerkt genähert hatte. Sie war so abgemagert, dass ihre Knochen durch den dünnen Leinenkittel hindurchstachen. Es war das einzige Kleidungsstück, das sie trug. Sie ging barfuß trotz der empfindlichen Herbstkühle, die inzwischen eingesetzt hatte, und trug ein apathisch wirkendes kleines Kind auf dem Arm, das an einem schmutzigen Stoffzipfel saugte.
»Mach, dass du fortkommst!« Schon ging einer seiner beiden Begleiter, ein grober Bursche namens Erasmus, mit drohend erhobener Hand auf die angstvoll Zurückweichende zu.

»Halt ein, Erasmus!« Simon sprang auf. Unwillkürlich fuhr seine Hand zu seinem Dolch, den er unter dem groben Umhang des Pilgers verbarg. Doch er besann sich noch rechtzeitig.
»Du weißt, Bruder, dass ich jeder Gewalttätigkeit abgeschworen habe, bevor ich auf diese Wallfahrt ging«, mäßigte er seinen Ton. »Wenn ich Vergebung für meine Sünden erlangen will, gilt dies auch für meine Begleiter auf dieser Reise.«
Brummend ließ der Bursche die Hand sinken. »Ich habe so was aber nicht geschworen, Herr.« Neugierig fuhr er fort: »Welche Sünden führen Euch eigentlich zum Grabmal des heiligen Disibod?«
»Keine, die dich etwas angehen«, erwiderte Simon barsch.
Der Bursche zuckte mit den Schultern. »Wenn Ihr dem Weib etwas geben wollt, dann tut es meinethalben. Ich selbst habe nichts zu verschenken.«
Simon griff in seine schäbige Reisetasche und zog das letzte Stück Brot hervor, das eigentlich sein Morgenmahl hätte werden sollen. Er reichte es der Frau, die es gierig ergriff und sofort damit in den Büschen verschwand, die die Lichtung säumten, auf der die drei Wanderer ihr Nachtlager aufgeschlagen hatten.
»Wie weit ist es noch bis zum Kloster?«, fragte Simon seine Begleiter, nachdem er seine Schlafdecke ergriffen hatte, um sich in sie einzuhüllen.
»Kaum eine Wegstunde von hier. Doch wir werden mindestens doppelt so lange brauchen, da wir den letzten Weiler umgehen müssen, der noch dazwischenliegt.«
Seufzend versuchte Simon, es sich auf der harten Erde bequem zu machen. Wenigstens hatte es nicht wie in der vorigen Nacht geregnet.
Seine Füße in den Riemensandalen waren eiskalt und schmerzten von dem ungewohnten Marsch über Stock und Stein. Der

grobe Wollkittel scheuerte auf der Haut. Sein Magen knurrte vor Hunger.

Seitdem er gestern Morgen von der Kauzenburg aufgebrochen war, erwies sich die kurze Reise, für die er in Friedenszeiten nicht einmal einen Tag gebraucht hätte, als noch beschwerlicher, wie zunächst vermutet.

Kaum hatte er die Stadtmauern von Kreuznach hinter sich gelassen, stieß er überall auf verwüstetes Land. Schon im ersten Weiler nahe der Stadt bedrängten ihn hungrige Bauern, deren Hütten niedergebrannt waren und die keine Vorräte mehr besaßen. Er musste ihnen trotz seiner Pilgerkleidung die Hälfte seines Reiseproviants überlassen, um unbeschadet weiterziehen zu können. Seither hatte er jedes Dorf weitläufig umgangen.

Gegen Nachmittag begegneten ihm die beiden Burschen. Es waren wahrscheinlich entlaufene Knechte. Gegen einen Sold von zwei Pfennigen waren sie bereit, ihm Geleit bis zum Kloster zu geben. Trotzdem waren sie zu dritt nicht schneller vorangekommen. Viele Brücken waren zerstört, Straßen und Wege durch gefällte Bäume unpassierbar geworden. In ihrer Not hatten die Bewohner einiger Weiler auf diese Weise versucht, sich vor den gegnerischen Plünderern zu schützen. Meistens vergeblich. Nur ein einziges Dorf auf Simons Weg war weitgehend unbeschadet geblieben. Aber auch dort hatten die Leute nichts mehr zu essen.

»Hier in der Gegend hat der Recke Michel von Kreuznach mit seinen Mannen gewütet«, erklärte Erasmus zu Simons Bestürzung, als sie die Veldenzer Gemarkungen erreichten. »Sie haben keinen Stein auf dem anderen gelassen. Graf Gerlachs Reisige sind ihnen nichts schuldig geblieben und haben die Sponheimer Dörfer im Nahetal dem Erdboden gleichgemacht. Alles nur wegen einer lächerlichen Burg, wie es heißt. Da sieht man, dass es auf dieser Welt keine Gerechtigkeit gibt. Zwei Fürsten zanken

sich um ein altes Gemäuer, und der arme Mann auf dem Land geht dabei zugrunde.«
Simon hatte betroffen geschwiegen. Was hätte er auch entgegnen sollen? Der Mann hatte ja recht.
Nun verbrachten sie schon die zweite Nacht unter freiem Himmel. Simon wickelte sich noch dichter in seine Decke ein und drehte den Männern den Rücken zu. Er hörte sie leise lachen und tuscheln. Bevor er einschlief, umfasste er vorsichtshalber den Griff seines Dolchs.

Als Simon am nächsten Morgen erwachte, war er allein. Seine Begleiter waren verschwunden und hatten seine schäbige Reisetasche mitgehen lassen. Allerdings würden sie damit nicht glücklich werden. Das wenige Geld, das er bei sich hatte, trug Simon am Gürtel, der Proviant war verzehrt. Die Tasche hatte nur ein grobes Hemd zum Wechseln, ein kleines Stück Seife und eine leere Korbflasche enthalten.
Für die kurze Wegstrecke zum Kloster brauchte Simon fast bis zum Mittag. Es hatte wieder in Strömen zu regnen begonnen. Die Wege waren verschlammt und voller Pfützen.
Unterwegs stieß er auf den Weiler, den seine Begleiter am Vortag erwähnt hatten. Vorsichtig schlich er durch das Unterholz des nahen Waldes. Dabei erhaschte er einen Blick auf die wenigen überlebenden Dorfbewohner. Sie saßen in Lumpen unter einer über ein paar Pfosten gespannten Plane um ein kümmerliches Feuer herum, das aufgrund des regennassen Holzes stark qualmte. Dabei nagten sie an den Knochen eines kleinen Wildtiers, wahrscheinlich eines Kaninchens, das sie halbroh verzehrten. Die Erde ringsum war schwarz verbrannt, nirgendwo gab es Hausrat oder gar Vieh.
Was soll nur im Winter aus all diesen Menschen werden?, fragte sich Simon. Der Gedanke bedrückte ihn, bis zu seiner Erleich-

terung endlich der Turm der Klosterkirche aus dem Nebel vor ihm auftauchte. Vom steilen Anstieg auf den Disibodenberg war ihm tüchtig warm geworden. Durchnässt und verschwitzt pochte er schließlich an die Pforte und wurde von einem misstrauisch dreinblickenden alten Mönch nach einigem Zögern eingelassen.

»Wenn du am Grab des heiligen Disibod beten willst, musst du warten, bis die Mittagsandacht vorüber ist.« Angesichts Simons durchweichter Pilgerkleidung fuhr er etwas freundlicher fort: »Geh derweil in die Küche und lass dir etwas zu essen geben. Du siehst ganz verhungert aus.«

»Ich danke Euch, ehrwürdiger Bruder, und will den heiligen Disibod gerne um seinen Beistand bitten. Doch mein Anliegen ist ein anderes.« Simon zog seinen vom Regen schlapp gewordenen, breitkrempigen Pilgerhut ab und verneigte sich formvollendet. »Mein Name ist Simon von Montfort. Ich bin ein Ziehsohn des Grafen Johann von Sponheim und wünsche den Abt in einer dringlichen Angelegenheit zu sprechen.«

Der alte Mönch musterte ihn mit neu erwachtem Misstrauen.

»Ich weiß nicht, ob der Abt Euch empfangen wird.«

»Richtet ihm meine Bitte aus, ehrwürdiger Bruder«, entgegnete Simon kurz angebunden. »Ich bin den gefährlichen Weg durch zerstörtes Land mit feindseligen Bauern nicht umsonst gegangen. Ich warte so lange auf Eurem Grund, bis Euer Abt mir sein Ohr leiht.«

Tatsächlich dauerte es bis zur fünften Nachmittagsstunde, ehe ein Klosterknecht Simon aus dem Gästehaus abholte, in dem er auf einer harten Pritsche ein wenig geruht hatte.

Abt Gervasius war ein unnahbar dreinblickender Mann, der die Lebensmitte schon weit überschritten hatte. Er empfing Simon in einem kleinen Raum neben dem Refektorium, in dem sich

nur ein einfacher Tisch, ein hölzerner Lehnstuhl für ihn selbst und ein harter Schemel befanden, den er Simon als Sitzplatz anbot.
Nachdem er seinen Besucher ausführlich gemustert hatte, sprach er ihn schließlich an. »Der Bruder Pförtner teilte mir mit, ein dringliches Anliegen führe Euch her. Also sagt an, was ist Euer Begehr?«
»Bruder Basileus schickt mich zu Euch.«
Gervasius fuhr auf. »Basileus ist tot. Er wurde das Opfer eines heimtückischen Mörders.«
Simon nickte. »Ich weiß, ehrwürdiger Abt, und es erfüllt mich noch immer mit großer Traurigkeit. Denn ich hatte die Ehre, Bruder Basileus' letzten Abend mit ihm verbringen zu dürfen.« Er holte tief Luft. »Dabei vertraute er mir an, er wisse etwas über den Mord an meinen leiblichen Eltern, der vor vielen Jahren am Ufer der Nahe verübt wurde und mich zum Waisenkind machte.«
Ein Funke der Erinnerung blitzte in den Augen des Abtes auf. »So seid Ihr der Sohn des Raimund von Montfort? Auch wir auf dem abgeschiedenen Disibodenberg hörten dereinst von dieser Greueltat. Die Kunde darüber drang weit über die Grenzen der Herrschaft Montfort hinaus.«
»War der ehrwürdige Basileus damals Mitglied in dieser Ordensgemeinschaft?«
Der Abt nickte.
»Und kennt Ihr auch einen Bruder Damianus?«
Die Miene des Abtes verschloss sich. »Was wollt Ihr von ihm?«
»Mit seinem letzten Atemzug gab mir Bruder Basileus mit auf den Weg, ich solle hier nach ihm fragen. Er selbst war dem Tode schon zu nahe, um mir mitzuteilen, was er wusste.«
Im Gesicht des Abtes regte sich kein Muskel. Simons Herz begann, heftig zu schlagen. War er umsonst gekommen?

Obwohl er die Antwort ahnte, fragte er: »Lebt Damianus noch hier im Kloster? Und wenn nicht, wisst Ihr, wo ich ihn finden kann?«

»Leider muss ich beide Fragen verneinen, mein Sohn.« Gervasius zog grimmig die Brauen zusammen. »Bruder Damianus hat uns schon vor über zehn Jahren verlassen.«

»Und Ihr wisst nicht, wohin er gegangen ist?«, zweifelte Simon. »Ich dachte, die Klosterregeln schrieben vor, dass ein Bruder allezeit Auskunft über sein Handeln zu geben hat.«

Die Augen des Abtes schossen Blitze. »Ihr sagt es, mein Sohn. Gehorsam und Unterwerfung unter die Ordensregeln sind wichtige Gebote unserer Klostergemeinschaft. Beides war Bruder Damianus leider fremd. Unsere Versuche, ihn auf dem rechten Weg zu halten, waren vergeblich. Er floh bei Nacht und Nebel aus der Zelle, in der er bei Wasser und Brot Einkehr halten und über seine Verfehlungen nachdenken sollte. Gerüchte besagen, dass er sich gen Mainz wandte, wo er herstammte. Mehr habe ich nie über sein Schicksal erfahren.«

Auf dem gefährlichen Weg zum Kloster hatte sich Simon mehr als einmal vorgenommen, die Suche nach den Mördern seiner Eltern aufzugeben, wenn er auf dem Disibodenberg keinen brauchbaren Hinweis erhalten sollte. Trotzdem stand ihm die Enttäuschung jetzt wohl ins Gesicht geschrieben. Die strenge Miene des Abtes wurde freundlicher.

»Ich bedaure es sehr, mein Sohn, dass ich Euch keine genauere Auskunft geben kann.« Er schlug das Kreuzzeichen über Simon. »Doch vertraut auf Gott, den Allmächtigen. Wenn es sein Wille ist, wird er Euch beistehen, den Tod Eurer Eltern zu sühnen.«

Kapitel 43

Kauzenburg, eine Woche später, November 1279

»Tut es noch sehr weh?«

Mitfühlend strich Christina Simon mit ihrer unverletzten Hand über den dicken Verband, der seinen Kopf und die linke Gesichtshälfte bedeckte. Ihr eigener Verband war durch ein kleines, mehrfach gefaltetes und mit Klammern an den Haaren befestigtes Stück Leinen ersetzt worden, das unter dem Schleier kaum zu sehen war. Auch der Arm war nicht mehr auf das Brett geschnallt. Sie trug ihn nur noch in einer Schlinge.

Simon schnitt eine Grimasse. »Dank der Wundermittel des Medicus fühle ich mich schon viel besser als bei meiner Ankunft. Ich fürchte allerdings, dass ich eine Narbe auf der Wange zurückbehalten werde.« Er grinste schief. »Da habe ich so viele Schlachten überstanden, ohne je ernstlich verwundet zu werden. Und dann das! Gezeichnet vom Dolch eines Wegelagerers.«

Christina erwiderte das Lächeln nicht. »Du solltest Gott danken, dass dir nichts Schlimmeres zugestoßen ist. Wie leicht hättest du schwerer verletzt oder sogar getötet werden können! Es wusste doch niemand, wo du bist und wo man nach dir hätte suchen sollen.«

Simon hörte den Vorwurf in ihrer Stimme, der die ausgestandenen Ängste um ihn nur schlecht verbarg. »Mich dünkt, wir beide passen recht gut zueinander, Liebes«, antwortete er selbstironisch. »Beide tollkühn und unbesonnen, wenn es gilt, unseren Kopf gegen alle Widrigkeiten durchzusetzen.«

Christinas Augen wurden feucht. »So verzeihst du mir, Simon?«, fragte sie leise.

Er lächelte sie zärtlich an. »Ich wäre hoffärtig und eitel, wenn ich es nicht täte. Es war nicht leichtsinniger von dir, in voller Rüstung in die Schlacht zu reiten, als von mir, allein im Pilgergewand und mit keiner anderen Waffe als meinem Dolch durch die verwüsteten Lande der Fehde zu streifen.«
Christina nickte. »So ist es. Aber was wolltest du denn auf dem Disibodenberg?«
Simon räusperte sich. »Ich erzähle es dir nur, wenn ich hernach auch dir eine Frage stellen darf.«
Christina nickte wieder.
»Ich suchte nach jemandem, der vielleicht etwas über den Mord an meinen Eltern weiß.«
»Wie das?«, fragte Christina aufgeregt.
»Das ist eine lange Geschichte.« Simon erzählte Christina von seiner Begegnung mit Basileus, dem Mord an dem alten Mönch und dessen letztem Hinweis auf den geheimnisvollen Bruder Damianus.
»Schon bevor ich den Wegelagerern in die Hände fiel, habe ich beschlossen, mich mit dem Bescheid des Abtes zufriedenzugeben und die Suche nach den Mördern ein für alle Mal zu beenden. Dass ich knapp mit dem Leben davonkam und die Kauzenburg nur mit Mühe erreichte, hat mich darin noch bestärkt«, schloss er seinen Bericht.
»Zumal du ja schon einmal bei deinen Nachforschungen in Todesgefahr geraten bist«, erinnerte Christina ihn an die Episode in Wien, wo Michel ihm in letzter Minute das Leben gerettet hatte.
Simon nickte. »Doch jetzt bin ich an der Reihe zu fragen.« Er holte tief Luft und bemühte sich, seine Stimme so sachlich wie möglich klingen zu lassen. »Warum hast du mir nie erzählt, dass du dein Waffentraining wieder aufgenommen hast, um Heinrich im Zweikampf zu töten?«

Christina schluckte und senkte den Blick. »Weil ich glaubte, du würdest es zu verhindern suchen. Einmal gabst du mir sogar zu verstehen, dass du mein Waffentraining für eine Marotte unserer Jugend hältst.«

»So war es doch auch.« Die Worte waren heraus, ehe Simon recht darüber nachgedacht hatte.

Christina hob trotzig den Kopf. »Also habe ich recht mit meiner Vermutung, du hättest verhindert, dass ich mit in die Schlacht reite?«

»Natürlich hätte ich das getan. Ich wusste aus leidvoller Erfahrung schon weit vor dir, dass eine Schlacht beileibe kein Feld der Ehre ist und nichts Ruhmvolles an sich hat, wie wir es uns als Kinder vorgestellt haben.«

Er ließ sich durch Christinas Handbewegung nicht aufhalten. »Und ich behielt recht! Beinahe wärst du zu Tode gekommen! Jeden Tag danke ich allen Schutzheiligen, dass du wieder völlig genesen wirst. Obwohl«, er hielt kurz inne, »obwohl Bruder Basileus sagen würde, dass es eher ein Zufall als himmlische Fügung ist«, murmelte er.

»Wie meinst du das?«

Simon winkte ab, und eigentlich wollte Christina es auch gar nicht wissen.

»Ob himmlische Fügung oder Zufall, ich habe leider nicht deine Wahl! Es dünkt mich richtig, dass du deine Kraft um längst Verstorbener willen nicht weiter vergeudest, mögen sie dir auch noch so teuer gewesen sein. Doch bei mir ging und geht es um einen Lebenden. Alle Welt geht davon aus, dass König Rudolf seinen Schiedsspruch zugunsten des Mainzer Kurfürsten fällt. Dann kann Heinrich mich mit Hilfe des Erzbischofs jederzeit an seine Seite zurückbefehlen. Solange die Fehde tobte, hat mich der Verrat an seinem Bruder Johann davor geschützt. Doch was wird nun werden?«

Simon zuckte zusammen. Obwohl er es besser wusste, hatte er die Gedanken daran bislang stets beiseitegedrängt.

»Erst einmal wird gar nichts geschehen«, wehrte er ab. »Wie man hört, siecht dein Gemahl schwer verwundet auf Burg Böckelheim dahin, wo ihm der Erzbischof Quartier gewährt hat. Man munkelt schon, dass Michel ihn vor seinem Tode verflucht hat, denn die Beinverletzungen eitern beständig und wollen nicht heilen. Schon zweimal hat er vergeblich nach unserem Medicus geschickt.«

»Aber er stirbt nicht an seinen Wunden«, entgegnete Christina heftig. »Und wenn er am Leben bleibt, aber lahmer ist als sein älterer Bruder, wird er es mich täglich büßen lassen, das ist gewiss.«

Sie holte tief Luft. »Doch er wird mich nicht mehr zurück in diese Hölle auf Erden zwingen, und wenn es mich mein Seelenheil nach meinem Tode kostet.«

Simon schreckte auf. »Was hast du jetzt wieder vor?«

Christina ballte trotzig die Hände. »Wenn er mich zurück in diese verfluchte Ehe presst, dann weiß ich Mittel und Wege, dass es nicht allzu lange währen wird.«

»Wie meinst du das?«

Christina schnaubte. »So will ich dir diesmal meine Pläne verraten, Simon, damit du mich nicht noch einmal des Misstrauens zeihst. Ich habe viel von der Kräuterfrau Ida gelernt, die mich gesund pflegte, nachdem mich Heinrich im Wald vergewaltigt hat.«

Sie hielt inne und schlug sich erschrocken auf den Mund.

Simon überlief es heiß und kalt. »Was redest du da? Wann hat dir Heinrich Gewalt angetan? Und wer soll diese Kräuterfrau Ida sein?« Unwillkürlich packte er Christina an ihrem unverletzten Arm.

Die begann daraufhin, plötzlich hilflos zu weinen. »Ich wollte dir das niemals sagen, Geliebter. Ich habe mich zu sehr geschämt. Aus gekränktem Stolz und aus Hochmut begleitete ich Heinrich entgegen meinem Gefühl zur Hochzeit meiner Cousine Griselda. Wir beide hatten zuvor heftig gestritten, weil ich bei meinem Vater nicht für unsere Verbindung sprechen wollte. Erinnerst du dich?«

»Ich erinnere mich.«

»Deshalb bin ich selbst daran schuld, dass ich zuerst meine Jungfräulichkeit und hernach meine Fruchtbarkeit verlor. Lange wollte ich mir das nicht einmal selbst eingestehen. Doch es ist wahr. Auch Greta wäre vielleicht noch am Leben, wenn ich damals nicht derart töricht gehandelt hätte.«

»Und bis heute hast du niemandem etwas davon erzählt?«

Zu Simons Entsetzen blickte Christina schuldbewusst zu Boden. »Doch. Ich habe dem alten Hildebrand davon erzählt, um ihn dazu zu bewegen, mich wieder im Waffengebrauch zu unterweisen.« Sie stockte.

»Und wem noch?« Simon hörte selbst, wie schroff seine Stimme klang.

»Meinem Vater und Graf Johann, als Heinrich kam, um mich zurückzufordern. Seit diesem Tag kennt auch Heinrich den wahren Grund meiner Unfruchtbarkeit.«

Die widersprüchlichsten Gefühle kämpften in Simon. Einerseits war er unendlich enttäuscht und zornig, dass Christina ihm so wenig vertraut hatte. Selbst Hildebrand hatte Bescheid gewusst, während sie ihn im Unklaren ließ. Andererseits erschütterte ihn ihr Schicksal, das noch weit schlimmer war, als er vermutet hatte.

Mühsam beherrschte er sich und versuchte, seine Stimme ruhig zu halten. »So sage mir jetzt ein und für alle Male die Wahrheit, Christina. Wenn du mir immer noch irgendetwas verschweigst, was ich als der Mann, der dich von ganzem Herzen liebt, wissen sollte, werde ich dich verlassen, sollte ich es erneut durch einen

Zufall erfahren. Zu lange habe ich um dich gekämpft und um deinetwillen gelitten, um weiterhin von dir getäuscht und belogen zu werden. So wie ich davon ablassen werde, den Mord an meinen Eltern zu rächen, werde ich auch von unserer Liebe lassen, sollte sie weiterhin solche Enttäuschung und solchen Schmerz mit sich bringen. Also sprich!«

Er bemerkte auf einmal, dass er ihr Handgelenk noch umklammert hielt, und ließ es los. Ein feuerrotes Mal zeugte von der Wucht seiner Gefühle.

Christina schien es nicht einmal zu spüren. Sie nickte.

»Verzeih mir, Geliebter. Ich habe nichts zu meiner Verteidigung vorzubringen, als dass ich mich zu sehr vor dir geschämt habe. Doch nun will ich dir alles bekennen.«

Mit leiser Stimme begann sie zu berichten. Simon lauschte mit wachsender Erschütterung.

Die Abenddämmerung brach schon herein, als Christina zum Ende kam. Eine Weile schwiegen sie beide, zu betroffen, um Worte zu finden. Erst Tildas vorsichtiges Klopfen unterbrach die Stille. Die treue Magd hatte vor der Tür der Kammer Posten bezogen, wohl in der Annahme, damit ein trauliches Schäferstündchen zu decken.

Simon stand auf und öffnete die Tür. »Das Glöckchen wird schon bald zur Vesper rufen, edler Herr.« Tilda knickste. »Dann sollte auch ich beim Gesinde in der Kapelle sein.« Sie lugte verstohlen an Simon vorbei in die Kammer.

»Ich hörte die Herrin schluchzen. Seid Ihr wohlauf, Dame Christina?«

Christina lächelte mit rot verweinten Augen. »Es ist alles gut, meine Getreue. Geh ruhig zur Andacht! Simon und ich haben noch etwas zu besprechen. Es wird uns niemand während der Vesper stören.«

Tilda knickste noch einmal. Sie wirkte unentschlossen. Doch nach einem letzten aufmunternden Wink Christinas drehte sie sich um und lief die steile Stiege des Wohnturms hinab.
Simon griff nach dem Krug, der auf einem niedrigen Kastentisch stand, und füllte zwei Becher mit Wein, den er mit Wasser verdünnte. Dann reichte er einen davon Christina.
»Hier, trink auch du etwas. Meine Kehle fühlt sich wie ausgedörrt an.« Er leerte den Becher in einem Zug und goss sich nach.
»Und jetzt willst du Heinrich mit Hilfe der Künste vergiften, die dich die alte Ida gelehrt hat?«, brachte er seine bange Frage unmittelbar auf den Punkt.
Christina nickte. Wieder zeigten ihre grünen Augen den Anflug von Trotz, den er nun schon zur Genüge kannte. »Ja, das will ich. Er hat es nicht anders verdient. Ich werde ihm Tag für Tag etwas von dem schleichenden Gift einflößen, das ihn erst dahinsiechen und schließlich ins Grab sinken lässt.«
Simon atmete hörbar aus. »Dann wärst du nichts weiter als eine gemeine Mörderin.«
Christina zuckte zurück, als hätte er sie geschlagen. »Wie kannst du so etwas sagen? Heinrich ist ein Ungeheuer in Menschengestalt. Er hat den Tod mehr als verdient.«
Simon ergriff Christinas Hand. Erst nach einigem Zögern überließ sie sie ihm.
»Nun will ich dir doch von meinem Gespräch mit Bruder Basileus berichten. Er hat mir die Augen geöffnet für Gottes wahre Gerechtigkeit.« Anschließend weihte er Christina in die Erkenntnisse ein, die er dank der Unterhaltung mit dem alten Mönch gewonnen hatte.
»Zweifellos wird Heinrich seine Untaten einst zu büßen haben«, schloss er seine Rede. »Doch es ist nicht an dir, dem himmlischen Richter vorzugreifen. Wenn du dich jetzt entscheidest,

Heinrichs Leben durch einen feigen Mord zu beenden, wirst auch du dich dereinst dafür zu verantworten haben. Und sein gewaltsamer Tod würde immer zwischen uns stehen und unsere Liebe vergiften.«
Christina biss sich so fest auf die Lippen, dass kleine Blutströpfchen hervortraten. »Aber was soll ich denn deiner Meinung nach anderes tun?«
»Der erste Teil deines Vorhabens dünkt mich klug, Christina. Kehre aus freien Stücken zu Heinrich zurück und unterwirf dich zum Schein seiner Gnade.«
»Und wie soll es dann weitergehen? Da Heinrich lahm bleiben wird, kannst du ihn nie mehr zum offenen Zweikampf fordern. Es wäre ehrlos. Du würdest geächtet, wenn du ihn tötest.«
Um Simons Lippen spielte ein feines Lächeln. »Bruder Basileus hatte seine eigene Meinung darüber, was ein Vorhaben ehrlos macht und was nicht. Manchmal heiligt der Zweck die Mittel. Lass uns darüber beraten, wie wir uns deinen Aufenthalt auf Burg Böckelheim zunutze machen können. Schließlich hast du dort über ein Jahr lang gelebt und kennst dich mit allem aus.«

Burg Rheinfels, Ende November 1279

»Woher rührt dieser plötzliche Sinneswandel, Tochter?«
Ratlos musterte Graf Eberhard Christina, die mit gesenktem Kopf vor ihm stand.
»Ich hatte während meiner Genesung ausreichend Zeit nachzudenken, ehrwürdiger Vater«, antwortete sie mit gespielter Demut. »Durch meinen Trotz und Unverstand haben Michel und Hildebrand ihr Leben verloren. Heinrich, mein Gemahl, hat da-

gegen die Schlacht überlebt. Doch er siecht dahin, seine Wunden wollen nicht heilen. Vielleicht stimmt es den Erzbischof ein wenig milder gegenüber den Besiegten, wenn ich zu Heinrich zurückkehre und mich ihm unterwerfe.«

Eberhard runzelte die Stirn. »Ich glaube kaum, dass dies Werner von Eppstein berühren wird. Wie es aussieht, wird König Rudolf ihm auf der ganzen Linie recht geben. Meine Kundschafter am Hof haben berichtet, dass der Erzbischof Böckelheim behalten darf und auf Graf Johann große Wiedergutmachungszahlungen zukommen. Zum Glück bleibe ich selbst als alter Berater des Königs verschont. So kann ich mittels meiner Rheinzölle Graf Johann unter die Arme greifen. Müsste er selbst eine solche Summe aufbringen, wäre er vollkommen ruiniert.«

Er seufzte. »Dem gegenüber erscheint mir dein Plan wenig wirkungsvoll, meine Liebe. Du weißt, dass du Heinrich niemals Kinder gebären kannst. Ich werde daher dafür sorgen, dass er meine Nachfolge als Herr von Katzenelnbogen niemals antreten kann. Nach meinem Dahinscheiden werden die Länder sofort an die Krone fallen. Wenn König Rudolf davon erfährt, wird er sich ein solches Erbe gewiss nicht entgehen lassen.«

»Und was wird dann aus mir?«

Eberhard bemerkte ihren Zorn nicht. »Du kannst bei mir auf dem Rheinfels bleiben und nach meinem Tod einem Orden beitreten. Dieses Los dünkte dich nach deiner Flucht gnädiger als ein Leben an Heinrichs Seite.«

Christina bezwang ihren Unwillen. »Der Erzbischof weiß, dass ich gegen meinen Gemahl in die Schlacht geritten bin. Heinrich kann verlangen, dass ich dafür auf das Strengste bestraft werde. Kehre ich aus freien Stücken zu ihm zurück und beweise damit meine Reue, mag ich dem Schlimmsten vielleicht entgehen. Also flehe ich Euch demütig an, lasst mich gehen!«

Graf Eberhard musterte seine Tochter so scharf, wie es seine trüb gewordenen Augen erlaubten. Sie hielt seinem Blick mit gefalteten Händen stand. Schließlich gab ihr Vater nach.
»Die Grillen der Weiber sind wahrlich nicht zu verstehen. Doch wenn es wirklich dein Wunsch ist, zu deinem Gemahl zurückzukehren, werde ich dir dabei nicht im Wege stehen.«

Burg Böckelheim, Dezember 1279

»Ahhhh! So seht Euch doch um der Barmherzigkeit willen vor«, stöhnte Heinrich. »Eure Tinktur brennt mich wie Feuer.«
Ungerührt fuhr der Medicus fort, Heinrichs eitrige Wunden mit einer schwärzlichen Flüssigkeit zu betupfen.
»Seid froh, dass ich die Schwären bislang noch nicht ausbrennen musste. Dagegen ist dieser Schmerz wie ein sanftes Streicheln.«
Es pochte zaghaft an der Tür. Der Medicus öffnete und ließ Christinas Magd Tilda ein, die vor Heinrichs Lager niederkniete. »Meine Herrin ersucht Euch in aller Demut, sie heute für einen kurzen Besuch zu empfangen. Sie verzehrt sich vor Sorge um Eure Gesundheit.«
Heinrich verzog seine aufgesprungenen Lippen zu einem höhnischen Grinsen. Es machte sein eingefallenes Gesicht mit den dunklen Bartstoppeln und den tiefen Ringen unter den Augen noch abstoßender.
»Die Metze soll sich zum Teufel scheren, wo sie hingehört. Jetzt jammert und greint sie aus Angst vor der Strafe, die sie erwartet, wenn ich erst wieder genesen bin. Bis dahin soll sie mir aus den Augen bleiben! Sonst befehle ich dem Burgvogt schon vor der Zeit, sie öffentlich auszupeitschen.«
Tilda und der Medicus warfen einander einen kurzen Blick zu.
»Ihr solltet Eurer Gattin dankbar sein, Herr«, entgegnete der Arzt

kurz angebunden. »Schließlich war sie diejenige, die mich bat, doch noch an Euer Krankenlager zu eilen, um Euch zu helfen.«
»Tatsächlich?«, höhnte Heinrich. »Nachdem sie zuvor versucht hat, mich im Zweikampf zu töten? Da seht Ihr, wie wankelmütig und unendlich töricht die Weiber sind. Jeder Spatz verfügt über mehr Gehirn. Doch meine teure Gemahlin irrt, wenn sie glaubt, derart wohlfeil davonzukommen.«
»Bruder Pankratius«, wandte sich der Medicus an den Burgkaplan, der bislang schweigend in einer Ecke gesessen hatte. »Legt Ihr ein gutes Wort für die Dame Christina ein. Der Hass ihres Gemahls vergiftet seine Wunden, so dass sie noch immer nicht heilen wollen.«
Mit einem hörbaren Stöhnen hievte der Mönch seinen massigen Leib vom Stuhl. Er näherte sich Heinrichs Lager und hob mit salbungsvoller Stimme zu sprechen an.
»Hört auf den gelehrten Medicus, edler Herr von Sponheim. Euer Weib kniet Tag und Nacht auf dem nackten Steinboden der Kapelle und tut Buße für seine Sünden. Gebt ihr ein Zeichen der Barmherzigkeit, damit auch Euch einst Barmherzigkeit zuteilwerden wird.«
Heinrich schüttelte störrisch den Kopf. »Sie soll mir aus den Augen bleiben. Hätte sie mir nicht den gelehrten Medicus zugeführt, ich ließe sie bei Gott nicht einmal in einer Kammer nächtigen. Ein Lager im Schweinestall ist das, was sie verdient.«
Tilda fuhr bei diesen Worten entsetzt auf. Heinrichs Gesicht verzog sich zu einer diabolischen Fratze. »Und du, sag dem losen Frauenzimmer, das du bedienst, sie soll die Tage noch genießen, an denen ich ans Bett gefesselt bin. Danach wird es für sie noch schlimmer kommen.«
Sichtlich betrübt schlug Bruder Pankratius das Kreuz über Heinrich. »Möge der Herr Jesus Euren harten Sinn erweichen, edler Herr. Ich werde jeden Tag dafür beten.«

»Wann ist es endlich so weit?«, flüsterte der Medicus, sobald er sich mit Tilda im Flur und damit außer Hörweite von Heinrichs Krankenlager befand. »Lange kann ich die Wunden nicht mehr brandig halten, ohne dass der Graf seine Beine verliert.«
»Heute Nacht soll es geschehen, Herr. Simon von Montfort ist bereits auf dem Weg.«

Kapitel 44

Burg Böckelheim, nachts

Christina öffnete ihm sofort, als er das vereinbarte Klopfzeichen gab. Simon schlüpfte in die Kammer. Hinter den offen stehenden Bettvorhängen lag Heinrich schnarchend auf dem Rücken. Im Raum roch es durchdringend nach eiternden Wunden und dem Inhalt des Lederkübels unter der Bettstatt.
Simon hielt sich die Nase zu und trat ans Bett. »Puh. Hier drinnen stinkt es schlimmer als in einem Schweinestall.« Dann musterte er den schlafenden Heinrich.
Sein Todfeind war durch die Verwundungen sichtlich geschwächt, er wirkte ausgezehrt. Schwärzliche Bartstoppeln sprossen ihm um Mund und Kinn, sein Atem ging schwer und keuchend. Trotz der Kühle im Raum schwitzte er stark, augenscheinlich litt er am Wundfieber.
Einen Moment lang war Simon versucht, sich ob seines Vorhabens zu schämen. In diesem Zustand war Heinrich hilflos und ihm vollkommen ausgeliefert. Dann aber führte er sich das Bild von Maries geschändetem Körper vor Augen, dachte an Michels zahlreiche tödliche Wunden. Er presste die Lippen zusammen.

Heinrich hatte weit Schlimmeres verdient als das, was ihm heute Nacht bevorstand.
Entschlossen drehte er sich zu Christina um. »Also hat unsere List gewirkt?«
Sie nickte. »Heute Abend gab der Medicus Heinrich ein Schlafmittel. Dann behauptete er, eine plötzliche Krisis sei eingetreten und mein Gemahl dem Tod näher als dem Leben. Bruder Pankratius erhörte mein Flehen und ließ mich an Heinrichs Lager, damit ich seine Vergebung erlangen kann, sollte er noch einmal aufwachen.«
»Wo ist der Kaplan jetzt?«
Christina zeigte in eine dunkle Ecke, wo ein unförmiges Etwas auf dem nackten Boden lag. »Er schläft schon eine Weile so tief, dass er nichts bemerken wird. Der Medicus gab ihm die doppelte Menge Bilsenkrautpulver, noch dazu aufgelöst in starkem Burgunder. Er kippte um wie ein Mehlsack.«
»Gut, mein Augenstern. Du hast deinen Teil der Abmachung hervorragend gemeistert. Doch jetzt lass mich machen, wie wir es besprochen haben. Halte du dich zurück! Je mehr du dich einmischst, desto mehr Widerstand wird Heinrich leisten.«
Christina nickte. Simon lächelte und zog sie in seine Arme. Sie küssten sich voller Leidenschaft. Dann lösten sie sich widerstrebend voneinander.
»Und wie war es bei dir?«, fragte Christina.
»Bestens. Wie du es vorhergesehen hast, wusste sich der Torwächter vor Glück über den Beutel Pfennige kaum zu fassen. Der Mann hat Ernte und Vieh wegen der Fehde verloren und eine kranke Frau mit fünf unmündigen Kindern zu Hause. Mich nach Einbruch der Dunkelheit durch eine Nebenpforte in die Burg zu lassen schien ihm offenbar ein geringer Gegenwert für die Münzen zu sein, die jetzt die Not seiner Familie lindern. Bislang hat er noch keinen Sold erhalten, er leistet den Dienst

am Burgtor nur für seine Kost – für seine Frau und Kinder bekommt er nichts. Die Wachen vor der Kammertür wiederum schnarchen betäubt vom Bilsenkrautwein, den ihnen der Medicus reichen ließ.«

»Was für ein Glück, dass wir ihn zum Verbündeten gewinnen konnten.«

Simon nickte. »Auch er hatte wohl das Bedürfnis, sich an Heinrich zu rächen. Nachdem er dich weiland nach Heinrichs Schlägen gesund gepflegt hat, ist ihm dein Gemahl den halben Lohn schuldig geblieben.«

Christina lächelte spöttisch. »So fügt sich eins zum anderen. Heinrich erntet im Überfluss, was er an Unrecht gesät hat. Auch die Magd, die am Krankenlager wachen sollte, war nur allzu froh, als ich ihr anbot, heute Nacht die Pflege meines Gatten zu übernehmen. Obwohl sie den eklen Dienst ohne Widerrede versah, hat mein edler Gemahl sie mehr als einmal geschlagen.«

»So lass mich jetzt zur Tat schreiten, Liebste. Ich muss die Burg weit vor Morgengrauen wieder verlassen haben.«

Simon griff nach einem Krug, der eiskaltes Wasser enthielt. Mit der Hand spritzte er Heinrich mehrmals einen Schwall mitten ins Gesicht.

Endlich öffnete der prustend und schnaubend die Augen. Einen Moment lang blickte er verwirrt und halb betäubt umher. Dann trafen sich Simons und seine Blicke. Fassungslos und mit einem Schlag hellwach starrte er Simon an.

Der starrte ungerührt zurück. »Guten Abend, Heinrich von Sponheim. Ich hoffe, Ihr habt wohl geruht.« Er machte einen spöttischen Kratzfuß.

»Was wollt Ihr hier, Hundesohn! Wachen …« Bevor Heinrich das zweite Mal rufen konnte, schlug ihm Simon hart auf den Mund. Dann setzte er ihm die Klinge seines Dolchs an die Kehle.

»Mein Freund, es ist tiefe Nacht. Ich bitte Euch, den Schlaf Eurer treuen Diener nicht zu stören. Zumal dies auch Eurem eigenen Wohlergehen abträglich wäre. Ihr seht ohnehin ein wenig mitgenommener aus als bei unserer letzten Begegnung.« Seine Stimme klang betont gleichmütig.
Er setzte sich dicht neben den Kranken auf das Lager und drückte den Dolch ein wenig tiefer in Heinrichs Haut, so dass ein Blutstropfen hervortrat und Heinrich über die nackte Brust rann. Der stöhnte angstvoll auf.
»Was wollt Ihr von mir?«
Statt einer Antwort riss Simon die Decken zurück und betrachtete die blut- und eiterverkrusteten Verbände über den Beinwunden.
»Ich möchte Euch bitten, Eure Gemahlin Christina freizugeben«, antwortete er freundlich. »Hier ist der Brief an den Erzbischof mit Eurem Scheidungsersuchen.« Er zog die Rolle mit dem vorbereiteten Pergament unter seinem Gewand hervor. »Eure Gattin hat Euch wahrlich genügend Gründe für einen solchen Schritt geliefert. Ihr braucht nur noch zu unterzeichnen.«
Heinrich lachte höhnisch auf. Plötzlich schien er keine Furcht mehr zu empfinden. »Eher wird die Hölle kalt, Weichling. Das Weib gehört mir bis ans Ende seiner Tage. Auch wenn sie mir nicht mehr bedeutet als ein alter Lumpen.«
Diesmal riss der Schlag seine Lippe auf. Blut spritzte auf die Laken und bis auf Simons Oberkleid.
»Mich dünkt, Ihr lasst es wieder einmal an der nötigen Höflichkeit gegenüber den Damen fehlen, vieledler Stiefoheim. Also, wollt Ihr aus freien Stücken unterzeichnen? Oder muss ich Euch erst von den unvergleichlichen Vorteilen der Ehelosigkeit überzeugen?«
»Niemals, du Bastard. Und wenn du mich totschlägst!« In seiner Wut war Heinrich zum verächtlichen Du übergegangen.

»Einen verwundeten Gegner zu morden steht deiner Ritterehre gut zu Gesicht.«
Die vertraute Wut zuckte in Simon auf. Wehrlose hinmetzeln, Jungfrauen schänden und spießen, edle Recken aus dem Hinterhalt meucheln, das macht deine Ritterehre aus, du mieses Schwein!, dachte er sich. Doch die Worte kamen ihm nicht über die Lippen. Er hatte sich geschworen, einen kühlen Kopf zu bewahren.
Stattdessen schwang er sein rechtes Bein über Heinrichs Verbände und ließ es mit Wucht auf die entzündeten Wunden fallen. Heinrich brüllte auf. Als er Anstalten machte, sich aufzurichten und nach Simon zu greifen, drückte der sein Bein nur noch härter auf die Verletzungen.
»Ich rate Euch, stillzuliegen, mein Freund. Die Wunden könnten sonst leicht wieder aufbrechen. Doch meine Geduld erschöpft sich. Ich frage Euch daher noch einmal. Wollt Ihr das Dokument unterzeichnen?«
Trotz seiner furchtbaren Schmerzen schüttelte Heinrich den Kopf.
»Es hat keinen Zweck, Simon«, ließ sich Christina hinter seinem Rücken vernehmen. »Er wird mich nicht freigeben.« Simon hörte die Tränen in ihrer Stimme.
In gespielter Resignation seufzte er auf und riss dann mit einem plötzlichen Ruck Heinrichs fleckigen Lendenschurz beiseite. Klein und verschrumpelt lag sein Glied auf einem Buschen drahtiger Schamhaare.
Christina stieß erschrocken die Luft aus. Diesen Teil seines Plans hatte Simon ihr nicht verraten.
Mit hartem Griff packte er zu. »So sehe ich mich leider gezwungen, Euch vom Instrument Eurer ehelichen Rechte zu befreien, um Christina zumindest vor weiteren Gewalttätigkeiten zu schützen.« Er setzte den Dolch an den Penisschaft.

Heinrich gab einen erstickten Laut des Entsetzens von sich. »Also?«
Heinrich blieb trotz seiner Angst störrisch. »Das wirst du nicht wagen!«
»Nun, dann schaut her!« Mit einem Ruck zog Simon die Vorhaut über die Eichel und durchtrennte sie mit einem einzigen Schnitt. Heinrich schrie wie ein Schwein auf der Schlachtbank.
Ein dritter Schlag auf den Mund unterbrach sein Gebrüll. »Also, mein Freund. Habt Ihr Euch jetzt besonnen? Bislang teilt Ihr nur das Schicksal der Juden und Ungläubigen. Und die schwören auf die Beschneidung zum Zweck der Reinheit. Aber vielleicht sollte ich Euch doch lieber von Eurem ganzen Gemächt befreien, mit dem Ihr so vielen Frauen zu Leibe gerückt seid? Ich täte wahrlich ein gutes Werk an Euch und dem weiblichen Geschlecht. Niemals mehr könntet Ihr auf diese Art sündigen.«
Als Heinrich immer noch zögerte, setzte Simon den Dolch wieder an den Penisschaft. »Ich sage ein Paternoster auf, Heinrich. Habt Ihr bis zum Ende des Gebets nicht entschieden, nehme ich Euch die Wahl ab.«
»… und führe uns nicht in Versuchung«, rezitierte Simon, als Heinrich endlich heftig zu nicken begann.

»Ich danke Euch und wünsche Euch nun eine geruhsame Nacht.« Mit einer weiteren übertriebenen Verbeugung nahm Simon die von Heinrich unterzeichnete Pergamentrolle entgegen und drückte dessen Siegelring auf das noch flüssige Wachs.
»Noch heute Nacht macht sich ein Bote auf den Weg nach Mainz, um Werner von Eppstein Euer Ersuchen zu unterbreiten.«
Heinrich drückte sich stöhnend einen Leinenfetzen auf sein blutendes Glied. Da Simon seinen Dolch auf einem kleinen Tisch abgelegt hatte, kehrte ein Teil seines Trotzes zurück.

»Das werdet Ihr büßen, Montfort. Damit werdet Ihr niemals durchkommen. Der Erzbischof weiß, dass ich meine Ehe mit dieser Hure nicht lösen will.«

Wieder kochte die Wut in Simon hoch. Und wieder beherrschte er sich und setzte ein spöttisches Lächeln auf.

»Ihr irrt Euch erneut, mein Freund. Viel eher wird Werner von Eppstein glauben, dass Ihr endlich zur Vernunft gekommen seid. Ihr habt soeben selbst Eure Gattin als Hure bezeichnet. Alle Welt weiß, dass sie Euch schon vor Jahresfrist verlassen hat. Hartnäckig geht das Gerücht um, sie sei sogar gegen Euch in die Schlacht geritten. Der Mainzer kennt natürlich die Wahrheit. Warum solltet Ihr also an einer Verbindung festhalten, die Euch nichts als Schande eingebracht hat?« Christina schnaubte, doch Simon machte eine beschwichtigende Handbewegung und fuhr fort. »Zumal sie Euch keine Kinder gebären kann, woran Ihr allein die Schuld tragt.«

Heinrich verzog verächtlich den Mund. Aber Simon sah geflissentlich darüber hinweg.

»Da Christina unfruchtbar ist, werdet Ihr auch die Grafschaft Katzenelnbogen niemals beerben. Sie fällt nach Graf Eberhards Tod an die Krone. König Rudolf wird darob äußerst erfreut sein. Und was liegt näher, als seinen Kanzler und engsten Berater, den Kurfürsten von Mainz, zum Verwalter dieser Gebiete zu machen oder sie ihm sogar zu Lehen zu geben?« Er machte eine bedeutungsvolle Pause. »Es steht also zu befürchten, dass Werner Euch nicht nur für dumm, sondern auch für außerordentlich lästig halten wird, wenn Ihr an der Ehe mit Christina und somit an der letzten Verbindung mit Katzenelnbogen festhalten wollt. Wohingegen er an einer neuen Verbindung mit einer anderen Erbin wohl kaum etwas auszusetzen hätte.«

Heinrichs Augen flackerten. Offensichtlich begann er, über Simons Worte nachzudenken. Der bemerkte es und schlug noch einmal in dieselbe Kerbe.

»Und wie wolltet Ihr auch begründen, dass Ihr dieses Schriftstück nicht freiwillig unterzeichnet habt? Jeder Bewohner von Böckelheim kann bezeugen, dass Ihr Eure Gemahlin nach ihrer Rückkehr hartnäckig abgewiesen habt, wann immer sie Eure Vergebung erlangen wollte. Und der gelehrte Kreuznacher Medicus hat das Schriftstück als Zeuge unterzeichnet ebenso wie unser berauschter Burgkaplan, der sich allerdings an die heutige Nacht kaum erinnern wird. Seine Unterschrift war leicht zu fälschen. Würde er vor dem Kurfürsten eingestehen, ohne Besinnung im Suff unterschrieben zu haben, wie es der Medicus notfalls behaupten wird?«

Heinrich knirschte vor Wut mit den Zähnen. Aber er blieb stumm. Simon spielte seinen letzten Trumpf aus.

»Und selbst wenn der Erzbischof trotz alledem an eine Intrige glauben würde, wollt Ihr ihm wirklich bekennen, auf welche Weise ich Euch überzeugt habe? Seid gewiss, dass ich Mittel und Wege fände, dafür zu sorgen, dass alle Welt erfährt, dass Ihr beschnitten worden seid wie ein Jude, damit Ihr Eure Unterschrift auf das Pergament setzt. Landauf, landab würdet Ihr zum Gespött der Leute. Und solltet Ihr Christina zu guter Letzt doch noch verstoßen, und sei es auch nur ob der Schande und um Euch wieder vermählen zu wollen, würde Euch nicht einmal mehr ein landloser Ritter zum Eidam nehmen.«

Heinrichs Augen schossen Blitze. Doch er machte keine Anstalten, etwas zu erwidern.

Stattdessen heftete er den Blick auf Christina und spuckte dann in ihre Richtung aus. »So geht hin und werdet glücklich mit dieser Metze. Möge sie Euch genauso belügen, betrügen und hintergehen wie mich.« Der Geifer rann ihm das Kinn herab. »Glaubt mir, dieses Weib ist verderbt bis ins Mark. Also scheut nicht davor zurück, sie hart anzufassen. Das ist sie seit unserer Liebelei im Hunsrücker Wald gewohnt. Und in Wahrheit weiß sie es sogar zu schätzen, wie ich viele Male erfahren habe und …«

Mit einem Schrei stürzte Christina auf Heinrich zu, in der erhobenen Hand Simons Dolch. In letzter Sekunde bekam der sie am Arm zu fassen und hielt sie fest. Nur kurz setzte sie sich zur Wehr, dann sank sie schluchzend an seine Brust. Er streichelte sie zärtlich.

»Gefährde nicht unnütz dein Seelenheil, meine Liebste. Denk an die Worte von Basileus. Dereinst werden wir uns alle für unsere Taten zu verantworten haben. Auch dieser erbärmliche Kretin dort auf dem stinkenden Lager. Eine Ratte, die sich von Abfällen nährt, ist edler als diese Kreatur. Sie ist nicht einmal unseren Zorn wert, sondern nur unseren Abscheu und unsere Verachtung.«

Er küsste ihr die Tränen von den Wangen. »Wenn dieser furchtbare Ort endlich hinter uns liegt, warten nur noch Jahre des Glücks auf uns.«

Kapitel 45

Burg Rheinfels, März 1280

Simon, Simon, komm rasch.« Christinas Stimme drang bis in die Stallungen, wo Simon gerade sein neues Ross striegelte. Es war ein Geschenk des Grafen Eberhard, ein Ersatz für den in der Schlacht von Sprendlingen unbrauchbar gewordenen Fuchs. Er stammte aus derselben Zucht wie der Apfelschimmel, den Christina im Felde geritten hatte.

Amüsiert sah Simon auf, als sie mit wehendem Schleier auf ihn zurannte. »Was ist denn geschehen?«

»Das Schreiben des Erzbischofs ist gerade eingetroffen. Es ist an meinen Vater als meinen Vormund gerichtet. Allein das zeigt bereits, dass es die Zustimmung zu Heinrichs Scheidungsbegehren sein muss.«

Einen zeitlosen Augenblick lang genoss Simon das Gefühl puren Glücks. Jetzt waren sie endlich am Ziel.

Christina hatte Böckelheim nach jener denkwürdigen Nacht in aller Herrgottsfrühe verlassen, angeblich des Hauses verwiesen von ihrem eigenen Ehemann. Als sie ihrem Vater von Heinrichs Wunsch nach Scheidung berichtete, stimmte Eberhard nach kurzer Bedenkzeit endlich einer Heirat mit Simon zu.

»Zwei Bedingungen stelle ich allerdings«, erklärte er. »Die Scheidungsurkunde muss rechtsgültig sein, unterzeichnet vom Erzbischof Werner von Eppstein persönlich. Dann müssen mindestens sechs Monate ins Land gehen, ehe ich Eure Vermählung bekanntgebe.«

Simon und Christina sahen sich mit langen Gesichtern an. »Was ihr bis dahin treibt, soll mich nicht kümmern, solange es nur diskret geschieht und niemand etwas davon erfährt«, fügte Eberhard mahnend hinzu. »Schließlich brauche ich ja zumindest nicht zu befürchten, dass du durch eine Schwangerschaft Schande über mein greises Haupt bringst.«

Derart brutal an ihre Unfruchtbarkeit erinnert, stöhnte Christina auf. Doch ein beschwörender Blick Simons erstickte die scharfe Erwiderung, die ihr auf der Zunge lag.

»Und Eure zweite Bedingung lautet, ehrwürdiger Herr und Vater?«, lenkte Simon den Grafen von diesem prekären Thema ab.

»Solltet Ihr vor meiner Tochter sterben und Christina kinderlos zurücklassen, gelten die gleichen Bestimmungen wie im Ehevertrag mit Heinrich. Die Grafschaft fällt an die Krone und du, meine Tochter, ziehst dich in ein Kloster zurück.«

Obwohl Simon dem Grafen dankbar dafür war, dass er bis zu ihrer Vermählung nicht darauf bestand, dass sie keusch lebten, zog er Christina nun in seine Arme und küsste sie zur Vergeltung für Eberhards taktlose Bemerkung demonstrativ auf den Mund.

»So werde ich achtgeben, dass mir kein Leids geschieht, geliebte Gattin.« Beide genossen die peinliche Berührtheit des Grafen.

»Also, habe ich euer beider Einverständnis?«, insistierte Eberhard. »Dann schwört mir hier und jetzt auf die Bibel, dass ihr meinen Wünschen nachkommen werdet.«

Da ihnen nichts anderes übrigblieb, beugten sie sich Eberhards Bedingungen. Die ersten Wochen nach diesem Gespräch waren dennoch der Himmel auf Erden für sie. Endlich konnten sie sich ihrer Liebe hingeben, zwar wie bisher nur heimlich des Nachts in ihrer verschwiegenen Kammer, aber dafür mit dem Gefühl, endlich für immer vereint zu sein.

Doch Woche um Woche ging ins Land, ohne dass ein Schreiben des Erzbischofs auf dem Rheinfels eintraf. Langsam mischte sich Sorge in ihr ungetrübtes Glück, anfangs nur leichte, aber sie wuchs mit jedem verronnenen Tag.

Der treue Medicus, der an Heinrichs Krankenlager ausharrte, berichtete brieflich von dessen langsam fortschreitender Genesung. Tatsächlich würden beide Beine einen Schaden behalten und Heinrich fortan nur noch an Krücken gehen können. Als er endlich reisefähig war, wurde er zu Simons und Christinas Bestürzung samt dem Medicus und Bruder Pankratius an den Mainzer Hof befohlen, um persönlich Stellung zum Scheidungsersuchen zu nehmen.

»Zum Glück fand unsere Befragung nicht einzeln, sondern in Gegenwart aller Geladenen statt«, erklärte der gelehrte Arzt. Er war dazu eigens auf den Rheinfels gereist. »Der Erzbischof wollte sich vor allen Dingen davon überzeugen, dass Heinrich das Scheidungsbegehren bei klarem Verstand aufgesetzt hatte und nicht etwa im Fieberwahn.«

Als der Medicus weiterhin berichtete, dass Heinrich dem Kurfürsten seinen Wunsch nach Scheidung bestätigt hatte, tanzten Simon und Christina vor Freude rund um den großen Rittersaal, ungeachtet ihres Versprechens, sich in der Öffentlichkeit zurückzuhalten, und ungerührt von den gaffenden Dienstboten. Reich entlohnt hatte sich der Arzt schließlich verabschiedet. Seither warteten beide jeden Tag ungeduldig auf das erlösende Schreiben aus Mainz.

Jetzt war es endlich eingetroffen.

Noch außer Atem vom schnellen Laufen trafen sie Graf Eberhard im Rittersaal an, wo er neben dem geheizten Kamin auf seinem Lieblingsstuhl saß. Da seine Augen so schwach geworden waren, dass er kein Wort mehr entziffern konnte, hielt er Christina die Pergamentrolle mit dem erzbischöflichen Siegel entgegen. Sie erbrach es zitternd vor Aufregung.

»Wohledler Graf von Katzenelnbogen«, begann sie zu lesen. »Hiermit unterrichte ich Euch darüber, dass die Vormundschaft für Eure Tochter Christina vom heutigen Tage an von der Gewalt ihres Eheherrn, des edlen Heinrich von Sponheim, wieder in Eure Hände als Vater übergeht.

Ich habe dem Ersuchen Heinrichs von Sponheim um Scheidung von seiner Gemahlin Christina von Katzenelnbogen stattgegeben, da er dafür gleich mehrere schwerwiegende Gründe überzeugend geltend gemacht hat.

So ist Eure Tochter erwiesenermaßen unfruchtbar und kann ihrem Gatten niemals Kinder gebären, was allein als Grund für die Scheidung ausreichend wäre. Zudem hat sie mit Eurer Billigung ihren Eheherrn böswillig verlassen und durch ihren un-

züchtigen Lebenswandel Schande über den Namen derer von Sponheim gebracht.« Trotz ihrer Freude über den Brief begann Christinas Stimme zu zittern.
Simon streckte die Hand nach der Rolle aus. »Lass mich den Rest vorlesen, Liebste«, bat er. »Dir fällt es zu schwer.«
Sie lehnte ab. »Alles ist gut, Simon. Diese Worte sind nur ein geringer Preis für meine Befreiung aus dieser Verbindung.«
Sie fuhr mit leiser Stimme zu lesen fort. Nach einer schier endlosen Aufzählung ihrer zahllosen Verfehlungen folgten Ermahnungen an Graf Eberhard, er möge seinen Pflichten als Vormund und Vater nachkommen und zukünftig für einen untadeligen Lebenswandel seiner ihm nun wieder anvertrauten Tochter sorgen.
Plötzlich stockte Christina und wurde weiß wie die wegen des Frühjahrs bereits frisch gekalkten Wände. Kraftlos glitt ihr das Schreiben aus der Hand und segelte langsam zu Boden.
»Liebste, was ist dir?«
Unfähig zu sprechen, schüttelte Christina nur stumm den Kopf. Zutiefst erschrocken bückte sich Simon nach dem Pergament und fuhr mit dem Finger die in Latein gehaltenen Zeilen entlang, die Christina bereits übersetzt und vorgelesen hatte.
Einen Moment lang starrte er ungläubig auf den letzten Absatz. Verzweifelt suchte er nach einer anderen Bedeutung der lateinischen Worte. Doch vergebens. Es gab keinen Zweifel.
»Was steht noch in dem Schreiben? Was verschweigt ihr mir?«
Auch Graf Eberhard hatte begriffen, dass der Brief noch eine überaus schlechte Nachricht enthalten musste.
Simon räusperte sich, um seine Kehle frei zu bekommen.
»Solltet Ihr den Wunsch haben, Eure Tochter erneut zu vermählen«, las er mit erstickter Stimme vor, »bedarf es dazu eines erzbischöflichen Dispenses. Dieser kann nur erteilt werden, wenn der zukünftige Ehegatte persönlich im Erzbischöflichen

Palast zu Mainz darum ersucht und die amtierende kurfürstliche Hoheit davon überzeugt, dass ihn der demütige und sittenstrenge Lebenswandel Eurer Tochter mit ihrer Unfruchtbarkeit versöhnt und er sie aus freien Stücken zur Gattin nehmen will. So soll eine weitere Verbindung verhindert werden, die in Schande enden mag. Gezeichnet am 20. Tag des Monats März im Jahr des Herrn 1280. Werner von Eppstein, Erzbischof und Kurfürst von und zu Mainz.«

Erzbischöflicher Palast zu Mainz, Oktober 1280

Resigniert sah Simon hinter dem kleinen, mit Pergament bespannten Fenster des kleinen Wartesaals für mindere Bittsteller die herbstliche Dämmerung heraufziehen. Obwohl er damit gerechnet hatte, ärgerte er sich, bedeutete dies doch nichts anderes, als dass ihn Werner von Eppstein auch heute nicht mehr empfangen würde.

Seufzend beobachtete er die Dienstmagd, die mit einem Kienspan zwei Binsenlichter entzündete und die Glutpfannen mit frischen Kohlen auffüllte. Immerhin war es in der Kammer dadurch nicht kalt.

Simon nahm einen Schluck von dem warmen Würzwein, den ihm die Magd mitgebracht hatte. Er war köstlich und schmeckte nach Ingwer und Zimt. Selbst gegenüber seinen unerwünschten Bittstellern war der Erzbischof ein großzügiger Gastgeber.

Ansonsten ließ er Simon von Anfang an spüren, dass er nur ein landloser Ritter war, der während der Fehde auf Seiten der Verlierer gekämpft hatte. König Rudolfs Schiedsspruch war tatsächlich so ausgefallen, wie es die Besiegten erwartet hatten.

Der Rheingraf Siegfried war zwischenzeitlich aus der Festungshaft in Mainz entlassen worden und auf seine Burg Stein hoch

über der Nahe zurückgekehrt. Tatsächlich hatte er all seine Ländereien im Rheingau eingebüßt. In der Haft hatte er sich zudem einen schweren Brustkatarrh zugezogen und hustete ohne Unterlass. Nicht allein deshalb, sondern vor allem weil der Stolz und Lebensmut des alten Kämpen gebrochen war, rechnete man mit seinem baldigen Ableben.
Etwas glimpflicher ging es für andere Verbündete von Graf Johann aus. Die Ritter von Dalberg und Leiningen hatten jeweils eine Burg mit den dazugehörigen Ortschaften eingebüßt, die an den Veldenzer fielen.
Gegen eine ungeheure Geldsumme, über die zwischen Werner von Eppstein und den Grafen Johann und Eberhard Stillschweigen vereinbart wurde, blieb dem Grafen von Sponheim ein weiterer Landverlust mit Ausnahme der verlorenen Burg Böckelheim erspart. Allerdings musste Johann dem Mainzer erneut den Lehnseid für die Binger Burg Klopp leisten und einen ewigen Frieden mit seinem langjährigen Gegner, dem Grafen von Veldenz, schließen.
Erwartungsgemäß lehnte König Rudolf Graf Johanns Einspruch gegen die Bestimmungen dieses Landfriedens ab. Man munkelte sogar, dass ein beträchtlicher Anteil der Zahlungen, die Graf Eberhard anstelle des Sponheimers leistete, in seine eigene Schatulle geflossen waren.
Und nun wartete Simon schon den fünften Tag in Folge vergeblich darauf, beim Mainzer Kurfürsten vorzusprechen, um ihm gemäß der Scheidungsbestimmungen die Bitte vorzutragen, Christina ehelichen zu dürfen.
Tatsächlich waren die letzten Monate hart gewesen. Eberhard bestand nach dem Schreiben des Erzbischofs darauf, dass sich Christina zur Läuterung von ihren Sünden drei Monate lang ins Binger Kloster auf dem Rupertsberg zurückzog. Nach ihrer Rückkehr auf den Rheinfels machte der Alte, anders als bislang

besprochen, seine Zustimmung zur Vermählung von einem untadeligen Lebenswandel der beiden abhängig.
Widerwillig musste Simon sich eingestehen, dass die erzwungene Keuschheit zumindest den Vorteil hatte, dass er dem Erzbischof gegenüber nicht lügen musste, wenn er Christinas Tugend und Demut pries. Schließlich hing die Erlaubnis zur Vermählung maßgeblich davon ab. Sie hatten sich seit Monaten kaum gesehen, sah man einmal von Begegnungen mit der züchtig Verschleierten während der Andachten und heiligen Messen in der Burgkapelle ab. Die Mahlzeiten nahm Christina züchtig in der Kemenate ein und zeigte sich auch ansonsten kaum in der Öffentlichkeit.
Hätte es nicht die treue Tilda gegeben, die ab und an eine heimliche Botschaft zwischen den Liebenden überbrachte, sie wären von jedem Kontakt abgeschnitten gewesen.
Immerhin hielt sich Graf Eberhard an sein Versprechen und erneuerte sechs Monate nach der Scheidung seine Zustimmung zur Vermählung. Die daran geknüpfte Bedingung erschien Simon jedoch nahezu unerfüllbar: Nur nach dem erzbischöflichen Dispens würde es eine offizielle Trauung geben. Daran ließen weder der Graf noch Bruder Paulus, der Burgkaplan auf dem Rheinfels, den allergeringsten Zweifel.
Um seinen guten Willen zu beweisen, hatte sich Simon also vor einigen Tagen nach Mainz aufgemacht. Doch er glaubte nicht an den Erfolg seiner Mission.
Wahrscheinlich bliebe ihm und Christina nichts anderes übrig, als bei Nacht und Nebel zu fliehen. Nur mit der Summe ausgestattet, die Simon von König Rudolf erhalten hatte, würden sie sich einen Priester suchen müssen, der sie in einer Winkelhochzeit gegen Gold einsegnete. Fortan müssten sie ein Leben im Verborgenen weit entfernt von der Heimat führen. Denn zweifellos würde Graf Eberhard nach ihnen suchen lassen und

Christina sofort in ein Kloster sperren, wenn er ihrer habhaft wurde.
Gepeinigt von diesen trübseligen Gedanken, blickte Simon hoffnungsvoll auf, als sich die Pforte zur Wartekammer öffnete. Doch es war kein Bote des Erzbischofs, der ihn endlich zum Gespräch rief, sondern die Simon schon bekannte Magd, diesmal mit einem Armvoll frischer Binsen. Sie kniete nieder, um sie auf dem Boden zu verteilen. Müßig beobachtete er ihr Tun.
Plötzlich stieß die Frau an den kleinen Kastentisch, auf dem der Krug mit dem Würzwein stand. Das fast volle Gefäß fiel um, und sein blutroter Inhalt breitete sich rasch auf dem Boden bis unter eine schwere Truhe hin aus, die auf niedrigen Füßen an der Wand stand. Mit einer unterdrückten Verwünschung auf den Lippen eilte die Magd hinaus und kehrte kurz darauf mit einigen Lappen zurück, um die Flüssigkeit aufzunehmen. Als sie sich vergeblich bemühte, die schwere Truhe beiseitezuschieben, um auch darunter aufzuwischen, sprang Simon auf, um ihr zu helfen.
Gemeinsam wuchteten sie das schwere Möbel ein Stück zur Seite. Dabei hörte Simon plötzlich ein metallisches Klirren, als ob etwas, das zwischen Wand und Truhe eingeklemmt gewesen wäre, auf die Steinfliesen fiele. Die Magd bemerkte offenbar nichts.
Als sie sich schließlich mit den nassen Lappen entfernte, nutzte Simon den Augenblick und untersuchte die Stelle, an der die Truhe zuvor gestanden war. Tatsächlich lag da unmittelbar an der Wand etwas silbern Glänzendes auf dem Boden, das er rasch ergriff und in eine Tasche seines Gewandes stopfte.
Eine unerklärliche Unruhe bemächtigte sich seiner. Er konnte es kaum abwarten, das Schmuckstück näher in Augenschein zu nehmen. Dennoch schob er das Möbel wieder an seine alte Stelle an der Wand zurück und wartete, bis die Magd zurückkehrte

und die unterbrochene Verteilung der frischen Binsen beendet hatte. Mit einem Knicks verließ sie schließlich den Raum.
Sofort zog Simon seinen Fund hervor, betrachtete ihn im schwachen Licht und erschrak zutiefst. An einer silbernen Gliederkette baumelte ein schwerer Anhänger. Er war rund und bestand aus einem großen Onyx mit Schriftzügen aus Edelsteinsplittern, gerahmt von fein ziseliertem Silber. Fassungslos fuhr Simons Hand an seinen Hals. Sein eigener Anhänger, den er noch immer zur Erinnerung an seine Eltern trug, war an seinem Platz. Er zog ihn hervor und streifte sich die Kette über den Kopf.
Dann verglich er die beiden Schmuckstücke miteinander. Es bestand kein Zweifel. Der gefundene Anhänger glich seinem eigenen wie ein Ei dem anderen.

Am nächsten Morgen fand sich Simon gleich nach der Frühmesse wieder im Bischofspalast ein. Eigentlich hätte er sich nach der durchwachten Nacht, in der er sich schlaflos auf seinem Strohlager gewälzt hatte, und dem Verzicht auf das Frühmahl erschöpft und schwach fühlen müssen.
Doch das Gegenteil war der Fall. Das Herz schlug ihm bis zum Hals. Abwechselnd wurde ihm heiß und kalt, als hätte er Fieber. Er war fest entschlossen, heute mit Werner von Eppstein zu sprechen und ihm seinen Fund zu zeigen. Musste der Erzbischof doch zwangsläufig etwas über die Herkunft der Schmuckstücke wissen, von denen sich eines in seinem Palast befunden hatte.
Aber zu seiner Enttäuschung beschied man ihm schon an der Pforte, der Kurfürst würde heute überhaupt keine Besucher empfangen.
»Aber es ist ungeheuer wichtig, den ehrwürdigen Bischof sofort zu sprechen«, forderte Simon beharrlich.
Der Wachhauptmann sah ihn ungerührt und mit verächtlich nach unten gezogenen Mundwinkeln an. »Geht und kommt

morgen wieder. Sonst lasse ich Euch von meinen Männern hinauswerfen.«

Unwillkürlich fuhr Simons Hand an sein Schwert. »Hüte deine Zunge, Unverschämter«, drohte er. »Du sprichst mit einem Edelmann.«

»Was Ihr nicht sagt! Heda, Jakob, Wilhelm, kommt einmal her!«, rief er zwei Wachsoldaten zu, die in einiger Entfernung herumlungerten. Die beiden setzten sich in Bewegung und hoben angriffslustig ihre Spieße.

»Also, geht Ihr nun aus freien Stücken, oder sucht Ihr Händel? In diesem Fall werde ich dafür sorgen, dass Euch Seine kurfürstliche Hoheit überhaupt nicht empfängt.«

Zähneknirschend gab Simon nach und ließ sein Schwert stecken. Die Männer grinsten hämisch, als er mit verkniffener Miene an ihnen vorbeiging. Plötzlich stutzte er. Einen der beiden hatte er irgendwo schon einmal gesehen. Auch der Kerl selbst schien ihn zu erkennen und wandte sein Gesicht ab.

Den ganzen Weg zurück in sein Gasthaus grübelte Simon, wo er dem Mann schon einmal begegnet war. In einer engen verschlammten Gasse kam ihm ein fahrender Händler mit einer mächtigen Kiepe auf dem Rücken entgegen. Simon musste sich gegen die Wand einer Hütte drängen, um den Mann vorbeizulassen.

Da traf ihn die Erkenntnis wie ein Keulenschlag. Der Soldat war der Kleinkrämer aus dem Binger Wirtshaus, in dem Bruder Basileus ermordet worden war.

Stunden später saß Simon vor seiner kalt gewordenen Suppe in der Gaststube seines Quartiers. Mühsam fügte er die einzelnen Teile des Bildes Stück für Stück zusammen.

Hatten ihm die Schurken in Wien nicht etwas von einem mächtigen Herrn erzählt, der den Zwillingsanhänger angeblich im

Spiel verloren hatte? Ein Fürst aus dem Gefolge des Königs? Und hieß es nicht auch, dieser Mann habe den Mord an seinen Eltern befohlen? Schon damals war Simon aufgefallen, dass diese Aussage mit der seines schändlichen Oheims Philipp und dessen Burgvogt Rutger übereinstimmte.

Werner von Eppstein – sollte er der Drahtzieher hinter der Untat sein? Aber aus welchem Grund? Was versprach er sich davon?

Das Lehen, durchfuhr es Simon siedend heiß, sein Oheim Philipp hatte dem Grafen von Veldenz die Lehnsherrschaft angetragen. Ein Umstand, der auch dem mit ihm verbündeten Erzbischof mehr Macht an der Nahe verschaffte. Aber wie hätte der Mainzer das ahnen können? Philipp war doch noch in Palästina gewesen, als Simons Eltern ums Leben kamen. Niemand konnte zu diesem Zeitpunkt wissen, ob er überhaupt jemals vom Kreuzzug zurückkehren würde.

Und wer steckte hinter dem Mordanschlag in Wien? Der Mainzer? Unsinn, auch dafür hatte er keinerlei Veranlassung gehabt. Das waren einfache Strauchdiebe gewesen. Aber … woher wussten sie von dem Zwillingsanhänger? Noch mehr ungelöste Fragen.

Aber inwiefern hatte der Schuft auf dem Bischofsthron etwas mit dem Mord an Bruder Basileus zu tun? Wahrscheinlich trieben sich seine Spitzel damals in allen möglichen Schenken herum, um Nachrichten auszukundschaften. Konnte der als Krämer getarnte Wachsoldat mitbekommen haben, dass Bruder Basileus Simon etwas über den Mord an seinen Eltern enthüllen wollte?

Natürlich konnte er das! Simon schlug sich an die Stirn. Er erinnerte sich an den Wein, den der Mann verschüttet hatte, als er an ihren Tisch stieß. Am nächsten Morgen war Simon ihm darüber hinaus auf der Suche nach Bruder Basileus im Hof begegnet.

War dieser Kerl am Ende sogar einer der Mörder seiner Eltern? Die Untat war jetzt über zwanzig Jahre her. Simon schätzte das Alter des Mannes auf ungefähr vierzig Jahre. Er musste damals ein junger Bursche gewesen sein, als der Überfall stattfand. Hatte Werner von Eppstein ihn gedungen?

Simon ballte die Hände. Sein Gefühl sagte ihm deutlich, dass der Kurfürst etwas mit dem Mord an seinen Eltern zu tun hatte. Doch wo waren die handfesten Beweise, die er brauchte, um Anklage erheben zu können?

»Suche nach Damianus!« Es war Simon, als würde er die Stimme des gütigen Basileus leibhaftig hören.

»Er ist womöglich nach Mainz gegangen, von wo er stammt!« Hatte das nicht der Abt auf dem Disibodenberg gesagt? Doch wo sollte Simon nach Damianus suchen? In einem Kloster war er angesichts seiner früheren Verfehlungen wohl kaum wieder aufgenommen worden. Womit fristete ein entsprungener Mönch sein Leben?

Natürlich! Wieder schlug Simon sich an die Stirn. Damianus konnte schreiben. Damit war mancher Pfennig zu verdienen, wenn man die richtige Kundschaft hatte. Nicht einmal jeder Adlige war des Lesens und Schreibens mächtig. Geschweige denn reiche Kaufleute und deren Gattinnen. Aber sie konnten jemanden bezahlen, der diese Kunst beherrschte.

Wo boten Schreiber ihre Dienste für gewöhnlich an? Simon versuchte, sich daran zu erinnern, da er selbst deren Dienste noch nie in Anspruch genommen hatte. Wahrscheinlich auf den Märkten. Oder in den größeren Kirchen.

Entschlossen sprang Simon auf. Es war erst kurz nach Mittag. Er würde sogleich mit der Suche beginnen.

Kapitel 46

Mainz, Oktober 1280, eine Woche später

Erschöpft und missmutig winkte Simon der Schankmagd und ließ sich noch einen Humpen warmes Bier bringen. Sein Hals fühlte sich kratzig an, seine Glieder schwer. Zum Elend seiner bislang vergeblichen Suche käme dank des Herbstregens und Sturms nun wahrscheinlich auch noch eine Erkältung hinzu.

Als er am ersten Tag die Menge der Schreiber gesehen hatte, die allein schon im Dom entlang der Wände neben dem imposanten Eingangsportal vor ihren niedrigen Schreibpulten kniete, war er noch guter Dinge gewesen. Selbst wenn Damianus nicht hier weilte, so kannte ihn vielleicht doch einer seiner Kollegen.

Auch als er im Dom nicht fündig wurde, verlor er nicht gleich den Mut. Doch weder in der Stefanskirche, der Augustinerkirche noch der Basilika St. Johannes hatte jemand etwas von einem Damianus gehört. Nicht anders war es auf den großen Märkten, die Simon aufsuchte.

Ein halb verhungert wirkender Jüngling, der aussah wie ein entlaufener Novize, führte ihn für einen Pfennig in verrufene Häuser und Spelunken. Auch dort warteten Schreiber, die beurkundeten, wenn ein wohlhabender Mann sein Vermögen verpfändete, um seine Spielschulden zu begleichen, oder er einer losen Dirne, der er verfallen war, ein Haus oder ein Stück Land überschreiben wollte.

Im Laufe der Zeit erkannte Simon, dass die Schreiber verschiedene Orte aufsuchten, um sich ihren Lebensunterhalt zu verdienen. Mit jedem Tag, den er unterwegs war, begegneten ihm mehr bekannte Gesichter. Besonders ein hagerer Bursche mit

stechendem Blick fiel ihm auf. Er nannte sich Petrus und stammte angeblich aus Worms. Auch er kannte Damianus nicht.
Simon nahm noch einen Schluck von dem warmen Bier. Dann fasste er einen Entschluss. Angesichts seines beständigen Misserfolgs und durch die Erkältung geschwächt, entschied er zum wiederholten Mal, sein Vorhaben aufzugeben. Schlussendlich hatte er nur die vage Aussage des Abts Gervasius, dass sich Damianus womöglich nach Mainz gewandt hatte. In Wirklichkeit konnte er überall hingegangen sein. Vielleicht war er auch schon längst verstorben, ausgelaugt durch das elende Leben, das den meisten Lohnschreibern ins Gesicht geschrieben stand.
Seufzend hob er den Humpen und trank ihn aus. Wenigstens benebelte das Gebräu seine Sinne und machte ihn müde. Er beschloss, sich für den Rest des Tages in seine Kammer zurückzuziehen, gründlich auszuschlafen und am Morgen in den Wartesaal für mindere Bittsteller im Bischofspalast zurückzukehren.
Gerade wollte er sich erheben, da öffnete sich knarrend die Tür der Schankstube. Zu Simons Erstaunen trat der hagere Schreiber aus Worms ein und ließ seinen Blick über die Gäste schweifen. Als er Simon erblickte, steuerte er geradewegs auf ihn zu.
Verblüfft ließ der sich auf die Holzbank zurücksinken. »Sucht Ihr nach mir?«
Petrus nickte. »Darf ich mich zu Euch setzen?«
Simon machte eine einladende Handbewegung. Als er den Blick sah, den der Mann auf die Reste seiner Mahlzeit aus Speck und Graubrot warf, fragte er: »Seid Ihr hungrig?«
Petrus nickte erneut.
Wenig später beobachtete Simon staunend, welche Unmengen Wurst, Käse, Speck und Brot der dünne Mensch vertilgen konnte. Als das mit Speisen beladene Brett, das Simon bestellt hatte, bis auf den letzten Krümel leer war, hob Petrus noch einmal den

Krug mit Dünnbier, trank ihn in einem Zug aus und rülpste vernehmlich. Dann wischte er sich mit der Hand über den Mund und blickte Simon zum ersten Mal ins Gesicht.

»Nun, Herr Schreiber, offensichtlich habt Ihr mir etwas zu sagen. Was führt Euch her?«

»Spendiert Ihr mir noch einen Pokal Wein?«, entgegnete dieser statt einer Antwort.

Simon wurde ungeduldig. Seine Gliederschmerzen waren stärker geworden. Nun zog ihm vom Nacken her auch noch ein dumpfer Schmerz zum Kopf. »Warum sollte ich das tun?«

Der Mann lächelte spöttisch. »Vielleicht, weil ich Euch bislang nicht die Wahrheit gesagt habe. Vielleicht kenne ich den, den Ihr sucht, ja doch.«

»Bruder Damianus?«

»So ist es. Bekomme ich nun etwas Wein? Es muss Wochen her sein, dass ich den letzten Schluck gekostet habe. Der Trunk wird mein Gedächtnis beflügeln.«

Simon schnippte der Schankmagd mit dem Finger und bestellte einen kräftigen Rotwein für Petrus und heißen Würzwein für sich selbst. Seine Kopf- und Gliederschmerzen waren wie weggeblasen.

»Wo hält sich der Bruder auf?«

»Gemach, gemach, edler Herr. Erst ist es an mir, Euch einige Fragen zu stellen. Seid Ihr der Ritter Simon von der Burg Montfort im Nahegau?«

»Der bin ich in der Tat.«

»Doch dort seid Ihr nicht aufgewachsen.«

Simon schüttelte ungeduldig den Kopf. »Nein. Mein Ziehvater, Graf Johann von Sponheim, zog mich groß. Ich wurde mit zwei Jahren zur Waise.«

»Da Eure Eltern heimtückisch ermordet wurden.« Es war keine Frage, sondern eine Feststellung.

Simon fuhr auf. »Woher wisst Ihr das? Hat Bruder Damianus es Euch erzählt?«
Der Mann sah Simon mit einem eigentümlichen Blick an. »Stimmt es, dass man am Tatort einen heidnischen Anhänger aus dem Morgenland fand?«
Jetzt hielt es Simon kaum mehr auf seinem Sitz. Am liebsten hätte er Petrus geschüttelt. Nur mühsam beherrschte er sich. »Ja, man fand ein solches Schmuckstück. Mein Ziehvater zeigte es seinerzeit überall herum, um dadurch vielleicht einen Hinweis auf die Mörder zu erhalten. Hat Damianus Euch den Anhänger beschrieben?«
Zu Simons namenloser Überraschung schüttelte Petrus den Kopf. »Nein, Herr, das war nicht nötig. Ich habe ihn mit eigenen Augen gesehen. Er besteht aus einem schwarzen Edelstein, ungefähr so groß wie eine Silberdukate, und ist mit winzigen Edelsteinsplittern besetzt. Sie bilden in arabischen Schriftzeichen das Wort der Ungläubigen für ihren Gott, den sie Allah nennen.«
»Wo habt Ihr das Schmuckstück gesehen?«, fragte Simon mit erhobener Stimme. Ringsum hoben einige Gäste erstaunt die Köpfe.
»Psst, seid leiser! Oder wollt Ihr das Schicksal des Basileus teilen?«
Simon erstarrte. Wer war dieser obskure Geselle? Womöglich ein weiterer Spitzel des Erzbischofs?
Der Mann schien seine Gedanken zu erraten. Wieder kräuselte ein spöttisches Lächeln seine dünnen Lippen. »Euer Oheim Philipp hat mir den Anhänger gezeigt. Es gab zwei davon. Sie waren Teil eines Silberschatzes aus dem Morgenland, den Euer Onkel dort vermutlich geraubt hat.«
Simon war wie betäubt. Nur langsam drangen die Worte in sein Bewusstsein.

»Mein Oheim? Das ist Unsinn. Philipp kehrte erst drei Jahre nach dem Tod meiner Eltern an die Nahe zurück.«
Petrus schüttelte den Kopf. »Oh nein. Das ließ er alle Welt glauben. In Wahrheit war Philipp schon wieder im Land, als Eure Eltern noch lebten. Er stand in den Diensten des damaligen Erzbischofs Gerhard von Mainz. Werner von Eppstein, zu dieser Zeit Domprobst und designierter Nachfolger des greisen Gerhard, verschaffte ihm als Gegenleistung für den Silberschatz die Burg und Herrschaft Montfort.«
Simon war entgeistert. »Was sagt Ihr da? Wie soll das vor sich gegangen sein?«
Der Mann zuckte die Schultern. »Werner ließ eine Urkunde fälschen, die Philipp nach dem Tod Eures Vaters zum Erben machte. Die echte Erburkunde hat die Ländereien dem erstgeborenen Sohn des Raimund zugesprochen, nicht dessen jüngerem Bruder.«
Um Simon herum drehte sich alles. Sein Kopf dröhnte. Wachte oder träumte er? Würde er sich gleich auf seinem Strohlager wiederfinden und merken, dass dies nur ein nichtiger Alpdruck war?
»Werner von Eppstein ließ eine Urkunde fälschen, um meinen Oheim zum unrechtmäßigen Erben zu machen? Für einen Silberschatz aus dem Morgenland?«
Petrus nickte ungerührt. »So ist es. Philipp bat nur darum, einen der zwei heidnischen Anhänger behalten zu dürfen. Sozusagen als Andenken an den Kreuzzug. Es dürfte derjenige sein, den Euer Ziehvater am Tatort fand.«
Simon fehlten die Worte. Nur langsam erfasste er die ungeheuerliche Bedeutung dessen, was der Mann da sagte.
»Mein Oheim war an der Ermordung meiner Eltern beteiligt?«
»So ist es. Er führte die Bande sogar an. Solange Euer Vater lebte, konnte er ja kaum dessen Nachfolge antreten.«
»Nachfolge antreten …«, echote Simon.

Der Schreiber nahm noch einen Schluck Wein. »Euer Urgroßvater hatte die echte Erburkunde in den erzbischöflichen Archiven zu Mainz hinterlegt. Natürlich hatte Werner als Domprobst Zugang dazu. So war die Fälschung ein Kinderspiel. Man musste nur einen geschickten Schreiber finden, der sich bestechen ließ, und dann die falsche Urkunde anstatt der echten in das Archiv zurückbringen.«
Simon nahm seine Umgebung nur noch wie durch einen Nebelschleier hindurch wahr. Mehrfach bewegte er die Lippen, brachte jedoch zunächst keinen Ton heraus. Schließlich sagte er mit leiser Stimme: »Woher wisst Ihr das alles? Ich flehe Euch an, sagt es mir!«
Plötzlich veränderte sich der Gesichtsausdruck des Schreibers. Seine spöttische Miene verschwand. Trauer und Scham traten nun auf seine hageren Züge.
»Ich wusste nicht, dass die gefälschte Urkunde Mord nach sich ziehen würde. Das müsst Ihr mir glauben. Sonst hätte ich mich niemals dafür hergegeben.«
»Wie?« Nochmals fassungsloser, als er es eh schon gewesen war, starrte Simon ihn an.
Der Mann nickte. »Ihr habt richtig gehört. Ich war derjenige, der die Urkunde fälschte.«
»Wer seid Ihr, um des Allmächtigen willen?«
Der Schreiber sah ihn mit großen Augen an. »Habt Ihr es immer noch nicht erraten? Damals nannte ich mich Damianus.«

Am nächsten Morgen nach einer schier endlosen Nacht

»Ihr seid absolut sicher, dass Ihr über Beweise verfügt, die den Kurfürsten und Erzbischof von Mainz als Mitwisser des Mordes an meinen Eltern überführen?«

Bruder Damianus nickte. Beide saßen über ihrer Morgensuppe in derselben Schenke, in der sie sich am Abend zuvor begegnet waren. Simon war übernächtigt. Tiefe Schatten lagen unter seinen Augen. Doch innerlich war er mit sich im Reinen.
»So hört meinen Plan. Ihr verlasst Mainz sofort und begebt Euch zu meinem Ziehvater auf die Kauzenburg. Dieses Begleitschreiben wird Euch dort eine gute Aufnahme sowie Quartier verschaffen.«
Simon reichte Damianus eine gesiegelte Pergamentrolle.
»Allerdings bitte ich Euch, Graf Johann nichts über den wahren Hintergrund Eures Besuchs zu verraten. Sagt ihm nur das, was auch in dem Brief steht: dass Ihr mir zufällig in Mainz begegnet seid und mir etwas sagen konntet, das mich dabei unterstützt, mein Anliegen beim Mainzer Erzbischof erfolgreich geltend zu machen. Dass ich Euch allerdings diesbezüglich zur Verschwiegenheit verpflichtet habe.«
»Warum diese Geheimnistuerei?«
Simon zögerte kurz, entschloss sich dann aber, dem ehemaligen Mönch seine Bedenken anzuvertrauen. »Mein Ziehvater war der beste Freund meines Vaters. Er würde möglicherweise vorschnell handeln, wenn er erfährt, dass er sich mit Hilfe Eurer Dokumente gleich auf zweierlei Weise Genugtuung verschaffen kann: für den Mord an meinem Vater und für die Niederlage in der Fehde, bei der König Rudolf so ungerecht gegen ihn entschieden hat.«
»Und was wäre daran auszusetzen? Es dürfte doch auch in Eurem Interesse sein, den Erzbischof ans Messer zu liefern. Diesmal könnte auch der König nicht umhin, ihn zu bestrafen, will er sich nicht vor aller Welt als Herrscher unglaubwürdig machen.«
Simon hob abwehrend die Hand. Die ganze Nacht hatte er wach gelegen und nachgedacht. Nun stand sein Entschluss fest.

»Die Leiber meiner Eltern sind längst zu Staub zerfallen, doch ich bin noch jung und am Leben. Es gibt etwas Kostbareres als meine Rache, das mir der Erzbischof im Tausch gegen unser beider Verschwiegenheit anzubieten hat.«

»Was soll das sein?«, fragte Damianus empört. »Mein halbes Leben lang warte ich darauf, dass das Unrecht gesühnt wird und ich endlich Erlösung und Vergebung dafür finde, dass ich mich daran beteiligt und all die Jahre aus Feigheit geschwiegen habe. Soll der wahre Mörder ungestraft davonkommen?«

»Der wahre Mörder war mein nichtswürdiger Oheim Philipp, der den Überfall angeführt hat. Er wurde schon vor etlichen Jahren gehängt, wenn auch nicht für dieses Vergehen. Doch man kann einen Mann nur einmal hinrichten.«

»Ihr habt meine Frage nicht beantwortet«, beharrte Damianus. »Was wollt Ihr eintauschen?«

Simon lächelte geheimnisvoll. »Das werdet Ihr erfahren, wenn mein Plan gelingt. In jedem Fall werdet Ihr reich belohnt werden. Ich warte drei Tage, bis ich sicher sein kann, dass Ihr wohlbehalten in Kreuznach eingetroffen seid. Dann spreche ich erneut bei Werner von Eppstein vor. Gelingt mein Plan, erhaltet Ihr bei meiner Rückkehr einen Beutel Silber aus meiner eigenen Schatulle. Sollte ich jedoch in zehn Tagen noch nicht zurückgekehrt sein, eröffnet Euch meinem Ziehvater. Dann ist mein Plan gescheitert, und ich bin entweder tot oder im tiefsten Verlies des Bischofspalastes eingesperrt. Lasst den Dingen dann ihren Lauf! Graf Johann wird wissen, was zu tun ist. Auch er wird Euch reich belohnen, seid dessen versichert.«

Damianus wirkte noch immer unentschlossen. Brummend kratzte er sich den Kopf.

»Als ich Euch gestern von dem, was ich weiß, Mitteilung machte, wart Ihr noch wild entschlossen, es den Erzbischof büßen zu lassen. Was ist denn über Nacht in Euch gefahren?«

»Ich habe noch einmal über die Worte von Bruder Basileus am Abend vor seinem Tod nachgedacht. Niemand wird im Jenseits seiner Strafe für die Untaten entgehen, die er im Diesseits begangen und nicht gesühnt hat. Das gilt auch für einen Kurfürsten. Doch im irdischen Leben haben wir Menschen die Wahl. Warum soll ich mein Lebensglück einer Rache opfern, die den Täter ohnehin dereinst ereilen wird?«
»Euer Lebensglück?«
Simon winkte ab. »Lasst es jetzt genug sein und macht Euch auf den Weg. Vielleicht wird Eurer Neugier ja schon bald Genüge getan.«

Kapitel 47

Mainz, Erzbischöflicher Palast,
Oktober 1280, drei Tage später

Ich bin sicher, dass Euren hochwürdigen Herrn der Inhalt dieses Schreibens außerordentlich fesseln wird. Doch wenn Ihr riskieren wollt, später ausgepeitscht oder womöglich noch schlimmer bestraft zu werden, so verweigert die Übergabe und führt mich erneut in den Warteraum.«
Scheinbar gleichmütig wandte Simon sich ab, jedoch nicht ohne zuvor das unsichere Flackern in den Augen des hoffärtigen Wachhauptmanns bemerkt zu haben. Von dem Soldaten, der wahrscheinlich als Kleinkrämer verkleidet den Mord an Bruder Basileus begangen hatte, war weit und breit nichts zu sehen.
Eine Weile geschah nichts. Simon beobachtete demonstrativ das Geschehen im Palasthof. Händler eilten hin und her, brachten

Gemüse und Früchte für die bischöfliche Tafel. Auch ein Schwein wurde hereingetrieben.

»Also gebt her«, ertönte schließlich die mürrische Stimme des Hauptmanns in seinem Rücken. »Doch wenn Ihr den Erzbischof umsonst behelligt habt, rechnet damit, selbst für Eure Unverschämtheit gestäupt zu werden.«

Gelassen hielt ihm Simon das gesiegelte Schreiben entgegen.

Schneller als erwartet, kehrte der Mann zurück. Er wirkte verblüfft. »Der hochwürdige Kurfürst erwartet Euch.«

Simon grinste zufrieden, während er dem Wachhauptmann durch die mit kostbaren Teppichen geschmückten Gänge zum Audienzzimmer Werner von Eppsteins folgte. Es war der gleiche Raum, in dem Johann und Eberhard ihm weiland die Fehde erklärt hatten.

Der Mainzer saß wie damals auf seinem hohen Samtstuhl und blickte Simon hochmütig an. Diesmal bot er ihm nicht einmal einen der schlechten Schemel als Sitzplatz an. Trotzdem konnte Simon erkennen, dass der Bischof beunruhigt war. Seine Augen funkelten anthrazitgrau.

»Also, welchen Beweis wollt Ihr angeblich gefunden haben, dass Euer Oheim Philipp den Mord an Euren Eltern begangen hat?«, begann er das Gespräch ohne jede Begrüßung.

Simon zog den Anhänger, den er an der Wand hinter der Truhe gefunden hatte, aus der Tasche seines Gewandes und hielt ihn dem Erzbischof auf der flachen Hand entgegen. »Diese Kette fand ich hier im Wartesaal für mindere Bittsteller. Gehört sie Euch?«

Werner von Eppstein runzelte die Stirn. »Dieses Schmuckstück ging mir in der Tat vor Jahren verloren. Habt Ihr Euch etwa unter diesem Vorwand Einlass verschafft, um eine Belohnung für Euren Fund zu erhalten?«

Der Erzbischof kräuselte verächtlich die Lippen. »Dann muss ich Euch leider enttäuschen, junger Herr von Montfort. Dieser Anhänger ist nur von geringem Wert und dazu heidnischen Ursprungs.« Seine Handbewegung deutete an, dass Simon damit entlassen war.

»Was seid Ihr unverfroren, edler Herr, selbst wenn Ihr noch so sehr im Unrecht seid!«

Werner von Eppstein zog hörbar die Luft ein. Seine Augen schienen nochmals dunkler zu werden. »Hütet Eure Zunge, wenn Ihr Wert darauf legt, sie unversehrt zu behalten.«

Simon ließ sich nicht einschüchtern. Er holte seinen eigenen Anhänger unter dem Wams hervor. »Wie erklärt Ihr Euch, dass man das Gegenstück des Medaillons neben den hingemetzelten Leichen meiner Eltern fand?«

Werner von Eppsteins Gesicht wurde um eine Spur blasser. Simon bemerkte, dass er die Hände zu Fäusten ballte.

»Wie erklärt Ihr es Euch, Simon?«, setzte der Mainzer zum Gegenschlag an.

»Nun, es gehörte meinem verruchten Oheim Philipp. Er muss es beim Kampf am Ufer der Nahe verloren haben. Mein Ziehvater Johann fand es und suchte lange vergeblich nach seinem Besitzer. Erst seit kurzem weiß ich, dass mein Oheim Philipp beide Schmuckstücke aus dem Morgenland mitbrachte, zusammen mit einem reichen Silberschatz, den er Euch bis auf den verlorenen Anhänger überließ. Es gibt einen Zeugen, der das bestätigen kann.«

»Was für einen Zeugen?«

»Einen ehemaligen Mönch namens Damianus.«

Aus dem Gesicht des Erzbischofs wich alle Farbe. Seine Augen waren nun schwärzer als die Onyxe der Anhänger.

»Ich kenne keinen Damianus.«

Simon nickte gleichmütig. »So lasst mich Eurem Gedächtnis ein wenig auf die Sprünge helfen, edler Herr. Bruder Damianus führte ein recht unstetes Leben. Schon als Novize floh er das erste Mal aus dem Kloster und fristete sein Dasein als Schreiber. In einer verrufenen Schenke begegnete er meinem Oheim Philipp, der anscheinend viel früher aus dem Morgenland heimgekehrt war, als wir es im abgelegenen Nahegau ahnten, und als Wachhauptmann in die erzbischöflichen Dienste trat.«

»Ich kann mich nicht daran erinnern.« Die Gesichtszüge des Kurfürsten wirkten steif wie die einer Holzmaske. »Und wieso hätte Euer Oheim in Mainz bleiben sollen, anstatt zu seiner Familie zurückzukehren?«

Simon verzog das Gesicht. »Soweit ich weiß, waren sich die Brüder nicht sonderlich zugetan. Besser gesagt, Philipp neidete meinem Vater seine geachtete Stellung und hasste ihn genauso, wie Heinrich von Sponheim seinen älteren Bruder hasst. Deshalb bat er Damianus, eine Urkunde für ihn zu fälschen, die ihn nach dem Tode meines Vaters als rechtmäßigen Erben von Montfort ausweisen würde, ungeachtet dessen minderjährigen Sohnes.«

»Was hätte das für einen Sinn gehabt? Euer Vater war ein junger gesunder Mann.«

Einen Moment lang legte sich eine Klammer des Schmerzes um Simons Herz. Er atmete tief durch.

»Darauf komme ich noch. Jetzt lasst mich die Geschichte der Reihe nach erzählen. Damianus erklärte meinem verworfenen Oheim, dass ihm eine Fälschung nichts nutzen würde, solange sich das Original der Urkunde in den Mainzer Archiven befände. Daraufhin wandte sich Philipp an Euch. Ihr wart damals Domprobst und hattet jederzeit Zugang zu den Archiven. Bei der nächsten Begegnung erzählte mein schon berauschter Oheim Damianus triumphierend, dass er als Gegenleistung für seinen Silberschatz aus dem Morgenland das Original der Urkunde von Euch erhalten würde. Er zeigte dem Mönch auch den

Anhänger, den er als Andenken an den Kreuzzug behalten wollte.«

Simon machte eine Pause. Seine Kehle fühlte sich trocken an. Doch der Erzbischof machte keine Anstalten, ihm einen Trunk anzubieten. »Und weiter?«

»Schon wenige Tage später trafen sich Philipp und Damianus in einer kleinen abgelegenen Kammer hier im Palast. Philipp hatte das Original der Urkunde bei sich. Damianus fertigte zwei Fälschungen an, die das Original ersetzen sollten, eine für das Archiv und eine für Philipp. Meinem Oheim wurde die Zeit lang. Deshalb ließ er Bruder Damianus eine Weile allein, um sich mit einer willigen Magd zu vergnügen. Damianus war schon immer ein flinker und geschickter Schreiber. So fertigte er eine dritte Abschrift an, diesmal von der echten Urkunde. Er hatte Sorge, man würde ihm möglicherweise den beträchtlichen Lohn vorenthalten, den ihm Philipp versprochen hatte, deshalb wollte er sich ursprünglich auf diese Weise absichern. Philip übergab er die Kopie der echten Urkunde, und so dachte mein Oheim, das Original wieder in Händen zu halten.«

Die Miene des Erzbischofs gefror zu Eis. Er schien erstmals zu ahnen, worauf Simon hinauswollte.

»Doch zunächst entwickelte sich alles plangemäß. Ihr wisst, dass mein Oheim kaum lesen und schreiben konnte und des Lateinischen nicht mächtig war. Also musstet Ihr selbst die Dokumente prüfen. Zum Treffen mit Euch, das am nächsten Tag stattfand, brachte Philipp Damianus mit, falls noch etwas an den Fälschungen zu ändern wäre. Er ließ den Bruder vor der Tür warten und zeigte Euch die Urkunden. Die Tür war nicht ganz geschlossen, und so nutzte der Mönch die Gelegenheit, Euer Gespräch zu belauschen. Er hörte, wie Ihr die gefälschte Urkunde, die meinen Oheim als Erben auswies, guthießet und ein Exemplar für die Archive behieltet. Er hörte auch, dass Euch Philipp die Kopie der echten Urkunde übergab, die mir das Erbe zugesprochen hätte, und dass Ihr dieses Dokument im Kamin verbrannt habt.«

Simon machte absichtlich eine Pause. Feine Schweißtropfen zeigten sich auf der Stirn des Bischofs.

»Philipp hatte Damianus als Grund für die Fälschung weisgemacht, mein Vater litte an einer unheilbaren Krankheit, die ihn bald dahinraffen würde. Doch jetzt belauschte der Bruder zu seinem Entsetzen, wie Ihr gemeinsam mit meinem Oheim das Mordkomplott plantet.«

Werner von Eppstein fuhr auf. Hässliche rote Flecken erschienen auf seinen Wangen. »Was wagt Ihr da zu behaupten! Für diese Lüge könnte ich Euch vierteilen lassen!«

Simon hatte sich in den letzten Tagen immer wieder auf diesen Moment vorbereitet, weshalb es ihm nun auch gelang, ruhig zu bleiben.

»Nach der Untat sollte mein Onkel einige Jahre verstreichen lassen. Um nicht den geringsten Verdacht auf den Mainzer Hof zu lenken, verschafftet Ihr ihm eine Stelle beim Kurfürsten von Köln. Nach drei Jahren sollte Philipp dann von dort an die Nahe zurückkehren, mit Hilfe der Fälschung sein Erbe einfordern und dem Grafen von Veldenz die Lehnsherrschaft über Montfort antragen. Die Veldenzer wiederum sind von alters her Lehnsmänner des Mainzer Erzbischofs. Ihr wusstet zu dieser Zeit bereits, dass Ihr Gerhards Nachfolger sein würdet. Seitdem Ihr den Thron des Kurfürsten bestiegen habt, habt Ihr beständig versucht, Euren Einflussbereich zu vergrößern. Diese Machenschaft, nicht der unrechtmäßige Kauf der Burg Böckelheim, war Euer erster Versuch, Eure Macht bis in den Nahegau hinein auszudehnen.«

Plötzlich schien sich der Erzbischof zu entspannen. Ein träges Lächeln spielte um seine Mundwinkel. Er lehnte sich in seinem

Samtstuhl zurück, öffnete die Fäuste und legte seine Hände auf die Lehnen. Dabei erhaschte Simon einen flüchtigen Blick auf die halbmondförmigen roten Kreise, die seine Fingernägel in den Handflächen hinterlassen hatten.

»Eine schöne Ausgeburt Eurer Phantasie, Herr von Montfort. Das muss ich Euch lassen. Doch habt Ihr Beweise für dieses Märchen?«

Auch Simon entspannte sich. Ohne Erlaubnis nahm er auf dem harten Schemel Platz.

»Oh ja! Sogar einige, denn Euer Plan ging ja nicht ganz wunschgemäß auf. Am Tatort verlor mein verruchter Onkel den silbernen Anhänger. Zwar wusste im Nahegau niemand, dass sich das Gegenstück in Eurem Besitz befand, aber Euch kam dieser Fund durch Eure Kreuznacher Spitzel natürlich zu Ohren. Es muss auch sehr ärgerlich für Euch gewesen sein, dass ich als Kleinkind den Mordanschlag überlebte, denn so gab es nach wie vor einen rechtmäßigen Erben.«

Ein Schweißtropfen löste sich von der Stirn des Bischofs und rann ihm die Schläfe hinab. Simon fuhr fort.

»Ich habe mich immer gefragt, warum ausgerechnet Ihr meine Ehe mit Gisela von Sayn so sehr befürwortet habt. Heute kenne ich die Antwort. Ich wäre als Graf von Sayn ebenfalls Euer Lehnsmann geworden und Euch damit zur Loyalität verpflichtet gewesen. Doch auch dieser Plan ging nicht auf.«

Kurz spürte Simon wieder Trauer um Gisela und Scham über den unseligen Verlauf der Verbindung. Doch er riss sich zusammen. Jetzt durfte er sich durch nichts ablenken lassen.

»Wahrscheinlich verdanke ich Euch daher den zweiten Anschlag auf mein Leben in Wien. Diesmal rettete mich mein Freund Michel.«

Kurz flackerte es in den tiefschwarzen Augen des Kurfürsten auf. Dann fand er zu seinem perfiden Lächeln zurück.

»Nur weiter, mein junger Freund, die Geschichte wird immer phantasievoller. Doch wo sind nun Eure Beweise?«
»Vielleicht befindet sich Euer Empfehlungsschreiben für Philipp, aus dem man ersehen kann, dass er zur Zeit des Mordes in Mainzer Diensten stand, noch im Archiv des kürfürstlichen Hofs zu Köln.«
Hinter der Stirn des Bischofs arbeitete es. »Vielleiiiicht.« Er zog das Wort spöttisch in die Länge.
»Aber weder der zweite Anhänger noch dieses Schreiben sind nötig, um Euch zu überführen. Bruder Damianus ist ein vorsichtiger Mann und hat vorgesorgt, schon bevor ihm klarwurde, dass auch sein eigenes Leben bedroht ist, da er als einziger Zeuge von dieser Fälschung wusste. Ursprünglich fürchtete er lediglich, Philipp würde ihn um seinen Lohn betrügen.«
Der Erzbischof schnaubte, blieb aber ansonsten stumm.
Neben dem Samtstuhl stand eine kostbare Karaffe mit Weißwein auf dem fremdländisch aussehenden Tischchen, das Simon schon von seinem ersten Besuch her kannte. Kühn griff er danach, füllte sich einen danebenstehenden silbernen Becher und trank. »Ihr verzeiht, aber vom vielen Sprechen ist meine Kehle wie ausgedörrt.«
Der Erzbischof ging nicht darauf ein. »Fahrt fort!«
Täuschte sich Simon, oder schwang jetzt zum ersten Mal Unsicherheit in der Stimme des Mainzers mit?
»Damianus ließ sich seinen Lohn auszahlen und verließ Mainz noch in derselben Nacht. Leider war er zu feige, meinen Vater zu warnen. Durch die Fürsprache eines ehemaligen Mitnovizen namens Basileus fand er Aufnahme im Kloster auf dem Disibodenberg. Als sich die Kunde vom Mord an meinen Eltern verbreitete, packte ihn heftige Reue und Scham. In der Beichte vertraute er sich Bruder Basileus an, der Damianus wiederum ermutigte, seine Mitwisserschaft auch Abt Gervasius zu beichten.

Mit beiden traf Damianus die Vereinbarung, sie seien vom Beichtgeheimnis entbunden, falls ihm etwas zustoßen sollte oder er sie einst darum bäte. Außerdem übergab er ihnen das Original der echten Urkunde.«
Simon trank noch einen Schluck Wein. Wieder war alle Farbe aus dem Gesicht des Erzbischofs gewichen. Seine erstarrten Züge ließen ihn wie eine lebende Leiche wirken.
»Das Original der Erburkunde von Montfort liegt bis heute im Klosterarchiv auf dem Disibodenberg. Eine Abschrift nahm Bruder Basileus nach Himmerod mit, als er dorthin übersiedelte. Zusammen mit einer Niederschrift von Bruder Damianus' Bericht gab er sie dem dortigen Abt in einer versiegelten Rolle in Verwahrung. So sicherte sich Bruder Damianus gleich zweifach ab.«
Unvermittelt verlor der Erzbischof die Beherrschung. Er knirschte mit den Zähnen. »Dieser verdammte Mönch. Landauf, landab habe ich nach ihm forschen lassen. Auch auf den Disibodenberg habe ich meine Spitzel geschickt. Aber der verfluchte Abt gab nichts preis.«
Simon nickte. »Das weiß ich. Doch Damianus fühlte sich dort dennoch nicht mehr sicher. Da er sich mit den Ordensregeln ohnehin schwertat, flüchtete er erneut. Jahrelang lebte er in Speyer und Worms und kehrte erst vor einem Jahr unter falschem Namen nach Mainz zurück. Dort habe ich ihn durch einen glücklichen Zufall getroffen.«
Oder durch die Fügung des Allmächtigen, dachte er. So ganz wollte er nicht von der Vorstellung lassen, dass der Herrgott ab und an doch in die Geschicke seiner Erdenkinder eingriff. Er schickte ein kurzes Dankgebet zum Himmel.
Mittlerweile hatte sich der Erzbischof wieder gefangen. »Und was ist nun Euer Begehr?«, fragte er mit einem Anflug seiner alten Überheblichkeit. »Was sollte mich daran hindern, Euch noch in derselben Stunde die Kehle durchschneiden zu lassen?«

Simon sah Werner geradewegs in die immer noch schwarzen Augen. »Bruder Damianus ist im Augenblick zu Gast auf der Kauzenburg. Wenn ich dorthin binnen Wochenfrist nicht unbehelligt zurückkehre, wird er alles Graf Johann von Sponheim anvertrauen. Der wiederum wird eine Untersuchung durch König Rudolf persönlich fordern. Diesmal kann ihm der König sein Recht nicht verweigern, zumal wenn zwei einflussreiche und angesehene Äbte Damianus' Geschichte bezeugen. Zumindest Euer Ruf wäre für alle Zeit ruiniert. Und sogar wenn Ihr Eure geistlichen Ämter behalten würdet, da Euch nur der Papst in Rom ihrer entheben kann, dürftet Ihr wohl kaum noch Berater des Königs und Kanzler des Reiches bleiben.«

Mit bitterem Spott fügte er hinzu: »Selbst bei diesem König nicht, dem die Ehre in der Regel nicht allzu viel gilt.«

Werner von Eppstein stand auf und trat ans Fenster. Eine schier endlose Weile wandte er Simon den Rücken zu und starrte durch die kostbaren, bunten Glasscheiben in den düsteren Herbsttag hinaus. Simons Zuversicht begann bereits zu schwinden, als er sich endlich umdrehte.

»Also, was wollt Ihr? Wenn Euch nicht daran gelegen wäre, etwas für Euer Wissen einzutauschen, hättet Ihr Euch wohl kaum hierher bemüht.« Ohne Simons Antwort abzuwarten, fuhr er fort. »Land, Ämter, Geld, Macht, Einfluss, was ist es?«

Simon lächelte. »Nur Liebe.«

»Wie bitte?« Der Erzbischof musterte ihn entgeistert. »Wollt Ihr Euren Spott mit mir treiben?«

Simon stand auf und verbeugte sich. »Es war mir niemals etwas so ernst. Ich begehre den Dispens für die Heirat mit Christina von Katzenelnbogen.«

Der Erzbischof starrte ihn an. »Sonst nichts?« Plötzlich lachte er laut auf. »Ich hätte wissen müssen, dass Ihr ein unverbesserlicher Simpel seid.«

Eine Weile lachte er noch vor sich hin. Dann wurde seine Miene plötzlich wieder ernst. »Und was gibt mir die Garantie, dass Ihr morgen nicht mit neuen Forderungen kommt? Wenn Ihr erst einmal Geschmack daran gefunden habt, mich zu erpressen?«
Simon legte die rechte Hand auf sein Herz und verneigte sich noch einmal. »Meine Ehre gibt Euch die Garantie. Ich fürchte, Ihr werdet darauf vertrauen müssen.«

Burg Rheinfels, Sonntag nach Ostern 1281

Endlich schloss Graf Eberhard die Tür des Brautgemachs hinter sich. Die frisch Vermählten waren allein.
Niemand hatte etwas dagegen einzuwenden gehabt, als das Hochzeitspaar darum bat, auf die übliche Zeremonie der Brautlege zu verzichten. Beide hatten schon eine unglücklich verlaufene Ehe hinter sich. Beide waren seit Jahren ineinander verliebt. Kein Gast hegte den geringsten Zweifel daran, dass Simon und Christina ihre Ehe in dieser Nacht vollziehen und die Verbindung damit rechtsgültig machen würden.
Liebevoll zog Simon Christina auf seinen Schoß und löste vorsichtig den Schleier von ihrem Kopf.
»So ist es am Ende doch wahr geworden.« Er drückte seine Lippen auf Christinas seidig glänzende Haare. Sie dufteten nach dem Rosenöl, mit dem sie sie am Morgen benetzt hatte.
Christina schloss wohlig die Augen und genoss Simons Liebkosungen. Noch einmal zogen die jüngsten Ereignisse an ihrem inneren Auge vorbei.
Der Tag, an dem Simon freudestrahlend in den Hof der Burg Rheinfels eingeritten war, wo sie ungeduldig und voller Angst, er könne schlechte Kunde bringen, auf ihn gewartet hatte. Schon von weitem winkte er mit der ledernen Rolle, die das

kostbare Pergament enthielt, den von Werner von Eppstein persönlich unterzeichneten und von zwei namhaften Zeugen beglaubigten Dispens für ihre Vermählung. An diesem Tag war ihr Jubel unermesslich gewesen, und selbst ihr gestrenger Vater sagte kein Wort, als sie eine wunderbare Liebesnacht in Christinas Kammer verbrachten.

Auf diese Weise war ihnen die Zeit bis zur Vermählung nicht lang geworden. Gerne hatten sie Graf Eberhards Vorschlag zugestimmt, mit der Hochzeit bis zum Frühling zu warten, wenn die Straßen und Wege wieder passierbar geworden waren. Es sollte ein rauschendes Fest mit zahlreichen Gästen werden, die aus der ganzen Gegend geladen wurden.

Und genauso kam es. Selbst der Landgraf von Hessen nahm an der Feier teil.

Der Tag selbst war vergangen wie ein nicht enden wollender glücklicher Traum. So gänzlich anders als ihre Vermählung mit Heinrich!

Das lindgrüne Seidengewand über der purpurfarbenen Cotte war genauso kostbar wie das tiefgrüne Kleid, das sie am Hochzeitstag mit Heinrich getragen hatte.

Doch an jenem längst vergangenen furchtbaren Tag hatte es sie schlimmer gekratzt als ein härenes Büßergewand. Und das wertvolle Smaragd-Schappel verursachte ihr von Anfang an heftige Kopfschmerzen.

Wie anders fühlte sich da der schlichte Goldreif an, Simons Hochzeitsgeschenk. Der Reif hatte heute ihren Schleier gehalten. Es war derselbe, den einst seine Mutter Irmhild bei ihrer Vermählung getragen hatte.

Ihr Hochzeitsgeschenk würde sie ihm später geben. Ein leises glückliches Lächeln spielte um ihre Lippen. Sie kuschelte sich enger an Simons Brust und gab sich weiter den wunderbaren Erinnerungen des Tages hin.

Simons Anblick vor der Tür der Kapelle, wo er, bekleidet mit einer kostbaren dunkelgrünen Surcotte aus mit Goldfäden besticktem Samt, auf sie wartete. Seine strahlenden Augen schimmernd wie Achate.
Der Augenblick, als Bruder Paulus sie als Eheleute vor der Kapellentür einsegnete, unter einem azurblauen Himmel anstatt mitten in einem Unwetter wie bei Heinrich. Es war, als ob selbst die Natur ihrer Vermählung zustimmen würde. Eine milde Brise brachte die Düfte des Frühlings mit sich, die Sonne wärmte den ganzen Tag, so dass die Hochzeitstafel im Freien aufgeschlagen werden konnte.
Und dann, beim festlichen Gastmahl, die Tränen der Rührung ihres greisen Vaters. Sein Eingeständnis war für Christina wertvoller als die kostbaren Geschenke, die er den Eheleuten gemacht hatte.
»Verzeih mir, liebste Tochter, verzeiht auch Ihr mir, edler und tapferer Simon, dass ich Eurem Glück so lange im Wege gestanden habe. Ich war verblendet und starrsinnig.« Christina glaubte ihren Ohren kaum zu trauen, als ihr Vater derart die Hochzeitsrede begann. Als er zum Ende kam, liefen nicht nur ihr die Tränen in Strömen über die Wangen. Auch Gräfin Adelheid und ihre Damen schluchzten vor Rührung. Selbst ihrem Gatten Johann und sogar dem alten Rheingrafen Siegfried, der sich wieder von der Kerkerhaft erholt hatte, wurden die Augen feucht.
»Doch nun wünsche ich Euch von Herzen glückselige Jahre, die mir meinen Lebensabend versüßen mögen. An Eurer Liebe möchte ich meine alten Knochen jeden Tag wärmen, der mir noch auf Erden vergönnt ist.«
»Wie schade, dass Michel und Marie diesen Tag nicht mit uns feiern können.« Unvermittelt unterbrach Simon Christinas Träumereien. »Ich hätte es den beiden so sehr gegönnt.«

In ihre Freude mischte sich Wehmut. »Ich auch, mein Geliebter. Doch ich bin sicher, ihre Seelen haben uns heute begleitet. Womöglich sind sie dort, wo sie jetzt zusammen weilen, noch glücklicher als wir hier auf Erden.«

Simon spielte mit dem weiten Ärmel ihres Oberkleides. Er fuhr mit dem Finger über die purpurfarbene Verzierung.

»Blut und Seide«, murmelte er. »So vergingen die letzten Jahre. So viel Blut, aber auch so viel Seide.«

»Was meinst du damit?«

Einen Moment trübten sich Simons Augen. Christina schnitt es ins Herz.

»So viel Gewalt, so viel Grausamkeit, so viel Blutvergießen. Deine Leiden unter Heinrichs Rohheit, Maries und Michels furchtbarer Tod, Schlachten zwischen machtgierigen und ehrlosen Königen, der sinnlose Mord an meinen Eltern …«

Christina legte ihm sanft die Hand auf den Mund. »Ich bin sicher, auch sie waren heute bei uns und erfreuen sich an unserem Glück.«

Simon blickte sie so zärtlich an, dass Christinas Herz vor Liebe schier überquoll.

»Du hast recht. Dafür steht die Seide.« Er strich mit dem Finger sanft über den Ärmel ihres Gewandes zu ihrem Hals hinauf und liebkoste ihn.

»Immer wieder und überall haben wir auch Menschen gefunden, die sich dem Guten und Gerechten verpflichtet fühlen. Mein Ziehvater Johann und seine Gattin Adelheid, Rheingraf Siegfried, der alte Hildebrand, der Knappe Dankwart, deine Mägde Greta und Tilda, Marie, Bruder Basileus. Selbst dein Vater hat es an und für sich immer gut gemeint. Doch unübertroffen bleibt Michel. Niemand tat es ihm gleich.«

Christina nickte. »Wir werden ihm und Marie ein ehrendes Andenken bewahren, solange wir leben.«

Sie holte tief Luft. Das war der Moment.
»Ich möchte dir jetzt etwas sagen.« Sie umfasste Simons Gesicht und blickte ihm in die verwunderten Augen. »Genug Blut gab es wahrlich in unserem Leben. Doch in Zukunft wird uns Seide im Überfluss beschieden sein.«
Simon sah sie verständnislos an.
Christina ergriff seine Hand und legte sie sanft auf ihren Leib. »Hier drinnen wächst unser Kind.«

EPILOG

Auf den Feldern von Sprendlingen, Sommer 1281

Simon schaute prüfend zum Himmel empor. Noch heute Morgen hatte es nach Regen ausgesehen, aber nun strahlte eine leuchtende Sonne hernieder und ließ nicht nur die Augen der Kinder glänzen. Auch Männer und Frauen, edel oder niedrig geboren, jung oder alt, prächtig in alle Farben des Regenbogens gekleidet oder schlicht in braune oder waidblaue Stoffe gehüllt, freuten sich an diesem Tag.

Eine riesige Menschenmenge hatte sich auf den Feldern von Sprendlingen versammelt und harrte der Ankunft ihres Grafen Johann von Sponheim und seiner Gemahlin Adelheid. Nichts erinnerte mehr an das zertrampelte, mit Leichen und Blut übersäte Schlachtfeld. War das Morden wirklich erst knappe zwei Jahre her? Simon schien es bereits ein Zeitalter zurückzuliegen.

Überall roch es köstlich nach gebratenem Fleisch und frisch gebackenem Brot. Nach der Zeremonie würde es ein Festmahl für alle geben. Schon jetzt verschenkte das Gesinde des Grafen bunt gefärbte Eier und Naschwerk aus Honig an die Kinder, die sich jauchzend darum balgten.

»Das hätte Michel gefallen.« Simon fuhr überrascht herum. Er hatte Christina gar nicht kommen hören. Unter ihrem Kleid aus leuchtend blauer Seide wölbte sich deutlich sichtbar ihr Leib.

Einen Moment lang runzelte er die Stirn. War es wirklich klug, dass Christina in ihrem Zustand an der Feier teilnahm?
Sie schien seine Gedanken zu erraten und stieß ihn neckisch in die Seite. »Nun mach doch nicht so ein besorgtes Gesicht! Mir geht es gut. Ein Kind zu bekommen ist keine Krankheit.«
»Außerdem«, sie wandte sich zu dem alten Weib um, das ihr gefolgt war, »habe ich mit Ida die beste Wehmutter im ganzen Reich.«
Die Kräuterfrau, über deren Wangen und Stirn sich wie ein feines Netz Falten zogen, lächelte. Sie war in den Jahren, seitdem Christina sie verlassen hatte, sehr gealtert. Deshalb war Ida auch nur allzu froh gewesen, als Simon sie in ihrer baufällig gewordenen Hütte im Wald aufsuchte und ihr sein Anliegen vortrug.
»Wenn der Allmächtige Eurem Weib verziehen hat, wer gäbe mir das Recht, dies in Frage zu stellen?« So lautete ihre Antwort, als Simon sie bat, seiner Frau in ihrer schwersten Stunde zur Seite zu stehen.
Zwei Wochen lang hatte Christina zuvor gefleht, bis er sich endlich auf den Weg machte. »Sie hat mir damals im Wald das Leben gerettet, Simon. Ohne sie stünde ich heute nicht vor dir.«
Schließlich willigte er ein und war jetzt von Herzen froh darüber. Denn bislang hatte Christina keine der Unbilden heimgesucht, die junge Frauen gerade beim ersten Kind so oft plagten.
»Achtung, da kommen sie!« Die Herolde bliesen in ihre Hörner und kündigten die Ankunft der gräflichen Sänfte an. Von zwei schwarzen Maultieren getragen, näherte sie sich dem Festplatz. Rechts und links wurde sie von je zwei Rittern in silbern glänzenden Rüstungen flankiert. Die vorderen trugen das Banner mit dem blau-goldenen Sponheimer Wappen.
»Es kommt Graf Johann noch immer hart an, dass er nicht mehr reiten kann«, raunte Christinas Vater Simon zu. »Ich für mei-

nen Teil bin froh, dass meine Glieder nicht mehr so unbarmherzig durchgeschüttelt werden.«

Simons Fröhlichkeit trübte sich. »Ein Schwerthieb Heinrichs hat Graf Johann die Sehnen und Muskeln an seinem vorher schon lahmen Bein durchtrennt. Nun hat er darin keine Kraft mehr, um ein Pferd zu lenken.«

»Stimmt es, dass Heinrich sich neu vermählen wird?«, fragte unvermittelt Christina. Unwillkürlich musste Simon grinsen. Neugierde war wahrhaftig ein Charakterzug der Weiber. Selbst sein eigenes war nicht ganz frei davon, mochte sie an ebendem Ort, wo sie jetzt standen, auch damals gefochten haben wie ein Mann.

Graf Eberhard übernahm es zu antworten. »Man munkelt, er freit um Kunigunde von Bolanden.«

»Kunigunde? Aber sie soll hässlich sein wie die Nacht und ist zudem nur eine Ministeriale.«

»Nun, Heinrich geht an Krücken und ist nahezu mittellos, nachdem er mit dem Erzbischof seinen letzten Gönner verloren hat. Die Dame wird ihm ein reiches Erbe einbringen.«

»Warum meidet ihn denn auch der Erzbischof? Er versprach doch, Heinrich mit Gütern aus dem Rheingau zu belehnen, wenn er ihm Böckelheim überließe.«

»In Friedenszeiten wiegen die Frevel in der Abtei Schwabenheim stärker als im Krieg. Der hohe Kirchenfürst kann sich keinen Lehnsmann leisten, der an einem heiligen Freitag ein Kloster in seinem eigenen Bistum zerstört hat. Heinrich bleibt also kein Raum für Hoffart und Stolz.«

»Den er sich auch aus anderem Grunde als Eheherr kaum mehr leisten könnte.« Simon konnte sich die hämische Bemerkung nicht verkneifen. Er zwinkerte Christina zu, die zurückzwinkerte und mit dem Kopf nickte.

Graf Eberhard war irritiert. Doch bevor er eine Frage stellen konnte, war Johanns Sänfte herangekommen.

Kurz verzerrte sich das Gesicht des Grafen vor Schmerz, als er mit Hilfe seiner Holzstütze das wacklige Gehäuse verließ. Doch schnell glätteten sich seine Züge wieder. Mit einer ritterlichen Verbeugung half er Adelheid aus der Sänfte.
Wieder bliesen die Herolde in ihre Hörner. Graf Johann hob gebieterisch die freie Hand. Nach und nach verstummte die Menge.
Bruder Markus und Bruder Paulus, die Burgkaplane der Kauzenburg und des Rheinfels, stimmten ein Lied zum Lob Gottes an. Feierlich setzten sie sich an die Spitze der kleinen Prozession, die über die Wiesen zu einer mit einem großen weißen Leintuch verhüllten Figur auf einem hohen Sockel schritt. Die Menge teilte sich und ließ die Geistlichen, die Grafenfamilie mit ihren Rittern und Damen in ihrem Gefolge passieren.
Kurz vor dem Sockel hatte man ein niedriges Podest errichtet. Davor wartete eine Abordnung von Kreuznacher Bürgern in ihren Festtagsgewändern. Ganz vorne standen die Würdenträger der Metzgerzunft, an ihrer Spitze Michels Vater Adalbert als ehemaliger Zunftmeister mit seinem jüngeren Sohn Gernot an der Seite, der ihm im Amt gefolgt war. Alle beugten vor dem Grafen das Knie.
Doch der winkte ab. »Erhebt Euch, würdige Bürger der schönen Stadt Kreuznach. Ihr habt Eure Männer und Söhne auf dieses Schlachtfeld geschickt, um Euren Treueid zu erfüllen. Dafür seid bedankt.
Doch einer aus Eurer Mitte hat noch mehr getan. Er hat sein Leben aufs Spiel gesetzt, um das meine in höchster Not zu retten. Ihm selbst kann ich meine Dankbarkeit nicht mehr erweisen, denn hier an dieser Stelle hat er sein eigenes Leben verloren. So nehme ich die Metzgerzunft, aus der er stammt, als Ersatz und befreie sie von allen Steuern und Abgaben bis in die dritte Generation.«

Ein strahlendes Lächeln breitete sich auf Gernots Gesicht aus. Selbst sein alter Vater, den, wie es hieß, der Gram um Michel noch immer niederdrückte, schien sich zu freuen.
Doch Graf Johann war mit seiner Rede noch nicht zu Ende. »Außerdem verleihe ich der Metzgergilde das Privileg, als einzige alle Fleischmärkte in der Grafschaft Sponheim zu beschicken.«
Ein Raunen ging durch die Menge. Ein solches Handelsmonopol verhieß Lohn und Brot im Überfluss für alle Angehörigen der Zunft.
Gernot fiel erneut vor Johann auf die Knie. »Seid auf ewig bedankt für Eure Großzügigkeit und Güte, edler Herr.«
Johann hob die Hand und fiel ihm ins Wort.
»Erhebt Euch, Meister Gernot. Kniet nicht vor mir!«
Gestützt von seiner Gemahlin Adelheid, erklomm er mühsam die beiden Stufen des Podests, so dass ihn die Versammelten besser sehen konnten, und sprach mit lauter Stimme:
»Lasst uns nun des tapferen Kriegers Michel gedenken, eines unvergleichlichen Mannes, wie das Naheland noch keinen ähnlichen hervorgebracht hat. Ein edelmütiger Recke wie die Helden aus den Liedern der Troubadoure, gottesfürchtig, gerecht und gütig gegen jedermann, dabei bescheiden und voller Demut.«
Simon merkte, wie seine Kehle eng wurde. Er schluckte.
»Michel strebte nicht nach Ruhm und Reichtum, nicht nach Macht und Ämtern. Nein, Michel hatte nur einen Wunsch: Er wollte ein einfacher Landmann sein, als Bauer ein kleines Gut bewirtschaften und mit seiner geliebten Marie dort glücklich zusammenleben. Ihr wisst, dass es ihm nicht vergönnt war. Er verlor seine Liebste durch eine grausame Untat und sein eigenes Leben im Kampf gegen eine unbezwingbare Übermacht.«
Simon hörte Christina aufschluchzen. Tröstend griff er nach ihrer Hand.

»Mehr als zwanzig feindliche Ritter und Reisige fielen im Kampf gegen Michel, bis die schiere Masse von Gegnern ihn niederzwang. An diesen Heldenmut sollen sich noch eure Kinder, eure Enkel und Urenkel erinnern.«

Der Graf gab ein Zeichen. Zwei Knechte zogen das Leinentuch hinab, das die Figur auf dem Sockel verhüllte. Eine herrliche Löwenskulptur, fein gemeißelt aus golden schimmerndem Stein, kam zum Vorschein. Die Menge raunte ehrfürchtig.

»So lasst uns Michel nun unsere Ehrerbietung erweisen.« Ungelenk und leise ächzend vor Pein verbeugte sich Graf Johann, so tief er nur konnte. Ihm folgte seine Gattin Adelheid, die sich auf die Knie sinken ließ, ihres kostbaren Gewandes nicht achtend.

Auch Simon und Christina knieten nieder, selbst der greise Graf Eberhard. Die Menge tat es ihnen nach.

Wieder hob Graf Johann die Hand. Seine Stimme schallte über das Feld. »Man sagt, der Löwe sei das edelste Tier unter Gottes Sonne. Möge dieses Denkmal für alle Zeiten an unseren mutigen Helden erinnern!

Michel, den Löwen von Kreuznach!«

ANHANG

Wahrheit und Fiktion

Es ist jetzt fünfundzwanzig Jahre her, dass ich mitten in der Altstadt von Bad Kreuznach eine Skulptur entdeckte: Ein Hüne schleppt einen offenbar schwer verletzten Ritter mit sich. Die Gedenktafel klärte mich darüber auf, dass die Statue die mutige Tat eines Kreuznacher Metzgerburschen festhält, der seinem Herrn, dem Grafen Johann von Sponheim, in der Schlacht bei Sprendlingen im Jahr 1279 das Leben rettete. Fassungslos las ich weiter, dass es sich dabei um einen Kampf gegen den Erzbischof von Mainz gehandelt hatte.

Bereits der heutige Name des Helden, Michel »Mort« (frz. für »tot«) weist darauf hin, dass dieser dabei sein Leben verlor. Ich sah mich mit einem der dunkelsten Kapitel des Mittelalters konfrontiert: dem Fehdewesen.

Für uns moderne Menschen ist es kaum vorstellbar, dass sich Parteien, die aus heutiger Sicht kaum eine halbe Autostunde voneinander entfernt lebten, zu dieser Zeit bekriegten und dabei jedes Mittel einsetzten, um zu siegen. Schon in der Figur des Michel Mort wird offensichtlich, wer darunter am meisten zu leiden hatte: Es waren die einfachen Menschen, deren weniges Hab und Gut verwüstet wurde und die unvorstellbaren Greueltaten ausgesetzt waren. Trotzdem scheute man sich zu Zeiten Kaiser Wilhelms, in denen das Denkmal auf dem Kreuznacher

Eiermarkt aufgestellt wurde, nicht, das sinnlose Opfer des Michel Mort als »Heldentat« zu verklären.
Doch worum ging es damals überhaupt? Auslöser der Fehde war eine unbedeutende Burg, die der Bruder des regierenden Grafen Johann von Sponheim namens Heinrich unrechtmäßig an den Erzbischof von Mainz verkaufte. Letzterer gewann die Fehde und durfte die Burg dann sogar behalten. Ich war erstaunt. Wie passte das zu den Ehrbegriffen des edlen Ritterstandes, der zur Zeit der Fehde gerade seine Blütezeit erlebte? Das fragte ich mich schon vor einem Vierteljahrhundert.
So fiel es mir leicht, dieses Thema für meinen zweiten historischen Roman zu wählen. Bei meinen Recherchen tauchte ich in eine faszinierende Zeit voller Widersprüche ein, in der brutale Gewalt und Heldenmut, Treue und Verrat, Ehre und niederste Gemeinheit nebeneinander bestanden. Die Psychologin in mir war fasziniert.
So zahlreiche Quellen über die regionalen Geschehnisse wie bei meinem ersten Roman über die Hexenverfolgung in der Eifel ließen sich allerdings nicht finden. Über die Fehde selbst fand ich im Wesentlichen die Fakten, die ich in diesem Nachwort erwähne. So konnte ich meiner schriftstellerischen Phantasie viel Raum lassen.
Den Metzgerburschen Michel gab es wirklich. Er stammte aus dem von Graf Johann geförderten Kreuznacher Bürgertum, muss als Dienstmann des Grafen aber das Kriegshandwerk erlernt haben, legt man die ihm in den Quellen zugeschriebenen Heldentaten auf dem Schlachtfeld von Sprendlingen zugrunde.
Die Urkunde ist zwar verlorengegangen, aber mehrere Zeitgenossen bezeugen, dass Johann den Kreuznacher Metzgern Privilegien als Dank für seine Errettung verlieh. Auch das Denkmal vor Sprendlingen hat bis ins 18. Jahrhundert hinein exis-

tiert, bis es verfiel und irgendwann ganz verschwand. Allerdings zeigte es nach dem Reisebericht eines Zeitzeugen nur eine zuletzt vollkommen verwitterte Schlachtszene. Ich übernahm daher die Idee, eine Gedenkfigur für Michel zu verwenden, die erst im 18. Jahrhundert entstand und einen Löwen zeigt. Eine Kopie steht heute auf der Kauzenburg.

Den Verlauf der Fehde habe ich zeitlich gegenüber den historischen Fakten verändert. Tatsächlich war die Schlacht von Sprendlingen nur eine von vielen in dieser Fehde, keineswegs die erste und letzte wie in meinem Buch. Obwohl Werner von Eppstein auf dem Sprendlinger Schlachtfeld siegte und zahlreiche Verbündete der Sponheimer gefangen nahm (u.a. den Rheingrafen Siegfried, der wirklich all seine Ländereien im Rheingau einbüßte, um wieder freizukommen), setzten sich die Kämpfe noch bis ins Jahr 1281 fort. In dieser Zeit wurde auch die Abtei Schwabenheim von Mainzer Truppen überfallen und geplündert. König Rudolfs »Landfrieden« entspricht dagegen den Begebenheiten, wie ich sie geschildert habe.

Rudolfs Rolle in der Fehde brachte mich auf die Idee, auch dem Leben des ersten Habsburgerkönigs nachzuspüren. Und siehe da: Hier musste ich meine Hauptfiguren nur noch in die Zeitfolge der historisch belegten Ereignisse einbauen. Sowohl die Huldigung des Böhmenkönigs Ottokar in Wien im Jahr 1276 als auch und insbesondere die ausgezeichnet erforschte Entscheidungsschlacht auf dem Marchfeld im Jahr 1278 haben sich exakt so zugetragen, wie ich es erzählt habe. Bis heute bleibt einzig und allein unklar, aus welchem Grund Ottokar den steirischen Adligen Siegfried von Mahrenberg hinrichten ließ. Dass das Motiv nicht bekannt ist, gab mir die Möglichkeit, die Geschehnisse auf meine Weise zu deuten. Jedenfalls ist erwiesen, dass der Böhme auf dem Marchfeld einem Rachemord durch einen Verwandten Siegfrieds zum Opfer fiel.

In den Kriegen zwischen Ottokar von Böhmen und Rudolf von Habsburg offenbarte sich auch der Charakter der Herrschenden dieser Zeit: Skrupellos kämpften die beiden um die deutsche Krone, wobei geschichtlich verbürgt ist, dass sich die Reichsfürsten, die Rudolf wählten, nicht zuletzt weil sie ihn für schwach hielten, gewaltig in ihm täuschten. Kaum an der Macht, ließ er diese nicht mehr los.

Wie kommen nun aber meine Hauptfiguren Simon von Montfort und Christina von Katzenelnbogen ins Spiel? Beide sind fiktive Figuren.

Tatsächlich spielte die Burg Montfort an der Nahe überhaupt keine Rolle in der Fehde. Sie galt vielmehr als Raubritternest und wurde erobert und geschleift, wenn auch erst im 15. Jahrhundert. Diesen Aspekt, der die Abgründe des Mittelalters sehr deutlich macht, griff ich aus dramaturgischen Gründen gerne auf.

Da Michel als bürgerlicher und außerdem tragischer Held nicht zur männlichen Hauptfigur taugte, stellte ich ihm mit Simon von Montfort einen fiktiven Dienstherrn zur Seite, dessen Charakter ich einem jener »ehrenhaften« Ritter nachstellte, von denen leider nur die Troubadoure sangen. Eine historisch belegte Person dieser Zeit, anhand der ich die Ritterideale darstellen konnte, lässt sich bei den Protagonisten der Fehde nicht finden. Denn auch den »echten« Rittern Johann von Sponheim und Rheingraf Siegfried unterstellen die modernen Historiker nicht nur hehre Motive für die Fehde: Es war ein Machtkampf der Adligen im Nahegau um die territoriale Vorherrschaft in der Region. Wahrscheinlich war der Verkauf von Böckelheim nur ein willkommener Anlass dafür.

Anders als das fiktive Geschlecht von Montfort spielte das derer von Katzenelnbogen tatsächlich eine bedeutende Rolle in der von mir geschilderten Zeit. Graf Eberhard, den ich zu Christinas

Vater machte, war Berater von Rudolf von Habsburg, Verbündeter der Sponheimer in der Fehde und zahlte die Johann auferlegte Entschädigungssumme. Allerdings habe ich den Wohnsitz des in zwei Linien geteilten Geschlechts derer von Katzenelnbogen vertauscht: Auf dem Rheinfels herrschte ein Bruder Eberhards, er selbst vertrat den hessischen Zweig. Aber wer je die mächtige, wunderbar erhaltene Burg Rheinfels, die zum UNESCO-Weltkulturerbe Mittelrhein gehört, besucht hat, wird verstehen, warum ich diese Kulisse als einen der Schauplätze für »Blut und Seide« gewählt habe.

Wie aber schafft man als Schriftstellerin die »Quadratur des Kreises«, nämlich eine starke weibliche Hauptfigur im Hochmittelalter, einer Zeit, in der tatsächlich jede Frau bis an ihr Lebensende unter der »Muntgewalt« eines männlichen Familienmitgliedes stand, sei es nun der Ehemann, der Vater, Bruder oder sogar der eigene mündige Sohn?

Handelt es sich dabei nicht um eine der wenigen historisch belegten Persönlichkeiten mit starkem Charakter, wie z.B. Eleonore von Aquitanien, muss man seiner Kreativität freien Lauf lassen.

Das habe ich mit der Figur der Christina von Katzenelnbogen getan: Keine Fiktion war erforderlich, um ihre rechtlichen Möglichkeiten nach der Vergewaltigung und in der Ehe mit Heinrich von Sponheim darzustellen. So ging es im Mittelalter durchaus zu, als der Mann die uneingeschränkte Gewalt über die Frauen seiner Familie besaß.

Aber konnte eine Frau in dieser Zeit das Waffenhandwerk erlernen? Viele Quellen gibt es darüber leider nicht. Doch ist es vorstellbar, dass hundertfünfzig Jahre später eine ganze Armee einer Jeanne d'Arc folgte, die in Männerkleidung auf dem Schlachtfeld kämpfte, wenn es nicht schon zuvor ein paar historische Vorläuferinnen gegeben hätte? Zumindest die Troubadoure besingen schon weit vor der Zeit meines Romans weibliche Kriegsheldinnen: Ob es nun die Brünhilde aus dem Nibelungenlied ist oder die »edle Dame Gyborg« aus einem Epos des Wolfram von Eschenbach, zumindest in den Legenden aus aller Welt (Südamerika, Afrika, Vorderasien, altes Griechenland und nicht zuletzt Skandinavien) wird über kämpfende Frauen berichtet.

Aber meine Recherchen zeigten, dass es sie auch tatsächlich gab: In Katalonien existierte ab 1149 ein weiblicher Ritterorden, der sich martialisch »Die Damen von der Axt« nannte und sich aus Frauen zusammensetzte, die ihre Heimatstadt Tortosa erfolgreich bei einer Belagerung mit verteidigt hatten. Und der berühmte englische Hosenbandorden zählte sogar um 1488 noch vierundsechzig(!) Ritterinnen. Also entschloss ich mich, Christina auch diese »männliche« Seite als Charakterzug mitzugeben, um sie nicht nur vor dem Stickrahmen in der Kemenate darstellen zu können.

Noch ein Wort zu den »fiesen« Charakteren in meinem Buch: Heinrich war zwar nicht Johanns einziger Bruder, aber nachgewiesenermaßen unzufrieden mit den Nachlassbestimmungen seines Vaters, die es dem ältesten Sohn überließen, ob er einen Teil des Erbes weitergab. Tatsächlich vermittelten die örtlichen Adligen in diesem Familienstreit, tatsächlich gab Johann seinem Bruder Heinrich Burg und Herrschaft Böckelheim nur unter dem Vorbehalt des Vorkaufsrechts zu Lehen, und tatsächlich verkaufte Heinrich die Burg trotzdem an den Mainzer Erzbischof. Es fiel mir daher nicht schwer, mir Heinrich als hinterlistigen verderbten Charakter vorzustellen. Da es zudem angesichts der unvorstellbaren Greueltaten der damaligen Zeit (das Spießen von Frauen gehörte leider dazu) auch pathologische Charaktere gegeben haben muss, nutzte ich als Psychologin die Chance, mit dieser Figur einen sadistisch veranlagten Psychopathen reinsten Wassers zu schaffen.

Und Werner von Eppstein? Sicher kommt er in meinem Buch schlechter weg als in denen seiner Biographen. Aber er war erwiesenermaßen ein Machtmensch und verstieß beim Kauf von Böckelheim gegen geltendes Recht: Es gab eine Urkunde über das Lehen von Böckelheim, über deren Bestimmungen sich der Mainzer hinwegsetzte, obwohl er von Graf Johann zur Rückgabe des unrechtmäßig erworbenen Eigentums aufgefordert wurde. Und ob es denkbar ist, eine Abtei zu überfallen, die zu seinem Erzbistum gehörte, ohne dass Werner von Eppstein dies billigte, mag der Leser selbst entscheiden. Ich glaube es nicht.
Auf jeden Fall kommen die Veldenzer im Roman schlechter weg als in der Historie. Zwar waren sie wirklich mit Werner von Eppstein verbündet, aber die vorhergehenden Spannungen mit den Sponheimern sind reine Fiktion.
Es gäbe noch einiges mehr »richtigzustellen«, aber ich möchte es bei meinen bisherigen Ausführungen bewenden lassen. Die wesentlichsten Unterschiede zwischen Wahrheit und Fiktion habe ich aufgeführt, auch wenn ich einige Ereignisse zeitlich verlagert oder meine historisch belegten Figuren manchmal jünger oder älter gemacht habe, als sie tatsächlich waren. Aber dies ist ein Roman, kein historisches Sachbuch, daher möge mir der geneigte Leser solche Ungenauigkeiten zugunsten der Dramaturgie verzeihen.
Es bleibt mir, mich bei den Menschen zu bedanken, die die Entstehung dieses Buches unterstützt und begleitet haben.
Stellvertretend für alle Mitarbeiterinnen und Mitarbeiter bei Droemer Knaur bin ich Frau Christine Steffen-Reimann zu Dank verpflichtet, die dem Buch den Segen der Programmleiterin gab, und Frau Theresa Schenkel für ihre wunderbaren Ideen zum Marketing.
Eine Klientin der Literaturagentur Montasser zu sein ist ungefähr das Beste, was einem Neuling auf dem Buchmarkt pas-

sieren kann. Immer gesprächsbereit, immer optimistisch, immer voller Ideen, diese Haltung von Thomas Montasser bereichert mich und verhilft mir selbst durch die Niederungen der Stimmungslagen, die eine Autorin bisweilen zu durchschreiten hat.
Und die wunderbare Zusammenarbeit mit meiner Lektorin, Frau Dr. Heike Fischer, möchte ich wirklich nicht mehr missen. In den historischen Fakten bis in die kleinsten Einzelheiten bewandert, aufmerksam für jede Ungereimtheit, die sich trotz mehrfachen Korrekturlesens erhalten hat, und dabei immer ansprechbar und diskussionsbereit, kann ich mich völlig auf sie verlassen, und die Arbeit mit ihr macht darüber hinaus richtig Spaß.
Viele Verwandte, Freunde und Fans meines ersten Romans haben auch an diesem Buch regen Anteil genommen. Stellvertretend für alle möchte ich mich bei meinem Bruder Peter Spang und seiner Frau Andrea bedanken, die nichts unversucht lassen, mich mit ihrem Engagement dabei zu unterstützen, in der schwierigen Buchmarktszene Fuß zu fassen.
Das Buch möchte ich diesmal meiner Familie widmen, meinem Mann Jürgen, der mich zu allen Lesungen begleitet, meiner Tochter Viktoria für ihren unerschütterlichen Glauben an mich und unserer kleinen, aber energischen Katze Tina, deren Charakter in mancher Hinsicht tatsächlich meiner weiblichen Hauptfigur ähnelt. Ohne Eure liebevolle Unterstützung wäre es mir nicht möglich zu schreiben.

anfechten alte Bezeichnung für »ein ungewöhnliches Verhalten zeigen« (was ficht dich an = was fällt dir ein)
Apanage Zuwendung in Form von Geld oder Grundbesitz an nicht regierende Mitglieder einer Adelsfamilie, um deren Lebensunterhalt zu sichern
Beinlinge lose Hosenbeine, die an einen Gürtel gebunden wurden
Bergfried Wehrturm einer mittelalterlichen Burg
Blattern alte Bezeichnung für Pocken
Bleuel Schlagholz zum Klopfen der Wäsche
Brautlege mittelalterliches Hochzeitsritual, bei dem die Hochzeitsgesellschaft die Brautleute zum Brautlager begleitet und zu Bett bringt
Bruche eine Vorform der heutigen Männerunterhose, an der die Beinlinge befestigt wurden
Brünne Körperpanzerung der Ritter aus eisernen Ringen (Kettenhemd) oder Schuppen
Brustkatarrh Bronchitis oder Lungenentzündung
Buhurt Schau- und Mannschaftskampf im Rahmen eines Turniers
Burgfrieden Hoheitsbereich um eine Burg, meist mit Mauern oder Burgfriedensteinen gekennzeichnet, in dem Asyl gewährt wurde und Kampfhandlungen untersagt waren. Der Burgfrieden konnte nur mittels eines Fehdebriefs aufgekündigt werden.
Cotte weibliches Untergewand
Dispens amtliche Befreiung von einem Verbot oder Gebot
Edelknecht rittergebürtiger Junge, der vom 7. bis 21. Lebensjahr bei Hofe zum Knappen erzogen wurde. Von ihm sind Knappen nichtadliger Herkunft zu unterscheiden, die als Waffenknechte vom 12. Jh. an die Ritterheere verstärkten
Eidam alte Bezeichnung für Schwiegersohn
es deucht/dünkt mich es kommt mir so vor/es scheint mir
Femegericht mittelalterliche geheime gerichtsähnliche Versammlung, die über die Ermordung oder Freiheit von Freien in Fällen von todeswürdigen (unehrlichen) Straftaten sowie für Fälle von Eidbruch, Rechtsverweigerung oder Rechtsverzögerung entscheidet
frommen alte Bezeichnung für »an etwas Gefallen finden«
Gambeson Wams aus dicker Wolle oder mehrlagigem Leinenstoff, das unter dem Kettenhemd oder der Rüstung getragen wurde

Gebärstuhl Gebärhilfe für Frauen in Form eines Stuhls

Gebende mittelalterliche Kopfbedeckung für Frauen, die unter dem Kinn gebunden wurde

Gemächt alte Bezeichnung für Penis

Gevatter/Gevatterin alte Bezeichnung für Taufpate/-patin

Halsgraben künstlich angelegter Graben an der Seite einer Burg (meist einer Höhenburg), die nicht durch natürliche Hindernisse (Wasser, Berg, Klippe) geschützt war

Hausvater Haushaltsvorstand

Helmbrünne aus Eisenringen geflochtener Hals- und Nackenschutz, der am unteren Rand eines Helms befestigt war, den Kinn- und vorderen Halsbereich aber oft ungeschützt ließ

Helmzier ein auf den Helm gesteckter farbiger, figürlicher Aufsatz, der zur Identifikation eines Ritters im Turnier oder auf dem Schlachtfeld diente

heuer alte Bezeichnung für heute

Hörige oft leibeigene Bauern, die gegen Pachtzahlungen Ländereien des Grundherrn bewirtschafteten, oder Handwerker, die keine Kriegsdienste leisten mussten

Hübschlerin alte Bezeichnung für Prostituierte

Kemenate Frauengemach in einer Burg

Kettenhaube enganliegender Kopf- und Halsschutz aus eisernen Ringen, der nur das Gesicht freilässt und bis auf die Schulter fällt

Knüttel Knüppel oder Keule, meist aus Holz

Kumane ungarischer berittener Bogenschütze

Laienbruder Klosterbruder ohne Priesterweihe

Leibeigene unfreie Bauern, die einem Grundherrn ähnlich wie Sklaven untertan waren

Lehen Überlassung von Ländereien, Rechten oder Ämtern an einen Vasallen, der sich im Gegenzug zur Treue gegenüber seinem Lehnsherrn verpflichtet und ihm z.B. bei Bedarf auch Waffendienst leistet

Linnen alte Bezeichnung für Leinen

Lot alte Maßeinheit der Masse; Vorläufer von Gramm

Maulbirne Folterinstrument zum Spreizen des Mundes, um Schreien oder Sprechen zu verhindern

Ministeriale (ehemals unfreie) Beamte eines hochgestellten Fürsten oder Königs; aus ihnen bildete sich später der niedere Adel heraus

Minne die »höfische« Minne war als Frauendienst, neben Gottes- und Herrendienst, eines der Leitideale höfischer Kultur und bezeichnete die sublimierte, vergeistigte Liebe zu einer Dame. Sie blieb im Gegensatz zur »niederen Minne« ohne sexuelle Erfüllung, der Mann diente in einer erotisch aufgeladenen, aber rein platonischen Beziehung meist der Frau seines Lehnsherrn

Morgengabe Geschenk eines Ehemanns an seine Gattin nach der Hochzeitsnacht in Form von Liegenschaften, Vermögen, Vieh oder Schmuck

Morgenstern Schlagwaffe mit einer gezackten Kugel an einer Kette

Muhme alte Bezeichnung für Tante

Nachtmahr gespenstisches Wesen, das sich nachts auf die Brust eines Schlafenden setzt und ein drückendes Gefühl der Angst hervorruft; beklemmendes Gefühl

Nemesis griechische Göttin der Rache

Oheim alte Bezeichnung für Onkel

Palas repräsentativer Saalbau einer mittelalterlichen Burg

Prior Vertreter des Abts

Reichsacht verhängen königliche Ächtung durch einen Fürsten: Jedermann durfte den Geächteten ungestraft töten

reichsunmittelbare Ländereien Land, das unmittelbar zum Lehnsgut des Königs gehört

Reisige angeworbene Krieger, die gegen Entlohnung zu Fuß oder zu Pferd für einen Fürsten in den Krieg ziehen

Rentmeister Verwalter der Einnahmen eines Landesherrn

Rossstirn metallener Kopfschutz für Schlachtrosse

Satyr mythologische Figur der alten Griechen; Dämon im Gefolge des Weingotts Dionysos

Schabracke rechteckig geschnittene, große Satteldecke mit Schmuckcharakter, die unter dem Sattel hervorschaut

Schappel Kopfreif für Damen zur Befestigung eines Schleiers

Schindanger Gemeinschaftsplatz zum Abhäuten (schinden) und Verscharren toter Tiere; wurde mit der Zeit auch als Friedhof für Verbrecher und Selbstmörder genutzt, denen kein Begräbnis in geweihter Erde zustand

schrappen etwas durch Schaben oder Kratzen entfernen oder säubern

schwerer Reiter Ritter in voller Rüstung auf einem ebenfalls mit einem Lederpanzer geschützten Pferd

Schwertleite Zeremonie, bei der ein Knappe zum Ritter ernannt wird

Sonntag Gaudete der 3. Adventssonntag
spießen grausame Tötung von Frauen durch Stoßen eines Spießes vom Unterleib bis zum Hals
stäupen mit Ruten auspeitschen
Stechpuppe Übungspuppe bei der Ausbildung der Knappen
Streitkolben Hiebwaffe in Form einer Keule mit scharfkantigem Kopf, der am Schaft oder an einer Kette (Morgenstern) befestigt war
Surcotte Obergewand, gleichermaßen für Männer und Frauen
Tassel Schmuckschließe mit Band oder Schnur zur Befestigung von Mänteln über der Brust
Tjost Zweikampf von Rittern im Rahmen eines Turniers
Tort etwas Unangenehmes, Ungerechtes, auch Unrecht
Treffen (erstes, zweites etc.) Truppenteil, der beim Angriff zeitlich versetzt zu anderen in die Schlacht geschickt wird
Trippen hölzerne Stelzenschuhe, die unter die eigentlichen Schuhe gebunden wurden, um Schmutz und Matsch im Freien zu durchqueren
Unbill Verdruss, Unannehmlichkeit
Waid/waidblau Pflanze zum Färben der Kleidung der einfachen Bevölkerung mit einem Blauton
Wehmutter alte Bezeichnung für Hebamme
Wehrgehänge Gürtel, an dem Schwert und Dolch befestigt sind, fester Bestandteil einer Ritterrüstung
Wergeld Sühnezahlung (Sach- oder Geldzahlung) für ein Vergehen oder ein Verbrechen zur Vermeidung der Ausübung von Blutrache
Winkelhochzeit Hochzeit ohne den Segen der Eltern
Wittib alte Bezeichnung für Witwe
Wittum Gabe des Bräutigams an die Braut, meist ein Vermögensanteil oder Gut zum Unterhalt der Frau nach dem Tod des Ehemanns
wohlfeil alte Bezeichnung für billig
Zähren alte Bezeichnung für Tränen
jemand zeihen alte Bezeichnung für jemand beschuldigen
Zelter Pferd mit ruhiger Gangart für Damen und ungeübte Reiter

Verzeichnis der wichtigsten Quellen

Zur Fehde im Nahegau

Dotzauer, W. Die Grafschaften Sponheim-Kreuznach und Sponheim-Starkenburg. In: Geschichte des Nahe-Hunsrück-Raumes von den Anfängen bis zur Französischen Revolution. Stuttgart: Steiner Verlag, 2001.

Vogt, W. Michel Mort und die Schlacht bei Sprendlingen im Jahre 1279. Nahelandkalender, S. 49–54, 1979.

Zu bedeutenden Persönlichkeiten und Ereignissen der Zeit

Krieger, K.-F. Rudolf von Habsburg. Darmstadt: Wissenschaftliche Buchgesellschaft, 2003.

Kusternig, A. Die Kämpfe zwischen Rudolf und Ottokar. Jeweils in: Amt der Niederösterreichischen Landesregierung (Hrsg.). 700 Jahre Schlacht bei Dürnkrut und Jedenspeigen. Schrift zur Ausstellung im Schloss Jedenspeigen, 1978.

Peball, K. Die Schlacht bei Dürnkrut am 26. August 1278. Wien: Militärhistorische Schriftenreihe, Heft 10, 1978.

Sante, G.W. Werner von Eppstein. Kurfürst von Mainz. Wiesbaden: Nassauische Lebensbilder, Bd. 4, 1950.

Weltin, M. Ottokar II. Premysl in Österreich, 1978.

Zu wichtigen Schauplätzen im Nahegau

Freundeskreis der Burg Sponheim e.V. (Hrsg.). Das Nahegebiet zwischen Bad Kreuznach und Idar-Oberstein im Mittelalter. Sponheim-Hefte, Band 23, 2000.

Velten, C. Alt Kreuznach. Bad Kreuznach: Selbstverlag, 1961.

Velten, C. Die Kauzenburg über Bad Kreuznach. Bad Kreuznach: Selbstverlag, 1971.

Zum Rittertum

Fleckenstein, J. Rittertum und ritterliche Welt. Berlin: Siedler Verlag, 2002.

Keen, M. Das Rittertum. Düsseldorf: Albatros, 2002.

ZDF. Die Ritterin – ein moderner Mythos? Aus: Die Welt der Ritter. Terra X: 27.04.2014.

Zum Leben und Alltag im Mittelalter

Breuers, D. Ritter, Mönch und Bauersleut. Eine unterhaltsame Geschichte des Mittelalters. Bergisch Gladbach: Bastei Lübbe, 1994.

Vogt-Lüerssen, M. Der Alltag im Mittelalter. Norderstedt: Books on Demand, 2006.

Schneider, R. Alltag im Mittelalter. Das Leben in Deutschland vor 1000 Jahren. München: Bassermann, 2012.

Als die Hexen brannten …

Marita Spang

HEXENLIEBE

1613. Überall in Deutschland lodern die Scheiterhaufen. Der Hexenwahn greift um sich und hält auch Einzug in der Eifelherrschaft Neuerburg, nahe Trier. Die junge Claudia von Leuchtenberg kämpft vergeblich dagegen, dass ihr Oheim als Landesvater die Verfolgungen unterstützt. Hilflos muss sie mit ansehen, wie Unschuldige sterben und sich gewissenlose Richter und Henker schamlos am Gut der Verurteilten bereichern. Erst als Claudias Jugendfreundin Barbara verhaftet und der Hexerei angeklagt wird, ersinnt sie einen waghalsigen Plan, um das System mit seinen eigenen Waffen zu schlagen.

Mit dem Roman wurde Marita Spang Preisträgerin des Goldenen HOMER für den besten Beziehungs- und Gesellschaftsroman 2015.

KNAUR